ISBN 978-0-266-13793-1
PIBN 10934467

ŒUVRES COMPLÈTES

DE

E. T. A. HOFFMANN

[illegible]

PARIS IMPRIMÉ PAR BÉTHUNE ET PLON.

CONTES FANTASTIQUES

DE

E. T. A. HOFFMANN

Traduction Nouvelle

Précédée d'une Notice sur la Vie et les Ouvrages de l'Auteur

PAR HENRY EGMONT

ORNÉE DE VIGNETTES

D'APRÈS LES DESSINS DE CAMILLE ROQIER

TOME PREMIER.

PARIS

PERROTIN, LIBRAIRE-ÉDITEUR

RUE DES FILLES-SAINT-THOMAS, 1

PLACE DE LA BOURSE

1840

On a singulièrement abusé du génie qui a présidé aux contes fantastiques contre leur auteur lui-même. Le nom d'Hoffmann, depuis la publication en France de ses œuvres, y est devenu pour ainsi dire une enseigne banale de toutes les idées excentriques, plus ou moins littéraires, écloses pour la presse qui broie si activement l'ivraie comme le bon grain. Le titre même attribué à l'ensemble des productions de l'auteur allemand ne lui appartient pas ; le *fantastique* d'Hoffmann réside dans ses conceptions plutôt que dans son style : c'est à l'inverse de ses imitateurs *. Mais ce qui caractérise peut-être le mieux la critique de nos jours, c'est l'esprit de charge et d'exagération. Ainsi l'impression produite par l'originalité du talent d'Hoffmann n'a pas suffi à ceux qui ne voyaient en lui que le type d'un nouveau genre bon à exploiter ; et l'on s'est plu à entourer la personne de l'écrivain d'une multitude de fictions magiques, d'une fantasmagorie étrange qui a servi de pâture à une curiosité vulgaire, mais dont le héros à coup sûr, malgré sa vocation instinctive, eut été en réalité bien embarrassé.

Nous allons rétablir brièvement la vérité historique altérée à dessein sur l'existence du conteur allemand ; et si les faits viennent démentir certaines traditions moins favorables à l'homme de lettres qu'à la faconde de leurs prôneurs intéressés, peut-être aussi serviront-ils à venger Hoffmann des injustes préventions et des griefs ridicules auxquels des esprits du premier ordre, tels que sir Walter Scott, n'ont pas balancé à sacrifier l'incontestable mérite de ses ouvrages.

Ernest-Théodore-Wilhelm ** Hoffmann a vécu qua-

* Toutefois la tradition du mot étant établie de manière à être irrévocable, nous avons dû nous y conformer, dans l'intérêt même de cette nouvelle édition.

** Wilhelm ou Guillaume : le prénom d'*Amédée*, dont l'initiale se retrouve au titre des contes, ayant été substitué au véritable par le premier éditeur d'Hoffmann, celui-ci

rante-six ans et demi, jour pour jour; mais sa réputation littéraire ne date que du dernier quart de sa vie. Né à Kœnigsberg, le 24 janvier 1776, il passa plus de trente ans consécutifs dans la carrière de la magistrature, que son père avait suivie, et pour laquelle il avait été élevé. Après de laborieuses et brillantes études, il fut admis, à dix-neuf ans, auditeur de la régence à Kœnigsberg, se rendit à Glogau chez un de ses oncles qui y avait une charge de conseiller, et, trois ans plus tard, il fut attaché en qualité de référendaire au *Kammergericht* de Berlin, où cet oncle venait d'obtenir pour lui-même une place de conseiller intime. Enfin, après un troisième et dernier examen, qui lui fit beaucoup d'honneur, au mois de mars de l'année 1800, on le nomma assesseur, avec voix consultative, de la régence de Posen.

Cette ville de la Pologne, soumise alors à la domination prussienne, offrait beaucoup d'attraits à la jeunesse, par la société brillante et l'activité des relations qui l'animaient. Hoffmann fit marcher de front le travail et les plaisirs, se montrant non moins ingénieux dans ceux-ci que plein de capacité pour les affaires; mais ce dernier mérite ne le mit pas à l'abri des ressentiments de l'amour-propre blessé. Il lui arriva un jour, dans un accès de gaîté, de faire circuler dans un grand bal, et sous le masque, des caricatures de sa façon où plus d'un assistant fut blessé de se reconnaître. Un grand personnage entre autres, pour

jugea à propos de le conserver pour toutes ses autres publications.

venger l'offense prétendue faite à sa dignité, agit auprès du ministre, et fit reléguer le trop spirituel satirique à Plozk, au fond d'une province éloignée. Hoffmann partit, au printemps de l'année 1802, avec une jeune Polonaise qu'il avait récemment épousée.

Ce fut dans cette espèce d'exil qu'il fit, pour la première fois, imprimer un opuscule sur l'emploi des *chœurs* dans le drame *. Bref, sans s'affecter autrement de sa disgrâce, Hoffmann consacra les deux années qu'elle dura à s'exercer avec ardeur dans la littérature et surtout dans les arts dont il était enthousiaste. Peintre et musicien depuis son enfance, il fit des portraits, d'admirables dessins à la plume, il composa des messes, des sonates, des fragments d'opéras. une comédie destinée à concourir à un prix de cent frédérics d'or, fondé par Kotzebue ; il entreprit enfin de consigner ses sensations et ses aventures dans un journal de sa vie, qui fut plusieurs fois interrompu et repris jusqu'à l'époque de 1815. Ce fut ainsi qu'il commença à se fonder dans le monde une réputation de talent qui ne fit que s'accroître à Varsovie, où il obtint, au commencement de 1804, un siége de conseiller.

Son séjour dans cette ville fut marqué par une suite de distractions et de plaisirs ; tout en remplissant ses fonctions avec le même zèle, il organisa des concerts périodiques qui eurent un tel succès, que la

* Les premiers essais littéraires d'Hoffmann furent deux romans, intitulés *Cornaro* et *Le Mystérieux*, qu'il composa au collége et qui sont restés inédits.

société d'amateurs dont il était le chef, fut bientôt à même d'acquérir le palais Mnisck, qu'on décora avec pompe pour y célébrer ces solennités musicales. Les événements militaires, dont l'Allemagne était alors le théâtre, causèrent une impression peu profonde sur l'esprit d'Hoffmann, et le retentissement de la bataille d'Iéna interrompit à peine les répétitions de ses concerts. Cependant les conquêtes de Napoléon allaient changer toute sa destinée. L'affranchissement de la Pologne amena bientôt la dissolution de la régence prussienne, et son conseiller dilettante se trouva sans emploi. Il s'en consola en se livrant plus que jamais à ses goûts d'artiste indépendant ; il assistait aux brillantes revues de l'empereur, il allait remplir sa partie de tenor aux messes des religieux Bernardins, et le soir il dirigeait l'exécution des *quatuors* d'Haydn et de Mozart, ou travaillait à la composition, durant des nuits entières, avec son ami Hitzig *.

Hoffmann était étroitement uni depuis le collége avec Hippel, le neveu de l'écrivain distingué du même nom, et cette amitié dura sans refroidissement jusqu'à la mort d'Hoffmann ; mais ils étaient retenus éloignés l'un de l'autre par leurs fonctions respectives, et ne se voyaient qu'à de longs intervalles. Hoffmann forma à Varsovie une autre liaison, qui ne fut pas moins durable, avec Hitzig, son contemporain

* Hoffmann écrivit à Varsovie trois partitions, celles de *L'Écharpe et la Fleur*, poème dont il composa aussi les paroles, celle des *Joyeux musiciens*, et celle du *Chanoine de Milan*.

la rue Neuve, marche à sa rencontre; quels cris! quels grognements! quelle lutte infernale! Je jetai plume et papier au diable, je mis mes bottes et je me sauvai loin de tout ce vacarme en passant par le faubourg de Cracovie. Bientôt un bois sacré me reçut sous ses ombrages. J'étais à Lazienki, semblable à un jeune cygne; l'élégant palais nage sur les ondes transparentes du lac; des zéphirs voluptueux soufflent dans les arbres en fleurs. Quelles délicieuses promenades dans les allées au feuillage épais! mais que vois-je? n'est-ce pas la statue du gouverneur de don Juan, qui galoppe avec son nez blanc à travers la sombre feuillée? c'est Jean Sobieski! je lis : *Pink fecit,* malè fecit. Quelles proportions! le héros passe sur le corps de quelques esclaves qui lèvent, en se tordant, leurs bras flétris vers le coursier cabré. C'est un aspect dégoûtant! et puis le grand Sobieski, représenté en Romain, avec des moustaches, avec un sabre polonais et un sabre en bois; quelle ineptie!

Hélas! je suis perdu! voici le conseiller Margraff qui vient à moi. Il m'emmène de force dans sa droschka. La voiture s'arrête devant un édifice informe; sous une toiture chargée de plus de douze cheminées; sur le devant un petit, un très-petit frontispice. C'est la salle de spectacle! Quelle pièce donne-t-on? le *Porteur d'eau* de Chérubini. Bien! l'orchestre joue l'ouverture qui est vive et brillante, avec un flegme tout-à-fait allemand. Le comte Armand a un nez et des moustaches postiches; sa femme chante d'un quart de ton trop haut; la garde nationale porte l'uniforme russe; les promeneurs parisiens font le salut polonais, *upadam do nog's* aux portes de la ville, et embrassent les genoux des gardes qui visitent leurs passeports.

Voici le porteur d'eau : son tonneau peut tenir à peine une demi-voie, cela n'empêche pas que le comte Armand n'en sorte, au moment où la garde a tourné le dos. C'est miraculeux ! Tu me demandes comment je me trouve à Varsovie ? c'est un monde bruyant, trop étourdissant, trop fou ; c'est un pêle-mêle, un vacarme à vous donner le vertige : où veux-tu que je prenne le temps pour écrire, pour dessiner, pour composer ? Le roi devrait me faire cadeau de son palais de Lazienki : je présume que je m'y trouverais fort bien ! »

A la fin des trois années de son séjour à Varsovie, Hoffmann avait trente et un ans, et n'avait guère eu jusqu'alors de plaintes à former contre le sort. De l'année 1807 date la série d'événements pénibles qui vinrent traverser son existence et en détruire la paix. Une atteinte de fièvre nerveuse, qui augmenta de beaucoup l'irritabilité naturelle de ses organes, fut comme le présage de cette période de fatalité. Peu de temps après, sa jeune fille mourut à Posen, où elle s'était réfugiée avec sa mère pour se soustraire aux chances dangereuses qu'offrait le théâtre de la guerre. Hoffmann alla chercher fortune à Berlin, mais son étoile obscurcie seconda mal les efforts de sa bonne volonté.

Bref, ce furent huit années, mêlées de pluie et de soleil, comme dit le poète, où la somme des mauvais jours fut supérieure au nombre des bons ; huit années pleines de revirements et de contrastes, qui mirent à une rude épreuve le courage et la patience de l'ex-conseiller, mais qui développèrent au plus haut degré, dans l'âme impressionnable de l'artiste, les éléments de son génie particulier, et le besoin de peindre ses sensations exceptionnelles.

Dans l'intervalle dont nous parlons, Hoffmann fut tour-à-tour chef d'orchestre, journaliste, traducteur, décorateur-machiniste, répétiteur de chant, peintre en fresques, chantre d'église ; tantôt donnant de modestes leçons de piano au cachet, tantôt écrivant en moins d'un mois la musique d'un opéra en quatre actes ; faisant des vers de circonstance et des caricatures, des articles de critique ou d'imagination pour la *Revue du monde élégant* et la Gazette musicale de Leipsick. Il doit au hasard l'intimité de Weber et de Jean-Paul Richter ; il recueille un héritage qui lui tombe des nues ; il s'associe avec l'acteur Holbein pour la direction du théâtre de Bamberg, qu'il fait prospérer, dépensant alors cinquante florins par mois à l'hôtel de *La Rose*, centre des plus joyeuses réunions, et quelque temps après obligé de vendre sa redingote pour pourvoir à son dîner. Nous le voyons changer de résidence à l'improviste, de Bamberg revenir à Berlin, puis aller à Bayreuth, à Nuremberg. Sur la route de Dresde à Leipsick, il a la douleur de voir sa femme blessée d'une manière affreuse par la chute de la diligence. De retour à Dresde, il organisa la troupe d'opéra qui joua concurremment, avec Talma et mademoiselle Georges, aux fêtes que fit célébrer Napoléon dans la capitale de la Saxe ; il fut aussi témoin oculaire de la grande bataille gagnée par l'empereur aux portes de Dresde, le 27 août 1813, et donna à cette occasion des preuves remarquables de sang-froid et d'énergie. Un boulet de canon vint couper un homme en deux au-dessous de la fenêtre où il se trouvait occupé à trinquer avec l'acteur Keller. Celui-ci laissa tomber son verre; Hoffmann, se tournant vers lui, vida le sien d'un trait, accompagnant son toast d'une sentence philosophique sur la mort. La nouvelle d'Agafia est une inspiration de cette journée. Lors de la nouvelle occupation de la ville par les Russes et les Autrichiens, le 21 novembre suivant, Hoffmann rédigea sous le feu des obus *Le Poète et le Compositeur*, dialogue critique aussi judicieusement pensé que spirituellement écrit.

Au mois de janvier 1814, Hoffmann ressentit une violente attaque de goutte; mais il venait de retrouver avec bonheur, à Leipsick, son ami Hippel, alors titulaire d'une charge de conseiller d'état. Le rétablissement de l'ancien ordre de choses devait donner aussi à Hoffmann l'espoir de recouvrer dans la magistrature une des fonctions auxquelles ses anciens services et son éminente capacité lui donnaient les droits les plus légitimes, et Hippel s'empressa de solliciter en sa faveur. Mais, malgré les modestes prétentions d'Hoffmann, qui n'aspirait qu'à se voir pourvu d'un emploi d'expéditionnaire, ce ne fut qu'en qualité de surnuméraire qu'il obtint de rentrer dans les bureaux de Berlin. Il avait alors près de trente-neuf ans.

Cependant le mérite individuel, qui l'avait toujours

et partout fait supérieur à sa position, ne tarda pas à appeler sur lui une juste distinction, et le sort lui devint de nouveau plus favorable que jamais. Au commencement de 1816, il fut nommé conseiller au *Kammergericht;* sa renommée littéraire lui assurait déjà les ressources les plus fructueuses. L'opéra d'*Undine*, composé sur le libretto spirituel du baron de Lamotte Fougué, et qui fut représenté à Berlin avec autant de succès que de magnificence, rendit son nom tout-à-fait populaire. Hoffmann se vit assiégé par les libraires et les éditeurs de revues. Il se livra au monde, au plaisir, au goût de sensualité qui lui était propre, et peut-être avec trop d'abandon, trop d'ardeur; mais n'était-il pas pardonnable de demander à l'aisance, à la bonne fortune une compensation de ses privations récentes et de ses longs jours d'épreuve?

Toutefois, ce fut à cette époque que se forma, sous sa présidence, une société, une sorte de club littéraire, que composaient avec lui Hitzig, Contessa, Chamisso, l'auteur de la piquante histoire de *Pierre Schlemil*, et le docteur Koreff, doué de beaucoup d'influence sur l'esprit d'Hoffmann, et qui lui prodiguait avec dévouement les soins éclairés de son art.

Cette confrérie d'hommes de goût et d'esprit tenait ses séances familières chez Hoffmann. On faisait de la musique, on racontait des histoires, on causait, on discutait des questions d'art et de littérature; et c'est en quelque sorte le procès-verbal de ces réunions intimes qu'Hoffmann a pris plaisir à rédiger dans son ouvrage intitulé *Les Frères de Sérapion*, dont deux volumes parurent en 1819, le troisième en 1820, et le dernier en 1821. Sous les noms de Théodore, Lothaire, Ottmar, Vincent et Sylvestre, Hoffmann s'est mis en scène avec ses amis, et c'est dans le courant de ces dialogues qu'il a inséré un grand nombre de ses contes, dont quelques-uns avaient été publiés auparavant dans des revues ou des almanachs littéraires.

C'est de cet ouvrage que nous avons extrait *Signor Formica*, *Le Conseiller Krespel*, *Doge et Dogaresse*, *Mademoiselle de Scudéry*, *La Vampire*, *Maître Martin*, *Bonheur au jeu*, *etc.* Les conversations elles-mêmes, qui servent de cadre et de motif à ces récits, sont remplies d'une saine critique et d'heureuses observations ; mais elles paraîtraient sans doute beaucoup moins piquantes en France, à cause des allusions nombreuses qu'elles renferment sur la littérature et la société allemandes. Hoffmann rend compte au lecteur de ce titre de *Frères Sérapion* par la narration d'une aventure assez bizarre dont le héros est un original vivant retiré dans une grotte sauvage, et qui s'imagine être en réalité Sérapion le martyr..

C'est à cette occasion, pour ainsi dire, que les amis communs organisent leurs assemblées périodiques, et en mémoire de ce singulier personnage qu'ils conviennent de prendre entre eux le titre de *Frères Sérapioniens*.

Hoffmann avait publié antérieurement les *Contes nocturnes* et les *Fantaisies*. Voici, du reste, un relevé sommaire de ses productions dans leur ordre chronologique. La vive imagination de l'auteur s'était révélée d'abord dans la *Biographie du maître de chapelle*, *J. Kreisler*, qui parut, en 1809, dans la Gazette musicale de Leipzick ; mais ce n'était qu'un essai incomplet. C'est en 1814 seulement que fut imprimée la première édition d'un recueil intitulé par Hoffmann : *Fantaisies à la manière de Callot*, et qui, d'après l'avis de Jean Paul, qui en écrivit la préface, serait encore mieux désigné sous le titre de *Nouvelles artistiques*. Il est question de l'ouvrage et de cette préface dans le journal privé d'Hoffmann dont nous avons parlé, à la date du 21 novembre 1813. C'est aux volumes de Fantaisies qu'appartiennent *Le Magnétiseur*, *La Nuit de Saint-Sylvestre*, *Gluck*, *Don Juan*, *Le Pot d'or* et *Le Chien Berganza*. On y trouve encore, sous le titre de *Kreisleriana*, une suite de fragments et d'opuscules spécialement relatifs à l'art musical, et pour la plupart écrits sous une inspiration satirique.

En 1815, Hoffmann publia *L'Élixir du Diable*, roman en deux volumes, qu'une traduction française attribue, on ne sait pourquoi, à son compatriote Spindler.

C'est le plus long des ouvrages d'Hoffmann, et l'on y trouve des peintures vives et originales de la vie monastique, mais le sujet en est assez triste et l'intrigue un peu embarrassée.

Sous le titre de *Contes nocturnes*, Hoffmann fit paraître, en 1817, un nouveau volume qui renfermait, d'abord *Le Majorat* et *L'Homme au sable*, deux de ses meilleures productions, et de plus, *Ignace Denner*, *L'Église des Jésuites*, *La Maison déserte*, *etc.*

Deux ans après, *Les souffrances ou tribulations d'un directeur de théâtre* vinrent mettre le sceau à sa réputation comme critique, et prouver jusqu'à quel point les leçons de sa propre expérience avaient mûri les fruits de son talent. Hoffmann avait composé cette œuvre piquante d'après ses souvenirs de Bamberg, et il s'en explique lui-même en ces termes : « Il y a environ douze ans, dit-il, que l'éditeur de ce livre éprouva un sort pareil à celui de M. Grunhelm dans le *Monde renversé* de Tieck. La force des choses lui ravit la place commode qu'il occupait au parterre, pour le transplanter dans l'orchestre au poste du directeur de musique. Là il put tout à son aise observer les mœurs singulières de ce petit monde qui vit et s'agite derrière la toile et les coulisses. C'est avec ses propres remarques, et à l'aide des bienveillantes communications d'un directeur de théâtre, dont il fit la connaissance dans l'Allemagne méridionale, qu'il a composé le dialogue en question. » Hoffmann y développe ses idées sur l'exécution dramatique, de même qu'il a empreint la nouvelle de *Don Juan* de ses sentiments les plus intimes sur l'art musical, et il y a fait entrer une appréciation, non moins judicieuse qu'enthousiaste, du théâtre de Schakespeare.

Pendant la maladie qui vint altérer de nouveau et grièvement sa constitution, au printemps de 1819, Hoffmann conçut et écrivit *Le Petit Zacharie*, une de ses compositions les plus bouffonnes; ensuite, à son retour d'un voyage en Silésie, entrepris dans l'intérêt de sa santé, il fit paraître *Les Frères Sérapion*, et en 1820 *Les Contemplations du chat Murr*.

Le chat Murr est un acteur important des dernières phases de la vie d'Hoffmann ; c'était un compagnon, un ami chéri du conteur, et autant l'affection de ce dernier fut passionnée et sincère, autant est pittoresque cette histoire philosophique de l'animal bien-aimé, dont la perte l'accabla peu de temps après du coup le plus sensible. L'apparition de *La Princesse Brambilla*, l'année suivante, ajouta encore à la renommée d'Hoffmann, qui vit, en même temps, s'améliorer sa position sociale par sa nomination comme conseiller à la cour d'appel ; mais il lui restait peu de temps, hélas ! à jouir de son nouveau bien-être, et les derniers mois de son existence devaient en être aussi les plus pénibles. Hoffmann fut atteint de l'affreuse maladie connue sous le nom de *tabes dorsalis*. La consomption fit des progrès rapides sur ce tempérament nerveux et irritable. Néanmoins, aux souffrances aiguës qu'il eut à subir, Hoffmann opposa un courage et une résignation exemplaires ; il endura sans murmurer la terrible application du moxa sur l'épine dorsale, dernier expédient auquel recoururent les médecins pour raviver son corps presque entièrement paralysé. Mais rien ne pouvait plus prolonger une vie, dont il était cependant loin d'envisager lui-même le terme comme aussi prochain, et il mourut le 25 juin 1822, après avoir dicté, trois heures auparavant, quelques lignes d'un conte qui resta inachevé, et sans avoir cessé de travailler activement pendant tout le cours de sa maladie.

Maintenant que nous avons raconté les faits, maintenant qu'on peut compter tous les jours de la vie d'Hoffmann consacrés, presque sans exception, à un utile emploi, à un but positif, quelle surprise n'éprouvera-t-on pas au souvenir des portraits imaginaires décorés de son nom, et de tant de récits infidèles propagés sur son compte? . .

Sur la foi de ces ingénieux narrateurs, qui se serait attendu à trouver dans Hoffmann un homme posé, érudit, bon mari, chef de maison entendu? qui aurait voulu croire que le jeune élève de Barthole, devenu habile magistrat et savant jurisconsulte, n'aurait peut-être pas écrit ces contes qui devaient illustrer son nom, sans la destinée imprévue qui vint l'arrêter au milieu de sa carrière sérieuse, dans la maturité de l'âge? Bref, qui reconnaîtrait jamais dans le personnage fantasque, dont les travers supposés ont fourni tant d'arguments gratuits aux feuilletons, l'étudiant zélé de Kœnigsberg, le joyeux assesseur de régence à Posen, l'artiste multiple, le juge laborieux, l'auteur enfin d'innombrables rapports de justice criminelle ou civile, cités comme des modèles de précision, de dialectique et de lucidité? Voilà pourtant l'homme qu'on nous a dépeint comme un extravagant aigri par les revers de la fortune, victime d'une fatalité diabolique, sans cesse aux prises avec les fantômes menaçants d'une imagination déréglée, et ne puisant enfin ses inspirations factices que dans les excès de l'ivresse, et de la conduite de vie la plus anormale!

Parce qu'Hoffmann, au déclin de sa vie, fatigué du

monde, dégoûté des plaisirs bruyants, avait adopté, pour y passer ses soirées, une humble taverne de Berlin, où il fumait, comme tous les Allemands, avec passion, et où il aimait, comme tout le monde, à boire de bons vins, qu'il pouvait largement payer *, on nous l'a représenté, sur le frontispice de ses œuvres, dans un caveau bien sombre, entouré de spectres et d'images sataniques, à califourchon sur un tonneau comme Silène, et aspirant des bouffées de fumée dans une pipe-monstre, du foyer de laquelle surgissent mille diablotins informes et tout un appareil effrayant de sorcellerie.

On nous dira sans doute qu'il ne faut voir là qu'un emblême, qu'une allusion au genre de ses écrits, dont les éditeurs allemands ont eux-mêmes donné l'exemple, sans qu'il en soit résulté de préjudice pour la mémoire de l'auteur. Mais il suffit d'un fait pour démentir cette assertion, et l'inconcevable jugement, porté sur Hoffmann par Walter Scott, prouve combien elle est erronée. Car nous aimons à croire que le romancier écossais n'a eu que le tort de baser son amère critique sur des renseignements faux et incomplets; autrement ne serait-il pas responsable d'une injustice criante? Et cette injustice, dont on serait tenté de l'absoudre, plutôt que d'y voir l'effet d'une rivalité de métier sans doute indigne de lui, ne faudrait-il pas l'attribuer à l'exagération de ses goûts aristocratiques qu'il aurait évidemment compromis en sanc-

* Il a consacré le souvenir de cet endroit dans le conte de *La Nuit de Saint-Sylvestre*.

tionnant de ses éloges les goûts plébéiens de l'artiste indépendant, et les moyens auxquels l'adversité obligea Hoffmann de recourir, sans qu'il crût, et avec raison, y risquer sa dignité d'homme de lettres et d'honnête homme?

Qu'est-ce donc que cette existence errante, vagabonde, reprochée à Hoffmann par sir Walter Scott qui semble même comprendre sa vie entière dans l'anathème de ses expressions? Hoffmann, réduit à vivre de son industrie durant les sept années de l'invasion française, changea de place et d'occupations suivant ses besoins et la nécessité des circonstances; il fit alors bien des choses qui auraient rebuté le courage et la patience de cœurs moins affermis que le sien, et cependant, dans tout ce qu'il entreprit, il sut faire tourner à son honneur les difficultés et même l'abaissement de sa position; là où il échoua, il put accuser justement la sévérité du sort, tandis que son succès fut toujours le fruit de son génie et de son savoir faire. Bref, jamais homme, placé dans les mêmes conjonctures, ne fit preuve de plus d'habiles facultés, ni d'un esprit plus fécond en ressources, car ainsi que le dit très-bien notre Figaro: « Il faut souvent, en pareil cas, déployer plus de science et de calculs pour subsister un jour seulement, qu'on n'en met pendant cent ans à gouverner des royaumes entiers. »

Aussi l'épithète triviale de *bohémien* ne nous paraît-elle pas une bien grave offense pour l'ex-directeur du théâtre de Bamberg; mais traiter Hoffmann, comme le fait plus loin sir Walter Scott, de fou furieux, de bouffon en démence, bon à enfermer dans un hospice ; non-seulement lui reprocher l'absence complète du sentiment de moralité qui distingue à un si haut degré les nouvelles de *Mademoiselle de Scudéry*, de *Maître Martin*, d'*Ignace Denner*, *etc.*, mais même lui dénier le caractère sacré de poète qui domine et colore, tel qu'un phare brillant, ses moindres compositions ; nous le demandons, n'est-ce pas en vérité, ou méconnaître volontairement la plus simple équité, ou témoigner du plus inconcevable aveuglement ? Il est évident que Walter Scott a écrit sa notice sous une influence hostile, due en partie à des traditions mensongères qu'il n'a pas pris la peine de vérifier ; mais lorsqu'à l'appui de son opinion sur le caractère frénétique et grotesque des écrits d'Hoffmann, il analyse tout entier le conte de *L'Homme au sable*, et arguë des *horreurs absurdes* qu'il prétend y signaler pour prononcer contre l'auteur une réprobation sans appel, au nom de la morale et du goût ; nous oserons dire avec franchise que Walter Scott n'a pas même compris le sens véritable du texte d'Hoffmann, et, en tout cas, la logique aurait fort à faire pour légitimer ses conclusions. Nous nous trouvons heureux, du reste, de pouvoir opposer au célèbre Écossais une réfutation péremptoire puisée dans ses propres écrits.

C'est à propos de mistress Anne Radcliffe, dont le nom, dit-il, ne doit être prononcé qu'avec le respect dû au génie, que Walter Scott exprime, comme on va le voir, au sujet de l'emploi du fantastique, des principes absolument contraires à ceux qui paraissent avoir dicté son opinion sur les œuvres d'Hoffmann.

Anne Radcliffe fut en effet la créatrice, en quelque sorte, d'un genre comparable, sous plus d'un rapport, à celui qui a rendu le nom d'Hoffmann aussi populaire que le sien. Voici sommairement en quels termes Walter Scott défend la cause de sa compatriote, et justifie le mémorable succès de ses romans.

« Mistress Radcliffe a un droit incontestable à prendre place parmi le petit nombre des écrivains que l'on distingue comme fondateurs d'une école. — Le luxe et la fécondité d'imaginatiou forment le caractère spécial de ses ouvrages. Ils séduisent surtout par la terreur qu'ils excitent, tandis que des incidents variés tiennent sans cesse l'intérêt suspendu, et la curiosité éveillée. Le lecteur suit avec anxiété la baguette magique que l'auteur promène à son gré sur un monde de merveilles imaginaires. Quand même, après avoir fermé le dernier volume d'un de ces romans mystérieux, il remarque de sang-froid ou la défectuosité du plan qui l'a si vivement intéressé, ou l'invraisemblance de certains moyens surnaturels, l'impression première reste encore la plus forte, parce qu'elle est fondée sur le souvenir des émotions profondes du merveilleux, de la curiosité, de la crainte même qui ont agité son esprit dans le cours du récit. — Toutefois les critiques n'ont pas manqué à la brillante réputation d'Anne Radcliffe. On prétendit que l'enthousiasme qu'avaient excité ses ouvrages ne prouvait que le mauvais goût de l'époque, et on lui reprocha surtout d'avoir substitué, à la peinture vraie des passions, les fictions extravagantes et improbables d'une imagination exaltée. — Quand on veut être juste, on s'aperçoit bientôt que cette critique tient à cet esprit dépréciateur qui cherche à détruire la réputation d'un écrivain en lui refusant les qualités qui appartiennent à un genre de composition tout-à-fait différent de celui qu'il a choisi *. Mais la question n'est pas si les romans dont il s'agit ont l'espèce de mérite que leur plan n'exigeait pas et qu'il excluait même, ni si le genre choisi par l'auteur a l'importance et la dignité de ceux illustrés par d'autres talents supérieurs. L'unique point à décider est de savoir si, considéré comme genre nouveau, le *roman* de mistress Radcliffe a son mérite spécial, et est susceptible de charmer le lecteur. — Or, la curiosité, le désir du mystère, et un germe secret de superstition, sont au nombre des éléments de l'esprit humain, et l'écrivain a d'autant plus le droit de faire appel à ces sentiments, même à l'exception des autres, qu'il s'impose en cela une tâche plus difficile et plus délicate. — Peut-être pourrait-on comparer ces sortes d'ouvrages à certains baumes qui deviendraient funestes pris habituellement et constamment, mais dont l'effet est presque miraculeux dans certains moments de langueur. Si ceux qui condamnent ce genre de composition indistinctement, réfléchissaient sur la somme de plaisirs réels qu'il procure, et de chagrins

* Sir Walter Scott n'en fait pas moins un crime à Hoffmann de n'avoir pas transformé ses contes en *nouvelles historiques*.

qu'il soulage, la philantropie devrait modérer leur orgueilleuse critique ou leur intolérance, etc. » (*Biographie littéraire des romanciers célèbres*, par Walter Scott.)

Il n'est pas une de ces réflexions qui ne s'applique exactement aux écrits d'Hoffmann, pas un de ces éloges auquel on ne puisse faire valoir ses droits, pas un de ces arguments qu'on ne puisse revendiquer en sa faveur. Anne Radcliffe fut aussi, comme lui, l'objet de fables ridicules. On en fit une aventurière allant évoquer au fond des vieux donjons en ruine et des cavernes sauvages, les héros et les idées de ses terribles narrations ; on alla jusqu'à répandre le bruit que sa raison s'étant aliénée par suite de l'impression funeste de ses propres fictions, elle occupait une cellule dans un hôpital de fous, en proie aux plus effrayantes visions et à des accès continuels de terreur spontanée. Or, personne ne mena jamais une vie plus calme et plus douce que l'auteur des *Mystères d'Udolphe*, qui demeura vingt ans silencieuse et solitaire après la publication de son dernier ouvrage, exclusivement consacrée aux occupations et aux tranquilles plaisirs du foyer domestique ; et Walter Scott, qui a pris soin de réfuter ces calomnies absurdes auxquelles trop de gens encore ajoutent aveuglément foi, convient même qu'il en a été la dupe pendant long-temps. Comment cette expérience ne l'a-t-elle pas rendu plus circonspect à l'égard d'un étranger qu'il était encore moins en position de bien juger?

Du reste, Hoffmann lui-même, comme s'il eût prévu les injustes préventions dont il serait un jour l'objet, les réfute de la manière la plus sensée en faveur de Salvator Rosa, au commencement du conte de *Formica*, en établissant nettement, entre la vie intellectuelle et la vie positive de l'artiste, une démarcation qui présente toujours, en effet, plutôt des contrastes frappants que des analogies incertaines. C'est ainsi que Sterne, pour ne parler que des écrivains anglais, Sterne, ce peintre inimitable des secrets mouvements du cœur, des vives et fugitives émotions de l'âme, n'avait nul épanchement, nulle mansuétude dans ses relations sociales et était à-peu-près dénué de sensibilité pratique. Il serait difficile de deviner l'auteur de Gulliver au récit de la vie agitée du Doyen de Saint-Patrick, et l'on n'eût jamais cru, en voyant le Révérend Maturin dépasser, par sa jovialité et son amour du plaisir, les jeunes gens les moins réservés, que cet esprit mondain fût le créateur des sombres peintures de *Melmoth* et de *Bertram*.

Contentons-nous donc d'apprécier le génie du poète d'après ses œuvres sans vouloir en tirer l'horoscope fictif de son existence. Du reste, comme nous l'avons déjà dit, nous sommes loin d'envisager les œuvres d'Hoffmann comme aussi fantastiques et autant invraisemblables qu'on est habitué à le faire, et, d'ailleurs, le véritable côté surnaturel de ses contes, qui a tant séduit les uns ou choqué les autres, ne nous semble pas en être le cachet distinctif ni le titre le plus valable à la réputation qu'ils ont conquise. A vrai dire, ces fantaisies purement imaginaires n'exciteront jamais la sympathie générale comme celles de ses productions, où l'originalité de la forme n'ôte rien à la vérité et au naturel de l'idée principale. On trouve dans celles-ci un mérite d'observation si précieux, une ironie si piquante, une si profonde connaissance du cœur de l'homme, que, sous le charme de l'illusion qui en résulte, on est tenté d'admettre, sans plus d'examen, l'intervention des agents surnaturels mis en jeu par l'auteur, et dont l'effet alors est de frapper plus vivement l'imagination sans dérouter ni fatiguer l'esprit. Il est rare qu'Hoffmann n'attache point à ses contes un sens instructif, une induction morale qu'il se garde bien, il est vrai, de démontrer explicitement et pédantesquement, mais qui s'inculque d'autant mieux dans l'esprit du lecteur réfléchi, avec l'ineffaçable empreinte de ses merveilleux récits. Souvent même nous croyons qu'il n'a pas eu d'autre but que de mettre en garde contre les déréglements de l'imagination, bien loin de pouvoir servir à les exciter, et, sous ce rapport, nous persistons à regarder *L'Homme au sable* comme un chef-d'œuvre.

Dans quelques ouvrages seulement, tels que *La Princesse Brambilla, Le Pot-d'or, Maître Puce*, Hoffmann peut-être, avec une intention non moins positive, n'a pas aussi complètement réussi. Encore, son tort n'est-il pas d'être sorti entièrement du domaine de la réalité, car il serait sans doute plus rationnel d'interdire toute espèce de création chimérique, que de songer à déterminer les limites du genre fantastique une fois admis. Mais ce qu'on peut lui reprocher, c'est un défaut de liaison et de convenance entre les divers éléments de ces conceptions bizarres.

La touche philosophique d'Hoffmann se retrouve là encore dans beaucoup de détails, le style poétique y vivifie les écarts les plus imprévus, les combinaisons d'idées les plus déraisonnables ; mais l'ensemble jette dans l'esprit trop de confusion et d'incertitude. On y sent l'abus de la métaphysique allemande et de la manie de revêtir chaque pensée, chaque sentiment, de formules emblématiques et idéales.

Pourtant, Hoffmann n'était qu'à moitié allemand. Une pensée fixe et dominante réside dans tous ses écrits, c'est celle de l'Italie. L'Italie, ses mœurs, son beau ciel, ses ombrages et sa musique, voilà l'Eldorodo de ses rêves, le thème favori de ses illusions d'avenir. Mais, comme Tantale, hélas! il eut toute sa vie présente à son imagination, j'allais dire à son souvenir, cette terre de soleil et de poésie, sans avoir pu jamais réaliser son souhait le plus ardent. Vingt fois il projeta, de concert avec son ami Hippel, le voyage au-delà des Alpes, et même ils se mirent en route pour l'exécuter, mais toujours des circonstances impérieuses vinrent traverser leur volonté. Une autre passion d'Hoffmann, la plus vive de toutes, la plus longue, la plus développée, ce fut celle de la musique ; il était excellent virtuose et improvisateur surprenant. Ses compositions musicales, dont plusieurs ont aussi un caractère étrange et singulier, l'emportent de beaucoup, par le nombre, sur ses productions littéraires. Il professait une admiration sans bornes pour Mozart, et il appréciait dignement Gluck et Haydn, ainsi que Spontini et Chérubini, avec qui il se lia en Allemagne. Il devina, pour ainsi dire, tout le génie de Beethoven, et fit le premier exécuter en public une de ses symphonies.

Enfin, Hoffmann, avec un cœur sensible et bon, une imagination brûlante, un goût exquis des arts, fut doué d'un esprit vaste, original, d'une aptitude rare aux travaux les plus arides et les plus ardus, comme aux plus frivoles badinages. S'il eut quelques défauts, joints à tant de brillantes qualités, n'a-t-il pas droit à l'indulgence de ceux dont il charme encore les loisirs, ou qui ont su même exploiter si bien, à leur profit, jusqu'à ses prétendus travers, quand ses amis de toute la vie, qui jamais ne songèrent à s'en plaindre, lui ont voté, comme dernier hommage et comme un acte de justice solennelle, l'inscription suivante gravée sur son tombeau?

ERNEST-THÉODORE-WILHELM HOFFMANN,

NÉ A KOENIGSBERG, LE 24 JANVIER 1776,

MORT A BERLIN, LE 25 JUIN 1822.

CONSEILLER AU KAMMERGERICHT.

HOMME REMARQUABLE

COMME MAGISTRAT,

COMME POÈTE,

COMME COMPOSITEUR,

COMME PEINTRE.

HENRY MASSÉ D'EGMONT.

SIGNOR FORMICA.

Le célèbre peintre Salvator Rosa vient à Rome, et est atteint d'une grave maladie. Ce qui lui arrive à cette occasion.

On dit ordinairement, à tort ou à raison, beaucoup de mal des personnages célèbres. C'est ce qui advint aussi à l'excellent Salvator Rosa, l'auteur de ces tableaux pleins de vie dont l'aspect, cher lecteur, t'a certainement pénétré d'un plaisir tout particulier.

Alors que la réputation de Salvator était établie à Naples, à Rome, en Toscane, et se propageait par toute l'Italie, au point que les autres peintres devaient tâcher, pour plaire au public, d'imiter son style extraordinaire; alors même la malignité et l'envie travaillaient, par les bruits fâcheux semés sur son compte, à noircir odieusement la glorieuse renommée acquise à l'artiste. On prétendait que Salvator, à une époque antérieure de sa vie, s'était jeté dans une bande de brigands, et qu'il fallait attribuer à cette affiliation infâme, les figures sinistres et sauvages, les costumes fantastiques retracés par son pinceau, de même que ses paysages étaient de fidèles portraits des sombres et horribles déserts, des *Selve Selvaggie* du Dante, qui avaient dû lui servir de repaire. Mais le pire grief qu'on lui imputât, était d'avoir trempé dans l'affreuse conspiration ourdie à Naples par le fameux Mas'Aniello. On n'omettait aucune particularité à l'appui de l'accusation, et voici ce qu'on racontait à cet égard [1].

Aniello Falconi était un peintre de batailles, l'un des meilleurs maitres de Salvator, et que le meurtre d'un de ses parents, tué dans un tumulte par des soldats espagnols, enflamma de fureur et d'un désir effréné de vengeance. Il rassembla bientôt une bande de jeunes hommes résolus, peintres pour la plupart, leur fournit des armes et les nomma la *Compagnie de la Mort*. En effet, cette troupe justifia son nom terrible en répandant l'horreur et l'épouvante, parcourant Naples du matin au soir, et tuant sans pitié chaque Espagnol qu'elle rencontrait. Les malheureux mêmes qui cherchaient dans les asiles sacrés un refuge contre la mort, s'y voyaient poursuivis par leurs implacables adversaires et inhumainement égorgés. — La nuit, ces jeunes gens se réunissaient chez leur chef, le farouche et cruel Mas'Aniello, qu'ils peignaient à la lueur rougeâtre des flambeaux, de sorte qu'en peu de temps des centaines de ces portraits furent en circulation dans Naples et dans les environs.

On disait donc que Salvator Rosa avait pris part à cette œuvre sanguinaire, non moins ardent aux massacres du jour qu'assidu au travail nocturne. — Un célèbre critique, Taillasson je crois, apprécie bien notre maître, en disant : « Ses œuvres portent » un caractère d'âpre fierté dans les idées et d'é- » nergie bizarre dans l'exécution. La nature ne se » révèle pas à lui dans l'aménité touchante des ver- » tes prairies, des champs émaillés, des bosquets » odorants, des sources murmurantes, mais dans » l'effrayant spectacle des rochers gigantesques con- » fusément entassés, ou des bords escarpés de la » mer, ou des forêts sauvages et inhospitalières ; ce » n'est point le doux bruissement des feuilles ni le » chant plaintif du vent du soir, c'est le rugissement » de l'ouragan, c'est le fracas de la cataracte qui ont » une voix dont il s'émeuve. En contemplant ses » déserts arides et les individus à mine étrange qu'il » a peints rôdant, çà et là, tantôt seuls, tantôt en » troupes, on se sent assiégé de pensées funèbres. Là, » se dit-on, a été commis quelque meurtre affreux : » là le cadavre ensanglanté fut lancé dans le préci- » pice..., et ainsi du reste [2]. »

Que tout cela soit vrai, que Taillasson ait même raison, quand il dit que le Platon de Salvator, que son saint Jean lui-même, annonçant dans le désert la naissance du Sauveur, ont un peu l'air de voleurs de grand chemin, la critique fût-elle juste, encore ne le serait-il pas de juger l'auteur d'après ses œuvres, et de croire que celui qui a doué de la vie des images terribles et sauvages doive lui-même avoir été un homme sauvage et terrible. Tel à qui l'épée fournit maint propos est fort mal habile à la manier; et plus d'un conçoit dans le fond de son âme toute l'atrocité des plus horribles forfaits, de manière à les manifester réellement à l'aide de la plume ou du pinceau, qui est assurément le moins capable d'en rien commettre. — Bref, je ne crois pas un mot de tous les méchants rapports qui présentent le brave Salvator comme un brigand dissolu et un assassin, et je souhaite bien, cher lecteur, que tu partages mon sentiment; sinon, je craindrais que tu n'accueillisses avec défiance ce que j'ai à te raconter de notre maître. Car le Salvator de mon récit doit t'apparaître, je l'imagine ainsi, comme un homme bouillant et plein d'énergie, il est vrai, mais en même temps d'un caractère franc et généreux, capable même bien souvent, de maîtriser cette ironie amère qu'engendre, chez tous les hommes doués d'un esprit profond, l'expérience des misères humaines. — Il est d'ailleurs bien avéré que Salvator était aussi bon poëte et musicien que bon peintre. Triple rayonnement, réfraction magnifique de son génie intérieur! — Encore une fois, loin de croire que Salvator ait été complice des méfaits sanglants de Mas'Aniello, je pense, au contraire, que l'effroi de cette époque de terreur le chassa de Naples à Rome, et ce fut comme un pauvre fugitif, et dépourvu de tout, qu'il y arriva, dans le même temps où Mas'Aniello venait de tomber.

Vêtu d'une manière qui n'était pas précisément somptueuse, une mince petite bourse avec une paire de pâles sequins dans la poche, il attendit après la tombée de la nuit pour se glisser dans la ville, et il parvint, sans y avoir pris garde, sur la place Navona. Là il avait autrefois, dans des jours meilleurs, habité une belle maison voisine du palais Pamfili. Il regarda avec amertume les grandes croisées, brillant, ainsi que des glaces, aux rayons de la lune, dont les reflets y scintillaient comme des éclairs. « Hum! fit-il sourdement, il en coûtera de la toile et des couleurs avant que je rétablisse là-haut mon atelier. » Mais tout-à-coup il éprouva un saisissement douloureux dans tous les membres, et se sentit abattu et découragé comme il ne l'avait jamais été de sa vie. « Pourrai-je donc, murmura-t-il entre ses dents, en se laissant tomber sur les degrés de pierre du palais, pourrai-je en livrer assez de toile peinte conforme au goût des sots?... Ah! il me semble que je suis à bout. »

Le vent froid et piquant de la nuit soufflait dans les rues. Salvator reconnut la nécessité de chercher un gite. Il se leva avec peine et gagna en chancelant le Corso, d'où il tourna dans la rue Bergognona. Là il s'arrêta devant une petite maison, n'ayant que deux fenêtres en largeur, et qu'habitait une pauvre veuve avec ses deux filles. Elle l'avait hébergé à peu de frais lorsqu'il était venu à Rome, pour la première fois, inconnu et sans réputation, ce qui lui faisait espérer de retrouver chez elle un asile approprié à sa triste situation actuelle.

Il frappa à la porte avec confiance en déclinant plusieurs fois son nom. Enfin il entendit la vieille, péniblement arrachée à son sommeil, s'avancer en traînant la pantoufle jusqu'à la fenêtre, où elle se mit à pester rudement contre le vaurien qui la troublait au milieu de la nuit, jurant que sa maison n'était pas une auberge, etc. Il y eut bien des propos d'échangés jusqu'à ce qu'elle reconnût, à sa voix, son ancien locataire ; et quand Salvator lui eût raconté, d'un accent plaintif, comment il s'était sauvé de Naples, et comment il ne savait où trouver un abri à Rome : « Ah! s'écria la vieille, par le Christ et par tous les saints! est-ce vous, signor Salvator? — Eh donc! votre petite chambre en haut donnant sur la cour est encore vacante, et le vieux figuier a maintenant poussé ses branches et ses feuilles au niveau des fenêtres, de sorte que vous pourrez vous reposer et travailler comme sous un riant et frais berceau! — Ah! combien mes filles se réjouiront de vous voir ici de nouveau, signor Salvator! — Mais savez-vous bien que Marguerite est devenue très-grande et très-jolie? — Dam! vous ne la balancerez plus sur vos genoux! Et votre petite chatte, Signor! qui est morte, il y a trois mois, pour avoir avalé une arête de poisson. Eh, mon Dieu! la tombe est notre héritage à tous. Mais, à propos, vous souvient-il de la grosse voisine dont vous avez ri si souvent, que vous avez si souvent et si drôlement dessinée? eh bien! croiriez-vous qu'elle a épousé pourtant ce jeune homme..., le signor Luigi! Ah! *nozze e magistrati sono da dio destinati* [1]. — Les mariages se concluent au ciel, voilà.....

« Mais, dit Salvator en interrompant la vieille, mais

signora Catterina, je vous conjure au nom de tous les saints, laissez-moi d'abord entrer, puis vous me conterez de votre figuier, de vos filles, de la petite chatte et de la grosse voisine. — Je tombe de fatigue et de froid.

« Oh ! que d'impatience, dit la vieille. *Chi va piano va sano, chi va presto more lesto*[1]. Hâtons-nous doucement, là ! Mais vous êtes fatigué, vous avez froid : Vite donc les clés, les clés ! vite ! »

Toutefois il fallut que la vieille réveillât d'abord ses filles, puis qu'elle allumât le feu, posément, et enfin elle alla ouvrir la porte au pauvre Salvator ; mais à peine était-il entré sous le porche qu'il tomba de lassitude et d'épuisement. Par bonheur le fils de la veuve, qui d'ordinaire demeurait à Tivoli, se trouvait chez elle. On lui fit quitter son lit pour le malade, et ce fut bien volontiers qu'il céda sa place à l'ami de la maison.

La vieille aimait extrêmement Salvator, elle le mettait, quant à son art, au-dessus de tous les peintres du monde, et trouvait d'ailleurs un charme particulier dans la moindre de ses actions. Par contre-coup, le déplorable état de l'artiste l'avait mise hors d'elle-même, et elle voulait incontinent courir au couvent voisin quérir son confesseur pour qu'il vînt combattre la puissance maligne par des cierges bénits ou quelque autre moyen efficace. Le fils était d'avis, au contraire, qu'il vaudrait peut-être mieux tâcher de trouver un bon médecin, et il courut sur-le-champ à la place d'Espagne, où demeurait à son escient le célèbre docteur Splendiano Accoramboni.

Dès que celui-ci eut appris que le peintre Salvator Rosa gisait malade dans la rue Bergognona, il se prépara aussitôt à se transporter près du patient.

Salvator était sans connaissance et dans le paroxisme de la fièvre. La vieille avait suspendu au-dessus du lit deux images de saints et priait avec ferveur. Les filles baignées de larmes s'efforçaient de temps en temps de faire avaler au malade quelques gouttes de la rafraichissante limonade qu'elles avaient préparée, pendant que le fils, assis à son chevet, essuyait la sueur froide de son front. Le jour était arrivé lorsque la porte s'ouvrit bruyamment, et le célèbre docteur signor Splendiano Accoramboni entra.

Si Salvator n'eût pas été en danger de mort et s'il n'eût pas éveillé autant d'anxiété autour de lui, nul doute que les deux jeunes filles, gaies et mutines comme elles l'étaient d'habitude, eussent éclaté de rire à la singulière tournure du docteur, au lieu qu'en cette occasion elles se retirèrent timidement et toutes craintives à l'écart. Il ne messied pas de dire quel air avait le petit homme qui parut au point du jour chez la dame Catterina dans la rue Bergognona. En dépit de toutes les dispositions à la croissance la plus parfaite, monsieur le docteur Splendiano Accoramboni n'avait pas cependant pu tout à fait atteindre à la taille majesteuse de quatre pieds. Dans son enfance pourtant la structure de ses membres offrait les proportions les plus élégantes, et avant que sa tête, dès l'origine un peu difforme, eût acquis un volume démesuré, grâce à des joues énormes et à un double menton prodigieux, avant que son nez eût pris un peu trop d'embonpoint en largeur par suite de l'emploi surabondant du tabac d'Espagne, avant que son petit ventre fût devenu un peu trop proéminent par la pâture du maccaroni, le costume d'*abbate* qu'il portait alors lui allait à ravir. On pouvait, à bon droit, l'appeler un charmant bout d'homme : aussi les dames romaines l'appelaient-elles en effet *caro pupazetto*, leur cher petit poupon. Cela était passé de mode à cette époque il est vrai, et un peintre allemand disait, non sans raison, en voyant le docteur Splendiano Accoramboni traverser la place d'Espagne, qu'il semblait qu'un gaillard de six pieds et fort en proportion eût en courant laissé tomber sa tête juste sur le corps d'un polichinelle de marionnettes, contraint depuis à la porter comme la sienne propre.

Cette piètre et drôlatique figure s'était affublée d'une quantité déraisonnable de damas de Venise à grands ramages ajustée en robe de chambre ; elle portait bouclé sous la poitrine un large ceinturon de cuir auquel pendait une rapière longue de trois aunes, et, sur sa perruque blanche comme la neige, elle avait posé un bonnet haut et pointu qui ressemblait passablement à l'obélisque de la place de Saint-Pierre ; et comme la susdite perruque, pareille à un tissu embrouillé et ébouriffé, lui descendait jusqu'au bas du dos, elle pouvait, en quelque sorte, passer pour le cocon servant de résidence à ce beau ver à soie.

Le digne Splendiano Accoramboni regarda d'abord à travers ses grandes lunettes resplendissantes le malade, puis dame Catterina, et prenant la vieille à part : « Voilà, dit-il à voix basse, voilà le brave peintre Salvator Rosa malade à la mort chez vous, dame Catterina, et il est perdu si mon art ne le sauve. — Dites-moi un peu, depuis quand est-il arrivé chez vous? a-t-il apporté avec lui beaucoup de beaux grands tableaux?

« Ha! mon cher docteur, répliqua dame Catterina, ce n'est que cette nuit que mon pauvre fils est entré ici, et, quant aux tableaux, je n'en sais rien encore; mais il y a en bas une grande caisse dont Salvator m'a recommandé d'avoir bien soin avant qu'il perdît connaissance comme vous le voyez à présent. Peut-être bien qu'elle renferme emballé quelque joli tableau qu'il aura peint à Naples. » — Ceci était un mensonge que faisait dame Catterina : mais nous apprendrons bientôt quel bon motif elle avait pour en conter de la sorte à monsieur le docteur.

« Ah !... » fit le docteur, en souriant et en se caressant la barbe; puis il s'approcha du malade de l'air le plus grave qu'il put se donner avec sa longue rapière qui s'accrochait aux chaises et aux tables, lui prit la main et tâta son pouls, en soufflant et en aspirant de manière à produire un effet étrange au milieu du silence profond et religieux qu'observait tout le monde. Puis il énuméra, par leurs noms grecs et latins, cent vingt maladies que Salvator n'avait certes pas, ensuite presqu'autant d'autres qu'il aurait pu avoir, et conclut en disant qu'il ne saurait, en vérité, désigner, au juste pour le moment, la maladie de Salvator, mais qu'il lui trouverait sous peu un nom précis et en même temps les remèdes convenables pour la guérir. Là-dessus, il se retira aussi gravement qu'il avait paru, laissant tout le monde dans l'inquiétude et dans les transes.

En bas, le docteur demanda à voir la caisse de Salvator. Dame Catterina lui en montra une, en effet, où étaient enserrés quelques manteaux usés de son défunt mari avec de vieilles chaussures. Le docteur frappa en souriant le long de la caisse, et dit d'un air satisfait : « Nous verrons, nous verrons ! » — Au bout de quelques heures, le docteur revint avec un très-beau nom pour la maladie de Salvator, et plusieurs grands flacons pleins d'une boisson nauséabonde qu'il ordonna d'entonner sans relâche au malade. — Cela coûta quelque peine, car la médecine, qu'on eut dit puisée au fond de l'Achéron, excitait chez le peintre une répugnance et une aversion horribles. Mais soit que sa maladie, qui, depuis qu'elle avait reçu un nom de Splendiano, représentait vraiment une réalité, fût arrivée à son plus aigu période, soit que la potion travaillât trop violemment dans ses entrailles, toujours est-il que le pauvre Salvator devint chaque jour et d'heure en heure plus affaissé. Et, malgré les assurances du docteur Accoramboni, qui prétendait qu'après l'atonie complète des forces vitales, il donnerait à la machine, ainsi qu'au pendule d'une horloge, l'impulsion d'un mouvement plus actif, chacun désespérait du rétablissement de Salvator et soupçonnait le docteur d'avoir déjà donné peut-être au pendule une impulsion tellement forte qu'il l'avait totalement brisé.

Un jour il arriva que Salvator, qui semblait à peine en état de remuer un membre, fut saisi tout-à-coup d'une fièvre brûlante qui lui donna la force de sauter à bas de son lit. Il s'empara des flacons pleins de l'odieux breuvage, et les lança par la fenêtre avec fureur. Le docteur Splendiano Accoramboni allait précisément entrer dans la maison; il se trouva donc atteint par plusieurs flacons qui se brisèrent sur sa tête, et la noire liqueur se répandit avec abondance sur la perruque, le visage et la fraise du docteur. Aussitôt il se précipita dans la maison en criant comme un possédé : « Signor Salvator est devenu fou, il est tombé en frénésie! Il n'y a plus d'art pour le sauver : il est mort avant dix minutes. A moi le tableau, dame Catterina! il m'appartient. C'est le moindre prix de mes peines, à moi le tableau, dis-je! »

Mais lorsque dame Catterina eut ouvert le coffre et que le docteur Splendiano vit les vieux manteaux et les vieilles chaussures, ses yeux tournèrent dans leur orbite comme une paire de roues flamboyantes; il trépigna, il grinça des dents, et, vouant le pauvre Salvator, la veuve et toute la maison à tous les diables de l'enfer, il s'échappa du logis avec la vitesse d'une baguette chassée de la bouche d'un canon.

Après les transports de son accès de fièvre, Salvator tomba dans un accablement presque léthargique. Dame Catterina crut réellement qu'il touchait à son heure dernière, et elle s'empressa d'aller chercher au couvent le père Bonifacio pour qu'il administrât l'extrême-onction au moribond. Quand il eut vu le malade, le père Bonifacio, familiarisé à distinguer les traits précis qu'imprime sur la face de l'homme la mort qui s'approche, reconnut qu'aucun symptôme ne s'en révélait jusqu'ici dans l'évanouissement de Salvator, et qu'il restait des chances de secours dont il allait user sur-le-champ, à condition seulement que le sieur docteur Splendiano Accoramboni, avec ses noms grecs et ses bouteilles infernales, ne passerait plus le seuil de la porte.

Le bon père se mit aussitôt en route, et nous allons voir l'effet de sa promesse et de ses bons secours.

Quand Salvator sortit de son état de syncope, il lui sembla qu'il était couché dans un bosquet odoriférant, car au-dessus de sa tête s'entrelaçaient des branches et des feuilles vertes, et il ne souffrait plus, sinon qu'il sentait son bras gauche engourdi et comme enchaîné.—« Où suis-je? » demanda-t-il d'une voix faible. — Alors un jeune homme, de bonne mine, qui se tenait debout devant son lit et qu'il n'avait pas aperçu plutôt, se jeta à genoux, prit sa main droite, la baisa, la mouilla de larmes chaudes, et s'écria coup sur coup : « Oh! mon digne Monsieur, oh! mon grand maître, tout va bien maintenant : vous êtes sauvé!... vous êtes sauvé! »

— « Mais dites-moi, » reprit Salvator. Soudain le jeune homme l'interrompit, en le priant de ne pas se fatiguer à parler dans son état de faiblesse et s'offrant à lui raconter ce qui s'était passé. « Or, continua-t-il, mon cher grand maître, vous étiez bien malade quand vous veniez d'arriver de Naples ici, mais non pas en danger de mort, et des remèdes simples, ordonnés à propos, avec votre nature vigoureuse, vous auraient en peu de temps remis sur pied, si, par la maladresse de Carlo, qui, dans la meilleure intention du monde, courut tout de suite chez le médecin le plus voisin, vous n'étiez tombé entre les mains de ce maudit docteur Pyramide, qui prenait toutes ses mesures, ma foi, pour vous expédier dans l'autre monde.

« Quoi ! s'écria Salvator en riant de tout son cœur, malgré son peu de force, que dites-vous ? du docteur Pyramide ?... Oui, oui ! oh, tout malade que j'étais, je l'ai bien vu ce petit bout d'homme enveloppé de damas qui me condamna à cet infâme breuvage d'enfer. Il portait sur sa tête l'obélisque de la place de Saint-Pierre, et c'est pour cela que vous l'appelez le docteur Pyramide.

« Dieu du ciel ! dit le jeune homme en riant pareillement de toutes ses forces, c'est donc que le docteur Splendiano vous a apparu dans son bonnet de nuit sous lequel on le voit chaque matin resplendir à sa fenêtre, sur la place d'Espagne, comme un météore de mauvais augure ! mais ce n'est nullement à cause de ce bonnet qu'on le nomme le docteur Pyramide, il y en a une toute autre raison. Le docteur Splendiano est un très-grand amateur de tableaux, et il en possède en effet une collection parfaitement bien composée qu'il s'est procurée par un procédé tout particulier. — Il tend des piéges aux peintres et abuse de la maladie contre le malade. Les artistes étrangers sont surtout l'objet de son zèle malicieux. Ont-ils seulement une fois mangé deux pincées de maccaroni de trop, ou bu un verre de vin de Syracuse de plus qu'il n'est convenable, il sait les amorcer dans ses filets, il leur endosse tantôt une maladie, tantôt une autre qu'il a soin de baptiser d'un nom prodigieux, et puis il traite et guérit d'estoc et de taille. Pour prix de la cure il se fait promettre un tableau, et le recueille d'ordinaire dans la succession du pauvre peintre étranger qu'on a été ensevelir à la Pyramide de Cestius: car il n'y a que des tempéraments solides et opiniâtres qui osent résister à ses remèdes corroborants. L'enceinte funéraire voisine de la Pyramide de Cestius, voilà le champ qu'ensemence et cultive diligemment le docteur Splendiano Accoramboni, et c'est pour cela qu'on l'appelle le docteur Pyramide. — Dame Catterina avait, par surcroît, fait entendre au docteur, assurément dans un but louable, que vous aviez apporté à Rome un tableau superbe, et maintenant je vous laisse à penser de quel zèle il élaborait vos breuvages. Par bonheur pour vous que dans le délire de la fièvre vous avez jeté au docteur ses bouteilles à la tête, par bonheur encore qu'il vous a délaissé dans sa colère, et par bonheur enfin que dame Catterina a fait venir le père Bonifacio pour vous administrer les sacrements! car elle vous croyait arrivé à l'agonie. Père Bonifacio, qui s'entend un peu en médecine, jugea parfaitement bien votre état, et il me manda... — De sorte que vous aussi êtes médecin! demanda Salvator d'une voix basse et dolente. — Non, répondit le jeune homme dont le visage se couvrit d'une vive rougeur, non, mon cher grand maitre, je ne suis nullement médecin à la façon de signor Splendiano Accoramboni, mais bien.... chirurgien. — Quand père Bonifacio m'apprit que Salvator Rosa était au lit, presque mourant dans la rue Bergognona, je crus que j'allais être anéanti de terreur et de joie : j'accours, je vous ouvre la veine au bras gauche : vous étiez sauvé !... Nous vous transportâmes ici dans cette chambre fraiche et aérée, votre ancienne demeure. Regardez autour de vous : voici le chevalet que vous avez laissé en partant, par là sont plusieurs croquis de votre main que dame Catcrina avait mis en réserve comme une relique. — Voici votre maladie vaincue. Des médicaments simples que père Bonifacio prépare, et de bons soins vous rendront bientôt toutes vos forces. Et à présent souffrez que je baise encore une fois cette main, cette main créatrice, qui pénètre et résout les secrets les plus magiques de la nature vivante. Permettez que le pauvre Antonio Scacciati épanche le ravissement de son cœur, et rende au ciel d'ardentes actions de grâce de ce qu'il m'a permis de sauver la vie au grand, à l'excellent maitre Salvator Rosa ! » En parlant ainsi, le jeune homme s'agenouilla de nouveau, pressa la main de Salvator, et la couvrit, comme auparavant, de baisers et de larmes brûlantes.

« Je ne sais pas, disait Salvator, qui s'était soulevé un peu avec beaucoup de peine, mon cher Antonio, quel sentiment secret vous inspire pour me témoigner tant de vénération. Vous êtes, dites-vous, chirurgien, et cette profession n'est guère communément disposée à sympathiser avec les beaux arts.

« Quand vous serez plus dispos, répondit le jeune homme en baissant les yeux, je vous confierai, mon cher maître, bien des choses qui me pèsent maintenant lourdement sur le cœur.

« Volontiers, répliqua Salvator : prenez en moi pleine confiance, vous le pouvez, car je ne sache pas un regard d'homme qui m'ait ému plus profondément, ni qui peignît mieux la sincérité que le vôtre. Plus je vous considère, et plus votre visage me semble évidemment empreint de ressemblance avec le jeune homme divin.... avec Sanzio ! »

Les yeux d'Antonio lançaient des éclairs à éblouir... En vain il chercha des mots pour répondre...

Dans le même moment dame Catterina entra avec le père Bonifacio, et celui-ci présenta à Salvator une potion artistement préparée qui fit meilleure bouche au malade, et lui valut mieux que la liqueur achérontique du docteur Pyramide Splendiano Accoramboni.

ANTONIO SCACCIATI

Parvient à de grands honneurs par l'entremise de Salvator Rosa : Il lui confie les motifs de sa tristesse continuelle. Salvator le console, et lui promet son assistance.

Il arriva ce qu'Antonio avait prédit ; les remèdes naturels et salutaires du père Bonifacio, les soins assidus de la bonne dame Catterina et de ses filles, la douce influence du printemps naissant, tout ensemble opéra si bien chez Salvator, doué d'un tempérament robuste, qu'il se trouva bientôt assez vaillant pour pouvoir s'occuper de son art, et qu'il ébaucha, par manière de prélude, quelques bons dessins au trait, se proposant de les exécuter plus tard sur la toile. Antonio ne s'absenta point, pour ainsi dire, de la chambre de Salvator; il était tout yeux quand celui-ci crayonnait ses esquisses, et, plus d'une fois, sa façon de juger fit bien voir qu'il était initié aux pratiques de l'art.

« Ecoutez, Antonio, lui disait un jour Salvator, vous vous entendez si bien à la peinture, que je crois que vous n'avez pas seulement mûri votre jugement par l'habitude de voir et de réfléchir, mais vous avez dû vous-même manier le pinceau.

« Souvenez-vous, mon cher maître, répondit Antonio, que je vous ai déjà parlé, au début de votre convalescence après ce profond évanouissement, de maintes choses qui me pesaient lourdement sur le cœur. Je pense que le moment est venu de vous dévoiler en entier le fond de mon âme. Eh bien donc, tout en étant Antonio Scacciati, le chirurgien qui vous a saigné, j'appartiens cependant tout entier à l'art auquel je veux me vouer sans réserve en jetant de côté ce métier maudit.

« Ho ! ho ! s'écria Salvator, réfléchissez à cela, Antonio : vous êtes chirurgien habile, et vous deviendrez peut-être et peut-être resterez-vous peintre fort médiocre. Car, excusez moi, si jeune que vous pouvez être, vous êtes pourtant déjà trop âgé pour commencer à prendre le charbon en main, quand à peine la vie d'un homme suffit pour acquérir quelques notions de la science du vrai, et surtout la capacité de la pratique.

« Eh ! répliqua Antonio avec un léger sourire, comment aurais-je pu concevoir la folle idée de m'adonner à cette heure à l'art si difficile de la peinture, si je ne m'y étais pas exercé dès ma plus tendre jeunesse, si, par la faveur du ciel, et malgré les efforts opiniâtres de mon père pour me rendre étranger tout ce qui dépend de l'art, je n'avais cependant fréquenté des maîtres célèbres. Sachez que le grand Annibal* s'est intéressé au pauvre enfant délaissé, et que je puis me dire, à juste titre, l'élève de Guido Reni.

« Or ça, s'écria Salvator d'un ton un peu aigu qui lui était familier, brave Antonio, vous avez eu donc de bien grands maitres, et infailliblement ils ont en vous aussi un rare élève, je le parierais sans préjudice pour votre chirurgie ; mais seulement je ne conçois pas que vous, un partisan fidèle de l'élégant, du suave Guido, sur qui peut-être, — c'est le fait de l'enthousiasme des écoliers, — vous renchérissez encore dans vos œuvres, vous pouviez, dis-je, trouver quelque charme dans mes tableaux, et me tenir pour un peintre d'élite. »

A ces mots de Salvator, presque envenimés d'une raillerie dédaigneuse, le visage du jeune homme s'enflamma de rougeur. — « Laissez-moi maintenant, dit-il, abjurer tout reste d'une timidité qui me ferme souvent la bouche, laissez-moi vous parler franchement et sans arrière pensée : oui, certes, plus qu'aucun autre maitre, je vous honore, vous Salvator, du plus profond de mon âme. C'est la grandeur surnaturelle des idées que j'admire, avant tout, dans vos ouvrages. Vous décelez les secrets les plus profonds de la nature, vous lisez, vous interprétez les hiéroglyphes merveilleux de ses rochers, de ses forêts, de ses cataractes ; vous entendez sa voix, vous comprenez sa langue, et vous possédez la faculté de traduire ce qu'elle vous a dit, car j'appliquerais volontiers le nom de version à votre peinture hardie et véhémente. — L'homme seul ni ses actes matériels ne vous suffisent pas : vous ne l'envisagez que dans l'ensemble de la nature et autant seulement que son apparition est nécessaire au complément de la scène et de la pensée. Voilà d'où vient, Salvator, la grandeur véritable qui imprime à vos paysages un si large caractère, tandis que la donnée historique vous impose des bornes qui arrêtent votre essor au détriment de la représentation.

« Oh ! vous répétez ceci, Antonio, interrompit Salvator, d'après les propos jaloux de nos peintres d'histoire qui me jettent les paysages comme le seul morceau bon à ronger pour moi, afin d'épargner leur propre pitance. Est-ce que j'entends en effet la moindre chose aux figures humaines et à tout ce qui s'y rapporte ?... Mais ces ridicules médisances...

« Ne vous fâchez pas, mon cher maître, continua Antonio, je ne répète aucune médisance sur personne aveuglément, et ce sont, à coup sûr, les peintres de cette cité de Rome et leurs jugements qui doivent m'inspirer la pire défiance.—Qui n'admirera pas, tout haut à votre honneur, le dessin hardi, l'expression merveilleuse de vos figures, mais surtout leurs mouvements pleins d'animation. Il est aisé de s'apercevoir que vous ne travaillez pas d'après des modèles impassibles, et encore moins sur le mannequin. On devine que vous vous servez à vous-même de modèle vivant et passionné, parce qu'en effet, soit pour vos dessins, soit pour vos tableaux, votre pensée, telle qu'une glace transparente, vous rend présent chaque personnage que vous méditez de reproduire.

« Diantre ! Antonio, s'écria Salvator en riant, je

suppose que vous avez, plus d'une fois déjà, sans que j'y aie pris garde, jeté un regard furtif dans mon atelier, pour savoir si bien ce qui s'y passe!

« Cela était-il possible ? répondit Antonio, mais permettez-moi de continuer. — Les ouvrages que votre puissant génie vous inspire, je ne voudrais point les ranger mesquinement, comme les maitres pédants s'efforcent de le faire, dans une catégorie unique. En effet, ce qu'on entend vulgairement par paysage s'applique mal à vos tableaux. J'aimerais mieux les appeler, dans un sens plus profond : compositions historiques. — Il me semble souvent que certain arbre, certain rocher envisage le spectateur d'un regard sévère, souvent que tel groupe de ces hommes si bizarrement costumés présente l'apparence de pierres mouvantes et merveilleuses. Toute la nature enfin, animée d'une vie commune, proclame, avec d'harmonieux accents, la sublime pensée qui jaillit de votre esprit. C'est de ce point de vue que j'ai contemplé vos tableaux, et c'est ainsi que je vous dois, et à vous seul, mon grand et excellent maitre, une plus profonde intelligence de l'art. — Ne croyez pas cependant que je sois tombé dans la puérilité d'une imitation minutieuse. — Autant d'ailleurs j'envie la spontanéité, la hardiesse de votre pinceau, autant, je vous l'avouerai, le coloris de vos tableaux est disparate à mes yeux de celui que m'offre la nature. Or, s'il est, dans la pratique, profitable à l'élève de suivre le style de tel ou tel maitre, il doit néanmoins, dès qu'il se soutient un peu et marche seulement sans lisières, s'efforcer de reproduire la nature d'après ses propres sensations. — Cette appréciation consciencieuse et personnelle peut seule enfanter un talent vrai et caractérisé. Guido n'avait point d'autre opinion, et le turbulent Petri, surnommé, comme vous savez, le Calabrois, un peintre qui avait approfondi son art avec conscience, m'avertissait sans cesse de me tenir en garde contre ce défaut de servilité. — Maintenant, Salvator, vous savez pourquoi je vous honore si particulièrement, sans être votre parodiste. »

Salvator avait eu constamment les yeux attachés sur ceux du jeune homme en l'écoutant, et quand il eut cessé de parler, il le pressa ardemment contre son cœur.

« Antonio, lui dit-il ensuite, vous venez de prononcer des paroles éminemment sensées. Tout jeune que vous êtes, vous pouvez, en ce qui regarde l'intelligence de l'art, passer pour supérieur à des maîtres très-vieux et très-vantés, qui s'aventurent fort et déraisonnent sur la matière sans en approfondir jamais l'essence. En vérité, je me suis senti, en vous entendant parler de mes tableaux, comme dévoilé à moi-même, et vous qui ne pensez pas qu'il suffise, pour imiter mon genre, d'emplir un pot de couleur noire, de bigarrer la toile de tons criards, ou même de planter sur la boue du chemin une paire de figures estropiées avec des mines sinistres, et de s'imaginer après, comme tant d'autres font, que le Salvator est complet : vous avez droit à toute mon estime, et, dès ce moment, vous possédez en moi l'ami le plus dévoué ; je suis à vous, Antonio, de cœur et d'âme. »

Antonio était hors de lui de voir Salvator lui témoigner tant d'effusion et de bienveillance. Celui-ci manifesta un vif désir de voir les ouvrages d'Antonio, qui le conduisit sur-le-champ à son atelier.

Salvator ne s'attendait à rien de médiocre du jeune homme qui avait discouru si savamment sur l'art, et qu'un génie particulier semblait inspirer : cependant les tableaux exquis d'Antonio le surprirent au dernier point. Il trouva partout des idées hardies relevées par la correction du dessin et la fraicheur du coloris. Un goût parfait dans les plis des draperies, l'élégance singulière des extrémités, infiniment de grâce dans les têtes, tout annonçait le digne élève du grand Reni, quoique Antonio eût préservé sa manière de l'excès du maitre, chez qui se trahit trop souvent l'habitude de sacrifier l'expression à la beauté. On voyait qu'Antonio cherchait à s'approprier la vigueur d'Annibal sans avoir pu encore y atteindre.

Salvator avait examiné gravement et en silence chaque tableau d'Antonio; il lui dit ensuite : « Écoutez, Antonio, il n'en faut pas douter, positivement vous êtes né pour le noble état de peintre ; car non-seulement la nature vous a doué de cet esprit créateur, source d'inépuisables richesses, et dont la flamme vivifie les idées les plus grandioses, mais elle vous a octroyé aussi le rare talent de surmonter en peu de temps les difficultés de la pratique. Je vous flatterais par un mensonge si je vous disais que vous avez déjà à présent atteint vos maitres, et que vous possédez la grâce merveilleuse de Guido et l'énergie d'Annibal ; mais assurément vous surpassez nos maîtres d'ici qui se gonflent tant de l'Académie de *San-Luca*, les Tiarini, les Gessi, les Sementa et le reste, sans même excepter Lanfranc, qui ne sait peindre que sur la chaux. Et pourtant, Antonio! si j'étais à votre place je réfléchirais avant d'abandonner la lancette pour ne plus prendre en main que le pinceau. Ceci sonne étrangement à l'oreille; mais écoutez-moi, l'art est arrivé à une époque critique, ou plutôt je pense que le diable a pris à tâche de faire une rude guerre aux artistes. Or, si vous n'êtes pas préparé à subir toute sorte d'affronts, car plus haut atteindra votre mérite, plus vous aurez à essuyer de dédains et de mépris : partout, à chaque progrès de votre renommée, il faut s'attendre à voir surgir en même temps mille envieux malfaisants qui, sous le masque de l'amitié, s'empresseront autour de vous pour vous perdre plus sûrement; si vous n'êtes pas, dis-je, préparé à tout cela, ne songez plus à la peinture. Rappelez-vous le sort de votre maître, du grand Annibal, si odieusement persécuté par la tourbe de ses lâches confrères, qu'il ne put obtenir un seul ouvrage important à exécuter et qu'on le vit même honteusement rebuté en toute occasion, jusqu'à ce que le désespoir amenât sa mort prématurée. Oubliez-vous ce qui arriva à notre Dominiquin, occupé à peindre la chapelle de Saint-Janvier? Ces peintres enragés, je m'abstiens d'en désigner aucun, pas même les infâmes Bélisario et Ribera! ne séduisirent-ils pas son domestique pour qu'il mêlât des cendres dans sa chaux, dans le but d'empêcher que, l'enduit devenu impropre à se lier et à adhérer au mur, la peinture pût acquérir aucune consistance? Pesez bien tout cela, et mesurez si vos forces sont capables de résister à de tels assauts, car autrement, votre volonté fléchira, et, avec le ferme courage de produire, s'éteindra aussi le talent qui y est nécessaire.

« Oh! Salvator, répliqua Antonio, il est à peu près impossible que j'aie plus de mépris et de dédains à redouter quand j'aurai embrassé tout-à-fait la profession de peintre, que je n'en essuye à présent dans l'état de chirurgien. Vous avez éprouvé quelque plaisir à la vue de mes tableaux ; oui, vous avez dit, à coup sûr par une conviction intime, que je serai capable un jour de créer quelque chose de mieux que beaucoup de nos Messieurs de *San-Luca ;* et pourtant ce sont précisément ceux-là qui, au sujet de mes ouvrages les plus consciencieux, font les dégoûtés, et disent dédaigneusement : Voyez donc, le chirurgien qui veut peindre! Mais c'est justement là ce qui affermit ma résolution de répudier absolument un métier qui me devient tous les jours plus odieux. C'est en vous, mon digne maître, que j'ai mis tout mon espoir. Votre avis est d'un grand poids; vous pouvez d'un seul mot, si vous le voulez, terrasser à jamais mes envieux persécuteurs, et m'assigner la place où je dois être.

« Votre confiance en moi est grande, répondit Salvator; mais, sur ma foi! depuis que nous nous sommes trouvés si bien d'accord sur notre art, depuis que je connais vos ouvrages, je ne sais guère, en effet, pour qui je descendrais dans l'arène avec plus de plaisir que pour vous. »

Salvator passa en revue, encore une fois, les tableaux d'Antonio, et s'arrêta devant l'un d'eux représentant une Madeleine aux pieds du Christ, et qu'il loua tout particulièrement.

« Vous n'avez pas suivi, disait-il, la tradition d'après laquelle on traite ce sujet. Votre Madeleine n'est pas cette fille sévère que nous connaissons, c'est plutôt un enfant naïf et tendre, mais un enfant adorable tel que Guido l'aurait pu créer. Il y a un charme surnaturel dans ce gràcieux visage. Vous l'avez peint d'inspiration, et je me trompe fort, ou l'original de cette Madeleine doit exister ici, à Rome. Convenez-en, Antonio ! vous êtes amoureux. »—Antonio baissa les yeux, et d'une voix basse et tremblante : « Rien n'échappe à votre regard perçant, dit-il, mon cher maître ! vous avez peut-être deviné, mais ne me blâmez pas, je vous conjure.— Je chéris ce tableau par-dessus tous les miens, et jusqu'à cette heure je l'ai dérobé à tous les regards comme un saint mystère.

« Que dites-vous, interrompit Salvator, aucun de nos peintres n'a-t-il vu votre tableau ? — Aucun, répondit Antonio. — Ho bien ! continua Salvator, dont l'œil pétillait de joie, s'il en est ainsi, soyez certain que je vous vengerai de vos envieux et arrogants détracteurs, et que je vous ferai obtenir l'honneur que vous méritez. Confiez-moi votre toile, portez-la de nuit et à la dérobée chez moi, et laissez-moi pourvoir au reste; —Y consentez-vous ?

Mille et mille fois joyeux, répondit Antonio. — Ah! que je voudrais m'ouvrir à vous aussi dès-à-présent sur mes chagrins d'amour; mais j'aurais scrupule de le faire le même jour où nous nous sommes mutuellement communiqué nos sentiments sur l'art. — Plus tard je viendrai encore implorer, dans l'intérêt de mon amour, vos secours et vos conseils. — Les uns et les autres sont à votre service, répondit Salvator, en tous lieux et chaque fois que vous en aurez besoin. »

En s'éloignant, Salvator se retourna encore une fois et dit en souriant : « Ecoutez, Antonio, lorsque vous m'avez découvert que vous étiez peintre, le souvenir de cette ressemblance que je vous avais trouvée avec Sanzio vint me donner une secousse. Je voyais déjà en vous un de ces jeunes extravagants qui, pour l'analogie qu'ils ont dans quelques traits du visage avec tel ou tel maître, s'arrangent aussitôt la barbe et les cheveux à son instar, et ne se soucient d'autre vocation pour se faire, en dépit de leur propre nature, les singes de l'artiste et de sa manière. — Nous n'avons prononcé, ni l'un ni l'autre, le nom de Raphaël : je vous le dis pourtant, j'ai trouvé dans vos tableaux des indices manifestes que l'étincelle du feu sacré a jailli pour vous des ouvrages divins du plus grand peintre de l'époque. Vous avez compris Raphaël, et vous ne me répondriez pas comme Velasquez, à qui je demandais l'autre jour ce qu'il pensait de Sanzio: savoir que Titien était le premier peintre et que Raphaël n'entendait rien à la carnation. Certes dans cet espagnol il y a de la chair, mais tout est muet, et cependant à *San-Luca* ils le portent aux nues, parce qu'une fois il a peint des cerises que les pierrots sont venus becqueter. »

Bientôt après, le jour arriva où les académiciens de *San-Luca* s'assemblaient, dans leur église, pour juger les ouvrages des peintres qui prétendaient à leur admission. C'était là que Salvator avait fait placer le joli tableau de Scacciati. Les peintres furent séduits, malgré eux, par la vigueur et la grâce de cette peinture, et chacun se confondit en éloges outrés, lorsque Salvator eut déclaré qu'il avait apporté de Naples ce tableau, seul héritage d'un jeune peintre mort récemment. En peu de jours toute la ville de Rome afflua pour admirer la toile du jeune peintre inconnu et défunt.

On tomba d'accord que, depuis Guido Reni, aucun ouvrage n'avait paru qu'on pût comparer à celui-là; on alla même si loin, dans l'excès d'un juste enthousiasme, qu'on rangea la délicieuse Madeleine audessus de tout ce que Guido avait produit dans le même genre.—Dans la foule des spectateurs, Salvator un jour remarqua un homme aussi singulier d'aspect que par ses étranges façons d'agir. Il était avancé en âge, grand, maigre comme un fuseau, avec une figure pâle, des yeux gris et étincelants, un nez long et pointu et un menton presque aussi long recouvert d'une mèche de poils en forme de dard; il avait une épaisse perruque d'un blond fade, un chapeau à haute forme orné d'un superbe panache; il portait un petit manteau rouge-brun bordé d'une quantité de boutons luisants, un pourpoint espagnol à crevées bleu de ciel, des gants à revers et à franges d'argent, un long estoc au côté, des bas gris-clair modelant les os anguleux des genoux et attachés avec des rubans jaunes pareils aux bouffettes des souliers.

Cette drôle de figure restait debout comme en extase devant le tableau d'Antonio, s'élevant sur la pointe des pieds, se rapetissant, sautillant par bonds en avant et en arrière, gémissant, soupirant, tantôt fermant les yeux si violemment que les larmes en ruisselaient, puis les rouvrant, les dilatant et contemplant immobile la charmante Madeleine, tantôt grommelant et chuchotant de sa voix claire et langoureuse comme celle d'un eunuque: « *Ah! carissima! benedettissima. Ah! Marianna! Marianinna bellissima!* » etc... — Salvator, extrêmement curieux des originaux de cette espèce, fendit la presse pour se rapprocher du vieillard dans le dessein de lier conversation avec lui sur le tableau qui paraissait le transporter à l'excès. Sans accueillir Salvator d'une attention expresse, le vieux se prit à maudire sa pauvreté qui ne lui permettait pas d'acquérir le tableau dont il eût donné un million pour l'avoir à lui seul et le dérober à tant de regards profanes. Puis il sauta de nouveau à droite, à gauche, et rendit grâces à la Vierge et à tous les saints de la mort du peintre, infâme auteur de cet ouvrage ravissant qui causait sa rage et son désespoir. — Salvator conclut que cet homme devait être aliéné, ou l'un des membres de l'Académie de *San-Luca* à lui inconnu.

Rome entière était occupée du miraculeux tableau de Scacciati. A peine parlait-on d'autre chose, et cela seul était une preuve suffisante de l'excellence de l'ouvrage. Comme les peintres étaient de nouveau rassemblés dans l'église de *San-Luca* pour voter sur la réception de plusieurs candidats, Salvator Rosa demanda, à l'improviste, si le peintre, auteur de la Madeleine aux pieds du Christ, aurait été digne d'être admis à l'Académie. Tous les juges, sans même en excepter le chevalier Josepin, dont l'habitude était de tout critiquer outre mesure, affirmèrent d'une seule voix qu'un maître de ce mérite aurait été l'ornement de l'Académie, et se mirent en frais d'éloquence pour déplorer sa perte, dont, au fond du cœur, ils ne songeaient, comme le vieux fou, qu'à remercier le ciel.

Ils poussèrent même l'enivrement à ce point qu'ils résolurent, en dépit de sa mort, de décerner au jeune peintre, trop tôt ravi par la tombe à la gloire de l'art, un brevet d'académicien, et de faire dire des messes dans l'église de *San-Luca* pour le salut de son âme. Ils prièrent, en conséquence, Salvator de leur indiquer exactement les noms du défunt, l'année et l'endroit de sa naissance.

C'est alors que Salvator se leva, et à haute voix dit : « Eh, Messieurs, l'honneur que vous voulez conférer à un mort couché dans sa tombe, vous êtes à même d'en faire jouir plus positivement un vivant qui marche, pour ainsi dire, à vos côtés. Sachez que la Madeleine aux pieds du Christ, ce tableau, qu'à juste titre vous avez proclamé supérieur à toutes les productions de ces derniers temps, n'est pas l'ouvrage d'un peintre napolitain, mort, comme je l'ai supposé, pour obvier à un jugement entaché de prévention; ce tableau, dis-je, ce chef-d'œuvre objet de l'admiration de Rome entière, est de la main d'Antonio Scacciati le chirurgien ! »

Les peintres muets et interdits, comme frappés par la foudre, regardaient Salvator. Celui-ci s'amusa quelques moments de leur perplexité, et reprit ensuite : « Eh quoi, Messieurs, vous n'avez pas voulu accueillir ce digne Antonio parce qu'il était chirurgien ; moi je suis d'avis, au contraire, qu'un chirurgien sera loin d'être inutile dans la haute Académie de *San-Luca*, pour remettre les membres aux figures estropiées qui sortent quelquefois des ateliers de certains de vos confrères. Mais à présent ne différez plus ce que vous auriez dû faire il y a long-temps, à savoir, d'admettre l'habile peintre Antonio Scacciati dans le sein de l'Académie. »

Les académiciens avalèrent la pilule, toute amère que l'eut rendue Salvator : ils firent mine de se réjouir hautement qu'Antonio eût donné de son talent une preuve aussi décisive, et le nommèrent avec de pompeuses cérémonies membre de l'Académie.

A peine sut-on dans Rome qu'Antonio était l'auteur du merveilleux tableau, qu'il lui parvint de toutes parts des compliments et des offres même pour l'exécution de plusieurs grands ouvrages. C'est ainsi que le jeune homme fut tout d'un coup tiré de l'obscurité par la prudente adresse de Salvator, et qu'il parvint aux premiers honneurs dès son début réel dans la carrière des beaux-arts.

Antonio se voyait comblé de bonheur et de succès; il surprit donc étrangement Salvator, lorsqu'au bout de quelques jours il se présenta chez lui morne, pâle, défiguré, le désespoir en personne. « Ah! Salvator, lui dit-il, à quoi me sert cette élévation à laquelle je devais si peu m'attendre? à quoi me sert d'être l'objet de tant de louanges et d'honneurs, et de voir s'ouvrir devant moi la perspective de la plus délicieuse existence d'artiste, puisque je suis malheureux au-delà de toute expression, et quand c'est justement le tableau auquel, après vous, mon cher maître, je suis redevable de ma victoire, qui a décidé irrévocablement de mon affreuse destinée?

« Paix! répondit Salvator, n'insultez ni à l'art, ni à votre tableau. Je ne crois nullement à cette infortune inouie dont vous vous effrayez. Vous êtes amoureux et tout ne marche pas au gré de vos désirs, voilà tout. Les amoureux sont comme les enfants qui pleurent et se lamentent si peu qu'on touche à leur poupée. Laissez-là ces doléances, je vous en prie, elles me sont insupportables au dernier point. Asseyez-vous là : — Contez-moi tranquillement en quels termes vous êtes avec votre ravissante Madeleine, et l'histoire sommaire de vos amours, et mettez-moi au fait des pierres d'achoppement qu'il nous faut aplanir, car je vous promets d'avance mon secours. Plus les entreprises qu'il nous faudra tenter seront hasardeuses, plus je m'y plairai. Car le sang recommence à couler rapidement dans mes veines, et cette longue diète m'a stimulé à courir quelque folle aventure. — Mais voyons, Antonio, votre récit ; — et, comme je vous l'ai déjà dit, parlez tranquillement, sans hélas ! sans holà, sans malédiction ! »

Antonio prit place sur la chaise que Salvator lui avait approchée près de son chevalet de travail et commença de la manière suivante.

« Dans la rue Ripetta, dans la maison élevée dont le balcon, très en saillie, s'aperçoit dès qu'on a passé la porte *del popolo*, demeure le personnage le plus bizarre qui existe peut-être dans tout Rome ; un vieux célibataire affligé à lui tout seul de toutes les infirmités de sa condition : vaniteux, avare, singeant le jeune homme, fat et amoureux ; — il est grand, sec comme une verge, il a un costume espagnol bigarré, avec une perruque blonde, chapeau pointu, gants à revers, estoc au côté.

« Arrêtez, arrêtez ! cria Salvator interrompant le jeune homme ; deux minutes de grâce, Antonio ! » — et, en parlant, il retourna la toile à laquelle il travaillait, prit un bout de fusin et dessina sur l'envers en quatre traits le vieil original qui s'était comporté si ridiculement devant le tableau d'Antonio.

« Par tous les saints ! s'écria celui-ci en bondissant de sa chaise et en riant autant que son désespoir lui en laissait le courage, c'est lui, c'est le signor Pasquale Capuzzi dont je viens de parler à l'instant. Le voici en chair et en os !

« Vous voyez donc bien, disait tranquillement Salvator, que je connais déjà le patron qui très-probablement se trouve votre malicieux rival ; mais poursuivez à présent.

« Signor Pasquale Capuzzi, reprit Antonio, est un richard, et, en même temps, comme je vous l'ai dit, un avare crasseux et un fat achevé. Le mieux en lui, c'est qu'il aime les arts, surtout la musique et la peinture ; mais il se mêle à son goût tant de bizarrerie que, même à cet égard, on ne peut en avoir raison. Il se tient pour le plus habile compositeur de la terre et pour un chanteur tel que la chapelle papale ne possède pas son pareil. C'est aussi pour cela qu'il traite du haut en bas notre vieux Frescobaldi, et se persuade, quand les Romains s'extasient sur le magique prestige de la voix de Ceccarelli, que Ceccarelli s'entend à chanter comme la botte d'un postillon, et que lui seul, Capuzzi, connait l'art de charmer l'oreille par de mélodieux accents. Mais comme le premier chanteur du pape porte le nom seigneurial de Odoardo Ceccarelli *di Merania*, notre Capuzzi est très-flatté de s'entendre appeler Pasquale Capuzzi *di Senigaglia*, car c'est à Senigaglia, et, à ce que l'on raconte, sur un bateau pêcheur que sa mère le mit au monde, saisie d'une peur subite à la vue d'un chien de mer qui parut à la surface de l'eau ; c'est pour cela, sans doute, qu'il y a dans son naturel tant d'analogie avec le chien de mer. Dans sa jeunesse il fit jouer un opéra qui fut impitoyablement sifflé, ce qui ne l'a nullement guéri de la rage d'écrire d'abominable musique ; bien mieux, ne jura-t-il pas hardiment, en entendant l'opéra de Francesco

Cavalli, *les Noces de Thétis et Pélée,* que le maître de chapelle lui avait emprunté les idées les plus sublimes de ses œuvres immortelles, au point qu'il lui en revint certains horions et, qui pis est, presque des coups de couteau.

« Il est encore possédé de la manie de chanter, et, dans ce but, il tourmente une méchante guitare fêlée pour qu'elle soupire et gémisse à l'unisson de ses glapissements affreux. Son fidèle Pylade est un pauvre eunuque, une espèce de nain contrefait, et qu'on appelle dans Rome Pitichinaccio. A ces deux personnages se joint... qui pensez-vous? eh bien, personne autre que le docteur Pyramide, qui rend des accords comme un âne mélancolique, et s'imagine néanmoins qu'il chante une excellente basse à défier Martinelli de la chapelle papale. Ces dignes concertants se réunissent tous les soirs, s'installent sur le balcon, et chantent les motets de Carissimi, de telle sorte que tous les chiens et tous les chats des alentours éclatent à l'envi en cris lamentables, et que les hommes souhaitent, mille fois pour une, le trio infernal à tous les diables.

« C'est chez ce maître fou, signor Pasquale Capuzzi (sur qui ces détails vous en ont suffisamment appris), que mon père avait un libre accès, parce qu'il lui accommodait sa perruque et sa barbe.

« Après sa mort, je pris le métier, et Capuzzi était enchanté de mes services, d'abord parce qu'il trouvait que je m'entendais mieux que personne à retrousser finement sa moustache, et surtout probablement, parce que je me contentai pour salaire de quelques misérables *quattrinis*. Il croyait cependant me récompenser magnifiquement, parce qu'il ne manquait pas, chaque fois que je lui prêtais mon ministère, de me psalmodier un air de sa composition qui m'écorchait les oreilles, quoique je me divertisse fort à le voir gesticuler comme un possédé. —Un jour je monte tranquillement chez ma pratique, je frappe à la porte, j'entre, une jeune fille s'avance. — Un ange de lumière !— vous savez ma Madeleine: eh bien, c'était elle. Je m'arrête interdit, troublé, cloué au parquet.... Pardon, Salvator! vous m'avez interdit les hélas, les holà: eh bien, soit. — Je vous dirai donc qu'à l'aspect de cette ravissante personne je me sentis embrasé de l'amour le plus vif, le plus passionné. Le vieux fat me dit, en souriant, que c'était la fille de son frère Pietro, mort à Senigaglia, qu'elle s'appelait Marianne, et que, la pauvre enfant n'ayant ni mère, ni frère, ni sœur, il l'avait recueillie chez lui en qualité d'oncle et de tuteur. Vous pensez bien que, dès ce jour, la maison de Capuzzi devint pour moi un paradis. Cependant j'eus beau faire et m'y prendre de cent façons, jamais je ne pus réussir à me trouver, ne fût-ce qu'un instant, seul avec Marianne. Mais ses regards, mais quelques soupirs dérobés à notre argus, et même plus d'un serrement de main ne me permirent pas de mettre mon bonheur en doute.

« Le vieux renard me devina, cela ne lui était que trop facile; il me fit entendre combien ma conduite lui déplaisait, et me demanda expressément où j'en voulais venir. Je lui avouai franchement que j'aimais Marianne de toute mon âme, et que je ne concevais pas de plus grand bonheur sur la terre que de m'unir à elle. Là-dessus, Capuzzi me toisa du haut en bas, éclata d'un rire sardonique, et me déclara qu'il n'aurait jamais supposé que des idées aussi hautaines pussent entrer dans la tête d'un chétif râcleur de barbes. La colère me suffoquait, je lui dis qu'il savait très-bien que j'étais, non pas un chétif râcleur de barbes, mais un habile chirurgien, et de plus, sur le fait de l'art éminent de la peinture, que j'étais un disciple fidèle du grand Annibal Carrache et de l'incomparable Guido Reni. — Le vil Capuzzi me répondit par un éclat de rire encore plus outrageant, et, de son abominable fausset : « Oui dà ! mon doux signor râcleur de barbes, cria-t-il, mon excellent signor chirurgien ! mon sublime Annibal ! mon gracieux Guido Reni..., décampez à tous les diables et ne reparaissez jamais céans, si vous tenez à conserver vos deux jambes. — A ces mots, le vieux frénétique, casseur de jambes, m'assaillit et ne visait à rien moins qu'à me faire dégringoler les escaliers la tête la première. — C'en était trop, je saisis dans ma fureur le vieux fou et le renversai les quatre fers en l'air, puis je franchis le seuil de la porte, qui fut, de ce jour, comme vous pensez bien, fermée à jamais pour moi.

« C'est à ce point qu'en étaient les choses lorsque vous êtes venu à Rome, et que le ciel inspira au bon père Bonifacio de me conduire auprès de vous. — Mais depuis que, grâce à votre habileté, j'ai obtenu d'être admis dans l'Académie de *San-Luca*, ce que j'avais en vain ambitionné jusqu'ici ; depuis que la ville de Rome m'a comblé d'éloges et d'honneurs, je suis allé tout droit chez le vieux tuteur, et j'ai paru soudainement dans sa chambre comme un spectre menaçant évoqué devant ses yeux. Telle fut du moins l'impression que je produisis sur lui, car il recula à ma vue, pâle comme la mort, et, tremblant de tous ses membres, alla se réfugier derrière une grande table.

« D'un ton ferme et sévère, je lui représentai que ce n'était plus le râcleur de barbes ni le chirurgien qui se présentait devant lui, mais bien un peintre en réputation et un académicien de *San-Luca* auquel, sans doute, il ne refuserait pas la main de sa nièce Marianne. C'est alors qu'il aurait fallu voir la rage dont fut saisi le vieux insensé : il hurlait, il se démenait comme un vrai possédé ; il cria que j'en voulais à ses jours, que j'étais un assassin, un impie! que je lui avais volé sa Marianne en la copiant dans mon tableau ; puisqu'à présent, pour son désespoir et son supplice, elle servait de point de mire aux regards profanes et à la convoitise de tous : — sa Marianne! — sa vie, ses délices, son tout! — Mais que je me tinsse pour averti : qu'il mettrait le feu à la maison pour me brûler, s'il le pouvait, moi et mon tableau! Puis il se mit à vociférer si violemment en criant : — au feu! à l'assassin! au voleur! au secours! — que je me hâtai tout consterné de sortir de la maison. — Le vieux fou est amoureux de sa nièce par-dessus la tête ; il la garde à vue, et, s'il parvient à obtenir une dispense, il la forcera de contracter l'union la plus monstrueuse. Tout espoir est perdu.

« Y pensez-vous? dit Salvator en riant, je trouve, au contraire, que votre affaire est en excellent train. Marianne vous aime, vous n'en sauriez douter, et il ne s'agit plus que de l'enlever au vieux et endiablé signor Pasquale Capuzzi; mais pour cela, je me demande comment deux jeunes gens comme nous, entreprenants et alertes, ne parviendraient pas à leur but. — Bon courage, Antonio! au lieu de geindre et de vous lamenter, malade d'amour, et de singer des évanouissements, il vaut mieux songer activement à la délivrance de Marianne. Vous verrez, Antonio, comme nous allons mener par le nez ce vieux fat. — Il n'est point d'extravagance qui me coûte pour des entreprises pareilles. Mais je veux aller m'enquérir incontinent de nouvelles informations sur le vieux Capuzzi et sa manière de vivre. Il ne faut pas que vous paraissiez en ceci; demeurez chez vous, et venez seulement me voir demain de grand matin pour que nous combinions le plan de la première attaque. »

En parlant ainsi, Salvator essuya ses pinceaux, jeta un manteau sur ses épaules et courut au Corso, tandis qu'Antonio rentra chez lui, comme Salvator le lui avait prescrit, à demi consolé et un doux rayon d'espoir dans le cœur.

SIGNOR PASQUALE CAPUZZI

Parait dans la demeure de Salvator Rosa. Manœuvre adroite que Rosa et Scacciati conduisent à bonne fin, et ce qui en résulte.

Antonio ne fut pas médiocrement surpris d'entendre le lendemain matin Salvator lui décrire, de la manière la plus minutieuse, le genre de vie de Capuzzi, dont il avait la veille épié les démarches.

« La pauvre Marianne, lui dit Salvator, est tourmentée de la manière la plus horrible par ce vieux enragé. Il soupire, il fait le galant du matin au soir, et, ce qu'il y a de pire, pour émouvoir son cœur il lui chante tous les airs d'amour imaginables qu'il a ou qu'il suppose avoir composés. Avec cela il est jaloux jusqu'à la démence, au point qu'il ne permet pas même à la pauvre enfant d'être servie par une domestique de son sexe, de peur des intrigues auxquelles pourrait se prêter une soubrette facile à séduire. A sa place se montre, le matin et le soir, un petit monstre hideux, aux yeux caves, aux joues blafardes et pendantes, pour remplir l'office de chambrière auprès de l'aimable Marianne; et cet épouvantail n'est autre que cet avorton de Pitichinaccio, qui est obligé pour cela de s'habiller en femme : si Capuzzi s'absente, il ferme et verrouille soigneusement toutes les portes; et en outre, un méchant coquin, un ci-devant bravo, enrôlé dans les sbires, et qui loge au rez-de-chaussée, fait l'office de sentinelle. Forcer le logis me paraît, en conséquence, assez difficile : et cependant, mon cher Antonio, je vous promets que, dès la nuit prochaine, vous serez introduit dans la chambre de Capuzzi et que vous verrez votre Marianne, pourtant cette fois-ci du moins, en présence de son tuteur.

« Que dites-vous ? s'écria Antonio dans l'ivresse, la nuit prochaine verra se réaliser ce qui me semble à moi impossible ? — Paix, Antonio, continua Salvator, laissez-nous réfléchir tranquillement aux moyens d'exécuter avec sûreté le plan que j'ai médité. —

« D'abord il faut que vous sachiez que je suis en relation, sans m'en douter, avec signor Pasquale Capuzzi. Vous voyez cette misérable épinette reléguée là au coin, elle appartient au vieux, et je dois lui en payer le prix exorbitant de dix ducats... Dans ma convalescence, j'étais avide de musique, mon soulagement et ma consolation suprêmes; je priai mon hôtesse de me procurer l'épinette que voici. Dame Catterina fut instruite sur-le-champ que dans la rue Ripetta logeait un vieux garçon qui avait une jolie épinette à vendre. On m'envoya l'instrument, je ne m'informai ni de son prix, ni de son possesseur, et je n'ai su qu'hier au soir, et par un pur hasard, que c'était l'honnête signor Capuzzi qui avait prétendu m'avoir pour dupe avec sa vieille épinette délabrée. Dame Catterina s'était adressée à une de ses connaissances qui demeure dans la maison de Capuzzi et précisément sur le même palier. Vous pouvez maintenant deviner sans peine d'où je tiens toutes ces belles nouvelles.

« Bon ! s'écria Antonio, dès lors l'accès nous est ouvert... votre hôtesse...

« Je sais, Antonio, ce que vous m'allez dire, interrompit Salvator, vous songez à l'entremise de dame Catterina pour vous frayer le chemin jusqu'à votre Marianne. Mais c'est un mauvais calcul ; dame Catterina est trop bavarde, elle n'a pas un grain de discrétion, elle ne doit nullement intervenir dans nos affaires. Écoutez-moi avec attention.—Chaque soir, à la nuit, quand le petit eunuque a fini son service de chambrière, signor Pasquale le reporte chez lui, sur ses bras, bien qu'il en sue souvent sang et eau, et qu'il en ait les jambes à moitié rompues. Car, pour tout au monde, le peureux Pitichinaccio ne mettrait pas les pieds à cette heure-là sur le pavé.— Ainsi donc, pourvu.... »

En ce moment on frappa à la porte de Salvator, et, au grand étonnement des deux artistes, parut signor Pasquale Capuzzi dans tout l'éclat de sa magnificence.

A peine eût-il aperçu Scacciati, qu'il s'arrêta court, aussi raide qu'un homme perclus de tous ses membres, écarquillant les yeux et humant l'air bruyamment, comme si l'haleine lui manquait. Mais Salvator s'empressa de l'aborder, lui prit les deux mains et s'écria : « Mon digne signor Pasquale ! combien je suis honoré de votre présence dans ce chétif réduit ; — certes, c'est l'amour de l'art qui vous y amène : vous voulez voir mes plus récents ouvrages, peut-être même m'en commander un ? — Parlez, mon cher signor Pasquale, en quoi puis-je vous être agréable ?

« J'ai à vous entretenir, mon cher signor Salvator, bégayait Capuzzi avec peine, mais seulement tête-à-tête. Permettez donc que je me retire pour revenir dans un moment plus opportun. — Point du tout, disait Salvator, en retenant le vieux d'une main ferme, mon cher Signor, vous ne me quitterez pas. Vous ne pouviez arriver ici plus à propos ; car un aussi grand partisan du noble art de la peinture que vous, un ami de tous les artistes distingués, sera charmé assurément que je lui présente ici le premier peintre de notre époque, Antonio Scacciati, dont le tableau merveilleux, la ravissante Madeleine aux pieds du Christ, provoque dans Rome entière tant d'admiration et d'enthousiasme ! et vous-même, je le parie, êtes plein des mêmes transports, et vous brûliez, à coup sûr, de connaître l'auteur de ce chef-d'œuvre. »

Un violent tremblement s'empara du vieillard ; le frisson de la fièvre le glaçait, et ses regards enflammés de colère dévoraient le pauvre Antonio, mais lui s'avança droit à son encontre, s'inclina d'un air dégagé et assura qu'il s'estimait trop heureux de se voir mis en rapport si inopinément avec signor Pasquale Capuzzi, dont on savait apprécier, non-seulement à Rome, mais dans toute l'Italie, les connaissances profondes en peinture aussi bien qu'en musique, et il se recommanda à sa protection.

Voir Antonio feindre de le rencontrer pour la première fois et lui adresser des paroles si flatteuses, remit soudain le vieux dans son assiette. Il grimaça un petit sourire de satisfaction, releva gracieusement sa moustache d'un coup de pouce, bredouilla quelques mots sans suite, et s'adressa enfin à Salvator pour entamer la question du paiement des dix ducats, prix de l'épinette vendue.

« Mon bon Signor, nous arrangerons cette misérable bagatelle tout-à-l'heure. Mais trouvez bon d'abord que je vous soumette l'ébauche de ce tableau que je viens d'esquisser et que je vous offre un verre de ce généreux vin de Syracuse. » — En parlant ainsi, Salvator disposa l'esquisse sur le chevalet, approcha un siége au vieillard, et, l'ayant fait asseoir, lui présenta une grande et superbe coupe dans laquelle pétillait le noble vin de Syracuse.

Le vieux buvait de très-grand cœur un verre de bon vin quand il n'était pas obligé d'en faire les frais. Réjoui en outre par l'espoir de toucher dix ducats pour une épinette disloquée et vermoulue, assis enfin devant un tableau supérieurement conçu, et dont il savait à merveille estimer l'originalité et le mérite transcendant, devait-il se trouver tout-à-fait à son aise? Aussi il manifesta son contentement par

trument dont les cordes résonnèrent avec des grincements aigus.

« Ah ! brailla Capuzzi, il y a encore des lois à Rome. — En prison, en prison ! je vous ferai plonger dans le plus profond des cachots ! » Et en grondant et en se débattant il voulait se précipiter dehors.

Mais Salvator le prit vigoureusement par les deux bras, le poussa dans un fauteuil, et lui dit d'une voix enjouée : « Eh, mon doux signor Pasquale, ne voyez-vous que ce n'est que pour plaisanter ? Vous allez recevoir, non pas dix, mais trente ducats pour votre épinette. » Et il répéta si souvent : « trente ducats, bien comptés, bien contrôlés, » que Capuzzi finit par dire, d'une voix éteinte et étouffée :—« Que dites-vous, mon cher Signor ? trente ducats pour l'épinette et en l'état où elle est ? » — Alors Salvator lâcha prise et lui déclara, en s'engageant sur l'honneur, que l'épinette, avant une heure, vaudrait trente, quarante ducats, et que Capuzzi les toucherait bel et bien.

Le vieillard soupira profondément, et, reprenant haleine, il marmottait : « trente ducats, quarante ! puis, s'adressant au peintre : Mais signor Salvator, dit-il, c'est que vous m'avez fortement chagriné. — Trente ducats ! » répéta Salvator. — Le vieux sourit, mais il reprit : « Oh ! vous m'avez touché au cœur. — Trente ducats, interrompit de nouveau Salvator, trente ducats ! » et il le répéta tant de fois aux oreilles de Capuzzi, que celui-ci, tout en affectant de faire la moue, finalement dit, tout content : « Mon cher Signor ! si je peux recevoir pour mon épinette trente ou quarante ducats, tout sera pardonné et oublié.

« J'ai pourtant, ajouta Salvator, avant de remplir ma promesse, à vous faire une petite condition qu'il vous sera bien facile de remplir, mon digne et excellent signor Pasquale Capuzzi di Senigaglia. Vous êtes le premier compositeur de toute l'Italie, et en outre, le chanteur le plus parfait qui existe. J'ai entendu avec ravissement la grande scène de l'opéra des Noces de Thétis et Pélée, que cet infâme Francesco Cavalli vous a volée si effrontément, et qu'il est si incapable d'avoir composée.—Si vous daigniez, pendant que je vais m'occuper de réparer l'épinette, nous chanter cet air? Il n'est rien au monde, en vérité, qui puisse m'être plus agréable. »

Le vieux Capuzzi se démit presque la mâchoire pour effectuer le sourire le plus doucereux, et disait, en clignotant ses petits yeux gris : « On reconnait aisément que vous êtes vous-même fort bon musicien, mon cher Signor, car vous avez un goût sûr, et vous savez mieux apprécier les talents distingués que ces ingrats Romains. — Ecoutez l'air, le chef-d'œuvre des airs ! »

En même temps le vieillard se leva, se haussa sur la pointe des pieds, ouvrit de grands bras, et ferma les yeux, de façon qu'il ressemblait tout à fait à un coq qui s'apprête à chanter ; et soudain il se mit à beugler si fort que les murs en résonnaient et qu'immédiatement dame Catterina et ses deux filles arrivèrent en toute hâte dans l'atelier, persuadées que ces cris horribles et lamentables annonçaient quelque malheur. — Toutes stupéfaites elles s'arrêtèrent sur le seuil en voyant l'incroyable virtuose, à qui elles formèrent ainsi un auditoire complet.

Cependant Salvator avait relevé l'épinette, il renversa le couvercle, prit sa palette, ses pinceaux, et commença d'une main ferme, sur cette mince planchette, un dessin qui tenait du prodige. L'idée principale était empruntée à l'opéra de Cavalli, les Noces de Thétis ; mais à travers cette scène, d'un aspect tout fantastique, surgissaient et se confondaient vingt autres personnages. Au milieu d'eux, l'on distinguait Capuzzi, Antonio, Marianne fidèlement reproduite d'après le tableau d'Antonio, Salvator lui-même, dame Catterina et ses deux filles, tous parfaitement reconnaissables, sans en excepter le docteur Pyramide ; et l'ensemble était si bien ordonné, si ingénieusement conçu, qu'Antonio ne revenait point de sa surprise de tant d'imagination et d'habileté.

Capuzzi ne se borna pas à la scène qu'avait mentionnée Salvator, mais il chanta, ou plutôt massacra, dans le transport de sa frénésie musicale, vingt ariettes diaboliques l'une après l'autre, se débattant au travers des récitatifs les plus inextricables.

Cela pouvait avoir duré deux heures ; alors il tomba sans haleine sur le fauteuil, la figure d'un brun de cerisier. Mais à l'instant même Salvator avait mis son croquis à l'effet et rendu ses figures si vivantes, qu'à peu de distance on croyait voir un tableau achevé. « J'ai tenu parole et voici l'épinette, mon cher signor Pasquale, » dit-il doucement à l'oreille du vieillard. Celui-ci se réveilla comme d'un profond sommeil, et son regard tomba en même temps sur la peinture placée devant lui. Soudain il se frotta les yeux, doutant si c'était ou non un miracle, il raffermit sur sa perruque son chapeau pointu, prit sous son bras sa canne à bec, s'élança d'un seul bond, arracha le couvercle des charnières, l'éleva en triomphe au-dessus de sa tête, franchit la porte comme un enragé, descendit les escaliers quatre à quatre, et se sauva à toutes jambes, pendant que dame Catterina et ses deux filles riaient aux éclats derrière lui.— « Le vieil avare, disait Salvator, sait qu'il n'a qu'à porter ce couvercle peint au comte Colonna ou à mon ami Rossi, pour recevoir en échange quarante ducats, et peut-être davantage. »

Les deux peintres, Salvator et Antonio, se concertèrent sur le plan d'attaque prémédité pour la nuit suivante. — Nous allons bientôt savoir ce qu'entreprirent nos deux aventuriers, et quel fut le succès de leur tentative.

Quand la nuit fut venue, signor Pasquale, après avoir fermé toutes ses portes à renfort de clefs et de verroux, porta, comme d'habitude, son petit monstre d'eunuque à sa demeure. Le nabot miaulait et coassait tout le long du chemin, se plaignant d'être déjà trop peu récompensé pour se dessécher le gosier et risquer la phthisie en chantant les ariettes de Capuzzi, et pour se brûler les mains à faire cuire les macaroni, sans qu'on le surchargeât d'un service qui ne lui rapportait que des coups de pied bien appliqués et de violents soufflets, dont Marianne le gratifiait largement chaque fois qu'il tentait de s'approcher d'elle. Capuzzi le consola de son mieux, et lui promit une meilleure provision de sucreries que de coutume ; il s'engagea même, le petit ne cessant de pleurnicher et de geindre, à lui faire tailler un petit habit *d'abbate* dans une vieille veste de peluche noire qu'il avait plus d'une fois convoitée d'un œil avide ; mais le nain déclara qu'il voulait, en outre, une perruque et une épée. Tout en débattant sur ce chapitre, ils arrivèrent dans la rue Bergognona, car c'est là que logeait Pitichinaccio, à quatre maisons de distance seulement de celle de Salvator.

Le vieux déposa le nain à terre avec précaution, ouvrit la porte, et tous deux grimpèrent, le petit en premier et le vieux par derrière, l'escalier tortueux et étroit qu'on ne pouvait mieux comparer qu'à l'échelle d'un poulailler ; mais à peine avaient-ils fait la moitié du trajet, qu'en haut dans le corridor s'éleva un horrible tapage, et l'on entendit la voix grossière d'un homme ivre et brutal qui, jurant par tous les diables de l'enfer, demandait le chemin pour sortir de la maudite maison.— Pitichinaccio se serra contre le mur, et supplia Capuzzi, au nom de tous les saints, de passer devant lui ; mais Capuzzi avait à peine gravi quelques marches que le chenapan tombant du haut de l'escalier, entraîna comme un tourbillon Capuzzi qu'il fit rouler avec lui, la porte étant restée ouverte, jusqu'au beau milieu de la rue. Ils étaient étendus, le vieillard sur le pavé, et l'autre, comme une outre pleine, l'écrasant de son poids. — Capuzzi se mit à crier d'une voix lamentable au secours ! aussitôt deux hommes s'approchèrent et dégagèrent, non sans peine, signor Pasquale d'avec l'ivrogne qui, une fois remis sur ses jambes, s'éloigna en chancelant et en pestant.

« Jésus ! que vous est-il arrivé, signor Pasquale ? comment vous trouvez-vous ici au milieu de la nuit ? quelle mauvaise affaire avez-vous eue dans cette maison ? » — Telles étaient les questions empressées d'Antonio et de Salvator, car les survenants n'étaient autres que nos deux peintres.

« Ah ! c'est ma dernière heure ! disait Capuzzi en gémissant : ce chien d'enfer m'a rompu tous les membres, je ne puis plus bouger...

« Faites-moi voir..., » dit Antonio en tâtant le vieux partout le corps, et il le pinça tout d'un coup si vivement à la jambe droite, que Capuzzi jeta un cri effroyable. « Par tous les saints, s'écria Antonio d'une voix consternée, mon cher signor Pasquale ! vous vous êtes cassé la jambe gauche à l'endroit le plus dangereux ; si l'on ne vous secoure au plus vite, vous serez mort avant peu, ou vous resterez au moins estropié pour la vie. »

Capuzzi fit entendre un hurlement affreux. « Calmez-vous seulement, mon cher Signor, continua Antonio. Quoique je sois bien peintre à présent, je n'ai pas oublié l'art du chirurgien. Nous allons vous porter au logis de Salvator, et je vous panserai sur-le-champ. — Mon bon signor Antonio, gémissait Capuzzi, vous m'en voulez, je le sais... — Ah ! interrompit Salvator, il n'est plus question ici d'aucune animosité ; vous êtes en danger, et cela suffit au brave Antonio pour qu'il emploie tout son art à vous secourir. — Un coup de main, ami Antonio ! »

Tous deux relevèrent avec précaution le vieillard se récriant sur l'affreuse douleur qu'il ressentait à sa jambe cassée, et le portèrent au logis de Salvator.

Dame Catterina assura qu'elle avait pressenti vaguement quelque malheur, ce qui l'avait empêchée d'aller se coucher. Dès qu'elle eut vu Capuzzi, et qu'elle sut ce qui lui était arrivé, elle éclata en reproches amers sur sa manière de vivre et d'agir. — « Oh ! je connais bien, signor Pasquale, disait-elle, celui que vous reportiez chez lui : Vous vous imaginez, bien que votre jolie nièce Marianne vive auprès de vous, pouvoir vous passer d'une domestique de son sexe, et vous abusez déshonnêtement de ce pauvre Pitichinaccio, en l'affublant ainsi de jupons ; mais entendez ceci : *Ogni carne ha il suo osso*, point de chair sans os. — Si vous voulez avoir une fille avec vous, il vous faut avoir des femmes : *Fate il passo secondo la gamba*, — réglez vos dépenses selon vos besoins. Ne demandez à votre Marianne que ce qui est convenable, ne la tenez pas renfermée comme une prisonnière, ne faites pas un cachot de votre maison : *Asino punto convien che trotti*, — à force de marcher l'on arrive [6]. Vous avez une jolie nièce, et vous devez régler d'après cela votre manière de vivre, c'est-à-dire, vous conformer en tout à la volonté de la jolie nièce ; mais vous êtes un homme bourru, au cœur sec, et peut-être, par là-dessus, — je désire me tromper, — peut-être, avec vos cheveux blancs, amoureux et jaloux ! — Excusez-moi de vous parler ainsi sans réserve ; mais, *chi ha nel petto fiele non puo sputar miele*, ce qui est dans le cœur sort par la bouche. Eh bien ! là, si vous ne mourez pas de votre fracture, comme il faut l'espérer, c'est une leçon qui vous profitera, n'est-ce pas, signor Pasquale ? vous laisserez à votre nièce la liberté d'agir à sa guise, et d'épouser certain jeune et gentil garçon qui ne m'est pas inconnu. »

Tout cela fut lâché d'une seule bordée pendant qu'Antonio et Salvator déshabillaient le vieillard avec mainte précaution, et le disposaient sur le lit. Les paroles de dame Catterina s'enfonçaient dans son cœur comme autant de coups de poignard ; mais, dès qu'il songeait à prendre la parole, Antonio lui faisait comprendre qu'il y avait pour lui du danger à parler, et il se voyait ainsi contraint de boire le calice. Salvator éloigna enfin dame Catterina, en l'envoyant chercher de l'eau glacée comme l'avait prescrit Antonio.

Nos deux peintres se convainquirent que l'homme, aposté par eux dans la maison de Pitichinaccio, avait complétement bien exécuté sa mission ; hors quelques tâches bleuâtres, Capuzzi n'avait reçu aucune contusion fâcheuse de cette chute si terrible en apparence.

Antonio appliqua des éclisses et serra le pied droit du vieillard de manière à ce qu'il ne pût le mouvoir ; il l'enveloppa, en outre, de serviettes trempées dans de l'eau à la glace, pour prévenir, disait-il, l'inflammation, si bien que Capuzzi frissonnait de tout son corps comme agité par la fièvre.

« Mon bon signor Antonio, gémissait-il tout bas, est-ce que c'en est fait de moi? suis-je condamné à mourir? —

« Bon, répondit Antonio, tranquillisez-vous seulement, signor Pasquale: puisque vous avez supporté avec tant de fermeté, et sans tomber en défaillance, la pose du premier appareil, tout danger est passé, je l'espère; mais votre position néanmoins réclame les soins les plus assidus, et jusqu'à nouvel ordre le chirurgien ne doit pas vous perdre de vue un seul instant.

« Ah! Antonio, soupira le vieux, vous savez si je vous aime et combien j'estime vos talents: ne m'abandonnez pas! Donnez-moi votre précieuse main! comme cela.... n'est-ce pas, mon bon, mon cher fils, que vous ne m'abandonnerez pas? —

« Quoique je ne sois plus chirurgien, dit Antonio, et que j'aie décidément renoncé à ce métier, objet de ma haine, cependant, pour vous, signor Pasquale, je me départirai de ma résolution, et je consens à me charger de votre traitement, à la seule condition que vous me rendrez votre confiance et vos bonnes grâces: car vous m'avez traité bien rigoureusement, signor Pasquale.

« Ne parlons plus de cela, mon digne Antonio, dit le vieux en gémissant. — Mais votre nièce, reprit Antonio, va se lamenter de votre absence et mourra de chagrin si elle se prolonge; vous êtes, pour votre état, assez dispos et assez fort; ainsi donc, dès qu'il va faire jour, nous vous transporterons chez vous: là, je donnerai un nouveau coup-d'œil à l'appareil, j'arrangerai votre lit comme il doit l'être, et j'instruirai votre nièce de tout ce qu'il y a à faire pour hâter votre rétablissement. »

Le vieillard exhala un profond soupir, et garda quelques instants le silence, les yeux fermés. Puis, étendant la main vers Antonio, il l'attira tout près de lui et lui dit à voix basse : « N'est-il pas vrai, mon brave Signor, ce que vous m'avez dit de Marianne n'était qu'un badinage, une idée joviale, comme il en passe dans les jeunes têtes ?

« Mais ne songez donc plus à cela, signor Pasquale, repartit Antonio. Votre nièce, il est vrai, m'avait un peu donné dans l'œil ; mais à présent, ma foi, j'ai bien d'autres affaires en tête, et franchement, s'il faut vous l'avouer, je me félicite que vous ayez si net coupé court à mes folles sollicitations. — Je croyais être amoureux de votre Marianne, et dans le fait, ce n'était qu'un beau modèle de ma Madeleine que je voyais en elle ; c'est pour cela, sans doute, que mon tableau à peine achevé, Marianne m'est devenue complétement indifférente.

« Antonio ! s'écria le vieux avec transport ; faveur divine !... tu es ma consolation, mon soulagement, mon secours ! puisque tu n'aimes plus Marianne, je n'ai plus ni douleur, ni mal.

« En vérité, disait Salvator, signor Pasquale, si l'on ne vous savait pas un homme grave et sensé, incapable d'oublier les convenances qu'impose la maturité de l'âge, on vous supposerait vous-même égaré d'un fol amour pour votre nièce de seize ans. » — Le vieillard ferma les yeux de nouveau et recommença à gémir, se plaignant d'un vif redoublement de ses douleurs maudites.

L'aube naissante rayonnait au travers des carreaux; Antonio prévint Capuzzi que l'heure était venue de le transporter à la rue Ripetta. Signor Pasquale répondit par un soupir piteux et étouffé. Salvator et Antonio le soulevèrent et le couvrirent d'un vaste manteau, que fournit dame Catterina de la défroque de son défunt mari. — Le vieux se confondit en supplications pour se faire ôter les serviettes trempées d'eau glacée dont sa pauvre tête chauve était enveloppée, et pour reprendre sa perruque et son chapeau à plumes, voulant aussi qu'Antonio lui rajustât sa moustache, afin que Marianne ne fût pas tant effrayée à sa vue. — Deux porteurs avec une civière attendaient tout prêts à la porte. Dame Catterina, sans cesser de sermoner Capuzzi, et accumulant toujours force proverbes, descendit des matelas, et le vieux, bien emballé et escorté de Salvator et d'Antonio, fut porté jusqu'à sa demeure.

Marianne n'eut pas plutôt aperçu son oncle dans cet état pitoyable, qu'elle jeta des cris perçants, fondit en larmes, et, sans faire attention à ses compagnons, au bien-aimé, saisit les mains du vieillard qu'elle porta à ses lèvres en déplorant l'épouvantable malheur qui lui était arrivé. Telle était la profonde compassion de la sensible et généreuse enfant pour celui qui la tourmentait et la persécutait avec sa frénésie amoureuse. Mais à l'instant même se manifesta l'instinct intime du caractère féminin; car il suffit d'un coup-d'œil significatif de Salvator, pour lui faire tout comprendre à merveille. Alors seulement elle jeta un regard furtif à l'heureux Antonio, tout en rougissant à l'excès ; et rien de plus séduisant que le sourire victorieux et plein de malice qui se fit jour à travers ses larmes.

Du reste, Salvator trouva la jeune fille encore plus jolie et plus merveilleusement belle qu'il ne l'avait imaginée, même d'après le tableau de la Madeleine, et il était presque jaloux du bonheur d'Antonio ; il n'en sentit que mieux la nécessité de tirer la pauvre Marianne, quoi qu'il pût en coûter, des mains de l'indigne Capuzzi.

Signor Pasquale, accueilli si tendrement par sa charmante nièce, bien qu'il ne le méritât guère, oublia son accident et sa jambe ; il souriait en minaudant, se pinçant les lèvres, et poussait des soupirs, non de malade, mais de berger amoureux. Antonio disposa le lit artistement, et, après y avoir couché Capuzzi, il serra de nouveau les bandages, et emmaillota pareillement la jambe gauche du vieux, obligé ainsi à rester couché immobile comme une poupée de bois. Salvator se retira laissant nos amoureux à leur bonheur.

Capuzzi était enfoui dans un amas de coussins et d'oreillers ; Antonio lui avait roulé autour de la tête une immense serviette bien imbibée d'eau, de sorte qu'il ne pouvait absolument rien entendre du chuchotement des deux amants. Ceux-ci échangèrent enfin mutuellement le secret de leurs âmes et ils se jurèrent, avec des pleurs et de doux baisers, une fidélité éternelle. Le vieux ne pouvait pas se douter de ce qui se passait à ses côtés, Marianne s'enquérant à chaque minute comment il se trouvait, et même le laissant faire quand il se risqua à porter à sa bouche sa petite main blanche.

Quand il fit grand jour, Antonio s'empressa de partir, sous prétexte d'aller chercher les remèdes nécessaires, mais, dans le fait, pour aviser aux moyens d'aggraver la position du patient, au moins durant quelques heures, et pour délibérer avec Salvator sur ce qu'il leur restait à faire.

NOUVELLE INTRIGUE

Ourdie par Salvator Rosa et Antonio contre signor Pasquale Capuzzi et sa compagnie. Quelle en est l'issue.

Le lendemain matin, Antonio arriva chez Salvator, affecté d'une tristesse sans égal.

« Eh bien, lui dit l'artiste, comment ça va-t-il ? — Mais qu'avez-vous à baisser ainsi la tête ? qu'est-il survenu ? n'êtes-vous pas trop heureux de pouvoir tous les jours aborder, contempler et embrasser votre bien-aimée ?

« Ah ! Salvator, répondit Antonio, c'en est fait de mon bonheur, c'en est fait de moi : le diable se joue de ma destinée. Notre ruse a échoué, et nous voici à présent en guerre ouverte avec ce maudit Capuzzi.

« Tant mieux ! dit Salvator ; mais racontez-moi donc ce qui s'est passé. » — Antonio parla ainsi :

« Imaginez-vous, Salvator, qu'hier, en revenant à la rue Ripetta, après une absence de deux heures au plus, muni d'une provision de drogues, j'aperçois le vieux tout habillé à la porte de sa maison; derrière lui se tenaient debout le docteur Pyramide et le sbire enragé; et dans je ne sais quoi de bigarré qui se démenait encore entre leurs jambes, j'ai cru reconnaître le petit monstre Pitichinaccio. Dès que le vieux m'aperçut, il me menaça de ses poings, vomit des injures et mille imprécations, et jura qu'il me ferait assommer si je reparaissais devant sa porte. — Allez-vous en à tous les diables, méchant râcleur de barbes! cria-t-il, vous pensiez m'attraper par vos supercheries et vos mensonges, démon incarné qui harcelez ma pauvre et sage Marianne, et qui rêvez de l'empêtrer dans vos filets diaboliques; mais allez! j'y emploierai plutôt mon dernier ducat pour vous envoyer *ad patres* quand vous y songerez le moins! et quant à votre impudent patron signor Salvator le brigand, l'assassin échappé du gibet, qu'il aille rejoindre en enfer son capitaine Mas'Aniello! je saurai bien le faire chasser de Rome sans forme de procès. —

« Ainsi tempêtait le vieux fou, et comme le damné sbire, à l'instigation du docteur Pyramide, se préparait à s'élancer sur moi; voyant en outre le peuple qui s'attroupait déjà par curiosité, il ne me resta d'autre parti à prendre que de vider la place le plus diligemment possible. Mais je me suis gardé dans mon affreux désespoir de venir vous trouver, car je sais trop bien que vous vous seriez moqué de mes plaintes, vous qui même à cette heure pouvez à peine étouffer votre rire sardonique. »

En effet, Antonio n'eut pas plutôt achevé son récit que Salvator éclata de rire. « C'est maintenant que l'aventure devient délicieuse, s'écria-t-il, et je vais vous apprendre en détail, mon cher Antonio, tout ce qui s'est passé, après votre départ, dans la demeure de Capuzzi. Vous veniez d'en sortir quand signor Splendiano Accoramboni, à qui, Dieu sait comment! il est revenu que son ami intime, Capuzzi, s'était cassé la jambe droite la nuit même, parut escorté cérémonieusement d'un chirurgien; votre appareil et l'étrange façon dont signor Pasquale avait été traité, éveillèrent naturellement ses soupçons: le chirurgien ôta les éclisses et les bandages, et l'on découvrit, — ce que nous savions mieux que personne, — que le pied droit du digne Capuzzi n'avait pas le plus petit os disloqué ni démis, ni cassé à plus forte raison. Il ne fallait pas une grande subtilité d'esprit pour deviner toute l'intrigue.

« Mais, disait Antonio tout surpris, mon cher maître, mais dites-moi de grâce comment se fait-il que vous soyez si bien au courant, et par quel moyen pénétrez-vous dans la demeure de Capuzzi, pour savoir tout ce qui s'y passe? — Ne vous ai-je pas déjà dit, répondit Salvator, que dans la maison de Capuzzi et sur le même palier demeure une connaissance de dame Catterina? C'est la veuve d'un marchand de vins qui a une fille à laquelle ma petite Marguerite rend de fréquentes visites. Par suite de l'instinct particulier qui rapproche et unit les jeunes filles entre elles, Marguerite et Rosa, c'est le nom de sa petite amie, eurent bientôt découvert une légère ouverture pratiquée pour donner de l'air à un garde-manger, et donnant sur un cabinet noir contigu à la chambre de Marianne; celle-ci, de son côté, ne tarda pas à s'apercevoir des chuchotements qui s'échappaient de cet endroit, et cette voie de communication fut, dès ce moment, mise à profit. Quand le vieux fait sa méridienne, les jeunes filles de jaser aussitôt à cœur-joie. Vous devez avoir remarqué que la petite Marguerite, la privilégiée de dame Catterina et la mienne, est (au contraire d'Anna, sa sœur aînée, un peu froide et indifférente) une fillette éveillée, rusée et gaillarde. Sans toutefois lui rien confier de votre amour, je l'ai instruite à se faire raconter par Marianne tout ce qui se passe au logis de Capuzzi; elle s'acquitte de ce soin avec beaucoup d'adresse, et si j'ai ri tout-à-l'heure de votre affliction et de votre tourment, c'est que je suis à même de vous consoler et de vous prouver que vos affaires sont dans le meilleur train du monde. J'ai à vous faire part d'une masse d'excellentes nouvelles....

« Salvator! s'écria Antonio radieux, quel doux espoir! béni soit le garde-manger et son ouverture! — Je vais écrire à Marianne : Marguerite se chargera de la lettre....

« Point du tout, Antonio, interrompit Salvator, Marguerite nous aidera utilement, sans devenir votre messagère d'amour officielle; et d'ailleurs, le hasard, qui enfante à plaisir tant d'accidents bizarres, pourrait faire tomber vos fleurettes entre les mains de Capuzzi, et susciter mille nouveaux désagréments à la pauvre Marianne, tandis qu'elle complote en ce moment même de réduire le fol et vieux fat à se courber sous sa mignone pantoufle de velours. L'accueil qu'elle lui a fait, quand nous le transportâmes chez lui, a tourné la tête à Capuzzi; il tient pour certain que Marianne ne songe plus à vous, il s'imagine qu'elle lui a gracieusement donné au moins la moitié de son cœur : à ses yeux, il ne s'agit plus que de conquérir le reste. — Pour Marianne, elle a gagné trois ans d'expérience, de maturité et de savoir faire, depuis qu'elle a goûté du poison de vos baisers. Elle a su convaincre le vieux, non-seulement qu'elle n'avait nullement participé à notre ruse, mais qu'elle abhorrait nos faits et gestes, et qu'elle repousserait avec le dernier mépris toute intrigue ayant pour but un rapprochement entre elle et nous. Le vieux s'est trop pressé, et, dans l'excès de son ravissement, il a juré de satisfaire le premier désir de son adorable Marianne, et de lui procurer tel plaisir qu'elle choisirait. Sur cela, Marianne a demandé tout simplement et d'un air réservé, à *Zio Carissimo* [7], de la conduire au théâtre de signor Formica, à la porte *del popolo*. Le vieillard a été un peu interdit de cette demande; il y a eu des conférences avec le docteur Pyramide et le Pitichinaccio. Finalement, nos deux compères, signor Pasquale et signor Splendiano, ont décidé de mener effectivement Marianne demain à ce spectacle; Pitichinaccio doit l'accompagner accoutré en chambrière, rôle qu'il n'a consenti à jouer qu'à deux conditions : signor Pasquale doit lui faire cadeau d'une perruque outre la veste de peluche, et de plus il est convenu avec le docteur Pyramide de reporter le nain chez lui, en s'en chargeant à tour de rôle ; ainsi donc, demain soir, le précieux trio doit se rendre avec la charmante Marianne au théâtre de signor Formica, en dehors de la porte *del popolo*. »

Il est nécessaire de donner ici quelques explications sur le théâtre de signor Formica, voisin de la porte *del popolo*.

C'était à Rome une désolation véritable, quand les *impresarii*, entrepreneurs de spectacle, étaient malheureux dans le choix de leur répertoire ; quand le premier tenor ou la basse-taille en chef du théâtre *Argentina* avaient oublié leur voix en route, quand le *primo uomo da donna* du théâtre *Valle* était alité par suite d'un rhume, et quand enfin le plaisir principal sur lequel on comptait venant à manquer, le *giovedi grasso*, coupait court subitement à toutes les espérances survivant encore au désappointement général. Précisément, à la suite d'un carnaval aussi déplorable, un certain Nicolo Musso ouvrit devant la porte *del popolo* un théâtre où il annonça ne devoir représenter que quelques farces improvisées. Le programme était rédigé d'un style ingénieux et spirituel, ce qui prévint en faveur de l'entreprise de Musso ; les Romains déjà disposés par leur appétit dramatique vivement aiguisé, à accepter tout aliment de cette nature à eux offert, quelqu'inférieur qu'il pût être.

La disposition de la salle ou plutôt de l'étroite baraque ne prouvait guère que l'entrepreneur fût dans une position brillante ; il n'y avait ni orchestre, ni loges : pour en tenir lieu, l'on avait pratiqué dans le fond une galerie sur la devanture de laquelle se dessinaient les armes de la maison Colonna, indice que le comte de ce nom avait pris sous sa protection spéciale Musso et son théâtre. La scène était formée par une élévation en planches recouvertes de tapis et entourée de feuilles pendantes de papier peint, qui représentaient, suivant les exigences de la pièce, une forêt, une rue, ou un salon; joignez à cela que les spectateurs étaient obligés de se contenter, pour siéges, de bancs de bois durs et incommodes, et vous concevrez sans peine les murmures d'improbation des premiers venus contre signor Musso, qui décorait du nom de théâtre une mauvaise échoppe.

Mais à peine les deux premiers acteurs eurent-ils paru sur la scène, et échangé quelques paroles, que le public devint attentif. Bientôt de l'attention naquit un vif assentiment, à l'assentiment succéda l'admiration, et puis enfin l'enthousiasme le plus extrême, qui se manifesta par des battements de mains unanimes et des cris de bravo mille fois répétés.

En effet, on ne pouvait rien voir de plus parfait que ces scènes improvisées de Nicolo Musso, toutes remplies d'esprit, de verve et de talent, et dont la mordante ironie châtiait d'un fouet satirique les ridicules du jour. Chaque acteur jouait son rôle avec une originalité sans exemple; mais le Pasquarello surtout enlevait les suffrages de tous les assistants, par son jeu mimique incomparable, par sa verve inépuisable, la causticité de ses saillies, et son talent à contrefaire, jusqu'à l'illusion la plus complète, la voix, la démarche et la tournure des personnages les plus connus. L'homme qui jouait ce rôle de Pasquarello, et qu'on appelait signor Formica, paraissait être doué d'un esprit singulier et surnaturel. Souvent il y avait dans son geste et dans son accent quelque chose de si extraordinaire que les spectateurs éclataient, malgré eux, d'un fou rire, en même temps qu'ils se sentaient presque glacés d'un étrange frisson.

A côté de lui figurait dignement le docteur Graziano, dont la pantomime, et la façon de débiter les bouffonneries les plus extravagantes comme s'il s'agissait des propos les plus délicats, brillaient d'un mérite vraiment surprenant. Ce docteur Graziano était représenté par un vieux bolonais nommé Maria Agli. En peu de temps, comme cela ne pouvait manquer d'arriver, on vit le beau monde de Rome accourir à l'envi au petit théâtre de Musso, en dehors de la porte *del popolo*; le nom de Formica vola dans toutes les bouches, et chacun dans la rue, ainsi qu'au théâtre, s'écriait, entrainé par l'enthousiame : *Oh Formica! Formica benedetto! oh Formicissimo!* — On regardait Formica comme un phénomène surnaturel, et mainte vieille femme, qui s'était pâmée de rire au théâtre, à la moindre critique qu'on osait faire du jeu de Formica, prenait tout-à-coup l'air sérieux et solennel en disant : *Scherza coi fanti e lascia star santi*[1]. Cela était motivé par le secret impénétrable qui, hors du théâtre, enveloppait signor Formica, on ne le voyait nulle part; Nicolo Musso gardait sur le lieu de son séjour un silence inflexible, et toutes les peines qu'on avait prises pour découvrir ses traces étaient restées sans résultat. —Tel était le théâtre qui faisait soupirer d'envie la belle Marianne.

« Mon avis est d'aller droit à la rencontre de notre ennemi, disait Salvator, le chemin du théâtre à la ville nous en fournit une occasion des plus favorables. »— Alors il fit part à Antonio d'un projet aventureux et plein de risques au premier coup-d'œil, mais que le jeune homme adopta très-volontiers, dans l'espoir de réussir à enlever sa Marianne à l'infâme Capuzzi; il accueillit aussi tout d'abord le projet de Salvator de châtier spécialement le docteur Pyramide.

La nuit venue, Salvator et Antonio se munirent de guitares, et, s'étant rendus dans la rue Ripetta, donnèrent à l'aimable Marianne la plus délicieuse sérénade possible. Salvator jouait et chantait en maître, et Antonio, doué d'une belle voix de tenor, pouvait presque rivaliser avec Odoardo Ceccarelli. Signor Pasquale se montra sur le balcon et tenta d'imposer silence aux chanteurs en les invectivant; mais tous les voisins, attirés aux fenêtres par cet agréable concert, lui crièrent que si lui et ses compagnons, à cause qu'ils piaillaient et hurlaient comme des diables d'enfer, ne pouvaient plus souffrir aucune bonne musique, il n'avait qu'à s'enfermer et à se boucher les oreilles sans troubler le plaisir d'autrui. Signor Pasquale se vit ainsi obligé de souffrir, à son mortel dépit, que Salvator et Antonio chantassent, presque la nuit entière, des airs exprimant tantôt les transports de l'amour le plus tendre, tantôt d'amères satires sur la folie des vieillards amoureux.

Les peintres aperçurent distinctement au balcon Marianne que signor Pasquale suppliait, mais en vain, quoique avec les protestations les plus doucereuses, de ne pas s'exposer à l'air malsain de la nuit.

Le lendemain soir, la société la plus remarquable qu'on ait jamais pu voir se mit en marche par la rue Ripetta, pour gagner la porte *del popolo ;* elle accapara tous les regards, et l'on se demandait sur son passage si le carnaval avait laissé en arrière une queue de masques enragés.

Signor Pasquale Capuzzi, dans son habillement espagnol bigarré, brossé en tout sens, une plume jaune toute neuve à son chapeau pointu rafraîchi et repassé à neuf, pimpant et élégant de la tête aux pieds, et ayant l'air de marcher sur des œufs avec ses souliers trop étroits, donnait le bras à la charmante Marianne, dont on distinguait à peine la taille svelte et le joli visage sous la quantité de voiles qui l'enveloppaient.

De l'autre côté, marchait *il* signor Splendiano Accoramboni dans son immense perruque qui couvrait tout son dos, de sorte qu'on eût cru voir, en le regardant par derrière, une tête énorme se promenant sur deux jambes exiguës. Sur leurs talons, en arrière de Marianne, et presque fourré sous ses jupons, haletait le petit monstre de Pitichinaccio dans des habits de femme couleur de feu, et la tête ceinte d'une façon ridicule de mille fleurs de couleurs disparates.

Signor Formica se surpassa ce soir-là; et, ce qui ne lui était jamais arrivé, il entremêla ses répliques de petits airs qu'il chanta en imitant le son de voix de tel ou tel chanteur connu. Le vieux Capuzzi sentit se réveiller en lui l'ardente passion du théâtre, qui l'avait possédé, jusqu'à la rage, dans sa jeunesse. Il couvrait de baisers la main de Marianne, et jura qu'il ne passerait plus une soirée sans visiter le théâtre de Nicolo Musso; il portait aux nues signor Formica, et ses acclamations bruyantes se distinguaient de toutes les autres. Signor Splendiano se montrait moins enthousiaste et ne cessait d'engager Capuzzi et la belle Marianne à modérer leur rire, nommant, tout d'une haleine, plus de vingt maladies qui pouvaient résulter d'un trop vif ébranlement de la rate; mais Marianne et Capuzzi ne tenaient nul compte de ses avis.

Qui se trouva bien à plaindre? ce fut Pitichinaccio; il avait été réduit à prendre place derrière le docteur Pyramide, qui l'ombrageait complétement de sa vaste perruque; il ne pouvait rien apercevoir, ni des acteurs, ni même de la scène, et, pour comble de malheur, il ne cessa point d'être tourmenté et martyrisé par deux malignes commères placées à ses côtés; elles l'appelaient charmante et chère *Signora*, lui demandaient si, malgré sa jeunesse, elle n'était pas déjà mariée, et si elle avait des petits enfants, qui devaient être, à coup sûr, de bien jolies créatures, etc., etc. Une sueur froide inondait le front du pauvre Pitichinaccio, et il gémissait d'une voix plaintive, maudissant sa déplorable existence.

Lorsque la représentation fut achevée, signor Pasquale attendit que tous les spectateurs fussent sortis de la salle, et déjà l'on avait éteint toutes les chandelles, hors une seule à laquelle signor Splendiano alluma un petit bout de bougie, quand Capuzzi et ses dignes compagnons, ainsi que Marianne, se mirent en route, avec lenteur et précaution, pour retourner chez eux.

Pitichinaccio pleurait et criait. Capuzzi se vit obligé, à son grand dépit, de le prendre sur son bras gauche, tandis qu'il donnait le droit à Marianne. Le docteur Splendiano ouvrit la marche avec son petit bout de flambeau, tellement chétif et mal nourri qu'il les éclairait tout juste assez pour faire ressortir d'autant mieux la profonde obscurité de la nuit.

Ils étaient encore assez éloignés de la porte *del popolo*, quand ils se virent tout d'un coup accostés par quatre grandes figures enveloppées dans de larges manteaux.

Au même instant la bougie fut éteinte dans les mains du docteur et jetée à terre. Capuzzi et Splendiano restaient incapables d'articuler une seule parole. Soudain une lueur blafarde jaillit, on ne savait d'où, sur les quatre inconnus, et quatre visages pâles comme la mort, rangés devant le docteur Pyramide tenaient horriblement fixés sur lui leurs yeux creux privés de mouvement. — « Malheur, malheur, malheur à toi ! Splendiano Accoramboni ! » Ainsi mugirent d'une voix sourde et sépulchrale les quatre spectres affreux. — Puis l'un se mit à gémir : « Me connais-tu, me connais-tu, Splendiano ? je suis Cordier, le peintre français qu'on a enterré la semaine dernière, et que tu as envoyé dans l'autre monde avec tes drogues. » — Le second s'avança : « Me connais-tu, Splendiano ? je suis Kufner, le peintre allemand que tu as empoisonné avec tes poudres infernales. » — Puis le troisième : « Me connais-tu, Splendiano ? je suis Liers, le peintre flamand que tu as assassiné avec tes pilules, et dont le frère a été dépouillé par toi de mes tableaux. » — Le quatrième enfin : « Me connais-tu, Splendiano ? je suis Ghigi, le peintre napolitain que tu as tué avec tes élixirs. » — Et alors tous les quatre reprirent : « Malheur, malheur, malheur à toi, damné docteur Pyramide ! il faut descendre, descendre sous terre avec nous ; allons, allons, en avant ! avec nous en avant ! hé ! hulla, hulla ! » Et ils se jetèrent à la fois sur le malheureux docteur, le soulevèrent de leurs bras en l'air et disparurent avec lui comme un tourbillon.

Bien que signor Pasquale fût sur le point de défaillir de peur, il se remit pourtant avec un courage admirable quand il vit qu'on n'en voulait qu'à son ami Accoramboni. Pitichinaccio avait fourré sa tête avec l'attirail de guirlandes qui la couvrait sous le manteau de Capuzzi, et s'était accroché à son cou si tenacement qu'aucun effort ne pouvait lui faire lâcher prise.

« Reviens à toi, disait Capuzzi à Marianne quand

tout eut disparu, et les spectres et le docteur Pyramide; reviens à toi, ma mignone chérie, ma colombe, ma tourterelle! C'en est donc fait de mon digne et excellent ami Splendiano? que saint Bernard, qui fut un grand médecin lui-même, et à qui tant d'âmes durent leur prompt salut éternel, l'assiste et ait pitié de lui, quand les peintres, qu'il s'est trop pressé d'expédier à sa pyramide, assouviront leur vengeance en lui tordant le cou! — Mais qui chantera désormais la basse de mes ariettes? Et le lourdaud de Pitichinaccio m'a tellement serré le gosier que, sans compter l'épouvante que ma causée l'enlèvement de Splendiano, je suis incapable de chanter la moindre note d'un ton net et clair, d'ici peut-être à six semaines. — Ma Marianne, âme de ma vie! tout est passé. »

Marianne assura qu'elle était revenue de sa frayeur, et pria seulement Capuzzi de la laisser marcher seule, pour qu'il pût en liberté se débarrasser du poupon incommode; mais signor Pasquale serra de plus belle le bras de sa pupille, bien résolu à ne pas s'en dessaisir d'un seul pas, à quelque prix que ce fût, dans une obscurité aussi périlleuse.

Au moment même où signor Pasquale, un peu rassuré, se disposait à continuer son chemin, il vit surgir à ses côtés, comme s'ils eussent été vomis par la terre, quatre fantômes de diables hideux revêtus de courts manteaux rouges, et qui l'envisageaient avec des yeux étincelants, en sifflant et en hurlant d'une manière abominable : « Hui! hui! Pasquale Capuzzi! fou enragé, vieux diable amoureux! nous sommes tes frères; nous venons pour t'emmener dans l'enfer, dans l'enfer embrasé, toi et ton camarade Pitichinaccio. » En criant ainsi, les démons s'élancèrent sur le vieux qui tomba par terre avec Pitichinaccio, et tous deux se mirent à braire sur un ton perçant et lamentable, comme aurait pu le faire un troupeau d'ânes fouettés.

Marianne s'était dégagée de vive force du bras de Capuzzi, et se tenait à quelque distance; alors un des quatre personnages s'approcha d'elle, et la serrant tendrement dans ses bras, lui dit d'une voix douce et émue : « Ah! Marianne, oh! ma chère Marianne! Enfin nous triomphons; les camarades vont emporter le vieux bien loin d'ici, et je sais pour nous un asile sûr. — Mon Antonio! » soupira tout bas Marianne.

Mais tout-à-coup la scène fut éclairée de la lueur des torches, et Antonio reçut un coup sur le haut du bras. Prompt comme l'éclair, il se retourna, mit l'épée à la main et se précipita sur l'individu qui se préparait à lui porter un second coup de stylet; il vit en même temps ses trois amis occupés à se défendre contre les sbires, supérieurs en nombre. Enfin, ayant mis en fuite son adversaire, il s'empressa de prêter main-forte à ses compagnons. Quelque bravoure qu'ils missent à se défendre, le combat était par trop inégal, et les sbires devaient l'emporter inévitablement si deux hommes ne s'étaient élancés subitement dans les rangs des jeunes gens en jetant de hauts cris, et si l'un d'eux n'eût abattu aussitôt le sbire qui serrait Antonio de plus près.

L'avantage fut alors décidé en peu d'instants contre les sbires, et ceux qui ne gisaient pas à terre gravement blessés se sauvèrent en criant vers la porte *del popolo*.

Salvator Rosa (car c'était lui-même qui était accouru au secours d'Antonio et avait terrassé le sbire) était d'avis, avec Antonio et les jeunes peintres déguisés en diables, de rentrer immédiatement dans la ville sur les traces des sbires.

Maria Agli, qui l'avait accompagné, et qui, malgré son grand âge, avait témoigné de sa valeur dans la lutte, fit observer que ce parti était imprudent, et que les soldats de garde à la porte *del popolo*, instruits de l'affaire, ne manqueraient pas de les arrêter.

Alors ils se rendirent tous chez Nicolo Musso, qui les reçut avec joie dans sa petite et modeste maison peu éloignée du théâtre. Les peintres déposèrent leurs masques diaboliques et leurs manteaux enduits de phosphore, et Antonio, qui, sauf le coup léger qu'il avait reçu à l'omoplate, n'était point blessé, fit valoir ses talents de chirurgien en pensant Salvator, Agli et ses jeunes confrères, qui tous avaient emporté quelques contusions n'offrant pas néanmoins le plus petit danger.

Ce coup si extravagant, tenté avec une telle hardiesse, aurait réussi sans encombre, si Salvator et Antonio n'avaient pas oublié un personnage qui gâta toute l'affaire. Michel, le ci-devant bravo devenu sbire, qui logeait au rez-de-chaussée de la maison de Capuzzi, et qui remplissait, en quelque sorte, l'office de son valet de pied, l'avait, d'après son ordre, suivi au théâtre, mais à un certain intervalle, Capuzzi ayant honte de ce malheureux déguenillé. Michel au retour avait observé la même consigne. Lors de l'apparition des spectres, lui qui n'avait pas peur, ni de la mort, ni du diable, se douta aussitôt du piége et courut à toutes jambes dans les ténèbres jusqu'à la porte *del popolo*, d'où, ayant donné l'alarme, il revint, avec les sbires qui s'y trouvaient réunis, juste au moment, comme on l'a vu, où les faux diables assaillaient le pauvre Capuzzi et se disposaient à l'enlever, ainsi que les premiers fantômes avaient fait du docteur Pyramide.

Malgré l'ardeur du combat, l'un des jeunes peintres s'était cependant aperçu qu'un homme, portant entre ses bras Marianne évanouie, avait gagné la porte de la ville, et que signor Pasquale, comme si du vif-argent eût donné le branle à ses jambes, s'était mis à courir sur ses pas avec une agilité surprenante; il avait aussi distingué à la clarté des flambeaux quelque chose de rayonnant pendu à son manteau et miaulant, ce qui ne pouvait être que l'infortuné Pitichinaccio.

Le docteur Splendiano fut trouvé le lendemain matin près de la Pyramide de Cestius, accroupi en rond comme une boule, et dormant d'un profond sommeil, enfoncé dans sa perruque ainsi que dans un nid chaud et moëlleux: quand il fut réveillé, il délira, et l'on eut beaucoup de peine à le convaincre qu'il se trouvait encore sur ce globe sublunaire et à Rome même. Enfin, ayant été ramené chez lui, il remercia la sainte Vierge et tous les saints de sa délivrance, puis il jeta par les fenêtres tous ses onguents, toutes ses poudres, ses teintures et ses essences, il brûla ses recettes et fit le vœu de ne plus traiter à l'avenir ses malades que par les frictions et l'application des mains. C'était ainsi qu'un médecin célèbre, inscrit depuis au nombre des saints, mais dont le nom ne veut pas me revenir en mémoire, avait agi autrefois et avec un merveilleux succès; car ses malades mouraient bien comme ceux des autres docteurs, mais le saint, avant la mort, leur faisait voir le ciel ouvert et tout ce qu'il lui plaisait en de ravissantes extases.

« Je ne sais, disait le lendemain matin Antonio à Salvator, quelle rage s'est allumée en moi depuis que mon sang a coulé! mort et damnation à l'infâme tuteur! — Savez-vous, Salvator, que je suis résolu à pénétrer de vive force dans la demeure de Capuzzi; je poignarde le vieux s'il fait mine de se défendre... et j'enlève Marianne!

» Admirable expédient, s'écria Salvator en riant, et merveilleusement imaginé! je ne mets pas en doute que tu n'aies découvert le moyen de transporter la Marianne par les airs jusqu'à la place d'Espagne pour éviter d'être arrêté et pendu avant d'avoir gagné cet asile. — Non, mon cher Antonio, rien n'est à tenter ici par la violence : vous pouvez bien vous imaginer que signor Pasquale s'est mis en mesure de parer à toute aggression ouverte. De plus, notre aventure a fait trop d'éclat : le retentissement de ces rires immodérés sur la manière bouffonne dont nous avons traité Splendiano et Capuzzi ont éveillé la police de son nonchalant sommeil, et elle va maintenant nous harceler par tous les pauvres moyens dont elle dispose. *Con arte e con inganno si vive mezzo l'anno, con inganno e con arte si vive l'altra parte.* La fraude et la ruse nous font profit l'été durant ; ruse et fraude voilà notre ressource en hiver. —C'est l'avis de dame Catterina, et elle a raison. Notre étourderie, au reste, prête assez à rire; nous avons agi en vrais écervelés, et je dois être surtout honteux, moi qui suis de beaucoup votre aîné. Dites, Antonio : quand même notre coup eût réussi, quand même vous eussiez enlevé votre Marianne au vieux tuteur, où fuir avec elle ? où la tenir cachée ? et comment parvenir à faire consacrer votre union assez promptement pour que le vieux n'y pût mettre obstacle ? — Mais cet enlèvement, croyez-moi, se réalisera sous peu de jours ; j'ai initié à tout Nicolo Musso et Formica, et combiné avec eux un plan autant dire infaillible. Rassurez-vous donc, Antonio, signor Formica vous viendra en aide.

» Signor Formica ? répondit Antonio d'un ton indifférent et presque dédaigneux, en quoi peut me servir cet histrion ?

» Hoho ! s'écria Salvator, ayez plus de respect pour signor Formica, je vous en prie ; ignorez-vous donc que Formica est une espèce de magicien qui possède la science des secrets les plus merveilleux ? je vous le répète : signor Formica nous viendra en aide. — Le vieux Maria Agli le Bolonais, l'excellent docteur Graziano, est aussi du complot et y jouera un rôle très-important. C'est au théâtre de Musso, cher Antonio, que vous enleverez votre Marianne.

» Salvator, dit Antonio, vous m'abusez avec des espérances trompeuses; vous convenez vous-même que signor Pasquale saura se tenir soigneusement en garde contre toute attaque ouverte : comment serait-il donc possible qu'il se résolût, après tant de désagréments essuyés à cette occasion, à faire une nouvelle apparition au théâtre de Musso?

» Il est moins difficile que vous ne pensez de faire jouer un ressort qui l'y attire ; il le sera bien davantage d'amener le vieux à se rendre au théâtre sans ses compagnons. Mais, quoi qu'il en soit, il faut à présent, Antonio, faire vos préparatifs pour fuir de Rome avec Marianne, dès que l'instant favorable se présentera. Vous vous rendrez à Florence ; là vous serez déjà recommandé par votre art, et pour que vous ne manquiez à votre arrivée, ni de secours, ni de connaissances et de dignes appuis, je me charge d'y pourvoir. Nous allons nous reposer quelques jours, et puis nous verrons ce qu'il y aura à faire. Encore un coup, Antonio! Bonne espérance : — Formica vous viendra en aide! »

NOUVELLE MÉSAVENTURE

De signor Pasquale. Heureux dénouement pour Antonio de l'intrigue montée au théâtre de Nicolo. Il prend la fuite pour Florence.

Signor Pasquale n'avait que trop bien deviné ceux qui l'avaient rendu victime, lui et le pauvre docteur Pyramide, des méchants tours dont le chemin de la porte *del popolo* avait été le théâtre, et l'on peut s'imaginer de quelle fureur il était possédé contre Antonio, et surtout contre Salvator Rosa, qu'il regardait, à bon droit, comme le meneur en chef de toute l'intrigue.

Il s'épuisait en consolations près de la pauvre Marianne, qui était malade, non de sa frayeur comme elle le disait, mais du chagrin de s'être vue arrachée des mains de son Antonio par Michel et les sbires maudits. Elle eut cependant par Marguerite de fréquentes nouvelles de son bien-aimé, et elle mettait tout son espoir dans l'entreprenant Salvator, attendant d'un jour à l'autre, non sans impatience, quelque événement imprévu. Son humeur retomba sur le vieux qu'elle accabla de tant de contrariétés qu'il en devint tout contrit et découragé, sans pourtant renoncer à l'amour diabolique qui faisait rage en son cœur. Et quand Marianne, après avoir donné cours à toutes les boutades d'un esprit morose et fantasque, voulut bien permettre aux lèvres fanées du vieillard de se reposer sur sa blanche main, il jura dans l'excès de son ravissement qu'il ne se lasserait point de couvrir d'ardents baisers la pantoufle du pape, jusqu'à ce qu'il ait obtenu la dispense nécessaire pour son mariage avec sa nièce, cet ange de grâce et de beauté!

Marianne n'eut garde de le désabuser de son extase; car la confiance où elle le laissait venait à l'appui de ses espérances, et elle voyait d'autant plus de chances de lui échapper, qu'il la croirait plus fermement et plus intimement attachée à lui.

Quelque temps s'était écoulé, lorsqu'un jour, à l'heure du dîner, Michel grimpa l'escalier, en toute hâte, pour annoncer avec de longues parenthèses au signor Pasquale, qui ne lui avait ouvert la porte qu'après des frappements réitérés, qu'un monsieur était en bas qui insistait pour parler au signor Pasquale Capuzzi, prétendant être bien sûr qu'il demeurait dans cette maison.

« Oh! par toutes les légions d'anges et d'archanges! s'écria le vieux courroucé, comme si cet imbécille ne savait pas que je ne reçois chez moi aucun étranger!

» Ce monsieur, ajouta Michel, est d'une tournure fort distinguée, déjà sur l'âge, il s'exprime de la meilleure façon et s'appelle Nicolo Musso.—Nicolo Musso? se disait Capuzzi réfléchissant en lui-même, le possesseur du théâtre de la porte *del popolo?* je serais curieux de savoir ce qu'il me veut. » — En murmurant ces mots, il ferma avec précaution toutes les portes, tira les verroux, et descendit l'escalier avec Michel pour parler à Nicolo, en bas, dans la rue, devant la maison.

« Mon digne signor Pasquale, dit Nicolo en s'avançant vers lui et le saluant avec aisance, combien je suis flatté que vous daigniez m'accorder l'honneur de votre connaissance, et que de grâces j'ai à vous rendre! Sachez que depuis qu'on vous a vu à mon théâtre, vous, dont on sait le goût exquis et la science profonde, vous le modèle des virtuoses, ma réputation et mes recettes ont doublé. J'ai été d'autant plus désespéré que de méchants coquins vous aient attaqué, vous et votre société, d'une manière aussi infâme, à votre retour chez vous; mais, au nom de tous les saints! signor Pasquale, que cette aventure, dont les auteurs seront punis sévèrement, ne vous inspire aucune rancune contre moi, ni contre mon théâtre, et ne m'imposez pas la privation de vos visites.

» Soyez persuadé, cher signor Nicolo, répondit le vieux, que je n'ai jamais éprouvé plus de plaisir qu'à votre théâtre. Votre Formica! votre Agli! voilà des acteurs vraiment incomparables! Mais songez à la frayeur qui a failli causer la mort de mon ami signor Splendiano et la mienne propre! Ce n'est pourtant pas de votre théâtre que je suis dégoûté, c'est du chemin qui y conduit.—Si vous vous installez sur la place *del popolo*, ou dans la rue *Babuina*, ou bien dans la rue *Ripetta*, je ne manquerai pas une seule représentation; mais nulle puissance au monde ne m'entrainera nuitamment aux abords de la porte *del popolo.* »

Nicolo gémissait comme pénétré du plus vif chagrin. « Cela m'est bien funeste, peut-être plus que vous ne le pensez, signor Pasquale! Ah! c'est sur vous que j'avais fondé toutes mes espérances; je venais implorer votre concours. — Mon concours? en quoi peut-il vous devenir avantageux? — Mon digne signor Pasquale! répondit Nicolo en passant son mouchoir sur ses yeux comme pour essuyer une larme, mon digne et excellent signor Pasquale! vous avez sans doute observé que mes acteurs intercalent, çà et là, quelques petits airs dans leurs rôles; j'avais donc songé à donner peu à peu à cela plus d'extension, à me munir d'un orchestre, et enfin, à la dérobée, en éludant adroitement les défenses, à créer en quelque sorte un opéra. Vous êtes, vous signor Capuzzi, le premier compositeur de toute l'Italie. L'insouciance impardonnable des Romains et la jalouse inimitié des *maestri*, sont seules cause qu'on entende sur les théâtres d'autres compositions que les vôtres; et je venais vous supplier à genoux, signor Pasquale, de me concéder vos œuvres immortelles, pour les exécuter, autant que j'y pourrai réussir, sur mon modeste théâtre. — Mon brave signor Nicolò! fit le vieux tout empourpré d'une rougeur subite, mais pourquoi cet entretien ici, en pleine rue? Prenez la peine, je vous prie, de monter quelques marches un peu raides : entrons ensemble chez moi. »

A peine arrivé dans sa chambre avec Nicolo, le vieux déterra un gros ballot poudreux de cahiers notés, le dénoua, s'empara de sa guitare, et commença les hurlements les plus épouvantables qu'il baptisa du nom de mélodie. Nicolo gesticulait comme un frénétique; il soupirait, il gémissait, et criait, de moment en moment, *bravo! bravo! bravissimo! benedetissimo Capuzzi!* jusqu'à ce que tombant à terre, comme dans l'excès d'un délire enchanteur, il embrassa les genoux de Pasquale si brusquement, que le vieux fit un bond en l'air et s'écria avec l'accent d'une douleur aiguë : « Lâchez-moi, au nom de tous les saints! lâchez-moi, signor Nicolo, vous m'assassinez!

» Non, s'écria Nicolo! je ne me releverai pas, signor Pasquale! que vous ne m'ayez promis cet air divin que vous venez de chanter, pour que Formica puisse, après demain, le faire entendre sur mon théâtre.

« Vous êtes un homme de goût, murmurait Pasquale, un homme d'une pénétration profonde; et à qui pourrais-je confier plus dignement qu'à vous mes compositions? Vous emporterez tous mes airs avec vous; mais lâchez-moi donc! — Hélas, mon Dieu, je ne les entendrai pas mes précieux chefs-d'œuvre! — Mais lâchez-moi donc, signor Nicolo.

» Non, reprit Nicolo toujours à genoux, et tenant

fortement serrés les fuseaux de jambes décharnés du vieillard, non, signor Pasquale, je ne vous lâcherai pas, jusqu'à ce que vous me donniez votre parole de venir après demain assister à mon spectacle.—Comment craindriez-vous une nouvelle attaque? ne devinez-vous pas que les spectateurs, quand ils auront entendu votre musique, vous reconduiront chez vous en triomphe, à la lueur des flambeaux. Mais, quand cela n'aurait pas lieu, moi-même et mes braves amis tout armés, nous nous chargerons de vous escorter jusqu'à votre demeure.

» Vous-même? demanda Pasquale, vous proposez de m'accompagner avec vos camarades? combien d'hommes cela peut-il faire?—Huit et dix personnes seront à votre disposition, signor Pasquale; décidez-vous : exaucez mes prières.

» Formica a une belle voix, disait tout bas Pasquale, je voudrais bien savoir comment il chantera ma musique. — Décidez-vous, s'écria Nicolo encore une fois, en se cramponnant de plus belles aux jambes de Capuzzi.

» Vous me répondez, demanda le vieux, que je rentrerai chez moi sans encombre. — J'y engage mon honneur et ma vie, répartit Nicolo, en donnant au vieillard une secousse encore plus forte.

» Allons! dit Capuzzi, j'irai après demain à votre théâtre. » Alors Nicolo se leva en sautant de joie, et serra le vieux contre sa poitrine si violemment qu'il gémissait et haletait comme un homme essoufflé. Au même instant parut Marianne. Signor Pasquale tenta de la faire rétrograder en lui lançant un coup-d'œil furieux, mais, sans y faire aucune attention, elle s'avança droit vers Musso, et lui dit d'une voix irritée. — « C'est en vain, signor Nicolo, que vous cherchez à attirer mon cher oncle à votre théâtre; vous oubliez que ces ravisseurs impies qui me poursuivent ont failli l'autre jour, avec leur piége abominable, compromettre les jours de mon oncle chéri, ceux de son digne ami Splendiano et les miens propres. Jamais je ne consentirai que mon oncle s'expose de nouveau à un pareil danger. Renoncez, Nicolo, à vos instances. N'est-ce pas, mon oncle? vous resterez prudemment à la maison, et vous n'affronterez plus les risques nocturnes, ni les embûches des traîtres de la porte *del popolo*. »

Signor Pasquale demeura comme pétrifié; il regardait sa nièce avec de grands yeux; enfin il lui expliqua longuement et avec des ménagements infinis comment signor Nicolo s'obligeait à prendre toutes les mesures propres à prévenir le moindre danger au retour du théâtre.

« Je persiste dans ce que j'ai dit, répliqua Marianne, et je vous supplie, mon cher oncle, de ne pas paraître au théâtre de la porte *del popolo*. Pardonnez-moi, signor Nicolo, de m'expliquer aussi franchement en votre présence; mais, je ne sais quel sombre pressentiment me dicte cet avis; vous êtes lié, je le sais, avec Salvator Rosa et peut-être même aussi avec Antonio Scacciati; et si vous agissiez de concert avec nos ennemis, si vous usiez de feinte envers mon bon oncle, qui certes, j'en suis sûre, n'ira pas visiter votre théâtre sans moi, pour le faire tomber, sans défiance et au dépourvu, dans un nouveau piége?

» Quel soupçon! s'écria Nicolo avec transport, quel horrible soupçon! Signora, me jugez-vous réellement si odieusement? ai-je une telle réputation, que vous puissiez me croire capable d'une aussi noire trahison?—Mais si vous pensez tant de mal de moi et si vous vous méfiez de l'assistance que je vous promets, eh bien, faites-vous escorter par Michel, qui vous a sauvée, je le sais, des mains des bandits, et qu'il s'adjoigne un bon nombre de sbires, qui pourront vous attendre en dehors du théâtre, car vous ne pouvez pas exiger de moi que je remplisse ma salle de sbires. »

Marianne regarda Nicolo en face, puis d'un ton sérieux et solennel : « Que dites-vous? reprit-elle, Michel et des sbires nous servir d'escorte? Ah! je vois bien à cette heure que vous avez d'honnêtes intentions, et que mes préventions défavorables étaient mal fondées. Pardonnez-moi mes paroles irréfléchies; et pourtant je ne puis m'empêcher de m'inquiéter et de craindre pour mon cher oncle; je le conjure encore de ne pas s'exposer sur cette route malencontreuse. »

Signor Pasquale avait écouté le pourparler avec une contenance singulière, qui témoignait assez du combat intérieur qui l'agitait. Enfin n'y tenant plus, il se précipita aux pieds de sa jolie niéce, saisit ses mains, les couvrit de baisers et de pleurs qu'il répandait par torrents, et s'écria avec délire : « Divine! adorable Marianne! nulle ombre n'obscurcit la flamme dont mon cœur est dévoré : Ah ! cette anxiété, cette inquiétude à mon égard, sont le plus doux aveu de tes sentiments ! » — Il la conjura ensuite de bannir toute crainte et de venir entendre chanter, avec les honneurs de la scène, la plus belle œuvre musicale qui eût jamais illustré un compositeur.

Nicolo, de son côté, ne mit aucune trêve aux supplications les plus attendrissantes, jusqu'à ce que Marianne se déclarât vaincue, et promit, en mettant toute peur de côté, de suivre le cher oncle au théâtre de la porte *del popolo*. Signor Pasquale était ravi au troisième ciel ; il avait la conviction de l'amour de Marianne, l'espoir d'entendre sa musique en plein théâtre, et de cueillir des lauriers qu'il avait brigués en vain depuis si long-temps ; il voyait donc tous ses songes les plus délicieux sur le point de se réaliser à la fois. — Mais il voulait rendre témoins oculaires de son éclatant triomphe ses fidèles et intimes amis ; c'est-à-dire, qu'il ne songeait à rien moins qu'à décider signor Splendiano et le nain Pitichinaccio à l'accompagner au théâtre comme la première fois.

Outre son enlèvement par les spectres, signor Splendiano avait eu, pendant son sommeil près de la Pyramide de Cestius, englouti dans sa perruque, une foule de visions lugubres. Tous les morts du cimetière avaient ressuscité, et cent squelettes l'avaient menacé de leurs bras osseux en maudissant en chœur ses poudres et ses essences, dont l'influence funeste les tourmentait encore dans l'autre monde. Par suite de ces impressions, et bien qu'il ne pût disconvenir, avec signor Pasquale, que la maudite aventure ne pouvait s'attribuer qu'à un stratagème odieux dû à d'infâmes scélérats, le docteur Pyramide était resté toutefois mélancolique, et, quoiqu'il fût peu enclin aux idées superstitieuses, il avait l'esprit tellement frappé, qu'il voyait partout des fantômes, et se débattait péniblement contre de mauvais rêves et de sinistres pressentiments.

Pitichinaccio n'en était nullement à douter que ce ne fussent point des vrais diables de l'enfer embrasé qui avaient assailli signor Pasquale, et jetait de hauts cris à la moindre allusion qu'on pût faire à cette nuit d'horreur. Toutes les protestations de signor Pasquale pour lui persuader que les prétendus diables n'étaient autres que Salvator Rosa et Antonio Scacciati affublés de masques, restaient sans effet, car Pitichinaccio jurait en pleurant à chaudes larmes, que malgré son effroi il avait très-bien distingué la voix et la tournure du diable Fanferell qui lui avait pincé le ventre, ce dont il lui restait encore des taches brunes et bleues.

On peut s'imaginer quelle tâche pénible s'était imposée signor Pasquale ponr parvenir à les déterminer tous les deux, le docteur Pyramide et le Pitichinaccio, à être encore une fois ses compagnons de route. Splendiano s'y décida le premier, après qu'il eut réussi à se procurer d'un moine Bernardin un sachet béni, plein de musc, dont ni les morts, ni les diables ne peuvent supporter l'odeur, et qui devait le préserver de toute atteinte.

Pitichinaccio ne put résister à la promesse d'une

boite de raisins confits; mais il fallut qu'en outre signor Pasquale consentit expressément à lui laisser mettre son habit neuf d'*abbate* à la place de ses jupes de femme qui, au dire du nain, avaient seules attiré les démons.

Ce que Salvator avait craint paraissait ainsi devoir s'effectuer, et cependant tout son plan dépendait, disait-il, de l'isolement de signor Pasquale avec Marianne au théâtre de Nicolo, et de l'absence de ses compagnons habituels.

Les deux peintres se cassaient la tête à qui mieux mieux pour trouver un expédient propre à détourner signor Splendiano et le Pitichinaccio de leur engagement vis-à-vis de signor Pasquale. — Le ciel, qui emploie souvent les moyens les plus étranges pour amener le châtiment des fous, intervint au secours du couple amoureux, et son instrument en cette circonstance, ce fut Michel, dont la maladresse amena le résultat que Salvator et Antonio voyaient échapper à tous les efforts.

Dans la nuit même il s'éleva tout d'un coup dans la rue Ripetta, devant la maison de signor Pasquale, des cris si lamentables, et un tapage si furieux, que tous les voisins furent réveillés en sursaut; en même temps des sbires, revenant de la poursuite d'un assassin qui s'était réfugié à la place d'Espagne, dans l'appréhension d'un autre meurtre, accoururent en toute hâte avec des torches. Quand ils furent rendus avec bien d'autres personnes attirées par le bruit à l'endroit qu'ils présumaient être la scène d'un crime, on trouva le nain Pitichinaccio étendu à terre sans mouvement et Michel frappant d'un énorme gourdin le docteur Pyramide qui tomba sous ses coups redoublés, quand signor Pasquale, se relevant à peine, tira son estoc et assaillit furieusement Michel; les débris de plusieurs guitares jonchaient le champ de bataille. Plusieurs des assistants arrêtèrent le bras du vieux Capuzzi, qui sans cela aurait infailliblement percé Michel de part en part; celui-ci, ayant reconnu seulement alors à la clarté des torches à qui il avait à faire, restait béant, immobile, comme frappé de la foudre, les yeux hors de tête, et ressemblant assez au portrait de ce tyran dont il est parlé quelque part, précisément indécis entre la force et la volonté d'agir; enfin il jeta un hurlement épouvantable, et, s'arrachant les cheveux par poignée, cria grâce et miséricorde.

Ni le docteur Pyramide, ni Pitichinaccio n'avaient reçu de graves blessures; mais ils étaient tous deux meurtris à ne pouvoir ni marcher, ni bouger, et l'on fut obligé de les transporter chez eux.

Signor Pasquale s'était attiré, par sa faute, ce malheur sur la tête. Nous savons que Salvator et Antonio avaient donné à Marianne une exquise sérénade; mais j'ai oublié de dire qu'ils la renouvelèrent chaque nuit suivante au désespoir du vieux jaloux.

Signor Pasquale, que ses voisins réprimaient dans sa rage contre nos virtuoses, eut la naïveté de s'adresser à l'autorité pour faire défendre aux deux jeunes peintres de chanter dans la rue Ripetta; mais l'autorité fut d'avis qu'interdire à qui que ce fût de chanter et de pincer de la guitare où bon lui semblait était chose inouie à Rome, et qu'une pareille requête était dénuée de bon sens : alors signor Pasquale résolut de mettre lui-même fin à l'affaire, et promit à Michel une assez bonne somme s'il voulait, à la première occasion, faire irruption sur les peintres, je veux dire les chanteurs, et les rosser d'importance.

Michel fit aussitôt l'emplète d'un solide gourdin et se posta chaque nuit de guet derrière la porte. Mais il arriva simultanément que Salvator et Antonio, pour écarter de l'esprit de Capuzzi toute idée de leurs artifices, jugèrent à propos de supprimer leurs sérénades à la rue Ripetta durant les nuits qui devaient précéder l'exécution de leur projet. Marianne avoua ingénuement qu'autant elle avait de haine pour Antonio et Salvator, autant elle prenait plaisir à entendre leurs concerts, dont les accords dans le silence de la nuit avaient, disait-elle, un charme suprême. Signor Paquale ne laissa pas tomber à terre ces paroles, et projeta, en vrai chevalier galant, de surprendre sa bien-aimée par une sérénade de sa façon, qu'il répéta avec un soin extrême, assisté de ses deux intimes.

Or, dans la nuit même qui précédait le jour où il espérait voir célébrer au théâtre de Nicolo Musso son plus beau triomphe, il sortit à la dérobée et alla quérir ses compagnons prévenus d'avance ; mais à peine avaient-ils tiré un premier accord de leurs instruments que Michel, à qui signor Pasquale n'avait rien communiqué de son dessein, enchanté de la rencontre et pour gagner enfin la somme promise, s'élança de sa cachette et se mit à frapper à tours de bras sur les concertants, et nous avons vu le résultat de cette méprise.

Ce n'était plus une question de savoir si le docteur Pyramide et Pitichinaccio, tous les deux alités et bien emmaillotés de la tête aux pieds, pourraient accompagner signor Pasquale au théâtre de Nicolo; cependant Capuzzi ne pouvait se résoudre à renoncer à la partie, quoique son dos et ses épaules se ressentissent douloureusement des horions qui l'avaient atteint; mais chaque note de ses partitions était une amorce qui le fascinait irrésistiblement.

« Puisque le hasard, disait Salvator à Antonio, s'est chargé de lever l'obstacle que nous jugions insurmontable, il ne dépend plus que de vous de profiter adroitement du moment favorable pour enlever votre Marianne au théâtre de Nicolo; mais vous réussirez, et je vous salue déjà comme fiancé à la charmante nièce de Capuzzi votre prochaine épouse. Agréez mes souhaits, Antonio, pour votre bonheur, malgré le frisson involontaire qui me saisit à la pensée de votre mariage....

» Que voulez-vous dire, Salvator? demanda Antonio avec surprise.

» Traitez mes idées de chimères, répliqua Salvator, d'imaginations folles, ou comme il vous plaira, Antonio, il n'importe : — j'aime les femmes, entendez-vous; mais pas une, celle même dont je serais épris jusqu'à la rage, celle pour qui je sacrifierais volontiers ma vie, qui ne provoque au fond de mon âme un secret soupçon dont je tressaille malgré moi jusqu'à la moelle des os, dès que j'envisage une union avec elle, telle que le mariage la comporte. Il y a dans la nature féminine quelque chose d'indéfinissable, audessus de tous les calculs de l'homme. Celle que nous croyons s'être donnée à nous corps et âme et de complète abnégation, est la première à nous trahir, et les baisers les plus voluptueux distillent souvent le poison le plus funeste.

» Et ma Marianne? s'écria Antonio tout interdit.

» Pardonnez, Antonio! continue Salvator; mais justement votre Marianne, la douceur et la grâce en personne, m'a prouvé de nouveau combien nous est redoutable la nature mystérieuse de la femme. Rappelez-vous les démonstrations de cette enfant ingénue et sans expérience, quand nous rapportâmes chez elle son oncle soi-disant blessé, et comme elle devina, sur un seul coup-d'œil, tout le manége, et comme elle continua à jouer son rôle, ainsi que vous me l'apprîtes vous-même, avec une finesse consommée; mais cela n'est rien auprès de ce qui se passa, lors de la visite de Musso chez Capuzzi. La ruse la mieux exercée, la feinte la plus impénétrable, bref, toute l'adresse imaginable de la femme la plus expérimentée du grand monde ne saurait surpasser l'art dont la petite Marianne fit usage pour abuser son vieux tuteur en toute sécurité; elle ne pouvait agir avec plus de dextérité pour nous aplanir un chemin plus large à nos tentatives. Dans la guerre contre ce vieux fou enragé tout artifice peut passer pour légitime. — Pourtant... Quoi qu'il en soit, Antonio, ne vous laissez pas troubler par mes fantasques rêveries. — Mais soyez heureux avec votre Marianne autant que vous pouvez l'être. »

Si le premier moine venu se fût joint à signor Pasquale, lorsqu'il se mit en marche avec sa nièce Marianne pour le théâtre de Nicolo Musso, tout le monde aurait certainement vu, dans le couple étrange, des criminels conduits au lieu du supplice; car en avant marchait le farouche Michel, à l'aspect menaçant et armé jusqu'aux dents, tandis que vingt sbires, au moins, entouraient et suivaient signor Pasquale et sa nièce.

Nicolo reçut le vieillard et Marianne avec cérémonie à l'entrée du théâtre, et les conduisit à des places d'honneur, réservées pour eux, tout près de l'avant-scène. Signor Pasquale fut très-sensible à cette distinction, et promenait autour de lui des regards superbes et rayonnants; son plaisir et son contentement s'accrurent du double, quand il remarqua que toutes les places, à l'entour de Marianne, étaient occupées exclusivement par des femmes.

Derrière les décors en papier peint l'on entendait une demi-douzaine de violons et une basse, qui tâchaient de se mettre d'accord. Le cœur de Capuzzi battait d'espérance, et ses os frémirent comme d'une commotion électrique, quand résonna tout-à-coup la ritournelle de son ariette.

Formica parut en Pasquarello et chanta, — chanta, à s'y méprendre, avec la voix propre et les gestes habituels de Capuzzi, l'air, le plus détestable des airs. Le théâtre résonna du rire éclatant et immodéré des spectateurs, c'était du délire, — des cris confus : « Ah! Pasquale Capuzzi! *compositore, virtuoso celeberrimo! bravo! bravissimo!* » — Le vieux, prenant ces rires pour argent comptant, était au comble de l'allégresse.

L'ariette achevée, on demanda le silence; car le docteur Graziano, représenté cette fois par Musso lui-même, entra en scène se bouchant les oreilles et criant à Pasquarello s'il n'en finirait pas avec son beuglement infernal; puis il lui demanda depuis quand il avait adopté cette affreuse manière de chanter, et où il avait pris cet air abominable.

Pasquarello, d'un grand sang-froid, dit qu'il ne savait à qui en voulait le docteur, qu'il était bon à faire nombre avec les Romains dépourvus du moindre goût en fait de bonne musique, et méconnaissant les plus rares talents; que l'ariette était du plus grand virtuose et compositeur vivant, chez qui il avait le bonheur d'être actuellement en service, et dont il recevait même des leçons de musique et de chant.

Alors Graziano, cherchant à deviner, nomma, l'un après l'autre, maints virtuoses ou compositeurs connus; mais à chaque nom célèbre Pasquarello secouait la tête d'un air dédaigneux. Enfin : le docteur, dit-il, montrait sa profonde ignorance, puisqu'il ne connaissait même pas le plus illustre compositeur contemporain, lequel n'était autre que signor Pasquale Capuzzi, qui lui avait fait l'honneur de le prendre à son service, puis il demanda s'il n'était pas bien naturel que Pasquarello fût l'ami et le serviteur de signor Pasquale.

Là-dessus le docteur se mit à rire aux éclats et se récria sur ce que Pasquarello, après avoir quitté son service, à lui Graziano, lequel lui valait de bons gages et la nourriture, sans compter tous les *quattrini* qu'il lui dérobait, fût allé se mettre en condition chez le fat le plus achevé de tous les fats qui jamais se fût bourré de maccaroni, chez ce mannequin de carnaval ambulant, ce fou gonflé de suffisance qui ressemblait à un coq se rengorgeant sous ses plumes mouillées, chez cet avare crasseux, ce vieux Cassandre amoureux, dont le braillement intolérable, auquel il prostitue le nom de chant, était la plaie de la rue Ripetta, etc., etc...

Pasquarello, tout en colère, répondit : qu'on voyait bien que le docteur ne parlait que par envie ; mais qu'il parlait, lui, le cœur dans la main: — *Parla col cuore in mano.* — Que le docteur n'était nullement capable, ni digne de juger le signor Pasquale Capuzzi di Senigaglia; — Il parlait, lui, le cœur dans la main. — Que le docteur avait une odeur très-prononcée de tous les ridicules qu'il prêtait à l'excellent signor Pasquale ; — Il parlait, lui, le cœur dans la main. — Que le docteur avait eu, plus d'une fois, la honte de voir six cents personnes réunies éclater de rire aux dépens de monsieur le docteur Graziano, etc., etc. Alors Pasquarello entama un long panégyrique sur son nouveau maitre, signor Pasquale, où il lui attribuait toutes les vertus imaginables, et finit par la description de sa personne, qu'il exalta comme un modèle unique de grâce et d'amabilité.

« Bénédiction sur toi, Formica! disait Capuzzi à voix basse, je vois bien que tu as résolu de rendre mon triomphe complet, en déroulant à la barbe des Romains le tableau de leur ingratitude, et leur apprenant, tout net, ce que je vaux.

» Mais voilà mon maître lui-même, » s'écria au même instant Pasquarello; et l'on vit entrer... signor Pasquale Capuzzi, tel qu'il était vivant et agissant, semblable en tout, visage, habits, tournure, gestes, démarche et le reste, au Capuzzi de la salle, à tel point que celui-ci, saisi de frayeur, lâcha Marianne qu'il tenait serrée par la main, et se tâtait lui-même à la face, à la perruque, pour s'assurer si ce n'était pas un rêve et s'il n'était pas double, s'il était réellement assis au théâtre de Nicolo et s'il devait croire à un pareil miracle.

Le Capuzzi du théâtre embrassa le docteur Graziano d'un air affable, et lui demanda comment il se portait. Le docteur répondit qu'il avait le sommeil tranquille, l'appétit ouvert, à son service! — *Per servirlo*, — mais qu'à l'égard de sa bourse, elle se trouvait affligée d'une consomption extrême, qu'il avait la veille dépensé, en l'honneur de ses amours, son dernier ducat pour une paire de bas couleur romarin, et qu'il voulait aller sur-le-champ trouver un banquier pour se procurer trente ducats à crédit.

« Comment cela? dit Capuzzi, et vous ne songez pas à votre meilleur ami? Tenez, mon cher Signor, voici cinquante ducats que je vous prie d'accepter.

» Pasquale! que fais-tu là? » disait le Capuzzi de la salle à demi-voix.

Le docteur Graziano voulut toucher un mot du reçu et des intérêts; mais signor Capuzzi déclara ne vouloir rien entendre, à ce sujet, avec un ami tel que le docteur.

« Pasquale! tu es hors de bon sens, » murmura Capuzzi, dans la salle, d'un ton plus haut.

Le docteur Graziano quitta l'autre après force embrassades et protestations de reconnaissance. Alors Pasquarello s'approcha, fit révérences sur révérences, éleva signor Pasquale jusqu'aux nues, et conclut en présentant son gousset comme affecté de la même maladie que la bourse de Graziano, et en priant Capuzzi de le secourir au moyen du remède souverain; celui-ci, riant et s'égayant de l'habileté de Pasquarello à profiter de sa bonne humeur, lui jeta quelques braves ducats.

« Pasquale! tu es enragé, possédé du diable! » s'écria encore plus haut le Capuzzi de la salle; mais on lui imposa silence.

Pasquarello renchérit de plus belle sur l'éloge de Capuzzi et en vint à parler de l'air, composé par son maître, avec lequel, lui Pasquarello, espérait charmer tout le monde. Capuzzi l'acteur frappa alors sur l'épaule à Pasquarello, et, d'un regard malin, lui dit, — Il pouvait bien confier cela à son fidèle serviteur : — Qu'à proprement parler il n'entendait rien à l'art de la musique, et que l'air en question, comme tous ceux qu'il avait composés, il les avait copiés dans les *canzone* de Frescobaldi et les motets de Carissimi.

« Tu en as menti par la gorge, misérable! » s'écria Capuzzi dans la salle en se levant de son siége. On le fit taire de nouveau, et l'une de ses voisines le força de se rasseoir sur la banquette.

» Il est temps, reprit le Capuzzi du théâtre, de s'occuper d'une autre chose plus intéressante. » Il dit qu'il voulait donner le lendemain un grand régal, et que Pasquarello devait s'employer diligemment à fournir tout ce qui était nécessaire; alors il déploya une liste complète des mets les plus recherchés et les plus chers, et à chaque plat mentionné, Pasquarello, sur sa consigne, en indiquait le prix, et recevait la somme équivalente.

« Pasquale! fou! enragé! vaurien! prodigue! » Telles étaient dans la salle les interruptions de Capuzzi, dont la colère augmentait par degrés, à mesure que s'accumulaient les frais du repas le plus extravagant.

Quand la liste fut épuisée, Pasquarello demanda à signor Pasquale quel motif l'engageait à donner une fête aussi magnifique.

« C'est demain, répondit le Capuzzi de la scène, que doit luire le jour le plus heureux et le plus fortuné de ma vie! Apprends, mon cher Pasquarello, que je célèbre demain les noces de ma chère Marianne; je la marie à ce brave et excellent peintre, le jeune Antonio Scacciati. »

Capuzzi sur le théâtre n'eut pas plutôt prononcé

ces mots, que celui de la salle, hors de lui, exaspéré, rouge comme un coq, le visage contracté par la fureur et les poings convulsivement serrés, se dressa vis-à-vis de son Sosie et s'écria d'une voix tonnante : « Cela ne sera pas, entends-tu, méchant coquin de Pasquale ! quoi ! tu la livrerais à ce misérable gueux ?... la douce Marianne..., ta vie..., ton espérance..., ton tout ! — Ah ! va, va, fou ensorcelé, essaie de te présenter chez moi ; tiens, vois-tu, je t'éreinterai de coups, jusqu'au vif, et je te ferai bien oublier ton dîner et ta noce. »

Mais Capuzzi le comédien, contrefaisant l'attitude et la fureur de celui d'en bas, riposta en criant encore plus haut : « Que tous les diables se logent dans ta carcasse, enragé Pasquale ! vieux fat amoureux, âne vêtu en arlequin avec des grelots de fou. Prends garde que je ne te coupe le sifflet pour mettre un terme à tous les méfaits honteux que tu voudrais endosser lâchement à l'honnête, au bon, au vénérable Pasquale Capuzzi. »

Et sans s'inquiéter des imprécations et des horribles jurements du véritable Capuzzi, son parodiste se mit à raconter, sur son compte, maints tours plus infâmes l'un que l'autre.

Enfin il lui cria : « Ose t'y frotter, vieux singe amoureux, essaie une fois seulement de troubler le bonheur de ces deux jeunes gens que le ciel a créés et assortis l'un pour l'autre ! » — En même temps l'on vit s'avancer sur le théâtre Marianne et Antonio Scacciati dans les bras l'un de l'autre.

La rage rendit aux jambes du vieux tuteur plus de

vigueur et d'agilité qu'il n'en avait jamais eues; d'un seul bond il fut sur la scène, l'épée à la main, et il s'élançait pour frapper le feint Antonio, quand il se sentit retenu par derrière. Un officier de la garde papale s'assura de sa personne, et lui dit d'un ton sévère : « Souvenez-vous, signor Pasquale, que vous êtes au théâtre de Nicolo Musso; sans vous en douter, vous y avez joué ce soir un rôle délicieux. » — Les deux acteurs que Capuzzi avait pris pour Marianne et Antonio s'étaient approché avec tous les autres, et Capuzzi se trouva en face de visages complétement inconnus. Le fer s'échappa de sa main tremblante; il ouvrit de grands yeux, porta la main à son front, et reprit haleine avec un long soupir, comme s'il sortait d'un songe pénible. Un vague pressentiment de ce qui s'était passé le saisit subitement, et, d'une voix qui fit trembler les murs de la salle, il cria : « Marianne! »

Mais elle n'était plus à portée de l'entendre; Antonio avait su trop bien saisir le moment où Pasquale, oubliant tout ce qui l'entourait et s'oubliant lui-même, cherchait querelle à l'Antonio supposé, pour se glisser près de Marianne à travers les spectateurs, et s'esquiver avec elle par une porte latérale. Là se tenaient tout prêts un *vetturino* et sa voiture. Ils partirent d'une course rapide sur la route de Florence.

« Marianne! cria à tue-tête le vieux une seconde fois, — elle n'y est plus.... elle s'est enfuie.... le traître d'Antonio me l'a volée!... Allons..., courons à sa poursuite. — Par pitié! A moi, braves gens! des flambeaux ; venez..., rendez-moi ma tourterelle.... Ah ! petit serpent... »

Et le vieux prenait son élan...; mais l'officier le retint d'une main ferme, en lui disant : « Quoi ! parlez-vous de cette jeune et jolie demoiselle qui était assise à vos côtés? en ce cas, il y a long-temps que je l'ai vue disparaître, juste au moment où vous cherchiez querelle, sans sujet, à l'acteur qui a votre ressemblance ; elle est partie avec un jeune homme, Antonio Scacciati, si je ne me trompe. Mais, soyez sans inquiétude, on va sur-le-champ se mettre en perquisition, et l'on vous rendra votre Marianne dès qu'on l'aura retrouvée. — Quant à vous, signor Pasquale, je suis obligé de vous arrêter après cet éclat et votre tentative de meurtre sur la personne du jeune acteur. »

Signor Pasquale, pâle comme la mort et incapable d'articuler un seul mot, fut remis aux mains des mêmes sbires qui devaient le protéger contre les spectres et les diables masqués; et c'est ainsi que la nuit même où il espérait voir célébrer son triomphe le rendit victime de la honte et du désespoir réservés aux vieux foux amoureux et trahis.

SALVATOR

Quitte Rome et se rend à Florence. — Fin de l'histoire.

Tout ici bas est soumis à la loi perpétuelle du changement; mais rien n'est plus variable peut-être, sous le soleil, que les dispositions des hommes qui tournent d'un mouvement incessable, comme la roue ailée de la déesse Fortune.

Tel qui se voit aujourd'hui comblé d'éloges était hier l'objet d'une amère censure, et demain l'on portera aux nues celui qu'on foule aux piéds aujourd'hui.

Pas un dans Rome qui naguères ne tournât en dérision le vieux Pasquale Capuzzi avec son avarice sordide, son amour insensé, sa jalousie tyrannique, et ne fit des vœux pour la délivrance de sa victime, la pauvre Marianne. Or, après qu'Antonio eut réussi à enlever sa maîtresse, toute l'antipathie vouée au vieux fit place à des sentiments de compassion, quand on le vit se traîner dans les rues de Rome, la tête basse et l'air inconsolable. Et puis un malheur n'arrive presque jamais seul. Et Capuzzi, peu de temps après l'enlèvement de Marianne, perdit ses deux chers amis. Le nain Pitichinaccio fut étouffé par une amande qu'il voulut imprudemment avaler, tandis qu'il exécutait une cadence; et, pour signor Splendiano Accoramboni, une faute d'orthographe, dont il se rendit lui-même coupable, vint subitement mettre fin aux jours du célèbre docteur. Par suite des coups reçus de Michel, il gagna la fièvre, et, dans l'intention de se guérir lui-même avec un remède de sa composition, il demanda une plume et de l'encre, et écrivit l'ordonnance qu'il jugeait nécessaire; mais l'emploi qu'il fit par mégarde d'un signe intempestif, força, dans une proportion exagérée, la dose d'une substance très-active, et à peine eut-il avalé le mélange, qu'il retomba sur l'oreiller et expira. Dernière preuve de l'influence de ses médicaments, digne et éclatant résultat de la méthode curative de l'auteur.

Comme je l'ai dit, tous ceux qui d'abord s'étaient le plus égayés aux dépens de Capuzzi et avaient souhaité au brave Antonio un heureux succès dans ses démarches, n'éprouvaient plus qu'une pitié profonde pour le vieillard; et le blâme le plus amer fut la part qu'on fit, non pas à Antonio, mais à Salvator Rosa, regardé très-justement comme le promoteur de l'entreprise.

Les ennemis de l'artiste, et il n'en manquait pas, ne se firent point faute d'attiser le feu. — « Voyez, disaient-ils, voilà bien le criminel complice de Mas'Aniello, qui se fait l'agent empressé de tous les mauvais coups, de toutes les machinations, et dont le séjour à Rome aura bientôt pour nous de funestes conséquences. »

La ligue des envieux ameutés contre Salvator ne réussit que trop bien à entraver les progrès de sa renommée jadis si florissante. — On vit sortir de son atelier plusieurs tableaux, aussi supérieurement exécutés que hardiment conçus; mais à la vue desquels ces prétendus connaisseurs haussèrent les épaules, trouvant tantôt les fonds trop bleus, tantôt les arbres trop verts, les figures ici trop longues, là trop massives, blâmant enfin tout ce qui était exempt de reproche, et n'omettant rien pour ravaler le mérite si incontestable de Salvator.

Les Académiciens de *San-Luca*, qui ne pouvaient lui pardonner l'avanie du chirurgien, étaient à la tête de ses détracteurs, et même, usurpant pour lui nuire d'autres attributions que les leurs, ils dénigrèrent jusqu'aux vers réellement charmants que Salvator écrivit alors, et ne rougirent pas d'insinuer qu'ils étaient le produit de honteux plagiats, et non les fruits d'une verve originale [1].

Cette persécution ne permit pas à Salvator de reconquérir à Rome l'aisance et l'éclat dont il avait jadis vécu entouré. En place de son superbe atelier, où il recevait la visite des Romains les plus distingués, il dut rester chez dame Catterina, à l'ombre du vert figuier, et cette modeste position lui offrait plutôt encore quelques chances de consolation et de tranquillité.

Mais la malveillance de ses ennemis causait à Salvator un chagrin excessif, et il sentait ses forces vitales affectées d'une langueur morbide, fruit de l'exaspération et de la mauvaise humeur.

Ce fut sous cette influence qu'il composa deux grands tableaux qui mirent toute la ville de Rome en émoi. L'un d'eux représentait l'instabilité des choses terrestres, et la figure principale, où le peintre avait personnifié l'inconstance sous l'emblême d'une profession honteuse, ressemblait évidemment à la maitresse connue d'un cardinal. Le sujet du second tableau était la Fortune occupée à partager ses lots précieux ; mais sa main faisait pleuvoir les chapeaux de cardinaux, les mitres épiscopales, les pièces d'or et tous les insignes d'honneur, sur des ânes bâtés, sur d'ineptes moutons, et d'autres vils animaux, tandis que des hommes de l'aspect le plus noble, et couverts de haillons, attendaient vainement la moindre largesse. Salvator n'avait pris conseil que du dépit et d'une ironique amertume, et les têtes de ces animaux offraient la ressemblance de plusieurs personnages haut placés.

On peut s'imaginer quel redoublement de haine suscita sa hardiesse et quelles violences se déchaînèrent contre lui. Dame Catterina le prévint, en pleurant, qu'elle s'était aperçu qu'à la tombée de la nuit des gens suspects rôdaient aux abords de la maison, et paraissaient épier chacun de ses pas.

Salvator reconnut la nécessité de quitter Rome, et il serait parti sans regrets, n'eût été sa séparation forcée d'avec dame Catterina et ses deux filles.

Il se rendit à Florence, se souvenant des invitations réitérées du duc de Toscane, et là il trouva une pleine compensation aux chagrins dont on l'avait abreuvé à Rome, dans les hommages et l'honneur justement rendus à son mérite. Les présents du duc, les prix élevés qu'il toucha de ses tableaux, le mirent bientôt en état d'occuper une vaste maison, et de la décorer avec magnificence. C'est là que se réunissaient, sous ses auspices, les poëtes et les savants les plus célèbres de l'époque; il suffit de citer Evangelista Toricelli, Valerio Chimentelli, Battista Ricciardi, Andrea Cavalcanti, Pietro Salvetti, Filippo Appolloni, Volumnio Bandelli et Francesco Rovaï, qui étaient du nombre. On s'adonnait à l'art et aux sciences confondus dans une noble alliance, et Salvator avait le secret d'imprimer à ces réunions je ne sais quoi d'original et d'imprévu, qui captivait l'esprit et le séduisait d'une manière toute particulière.

C'est ainsi que la salle de banquet avait reçu l'apparence d'un frais bocage exhalant le parfum des fleurs et d'arbustes odoriférants arrosés par des jets-d'eau naturels, et l'on était servi par des pages costumés d'une façon étrange, comme s'ils fussent venus d'un lointain pays du domaine des fées. Cette réunion de poëtes et de savants dans la demeure de Salvator, reçut le nom d'*Academia de' Percossi* [10].

Pendant que Salvator se consacrait ainsi à l'art et aux sciences, son ami Scacciati jouissait de la plus complète félicité, ayant la gracieuse Marianne pour compagne, et menant la vie indépendante d'un artiste. Les deux peintres se rappelaient le vieux tuteur déçu, et les détails de l'aventure du théâtre de Nicolo Musso. Antonio demanda un jour à Salvator comment il s'y était pris pour engager, en faveur de leur projet, non-seulement Musso, mais encore Agli et Formica surtout. Mais Salvator répondit qu'il ne voyait à cela rien que de très-naturel, puisqu'étant lié à Rome très-étroitement avec Formica, il lui avait donné des instructions que le comédien avait suivies avec le zèle et l'empressement d'un ami. Cependant, Antonio assurait qu'autant il se sentait porté à rire de cette scène qui avait décidé de son bonheur, autant il désirait se réconcilier avec le vieux Pasquale, sans même prétendre à un seul *quattrino* des biens de Marianne, frappés d'opposition par le vieux tuteur, son talent de peintre lui procurant assez d'argent. Quant à Marianne, elle ne pouvait retenir ses larmes, en songeant que le frère de son père ne lui pardonnerait jamais, fût-il dans la tombe, le tour qu'on lui avait joué, et cette idée de la réprobation du vieux Pasquale jetait un sombre nuage sur la splendeur de son avenir.

Salvator consola Marianne et Antonio, leur disant que le temps arrangeait des choses bien autrement scabreuses, et que le hasard pouvait amener le vieux à un rapprochement avec bien moins de risques pour eux, qu'ils n'en eussent courus en restant à Rome, ou en y retournant.

Nous verrons que Salvator était, en cela, inspiré d'un esprit prophétique.

Un matin, quelque temps après, Antonio se précipita, hors d'haleine et pâle comme la mort, dans l'atelier de Salvator. « Salvator! s'écria-t-il, mon ami !... mon protecteur! .. je suis perdu si vous ne me secourez. — Pasquale Capuzzi est ici; il a obtenu un ordre d'arrestation contre moi comme ravisseur de sa nièce.

» Mais, dit Salvator, que peut-il faire maintenant contre vous? votre union avec Marianne n'est-elle pas consacrée par l'église?

» Ah! répondit Antonio avec l'accent du désespoir, la bénédiction même de l'église ne saurait me préserver.—Dieu sait quel chemin le vieux a trouvé pour aborder le neveu du pape. Bref, c'est ledit neveu qui l'a pris sous sa protection, et lui a fait espérer que le saint Père prononcerait la nullité de mon mariage avec Marianne, en lui accordant, qui pis est, à lui-même, une dispense pour épouser sa nièce.

» Il suffit, interrompit Salvator, je comprends tout maintenant : c'est la haine du neveu du pape contre moi qui vous sera peut-être fatale! Apprenez que ce rustre lourdaud, hautain et brutal, m'avait servi de modèle pour l'un des animaux de mon tableau satirique de la Fortune. Il sait, et Rome entière sait avec lui, du reste, que c'est moi qui ai manœuvré, par l'entremise d'autrui, l'enlèvement de votre Marianne, et l'impossibilité de se venger de moi leur a été un prétexte suffisant de vous molester. — Antonio! si je ne vous tenais déjà pour mon intime et meilleur ami, la mauvaise aubaine que je vous ai attirée suffirait pour déterminer mon dévouement à votre cause. Mais, par tous les saints ! j'ignore, en vérité, comment m'y prendre pour brouiller les cartes de votre adversaire. » En parlant ainsi, Salvator, qui jusque-là avait continué de peindre, déposa son pinceau, sa palette et son appui, quitta son chevalet et fit plusieurs tours dans l'atelier les bras croisés, tandis qu'Antonio absorbé avait les yeux fixés à terre.

Enfin Salvator s'árrêta devant Antonio et lui dit en souriant : « Ecoutez, Antonio, je ne puis rien personnellement contre vos ennemis trop puissants, mais il y a encore quelqu'un capable de vous sauver et qui vous sauvera. C'est... signor Formica.

» Ah, fit Antonio, ne plaisantez pas avec un infortuné qui se voit privé de toute ressource.

» Allez-vous encore une fois vous désespérer ? s'écria Salvator devenu tout-à-coup d'une gaité folle et riant aux éclats; m'entendez-vous, Antonio ? l'ami Formica vous sera en aide, comme il le fut à Rome. — Rentrez tranquillement chez vous, consolez Marianne, et attendez avec confiance l'heureux dénouement de tout ceci; j'espère qu'à tout événement vous êtes prêt à suivre les volontés de Formica, car apprenez qu'il se trouve justement ici. » Antonio s'y engagea de grand cœur, et il s'abandonna de nouveau à un doux et consolant espoir.

Signor Pasquale ne fut pas médiocrement surpris de recevoir une invitation solennelle au nom de l'*Academia de' Percossi.* — « Ah ! s'écria-t-il, c'est donc ici, à Florence, que l'on sait apprécier les talents, et que le rare mérite de Pasquale Capuzzi di

Senigaglia est connu et estimé. » C'est ainsi que la préoccupation de son amour-propre et de cet honneur imprévu, effaçait l'aversion qu'aurait dû lui inspirer autrement une société à la tête de laquelle se trouvait Salvator Rosa. L'habit de cérémonie espagnol fut plus soigneusement brossé que jamais, le chapeau pointu orné d'une plume neuve, les souliers garnis pareillement de bouffettes neuves, et ainsi paré, signor Pasquale, étincelant comme un rubis, apparut radieux au logis de Salvator. La magnificence dont il se vit entouré, Salvator même qui le reçut, vêtu de l'habit le plus riche, lui imposèrent une contenance respectueuse; et, comme cela est habituel aux âmes étroites qui, d'abord enflées d'arrogance, se courbent et rampent dans la poussière dès qu'elles sentent une supériorité quelconque, Pasquale fut tout humilité et déférence devant ce même Salvator qu'à Rome il se montrait si empressé de faire poursuivre.

On entoura à l'envi signor Pasquale de tant d'attentions, on s'en rapporta tellement sans restriction à son jugement, on porta si loin la flatterie pour ses talents, qu'il se trouva comme inspiré d'une verve extraordinaire, et qu'il tint maints propos beaucoup plus judicieux qu'on ne devait s'y attendre. — Si l'on ajoute à cela que de sa vie il n'avait été traité plus splendidement, qu'il n'avait jamais bu de vin plus exquis, on concevra, sans peine, que son contentement dut augmenter de minute en minute, et qu'il oublia, non-seulement les désagréments éprouvés à Rome, mais la fâcheuse affaire même qui l'amenait à Florence.

Nos Académiciens étaient dans l'habitude de donner souvent après le repas, pour se divertir, de petites représentations théâtrales improvisées.

Ce soir-là donc le célèbre poète comique Filippo Appolloni proposa à tous ceux qui d'ordinaire y prenaient part de terminer la fête par un pareil divertissement.

Salvator s'éloigna aussitôt pour veiller aux préparatifs nécessaires. Au bout de fort peu de temps l'on vit au fond de la salle à manger, comme par enchantement, s'élever des arbres verts et se dessiner des bosquets fleuris. Enfin devant ce petit théâtre étaient disposées plusieurs banquettes pour les spectateurs.

« Saints du paradis ! s'écria Pasquale Capuzzi stupéfait. — Où suis-je? c'est le théâtre de Nicolo Musso. »

Sans relever son exclamation, Evangelista Toricelli et Andrea Cavalcanti, tous deux hommes graves et d'un extérieur sévère et imposant, lui offrirent le bras, le conduisirent à un siége tout proche de la scène, et se placèrent à ses côtés.

Presqu'immédiatement Formica parut sur le théâtre, sous l'habit de Pasquarello.

« Infâme Formica ! » cria Pasquale en s'élançant de sa place vers le théâtre, le poing menaçant. Mais les regards sévères et coercitifs de ses deux voisins le rappelèrent au silence et à la modération.

Pasquarello pleura, se lamenta, s'emporta contre le sort qui ne lui envoyait que misère et calamités ; et jurant qu'il ne savait plus comment on s'y prenait pour rire, il finit par dire qu'assurément il se couperait la gorge, de pur désespoir, s'il pouvait seulement supporter la vue du sang, ou qu'il se jeterait dans le Tibre, s'il lui était possible, une fois dans l'eau, d'oublier de se mettre à nager.

Alors le docteur Graziano entra et s'informa à Pasquarello de la cause de son affliction.

Pasquarello lui demanda s'il ignorait ce qui était arrivé dans la maison de signor Pasquale Capuzzi di Senigaglia, s'il ne savait pas qu'un infâme scélérat avait enlevé la nièce de son maître, la belle Marianne.

« Ah, marmottait Capuzzi, je devine, signor Formica, vous voulez vous excuser auprès de moi, vous voulez que je vous pardonne. Eh bien, nous verrons. »

Le docteur Graziano expliqua l'intérêt que lui inspirait l'événement, et fit observer que le scélérat avait dû s'y prendre bien adroitement pour échapper à toutes les perquisitions de Capuzzi.

« Ho! ho! répondit Pasquarello, que le docteur n'aille pas s'imaginer que le traître Antonio Scacciati ait réussi à dépister l'habile signor Pasquale! » Il ajouta qu'à l'aide des protecteurs puissants de son maître, Antonio était arrêté, le mariage du ravisseur avec Marianne déclaré nul, et que Marianne était de nouveau au pouvoir de Capuzzi.

« Il l'a retrouvée ? s'écria Capuzzi hors de lui, il a retrouvé sa colombe chérie ! Le coquin d'Antonio serait arrêté ? Oh Formica, que de bénédictions !

» Vous prenez une part trop active au spectacle, signor Pasquale, lui dit Cavalcanti d'un air fort sérieux ; laissez donc parler les acteurs sans les interpeller de manière à les troubler. »

Signor Pasquale se rassit confus sur le siége qu'il avait brusquement quitté.

Le docteur Graziano demanda quelle avait été la suite de l'aventure.

« C'est une noce, reprit Pasquarello, une noce qui s'en est suivie. Marianne s'est repentie de son imprudente démarche, signor Pasquale a obtenu du saint Père la dispense tant désirée, et il a épousé sa nièce.

» Oui, oui ! murmurait Pasquale Capuzzi en-dessous, les yeux pétillants de plaisir, mon bien-aimé Formica, il a épousé la douce Marianne, l'heureux Pasquale ! Il le savait bien, oui, il le savait bien que sa tourterelle l'aimait toujours, et que Satan seul l'avait méchamment séduite. —

» Eh bien donc, disait le docteur Graziano, voilà tout arrangé, et il n'y a plus aucune raison de s'affliger. »

Mais là-dessus, Pasquarello recommença à gémir et à sangloter bien plus fort qu'auparavant, et enfin il tomba pâmé, comme sous le poids d'une atroce douleur.

Le docteur Graziano se mit à courir, de çà de là, plein d'anxiété, et regrettant beaucoup de n'avoir pas sur lui quelque flacon d'odeur ; il fouillait dans toutes ses poches et tira à la fin un marron rôti, qu'il promena sous le nez de Pasquarello évanoui. Celui-ci revint aussitôt à lui, et éternuant violemment, il le pria de pardonner à la délicatesse de ses nerfs. Puis il lui raconta comment Marianne, aussitôt après son mariage, était tombée dans une profonde mélancolie, ayant toujours à la bouche le nom d'Antonio, et traitant le vieux avec horreur et mépris. Mais celui-ci, aveuglé par sa folle passion et aiguillonné par sa jalousie, n'avait cessé de persécuter de son odieuse tendresse la pauvre pupille.

Ici Pasquarello raconta une foule d'extravagances de signor Pasquale, dont le bruit courait en effet à Rome. Signor Pasquale s'agitait, en tout sens, à sa place, et marmottait sourdement : « Maudit Formica! — Tu en as menti. Quel démon souffle sur toi ? » Seulement Toricelli et Cavalcanti, qui le surveillaient de leurs regards, comprimaient l'explosion de sa colère.

Pasquarello termina en disant que la malheureuse Marianne avait enfin succombé à l'affreux supplice de vivre unie au vieillard maudit, et victime d'un amour non satisfait. — « Elle est morte, dit-il, morte à la fleur de son âge ! »

Au même instant on entendit un *de profundis*, entonné d'une manière lugubre par des voix sourdes et rauques, et des hommes couverts de longues robes noires parurent, portant un cercueil ouvert où gisait enveloppé d'un suaire le corps de la belle Marianne.

Signor Pasquale suivait en chancelant, accablé de douleur, gémissant tout haut, se déchirant la poitrine, et s'écriant avec désolation : « Marianne ! oh, Marianne ! »

Aussitôt que le véritable Capuzzi eut aperçu le cadavre de sa nièce, il éclata en de lamentables sanglots, et les deux vieillards, l'un sur le théâtre, l'autre dans l'auditoire, faisaient entendre des hurlements à fendre le cœur, criant à l'envi : « Oh, Marianne ! oh, malheureux que je suis ! Ah !... malheur à moi.... Malheur à moi.... Ah !... »

Qu'on s'imagine en effet ce cercueil ouvert, avec le corps mort de l'aimable enfant, entouré d'hommes vêtus de deuil, psalmodiant, d'un ton funèbre et effrayant, leur *de profundis*, et puis Pasquarello et le docteur Graziano, sous leurs masques grotesques, exprimant leur affliction par la pantomime la plus risible, et les deux Capuzzi confondant leurs clameurs de désespoir, — on concevra que tous les témoins de cette scène bizarre devaient, malgré eux, éclater de rire aux dépens de Pasquale, et éprouver en même temps un serrement de cœur des plus pénibles.

Tout à coup le théâtre s'obscurcit, on entendit le fracas de la foudre mêlé d'éclairs, et du fond de la scène on vit s'élever une ombre à la figure pâle, reconnaissable à certains traits pour Pietro, le père de Marianne, ce frère de Capuzzi, mort à Senigaglia.

« Infâme Pasquale ! cria le spectre d'un ton épouvantable, qu'as-tu fait de ma fille ? Malédiction sur toi! exécrable assassin de mon enfant! l'enfer te réserve le châtiment de ton forfait. »

A ces mots le Capuzzi déguisé tomba par terre comme frappé par la foudre; mais, au même moment, le véritable Capuzzi fut aussi renversé de son siége absolument sans connaissance.

Le théâtre se referma soudain, et Marianne, et le feint Capuzzi, et le spectre menaçant de Pietro, tout avait disparu; mais signor Pasquale Capuzzi restait évanoui, et l'on eut beaucoup de peine à lui faire reprendre ses sens.

Enfin, il revint à lui avec un profond soupir, étendit devant lui ses deux bras comme pour repousser l'objet de son épouvante, et cria sourdement: « Pietro!... de grâce! laisse-moi. »

Alors un torrent de larmes s'échappa de ses yeux, et d'une voix entrecoupée de sanglots: « Ah! Marianne, disait-il, chère et aimable enfant! ma Marianne.

» Mais, signor Pasquale, lui disait Cavalcanti, rappelez-vous que ce n'est que sur le théâtre que vous avez vu votre nièce morte; elle vit, elle est ici, prête à implorer votre pardon, pour l'imprudente démarche que lui ont suggérée son amour et peut-être aussi vos procédés irréfléchis. »

Alors Marianne s'approcha suivie d'Antonio Scacciati, et se jeta aux pieds du vieux Capuzzi, qu'on avait fait asseoir dans un fauteuil. Marianne avec une grâce incomparable prit ses mains, les couvrit de ses pleurs, de baisers ardents, et demanda grâce pour elle et pour Antonio, à qui elle était liée par la consécration de l'église.

La pâleur mortelle qui couvrait le visage du vieillard disparut sous la rougeur enflammée qui peignit sa rage subite; ses yeux étincelaient, et il cria d'une voix à demi-étouffée : « Ah! infâme! Ah! serpent venimeux que je nourrissais dans mon sein pour mon malheur! » — Mais le vieux et grave Toricelli, se posant avec dignité devant Capuzzi, lui dit qu'il venait de voir sur la scène quel sort l'attendait, lui Capuzzi, et devait le priver de toute espérance, s'il osait persister dans ses funestes projets contre le bonheur de Marianne et d'Antonio. Il dépeignit ensuite, avec les plus vives couleurs, l'égarement et la folie des vieillards amoureux, qui s'attirent eux-mêmes le plus horrible malheur qui puisse affliger un homme, celui de voir le dernier sentiment d'amour, qui pouvait luire en leur cœur, devenir l'instrument de leur perte, et leur personne en butte à la haine et au mépris universels.

En même temps la charmante Marianne, par intervalles et de la voix la plus pénétrante, disait : « Oh! mon oncle, je veux vous honorer et vous aimer comme mon père. C'est la mort que vous me donnerez en me séparant de mon Antonio! » — Et tous les poètes qui entouraient le vieillard s'écriaient d'une seule voix : « Il est impossible que l'honorable signor Pasquale Capuzzi di Senigaglia, si enthousiaste des beaux arts, et lui-même le premier des artistes, ne se laisse pas fléchir; il est impossible que, traité en père par la femme la plus séduisante, il n'accueille pas avec ravissement, pour son gendre, un artiste tel qu'Antonio Scacciati, comblé de gloire et d'honneurs, comme le méritent ses talents estimés de l'Italie entière. »

Le trouble et l'émotion intérieurs du vieux étaient visibles ; il soupirait, il gémissait, se voilait le visage de ses deux mains. Toricelli continuait à lui adresser les discours les plus persuasifs, Marianne redoublait ses instances de la manière la plus tendre, et, tandis que le reste de la compagnie faisait valoir, à qui mieux mieux, et Antonio et Salvator, le vieux promenait ses regards, tantôt sur sa nièce, tantôt sur Antonio, dont les habits somptueux et les riches chaînes d'honneur prouvaient ce qu'on lui avait dit touchant sa brillante réputation d'artiste.

La dernière nuance de courroux disparut enfin des traits du vieillard, il se leva, le plaisir dans les yeux, et pressant Marianne sur son cœur : « Oui, s'écria-t-il, je te pardonne, ma chère enfant. — Je vous pardonne, Antonio ! loin de moi l'idée de troubler votre bonheur. — Vous avez raison, mon digne signor Toricelli, Formica m'a fait voir sur la scène tous les chagrins, toute l'infortune qui m'auraient accablé si j'avais exécuté mon projet insensé. Je suis guéri, tout-à-fait guéri de ma folie ! Mais où est donc signor Formica ? où est mon respectable médecin, que je le remercie mille fois d'une conversion qui n'est due qu'à lui seul. L'effroi qu'il a su m'inspirer a changé le fond de mon âme. »

Pasquarello s'avançait, Antonio se jeta à son cou en s'écriant : « Ah ! signor Formica, vous à qui je dois tout, déposez ce masque qui vous défigure, que je connaisse vos traits et que Formica cesse enfin d'être un mystère pour moi. »

Pasquarello ôta sa coiffe et son masque ingénieusement fabriqué qui simulait un visage naturel, sans faire perdre aucun jeu de physionomie, et dans Formica, dans Pasquarello, l'on reconnut Salvator Rosa.

« Salvator ? » s'écrièrent, frappés de surprise, Marianne, Antonio et Capuzzi.

« Oui, disait cet homme rare, oui, c'est Salvator Rosa que les Romains dépréciaient comme peintre et comme poète, et à qui ils prodiguèrent chaque soir, durant une année, des applaudissements frénétiques, sans se douter que le Formica du misérable théâtre de Nicolo Musso, qui leur adressait impunément tant de sarcasmes et châtiait si haut leur mauvais goût, fût ce même Salvator, dont ils ne voulaient souffrir ni les vers, ni les tableaux qui proclamaient les mêmes maximes. C'est Salvator Formica, mon cher Antonio, qui t'est venu en aide. —

» Salvator ! se prit à dire le vieux Pasquale, Salvator Rosa ! autant j'avais conçu de haine pour vous comme mon ennemi le plus acharné, autant, croyez-le, j'ai toujours professé d'estime pour votre mérite. Mais aujourd'hui je vous aime comme mon plus parfait ami, et même j'ose vous conjurer de vouloir bien vous intéresser en ma faveur.

» Parlez, répondit Salvator, mon digne signor

Pasquale ! quel service puis-je vous rendre ? et soyez certain d'avance que je m'emploierai, sans réserve, à satisfaire à votre demande. »

Alors le visage de Capuzzi rayonna de nouveau de ce doucereux sourire qui avait disparu depuis l'abandon de Marianne ; il prit Salvator par la main et lui dit à voix basse : « Mon digne signor Salvator, vous pouvez tout sur le brave Antonio : suppliez-le, en mon nom, de me laisser passer, par grâce, le faible reste de mes jours auprès de lui et de ma bien-aimée fille Marianne, et aussi d'accepter une bonne dot que je veux joindre à la succession de sa mère ; mais à condition qu'il ne verra pas d'un mauvais œil que je donne, de temps à autre, un petit baiser à l'aimable et douce Marianne, sur sa petite main blanche, et qu'il m'arrangera au moins chaque dimanche, pour aller à la messe, ma moustache sauvage, ce que personne au monde ne s'entend à faire comme lui. »

Salvator avait peine à s'empêcher de rire de la singularité du bonhomme, mais avant qu'il eût prononcé une parole, Antonio et Marianne, embrassant tous deux le vieillard, lui jurèrent qu'ils ne croiraient à sa pleine réconciliation et qu'ils ne seraient complètement heureux, que lorsqu'il serait avec eux sous le même toit pour ne les plus quitter, ainsi qu'un père chéri. — Antonio ajouta qu'il se chargerait d'accommoder sa moustache de la façon la plus galante, non-seulement tous les dimanches, mais bien tous les jours, ce qui mit le vieux au comble de la joie et du ravissement. Cependant on avait préparé un splendide souper et tout le monde y prit part avec la plus franche gaîté.

En te quittant, mon très-cher lecteur, je souhaite bien sincèrement que le plaisir ressenti en cette occasion par Salvator et tous ses amis ait pénétré ton propre cœur durant la lecture de l'histoire du merveilleux signor Formica.

NOTES DU TRADUCTEUR.

[1] (Pag. 2.) La manière dont Hoffmann intercalle ici l'épisode, inventé ou réel, des excès imputés en partie à Salvator Rosa dans la révolution de Naples, prête un peu à une confusion qu'il nous était interdit de faire disparaître dans notre système de traduction exacte. Il a traduit ce paragraphe d'une notice sur la vie de Salvator qui précède une édition italienne de ses satyres, publiée à Amsterdam en 1715. D'après cette relation, Aniello Falcone, le peintre de batailles, aurait en effet organisé la *compagnie de la mort*, et agi de concert avec Mas'Aniello ou Thomas Aniello, le pêcheur, instigateur en chef du soulèvement de Naples en 1647. Et c'est de celui-ci, Thomas Aniello, qu'Hoffmann fait mention en parlant de la multitude de ces portraits, reproduits par les compagnons et amis du peintre Aniello Falcone. — Voir le *fragment historique sur la révolution de Naples*, trad. de l'allemand de Meisner. Paris, 1789, in 8°. — Salvator est mort en 1673.

[2] (Pag. 3.) Cette citation est empruntée à un ouvrage intitulé : *Observations sur quelques grands peintres* ; Paris, 1807, in 8°. — L'auteur, Jean-Joseph Taillasson, né à Blaye en 1746, embrassa la profession de peintre, malgré

la résistance de sa famille, pour obéir à une vocation invincible. Il fut élève de Vien, passa quatre ans en Italie, fut reçu membre de l'académie de peinture sur son tableau d'*Ulysse enlevant à Philoctète les flèches d'Hercule*, et mourut le 11 nov. 1809. — Le livre en question est écrit avec une élégante simplicité, et fort remarquable par la saine critique qui l'a dicté et la finesse des réflexions. On ne sera sans doute pas fâché de pouvoir comparer l'original à l'extrait incomplet et rapporté de mémoire par l'auteur allemand. Voici le passage correspondant de l'écrivain français :

« Une fierté sauvage, une bizarre, dure et brûlante énergie, une sorte de barbarie dans les pensées et dans la manière de les rendre, sont les caractères distinctifs de Salvator Rosa. Jamais il ne sentit ce que la nature a d'aimable, de doux et d'attendrissant ; il y vit ce qu'elle a de singulier, d'extraordinaire, d'effrayant. Il n'a choisi dans les campagnes que des sites sauvages, piquants par une effrayante nouveauté ; il ne peint jamais des plaines riantes, de riches vallons ; il peint d'arides déserts, de tristes rochers ; il choisit les plus affreux, et s'ils ne le sont pas, ils le deviennent par la manière dont il les rend.

« Ses arbres ne sont pas revêtus de cet épais et vert feuillage dont l'ombre est l'asile des bergers et des troupeaux. Il a peint ces troncs immenses qui portent dans leur forme terrible l'empreinte des ans et des tempêtes : sur leurs cimes nues, élevées, se reposent les aigles et les vautours ; ils ressemblent à ces grands vaisseaux long-temps tourmentés par les vents et par les combats, qui, sur les mers bruyantes, élèvent orgueilleusement leurs mâts dépouillés.

« En admirant ses paysages pittoresques, on ne désire jamais d'habiter de pareilles demeures Soit par le choix qu'il a fait des sites, soit par la manière de les imiter, ils ressemblent toujours à ces lieux favorables aux assassinats,

» à ces chemins écartés de toute habitation, où l'on ne » passe jamais la nuit, et que le jour on traverse avec rapi- » dité, sur lesquels on vous dit : Là, un voyageur fut égorgé ; » là, son corps sanglant fut traîné et jeté dans les pré- » cipices.

..... « La plupart des figures qu'il a placées dans ses ta- » bleaux, et principalement dans ses paysages, sont des » guerriers ajustés d'une manière singulière et nouvelle, » d'un costume qui tient de plusieurs et qui ne ressemble à » aucun ; ils nous offrent l'image des sbires, des contre- » bandiers et des voleurs. — Il a gravé lui-même à l'eau » forte, avec beaucoup d'esprit, une suite de ces bizarres » héros.

« Dans le choix de tous ses sujets, Salvator Rosa est en- » core le même. — La vue de ses ouvrages fait réfléchir et » rêver sombrement ; et chez lui, la philosophie ne présente » jamais que de dures vérités. — C'est ainsi qu'il a peint » tour à tour, Régulus enfermé dans un tonneau hérissé » de clous, Polycrate, tyran de Samos, attaché au gibet, » Samuel apparaissant à Saül, Glaucus et Scylla, le mons- » tre assoupi par Jason, les Titans foudroyés, Démocrite » errant au milieu de tombeaux ruinés, parmi des osse- » mens confondus d'hommes et d'animaux, etc. — On con- » çoit aisément qu'un tel homme devait bien peindre des » batailles ; c'est aussi dans ce genre qu'il a principale- » ment excellé, c'est là que se déploie avec aisance l'éner- » gique et originale âpreté de son caractère. »

[3] (Pag. 6.) *Nozze e magistrati sono da dio destinati* ; litt. : Mariages et magistrats sont prédestinés par Dieu.

[4] (Pag. 7.) Traduction littérale : Qui va modérément va sûrement, qui va à la hâte meurt vite.

[5] (Pag. 19.) Annibal Carrache, né à Bologne en 1560, le plus illustre des six peintres de ce nom, ses frères, cousins et neveux ; il fut l'ami de le Guide ou Guido Reni, né aussi à Bologne en 1575. Tous deux moururent dans la misère et l'infortune.

[6] (Pag. 54.) Littéralement: L'âne aiguillonné, il faut qu'il trotte. Hoffmann, comme on l'a déjà vu, rend ces proverbes italiens par d'autres équivalents, mais non pas identiques. Ainsi le précédent, *Fate il passo*, etc., signifie : Le pas doit se mesurer à la jambe, et celui cité plus bas, *Chi a nel petto*, etc. : qui a du fiel dans le cœur ne peut pas cracher du miel.

[7] (Pag. 65.) *Zio carissimo :* Le très cher oncle

[8] (Pag. 68.) Il ne faut pas mêler les choses saintes aux profanes ; litt. : badinez avec les valets et laissez les saints en repos.

[9] (Pag. 107.) Salvator est l'auteur de six satyres souvent réimprimées, qui ont pour titre : la Musique, la Poésie, la Peinture, la Guerre, la Babylone, l'Envie. Ces poésies remarquables sont précédées d'un sonnet inspiré à l'auteur par les injustes reproches dont il est question ici. Quoique l'original lui-même ne donne qu'une faible idée de l'élégance et du mérite des autres vers de l'artiste, en voici une traduction plus littérale que celle donnée par Hoffmann en allemand : l'auteur fait allusion à son nom de Salvator, (sauveur) :

Ils s'en vont leur criant : qu'il soit crucifié !
Est-ce donc pour mon nom, nom du *sauveur* du monde !
Mais peut-on autrement, chez cette race immonde,
Qu'en montant sur la croix être glorifié?

Plus d'un Pilate ici, dans sa haine profonde,
Plus d'un Pierre infidèle et qui m'a renié
Dispute une couronne aux vers où je le fronde,
Et par plus d'un Judas je suis sacrifié :

Ils osent m'accuser par ironie amère,
Les Gentils ! d'usurper les honneurs du saint lieu
Et de m'être arrogé la dépouille du Dieu :

Mais ils en ont menti ! mais eux seuls au contraire
Sont les larrons, eux seuls m'ont fait place au milieu ;
Et c'est un Hélicon pour moi que leur calvaire.

¹⁰ (Pag. 109.) *Percossi* : Frappés, persécutés; par allusion à la position de Salvator. Tous ces détails sont historiques, l'histoire même du tableau de Scacciati est vraie. Maria Agli était un négociant bolonais, comédien amateur, et Formica a joué réellement à Rome le même rôle que dans notre conte, sous le masque de Pasquarello, bouffon intrigant des comédies italiennes, vêtu ordinairement de satin blanc avec des ornements verts.

II

LE DOGE ET LA DOGARESSE.

Doge et dogaresse, ainsi était mentionné, dans le catalogue des ouvrages de peinture que l'Académie des Beaux-Arts de Berlin exposa, au mois de septembre 1816, un tableau du brave et habile C. Kolbe, membre de ladite Académie, ouvrage empreint d'un charme tellement surprenant, qu'il était difficile de trouver place devant lui, pour le voir à l'aise. — Un doge magnifiquement vêtu s'avance sur une terrasse, la dogaresse aussi en riche toilette est à ses côtés ; lui, vieillard à la barbe grise : sur son visage bruni et vivement coloré, des traits singulièrement contrastés peignent les uns la vigueur, d'autres la faiblesse, ici la bonté même, et là l'orgueil et l'arrogance ; elle, jeune femme pleine d'une tristesse langoureuse dans sa tenue, dans son regard d'où s'échappe un désir rêveur ; derrière eux, une femme âgée et un serviteur tenant un parasol ouvert. Sur le côté, près de la balustrade, un jeune homme souffle dans une trompe modelée en coquillage, et sur la mer, devant la terrasse, est une gondole somptueusement décorée, ornée d'un pavillon aux armes de Venise et occupée par deux rameurs. Dans le fond s'étend la mer couverte de mille voiles, et l'on voit les tours et les palais de la splendide Venise qui surgissent des flots. A gauche on distingue *San-Marco*, a droite, et plus rapproché, *San-Giorgio-Maggiore*. Sur le cadre doré du tableau sont gravés ces mots :

Ah senza amare
Andare sul mare
Col sposo del mare
Non può consolare.

Suivre sur la mer
L'époux de la mer
Las ! ne peut charmer
Cœur privé d'aimer.

Devant ce tableau il s'éleva un jour une discussion frivole pour savoir si le peintre avait voulu représenter des personnages historiques, ou bien s'il n'avait songé à faire de l'art que pour l'art, c'est-à-dire, à figurer, comme l'indiquaient suffisamment les vers ci-dessus, la situation d'un homme âgé et presque éteint qui, malgré toutes les satisfactions et les splendeurs imaginables, ne peut apaiser l'inquiétude et les désirs d'un cœur avide. Las de bavarder, les interlocuteurs quittèrent la place l'un après l'autre, et il ne resta plus devant le tableau que deux zélés amateurs du noble art de la peinture.

« Je ne sais pas, dit l'un, comment l'on peut ainsi corrompre sa propre jouissance avec ces éternels commentaires. Sans m'embarrasser de deviner le trait positif de la vie de ce doge qu'a reproduit l'artiste, cet éclat de richesse et de puissance qui domine l'ensemble me saisit d'une émotion vague et indéfinissable. Vois ce pavillon, qui porte le lion ailé, comme il se déploie dans l'air, emblême vivant de l'empire du monde. — O superbe Venise! » Il se mit à répéter l'énigme de Turandot sur le lion adriatique : « *Dinimi qual sia quella terribil fera*, *etc.* » A peine eut-il fini, qu'une voix sonore fit entendre la solution de Calaf : « *Tu quadrupede fera, etc*[1]. »

A l'insu des deux amis un homme d'un aspect noble et imposant s'était approché d'eux, un manteau gris pittoresquement jeté sur l'épaule, et contemplant le tableau avec des yeux étincelants. — On lia conversation, et l'étranger dit d'un ton presque solennel : « C'est un mystérieux phénomène en effet. Tel artiste rêve un tableau dont les figures, d'abord insaisissables comme des vapeurs flottant dans l'espace, semblent n'adopter une forme, un caractère, qu'au gré de son esprit, et n'avoir de patrie que dans son imagination, et puis il arrive que ce tableau réalisé, se liant soudain au passé et même à l'avenir, est l'image exacte d'un fait accompli ou qui se produira plus tard. Peut-être Kolbe lui-même ignore-t-il que les personnages qu'il a peints sur cette toile ne sont autres que le doge Marino Falieri et son épouse Annunziata. » — L'étranger se tut, mais les deux amis le pressèrent de leur donner l'éclaircissement de cette énigme, ainsi qu'il avait fourni l'explication de celle du lion adriatique.

Il dit alors : « Si vous avez de la patience, mes chers Messieurs, je vais sur-le-champ, avec l'histoire de Falieri, vous donner la clef de ce tableau ; mais avez-vous beaucoup de patience ? Je serai fort prolixe, car je n'aime pas parler autrement de choses qui sont aussi vivantes devant mes yeux que si j'en avais été moi-même témoin. C'est d'ailleurs, pour ainsi dire, le cas en cette circonstance. Car tout historien, et je vais l'être en ce moment, c'est, en vérité, un spectre qui raconterait les événements passés [1]. »

Les deux amis entrèrent avec l'étranger dans une chambre écartée, où, sans autre préambule, il commença de la manière suivante :

C'était il y a bien long-temps, et, si je ne me trompe, dans le mois d'août de l'année 1354, à l'époque où le vaillant général génois, Paganino Doria, après avoir rudement battu les Vénitiens, venait de prendre d'assaut leur ville de Parenzo. Dans le golfe, en vue de Venise, ses galères bien armées croisaient alors en tout sens, comme des bêtes de proie affamées qui, dans leur avide transport, vont et viennent épiant de quel côté la proie est plus facile à saisir, et un effroi mortel se répandit à Venise parmi le peuple et les patriciens. Toute la population mâle, tout homme à qui il restait l'usage de ses bras, se munit d'une arme ou d'un aviron. On rassembla les troupes dans le port de *San-Nicolo*. Des navires, des arbres furent coulés à fond, et des chaines doubles tendues, afin d'empêcher l'abord de l'ennemi. Pendant qu'ici résonnaient le fracas des armes entassées et le sourd retentissement des blocs massifs qu'on amoncelait sous les vagues jaillissantes, on voyait sur le *Rialto* [1] les agents de la seigneurie, essuyant la sueur froide de leur front, le visage pâle et consterné, s'épuiser à offrir intérêts sur intérêts pour obtenir de l'argent comptant, car c'était encore ce qui manquait à la république menacée. Bien plus, il était écrit dans les décrets impénétrables de la volonté éternelle, que, dans ce moment même d'anxiété et d'angoisse, le troupeau en détresse serait privé de son fidèle pasteur. Le doge, Andrea Dandolo, mourut accablé du poids des malheurs publics, lui que le peuple appelait son cher petit comte (*il caro contino*), à cause de son caractère constamment bon et aimable, et parce qu'il ne traversait jamais la place Saint-Marc, sans avoir, au service de quiconque avait besoin d'argent ou de bons conseils, des consolations à la bouche pour l'un, et pour l'autre des sequins dans la poche. — Or, comme d'après l'ordre naturel des choses, tel coup, qui serait à peine sensible dans les circonstances ordinaires, frappe d'une affliction doublement douloureuse ceux qu'a découragés l'infortune, le peuple parut tout-à-fait dans le délire du chagrin et du désespoir, quand les cloches de Saint-Marc annoncèrent ce décès par des tintements sourds et lugubres. Leur appui, leur dernière ressource étaient perdus, il ne restait qu'à courber la tête sous le joug génois : telles étaient les lamentations des Vénitiens ; et pourtant la mort de Dandolo ne devait pas, à la rigueur, paraître aussi préjudiciable, sous le rapport des opérations militaires de première obligation en ce moment; car le bon petit comte affectionnait surtout la paix et la tranquillité, il préférait le merveilleux spectacle des observations astronomiques aux arides travaux de la politique, et s'entendait mieux à régler l'ordre d'une procession à la sainte fête de Pâques, qu'à diriger une armée.

Il s'agissait donc d'élire un doge qui, doué à la fois des qualités solides d'un habile administrateur et de celles d'un valeureux général, pût sauver la république, ébranlée jusque dans ses fondements, de l'atteinte menaçante d'un ennemi de jour en jour plus entreprenant. Les sénateurs s'assemblèrent, mais ne s'offrirent que des visages soucieux, des regards mornes, des têtes penchées que leurs mains avaient peine à soutenir. Où trouver un homme qui fût capable, en ces conjonctures, de raffermir le gouvernail ébranlé et de le diriger d'une main sûre? Le plus âgé des membres du conseil, nommé Marino Bodoeri, éleva enfin la voix. « Ce n'est pas ici, ni hors de cette enceinte, ni parmi nous que vous le trouverez, dit-il; mais que vos regards tournés vers Avignon s'arrêtent sur Marino Falieri, que nous y avons envoyé pour féliciter le pape Innocent sur son avènement. Il peut, lui, s'employer aujourd'hui plus utilement pour nous; il peut, lui, s'il est nommé doge, réparer tous nos malheurs. On objectera peut-être que Marino Falieri a déjà quatre-vingts ans, que l'âge a blanchi sa barbe et ses cheveux à l'instar de la neige, enfin, et ce sont des propos de calomniateurs, qu'il faut attribuer son air d'hilarité, le feu de son regard et la rougeur qui colore ses traits plutôt au vin de Chypre qu'à sa vigueur naturelle : mais n'attachez à cela aucune valeur, souvenez-vous seulement de quel brillant courage Marino Falieri a fait preuve comme provéditeur de notre flotte sur la mer Noire, considérez quels éminents services avaient pu décider les procurateurs de Saint-Marc à donner en récompense à Falieri le riche comté de Val de Marino ! » —Ce fut ainsi que Bodoeri fit valoir les mérites de Falieri, en prévenant adroitement toutes les objections, jusqu'à ce qu'enfin toutes les voix se réunirent pour son élection. Quelques-uns, il est vrai, élevèrent encore de vives réclamations sur le caractère emporté et bouillant de Falieri, sur sa soif de domination jalouse, sur son opiniâtreté inflexible ; mais on leur répondait : « C'est précisément parce que la vieillesse a corrigé ces défauts du jeune Falieri que notre choix se repose sur le vieillard. » Ce qui mit un dernier terme à toutes les critiques, ce fut la joie inouie, exagérée et folle que manifesta le peuple en apprenant l'élection du nouveau doge. — Ne sait-on pas qu'en pareille circonstance, dans un tel conflit d'embarras et d'appréhensions, une résolution quelconque, pourvu qu'elle soit décisive, apparaît comme une inspiration du ciel ?

Il arriva donc que le bon petit comte, malgré sa bonté et sa douceur, fut complètement oublié, et que chacun allait disant : « Par saint Marc ! ce Marino aurait dû depuis long-temps être pris pour doge, et l'orgueilleux Doria ne serait pas sur notre dos! » — Des soldats invalides levaient avec peine leurs bras mutilés et s'écriaient : « C'est Falieri qui a battu Morbassan. C'est ce vaillant capitaine qui promenait sur les mers son pavillon victorieux ! » Dans chaque groupe de peuple on se racontait les hauts faits du vieux Falieri, et les airs retentissaient de cris d'allégresse, comme si Doria eût été déjà battu. — Sur ces entrefaites Nicolo Pisani, qui, au lieu de se porter avec la flotte à la rencontre de Doria, avait, Dieu sait dans quel but, fait voile tranquillement pour la Sardaigne, reparut enfin.

Doria abandonna le golfe, et ce résultat, dû au retour de la flotte de Pisani, fut attribué à l'influence redoutée du nom de Marino Falieri. Le peuple et les patriciens se livrèrent alors aux démonstrations d'une joie extravagante, motivées sur la bienheureuse élection; et l'on résolut, pour la signaler d'une manière extraordinaire, de recevoir le nouveau doge comme un envoyé du ciel, dont la présence équivalait à l'honneur, à la victoire et à l'apogée de toutes les félicités. Douze nobles, chacun avec une suite nombreuse et brillante, furent députés par la seigneurie jusqu'à Vérone, où Falieri, aussitôt après son arrivée, fut officiellement investi, par les envoyés de la république, du titre de chef de l'état. — Quinze barques richement décorées, armées par le Podestat de Chioggia, et commandées par son propre fils, Taddeo Giustiniani, allèrent prendre à Chiozzo le doge et sa suite; de là il vogua, pareil au plus puissant monarque le jour d'une victoire, et au milieu d'un cortége triomphal, vers Saint-Clément, où l'attendait le Bucentaure.

Au même moment où Marino Falieri mettait le pied sur le Bucentaure, et c'était le trois octobre au soir, à l'heure du coucher du soleil, un pauvre diable était étendu sur le dur pavé de marbre devant les colonnes de la douane. Quelques lambeaux de toile rayée, dont la couleur était devenue méconnaissable, et qui paraissaient avoir appartenu jadis à un vêtement de marinier, tel qu'en portaient les porte-faix et les rameurs de la classe la plus infime, voilaient à peine son corps décharné: au lieu de la chemise chaque lacune montrait à nu la peau du malheureux; mais elle était si blanche, si délicate, que le plus noble gentilhomme aurait pu en tirer honneur et vanité.— Sa maigreur ne faisait que mieux ressortir les proportions parfaites de ses membres, et à contempler son front ombragé de cheveux châtains-clairs et bouclés malgré leur désordre, son nez aquilin, sa bouche régulière, et ses yeux bleus creusés par les soucis et la misère, on restait convaincu que l'étranger, âgé de vingt ans au plus, était d'une naissance distinguée, et devait à la rigueur du sort de se voir relégué dans la lie des plus bas rangs de peuple.

Comme nous venons de le dire, le jeune homme était couché devant les colonnes de la douane, immobile, la tête appuyée sur son bras droit, son regard fixe et morne dirigé sur la mer. On eût pu croire que son âme s'était exhalée et que la lutte contre la mort l'avait changé en statue, s'il n'eût soupiré de temps en temps, comme oppressé d'une douleur indicible. C'était peut-être un effet de la souffrance de son bras gauche, qui était étendu sur les dalles entouré de lambeaux ensanglantés, indices d'une blessure grave.

Tout bruit de manœuvre avait cessé, les ouvriers avaient suspendu leurs travaux, Venise entière voguait dans des milliers de barques et de gondoles au-devant de Falieri. Le malheureux jeune homme restait avec sa douleur aiguë dans un triste abandon ; mais au moment où laissant tomber sa tête appesantie sur le pavé, il paraissait près de s'évanouir, une voix cassée appela d'un ton plaintif à plusieurs reprises : « Antonio ! mon cher Antonio ! » — Antonio souleva enfin péniblement la moitié de son corps, et, tournant la tête du côté de la douane, d'où la voix semblait partir, il dit d'une voix éteinte et à peine intelligible : « Qui m'appelle ? — qui vient se charger de jeter à la mer mon cadavre ? car bientôt je vais expirer ici ! »

Une petite femme, vieille comme les pierres, s'appuyant sur un bâton, s'approcha alors du jeune blessé en toussant et haletante, et s'accroupissant auprès de lui, elle s'écria en ricanant d'un air diabolique : « Enfant insensé ! tu veux mourir ici, tu parles de mourir quand un avenir d'or s'ouvre devant toi ? — Regarde là bas, à l'horizon, regarde ces feux étincelants, ce sont des sequins pour toi ! — Mais il faut que tu manges, murmura la vieille, que tu manges et que tu boives ; car c'est la faim seule qui t'a fait tomber là, sur ce froid pavé... — Le bras est guéri, le voilà guéri ! » — Antonio reconnut dans la petite vieille une mendiante singulière accoutumée à demander l'aumône aux fidèles sur les marches de l'église des Franciscains, et à qui lui-même avait jeté mainte fois un *quattrino* gagné à la sueur de son front, et qui n'était guère superflu dans sa poche, cédant, malgré lui, à une impulsion secrète et indéfinissable. « Laisse-moi en paix, dit-il, vieille folle : oui, sans doute, c'est la faim plutôt que ma blessure qui m'a fait défaillir et m'a mis dans ce pytoyable état. Depuis trois jours je n'ai pas gagné un *quattrino*. — Je voulais aller au couvent, là-bas, et tâcher d'attraper une cuillerée de la soupe de l'hospice ; mais tous les camarades sont partis, pas un qui m'ait pris par pitié sur sa barque. Je me suis donc abattu ici, et probablement pour ne jamais me relever. — Hi, hi, hi, hi ! ricana la vieille, pourquoi se désespérer sans retour ? pourquoi se décourager si vite ? Tu as faim, tu as soif ? j'ai remède à cela. Voici de beaux petits poissons secs que j'ai achetés aujourd'hui même à la *Zecca* [1], voici de la limonade, voici un joli petit pain blanc : mange, mon enfant, mange et bois, mon fils chéri ! nous examinerons ensuite la blessure de ton bras. »

La vieille, en effet, tout en parlant ainsi, avait tiré du sac qui lui pendait derrière le dos comme un capuchon, et qui dépassait de beaucoup sa tête inclinée par l'âge, des poissons, du pain et de la limonade. Antonio eut à peine humecté ses lèvres brûlantes de la fraiche boisson que sa faim se réveilla avec une nouvelle violence, et il dévora avidement le pain et les poissons. Cependant la vieille était occupée à dérouler les chiffons appliqués au bras malade, et elle le trouva en effet grièvement meurtri, mais la plaie était déjà à demi cicatrisée. Après y avoir étendu, en l'échauffant de son haleine, de l'onguent qu'elle prit dans une petite boite, elle demanda : « Mais qui donc t'a frappé si rudement, mon pauvre garçon? » Antonio, complètement remis et ranimé d'une nouvelle vigueur, s'était levé tout debout; il s'écria, les yeux flamboyants et le poing droit levé : « Ah! c'est cet infâme Nicolo qui a voulu m'assommer, parce qu'il envie chaque misérable *quattrino* que me jette une main bienveillante! Tu sais, la vieille, que je gagnais péniblement ma vie en aidant à porter les ballots des navires et des barques au magasin des Allemands, dans le *Fontego*. Tu connais bien cette maison? »

Mais Antonio n'eut pas plutôt prononcé ce nom de *Fontego*, que la vieille se mit à éclater de son rire déplaisant, et à marmotter coup sur coup : « *Fontego, Fontego, Fontego!*—Laisse-là ton rire stupide, vieille! si tu veux que je raconte, » s'écria Antonio avec emportement.—La vieille se tut soudain, et Antonio continua : « J'avais récolté plusieurs *quattrini*, je m'étais acheté une veste neuve, je faisais tout-à-fait bonne mine, et je pris le métier de gondolier. Comme j'étais toujours de belle humeur, travaillant bravement et sachant par cœur mainte jolie chanson, je gagnais, par-ci, par-là, quelques *quattrini* de plus que les autres. Mais les camarades en furent jaloux, ils me desservirent auprès du patron, je fus chassé, et partout où je me présentais et sur mon passage, ils me criaient : Chien d'Allemand ! maudit hérétique ! — Bref, il y a trois jours, étant occupé près de Saint-Sébastien à tirer une barque sur la grève, je fus assailli à coups de pierre et de bâton ; je défendis ma peau vaillamment, mais le traître de Nicolo m'asséna un coup d'aviron qui me rasa la tête et m'abîma le bras droit, en me terrassant. — Mais voici que tu m'as remis en bon état, la vieille, je sens en effet que ton onguent me procure un soulagement surprenant. Vois donc comme je me sers déjà librement de mon bras. Je vais recommencer à ramer vigoureusement. »

Antonio se tenait droit et agitait vivement, en tout sens, le bras blessé, quand la vieille, ricanant de plus belle et sautillant d'une manière grotesque, s'écria : « Cher enfant, mon cher enfant ! rame avec vigueur, — avec vigueur ! — Le voilà, — le voilà qui vient : l'or darde des rayons enflammés. Rame avec vigueur, — avec vigueur ! — mais une seule fois encore, une fois seulement ! — tu ne rameras plus après. »

Antonio ne prêta aucune attention aux paroles de la vieille, car le plus magnifique spectacle venait de se dérouler devant lui. De Saint-Clément, le Bucentaure, sous son pavillon portant l'insigne du lion adriatique, s'avançait à coups bruyants d'aviron, tel qu'un cygne doré à l'aide d'une impulsion puissante. Entouré de barques et de gondoles par milliers, il semblait, avec sa proue royale et altière, commander à une armée joyeuse qui serait sortie du sein de la mer avec son chef superbe. Le soleil couchant projetait sur la mer et sur Venise des rayons de feu figurant un vaste embrasement. — Mais, tandis qu'Antonio, oubliant tous ses soucis, était absorbé par ce ravissant aspect, l'horizon devenait de plus en plus rouge, un sourd murmure bruissait dans l'air, et des profondeurs des eaux un écho terrible semblait y répondre. La tempête arriva sur des nuages sombres et tout fut enveloppé d'une épaisse obscurité, tandis que les vagues bouillonnaient, s'élevaient et tombaient pour remonter plus haut, menaçant, avec des sifflements aigus, de tout engloutir sous leurs masses couronnées d'écume. Les barques et les gondoles était ballottées sur la mer comme des plumes éparses, et le Bucentaure, impropre à lutter contre la tempête avec son fond plat, était balancé au gré des vagues. En place des joyeuses fanfares des trompettes et des clairons, on entendait des cris d'angoisse qui perçaient à travers le fracas de la tempête.

Antonio contemplait ce tableau d'un regard fixe, quand un bruit de chaines résonna tout près de lui; il baissa les yeux, un petit canot enchaîné au mur du quai était secoué par les flots; soudain une pensée lumineuse traversa son esprit, il saute dans le canot, le démare, saisit l'aviron qui s'y trouve, et prend hardiment sa course en pleine mer droit sur le Bucentaure. A mesure qu'il approchait il distinguait mieux les appels de secours qui partaient du bâtiment : « Arrive ! — arrive ! sauvez le doge, sauvez le doge! » — On sait que les petits canots de pêcheurs sont plus sûrs et plus faciles à gouverner dans le golfe, en temps d'orage, que les barques plus grandes; aussi en arrivait-il de toutes parts pour sauver les jours précieux du digne Marino Falieri. — Mais la providence n'accorde jamais qu'à un seul entre mille la réussite d'une tentative audacieuse en frappant de stérilité tous les autres efforts. Cette fois c'était au pauvre Antonio qu'il était réservé de tirer du péril le nouveau doge, et lui seul parvint à aborder avec son petit canot le Bucentaure. Le vieux Marino Falieri, habitué à ces risques de mer, sauta résolument, et sans la moindre hésitation, du magnifique mais perfide Bucentaure dans l'humble canot du pauvre Antonio qui, glissant sur l'onde écumeuse comme un agile dauphin, le transporta en peu de minutes à la place Saint-Marc. Le vieillard, les vêtements trempés et la barbe encore dégouttante d'eau de mer, fut conduit dans l'église où les patriciens interdits achevèrent les cérémonies de sa réception. Le peuple, non moins affecté que la noblesse des accidents qui avaient signalé cette arrivée (et il n'oubliait pas d'y faire figurer cette circonstance que, dans le désordre et la précipitation du moment, on avait fait passer le doge, par mégarde, entre les deux colonnes de la place, lieu consacré aux exécutions criminelles); le peuple fit trêve à sa joie, et ce jour inauguré par l'allégresse se termina dans la consternation.

Personne ne paraissait penser au libérateur du doge, et Antonio n'y songeait pas lui-même; épuisé de fatigue et presque privé de connaissance par la douleur que lui causait sa blessure rouverte, il était étendu sous les arcades du palais du doge. Sa surprise fut d'autant plus grande, quand, à la chute du jour, un garde ducal le prit par les épaules en lui disant : « Viens, mon bon ami, » et le poussa dans les salles du palais jusqu'à la chambre du doge. Le vieillard s'avança à sa rencontre avec bienveillance, et lui montrant deux sacs posés sur la table : « Tu t'es bravement conduit, mon fils, dit-il, tiens, prends ces trois mille sequins. Si c'est trop peu, demandes-en davantage ; mais fais-moi la grâce de ne plus jamais reparaître devant moi. » — A ces derniers mots, de ses yeux jaillirent deux éclairs et son nez se colora d'une plus vive rougeur. Antonio ne concevait rien à l'irritation du vieillard, aussi ne s'en émut-il guère ; mais il chargea avec effort sur ses épaules les deux sacs qu'il croyait avoir bien légitimement gagnés.

Revêtu des brillants insignes de sa nouvelle dignité, le vieux Falieri, le lendemain matin, regardait des fenêtres cintrées du palais le peuple gaîment occupé à des exercices guerriers. Bodoeri, lié avec lui, dès l'enfance, d'une amitié constante, entra dans la chambre, et comme le doge, absorbé par ses réflexions et l'idée de sa grandeur, ne paraissait pas s'apercevoir de sa présence, le sénateur s'écria en frappant des mains et en riant : « Eh ! Falieri, quelles graves pensées germent donc et se croisent dans ta tête depuis que le bonnet recourbé la couvre? » — Falieri, comme réveillé d'un rêve, alla au-devant du vieillard avec une affabilité simulée; il sentait fort bien que c'était à Bodoeri qu'il devait son bonnet ducal et les paroles de celui-ci semblaient le lui rappeler. Mais toute obligation pesait à son caractère orgueilleux et absolu, et ne voulant pourtant pas éconduire ainsi que le pauvre Antonio le doyen des sénateurs, un ami éprouvé, il se contraignit pour lui adresser quelques mots de remercîment, et s'empressa de parler immédiatement des mesures qu'il fallait opposer aux progrès continus de l'ennemi. — « Quant à cela, interrompit Bodoeri en souriant avec malice, quant à cela et à tout ce que l'état réclame de toi, nous y penserons mûrement dans quelques heures, au sein du grand conseil. Je ne suis pas venu de si bon matin pour aviser avec toi aux moyens de battre l'audacieux Doria, ou de mettre à la raison l'Hongrois Louis, qui convoite de nouveau nos villes maritimes de Dalmatie. Non, Marino, c'est à toi seul que j'ai songé, et le motif de ma visite, tu ne le devinerais peut-être pas? c'est ton mariage.—Oh! répliqua le doge, se levant brusquement et tournant le dos à Bodoeri pour regarder la mer, quelle idée de penser à cela! Nous sommes loin encore du jour de l'Ascension; mais alors, je l'espère, l'ennemi aura été vaincu, le lion adriatique, le favori des flots, aura acquis, par sa glorieuse victoire, de nouvelles richesses et un degré de puissance de plus; et la chaste fiancée trouvera l'époux digne d'elle!

» Ah! dit Bodoeri en l'interrompant avec impatience, tu parles de la solennité du jour de l'Ascension et de la cérémonie de ton mariage avec la mer Adriatique, quand du haut du Bucentaure tu jetteras dans les vagues ton anneau d'or. Toi, Marino, familier de la mer, n'envies-tu donc pas d'autre fiancée que cet élément perfide, froid et inconstant ? Imagines-tu parvenir à le dominer, quand hier encore il se souleva contre toi d'une manière si menaçante ? Comment te complairais-tu à reposer dans les bras d'une pareille épouse qui, par le plus fou des caprices, s'est mise à tempêter et à te chercher querelle au moment où, glissant sur le Bucentaure, tu caressais à peine son sein bleuâtre et glacé ? Toutes les flammes d'un Vésuve ne suffiraient pas à réchauffer le cœur insensible de cette femme infidèle, qui, dans sa perpétuelle inconstance, en volant d'un hyménée à l'autre, reçoit les bagues nuptiales, non comme des gages d'amour, mais comme un tribut qu'elle arrache de vive force à ses humbles esclaves. — Non, Marino, j'avais pensé, moi, que tu choisirais pour épouse la plus belle, la plus parfaite des filles de la terre.

» Tu radotes, j'imagine, murmura Falieri sans se détourner de la fenêtre, tu radotes, mon vieux ; moi, un octogénaire épuisé de travail et de fatigue, qui n'ai jamais eu de femme, qui suis à peine capable d'aimer encore ? — Arrête, dit Bodoeri, ne te calomnie pas toi-même de la sorte. Quoi donc ! — L'hiver, quelque rude et glacial qu'il soit, n'étend-il pas enfin les bras avec amour vers la déité charmante qui vient à sa rencontre portée par les vents tièdes de l'occident ? —

Et lorsqu'il la presse contre son sein engourdi, lorsqu'une douce chaleur pénètre en ses veines, que deviennent alors et les neiges et les frimats? Tu as quatre-vingts ans, dis-tu, cela est vrai; mais ne mesures-tu la vieillesse qu'au nombre des années? Ne portes-tu pas ta tête aussi droite, ou marches-tu d'un pas moins assuré qu'il y a quarante étés?—Mais peut-être sens-tu que ta vigueur a diminué, qu'il te faut porter une épée moins lourde, qu'une marche rapide t'affaiblit, que tu gravis avec peine les marches du palais ducal...

» Non, par le ciel! dit Falieri avec feu, interrompant son ami et quittant la fenêtre pour s'avancer vers lui, non, par le ciel, je n'éprouve rien de tout cela.—Eh bien, reprit Bodoeri, recueille donc dans ta vieillesse toutes les jouissances que t'offre encore la terre. Elève au rang de dogaresse celle que j'ai en vue pour toi; et les femmes de Venise seront forcées de la reconnaître pour la première de toutes en beauté et en vertu, comme les Vénitiens reconnaissent en toi leur chef en énergie, en sagesse et en courage. »

Bodoeri commença alors à tracer un exquis portrait de femme, et il sut le colorer de touches si vives et si bien nuancées, que les yeux du vieux Falieri lançaient des éclairs, que le sang vint colorer de plus en plus son visage, et qu'en avançant les lèvres il fit claquer sa bouche comme s'il eût avalé coup sur coup du meilleur vin de Syracuse. « Oh! dit-il enfin en souriant, et quelle est donc cette merveille de grâce dont tu parles?

» Mon dieu, je ne parle, dit Bodoeri avec un fin sourire, de personne autre que de ma chère petite nièce.

» Comment ta nièce? interrompit Falieri, mais ne se maria-t-elle pas, pendant que j'étais podestat de Trévise, avec Bertuccio Nenolo? — Tu penses, répliqua Bodoeri, à ma nièce Francesca, et c'est sa fille que j'ai voulu désigner. Tu sais que le valeureux Nenolo périt dans une expédition navale : Francesca dans la douleur de son veuvage s'enferma à Rome dans un couvent. Alors je fis élever la petite Annunziata à ma villa près Trévise, au sein d'une profonde solitude.

» Eh quoi! interrompit de nouveau Falieri avec humeur, c'est la fille de ta nièce que tu me destines pour femme? que veux-tu dire? — Combien y a-t-il de temps que Nenolo s'est marié? — Annunziata doit être un enfant de dix ans tout au plus. Quand je fus nommé podestat de Trévise, on ne pensait pas encore à marier Nenolo, et il y a de cela..... — Vingt-cinq ans, répondit Bodoeri en riant. Ah! comment peux-tu si mal calculer un temps si vite passé pour nous? Annunziata est une fille de dix-neuf ans, belle comme les astres, sage, modeste, n'ayant aucune expérience de l'amour, car à peine a-t-elle vu un homme; elle te sera attachée d'un amour filial et avec un dévouement absolu.

» Je veux la voir, je veux la voir, » s'écria le doge qui se représenta vivement le portrait que Bodoeri lui avait fait de la belle Annunziata. — Son désir fut satisfait le même jour, car à peine était-il rentré, de retour du grand conseil, dans ses appartements, que l'adroit Bodoeri, sans doute intéressé sous plus d'un rapport à voir sa nièce siéger comme dogaresse aux côtés de Falieri, la lui amena secrètement.

A l'aspect de cette fille angélique, le vieux Falieri, tout troublé de sa beauté merveilleuse, eut à peine la force, en balbutiant quelques mots inintelligibles, de faire la demande de sa main. Annunziata, probablement prévenue par Bodoeri, s'agenouilla en rougissant devant le vieillard couronné. Elle prit sa main qu'elle pressa contre ses lèvres et dit à voix basse : « Oh ! mon seigneur, est-il vrai que vous daignez m'admettre à l'honneur de monter sur le trône ducal à vos côtés ?—La profonde vénération de votre fidèle servante ne finira qu'avec ses jours. »—Le vieux Falieri était hors de lui de joie et de bonheur. Quand Annunziata saisit sa main, il sentit un frémissement dans tous ses membres, puis il trembla de la tête aux pieds et fut obligé de s'asseoir au plus vite dans son grand fauteuil. C'était un évident démenti à la bonne opinion, émise par Bodoeri, sur la vigueur du vieillard octogénaire. Aussi celui-là ne put-il retenir le singulier sourire qui vint errer sur ses lèvres ; mais l'innocente et naïve Annunziata ne s'aperçut de rien, et par bonheur que cette scène n'avait pas d'autres témoins.

Soit que le vieux doge Falieri, à l'idée de se montrer au peuple comme le nouvel époux d'une fille de dix-neuf ans, sentit l'inconvenance de cette situation, soit que la crainte intérieure de donner prise à l'esprit satirique bien connu des Vénitiens le déterminât à tenir secret le début de cette union critique, il résolut enfin, d'accord avec Bodoeri, que le mariage serait conclu dans le plus grand mystère, et que plusieurs jours après la dogaresse serait présentée au peuple et à la seigneurie comme mariée à Falieri depuis long-temps, et récemment arrivée de Trévise, lieu supposé de son séjour, durant l'ambassade de Falieri à Avignon.

Tournons nos regards sur ce jeune homme élégamment vêtu et remarquable par sa beauté, qui se promène sur le *Rialto*, une bourse pleine de sequins à la main, et causant avec des Turcs, des Arméniens et des Grecs. Il détourne son front soucieux, s'arrête, reprend sa marche, puis revient sur ses pas et se fait enfin conduire en gondole à la place Saint-Marc, qu'il parcourt d'un pas lent et incertain, les bras croisés, les yeux tournés vers la terre, et sans remarquer maint chuchottement, mainte petite toux affectée qui s'échappe des fenêtres sous lesquelles il passe, sans se douter que ce sont autant de signes d'amour qu'on lui adresse de ces balcons richement drapés. — Qui reconnaîtrait dans ce personnage l'Antonio qui, peu de jours avant, gisait, couvert de haillons, pauvre et misérable, sur le pavé de marbre de la douane ?

« Mon fils ! mon fils chéri, Antonio ! — bonjour, bonjour ! » — Ce fut ainsi que cria la vieille mendiante assise sur les marches de l'église Saint-

Marc, au moment où il passait devant elle sans la voir. S'étant retourné subitement et apercevant la vieille, il mit la main dans sa bourse et en tira une poignée de sequins qu'il se disposait à lui jeter. « O laisse ton or tranquille! lui dit la vieille en ricanant, que veux-tu que je fasse de ton or? ne suis-je pas assez riche? — Mais, si tu veux me rendre service, fais-moi faire un nouveau capuchon, car celui que je porte ne peut plus me protéger contre le vent et la pluie.—N'est-ce pas, mon fils? mon fils chéri!—Mais tiens-toi loin du *fontego* surtout, du *fontego.* »—

Antonio considérait attentivement le visage hâve et jauni de la vieille, dont les rides profondes se contractaient d'une manière bizarre et horrible. Quand, faisant claquer tout-à-coup ses mains sèches et osseuses, elle se reprit à marmotter d'une voix aigre et avec son ricanement insupportable: « Tiens-toi loin du *fontego!* » Antonio s'écria: « Ne cesseras-tu donc jamais tes folles piailleries, sorcière! »

Dès qu'il eut lâché ces mots, la vieille tomba comme frappée de la foudre en roulant du haut des degrés de marbre. Antonio courut à elle, la retint des deux mains et atténua la gravité de la chute. « O mon fils, dit alors la vieille en gémissant, quelle affreuse parole tu as prononcée! Oh! tue moi plutôt que de répéter ce mot.—Non, tu ne sais pas combien tu m'as affligée, moi qui te porte si tendrement dans mon cœur.—Ah! si tu savais... »—La vieille se tut subitement, cacha sa tête sous le lambeau de serge brune qui lui pendait sur les épaules en guise de mantelet, et recommença à gémir comme pénétrée d'une vive douleur. Antonio éprouva intérieurement une émotion singulière ; il soutint la vieille et la conduisit jusque sous le portail de l'église Saint-Marc, où il la fit asseoir sur un banc de marbre. Puis ayant débarrassé sa tête de l'ignoble lambeau de drap : « Vieille, lui dit-il, tu m'as fait du bien, oui, à proprement parler, c'est à toi que je dois tout mon bonheur : car si tu ne m'avais pas assisté dans mon piteux état, je serais depuis long-temps au fond de la mer, je n'aurais pas sauvé le doge, et je n'aurais pas touché les sequins précieux ; mais quand même tu ne m'aurais pas procuré tout cela, je sens que je te devrais encore pour la vie une affection spéciale, en dépit de tes étranges folies et de cette maudite façon de ricaner qui m'irrite trop souvent. En effet, la vieille, quand j'étais à gagner péniblement ma vie, en faisant le métier de porte-faix, il me semblait toujours que j'étais dans l'obligation de travailler davantage pour pouvoir te donner quelques *quattrini*. —

» O fils de mon cœur, mon Tonino chéri ! dit la vieille en levant ses bras décharnés au ciel, de sorte que son bâton s'échappant alla rouler sur les dalles : O mon Tonino ! je le sais bien que de toute manière tu dois m'être attaché de toute ton âme, car...., mais silence, silence ! silence. » — Antonio voyant la vieille se courber péniblement pour relever son bâton, le ramassa et le lui rendit. La bonne femme alors, appuyant dessus son menton effilé et le regard fixé à terre, lui demanda d'une voix sourde et comprimée : « Dis-moi, mon enfant, n'as-tu gardé aucun souvenir du passé, de ce que tu as été, de ce que tu faisais avant d'être réduit à gagner ton pain ici comme un pauvre diable? » Antonio soupira profondément, puis il s'assit auprès de la vieille et parla ainsi :

« Hélas! ma bonne mère, je ne sais que trop bien que les auteurs de mes jours vivaient dans la plus grande aisance; mais mon esprit n'a gardé aucun souvenir de ce qu'ils étaient, ni de la manière dont je fus séparé d'eux. Je me rappelle fort bien un bel homme de grande taille, qui me prenait souvent dans ses bras, me caressait et me mettait des bonbons dans la bouche. J'ai souvenance aussi d'une aimable et jolie femme qui m'habillait et me déshabillait, qui chaque soir me mettait dans un petit lit bien doux et avait enfin une foule de bonnes attentions pour moi. Tous les deux me parlaient dans une langue étrangère et sonore, et moi-même je bégayais avec eux quelques mots de la même langue. Quand j'étais rameur, les camarades, qui m'en voulaient, avaient coutume de dire que mes cheveux, mes yeux et la structure de tout mon corps, indiquaient mon origine allemande. Je crois aussi que c'était en allemand que me parlaient ceux qui avaient soin de moi, et l'homme était certainement mon père. Le souvenir le plus vif qui me soit resté de cette époque, c'est l'image d'une nuit d'horreur, dans laquelle je fus réveillé de mon profond sommeil par un affreux cri de désespoir. On courait çà et là dans la maison, les portes s'ouvraient et se refermaient avec fracas, je fus saisi de terreur, et je me pris à sangloter bruyamment; la femme qui veillait sur moi accourut tout-à-coup, elle m'enleva de mon lit, me ferma la bouche, m'enveloppa dans un drap, et s'enfuit avec moi. — Depuis cet événement mes souvenirs se perdent. Je me retrouve plus tard dans une maison magnifique située dans un pays des plus riants. Je me retrace la figure d'un homme que j'appelais du nom de père et qui était un seigneur accompli, à l'air noble et bienveillant; il parlait italien ainsi que tous les habitants de la maison. J'avais cessé de le voir depuis plusieurs semaines, quand des étrangers de mauvaise mine vinrent un jour chez nous, ils firent un grand vacarme et mirent tout en désordre. En me voyant ils me demandèrent qui j'étais et ce que je faisais dans la maison. — Mais je suis Antonio, le fils de la maison. A cette réponse ils me rirent au nez, me dépouillèrent de mes beaux habits, et me pourchassèrent hors du logis avec menace de me recevoir à coups de bâton si j'osais y reparaitre. Je me sauvai en poussant de grands gémissements. A cent pas environ de la maison, je rencontrai un homme âgé que je reconnus pour un domestique de mon père adoptif. « Viens, Antonio, dit-il en me prenant par la main, viens, Antonio, pauvre garçon! cette demeure nous est fermée à jamais à tous deux. Il faut que nous tâchions à présent de voir où nous trouverons un morceau de pain. »

» Le vieux m'emmena avec lui. Il n'était pas aussi pauvre qu'on pouvait le supposer d'après ses méchants habits. A peine arrivé où il me mena, je le vis tirer plus d'un sequin de son pourpoint déchiré, et il passait toute la journée au *Rialto* à faire tantôt le courtage, tantôt des marchés pour son propre compte. J'avais pour consigne de rester constamment derrière lui, et il ne manquait jamais, dès qu'il avait conclu un marché, de demander en outre une bagatelle pour le *figliuolo*, le petit bonhomme. Mon air décidé provoquait les acheteurs à lâcher encore deux ou trois *quattrini* que le vieux empochait avec une satisfaction marquée en me caressant les joues, et me répétant qu'il mettait tout cela de côté pour m'acheter un habit neuf.

» Je me trouvais réellement bien chez le vieux que l'on appelait partout, je ne savais pourquoi, père *Blaunas*. Mais cela ne dura pas long-temps. Tu te souviens, la vieille, de ce jour terrible où la terre se mit à trembler, où l'on vit les tours et les palais vaciller ébranlés jusque dans leurs fondements, où les cloches sonnèrent d'elles-mêmes comme agitées par des bras de géants invisibles. Sept ans sont à peine écoulés depuis cette catastrophe. Je m'échappai heureusement avec le vieillard de sa maison qui s'écroula derrière nous.—Toutes les affaires avaient cessé, tout était sur le *Rialto* dans une morne stupeur. Mais cet horrible fléau ne fut que le précurseur du monstre dévorant qui s'approchait et qui bientôt exhala sur la contrée et sur la ville son souffle empoisonné. On savait que la peste, qui avait pénétré du Levant en Sicile, exerçait déjà ses ravages dans la Toscane. Mais Venise n'en était pas encore infestée.

» Or, un jour le petit père *Blaunas* négociait sur

le *Rialto* avec un Arménien; ils étaient d'accord sur le marché et se donnèrent une poignée de main amicale. Le petit père avait cédé à l'Arménien, à bas prix, quelques bons articles, et il réclama, suivant son habitude, la bagatelle *per il figliuolo*. L'Arménien, un homme grand et fort, avec une barbe épaisse et crêpue (il me semble encore le voir), me regarda avec complaisance, puis il m'embrassa et me mit dans la main une couple de sequins que je serrai promptement dans ma poche. Nous gagnâmes en gondole la place Saint-Marc. Chemin faisant, père *Blaunas* me demanda les sequins, et je ne sais comment je m'y pris pour appuyer mon droit à les garder moi-même, puisque telle avait été l'intention de l'Arménien. Le vieillard prit de l'humeur; mais pendant qu'il me querellait, j'observai que son visage se couvrait d'une vilaine teinte jaune et terreuse, et qu'il mêlait à son discours une foule de propos décousus et extravagants. Arrivé sur la place, il chancela quelque temps comme un homme ivre, et puis il tomba raide mort tout près du palais ducal. Je me précipitai sur son cadavre avec de grands cris de désespoir. Le peuple accourut en foule, mais, dès qu'une voix eut lancé le cri terrible, la peste!.... la peste!.... tout se dispersa avec épouvante. Dans cet instant je fus saisi d'un vague étourdissement et je perdis connaissance. — A mon réveil je me trouvai dans une vaste pièce, sur un mince matelas, enveloppé d'une couverture de laine. Autour de moi étaient étendus de la même manière vingt ou trente individus pâles et souffreteux. Comme je l'appris plus tard, des moines compâtissants, qui sortaient de Saint-Marc, ayant trouvé en moi signe de vie, m'avaient fait porter dans une gondole, et ensuite à la *Giudecca* au couvent de *San-Giorgio Maggiore*, où les bénédictins avaient fondé un hôpital.— Comment te décrire, ô vieille, ce moment de triste réveil ? la violence du mal m'avait entièrement ravi la mémoire du passé. — Semblable à une statue froide et insensible douée subitement d'animation et du feu vital, pour moi il n'y avait qu'une existence présente qui ne se rattachait à rien.—Tu peux t'imaginer, la vieille, quelle désolation, quel désespoir devait me causer une vie pareille, où réduit à la conscience de son être, on nage en se débattant dans le vide sans but et sans appui. — Les moines ne purent rien m'apprendre, sinon qu'on m'avait trouvé près du père *Blaunas*, de qui je passais pour être le fils.

» Peu-à-peu je recueillis mes idées, je retrouvai des traces de ma vie antérieure. Mais ce que je t'ai raconté, la vieille, est tout ce que j'en sais à présent, et ce ne sont, hélas, que des traits disjoints et sans aucune liaison. Ah ! cet inconsolable isolement dans le monde ne me laisse goûter aucune satisfaction, quelque prospérité qui me favorise.

» Tonino ! mon bien-aimé Tonino, dit la vieille visiblement attendrie, contente-toi de ton bonheur présent. — Tais-toi, vieille, reprit Antonio, taistoi, il y a encore autre chose qui me rend la vie pénible, qui me poursuit sans relâche et qui, tôt ou tard, me perdra sans remède. Un désir inexprimable, un désir dévorant qui m'entraine vers quelque chose que je ne saurais nommer, que je ne puis définir, s'est emparé de tout mon être depuis mon retour à la vie dans cet hôpital. Quand j'étais pauvre et misérable, et quand fatigué, harassé par les labeurs de mon rude métier, je reposais la nuit couché sur la dure, les songes me visitaient alors, et, rafraichissant mon front brûlant de leur souffle léger, me versaient l'illusion d'une félicité vague et absolue, que je savourais comme un avant-goût des délices du ciel, dont la foi intime repose dans mon âme. Maintenant je dors sur des coussins moelleux et aucune tâche pénible n'use ma vigueur, mais si j'oublie mon nouveau rêve, et si l'image de cette époque se représente à mon esprit, je sens que ma triste existence à l'abandon me pèse, non moins qu'autrefois, comme un fardeau bien lourd dont j'éprouve la tentation de me débarrasser. En vain je m'examine, en vain je m'interroge : je ne puis deviner quelle fut, dans ma vie antérieure, l'impression si délicieuse dont l'écho indécis et inintelligible, hélas ! pour moi, me remplit encore d'un tel sentiment de bonheur ; et comment cette émotion ne se changerait-elle pas en cuisante douleur, en mortel supplice, si je suis forcé de renoncer à tout espoir de retrouver cet éden inconnu, et même à l'idée d'en tenter la recherche? Peut-on découvrir les traces de ce qui a disparu sans en laisser! » — Antonio se tut et un profond soupir s'échappa de son sein.

La vieille, pendant sa narration, s'était demenée comme quelqu'un qui, sympathisant à la souffrance d'autrui, s'émeut de tout ce qu'on lui dépeint, et rend, ainsi qu'un miroir fidèle, chaque mouvement douloureux exprimé par celui qui parle. « Tonino, dit-elle alors d'une voix sanglotante, mon cher Tonino! tu te désespères pour une émotion de sublime bonheur dont tu crois avoir joui, et dont le souvenir exact s'est effacé? Fol enfant! enfant insensé! — prends garde.—Hi, hi, hi.... »— La vieille recommença, selon son habitude, ses ricanements désagréables, et se mit à sautiller sur le palier de marbre. Du monde vint à passer, elle se prosterna et on lui jeta des aumônes. — « Antonio! Antonio! cria-t-elle soudain, emporte-moi, emporte-moi vers la mer! » — Antonio, sans se consulter, mais presque involontairement, prit la vieille par le bras et la conduisit lentement à travers la place Saint-Marc.

Tout en marchant, la vieille murmurait à voix basse et d'un air solennel: « Antonio, ne vois-tu pas les noires taches de sang sur le pavé?—Oui du sang, —beaucoup de sang, beaucoup de sang partout!—Mais, hi, hi, hi! — du sang naissent des roses, de belles roses rouges, pour te tresser une couronne, Antonio,—pour ta bien-aimée! — O Seigneur de nos âmes! quel est cet ange de lumière ravissant, qui s'avance vers toi si gracieux et avec un sourire aussi pur que le firmament? Ses bras blancs comme les lys s'ouvrent pour t'accueillir. O Antonio, enfant bienheureux!— Courage, courage! et ta main cueillera des myrtes au coucher du soleil; des myrtes pour la fiancée, pour la jeune veuve. — Hi, hi, hi, hi! — Des myrtes cueillis pendant le coucher du soleil : mais ils ne fleurissent qu'à minuit. — Entends-tu bien le murmure du vent du soir, le bruissement plaintif de la mer? — Rame courageusement, hardi gondolier! rame courageusement. » —

Antonio se sentit pénétré d'effroi aux singuliers discours de la vieille, qui n'avait pas cessé de ricaner, et dont la voix avait un accent étrange. Ils étaient arrivés près de la colonne que surmonte le lion adriatique. La vieille voulait passer outre tout en continuant à marmotter. Antonio, irrité contre elle et voyant l'attention des promeneurs provoquée sur lui par sa compagnie, s'arrêta là et d'une voix brusque: « Un moment, dit-il, assieds-toi sur ces degrés, vieille, et fais trêve à ton verbiage qui finirait par me rendre fou. Il est vrai, tu m'as prédit les sequins à la vue des nuages dorés; mais que me contes-tu là d'ange de lumière, — de fiancée, — de jeune veuve, — de roses et de myrtes? — Veux-tu donc me duper, affreuse vieille, pour qu'une folle témérité me précipite dans l'abîme? Tu auras un nouveau capuchon, du pain, des sequins, tout ce que tu désires, mais laisse-moi. » — Antonio allait s'éloigner rapidement, mais la vieille le saisit par son manteau, et s'écria d'une voix glapissante: « Tonino, mon Tonino, regarde-moi, une seule fois encore, sinon il faudra que j'aille, là-bas, au bout de la place et que je me précipite dans la mer! » — Antonio, pour ne pas attirer plus de regards curieux qu'il n'y en avait déjà de dirigés sur lui, resta effectivement en place. « Tonino, continua la vieille, assieds-toi là, près de moi, j'ai quelque chose sur le cœur qu'il faut que je te confie. — Ho! assieds-toi là près de moi. » Antonio s'assit sur les marches de manière à tourner le dos à la vieille, et il tira de sa poche son calepin dont les feuilles blanches témoignaient de l'activité de ses affaires commerciales sur le *Rialto*. « Tonino, dit alors la vieille à voix basse, Tonino, quand tu considères ma figure ridée, n'as-tu aucun soupçon de m'avoir déjà connue à une époque bien antérieure?

« Je t'ai déjà dit, répondit Antonio tout bas aussi et sans se retourner, je t'ai déjà dit, la vieille, que j'éprouve pour toi un penchant irrésistible, mais ce n'est pas à cause de ta laide figure toute ridée ; bien au contraire, quand j'examine tes yeux hagards, noirs et étincelants, ton nez allongé, tes lèvres violettes, ton menton avancé, tes cheveux mats de blancheur et confusément épars, quand j'entends surtout ton rire, ton ricanement diabolique et tes mystérieux discours, — ah ! alors, je suis disposé à te fuir avec horreur, et à croire que tu mets en œuvre quelqu'infâme sortilége pour m'attirer à toi. — O Seigneur du ciel ! s'écria la vieille avec l'accent d'une douleur sans égale, quel funeste démon a pu t'inspirer d'aussi affreuses pensées ! O Tonino, mon doux Tonino, cette femme qui prenait tant de soins de toi dans ton enfance, qui, dans cette nuit de terreur, te sauva d'un danger de mort, cette femme, eh bien, c'était moi ! » Antonio saisi se retourna vivement, mais, quand il eut regardé en face le visage repoussant de la vieille, il s'écria avec colère : « Crois-tu m'abuser de la sorte, vieille folle maudite ! Les rares souvenirs qui me sont restés de mon jeune âge sont, pour moi, vivants et frais encore. La femme charmante et bonne qui prenait soin de moi, oui, je crois la voir encore présente devant moi : — elle avait un visage plein, frais et rosé, des yeux doux, de beaux cheveux bruns, de jolies mains ; — elle pouvait avoir tout au plus trente ans. — Et toi ? — une petite mère de quatre-vingt-dix ans !

» O par tous les saints, interrompit la vieille en sanglottant, comment faire pour que mon Tonino croie à ma parole, croie à sa fidèle Marguerite ?

« Marguerite ! murmura Antonio, Marguerite ! — ce nom résonne à mon oreille comme un air entendu il y a bien long-temps et depuis oublié. — Mais, ce n'est pas possible ; — non, ce n'est pas possible ! » — La vieille reprit plus tranquillement, les regards baissés et promenant l'extrémité de son bâton à terre : — « C'est la vérité, cet homme grand et beau qui te prenait dans ses bras, te caressait et te mettait des sucreries dans la bouche, oui, c'était bien ton père, Tonino ! C'était, en effet, la belle et sonore langue allemande que nous parlions lui et moi. Ton père était un négociant d'Augsbourg, riche et considéré ; sa jeune et jolie femme mourut en te mettant au monde : alors il partit pour Venise, ne pouvant demeurer sur les lieux qui renfermaient la dépouille de ce qu'il avait de plus cher ; il m'emmena avec lui, moi, ta nourrice. Dans cette nuit que tu te rappelles, ton père succomba à un sort funeste qui te menaçait comme lui. Je réussis à te sauver ; — un noble Vénitien t'accueillit. — Quant à moi, dénuée de toute ressource, il me fallut rester à Venise. Mon père, un chirurgien, à qui l'on reprochait de pratiquer aussi les sciences occultes, m'avait fait connaitre, dès ma jeunesse, les secrètes propriétés de la médecine naturelle. J'appris de lui, en parcourant les champs et les forêts, à distinguer plusieurs herbes salutaires, plusieurs mousses inconnues; il m'instruisit de l'heure à laquelle il fallait les cueillir et des proportions de leurs mélanges avec les sirops. Mais, à cette science acquise, Dieu associa un don particulier qu'il m'accorda dans un dessein que j'ignore. — Je vois souvent, comme dans un miroir éloigné et trouble, les images d'événements futurs, et l'impulsion surhumaine, à laquelle je ne puis résister, me force alors, malgré moi, à parler de ce que j'ai vu dans un langage souvent inintelligible pour moi-même. Lorsque je me vis seule à Venise, abandonnée du monde entier, je pensai à gagner ma vie au moyen de mes connaissances médicales. Je ne tardai pas à opérer des cures merveilleuses. Bien plus, il arriva que ma présence seule agissait favorablement sur les malades, et que souvent le simple attouchement de mes mains suffisait pour résoudre les crises les plus graves. Je ne pouvais manquer de voir ma réputation se propager dans la ville et l'argent abonder chez moi. Bientôt ce succès éveilla la jalousie des empiriques, des charlatans qui vendaient sur la place Saint-Marc, au *Rialto*, à *la Zecca*, leurs pilules et leurs essences, et qui empoisonnaient les malades au lieu de les guérir. Ils répandirent le bruit que j'avais fait un pacte avec Satan en personne, et la superstition populaire accueillit cette calomnie. Peu de temps après je fus arrêtée et traduite devant le tribunal ecclésiastique. O mon Tonino ! par quelles affreuses tortures on tenta de m'arracher l'aveu du pacte le plus abominable.—Je restai ferme. Mes cheveux blanchirent, mes pieds et mes mains furent disloqués, mon corps se rabougrit comme une momie. Mais je n'avais pas encore subi la torture la plus atroce, le dernier raffinement de la cruauté la plus infernale : elle m'arracha cet aveu dont le souvenir me fait frissonner encore. — Je devais être brûlée ; bref, lors du tremblement de terre qui ébranla les murailles des palais et celles de la grande prison, les portes de mon cachot s'ouvrirent d'elles-mêmes, et je pris la fuite en chancelant, comme rappelée du fond de la tombe, à travers les ruines et les décombres. Hélas ! Tonino, tu m'as appelé une vieille femme de quatre-vingt-dix ans, et j'ai à peine cinquante ans. Ce corps étique, ce visage horriblement sillonné, ces cheveux blanchis, ces pieds déboités ; — non, ce n'est point l'âge, mais ce sont des supplices inouis qui ont su métamorphoser, en peu de mois, la femme valide en un monstre hideux. — Et ce rire suffocant et intolérable... Cette dernière torture, à l'idée de laquelle je sens mes cheveux se hérisser et mon corps s'embraser comme au contact d'une armure brûlante, c'est elle qui me l'a arraché, et depuis lors il s'empare de moi comme une crampe tenace et irrésistible. N'aie plus horreur de moi, à présent, mon Tonino ! Ah ! ton cœur l'a révélé, j'en suis certaine, qu'enfant tu reposais sur mon sein.....

« Femme, femme, dit Antonio d'une voix sonore

et d'un air préoccupé, certes, il me semble que je dois te croire. Mais qui était mon père ? comment se nommait-il ? à quel destin fatal a-t-il succombé dans cette nuit de terreur ? quel était l'homme qui me recueillit ? et.... quel fut l'événement de ma vie passée qui domine et maitrise encore aujourd'hui tout mon être, comme une révélation enchantée d'un monde inconnu et mystérieux, au point de confondre et d'égarer toutes mes pensées dans une mer de doutes et de ténèbres ?—Il faut que tu m'apprennes cela, femme énigmatique : alors je te croirai.

« Tonino, répliqua la vieille en soupirant, je dois me taire dans ton intérêt ; mais bientôt, bientôt il sera temps. —Le *fontego*..., le *fontego*..., —ne va pas au *fontego* !

« O ! s'écria Antonio irrité, tes paraboles sont inutiles à présent pour me capter avec ton art réprouvé. Mon cœur est ulcéré ! —Il faut que tu parles, ou....

« Arrête, interrompit la vieille, des menaces ! à ta fidèle nourrice, à celle qui prit soin de ton enfance ! » —Sans attendre ce que la vieille était près d'ajouter, Antonio se leva et s'éloigna rapidement ; il lui cria à distance : « Tu n'en auras pas moins le capuchon neuf, et, par-dessus, autant de sequins que tu voudras. »

C'était en effet un étrange spectacle que celui du vieux doge, Marino Falieri, avec sa jeune épouse. Lui, à la vérité, encore assez fort et robuste ; mais avec sa barbe toute grise, le visage sillonné de rides, la tête inclinée, la démarche pesante et pathétique ; elle, la grâce en personne, d'une beauté céleste et de l'aspect le plus suave, son regard langoureux animé d'une irrésistible magie, son front pur et blanc comme le lys, et ombragé de magnifiques cheveux bruns, empreint, à la fois, d'une digne fierté et d'une aménité pleine de noblesse : un doux sourire se jouait sur ses lèvres et semblait colorer ses joues ; à sa petite tête penchée avec une modestie charmante, à sa démarche dégagée, on croyait la voir, svelte et légère, mollement soulevée par les vagues. Exquise créature ! miraculeux modèle de femme, prêté à la terre par le ciel, sa véritable patrie. Vous connaissez ces figures angéliques que les anciens peintres savaient si bien imaginer et retracer : — telle était Annunziata. Comment donc chacun à sa vue ne serait-il pas tombé dans une extase ravissante ? quel jeune patricien aurait pu ne pas s'enflammer, ne pas jurer dans son ardeur, en jetant sur le vieillard un coup-d'œil de dérision, qu'il deviendrait, quoi qu'il put en coûter, le Mars rival de ce nouveau Vulcain? Annunziata se vit bientôt entourée d'adorateurs, dont elle accueillait les discours flatteurs et séduisants en silence et d'un air bienveillant, sans aucune arrière-pensée. Ses rapports avec son vénérable époux n'avaient rien révélé à son âme pure, sinon qu'elle devait l'honorer comme un seigneur et maitre, et lui être soumise avec le dévouement absolu d'une fidèle servante ! Il était affable, il était même tendre pour elle ; il la pressait contre son sein glacé, l'appelait sa bien-aimée et lui faisait présent de tout ce qu'il pouvait trouver de plus précieux. Quels désirs restaient à former à Annunziata et qu'avait-elle à prétendre de plus de sa part? Ainsi son esprit ne pouvait même concevoir la pensée de devenir infidèle au vieux Falieri. Tout ce qui était au-delà du cercle étroit de leurs relations restreintes appartenait à une sphère interdite, dont la limite même restait pour Annunziata indifférente, voilée d'un nuage épais et mystérieux, et n'éveillait pas le moindre soupçon au cœur naïf de l'aimable enfant. Aussi toutes les tentatives demeuraient infructueuses. Toutefois aucun des courtisans de la belle dogaresse n'était aussi violemment possédé d'un amoureux délire que Michel Steno. Malgré sa jeunesse, il était investi de la charge importante et supérieure de membre du conseil des quarante. Fier de ce titre, et comptant aussi sur ses avantages extérieurs, il ne mettait pas son triomphe en doute.

Le vieux Marino Falieri lui portait peu d'ombrage, et en effet, depuis son mariage, sa colère bouillante et sa rudesse indomptable semblaient l'avoir abandonné. On le voyait assis à côté de la belle Annunziata, richement vêtu et recherché dans sa toilette, le sourire sur les lèvres; et dans ses yeux gris, d'où parfois s'échappait une petite larme, un regard doucement provocateur semblait défier aucun autre de pouvoir se vanter de posséder un pareil trésor. Au lieu du ton rude et impératif dont il se servait autrefois, il remuait à peine les lèvres en parlant, donnait du très-cher à tout le monde, et accordait les demandes les plus extravagantes. Qui aurait pu reconnaître dans ce vieillard amoureux et efféminé le vainqueur du valeureux Morbassan, et ce Falieri qui, dans un fol accès de courroux, frappa un jour de Fête-Dieu l'évêque de Trévise au visage? Cet excès de faiblesse enhardit Michel Steno à tenter les entreprises les plus insensées. Annunziata, ne comprenant rien à ce que Michel voulait d'elle en la persécutant de ses regards et de ses compliments, ne se départit point de sa douce affabilité, ni de son calme habituel; et ce calme constant et cette naïveté virginale qui promettaient à son poursuivant si peu de consolation mirent celui-ci au désespoir; alors il songea à recourir à d'infâmes moyens. Il parvint à nouer une intrigue galante avec la femme de chambre favorite d'Annunziata et en obtint des rendez-vous nocturnes. Il crut ainsi s'être frayé la route de l'appartement, non encore profané d'Annunziata; mais la providence fit retomber sur la tête de son perfide auteur cette coupable manœuvre.

Une nuit que le doge venait de recevoir la mauvaise nouvelle de la bataille perdue par Nicolo Pisani contre Doria, près de *Porto-Longo*; comme il parcourait, dans son insommie et dévoré d'inquiétude, les galeries du palais ducal, il aperçut tout-à-coup du côté des appartements d'Annunziata une ombre s'échapper et se glisser vers les escaliers. Il s'élança aussitôt : c'était Michel Steno, qui sortait de chez sa maîtresse. Une affreuse pensée se présenta à Falieri : « Annunziata! » cria-t-il, et il se précipita sur Steno le stylet à la main. Mais Steno, plus agile et plus vigoureux que le vieillard, esquiva le coup, renversa d'un violent coup de poing le doge à terre, et franchit d'un bond les escaliers en répétant avec un rire moqueur : « Annunziata, Annunziata ! »— Le vieillard se releva, et, le cœur torturé par mille angoisses, se dirigea vers la chambre d'Annunziata. Tout était tranquille, — silencieux comme l'abord d'un tombeau. Il frappa ; une femme de chambre inconnue, au lieu de celle qui couchait habituellement dans le voisinage d'Annunziata, lui ouvrit la porte. — « Que désire et qu'ordonne mon seigneur et époux à cette heure tardive et inaccoutumée? » dit d'une voix assurée et avec une douceur d'ange Annunziata, qui, ayant revêtu à la hâte un léger vêtement de nuit, venait d'ouvrir sa porte. Le vieillard la regarda fixement, puis il leva ses mains jointes et s'écria : « Non, ce n'est pas possible, ce n'est pas possible ! — Quoi donc n'est pas possible, mon royal époux ? » demanda Annunziata, émue du ton sombre et solennel du vieillard. Mais Falieri se tourna sans répondre vers la femme de chambre : « Pourquoi couches-tu ici ? pourquoi n'est-ce pas Luigia qui est ici comme à l'ordinaire ? — Ah ! répliqua la petite, Luigia a voulu absolument que je prisse sa place pour cette nuit : elle est couchée dans la première chambre, tout près de l'escalier. — Tout près de l'escalier ! » s'écria Falieri avec joie, et il se dirigea à grands pas vers la première chambre. Luigia ouvrit en entendant frapper à coups redoublés, et quand elle vit le doge rouge de colère et les yeux flamboyants devant elle, elle tomba sur ses genoux à moitié nue et avoua sa honte, sur laquelle d'ailleurs empêchait de garder aucun doute une élégante paire de gants d'homme restée sur un fauteuil, et dont l'odeur d'ambre trahissait le petit maître à qui ils appartenaient. Furieux de l'impudence inouie de Steno, le doge lui écrivit dans la matinée suivante : que, sous peine de bannissement de la ville, il eût à éviter d'approcher du palais ducal, ainsi que de sa personne et de celle de la dogaresse. Michel Steno était plein de rage d'avoir vu échouer son plan diabolique; l'ordre injurieux d'une séquestration loin de son idole y mit le comble. Réduit à voir de loin la dogaresse, s'entretenant avec d'autres jeunes seigneurs de l'air gracieux et bienveillant qui lui était naturel, l'envie, le délire de la passion lui inspirèrent l'odieuse pensée que peut-être la dogaresse ne l'avait dédaigné que parce que d'autres plus heureux l'avaient prévenu auprès d'elle, et il eut l'audace d'en parler hautement et publiquement.

Dans cette conjoncture, soit que le vieux Falieri eût eu connaissance de ces insolents propos, soit que le souvenir de cette nuit le frappât comme le présage d'un destin funeste, soit enfin que, malgré sa confiance absolue dans la sagesse de sa femme, malgré leur paisible et bonne intelligence, il entrevit un imminent danger dans le disparate d'une association peu naturelle; bref, il devint chagrin et morne, et tourmenté par le venin d'une jalousie infernale, il relégua Annunziata dans les appartements intérieurs du palais ducal, où personne n'avait permission de pénétrer jusqu'à elle. Bodoeri prit fait et cause pour sa petite nièce, et fit de vifs reproches au vieux Falieri, qui ne voulut cependant revenir en rien sur sa détermination. — Tout cela se passait peu de temps avant le jeudi gras. Il était en usage que, pendant les fêtes populaires qui ont lieu à cette occasion sur la place Saint-Marc, la dogaresse prenne place auprès du doge sous un dais qui surmonte une galerie établie vis-à-vis de la *piazetta*. Bodoeri rappela au doge cette circonstance, et lui dit qu'à son avis ce serait un manque de bon sens, si, contrairement à l'habitude et à toutes les traditions, il privait Annunziata de cet honneur, exprimant combien le peuple, autant que la seigneurie, se moquerait de son procédé et de son injuste jalousie. « Crois-tu donc, répliqua le vieux Falieri, sentant son orgueil stimulé, crois-tu que, tel qu'un vieux fou imbécille, je craigne de produire au grand jour mon précieux trésor, de peur qu'on me le ravisse, et que je ne puisse empêcher ce larcin grâce à ma bonne épée ? — Non, vieux, tu te trompes : dès demain je veux me montrer solennellement avec Annunziata, suivi d'un splendide cortége, sur la place Saint-Marc, afin que le peuple salue sa dogaresse ; et le jeudi gras elle recevra l'offrande du hardi matelot qui doit s'élancer du haut des airs le bouquet de fleurs à la main. » Le doge faisait allusion à une vieille coutume vénitienne. Le jeudi gras, un homme du peuple entreprenant monte dans une machine en forme de nacelle, suspendue à une corde qui plonge d'un côté dans la mer, et de l'autre est fixée au faîte de la tour de Saint-Marc, et de là il glisse, avec la rapidité d'une flèche, jusqu'à la place où siégent le doge et la dogaresse, à laquelle il présente le bouquet de fleurs, quand le doge n'est pas seul.

Le jour suivant, le doge fit ce qu'il avait annoncé. Il fit revêtir à Annunziata le costume le plus magnifique, et escorté de la seigneurie, suivi de gardes et de pages, Falieri traversa la place Saint-Marc inondée de peuple. On se pressait, on se poussait à risquer sa vie pour voir la belle dogaresse, et chacun de ceux qui y parvenaient disait avoir vu le paradis entr'ouvert, et croyait à la merveilleuse apparition de quelque figure d'ange, radieuse et éblouissante. Mais les Vénitiens sont ainsi faits; au milieu des transports les plus excessifs de l'admiration, on entendait, de côté et d'autre, maint propos railleur, maint rude brocard décoché contre le vieux Falieri, au sujet de sa jeune épouse. Falieri paraissait ne pas s'en apercevoir; mais, oubliant pour cette fois toute idée de jalousie, il marchait à côté d'Annunziata aussi pathétiquement que possible et souriait avec complaisance, quoiqu'il pût voir sa belle épouse en proie de toutes parts à mille regards dardant sur elle les flammes d'un désir effréné.

Les gardes avaient, quoiqu'avec peine, écarté la foule du peuple devant la porte principale du palais, de sorte que le doge y étant arrivé avec sa femme, n'y trouva que quelques groupes de bourgeois bien vêtus, auxquels on n'avait pu refuser l'entrée de la cour intérieure du palais. Il arriva qu'au moment où la dogaresse pénétrait dans la cour, un jeune homme qui, avec plusieurs autres personnes, se tenait sous la colonnade, tomba raide sans connaissance sur le dur pavé de marbre après s'être écrié : « O Dieu du ciel ! » Tout le monde accourut et l'on entoura le corps, ce qui le déroba aux yeux de la dogaresse ; mais, en même temps que le jeune homme était tombé, elle éprouva la sensation brûlante d'un coup de poignard qui aurait traversé sa poitrine, elle pâlit et chancela, les flacons d'odeurs que lui firent respirer les femmes empressées à la secourir, purent seuls la préserver d'un évanouissement complet. Le vieux Falieri, saisi d'effroi et consterné de cet accident, voua à tous les diables le jeune homme avec son coup de sang : il prit dans ses bras son Annunziata, qui tenait ses yeux fermés et sa petite tête penchée sur la poitrine comme une tourterelle malade, et il la porta, après avoir monté l'escalier, et malgré la fatigue qu'il en éprouvait, jusque dans ses appartements intérieurs.

Cependant un spectacle singulier et surprenant occupait le peuple qui avait continué de s'attrouper dans la cour intérieure du palais. On se disposait à relever le jeune homme qu'on tenait positivement pour mort, et à l'emporter, quand une vieille femme, hideuse et en haillons, s'approcha en clopinant ; et poussant des cris de désespoir, elle se fit jour à travers les groupes les plus compacts, à l'aide de ses coudes aigus dont elle tourmentait les côtes des opposants. Quand elle fut arrivée auprès du jeune homme inanimé : « Laissez-le à terre, s'écria-t-elle, fous ! — gens stupides ! — il n'est pas mort. » En même temps elle s'accroupit à côté de lui, posa sa tête sur ses genoux, et l'appela, en frottant doucement son front, des noms les plus tendres. A contempler l'affreuse figure de la grimaçante vieille penchée sur le charmant visage du jeune homme, dont les traits pleins de douceur offraient la pâleur et l'immobilité de la mort, en contraste avec l'agitation convulsive et repoussante des muscles de la vieille ; — à voir ces haillons souillés pendre au-dessus des riches habits que portait l'étranger, — ces bras décharnés et d'un brun jaune, — ces mains osseuses qui tremblotaient sur le front, sur la poitrine nue du jeune homme, — il était difficile de se défendre d'une secrète horreur. On eût cru voir en effet la mort elle-même, avec sa hideuse figure, tenant sa proie dans ses bras. Aussi les assistants s'éloignèrent-ils bientôt lentement l'un après l'autre, et il ne resta que quelques personnes qui soulevèrent le jeune homme, quand il rouvrit enfin les yeux en poussant un profond soupir, et le transportèrent, sur l'indication de la vieille, près du grand canal. Là une gondole les reçut tous deux, le cavalier et la vieille, et les conduisit à la maison que celle-ci désigna pour la demeure du jeune homme. N'est-il pas superflu de dire que ce jeune homme était Antonio, et la vieille la mendiante du portail des Franciscains, qui prétendait obstinément avoir été sa nourrice ?

Lorsqu'Antonio fut tout-à-fait revenu de son étourdissement et qu'il aperçut auprès de son lit la vieille qui venait de lui faire prendre quelques gouttes d'une potion fortifiante, après l'avoir considérée long-temps fixement et d'un regard triste et morne, il lui dit d'une voix affaiblie : « Tu es auprès de moi,

Marguerite ! ah ! tant mieux : où aurais-je pu trouver une plus fidèle amie que toi ? ah, pardonne-moi, ma mère, si j'ai pu, enfant insensé, douter un seul instant de ce que tu m'as révélé. Oui, tu es cette Marguerite qui m'a nourri, qui m'a soigné et surveillé : oh ! je le savais bien depuis longtemps ; mais un mauvais esprit avait mis le trouble dans mes idées. — Je l'ai vue ; — c'est elle ; — oh ! c'est bien elle. — Ne t'ai-je pas dit que je sens en moi certaine obsession mystérieuse qui remplit tout mon être d'un tourment indicible ? Le charme s'est dévoilé à mes yeux dessillés, et son éclat dissipant les ténèbres, m'a plongé dans un ravissement inexprimable. — Je sais tout à cette heure, — tout ! — Bertuccio Nenolo n'était-il pas mon père adoptif, qui m'éleva dans sa maison de campagne près de Trévise ? — Hélas ! oui, répondit la vieille, c'était bien Bertuccio Nenolo, le grand capitaine de mer, que la mer engloutit quand il se préparait à placer sur son front le laurier de la victoire. — Ne m'interromps pas, continua Antonio, écoute-moi patiemment. Je vivais donc heureux chez Bertuccio Nenolo ; j'avais de beaux habits, je trouvais toujours table servie si j'avais faim, je pouvais, quand j'avais récité mes trois prières, folâtrer à loisir dans le bois et dans la campagne. Tout près de la maison était un bois de pins, frais et sombre, tout parfumé, et le théâtre de mélodieux concerts. Un soir que j'étais las de courir et de sauter, je m'étendis sous un grand arbre, à l'heure où le soleil s'allait coucher ; et je regardais, en rêvant, le fond bleu du ciel. Ce fut peut-être l'odeur aromatique des plantes verdoyantes sur lesquelles je reposais qui m'engourdit ; bref, mes yeux se fermèrent involontairement, et je tombai dans une rêverie extatique dont je fus réveillé par un bruissement qui se fit dans l'herbe, comme si quelque chose fût tombé près de moi. Je sautai sur mes pieds. Un ange au visage radieux était à mes côtés, il me regardait avec une grâce ravissante et me dit d'une voix douce : « Ah ! cher enfant, comment dormais-tu si bien et si calme, quand la mort était aussi proche de toi, la cruelle mort ? » J'aperçus alors une petite vipère noire à la tête velue à la place où j'étais couché. L'enfant divin avait tué avec une branche de noyer la bête venimeuse au moment où elle allait dresser son dard contre ma poitrine. Je frémis d'une légère impression d'effroi ; je n'ignorais pas que des anges étaient souvent descendus des cieux pour garantir par leur présence les hommes des atteintes menaçantes de quelque méchant ennemi. Je tombai à genoux, les mains jointes, et m'écriai : « Ah ! tu es un ange du firmament que le Seigneur a envoyé pour me préserver de la mort. » Mais la charmante créature étendit les bras vers moi, et me dit en rougissant : « Non, cher enfant, je ne suis pas un ange, je suis une jeune fille, un enfant comme toi. » Ma crainte respectueuse fit place alors à une émotion de joie indéfinissable qui me pénétra d'une douce chaleur ; — je me relevai, — nous nous serrâmes étroitement, — nos lèvres se rencontrèrent, — éperdus, — sans voix, — pleurant avec délices, — plongés dans une ineffable extase ! Tout à coup une voix claire retentit dans le bois : Annunziata ! Annunziata ! — « Il faut que je parte, cher enfant, mon doux ami ! ma mère m'appelle, » murmura la jeune fille. Une douleur indicible s'empara de moi : « Ah ! je t'aime tant ! » dis-je en sanglottant ; je sentis des larmes brûlantes tomber de ses beaux yeux sur mes joues. « Mon cœur t'aime aussi tendrement, cher enfant ! » dit-elle en imprimant un dernier baiser. — Annunziata ! cria-t-on de nouveau, et la jeune fille disparut dans le taillis ! — Vois-tu, Marguerite, ce fut alors que l'amour alluma dans mon âme cette vive étincelle, qui, brûlant sans cesse d'une nouvelle flamme, me consumera jusqu'au tombeau ! — Peu de jours après cette rencontre, je fus chassé de la maison. Le père Blaunas, à qui je ne me lassais pas de parler de l'apparition de cet enfant angélique, dont je croyais entendre la voix si douce dans le frémissement des feuilles, dans le murmure des fontaines, dans le bruit mystérieux des vagues ; — eh bien, le père Blaunas m'assura que la jeune enfant devait être certainement la fille de Nenolo, Annunziata, amenée à la maison de campagne par sa mère Francesca, et repartie le lendemain. — O ma mère, — Marguerite ! — que le ciel m'assiste ! — cette Annunziata..., c'est la dogaresse ! » — A ces mots Antonio, saisi d'une horrible angoisse, se cacha en gémissant et en pleurant sous ses oreillers.

« Mon cher Tonino, dit la vieille, remets-toi, surmonte avec courage cette douleur insensée. Eh ! faut-il sitôt désespérer dans les chagrins d'amour ?

Eh! pour qui, plus que pour l'amoureux, s'épanouissent les fleurs dorées de l'espérance! Sait-on le soir ce qu'amènera le matin? Les illusions du rêve se transforment tout d'un coup en réalités vivantes : le château, dont les nuages recélaient la flottante image, surgit tout à coup sur terre splendide, et éblouissant. Ecoute, Tonino, tu ne crois pas à mes présages, mais mon petit doigt me l'a dit, et une autre voix encore : l'éclatante bannière de l'amour voltige sur les flots à ta rencontre. Patience, mon fils, Tonino! — patience! » C'est ainsi que la vieille cherchait à consoler le pauvre Antonio, et ses paroles résonnaient en effet à son oreille comme une musique joyeuse. Celui-ci décida qu'elle ne le quitterait plus. Et au lieu de la mendiante autrefois postée sur les marches de l'église des Franciscains, on voyait la gouvernante de signor Antonio, sous un costume décent de matrone, clopinant sur la place Saint-Marc, où elle venait acheter les vivres nécessaires au ménage.

Le jeudi gras était arrivé. Des fêtes plus brillantes que jamais devaient le célébrer. Au milieu de la *piazetta* de Saint-Marc on prépara un vaste échafaudage pour un feu d'artifice extraordinaire, et tel qu'on n'en avait point encore vu, de l'exécution d'un Grec versé dans cet art secret. Le soir venu, le vieux Falieri, accompagné de sa belle épouse, vint prendre place dans la galerie, se mirant dans l'éclat de sa grandeur et de sa félicité, et provoquant de ses regards rayonnants la surprise et l'admiration de chacun. Mais au moment de s'asseoir sur son trône, il aperçut

Michel Steno, qui se tenait sur la galerie même, placé de manière à ne pouvoir perdre de vue la dogaresse et à attirer inévitablement son attention. Enflammé d'une violente colère et dans le transport de sa jalousie, Falieri commanda, d'une voix haute et impérieuse, qu'on fit sortir immédiatement Steno de la galerie. Celui-ci menaça d'un geste Falieri; mais aussitôt des gardes s'approchèrent et il fut obligé de quitter la place, grinçant des dents de rage, et jurant de se venger avec les plus horribles imprécations.

Cependant Antonio, mis complétement hors de lui par l'aspect de sa chère Annunziata, s'était fait jour à travers la foule et marchait au hasard le cœur déchiré par mille angoisses, seul, et dans une obscurité profonde, sur le rivage de la mer. Il pensait s'il ne vaudrait pas mieux éteindre dans les flots glacés l'ardeur qui le dévorait, que de souffrir jusqu'à la mort la lente torture de son inconsolable infortune. Il s'en fallut de peu qu'il ne se précipitât dans la mer : il touchait déjà à la dernière marche qui y descendait, quand une voix lui cria d'une barque amarrée près de là : « Bien le bonsoir, messire Antonio ! » Au reflet des illuminations de la place, Antonio reconnut le joyeux Piétro, un de ses anciens camarades, qui était dans la barque avec une casaque neuve rayée, ornée de rubans de couleur, des plumes et du clinquant sur son beau bonnet, et un superbe bouquet de fleurs odoriférantes à la main. « Bonsoir, Piétro ! lui répondit Antonio, quel grand seigneur as-tu ce soir encore à conduire pour t'être fait si beau? — Eh ! signor

Antonio, répliqua Piétro en sautant dans la barque qui vacilla long-temps après, eh ! je gagne aujourd'hui les trois sequins : c'est moi qui fais l'ascension jusqu'au haut de la tour de Saint-Marc, et qui remets, en redescendant, ce bouquet à la belle dogaresse. — N'est-ce pas une entreprise à se casser le cou, camarade Piétro ? » demanda Antonio. — « Ma foi, répondit l'autre, c'est bien possible, et puis aujourd'hui ça passe à travers le feu d'artifice. Le Grec dit bien que tout est disposé de telle sorte que pas un cheveu ne risque d'être brûlé ; mais.... » Piétro secoua la tête. Antonio était descendu dans la barque, et il s'aperçut alors seulement qu'ils étaient à côté de la machine, devant la corde attachée sous l'eau. D'autres cordes, qui faisaient mouvoir le mécanisme, se perdaient dans les ombres. « Ecoute, Piétro, dit Antonio après un court silence, écoute, camarade, si tu pouvais ce soir gagner dix sequins, sans mettre ta vie en péril, n'aimerais-tu pas mieux cela ? — Eh, vraiment oui ! répondit Piétro en riant très-fort. — Eh bien, reprit Antonio, prends ces dix sequins, change d'habits avec moi, et cède-moi ton rôle. Je monterai à ta place. Fais cela, mon bon camarade Piétro. » Piétro hocha la tête d'un air pensif, et pesant l'or dans sa main : « Vous êtes bien bon, dit-il, signor Antonio, de m'appeler toujours comme autrefois votre bon camarade, un pauvre diable tel que moi ; — et vous êtes plus généreux encore ! — Voilà de bon argent, sans doute ; mais, dam ! remettre en main propre le bouquet à la belle dogaresse, entendre d'aussi près sa petite voix douce.... Ah ! c'est-là le vrai motif qui fait qu'on met sa vie en jeu. — Allons, puisque c'est vous, signor Antonio, j'y consens. » Tous deux jetèrent bien vite leurs habits bas. Antonio avait à peine eu le temps de se rhabiller, que Piétro s'écria : « Vite! dans la machine; le signal est déjà donné. »

En effet, au même instant, la mer resplendit du reflet de mille éclairs étincelants, l'air et le rivage retentirent du fracas de mille tonnerres qui grondaient en tourbillonnant. Antonio traversa avec la rapidité de l'ouragan les sifflements et le pétillement des flammes, jusqu'au faîte de la tour, d'où il s'abattit immédiatement, sain et sauf, au niveau de la galerie, suspendu à deux pas de distance de la dogaresse.

Elle s'était levée et approchée. Antonio sentit son haleine caresser ses joues, — il lui présenta le bouquet; mais, soudain au sein de cette extase de volupté céleste et indicible, la sensation poignante d'un amour sans espoir vint l'oppresser d'une étreinte brûlante. — Éperdu, enivré de désir, égaré par la douleur et le ravissement, il saisit la main de la dogaresse et s'écria avec l'accent déchirant d'un désespoir incurable : — « Annunziata! » — Mais la machine, comme l'organe aveugle du destin lui-même, l'emporta jusqu'à la mer, où Piétro, qui l'attendait dans sa barque, le reçut entre ses bras défaillant et consterné.

Pendant ce temps tout était en mouvement et en désordre sur la galerie. Sur le siége du doge on avait trouvé un billet portant ces mots en dialecte vénitien :

Il dose Falier della bella muier :
I altri la gode e lui la mantien.

« Le doge Falieri à la belle femme : les autres en jouissent et lui l'entretient. »

Le vieux Falieri se mit dans une effroyable colère, et jura que l'auteur de cet injurieux outrage subirait un châtiment exemplaire. En jetant ses regards autour de lui, Michel Steno lui apparut, au bas de la galerie, dans l'endroit le plus brillamment éclairé ; soudain il commanda aux gardes de s'emparer de lui comme du coupable. D'unanimes réclamations s'élevèrent contre cet ordre, et le doge, en cédant aveuglément aux transports de sa colère effrénée, blessa ainsi le peuple et la seigneurie, celle-ci par l'atteinte portée à ses priviléges et celui-là par le trouble mis à la joie de la fête. Les patriciens désertèrent leurs places, et, seul, le vieux Marino Bodoeri parcourait les groupes du peuple, relevant chaudement la gravité de l'injure faite au chef de l'état, et cherchant à rejeter tout le mécontentement sur Michel Steno. Falieri ne s'était pas trompé ; Michel Steno en effet, quand il se vit expulsé de la galerie, était rentré chez lui pour tracer le billet offensant, qu'il avait attaché au siége ducal tandis que le feu d'artifice occupait tous les regards, après quoi il s'était éloigné sans être remarqué. Il avait réussi à diriger le trait vengeur avec assez de perfidie pour causer au doge et à la dogaresse l'affront le plus sensible. Du reste, il confessa tout sans détour et rejeta la faute entière sur le doge, qui l'avait offensé le premier. La seigneurie depuis long-temps était mécontente d'un chef qui, au lieu de remplir la juste attente de l'état, prouvait mieux chaque jour quelle triste métamorphose avait subie le cœur refroidi du vieillard épuisé. Son esprit guerrier et son ancienne hauteur pouvaient se comparer à ces feux d'artifice qui pétillent avec violence au moment de l'éruption, pour s'éteindre aussitôt et retomber en flocons noirs et en cendre morte. En outre, son alliance à une femme si belle et si jeune, hymen qu'on n'avait pas ignoré long-temps s'être conclu depuis son élection, et surtout sa jalousie ne faisaient plus paraitre le vieux Falieri, dépouillé du caractère d'un héros belliqueux, que sous le masque d'un *vecchio Pantalone* [6], et il était naturel que la seigneurie, au sein de laquelle fermentait ce levain d'irritation, fût portée à excuser la conduite de Michel Steno, plutôt qu'à venger l'amer grief de son chef suprême. Le conseil des dix renvoya l'affaire à celui des quarante, qui avait compté Michel parmi ses premiers membres. La sentence prononça que Michel Steno, déjà fort péniblement traité, serait assez puni de ses torts par un mois de bannissement. Cette décision ne fit qu'aigrir davantage, et à l'excès, le vieux Falieri contre la classe des patriciens qui, au lieu de défendre l'honneur de son chef, se contentait de réprimer les outrages qu'il avait reçus comme des fautes de la nature la plus vénielle.

Un seul rayon de bonheur qui luit dans un cœur amoureux l'éclaire ordinairement de ses reflets dorés durant des jours, des semaines et des mois entiers, qui se passent à jouir de rêves et d'extases célestes. Ainsi Antonio ne pouvait se remettre du trouble de son impression de volupté intime, et ce souvenir lui laissait à peine la faculté de respirer. — La vieille l'avait sévèrement grondé de son imprudence, et ne cessait de grommeler et de rabâcher sur l'inutilité de pareilles tentatives. Mais, un jour elle rentra au logis en sautillant de cette façon étrange qui lui était familière lorsqu'elle paraissait tomber sous un charme inconnu; puis, en ricanant sans accorder la moindre attention aux paroles et aux questions d'Antonio, elle alluma un peu de feu, mit dessus un petit poëlon où elle jeta toutes sortes d'ingrédiens, et fit cuire une espèce d'onguent, qu'elle recueillit dans une petite boîte et qu'elle s'empressa d'emporter tout en riant et en clopinant. Elle ne revint que fort tard dans la soirée, elle s'assit en toussant et en soufflant dans son fauteuil; puis enfin, comme rendue à elle-même après une extrême fatigue : « Tonino, dit-elle, mon fils Tonino, d'où viens-je? — voyons un peu si tu le devineras; — d'où viens-je? dis-moi d'où je viens? » — Antonio la regardait fixement, saisi d'un singulier pressentiment. « Eh bien, dit la vieille, c'est d'auprès d'elle-même que je viens; oui, d'auprès de ta colombe adorée, d'auprès de la charmante Annunziata!

« Veux-tu me rendre fou? vieille, s'écria Antonio.

—Eh quoi ! reprit la vieille, ne pensé-je pas toujours à toi, mon Tonino ! écoute : — Ce matin, j'étais à marchander des fruits sous les arcades du palais, quand j'entendis parler dans la foule du malheur qui venait d'arriver à la belle dogaresse. Je m'informe, je questionne : Un grand gaillard, un garçon rustique et tout rouge, qui bâillait adossé à une colonne en mâchant des citrons, dit : « Eh ! c'est à la main gauche, à son petit doigt : un petit scorpion qui a voulu faire l'essai de ses dents, et il est entré un peu de venin dans le sang. — Mon maître, le signor *dottore* Giovanni Basseggio, est chez elle à cette heure et lui aura sans doute déjà coupé le petit doigt avec la main. » Dans le moment où mon gaillard disait cela, un bruit énorme se fit sur le grand escalier, et un petit, tout petit bout d'homme, renvoyé, comme une quille, à coups de pieds par les gardes, roula du haut en bas des degrés jusqu'à nos pieds, en se lamentant et poussant des cris affreux. Le peuple s'attroupe, en riant aux éclats, autour du petit homme, qui se démenait et gigotait sans pouvoir parvenir à se relever ; mais soudain mon gaillard tout rouge accourt, ramasse son petit docteur, le prend dans ses bras toujours en criant à tue-tête, et se sauve avec lui en courant de toute la vitesse de ses jambes jusqu'au canal, où il monte dans une gondole et s'éloigne à grand renfort de rames. — J'avais bien jugé que si mon signor Basseggio voulait approcher le fer de la jolie petite main, le doge le ferait jeter par les escaliers. Mais j'avisai aussi plus loin. — Et vite, et vite à la maison. — Faire cuire l'onguent, — monter au palais ducal !.... Me voilà donc sur le grand escalier, ma petite boite à la main. Le vieux Falieri descendait en ce moment, il me regarda d'un air sombre : Que vient faire ici cette vieille femme ? — Mais je fis aussitôt, de mon mieux, une humble révérence jusqu'à terre, et je dis que j'avais un petit remède qui guérirait très-promptement la belle dogaresse. En entendant cela le vieux doge fixa sur moi des yeux terribles et caressait sa barbe grise ; tout-à-coup il me prit par les deux épaules et me poussa sur l'escalier et dans les appartements si vivement, que je faillis à chaque pas tomber tout de mon long. — Ah, Tonino ! la charmante enfant était étendue sur les coussins, pâle comme la mort, soupirant et gémissant d'une voix tendrement plaintive : « Ah ! je suis certainement déjà empoisonnée dans tous les membres. » — Mais je m'approchai toute de suite d'elle et j'ôtai l'emplâtre ridicule du stupide docteur. O bon Dieu ! la charmante petite main ! — rouge, enflée. — Peu à peu mon onguent rafraîchit, soulagea. « Mais cela me fait du bien, beaucoup de bien, dit la colombe malade. » Aussitôt Marino, transporté de joie, s'écria : mille sequins pour toi, vieille ! si tu me sauves la dogaresse. Puis il sortit de la chambre. Il y avait trois heures que j'étais assise auprès d'elle, sa petite main dans la mienne, la caressant et la soignant, quand la chère enfant se réveilla de l'assoupissement où elle était tombée, et déclara ne plus ressentir de mal. Après que j'eus appliqué une nouvelle compresse, elle me regarda d'un œil brillant de plaisir. Je lui dis alors :

Ah ! gracieuse dogaresse, vous aussi avez une fois sauvé un enfant endormi, en tuant une petite couleuvre prête à lui faire une piqûre mortelle. — Tonino ! que n'as-tu pu voir alors son visage pâle se colorer subitement comme éclairé d'un rayon du soleil couchant, — et de ses yeux jaillir une ardente étincelle. — « Ah ! bonne vieille, dit-elle, j'étais bien jeune encore, oui, à la maison de campagne de mon père.... Quel joli et doux enfant ! — ah ! je pense bien souvent à lui. — Il me semble que depuis ce temps il ne m'est plus rien arrivé d'heureux. » Alors je parlai de toi, je lui dis que tu étais à Venise, que cette rencontre avait rempli ton cœur d'un amour et d'un ravissement qui ne t'avaient point quitté, — que pour jouir encore une fois de la vue céleste de l'ange auquel tu devais la vie, tu l'avais risquée dans l'ascension périlleuse du jeudi gras, que c'était toi qui avais remis le bouquet de fleurs entre ses mains ! — Alors, Tonino ! alors, elle s'écria avec délire : « Je l'ai deviné, je l'ai senti, lorsqu'il pressa ma main sur ses lèvres, lorsqu'il prononça mon nom. Ah ! je ne savais ce que j'éprouvais jusqu'au fond de l'âme : du plaisir sans doute, mais en même temps une amère douleur. — Amène-le moi : le cher enfant ! » — A ces mots de la vieille, Antonio tomba à genoux et s'écria avec transport : « Dieu du ciel ! préserve mes jours de toute catastrophe funeste, au moins jusqu'à ce que je l'aie vue, jusqu'à ce que je l'aie pressée sur mon cœur. » Il voulait que la vieille le conduisît au palais dès le lendemain ; mais elle s'y refusa tout net, attendu que le vieux Falieri se faisait une règle de visiter sa femme malade presque d'heure en heure.

Plusieurs jours s'étaient écoulés, la dogaresse avait été complétement guérie par la vieille; mais il était encore impossible de conduire Antonio près d'elle. La vieille consolait de son mieux l'amoureux impatient en continuant à lui raconter ce qu'elle disait avec la belle Annunziata de lui, d'Antonio qu'elle avait sauvé, et qui l'aimait si ardemment. Mais lui, tourmenté par l'angoisse du désir, le supplice de l'attente, courait sans cesse en gondole ou sur les places, et ses pas le ramenaient toujours involontairement au palais ducal.

Derrière le palais, près du pont que la prison avoisine, Piétro se tenait appuyé sur un bel aviron; on voyait sur le canal, amarrée à un pilier, se balancer une gondole petite, mais recouverte d'une tente élégante richement sculptée, et surmontée du pavillon vénitien. C'était presque une image en miniature du Bucentaure. Piétro n'eut pas plus tôt aperçu son ancien camarade, qu'il lui cria à haute voix : « Je suis votre serviteur, signor Antonio, je suis heureux de vous voir, ah! vos sequins m'ont porté bonheur. » Antonio lui demanda quel heureux sort l'avait favorisé, sans faire trêve à sa distraction; il apprit néanmoins que Piétro conduisait presque tous les soirs le doge et la dogaresse à la *Giudecca*, où Falieri possédait une jolie maison tout près de *San-Giorgio-Maggiore*. Antonio regarda Piétro en face, puis il s'écria : « Camarade, tu peux gagner dix sequins et davantage si tu veux : laisse-moi prendre ta place; je conduirai le doge. » Piétro répondit que cela était impossible, parce que le doge le connaissait et ne voulait se confier qu'à lui seul. Cependant Antonio, insistant avec l'emportement furieux qu'excitait en lui le tourment d'amour qui le possédait, et jurant comme un insensé qu'il sauterait sur la gondole et le précipiterait dans la mer, Piétro s'écria en riant : « Ah ! signor Antonio, signor Antonio ! c'est ainsi que vous vous êtes laissé éblouir par les beaux yeux de la dogaresse ! » Et il consentit enfin à ce qu'Antonio l'accompagnât comme son aide-rameur, ajoutant qu'il prétexterait la pesanteur de l'embarcation ou bien un mal-aise passager pour s'excuser près du vieux Falieri, qui, d'ailleurs, ne trouvait jamais la course de la gondole assez rapide. Antonio courut faire ses préparatifs, et il était à peine de retour auprès du pont, avec un méchant costume de batelier, le visage barbouillé et une paire de longues moustaches appliquée sur les lèvres, que le doge descendit avec la dogaresse, tous deux richement et magnifiquement vêtus. « Quel est cet homme étranger ? » dit le doge à Piétro d'un air irrité ; et ce ne fut que sur les protestations les plus sacrées, que celui-ci, prétendant qu'il ne pouvait se passer d'un aide pour cette fois, obtint du vieillard la permission de se faire assister d'Antonio pour conduire la gondole.

Il arrive ordinairement que l'esprit, lorsqu'il est au comble du bonheur et du ravissement, parvient à se contraindre, fortifié par sa propre exaltation, et sait réprimer, s'il le faut, l'excès d'une ardeur qui demande à éclater. C'est ainsi qu'Antonio trouva la force de dissimuler son brûlant amour, quoiqu'il fût si près d'Annunziata, qu'il touchait presque le bord de sa robe; mais il n'en maniait pas moins l'aviron d'un bras vigoureux, et, dans la crainte de quelque tentation plus imprudente, il se hasardait à peine à regarder son idole de temps en temps et à la dérobée.

Le vieux Falieri souriait, il baisait et caressait les petites mains blanches de la charmante Annunziata, il entourait de son bras sa taille gracieuse. Arrivé au milieu du bassin, d'où l'on voyait se déployer, au-dessus des flots, la place Saint-Marc, et la superbe Venise avec ses mille palais et ses tours altières, le vieux Falieri releva la tête et dit en promenant autour de lui des regards orgueilleux : « Dis, ma bien-aimée, n'est-il pas beau de voguer sur la mer avec le seigneur, avec l'époux de la mer? — Oui, ma belle, va, ne sois point jalouse de cette fiancée qui nous porte humblement sur son dos. Écoute ce doux clapottement des vagues, ne sont-ce pas-là des paroles d'amour qu'elle chuchotte à l'époux qui la domine? — Oui, oui, chère enfant, tu portes au doigt mon anneau nuptial, mais cette autre épouse conserve là-bas, dans la profondeur de son sein, l'anneau que je lui ai jeté le jour de nos fiançailles.

« Ah! mon royal maître, dit Annunziata, comment donc as-tu pris pour épouse cette onde perfide et glacée? je frémis en songeant au lien qui t'enchaîne à cet orgueilleux et despotique élément. »

Le vieux Falieri se prit à rire si fort que sa barbe et son menton en tremblèrent. « Que cela ne t'affecte pas, dit-il, ma colombe, on repose bien mieux dans tes bras doux et chauds, que sur le sein humide de cette froide épouse. » Au moment où le doge prononçait ces mots, une musique éloignée commença à se faire entendre, et l'on distingua les sons d'une douce voix d'homme, chantant ces vers qui glissaient sur les flots :

Ah! senza amare
Andare sul mare
Col sposo del mare
Non può consolare.

D'autres voix se joignirent à la première, et l'on entendit ces paroles répétées dans des modes différents, jusqu'à ce que l'écho mourant des derniers accords se confondit avec le souffle du vent.

Le vieux Falieri semblait ne prêter au chant aucune attention, et il se mit à raconter très-longuement à la dogaresse le but et l'origine de la cérémonie du jour de l'Ascension, où le doge se marie avec la mer, en jetant un anneau dans ses vagues du haut du Bucentaure. Il parla des victoires de la république, il dit comment l'Istrie et la Dalmatie avaient été conquises sous le gouvernement de Pierre Urseolus second, et comment cette conquête avait donné lieu à la fondation de cet usage. Mais si le vieux Falieri ne fit nulle attention au chant lointain, en revanche, sa narration fut complétement perdue pour la dogaresse. Elle était là, entièrement préoccupée des sons harmonieux qui planaient sur la mer. Quand le chant ne parvint plus à son oreille, elle tint ses regards fixés devant elle d'une manière étrange, comme quelqu'un qui se réveille d'un sommeil profond et qui cherche à comprendre les vagues révélations d'un songe. « *Senza amare! — senza amare! non può consolare,* » répétait-elle tout bas, et des larmes brillaient comme des perles limpides dans ses yeux célestes, et des soupirs s'échappaient de son sein que soulevait une émotion inconnue. Toujours gai et souriant, et poursuivant ses récits, le doge monta suivi de la dogaresse sur la terrasse devant sa maison, voisine de *San-Giorgio-Maggiore*, et il ne s'aperçut pas qu'Annunziata, comme pénétrée d'un sentiment étrange et mystérieux, était sans voix, le regard humide de pleurs tourné à l'horizon, et se tenant à ses côtés comme sous l'oppression d'un rêve. — Un jeune homme vêtu en marin sonna d'une trompe en forme de coquillage dont le son se prolongea sur la mer. A ce signal on vit s'avancer une autre gondole. En même temps, une femme et un homme portant un parasol, s'étaient approchés pour accompagner le doge et la dogaresse, qui se dirigèrent vers le palais. L'autre gondole aborda, Marino Bodoeri en sortit avec beaucoup de monde, parmi lequel se trouvaient des marchands, des artistes, et même des gens de la dernière classe du peuple ; tous suivirent le doge au palais.

Antonio pouvait à peine attendre la fin du jour suivant, espérant qu'il recevrait de sa chère Annunziata un favorable message. Enfin la vieille arriva en clopinant, s'assit toute essoufflée dans le fauteuil, frappa dans ses mains décharnées et osseuses, et s'écria : — « Tonino ! ah ! Tonino, qu'est-il donc arrivé à notre pauvre colombe ? — En entrant aujourd'hui je la vois étendue sur les coussins, les yeux à demi-fermés, sa petite tête appuyée sur son bras, ne dormant ni ne veillant, ni malade ni bien portante ; je m'approchai d'elle : Ah ! ma gracieuse dame et dogaresse, lui dis-je, que vous est-il donc arrivé de fâcheux ? votre blessure, à peine guérie, vous causerait-elle quelque douleur ? — Mais elle me regarde avec des yeux.... Tonino ! comme elle n'avait jamais fait, et à peine eus-je entrevu ces humides rayons de la lune, qu'ils se dérobèrent sous ses cils soyeux comme derrière un nuage obscur. Alors elle soupira du plus profond de sa poitrine, et, tournant contre le mur son charmant et pâle visage, elle murmura doucement, tout doucement ; mais d'un ton si déchirant que le cœur m'en saigne : *Amare, amare ! ah ! senza amare !*... Je vais prendre une chaise basse, je m'asseois auprès d'elle et je commence à parler de toi. — Aussitôt elle se cache sous les coussins ; sa respiration, de plus en plus pressée, se change en sanglots.... Je lui dis enfin ouvertement que tu étais déguisé dans sa gondole, et que, sans plus tarder, j'allais t'amener devant elle, peignant l'amour et l'ardeur qui te consument. Mais tout-à-coup elle s'est levée vivement sur son séant et s'est écriée avec énergie, tandis que des larmes brûlantes tombaient de ses yeux par torrents : Au nom du Christ, au nom de tous les saints ! Non, — non ! — je ne puis le voir. Bonne femme, je t'en supplie, dis-lui qu'il ne doit jamais, jamais plus approcher de moi.... Jamais, entends-tu ? dis-lui qu'il faut qu'il parte de Venise, qu'il parte au plus tôt. — Alors je l'interromps en lui disant : Mon pauvre Tonino ! il faut donc qu'il meure ?... Elle retombe à ces mots comme saisie de la souffrance la plus aiguë, et dit en sanglottant d'une voix étouffée par les larmes : Ne dois-je pas aussi mourir de la mort la plus affreuse ?... En ce moment le vieux Falieri entra dans la chambre et sur son signe il fallut me retirer.

« Elle m'a donc repoussé ! s'écria Antonio dans le plus grand désespoir, fuyons, oh ! fuyons : que la mer... » La vieille se mit à rire et à ricaner à sa manière, et lui dit : « O simple enfant ! n'es-tu donc pas aimé de la charmante Annunziata avec toute l'ardeur, tout le délire d'amour qui jamais se soient emparé d'un cœur de femme ? — Simple petit enfant, demain, à l'obscurité de la nuit, glisse-toi dans le palais ducal. Tu me trouveras dans la seconde galerie à droite du grand escalier ; et puis, — nous verrons ce qui restera à faire. »

Lorsque le lendemain au soir, Antonio, tremblant de désir, se glissa sur le grand escalier du palais, il lui vint subitement l'idée qu'il allait commettre un crime horrible. Dans son trouble il pouvait à peine gravir les degrés, hésitant et chancelant. Il fut obligé de s'appuyer contre une colonne à deux pas de a galerie indiquée. Tout-à-coup un éclat de flambeaux jaillit autour de lui, et, avant qu'il pût quitter sa place, le vieux Bodoeri se trouva devant lui accompagné de quelques serviteurs munis de torches. Bodoeri examina attentivement le jeune homme, puis il dit : « Ah ! tu es Antonio, on t'a mandé ici, je le sais : suis-moi ! » — Antonio, convaincu que ses intelligences avec la dogaresse étaient découvertes, n'obéit pas sans frayeur. Quel fut son étonnement quand, après être arrivé dans une pièce écartée, Bodoeri l'embrassa et parla du poste important qui lui avait été confié et qu'il devait cette nuit même défendre avec courage et résolution. Sa surprise se changea en anxiété et en terreur, lorsqu'il apprit que depuis long-temps se tramait contre la seigneurie une conspiration dont le chef était le doge lui-même, et que cette nuit même, d'après la résolution prise à la *Giudecca* dans la maison de Falieri, la seigneurie devait être renversée et Marino Falieri être proclamé duc souverain de Venise. Antonio regardait Bodoeri dans un profond silence. Celui-ci prit ce silence pour un refus de prendre part à l'exécution du terrible complot, et il s'écria courroucé : « Lâche ! fou ! tu ne sortiras plus du palais à présent, il te faut mourir ou prendre avec nous les armes. Mais parle d'abord à cet homme ! »

Du fond obscur de la chambre s'avançait une fière et noble figure. Dès qu'Antonio eut envisagé cet homme, dont il ne put distinguer et reconnaitre les traits qu'à la lueur rapprochée des flambeaux, il tomba à genoux et s'écria, tout hors de lui, à cette apparition inattendue : « O seigneur souverain des cieux ! mon père Bertuccio Nenolo, mon cher protecteur ! » — Nenolo releva le jeune homme, le serra dans ses bras, puis il dit d'une voix douce : « Oui, je suis bien Bertuccio Nenolo, que toi aussi tu as cru sans doute enseveli au fond de la mer, et qui vient d'échapper tout récemment à l'étroite captivité où me tenait le farouche Morbassan ; Bertuccio Nenolo qui te recueillit et qui ne pouvait prévoir que les stupides serviteurs, envoyés par Bodoeri pour prendre possession de cette maison de campagne qu'il avait achetée, t'en chasseraient sans pitié. — Jeune homme aveuglé ! quoi ! tu hésites à prendre les armes contre une caste tyrannique dont la cruauté t'a ravi ton propre père ? — Oui ! va dans la cour du *fontego*, c'est le sang de ton père dont les dalles du pavé ont gardé les taches encore visibles. Quand la seigneurie loua aux marchands allemands les magasins que tu connais sous le nom de *fontego*, il fut défendu à tous ceux à qui l'on accordait des chambres d'en garder les clefs avec eux durant leurs voyages. Ils étaient obligés à les laisser chez le *fondegaro*. Ton père avait contrevenu à cette loi, et avait déjà encouru une sévère punition. Mais lorsqu'enfin les chambres de son dépôt furent ouvertes à son retour, il se trouva parmi ses marchandises une caisse de fausse monnaie de Venise. Ce fut en vain qu'il protesta de son innocence. Sans aucun doute, quelque traître infernal, peut-être le *fondegaro* lui-même, avait introduit la caisse pour consommer la ruine de ton père. Dans le seul fait de cette découverte, les juges inexorables trouvèrent une preuve suffisante contre lui, et le condamnèrent à mort ! — C'est dans la cour du *fontego* qu'il fut exécuté. — Tu ne vivrais plus toi-même sans la fidèle Marguerite qui te sauva. — Moi, l'ami le plus intime de ton père, je te recueillis, et pour t'empêcher de te trahir toi-même vis-à-vis des agents de la seigneurie, on te cacha le nom de ta famille. Mais maintenant, maintenant Antoine Dalburger! — le temps est venu, prends les armes, et venge sur les chefs de la seigneurie la mort inique de ton père. »

Antonio, animé de l'instinct de la vengeance, jura fidélité aux conjurés et répondit d'un courage à toute épreuve.

On sait que l'injure essuyée par Bertuccio Nenolo de la part du directeur des armements maritimes, Dandolo, qui dans une dispute l'avait frappé au visage, le décida à se liguer avec son gendre ambitieux contre la seigueurie. Nenolo et Bodoeri souhaitaient tous les deux que Falieri parvint au pouvoir absolu, pour partager sa fortune. — On devait, d'après le plan des conjurés, répandre la nouvelle que la flotte génoise était dans les lagunes; puis dans la nuit sonner la grande cloche de Saint-Marc, et appeler la ville à une défense imaginaire. A ce signal les conjurés, dont le nombre était considérable et disséminé dans toute la ville, devaient occuper la place Saint-Marc, s'emparer des postes principaux, égorger les chefs de la seigneurie et proclamer le doge duc suprême de Venise. Mais le ciel ne permit pas que ce complot meurtrier réussit et que l'antique constitution de l'état fût renversée dans la poussière pour céder la place à l'ambition effrénée de l'arrogant Falieri.

Les assemblées dans sa maison de la *Giudecca* n'avaient pas échappé à la surveillance du Conseil des Dix; mais il avait été impossible d'avoir à ce sujet aucune information précise. Cependant, l'un des conjurés, un marchand pelletier de Pise, nommé Bentian, se sentit touché de remords; il voulait sauver du massacre son ami et parrain, Nicolò Leoni, qui siégeait au Conseil des Dix. Vers le soir il se rendit chez lui et le supplia de ne pas quitter sa maison de la nuit quelque chose qui se passât. Leoni, concevant des soupçons, retint de force le marchand pelletier, et, à force d'instances, apprit tout le complot. De concert avec Giovanni Gradenigo et Mario Cornaro, il convoqua sur-le-champ le Conseil des Dix à *San-Salvator;* et de là, l'on prit, en moins de trois heures, des mesures propres à paralyser toutes les entreprises des conjurés dès leur manifestation.

Antonio avait été chargé de se rendre avec une bande à la tour de Saint-Marc et de faire sonner les cloches. En arrivant, il trouva la tour occupée en force par des troupes de l'arsenal, qui, à son approche, se précipitèrent sur lui la hallebarde baissée. Saisis d'une terreur subite, ses hommes s'enfuirent à la débandade, et lui-même s'échappa protégé par l'obscurité. Il entendit derrière lui les pas d'un homme qui le poursuivait, et bientôt il se sentit appréhendé. Son bras allait le délivrer de cet assaillant, quand à une lueur fortuite il reconnut Piétro. « Sauve-toi, s'écria celui-ci, sauve-toi, Antonio! dans ma gondole! — Trahison! tout est perdu, — Bodoeri, Nenolo sont au pouvoir de la seigneurie;

les portes du palais ducal sont fermées ; le doge est enfermé dans sa chambre, gardé comme un criminel par ses propres gardes parjures. Sauve-toi, sauve-toi ! »

Antonio, presque privé de sentiment, se laissa conduire dans la gondole.

— Des voix sourdes,—un cliquetis d'armes,—des cris d'angoisse isolés.... ; puis tout rentra dans un silence morne et absolu au sein des ténèbres de la nuit. Le lendemain matin, le peuple oppressé d'un mortel effroi fut témoin d'un spectacle capable de glacer le sang dans les veines. Le Conseil des Dix avait, dans la nuit même, fait exécuter la sentence de mort contre les chefs des conjurés qui avaient été pris. On exposa leurs corps étranglés sur la galerie de la *piazetta*, à côté du palais, là où le doge assistait ordinairement aux cérémonies ; — là, grand Dieu ! où Antonio était descendu aux pieds de la charmante Annunziata, et où elle avait reçu de ses mains le bouquet de fleurs du jeudi gras.

Parmi les cadavres étaient ceux de Marino Bodoeri et de Bertuccio Nenolo. Deux jours après, le vieux Marino Falieri, condamné par le Conseil des Dix, eut la tête tranchée sur l'escalier du palais nommé l'escalier des géants.

Antonio avait erré à l'aventure comme un homme privé de raison ; personne ne l'arrêta, car personne ne savait qu'il eût pris part à la conjuration. Lorsqu'il vit tomber la tête grise du vieux Falieri, il sortit comme d'un rêve de mort lourd et oppressant.

— En jetant un cri d'horreur et de malédiction, et en appelant Annunziata ! il se précipita dans les galeries du palais. Personne ne songea à l'arrêter, les gardes le virent passer sans rien dire, encore stupéfaits de l'horrible catastrophe. La vieille parut alors à sa rencontre clopinant, pleurant et gémissant; elle le prit par la main, et quelques pas plus loin, ils entrèrent dans la chambre d'Annunziata. La pauvre jeune femme était sans connaissance sur les coussins. Antonio se jeta à ses pieds, il couvrit ses mains de baisers brûlants, il lui prodiguait les noms les plus doux et les plus tendres. Enfin elle ouvrit lentement ses yeux célestes, elle aperçut Antonio. — D'abord elle sembla recueillir ses souvenirs, mais tout d'un coup elle se leva, l'enlaça dans ses bras, le pressa contre son sein, l'inonda de ses larmes brûlantes, couvrit ses joues, ses lèvres d'ardents baisers. — « Antonio! — mon Antonio! je t'aime d'un amour inexprimable. — Oui, il y a encore une providence! — Qu'est-ce que la mort d'un oncle, d'un père, d'un époux, devant le bonheur d'être aimé de toi! — O fuyons.... cette sanglante cité de la mort. » — Ainsi parlait Annunziata, en proie, à la fois, à la plus déchirante douleur et à l'amour le plus passionné. A travers leurs larmes et des baisers sans nombre, les deux amants se juraient une constance éternelle. Ils oubliaient les affreux événements de ces jours funestes : d'un regard oublieux de la terre, ils contemplaient ce ciel pur que la révélation de l'amour leur avait ouvert.

La vieille conseillait de fuir à *Chiozza* *. Antonio

voulait ensuite prendre une route inverse et gagner par terre son pays natal. L'ami Piétro lui procura une petite embarcation, qui fut amenée près du pont sur le derrière du palais. La nuit venue, Annunziata, soigneusement voilée, se glissa dehors du palais avec son amant et la vieille Marguerite, qui portait dans son capuchon les cassettes des joyaux. — Ils parvinrent au pont sans être remarqués et montèrent dans la barque. Antonio saisit l'aviron et l'on s'éloigna rapidement. — Comme une joyeuse messagère d'amour, la clarté de la lune dansait au devant d'eux sur la cime des vagues.

Ils étaient arrivés en pleine mer; l'air commença alors à frémir de mugissements et de sifflements étranges. Des ombres noires se déroulèrent et cachèrent, sous leur voile sombre, l'aspect de la lune. La clarté dansante, la joyeuse messagère d'amour se perdit dans la profondeur des ténèbres qu'agitaient les sourds roulements de la foudre. La tempête éclata et dispersa avec fureur les masses compactes de nuages. Le frêle esquif était à chaque seconde lancé en haut et en bas. — « Seigneur du ciel, cria la vieille, viens à notre aide ! »

Pour Antonio, n'étant plus maître de l'aviron, il entoura de ses bras sa chère Annunziata, qui, ranimée par ses baisers brûlants, le serra contre son cœur avec l'ivresse de l'amour le plus délirant. — « O mon Antonio ! — O mon Annunziata ! » — s'écriaient-ils, ne songeant plus à la tempête dont la violence augmentait toujours..... Alors la mer, la veuve jalouse du doge décapité, souleva ses vagues bouillonnantes comme des bras gigantesques, elle étreignit les deux amants, et les engloutit avec la vieille dans ses abimes sans fond.

Lorsque l'homme au manteau eût ainsi achevé sa narration, il se leva subitement et quitta la chambre à pas précipités. Les deux amis le regardèrent s'éloigner, en silence et tout interdits; puis ils se mirent de nouveau à contempler le tableau. Le vieux doge leur souriait encore avec son luxe arrogant et sa vanité ridicule. Mais en regardant plus attentivement la dogaresse, ils aperçurent qu'une douleur secrète et indéfinissable voilait son front de lys de légers nuages; ils virent de vagues et langoureuses rêveries d'amour jaillir sous ses cils d'ébène et voltiger au bord de ses lèvres veloutées.—A l'horizon des vagues, du sein des nuées vaporeuses qui enveloppaient *San-Marco*, un génie fatal paraissait dicter des présages de ruine et de mort. — La profonde signification de ce ravissant tableau se révéla à leur esprit; mais, chaque fois qu'ils y jetaient les yeux, l'histoire des tristes amours d'Annunziata et d'Antonio leur revenait également à la mémoire, et les pénétrait, jusqu'au fond de l'âme, d'une mélancolique émotion.

NOTES DU TRADUCTEUR.

[1] (Pag. 133.) *Dis-moi quel est ce terrible animal, etc.* Citation empruntée à une comédie du comte Carlo Gozzi, Vénitien, dont Calaf et la princesse Turandot sont deux personnages. Voy. ses œuvres en 8 vol. Venise, 1772.

[2] (Pag. 134.) Les premiers traducteurs d'Hoffmann ont négligé de faire précéder le conte de *Marino Falieri* du préambule qu'on vient de lire. Cette omission est grave selon nous. En effet, le lecteur, privé de cette espèce de prologue, serait en droit de reprocher à l'auteur son défaut d'exactitude historique, et s'expliquerait difficilement le but de cette fantaisie, si charmante d'ailleurs, où le doge Falieri ne joue en réalité qu'un rôle de compère. Mais Hoffmann ne tenait guère à écrire pour elle-même la relation d'un fait aussi connu, et en laissant sa composition dans le cadre où il l'a ingénieusement posée, il est aussi impossible de se méprendre sur son intention, que de méconnaître son talent dramatique et la puissance de son imagination. Reproduire d'après une scène peinte toute une histoire, basée sur la réalité, qui devienne le commentaire fidèle, le développement obligé du tableau, et des caractères suggérés par le peintre au narrateur : c'était une idée qui devait sourire à l'esprit curieux

d'Hoffmann, et je ne sais s'il a rien écrit avec plus de verve, de grâce et de fraicheur. — Le titre même qu'il adopte est conforme à cette manière d'envisager son sujet, et c'est une nouvelle faute qu'on a commise en y substituant celui de *Marino Falieri*. Du reste, on ne peut que blâmer les transformations de ce genre imposées à d'autres contes encore, toujours sans motif, et quelquefois à contre-sens.

[3] (Pag. 135.) *Rialto*, pont de Venise.

[4] (Pag. 141.) *La zecca* : la monnaie.

[5] (Pag. 185.) *Vecchio Pantalone* : Un vieux Pantalon, personnage ridicule des anciennes comédies.

[6] (Pag. 202.) *Chiozza*, port sur la frontière de l'état vénitien.

LE CONSEILLER KRESPEL.

Théodore prit la parole en ces termes [1] :

Ce conseiller Krespel est en effet l'homme le plus étonnant que j'aie rencontré de ma vie. — Lorsque j'arrivai à H...., pour y séjourner quelque temps, toute la ville s'occupait de lui à cause d'un de ses meilleurs traits d'originalité de date toute récente. Krespel se distinguait comme savant jurisconsulte et habile diplomate. Le prince régnant d'une petite souveraineté d'Allemagne l'avait chargé de la rédaction d'un mémoire, tendant à établir la légitimité de ses prétentions sur un certain territoire, et qui fut adressé à la cour impériale. Le résultat en fut des plus favorables ; et Krespel s'étant plaint une fois de n'avoir jamais pu trouver une habitation commode à son gré, le prince, pour le récompenser de son mémoire, se chargea d'acquitter les frais d'une maison que Krespel ferait bâtir absolument à sa convenance. Le prince voulait même payer un terrain dans l'emplacement qu'il plairait à Krespel de choisir; mais celui-ci déclina cette offre, ayant résolu de faire bâtir sa maison dans un jardin à lui, situé aux portes de la ville dans une exposition des plus agréables.

Il commença par acheter tous les matériaux nécessaires et les fit transporter à cet endroit. Dès ce moment on le vit chaque jour, et du matin et soir, avec son bizarre costume (qu'il avait du reste confectionné lui-même, d'après certains principes particuliers,) éteindre la chaux, passer le gravier au sas, ranger les moëllons en tas réguliers, etc., etc. Il n'avait consulté aucun architecte, il n'avait songé à tracer aucun plan. Un beau jour néanmoins, il alla trouver un honnête maitre maçon, et le pria de se rendre le lendemain, au point du jour, à son jardin, avec ses garçons, ses ouvriers et force manœuvres, pour ériger sa maison. Le maitre maçon demanda naturellement à voir le devis, et ne fut pas peu surpris d'entendre Krespel lui répondre que cela était tout-à-fait superflu, et que tout s'arrangerait aussi bien que possible. Quand le maitre arriva le lendemain matin sur les lieux avec ses gens, il trouva un fossé tracé en carré régulier, et Krespel lui dit : « Voici où il faut établir les fondations de ma maison, et je vous prierai ensuite d'élever les quatre murailles jusqu'à ce que je dise : C'est assez ! — Sans fenêtre ? sans portes ? sans murs de refend ? demanda le maçon, comme épouvanté de la folie de Krespel. —Comme je viens de vous le dire, mon brave homme, répliqua Krespel tranquillement, le reste viendra plus tard. » La promesse d'une riche récompense put seule déterminer le maître maçon à entreprendre cette construction singulière; mais œuvre du métier ne fut jamais plus joyeusement accomplie, car ce fut au milieu de rires continuels que les ouvriers, sans quitter la place et abondamment défrayés du boire et du manger, exhaussèrent les quatre murailles avec une rapidité surprenante, jusqu'à ce qu'un jour Krespel cria : « Halte ! » — Aussitôt les battes et les pioches se turent, les ouvriers descendirent des échafaudages, et rangés autour de Krespel, tous paraissaient demander avec leur air railleur : « Eh bien! comment va-t-il s'y prendre à présent ? — Place ! » s'écria Krespel, et il courut à un bout du jardin, puis, à pas lents, il marcha droit vers son bâtiment carré : arrivé près du mur, il secoua la tête d'un air mécontent; il courut à un autre coin du jardin, marcha de nouveau sur le bâtiment, et fit la même pantomime. Il répéta encore plusieurs fois cette manœuvre, jusqu'à ce qu'enfin, accourant de manière à se casser le nez contre le mur, il cria de toutes ses forces : « Arrivez, arrivez, vous autres ! ici une porte, perçez-moi une porte ici ! » Il donna la longueur et la largeur exactes en pieds et en pouces, et l'on fit ce qu'il demandait. Alors il entra dans le bâtiment, et sourit d'un air satisfait à la remarque du maître maçon que les murs avaient juste la hauteur d'une maison de deux bons étages. Krespel se promenait de long en large dans l'espace intérieur, les maçons armés de pioches et de marteaux derrière lui, et à mesure qu'il s'écriait : « Une fenêtre ici ! six pieds de haut, quatre de large ; — là-bas une petite fenêtre ! trois pieds de haut, deux de large, » on les perçait aussitôt.

Ce fut justement pendant cette opération que j'arrivai à H...., et c'était un spectacle fort divertissant que de voir plusieurs centaines de curieux attroupés en dehors du jardin, et poussant de grands cris de joie, quand les pierres volaient tout-à-coup et quand une nouvelle fenêtre apparaissait là où on ne l'aurait nullement soupçonné. Krespel agit de la même manière pour tout le reste de la maison, en faisant exécuter au moment, d'après son inspiration soudaine, les ouvrages nécessaires à son achèvement.

La bizarrerie de l'entreprise, la conviction acquise qu'en définitive les choses s'étaient arrangées mieux qu'on ne devait s'y attendre, et surtout la libéralité de Krespel, qui lui était peu onéreuse à la vérité, entretinrent la bonne humeur de son monde. Toutes les difficultés, que devait occasionner cette manière de bâtir aventureuse, furent donc surmontées, et l'on vit en peu de temps tout-à-fait achevée une maison de l'aspect le plus étrange à l'extérieur ; car pas une fenêtre n'était semblable à une autre, et de tout le reste à l'avenant : mais sa distribution intérieure causait l'impression la plus satisfaisante. Tous ceux qui la visitèrent le proclamaient, et j'en fus convaincu moi-même quand Krespel, après une connaissance plus intime entre nous, m'y introduisit.

Jusqu'à ce moment, je n'avais pas encore entretenu cet homme singulier. Son édifice l'occupait à un tel point, qu'il s'abstint de venir dîner les mardis chez le professeur M***, suivant son habitude, et que même il lui fit répondre, sur son invitation expresse, qu'il ne ferait point un pas hors de chez lui avant la fête d'inauguration de sa nouvelle maison. Tous ses amis et connaissances s'attendaient à un repas de cérémonie. Mais Krespel n'avait invité personne que la réunion des maçons, compagnons, apprentis et manœuvres qui avaient travaillé à sa maison. Il les traita avec la dernière recherche. Des gâcheux de plâtre dévoraient à belles dents de succulents pâtés de perdrix, des garçons charpentiers écharpaient avec délices des râbles de faisans rôtis, et d'affamés manouvriers se servaient sans façon eux-mêmes les morceaux les plus fins d'exquis ragoûts truffés. Le soir, leurs femmes et leurs filles se joignirent à eux, et l'on ouvrit un grand bal. Krespel valsa avec plusieurs femmes de maîtres maçons, puis il prit place au milieu des musiciens, et, le violon en main, dirigea l'orchestre jusqu'au jour.

Le mardi d'après cette fête, qui fit valoir Krespel comme un ami du peuple, je le rencontrai enfin, à ma grande joie, chez le professeur M***. On ne peut rien imaginer de plus surprenant que la manière d'être de Krespel. Gauche et raide dans ses mouvements, je craignais à chaque instant qu'il ne heurtât quelque chose ou ne commît une maladresse. Il n'en fut rien cependant, et on le savait d'avance, car la maîtresse de la maison ne s'émut pas le moins du monde en le voyant tournoyer précipitamment près d'une table chargée de porcelaines du plus grand prix, ni en le voyant se démener à côté d'une glace superbe qui touchait au plancher, et s'emparer même d'un vase à fleurs admirablement peint qu'il agitait en l'air comme pour en faire refléter les couleurs. En général, Krespel examina avec une scrupuleuse attention, en attendant le diner, tout ce qui était dans le salon du professeur; il détacha même un tableau du mur et le remit en place en grimpant sur un fauteuil; il parla beaucoup et avec feu. Tantôt (ce fut surtout remarquable durant le diner) il sautait brusquement d'un sujet à un autre, tantôt il ne pouvait se détacher d'une idée, y revenant à mille reprises, tombant dans des erreurs multipliées, et ne pouvant retrouver le fil de ses pensées jusqu'à ce qu'autre chose le frappât plus vivement. Sa voix était tantôt rauque et criarde, tantôt sourde, psalmodique et trainante, mais jamais sur le ton convenable à ce que Krespel disait.

Il fut question de musique ; on faisait l'éloge d'un nouveau compositeur : Krespel sourit et dit de sa voix basse et chantante : « Que je voudrais donc que Satan emportât sur ses ailes noires le maudit griffonneur de notes à dix mille millions de toises au fond des enfers! » — Puis il s'écria avec transport et d'une voix effroyable : « C'est un ange du ciel! tout en elle est harmonie, musique divine! — la lumière et l'astre du chant! » — En même temps ses yeux se gonflaient de larmes. Il fallait se rappeler qu'une heure auparavant on avait parlé d'une cantatrice fort célèbre. — On servit un rôti de lièvre : j'observai que Krespel mettait soigneusement les os à part sur son assiette, et qu'il demanda compte des pattes du lièvre, que la petite fille du professeur, enfant de cinq ans, lui apporta en souriant familièrement. Les enfants, du reste, avaient déjà considéré pendant le dîner le conseiller d'un air très-amical ; à la fin ils se levèrent et s'approchèrent de lui, non sans une respectueuse timidité, et à la distance de trois pas. Que va-t-il se passer? pensais-je en moi-même. — On apporta le dessert. Alors le conseiller tira de sa poche un coffret qui renfermait un petit tour en acier; il l'assujettit à la table, et se mit à tourner dans les os du lièvre, et avec une adresse et une promptitude incroyables, toutes sortes de petites boites, de billes et de tabatières fort exiguës, que les enfants reçurent tout joyeux. Au moment de quitter la table, la nièce du professeur demanda : « Que devient donc notre Antonie, cher conseiller ? » Krespel fit une grimace comme quelqu'un qui mord une orange amère, et qui veut pourtant se donner l'air d'avoir goûté un fruit savoureux. Mais bientôt sa figure prit une expression courroucée affreuse à voir, et je lus dans son étrange sourire l'empreinte d'une ironie presque diabolique : « Notre... notre chère Antonie ? » demanda-t-il d'une voix traînante et désagréablement modulée. — Le professeur se hâta d'intervenir ; au coup-d'œil de reproche qu'il lança à sa nièce, je sentis qu'elle venait de toucher une corde qui devait résonner d'une manière pénible pour Krespel. « Comment vont les violons ? »

demanda le professeur gaiment en serrant les mains du conseiller dans les siennes. Le visage de Krespel s'éclaircit aussitôt, et il répondit avec sa voix forte : « Parfaitement, professeur. J'ai commencé aujourd'hui à mettre en pièces l'excellent violon d'*Amati*, qu'un heureux hasard a fait tomber entre mes mains, comme je vous l'ai dernièrement raconté. J'espère qu'Antonie aura soigneusement démonté le reste. — Antonie est une bonne fille, dit le professeur. — Oui vraiment, c'est une bonne fille, » s'écria le conseiller; et, se retournant brusquement, il saisit son chapeau et sa canne et s'élança précipitamment par la porte. Je remarquai dans un miroir qu'il avait les yeux baignés de larmes.

Dès que le conseiller fut parti, je pressai le professeur de m'apprendre quels rapports avait Krespel avec les violons et surtout avec Antonie.

« Ah ! dit le professeur, le conseiller, qui est un homme tout-à-fait merveilleux, fait aussi des violons, et il ne montre pas moins d'extravagance en cela que dans tout le reste. — Il fait des violons ! répétai-je tout étonné. — Oui, continua le professeur, Krespel confectionne, de l'avis des connaisseurs, les meilleurs violons que produise notre époque. Autrefois quand il avait réussi dans son travail, on était libre de faire usage de l'instrument; mais, depuis quelque temps, il a tout-à-fait changé de méthode. Dès qu'il a terminé un violon, il en joue pendant une heure ou deux, et cela avec un talent des plus rares, avec l'expression la plus entraînante, et puis il l'accroche auprès des autres, pour n'y plus jamais toucher et sans permettre que personne s'en serve. S'il sait où trouver quelques violons d'anciens maitres célèbres, le conseiller les achète, quel que soit le prix qu'on en demande. De même qu'avec ses violons, il n'en joue qu'une seule fois, et ensuite les démonte, afin d'examiner scrupuleusement leur structure intérieure; et s'il n'y trouve pas ce qu'il y cherche d'après ses idées, il en jette les morceaux avec dépit dans une grande caisse qui est déjà pleine de débris de violons démontés.

— « Mais Antonie? demandai-je avec vivacité. — Quant à cela, reprit le professeur, il y aurait de quoi me faire prendre en haine le conseiller, si je n'étais convaincu, en raison du caractère de Krespel, éminemment bon et même enclin à la faiblesse, qu'il y a nécessairement quelque mystère à ce sujet. Il y a plusieurs années, quand le conseiller vint habiter cette ville, il vivait en anachorète avec une vieille gouvernante dans une maison obscure de la rue de ..... Bientôt il excita par ses singularités la curiosité des voisins. Aussitôt qu'il s'en fut aperçu, il chercha et se fit des connaissances. Ainsi que chez moi, on s'accoutuma partout à lui, au point qu'il devint presque indispensable. Malgré sa rudesse apparente, les enfants eux-mêmes finirent par l'aimer, sans cependant lui devenir à charge; car, en dépit de leur sympathie, ils conservent pour lui une certaine vénération craintive qui le préserve de leurs importunités. Vous avez pu voir aujourd'hui par quelles séductions il sait gagner leur amitié. On le croyait partout un vieux garçon, et il ne songeait point à s'en défendre. — Après quelque temps de séjour ici, il partit subitement, personne n'a su pour quel endroit, et il revint plusieurs mois après. Le lendemain au soir de son retour, on vit les croisées de Krespel éclairées d'une façon inusitée : cette première circonstance donna l'éveil à l'attention des voisins ; mais bientôt la voix merveilleusement belle d'une femme accompagnée par un piano se fit entendre ; puis l'on distingua le son d'un violon qui luttait avec la voix de vigueur et d'expression. On reconnut aussitôt que c'était le conseiller qui jouait. Moi-même je me mêlai à la foule nombreuse que l'admirable concert avait réunie devant la maison du conseiller, et je dois vous avouer qu'auprès de cette voix et de la magie de son accentuation, le chant des cantatrices les plus renommées que j'aie entendues me semblait fade et dénué d'expression. Jamais je n'avais conçu l'idée de sons pareils si longuement soutenus, de ces roulades empruntées au rossignol, de ces gammes ascendantes et descendantes, de cet organe, enfin, tantôt vibrant avec l'énergie et la sonorité des sons de l'orgue, tantôt n'émettant qu'un souffle à peine perceptible et d'une suavité sans égale. Il n'y avait personne qui ne fût sous le charme du plus doux enchantement, et ce profond silence ne fut troublé que par de légers soupirs lorsque la voix se tut. Il pouvait être déjà minuit, quand on entendit le conseiller parlant avec une violence extrême ; une autre voix d'homme paraissait, à en juger par ses inflexions, lui adresser des reproches ; et une jeune fille se plaignait par intervalles en paroles entrecoupées. Le conseiller criait toujours plus fort, jusqu'à ce qu'enfin il tomba dans cet accent traînant et psalmodique que vous connaissez. Un cri perçant de la jeune fille l'interrompit, puis il se fit un morne silence, puis tout à coup l'on entendit du fracas dans l'escalier. Un jeune homme se précipita en sanglottant hors de la maison et se jeta dans une chaise de poste attelée à quelque distance, et qui partit rapidement. — Le lendemain le conseiller se montra, et il avait une contenance sereine; mais personne n'eut le courage de l'interroger sur les événements de la nuit précédente. Cependant sa gouvernante questionnée révéla que le conseiller avait amené avec lui une charmante et jeune fille qu'il appelait Antonie, et que c'était elle qui avait si bien chanté; qu'un jeune homme les avait aussi accompagnés, qui montrait pour Antonie une grande tendresse, et devait, sans doute, être son fiancé; mais que l'absolue volonté de Krespel l'avait contraint à un départ immédiat. Les rapports d'Antonie avec le conseiller sont jusqu'ici un secret; mais ce qu'il y a de certain, c'est qu'il tyrannise la pauvre enfant de la façon la plus odieuse. Il la surveille comme le docteur Bartholo sa pupille dans le *Barbier de Séville*, à peine ose-t-elle se montrer à la croisée. Si quelquefois, cédant à d'instantes prières, il la conduit en société, il tient fixés sur elle des yeux d'Argus, et ne souffre pas absolument qu'on fasse entendre en sa présence la moindre note de musique, et encore bien moins qu'Antonie chante elle-même, ce qu'il lui interdit, au reste, même chez lui. Aussi le chant d'Antonie, à ce concert nocturne, est devenu dans le public une tradition qui émeut l'âme et l'imagination d'un enthousiasme sans pareil, et il n'est pas rare que ceux même qui ne l'ont pas entendu disent ici, après le début de quelque cantatrice : « Qu'est-ce que ce glapissement banal ? Antonie seule sait chanter ! » —

Vous savez combien j'ai l'esprit vivement frappé de toutes ces choses fantastiques, et vous pouvez imaginer s'il me parut important de faire la connaissance d'Antonie. J'avais déjà souvent recueilli moi-même dans le public ces propos sur le chant de la jeune fille, mais je ne soupçonnais pas que la merveilleuse Antonie fût dans la ville et en la puissance de ce fou de Krespel, comme entre les mains d'un magicien tyrannique. La nuit suivante, j'entendis naturellement en rêve le chant d'Antonie, qui me suppliait de la manière la plus touchante de venir à son secours, et cela dans un magnifique *adagio* que, par une illusion ridicule, je croyais avoir composé moi-même. Je fus donc bientôt résolu à pénétrer, nouvel Astolfe, dans la maison de Krespel, comme dans le palais enchanté d'Alcine, pour délivrer la reine du chant de son odieuse captivité.

Tout se passa autrement que je ne l'avais supposé ; car à peine eus-je vu le conseiller deux ou trois fois, et causé avec lui de la meilleure structure des violons qu'il m'invita de lui-même à venir le visiter chez lui ; je n'y manquai pas, et il me fit voir sa riche collection de violons. Il y en avait bien trente d'accrochés dans un cabinet. Un d'eux, entre tous, qui se distinguait par tous les caractères de la plus haute ancienneté (manche à tête de lion sculptée, etc.), était suspendu à une plus grande élévation, et une couronne de fleurs, dont il était surmonté, semblait le désigner comme le roi des autres. « Ce violon, dit Krespel, après que je l'eus interrogé à ce sujet, est l'œuvre rare et merveilleuse d'un maître inconnu, probablement contemporain de Tartini; je suis persuadé qu'il y a dans sa structure intérieure quelque chose de particulier, et qu'en le démontant, je découvrirais la clef du problème dont je poursuis depuis long-temps la solution. Mais.... moquez-vous de moi si vous voulez, mais cet objet inanimé, auquel je ne communique la vie et le son qu'à ma volonté, m'adresse souvent de lui-même un mystérieux langage; et, lorsque j'en jouai pour la première fois, il me semblait que mon rôle était celui du magnétiseur, dont l'influence provoque, chez le sujet somnambule, la révélation orale de ses propres sensations intimes. Ne croyez pas que j'aie la folie d'ajouter foi le moins du monde à de semblables observations; mais il est pourtant bien étrange que je n'aie jamais pu prendre sur moi de démonter cette sotte et inerte machine. Je me félicite toutefois d'y avoir renoncé; car depuis qu'Antonie est avec moi, je lui joue, de temps en temps, quelque chose sur cet instrument.—Antonie éprouve du plaisir à l'entendre...., un vif plaisir! » Le conseiller prononça ces mots avec un attendrissement visible; cela m'encouragea à lui dire : « O mon excellent monsieur le conseiller, ne voudriez-vous pas en jouer devant moi ? » Mais Krespel prit son air aigre-doux, et dit de sa voix trainante et cadencée : « Non ! mon très-cher monsieur l'étudiant. » — La chose en resta là. Il me fallut continuer à examiner avec lui toutes sortes de raretés, puériles pour la plupart ; enfin, il chercha dans une petite boite, et en tira un papier plié, qu'il me mit dans la main, en me disant avec beaucoup de solennité : « Vous êtes un ami de l'art : acceptez ce don comme un souvenir bien cher, qui doit vous être à jamais précieux par-dessus tout. » En disant cela, il me poussa doucement du côté de la porte, et sur le seuil il m'embrassa. Dans le fait, c'était me mettre hors de chez lui d'une manière symbolique. En ouvrant le papier je trouvai un petit morceau d'une quinte, long d'un huitième de pouce à peu près, et le papier portait cette étiquette : « Morceau de la quinte dont feu Stamitz avait monté son violon, lorsqu'il donna son dernier concerto. »

Le congé impoli que je reçus, après avoir fait mention d'Antonie, semblait devoir me confirmer dans l'idée que je ne la verrais peut-être jamais. Mais il n'en fut pas ainsi : car, à ma seconde visite au conseiller, je trouvai Antonie dans la chambre l'aidant à l'assemblage des pièces d'un violon. L'extérieur d'Antonie ne causait pas, au premier abord, une forte impression, mais insensiblement il devenait impossible de détourner ses regards de l'œil bleu et des lèvres rosées de cette figure, empreinte d'une grâce et d'une délicatesse extraordinaires. Elle était très-pâle ; mais, disait-on quelque chose de piquant et de spirituel, aussitôt avec un doux sourire un vif incarnat se répandait sur ses joues, qui n'en gardaient, hélas! qu'un instant la mourante lueur. Je m'entretins avec Antonie en toute liberté, et je ne remarquai absolument rien dans Krespel de ces regards d'Argus que lui avait attribués le professeur. Il demeura, au contraire, constamment dans son état habituel, et même il paraissait satisfait de nous voir converser ensemble. Il arriva donc que mes visites au conseiller devinrent plus fréquentes, et que l'habitude réciproque de nous voir communiqua à notre petit cercle en trois personnes certain charme délicieux qui nous procurait un intime plaisir.

Le conseiller avec ses singularités me réjouissait toujours autant; mais ce n'était en réalité que la société d'Antonie qui m'attirait par une séduction irrésistible, et me faisait supporter maintes choses auxquelles, sans cela, impatient comme je l'étais alors, j'aurais eu hâte de me soustraire. Dans l'originalité et la bizarrerie du conseiller, il ne se mêlait, en effet, que trop souvent des circonstances insipides et contrariantes; mais ce qui me déplaisait surtout, c'était, chaque fois que j'amenais la conversation sur la musique, et particulièrement sur le chant, de le voir m'interrompre avec son sourire diabolique et son accent traînant et insupportable, pour mettre sur le tapis quelque propos complétement hétérogène et presque toujours des plus trivials. Au mécontentement plein d'amertume qui se peignait alors dans les yeux d'Antonie, je devinai aisément que cela n'avait pour but que de me détourner de l'inviter à chanter; je ne me rebutai pas. Les obstacles que m'opposait le conseiller accrurent mon courage et ma résolution de les vaincre. J'avais besoin d'entendre le chant d'Antonie pour échapper aux tourments dont me rendaient le jouet de vaines suppositions et mes rêves à ce sujet.

Un soir, Krespel était d'une humeur tout-à-fait réjouie; il venait de démonter un vieux violon de Crémone, et avait trouvé l'âme inclinée d'une demi-ligne de plus qu'à l'ordinaire. Découverte inappréciable et d'une importance majeure pour la pratique! Je réussis à l'échauffer au sujet de la vraie manière de jouer du violon. L'exécution des célèbres et dignes virtuoses, que citait Krespel pour les avoir entendus, amena tout naturellement la remarque qu'aujourd'hui le chant, au contraire, se modelait sur les roulades prétentieuses et les traits heurtés des instrumentistes. « Quoi de plus absurde? m'écriai-je, en m'élançant de ma chaise au piano et l'ouvrant avec promptitude, quoi de plus absurde que ces procédés bizarres qui, loin d'être de la musique, ressemblent au bruit que font des pois renversés par terre? » Là-dessus, je répétai, en les accompagnant de quelques méchants accords, plusieurs de ces finales modernes, qui courent par bonds et traverses, bourdonnant à l'oreille comme une toupie vigoureusement lancée. Krespel riait aux éclats, et il s'écria : « Ha! ha! il me semble entendre nos Italiens germanisés, ou nos Allemands italianisés chantant un air de Pucitta ou de Portogallo, ou de quelqu'autre *maestro di capella*, ou plutôt *schiavò d'un primo uomo* [2]. »Voici le moment! pensai-je. « N'est-ce pas, dis-je en me tournant vers Antonie, n'est-ce pas? Antonie ne connait rien de cette manière de chanter? » et en même temps, j'entonnai un air admirable et passionné du vieux Leornardo Leo. Les joues d'Antonie se colorèrent soudainement, ses yeux ranimés étincelèrent d'un céleste éclat; elle s'élança près du piano, elle ouvrit les lèvres..... Mais, au même instant, Krespel la poussa en arrière, et, me prenant par les épaules, il me cria d'une voix aiguë de *tenore* : « Mon ami! — mon ami! — mon ami! » — et il continua de son ton chantant et avec une contenance polie et révérencieuse en me tenant par la main : « Sans doute, mon digne et respectable monsieur l'étudiant, cela choquerait toutes les convenances et les bons usages, si j'exprimais hautement et sans réserve le désir que Satan vous tordit bien doucement le cou de ses griffes brûlantes, et qu'il vous expédiât ainsi au plus tôt votre compte; mais à part cela, vous conviendrez, mon très-cher, qu'il fait considérablement sombre, et, comme il n'y a point aujourd'hui de lanterne allumée, vos chers petits os courraient risque d'être endommagés, quand même je ne vous jetterais pas précisément par les escaliers. Rentrez donc gentiment au logis, et gardez un souvenir bénévole de votre véritable ami, s'il arrivait que.... comprenez-vous bien? — que vous ne le trouvassiez dorénavant jamais chez lui. » — A ces mots, il m'embrassa et me fit reculer, enlacé dans ses bras, et en tournoyant jusqu'en dehors de la porte, de telle façon que je ne pus jeter sur Antonie un seul regard d'adieu.

Vous avouerez que dans ma position il n'était pas possible de bâtonner le conseiller, ce qui aurait dû cependant arriver. Le professeur me railla beaucoup et assura que j'avais cette fois gâté, pour toujours, mes relations avec le conseiller. Quant à faire l'*amoroso* langoureux, et à jouer devant les fenêtres d'Antonie le rôle de coureur d'aventures, Antonie m'était trop chère pour cela, je dirais presque trop sacrée. Je quittai H..... le cœur déchiré ; mais, comme il arrive presque toujours, les vives couleurs de ce tableau fantastique pâlirent peu à peu, et l'image d'Antonie, — oui, même le chant d'Antonie, ce chant que je n'avais jamais entendu, dormaient dans les profonds replis de mon âme, d'où s'échappait souvent, néanmoins, telle qu'une lueur parfumée, une sensation consolatrice et délicieuse.

Deux ans après, j'étais établi à B...., lorsque j'entrepris un voyage dans l'Allemagne méridionale. Les tours de H..... s'élevaient dans le vaporeux crépuscule du soir. A mesure que j'approchais, un sentiment inexprimable de pénible anxiété s'empara de moi, j'avais un poids sur la poitrine, je ne pouvais plus respirer ; il me fallut descendre de la voiture. Mais cette oppression augmenta jusqu'à produire la souffrance physique. Bientôt je crus entendre un chant mesuré retentir dans l'air. — Les tons devinrent plus distincts, et je discernai des voix d'hommes qui entonnaient un chant sacré. — Qu'est-ce que cela ? qu'est-ce que cela ? » m'écriai-je, frappé comme de l'atteinte d'un brûlant coup de poignard. — « Ne le voyez vous pas ? répondit le postillon qui était à mes côtés, ne le voyez-vous pas ? là-bas, dans le cimetière, quelqu'un qu'on enterre. » En effet, nous dominions le cimetière, et je vis un cercle de gens vêtus de noir autour d'une fosse qu'on était en train de combler. Les larmes jaillirent de mes yeux, il me semblait qu'on enterrait là-bas tout un monde de joie et de bonheur. En descendant avec célérité la pente de la colline, je perdis de vue le cimetière, le chœur se tut, et je rencontrai, à peu de distance de la porte de la ville, des personnes en deuil qui revenaient de l'enterrement. Le professeur donnant le bras à sa nièce, tous deux en grand deuil, passa tout près de moi sans me remarquer. La jeune fille tenait son mouchoir sur son visage inondé de pleurs.

Je ne pus me résoudre à pénétrer dans la ville. J'envoyai mon domestique avec la voiture à l'auberge accoutumée, et je courus vers la demeure que je connaissais bien, pour me délivrer, par mon propre témoignage, de cette impression de tristesse, qui peut-être n'avait que des causes purement physiques, comme l'échauffement du voyage, etc. — Dans une avenue du jardin conduisant à un pavillon d'agrément, le spectacle le plus singulier s'offrit à ma vue. Le conseiller Krespel était conduit par deux hommes en deuil, auxquels il paraissait vouloir échapper en faisant les sauts les plus extraordinaires. Il portait, comme de coutume, son habit gris, de forme étrange et taillé de ses propres mains. Seulement, du petit chapeau tricorne, qu'il avait enfoncé martialement sur une oreille, pendait un très-long crêpe flottant à l'aventure. Il avait agrafé, autour de son corps, un ceinturon d'épée noir; mais, au lieu d'épée, il y avait passé un long archet de violon. Un froid glacial parcourut mes membres. — Il est fou! pensai-je en le suivant à pas lents. Ces hommes conduisirent le conseiller jusqu'à sa maison; là, il les embrassa en riant aux éclats; ils le quittèrent, et alors son regard tomba sur moi, qui me trouvais tout près de lui. Il me regarda longtemps fixement, puis il s'écria d'une voix sourde :

« Soyez le bien-venu, monsieur l'étudiant! vous êtes de ceux qui comprennent, vous! »

— A ces mots, il me saisit par le bras, m'entraîne dans la maison, monte l'escalier et m'introduit dans la chambre où étaient pendus ses violons. Tous étaient recouverts d'un crêpe noir. Le violon de l'ancien maitre avait disparu. A sa place était une couronne de cyprès. — Je compris ce qui était arrivé : « Antonie! ah, Antonie! » m'écriai-je dans un affreux désespoir. Le conseiller se tenait près de moi, immobile et les bras croisés. Je montrai du doigt la couronne de cyprès. — « Lorsqu'elle mourut, dit le conseiller d'une voix étouffée et solennelle, lorsqu'elle rendit le dernier soupir, l'âme de ce violon se brisa avec un craquement horrible, et la table d'harmonie se déchira complètement. Le fidèle instrument ne pouvait vivre qu'avec elle et par elle ! il a été enterré avec elle, il est près d'elle dans la tombe. » — Profondément ému, je tombai sur un siége. Mais le conseiller commença à entonner, d'une voix rauque, une chanson des plus gaies, et c'était vraiment un affreux spectacle que de le voir, en même temps, sauter à cloche-pied autour de la chambre, tandis que le crêpe de son chapeau, qu'il n'avait pas quitté, tournoyait avec lui et frôlait les violons accrochés au mur. Je ne pus retenir un cri perçant, lorsque ce crêpe, à une pirouette rapide du conseiller, vint à passer sur ma tête ; il me semblait qu'il allait m'envelopper tout entier et m'entraîner dans le sombre et redoutable abime de la folie. Le conseiller s'arrêta alors, et de sa voix chantante : « Mon petit ami ! dit-il, — mon petit ami ! — pourquoi cries-tu de la sorte ? aurais-tu vu l'ange de la mort ! cela précède toujours la cérémonie ! » — Et puis il s'avança au milieu de la chambre, saisit violemment l'archet pendu à son ceinturon, l'éleva des deux mains au-dessus de sa tête, et le rompit si furieusement, qu'il le fit voler en mille éclats. Krespel se mit à rire très-fort et s'écria : « Maintenant la baguette fatale est brisée sur moi, n'est-ce pas, mon cher enfant ? qu'en penses-tu ? Plus rien ! plus rien ! maintenant je suis libre, — libre, me voici libre ! — vivat ! je suis libre ! — maintenant je ne fabrique plus de violons ! — plus de violons, vivat ! plus de violons [1]. » — Le conseiller chantait ces paroles sur une cadence d'une gaité infernale, en faisant toujours des cabrioles à cloche-pied.

Plein d'horreur, je voulais m'enfuir ; mais le conseiller me retint de force en me disant avec le plus grand calme : « Restez, monsieur l'étudiant! ne prenez pas ces épanchements de la douleur, qui me déchire avec des tortures inouïes, pour de la folie; mais tout cela n'arrive que parce que je me suis fait, il y a quelque temps, une robe de chambre dans laquelle je voulais avoir l'air du destin,... de Dieu! » — Le conseiller continua à débiter des propos extravagants et horribles, jusqu'à ce qu'enfin il tombât d'épuisement. A mes cris, accourut sa vieille gouvernante, et j'éprouvai du soulagement à respirer le grand air hors de cette maison.

Je ne doutai pas un instant que Krespel ne fût devenu fou; toutefois le professeur soutenait le contraire. — « Il y a certains hommes, disait-il, auxquels la nature ou une circonstance particulière ont retiré le voile sous lequel nous autres nous commettons nos folies, sans provoquer le même scandale. Ils ressemblent à ces insectes à la peau transparente que fait paraître difformes le jeu actif et visible de leurs muscles, quoique tout s'adapte à sa place et forme un ensemble régulier.

» Ce qui en nous ne sort pas du domaine de la pensée, chez Krespel se transforme tout en action. L'ironie amère qui assiége notre esprit sous le joug des préoccupations matérielles, Krespel la manifeste par ses folles grimaces et ses sauts périlleux. Mais c'est là sa sauve-garde. Ce qui provient de l'essence terrestre, il le rend à la terre; mais le principe divin, il sait le conserver, et je crois son intellect intime fort sain, malgré cette folie apparente et ses caractères explicites. La mort subite d'Antonie doit assurément l'avoir frappé. Néanmoins, je parie que le conseiller reprendra, dès demain, son allure routinière, comme l'âne qui rentre dans l'ornière favorite en dépit de tout. » — La prédiction du professeur se réalisa presqu'entièrement. Le jour suivant le conseiller se montra le même que d'habitude; seulement il déclara qu'il ne fabriquerait plus de violons et ne jouerait plus sur aucun.

J'ai su depuis qu'il avait tenu parole.

Les réflexions du professeur m'affermirent dans ma conviction intérieure que les rapports d'Antonie avec le conseiller, tenus secrets avec tant de soin, et que sa mort même, devaient cacher un méfait odieux et faire peser sur la conscience de Krespel un remords incurable. Je résolus de ne pas quitter H..... sans lui reprocher le crime que je soupçonnais; je voulais l'ébranler jusqu'au fond de l'âme et lui arracher ainsi l'aveu de cet horrible forfait. Plus j'y réfléchissais, plus il me paraissait évident que cet homme devait être un scélérat; et plus véhémente, plus pathétique se formulait en moi l'allocution que je me proposais de lui faire, au point qu'elle prit ainsi d'elle-même les développements et tous les caractères d'un vrai chef-d'œuvre de rhétorique. Monté de la sorte, et encore dans le feu du transport, je courus chez le conseiller. Je le trouvai occupé à tourner des jouets d'enfants avec un visage calme et riant. « Comment! m'écriai-je en l'abordant, comment peut-il y avoir un seul moment de paix dans votre âme, au souvenir de l'action épouvantable qui doit vous ronger comme une morsure de serpent! »

Le conseiller me considéra d'un air étonné, et mettant son outil de côté il me demanda : « Que voulez-vous dire, mon cher? — ayez la complaisance de vous asseoir sur cette chaise. » — Mais je continuai avec feu, m'échauffant toujours davantage, et je l'accusai hautement d'avoir tué Antonie en le menaçant de la vengeance du ciel. En ma qualité d'homme de loi récemment investi, et plein de ma vocation, j'allai même jusqu'à lui certifier que j'userais de tous les moyens pour découvrir les traces de son crime et le livrer aux mains de la justice humaine. J'avoue que je fus un peu déconcerté quand, après m'avoir laissé achever ma virulente et pompeuse apostrophe, le conseiller, sans me dire un mot, me regarda fort tranquillement, comme s'il attendait que je continuasse de parler. J'essayai, il est vrai, de le faire, mais tout ce qui sortait de ma bouche était si incohérent et même si ridicule, que je m'empressai de garder le silence. Krespel jouissait de mon embarras, un sourire malin et ironique passa sur ses traits. Mais bientôt il devint très-grave et dit d'un ton solennel :

« Jeune homme, tu me regardes comme un fou, comme un insensé : je te pardonne, car nous sommes tous deux hôtes du même séjour de fous, et tu n'es irrité contre moi de ce que je crois être Dieu le père, que parce que toi-même tu te crois Dieu le fils. Mais comment oses-tu vouloir pénétrer dans une vie qui te fut étrangère, qui devait l'être, et as-tu rêvé d'en surprendre les fils les plus secrets ? — Elle n'est plus : le secret a cessé ! » — Krespel se recueillit, se leva et parcourut la chambre à pas silencieux. Je me permis de lui demander, comme une grâce, des éclaircissements ; il me regarda en face, me prit par la main et me conduisit à la croisée dont il ouvrit les deux battants. Accoudé sur le balcon, le corps penché en dehors, et les regards tournés sur le jardin, il me raconta l'histoire de sa vie. — Lorsqu'il eut fini, je le quittai touché et confus.

Voici, en peu de mots, les circonstances qui concernaient Antonie.

Vingt ans auparavant, le désir, dégénéré en passion, de rechercher et de se procurer les meilleurs violons des vieux maîtres, conduisit le conseiller en Italie. A cette époque, il n'en faisait pas encore lui-même, ni ne s'occupait de les démonter. A Venise, il entendit la célèbre cantatrice Angela ***, qui brillait alors du plus vif éclat dans les premiers rôles, sur le théâtre de *San-Benedetto*. L'enthousiasme qu'elle inspira à Krespel ne s'adressa pas seulement à l'art que la *signora* Angela pratiquait, à la vérité, dans la perfection, mais bien aussi à sa beauté ravissante. Le conseiller rechercha la connaissance d'Angela, et, malgré toute sa rudesse, il parvint, surtout grâce à son jeu hardi et éminemment expressif sur le violon, à captiver entièrement ses faveurs. La liaison la plus intime eut pour résultat, en peu de semaines, un mariage qui demeura secret, parce qu'Angela ne voulait renoncer ni au théâtre, ni au nom qui désignait la cantatrice célèbre, ni même y adjoindre le nom trop peu mélodieux de Krespel.

Krespel me décrivit, avec l'ironie la plus folle, de quelle façon inouie la *signora* Angela le tourmenta et le tortura dès qu'elle fut devenue sa femme. Tous les caprices, toutes les idées fantasques de toutes les *prime donne* réunies, avaient été, au dire de Krespel, concentrées dans le petit individu d'Angela. Lui arrivait-il de vouloir se mettre un peu sur la défensive? Angela envoyait à ses trousses une armée entière d'*abbati*, de *maestri*, d'*academici*, qui, ignorant sa véritable condition, le traitaient du plus insupportable, du plus incivil des amants, en lui reprochant de ne pas savoir se plier aux fantaisies de la *signora*. Après une scène de ce genre fort orageuse, Krespel s'était réfugié à la maison de campagne d'Angela, et il oubliait les tourments de la journée en improvisant sur son violon de Crémone. Mais, peu de temps après, la *signora*, qui l'avait suivi à la hâte, entra dans le salon. Elle était justement d'humeur à jouer la tendresse; elle vint, d'un œil doux et langoureux, embrasser le conseiller et puis reposa sa petite tête sur son épaule. Mais le conseiller, égaré dans le monde musical de ses accords, continuait à jouer de manière à faire résonner les murailles, et il arriva que sa main, armée de l'archet, toucha un peu rudement la *signora*. Elle se releva exaspérée: «*Bestia tedesca*[1]*!*» s'écria-t-elle; elle arracha le violon des mains du conseiller, et le brisa en mille morceaux sur le marbre de la table. Le conseiller resta un moment devant elle, tel qu'une statue, pétrifié; mais, se réveillant soudain comme d'un rêve, il saisit la *signora* avec une force d'Hercule, la jeta par la fenêtre de sa propre maison de campagne, et se sauva, sans s'inquiéter du reste, à Venise, et de là en Allemagne.

Ce ne fut que quelque temps après, qu'il comprit ce qu'il avait fait. Bien qu'il sût que la croisée était à peine à cinq pieds d'élévation du sol, et qu'il vit encore clairement la nécessité d'avoir jeté la *signora* par la fenêtre dans les circonstances susdites, il se sentait pourtant poursuivi d'une pénible inquiétude, d'autant plus que la *signora* lui avait donné à entendre, assez clairement, qu'elle avait l'espérance d'être mère. Il osait à peine prendre des informations, et sa surprise fut extrême, lorsque, environ huit mois après, il reçut de sa chère moitié une lettre des plus tendres, dans laquelle, sans faire la moindre allusion à l'événement de la maison de campagne, elle lui annonçait la naissance d'une charmante petite fille, suppliant ardemment le *marito amato e padre felicissimo* [5] de vouloir bien revenir au plus tôt à Venise. Krespel n'en fit rien, mais il s'enquit, auprès d'un ami intime, des détails circonstanciés de l'aventure, et il apprit que la *signora*, dans cette occasion, était tombée mollement sur l'herbe, légère comme un oiseau, et que sa chute, ou plutôt son essor par la fenêtre n'avait eu d'autre résultat qu'un contre-coup purement psychologique ou moral. La *signora*, en effet, après l'héroïque procédé de Krespel, parut comme métamorphosée; il n'y avait plus chez elle la moindre trace de ses idées bizarres, de ses humeurs et de ses emportements ; bref, le *maestro* [1], qui était à l'œuvre pour le prochain carnaval, était l'homme le plus heureux du monde, parce que la *signora* était prête à chanter ses airs sans les dix mille corrections, auxquelles il aurait été contraint de se prêter antérieurement. Du reste, on avait de bonnes raisons, ajoutait son ami, pour tenir soigneusement caché le secret de la cure pratiquée sur Angela, sans quoi il ne se passerait plus de jours qu'on ne fît voler par les fenêtres quelques cantatrices.

Le conseiller fut vivement ému, il commanda des chevaux et monta en voiture. « Halte ! s'écria-t-il tout à coup. — Comment ! murmura-t-il en lui-même, n'est-il pas démontré qu'aussitôt que je l'aborde, le malin esprit reprend son influence et sa domination sur Angela ? Après l'avoir déjà jetée par la fenêtre, que ferai-je maintenant en pareil cas ? quel parti me reste ! »

Il descendit de sa voiture, écrivit une lettre fort amicale à son épouse convalescente, la remerciant expressément des sentiments de tendresse qui la portaient à se glorifier, par-dessus tout, que la petite fille eût, ainsi que lui, une légère marque derrière l'oreille, et.... il resta en Allemagne. La correspondance continua avec une grande activité. Les assurances d'amour, les sollicitations, les plaintes sur l'absence de l'objet aimé, sur les désirs déçus, mille espérances, etc., etc., volaient et s'entrecroisaient de Venise à H...., et de H.... à Venise. Enfin Angela vint en Allemagne, et se distingua, comme on sait, dans l'emploi de *prima donna*, sur le grand théâtre de F.... Quoiqu'elle ne fût plus absolument jeune, elle ravissait tout le monde par le charme irrésistible de son rare et merveilleux talent. Sa voix n'avait rien perdu de sa puissance.

Cependant Antonie avait grandi, et sa mère ne pouvait se lasser d'écrire au conseiller qu'Antonie promettait d'être un jour une cantatrice du premier ordre. Ce présage était confirmé d'ailleurs à Krespel par ses amis de F...., qui l'engageaient à venir dans cette ville pour admirer la réunion de deux sublimes cantatrices. Ils ne se doutaient pas quels rapports intimes existaient entre le conseiller et ces deux femmes. Krespel aurait, de bien grand cœur, voulu voir en réalité sa fille qui lui était si chère, et dont l'image lui avait, plus d'une fois, apparu en songe; mais, dès qu'il pensait à sa femme, il se sentait tout troublé, et il finit par demeurer chez lui au milieu de ses violons démontés.

Vous aurez entendu parler du jeune compositeur B*** de F.... qui donnait de si grandes espérances, et qui nous priva tout-à-coup de ses productions, on ne sait pourquoi; peut-être l'avez-vous connu lui-même? — Eh bien, ce jeune homme devint éperdûment amoureux d'Antonie, et il proposa à sa mère, au cas où il serait payé de retour, d'approuver une union qui serait à la gloire et au profit de l'art. Angela avait donné son assentiment, et pour le conseiller, il consentait d'autant plus volontiers, que les compositions du jeune maître avaient trouvé grâce devant son jugement sévère. Krespel s'attendait à recevoir la nouvelle de la conclusion du mariage, quand il lui parvint, au contraire, une lettre cachetée de noir, dont l'adresse était écrite par une main étrangère.

Le docteur R*** annonçait au conseiller qu'Angela était tombée dangereusement malade des suites d'un refroidissement gagné sur le théâtre, et qu'elle avait succombé dans la nuit même qui précédait le jour fixé pour les noces d'Antonie. Le docteur ajoutait qu'Angela lui avait confié que Krespel était son mari et le père d'Antonie; il l'engageait donc à se hâter de recueillir la pauvre jeune fille. — Bien que le conseiller fût vivement ému de la mort d'Angela, bientôt après, il lui sembla que sa vie était délivrée d'un principe de trouble et de contrariétés, et qu'il commençait, de ce moment, à respirer à l'aise. Il partit le même jour pour F....

Vous ne sauriez croire de quelle manière saisissante le conseiller me décrivit sa première entrevue avec Antonie. Dans la bizarrerie même de ses expressions, éclatait une puissance singulière d'effet dramatique, dont je ne suis pas capable de vous donner seulement l'idée. — Toute l'amabilité, toute la grâce d'Angela étaient échues à Antonie, mais abstraction faite de l'ombre de ses défauts. Nulle part ne se trahissait la moindre trace du pied fourchu. Le jeune fiancé se trouvait présent. Antonie, par une inspiration délicate et une justesse d'à propos qui surprit son père, extraordinaire dans ses sentiments les plus intimes, se mit à chanter un des motets du vieux père Martini; elle savait qu'Angela chantait sans cesse cet air au conseiller dans les beaux jours de leurs amours. Krespel répandait des torrents de larmes; il n'avait jamais entendu chanter de la sorte, même Angela. Le timbre de la voix d'Antonie était tout particulier et étrange, il ressemblait tantôt au murmure de la harpe éolienne, tantôt au chant sonore du rossignol. Les tons en paraissaient ne pouvoir se développer dans l'espace trop étroit d'une poitrine humaine. Antonie rayonnante, brillant de plaisir et d'amour, chanta et rechanta tous ses plus beaux airs, et B*** jouait en même temps, comme l'enthousiasme seul peut en rendre capable. Krespel nageait d'abord dans le ravissement, puis il devint préoccupé, silencieux..., rêveur. Enfin, il se leva, pressa Antonie contre son cœur, et la conjurant à voix basse et étouffée : « Ne plus chanter, si tu m'aimes! dit-il, cela me fend le cœur; — j'ai peur... j'ai peur..., oh! ne chante plus!... »

« Non, disait le lendemain le conseiller au docteur R***, non! lorsque, pendant qu'elle chantait, deux taches d'un rouge vif se dessinèrent sur ses joues pâles, ce n'était plus une sotte ressemblance de famille...., c'était ce que je craignais. » — Le docteur, qui manifestait une vive inquiétude depuis le commencement de ce discours, répliqua : « Soit que cela provienne d'efforts trop précoces pour chanter, soit que la nature en soit la cause, Antonie est affectée d'un défaut organique dans la poitrine, et c'est précisément ce qui donne à sa voix cette portée prodigieuse et un son si extraordinaire, pour ainsi dire inadmissible dans la sphère du chant humain. Mais aussi sa mort prochaine en serait la conséquence; car, si elle continue à chanter, je lui donne, tout au plus, encore six mois à vivre. »

Le conseiller se sentit déchiré intérieurement comme par mille coups de poignard. Il lui semblait voir un bel arbre, qui se parait pour la première fois d'une floraison magnifique, condamné à être scié à sa racine pour ne plus reverdir jamais. Sa résolution était prise, il révéla tout à Antonie, et lui proposa le choix entre ces deux partis : ou s'unir à son fiancé et céder à ses séductions et à celles du monde pour mourir bientôt; ou bien vivre encore de longues années, si elle voulait assurer à son père, dans ses vieux jours, une paix et un bonheur dont il n'a jamais joui jusque là. Antonie se jeta en sanglottant dans les bras de son père, il n'exigea pas d'autre explication, prévoyant bien toute l'amertume des moments qui suivraient. Il parla à son fiancé; mais, en dépit des serments que fit celui-ci de ne jamais permettre qu'un son musical sortit de la bouche d'Antonie, le conseiller était persuadé que B***, lui-même, ne pourrait pas résister à la tentation d'entendre Antonie chanter au moins un air de sa composition. Et le monde d'ailleurs, quand même il eût été prévenu du sort réservé à Antonie, n'aurait sans doute pas renoncé à ses prétentions; car le public musical, pour ce qui touche à ses jouissances, est une espèce égoïste et cruelle.

Le conseiller disparut avec Antonie de F.... et vint à H..... Le jeune B*** apprit leur départ avec désespoir; il se mit sur leurs traces, rejoignit le conseiller et arriva à H..... à la même heure. — « Le voir une seule fois et puis mourir ! dit Antonie suppliante. — Mourir ! — mourir ! » s'écriait le conseiller dans un violent transport. Un frémissement glacial le faisait tressaillir. — Sa fille ! le seul être au monde qui enflammât son cœur d'une joie qu'il n'avait jamais goûtée, qui, seule, le réconciliait avec la vie, songer à s'arracher violemment de son cœur ! Alors il résolut de laisser l'atrocité se consommer. — B*** dut se mettre au piano : Antonie chanta, Krespel jouait gaiment du violon jusqu'à ce que les taches rouges apparurent sur les joues de sa fille. Il ordonna alors d'interrompre ; mais, quand B*** prit congé d'Antonie, elle tomba subitement en jetant un cri aigu. « Je crus, me dit Krespel, qu'ainsi que je l'avais prévu, elle était réellement morte, et, comme je m'étais volontairement résigné aux plus grands malheurs, je demeurai très-calme et mon sang-froid ne se démentit pas. Je saisis par les épaules B***, qui, dans son saisissement, avait l'air hébêté et stupide, et je lui dis : (Le conseiller prit son ton de voix chantant,) Puisque, selon votre désir et votre volonté, digne et estimable maître de clavecin, vous avez réellement tué votre chère fiancée, vous pouvez à présent partir tranquillement; à moins que vous ne daigniez attendre un peu, pour que je vous plonge dans le cœur ce brillant couteau de chasse, et pour que ma fille, qui, comme vous le voyez, pâlit excessivement, recouvre un peu de ses couleurs grâce à votre sang très-précieux. Courez donc bien vite, et je ne promets pas de ne point lancer après vous cependant quelque lame bien affilée ! — Il faut bien qu'en parlant ainsi, ajouta Krespel en me regardant, j'aie eu l'aspect tant soit peu effrayant, car il s'arracha de mes mains avec le cri de la plus extrême frayeur, et s'élança d'un bond au bas de l'escalier. »

Quand le conseiller, après la fuite de B***, songea à relever Antonie, étendue sans connaissance, elle ouvrit les yeux avec un profond soupir, puis ils se refermèrent aussitôt comme ceux d'une mourante; alors Krespel éclata en gémissements violents. Le médecin, mandé par la gouvernante, qualifia l'état d'Antonie d'accident grave, mais nullement dangereux, et en effet, elle se rétablit même plus promptement que le conseiller n'avait osé l'espérer. Elle voua alors à Krespel l'amour filial le plus ardent; elle entrait dans ses goûts, dans ses caprices, dans ses idées de prédilection; elle l'aidait à démonter de vieux violons et à en ajuster de neufs. « Je ne veux plus chanter, je veux vivre tout entière pour toi ! » disait-elle souvent à son père avec un gracieux sourire, lorsque quelqu'un l'avait prié de chanter et qu'elle avait refusé. Toutefois le conseiller tâchait d'éviter les occasions de ce genre autant que possible, ce qui motivait sa répugnance à paraître avec elle en société, et son attention à éviter tout prétexte de musique. Il comprenait quel douloureux sacrifice devait s'imposer Antonie pour renoncer entièrement à l'art quelle avait exercé à un si haut degré de perfection.

Quand le conseiller, après avoir acheté ce merveilleux violon qu'il enterra avec Antonie, se préparait à le démonter, Antonie le regarda tristement, et le suppliant avec douceur : « Celui-là aussi ? » dit-elle. — Le conseiller lui-même ne savait pas quelle puissance inconnue l'obligea à laisser ce violon intact et à vouloir l'essayer. A peine eut-il donné les premiers accords, qu'Antonie s'écria avec joie : « Ah ! mais c'est moi ! — je chante encore. » En effet, les sons de cet instrument, argentins et semblables au timbre des cloches, avaient un caractère tout spécial et miraculeux ; parfois ils semblaient émis par une poitrine humaine. Krespel fut attendri au dernier point ; il jouait bien mieux que jamais, et quand, dans certains passages hardis, il montait et descendait avec une vigueur incomparable et une profonde expression, Antonie battait des mains et s'écriait ravie : « Ah ! j'ai bien fait cela : j'ai bien fait cela ! » — Depuis cette époque, il y eut dans son existence un grand calme et une grande sérénité. Elle disait souvent au conseiller : « Je voudrais bien chanter quelque chose, mon père ! » Krespel alors détachait le violon du mur, et jouait les plus beaux airs affectionnés d'Antonie, qui en éprouvait un contentement intime et délicieux.

Peu de temps avant mon retour à H...., le conseiller crut entendre, une nuit, jouer sur son piano dans la chambre voisine, et bientôt il distingua évidemment que B*** préludait à sa manière habituelle. Il voulut se lever, mais un poids énorme l'oppressait, et, comme enchaîné dans des liens de fer, il était hors d'état de faire le moindre mouvement. Antonie commença alors à chanter d'une voix d'abord à peine perceptible, qui devint ensuite de plus en plus vibrante, jusqu'au fortissimo le plus bruyant. Enfin ces sons merveilleux vinrent à moduler cet air, si entraînant et si passionné, que B*** avait autrefois composé pour Antonie, tout-à-fait dans le bon vieux style des anciens maîtres. Krespel dépeint l'état où il se trouvait comme une chose inconcevable : car il ressentait à la fois une horrible angoisse mêlée à une joie ineffable. Tout à coup il se vit entouré d'une clarté éblouissante, et il vit au milieu d'elle B*** et Antonie se tenant embrassés et se regardant avec un mutuel ravissement. Les accords de l'ariette et l'accompagnement du piano continuèrent à résonner sans qu'Antonie chantât visiblement, ni que B*** mît la main au clavier. Alors le conseiller tomba dans une sorte de morne engourdissement, et tout s'effaça devant lui, le concert et l'apparition.

A son réveil l'impression terrible de ce rêve funeste l'agitait encore. Il se précipita dans la chambre d'Antonie : elle était couchée sur le sopha, les yeux fermés, les mains pieusement croisées, comme si elle dormait et qu'elle rêvât de voluptés célestes et infinies....

Mais elle était morte.

NOTES DU TRADUCTEUR.

[1] (Pag. 207.) Théodore est un membre du club des *Frères-Serapion*, que nous avons fait connaître au lecteur dans la notice sur Hoffmann. C'est dans ce personnage que l'auteur s'est personnifié davantage sous son propre prénom.

[2] (Pag. 223.) Pour exprimer son mépris contre ces compositeurs, où *maîtres de chapelle*, dont il fait la critique, Krespel dit que ce sont plutôt des esclaves (*schiavi*) des chefs d'emploi, d'un premier ténor (*primo uomo*), dont ils s'appliquent seulement à faire briller la voix aux dépens de la pureté du chant.

[3] (Pag. 227.) Allusion à une ancienne pratique qui consistait à rompre une verge en signe de condamnation.

[4] (Pag. 232.) C'est-à-dire : animal tudesque, ou Allemand brutal.

[5] (Pag. 233.) C'est-à-dire : l'époux chéri et le père bienheureux.

[6] (Pag. 234.) *Maestro*, compositeur de musique.

II
L'Homme
au
SABLE

BARBARA ROLLOFFIN.

En l'année mil cinq cent cinquante et une, on remarqua dans les rues de Berlin, surtout à l'heure du crépuscule et durant la nuit, un homme d'un extérieur distingué. Il portait un élégant pourpoint garni de zibeline, un haut-de-chausses très-ample et des souliers fendus dans toute leur longueur. Sa tête était couverte d'une belle barette en velours ornée d'une plume rouge.

Il avait des manières courtoises et prévenantes, saluant poliment tout le monde, mais particulièrement les dames et les demoiselles, à qui il adressait même des propos flatteurs et galamment tournés. Ainsi il disait aux dames de qualité : « Que votre grâce daigne transmettre ses ordres à son très-humble serviteur, et lui confier les souhaits de son âme, pour qu'il puisse employer ses faibles moyens à leur accomplissement. » Et s'il parlait aux demoiselles : « Que le ciel, disait-il, vous donne un époux vraiment digne de vos attraits et de vos vertus. »

Il se comportait avec autant de bienveillance à l'égard des hommes; il était donc peu surprenant qu'on aimât généralement l'étranger, et chacun s'empressait de venir à son aide quand il était arrêté près des larges ruisseaux de la ville, et embarrassé de les franchir. Car, quoiqu'il fût grand et bien fait, il boitait cependant d'un pied, ce qui l'obligeait à s'aider d'une canne; mais, quand quelqu'un lui tendait la main, il sautait alors avec lui à près de dix pieds de hauteur et retombait de l'autre côté, quelquefois à douze pas plus loin. Cela étonnait bien un peu les gens, et plus d'un empressé avait eu de la sorte la jambe foulée ou la cheville démise. Mais l'étranger s'excusait en disant qu'autrefois, avant d'être devenu boiteux, il avait été prévôt de la salle de danse à la cour du roi de Hongrie, et que par suite, dès qu'on aidait tant soit peu son élan, l'envie de danser encore s'emparait de lui et le forçait irrésistiblement à sauter de la sorte. On se contenta de cette explication, et même on finit par s'égayer à voir tantôt un magistrat, tantôt un pasteur ou quelqu'autre personne vénérable bondir de cette étrange façon au bras de l'étranger.

Il y avait pourtant de bizarres contradictions dans sa conduite. Ainsi parfois il parcourait nuitamment les rues et heurtait aux portes des maisons. Ceux qui ouvraient les leurs étaient saisis d'effroi en le voyant enveloppé de blancs linceuls, et poussant des gémissements pitoyables. Le lendemain il allait présenter ses excuses et prétendait obéir à la nécessité d'agir ainsi, tant pour se rappeler à lui-même que pour rappeler aux personnes pieuses que leurs corps étaient périssables et leurs âmes immortelles. En disant cela, il ne manquait pas de verser quelques larmes, ce qui touchait excessivement ses auditeurs.

L'étranger assistait à chaque convoi, suivant le corps d'un air révérencieux, et donnant les marques d'une affliction telle que ses gémissements et ses sanglots l'empêchaient de mêler sa voix aux cantiques religieux.

Mais autant il semblait en ces circonstances pénétré de chagrin et de pitié, autant il manifestait de plaisir et de joie aux noces des bourgeois, qui se célébraient alors en grande pompe à l'Hôtel-de-Ville. Il chantait toujours, avec non moins de vigueur que d'agrément, et en s'accompagnant sur la guitare, une foule de chansons des plus variées; et même il dansait pendant des heures entières avec la mariée et les demoiselles, sans se fatiguer, et dissimulant très-adroitement le défaut de sa jambe infirme. Il faisait paraitre d'ailleurs dans tout cela une décence et une modestie particulières. Mais, bien mieux, et ce qui rendait surtout agréable aux jeunes mariés la présence de l'étranger, c'est qu'il avait l'habitude d'offrir à chacun des deux époux des présents d'une grande richesse, comme des chaines et des boucles d'or, ou d'autres objets précieux.

La piété, les vertus, la libéralité et les mérites de l'étranger furent bientôt connus de toute la ville de Berlin, et, comme cela était immanquable, le bruit de sa réputation parvint aux oreilles de l'électeur. Celui-ci pensa qu'un homme aussi recommandable devait faire l'ornement de sa cour, et il lui fit demander s'il y accepterait volontiers un emploi.

Mais l'étranger lui écrivit en réponse, sur un parchemin portant une aune et demie en long et en large, et avec des caractères rouges comme le cinabre, qu'il le remerciait très-humblement de l'honneur qu'il voulait lui conférer, mais qu'il le suppliait, comme très-haut et très-puissant seigneur, de lui accorder la faveur de jouir librement de la vie paisible de bourgeois, qu'il affectionnait par-dessus tout; qu'il avait choisi le séjour de Berlin de préférence à bien d'autres villes, parce qu'il n'avait rencontré nulle part des hommes aussi aimables, autant de pureté et de loyauté dans les mœurs, ni un penchant à la franche gaîté aussi conforme à son humeur et à sa manière de vivre.

L'électeur et ses courtisans admirèrent l'élégance du style de la lettre de l'étranger, et cette affaire n'eut pas d'autres suites.

Mais il arriva, à la même époque, que la femme du conseiller Walter Lutkens devint enceinte pour la première fois. La vieille sage-femme, Barbara Rolloffin, prédit que la gracieuse dame, aussi belle que bien portante, accoucherait à coup sûr d'un joli petit garçon : cette douce espérance mit le comble à la joie de M. Walter Lutkens

L'étranger, qui avait figuré à la noce de M. Lutkens, était dans l'habitude de la visiter de temps à autre, et il arriva un jour, qu'étant survenu à l'improviste, il se rencontra justement avec la dame Barbara Rolloffin.

La vieille Barbara n'eut pas plus tôt aperçu l'étranger, qu'il lui échappa un cri de joie retentissant et prolongé. Les rides profondes de son visage parurent s'effacer tout-à-coup, ses lèvres et ses joues pâles s'animèrent d'un faible coloris ; enfin, elle semblait jouir d'un dernier reflet d'une jeunesse et d'une beauté congédiées depuis bien long-temps.

« Ah ! ah ! — s'écria-t-elle, est-ce réellement vous que je vois ici, messire ? daignez recevoir mes plus humbles salutations. » En même temps, Barbara Rolloffin se mit presque à genoux devant l'étranger. Celui-ci pourtant, dont les yeux projetaient des flammes, lui répondit d'un ton courroucé. Mais personne ne comprit ce qu'il dit à la vieille, qui, redevenue pâle et ridée, alla se réfugier dans un coin.

« Mon cher M. Lutkens, dit alors l'étranger au conseiller, prenez bien garde qu'il n'arrive un malheur chez vous, et veillez surtout à ce que l'accouchement de votre femme ait lieu sans accident. Il s'en faut que la vieille Barbara Rolloffin soit aussi habile dans sa profession que vous paraissez le supposer. Je la connais depuis long-temps, et je sais positivement qu'elle a plus d'une fois compromis l'accouchée et son enfant. »

Cette étrange scène avait frappé M. Lutkens et sa femme d'une certaine anxiété. Ils conçurent même le grave soupçon que Barbara Rolloffin s'adonnait à de pernicieuses pratiques, et ils ne pouvaient s'expliquer ses procédés singuliers envers l'étranger. En conséquence, ils lui défendirent de remettre les pieds sur le seuil de leur porte, et ils choisirent une autre sage-femme.

La vieille Barbara Rolloffin se mit sur cela dans une grande colère, et s'écria que M. Lutkens et sa femme se repentiraient amèrement de l'injustice dont ils la rendaient victime.

M. Lutkens vit toutes ses espérances détruites, et sa joie se changea en un chagrin mortel, quand, au lieu du joli garçon dont Barbara Rolloffin avait prophétisé la venue, sa femme mit au monde une créature horrible. Ce petit monstre avait la peau brune comme une châtaigne, de gros yeux saillants, point de nez, une paire de cornes, une bouche démesurée, une langue blanchâtre et contournée, et point de cou. Sa tête était adhérente entre les deux épaules. Son corps était gonflé et rugueux ; il avait des cuisses longues et maigres et des bras atteignant à peine ses reins.

M. Lutkens se désolait et se lamentait beaucoup. « Oh, juste ciel ! s'écria-t-il, à quoi faut-il s'attendre ? Cet enfant pourra-t-il jamais suivre les honorables traces de son père ? A-t on jamais vu un conseiller avec une peau de châtaigne et deux cornes sur la tête ? »

L'étranger consola de son mieux le pauvre M. Lutkens. « Une bonne éducation, disait-il, a beaucoup d'influence. » Et nonobstant la forme et la figure du nouveau-né, qui n'étaient guère orthodoxes à la vérité, il osait affirmer qu'à l'aide de ses gros yeux, il promenait autour de lui des regards très-intelligents, et qu'une large dose de sagesse trouverait sa place entre les deux cornes de son front. Si l'enfant ne pouvait devenir conseiller, il serait peut-être en révanche un savant profond, un docteur renommé, gens auxquels ne messied pas la laideur, qui leur procure, au contraire, plus de considération.

Il était bien naturel que M. Lutkens, au fond du cœur, attribuât son infortune à la vieille Barbara Rolloffin, surtout quand il sut que pendant l'accouchement de sa femme, elle était venue s'asseoir au seuil de sa maison, et lorsque madame Lutkens, en outre, lui assura, en fondant en pleurs, que pendant les douleurs de l'enfantement elle avait toujours eu devant les yeux le visage repoussant de la vieille Barbara, sans pouvoir se débarrasser de cette vision.

Les soupçons de M. Lutkens avaient trop peu de fondement pour motiver une accusation en justice; mais le ciel voulut que, peu de temps après, tous les crimes de la vieille Barbara Rolloffin fussent découverts.

Il arriva à cette époque, vers l'heure de midi, qu'un orage épouvantable éclata avec des tourbillons d'un vent impétueux; et, en présence des passants, Barbara Rolloffin, qui se rendait justement auprès d'une femme en couche, fut emportée par les airs avec un grand fracas, par-dessus les toits et les clochers; puis on la retrouva déposée, sans nul accident, au milieu d'une prairie hors de Berlin.

Dès-lors, il n'y eut plus moyen de douter des sortiléges malfaisants de la vieille Barbara Rolloffin;

M. Lutkens déposa sa plainte, et la vieille fut arrêtée et mise en prison. Mais elle nia d'abord tout obstinément jusqu'à ce qu'on l'appliquât à la question; alors, ne pouvant résister à l'excès de la douleur, elle avoua que depuis long-temps, et de concert avec le démon, elle avait pratiqué la magie et les maléfices, qu'elle avait positivement ensorcelé la pauvre madame Lutkens, et avait substitué un monstre affreux à l'enfant qu'elle portait dans son sein, mais qu'en outre elle avait plusieurs fois, avec deux autres sorcières de Blumberg, auxquelles le diable avait récemment tordu le cou, tué et fait bouillir des enfants catholiques, dans le but de provoquer la disette dans le pays.

D'après le jugement, qui ne se fit pas attendre, la vieille sorcière fut condamnée à être brûlée vive sur la place du Marché-Neuf.

Le jour de l'exécution arrivé, l'on conduisit la vieille Barbara, au milieu d'une foule immense, à la place du Marché, et on la fit monter sur le bûcher dressé à cet effet. On lui ordonna d'ôter la belle pelisse dont elle était revêtue, ce qu'elle refusa de faire, et si opiniâtrement que les valets du bourreau furent obligés de l'attacher au poteau dans cet accoutrement.

Déjà le bûcher s'enflammait aux quatre coins, quand on aperçut l'étranger qui dominait comme un géant toute la foule, et lançait du côté de la vieille des regards étincelants.

D'épais nuages de fumée s'élevaient déjà, et les flammes allaient atteindre les vêtements de la vieille...

Alors elle s'écria d'une voix perçante et terrible ! « Satan ! Satan ! est-ce ainsi que tu remplis le pacte que tu as signé avec moi ? Au secours, Satan ! au secours ! mon temps n'est pas encore fini ! »

Soudain l'étranger disparut : de la place qu'il occupait, une grande chauve-souris s'élança avec beaucoup de bruit au milieu des flammes, et s'éleva en criant dans les airs avec la pelisse de la vieille. Le bûcher s'écroula avec fracas et s'éteignit.

Le peuple était saisi d'effroi et de stupeur. Chacun vit clairement que le magnifique étranger n'avait été rien moins que le diable en personne.

Et l'on convint qu'il devait avoir médité de bien noirs projets contre les bons Berlinois, pour s'être si long-temps comporté avec tant de piété et de bienveillance, au point que sa fourberie maudite avait trompé M. le conseiller Walter Lutkens et maints autres hommes érudits, ainsi que beaucoup de femmes sages et honorables.

Tant est grande la puissance du diable, des piéges duquel nous préserve la grâce divine !

fus d'une destinée affreuse me menacent et m'enveloppent comme de sombres nuages impénétrables à tout rayon lumineux. — Enfin il faut que je te confie ce qui m'est arrivé, maintenant il le faut, je le vois bien ; mais, rien que d'y penser, il m'échappe un rire involontaire, comme si j'étais devenu fou. — Ah ! mon bon ami Lothaire ! comment vais-je m'y prendre pour que tu comprennes que ce qui m'est arrivé récemment a dû réellement jeter dans ma vie un trouble aussi funeste ? Si tu étais ici, tu pourrais te convaincre de ce que j'avance, tandis que tu vas sûrement me traiter de visionnaire radoteur. — Bref, l'événement épouvantable en question, et dont je m'efforce en vain d'atténuer l'impression mortelle, consiste uniquement en ce qu'il y a quelques jours, c'était le 20 octobre, à l'heure de midi, un marchand de baromètres entra dans ma chambre pour m'offrir de ses instruments. Je n'achetai rien, et le menaçai de le jeter par les escaliers ; sur quoi il s'éloigna de son plein gré. — Tu prévois bien que certains rapports tout particuliers et essentiels dans ma vie peuvent seuls donner à cette rencontre une signification raisonnable, et que la personne de cet odieux brocanteur doit avoir sur moi quelque influence bien pernicieuse. — Il en est ainsi effectivement. — Je vais me recueillir de tout mon pouvoir pour te raconter, avec calme et patience, certains détails de mon enfance que l'activité de ta pensée saura transformer en tableaux vivants et colorés.

» Je te vois déjà rire à cette lecture, et j'entends Clara s'écrier : « Mais ce sont de vrais enfantillages ! »

— Riez, je vous prie, moquez-vous de moi de tout votre cœur : je vous en conjure instamment ! — Mais, Dieu du ciel ! mes cheveux se dressent d'effroi, et il me semble que cette inspiration de solliciter vos railleries part d'un désespoir insensé, comme les prières que *Franz Moor* adresse à *Daniel* [1]... mais venons au fait.

» Enfants, ma sœur et moi, c'était fort rarement, hormis l'heure du dîner, que nous voyions mon père durant la journée ; il devait être fort occupé par ses affaires. Mais après le repas du soir, qui était servi à sept heures, suivant les vieux usages, nous allions, ainsi que ma mère, avec lui dans son cabinet de travail, et nous prenions tous place autour d'une table ronde.

» Mon père fumait, un grand verre de bière devant lui. Souvent il nous racontait beaucoup d'histoires merveilleuses, et avec un tel entraînement que sa pipe s'éteignait toujours. Alors, j'étais chargé de la rallumer avec du papier enflammé, ce qui m'amusait infiniment. Souvent aussi, il nous mettait dans les mains des livres d'images, et il restait assis dans son fauteuil, immobile et taciturne, en renvoyant des nuages de fumée qui nous enveloppaient tous comme d'un épais brouillard. Ces soirs-là, notre mère paraissait fort triste ; et à peine l'horloge sonnait-elle neuf heures : « Allons, enfants ! disait-elle, au lit, au lit ! voici l'homme au sable : je l'entends qui vient. » — Effectivement, j'entendais toujours alors dans l'escalier un bruit de pas qui semblaient monter pesamment et avec lenteur : ce devait être l'homme au sable. Une fois, ce bruit sourd et étrange m'ayant causé plus de frayeur qu'à l'ordinaire, je demandai à ma mère, pendant qu'elle nous emmenait : « Dis donc, maman, qui est donc ce méchant homme au sable qui nous chasse toujours de chez papa? quel air a-t-il? — Il n'y a point d'homme au sable, mon cher enfant, répondit ma mère ; quand je dis : Voici l'homme au sable! cela veut dire seulement : vous avez sommeil, et vous ne pouvez tenir les yeux ouverts, comme si l'on vous y avait jeté du sable. » — La réponse de ma mère ne me satisfit pas, et dans mon esprit d'enfant s'enracina la conviction que ma mère ne niait l'existence de l'homme au sable que pour nous empêcher d'en avoir peur ; car je l'entendais constamment monter l'escalier.

» Plein de curiosité d'apprendre quelque chose de plus précis sur cet homme au sable et sur ses rapports avec nous autres enfants, je demandai enfin à la vieille femme qui avait soin de ma petite sœur : « Quel homme c'était que l'homme au sable? — Ah, Thanel, répondit celle-ci, tu ne le sais pas encore? C'est un méchant homme qui vient trouver les enfants quand ils refusent d'aller au lit; alors il jette de grosses poignées de sable dans leurs yeux, qui sortent tout sanglants de la tête; puis il les enferme dans un sac, et les emporte dans la lune pour servir de pâture à ses petits, qui sont dans leur nid. Ceux-ci ont, comme les hiboux, des becs crochus avec lesquels ils mangent les yeux aux petits enfants qui ne sont pas sages. » — Dès ce moment, l'image du cruel homme au sable se peignit en moi sous un aspect horrible. Quand j'entendais le soir le bruit qu'il faisait en montant, je frissonnais de peur et d'angoisse. Ma mère ne pouvait tirer de moi que ce cri balbutié entre mes sanglots : « L'homme au sable! l'homme au sable!.... » Là dessus, je courais me réfugier dans la chambre à coucher, et durant toute la nuit, j'étais tourmenté par la terrible apparition de l'homme au sable.

» J'étais déjà devenu assez grand pour concevoir que le conte de la vieille bonne sur l'homme au sable et son nid d'enfants dans la lune pouvait bien n'être pas tout-à-fait fondé ; et cependant l'homme au sable resta pour moi un terrible fantôme, et j'étais saisi d'effroi, d'une secrète horreur, quand je l'entendais, non-seulement monter dans l'escalier, mais aussi ouvrir brusquement la porte du cabinet de mon père et la refermer. Quelquefois il restait plusieurs jours de suite sans venir, et puis ses visites se succédaient immédiatement. Ceci dura pendant plusieurs années, et je ne pus m'accoutumer à l'idée de ce revenant odieux ; l'image de ce terrible homme au sable ne pâlissait pas dans mon esprit : ses relations avec mon père vinrent occuper de plus en plus mon imagination. Quant à questionner mon père à ce sujet, j'étais retenu par une crainte invincible; mais pénétrer le secret par moi-même, voir de mes yeux le mystérieux homme au sable, l'envie en bouillonnait dans mon sein et ne fit que s'échauffer avec l'âge. — L'homme au sable m'avait entraîné dans la sphère du merveilleux, du fantastique, dont l'idée germe si facilement dans le cerveau des enfants.

Rien ne me plaisait davantage que d'entendre ou de lire des histoires effrayantes d'esprits, de sorcières, de nains, etc.; mais au-dessus de tout, dominait toujours l'homme au sable, que je dessinais avec de la craie ou du charbon sur les tables, sur les armoires, sur les murs, partout, sous les figures les plus singulières et les plus horribles.

» Lorsque j'eus atteint l'âge de dix ans, ma mère me retira de la chambre des enfants, et m'installa dans une petite pièce qui donnait sur un corridor, non loin du cabinet de mon père. Nous étions encore toujours tenus de nous retirer promptement, quand, au coup de neuf heures, l'inconnu se faisait entendre dans la maison. Je reconnaissais de ma petite chambre quand il entrait chez mon père, et bientôt après, il me semblait qu'une vapeur subtile et d'une odeur singulière se répandait dans les appartements. Avec la curiosité, je sentais s'accroître aussi en moi le courage de faire, d'une manière ou d'autre, la connaissance de l'homme au sable. Souvent je me glissai avec vitesse de ma chambre dans le corridor, après que ma mère s'était éloignée, mais sans rien pouvoir découvrir; car toujours l'homme au sable était entré lorsque j'atteignais la place d'où j'aurais pu le voir au passage. Enfin, cédant à une impulsion irrésistible, je résolus de me cacher dans la chambre même de mon père, et d'y attendre l'arrivée de l'homme au sable.

» Un jour, au silence de mon père et à la tristesse de ma mère, je pressentis que l'homme au sable viendrait; je prétextai donc une grande lassitude pour quitter la chambre un peu avant neuf heures, et je me cachai dans un coin tout près de la porte. Peu après, celle de la maison s'ouvrit en craquant, puis se referma. Un pas lourd, lent et sonore, traversa le vestibule, se dirigeant vers l'escalier. Ma mère passa rapidement avec ma sœur devant moi. — J'ouvris tout doucement la porte du cabinet de mon père. Il était assis comme d'habitude, silencieux et immobile, le dos tourné à la porte, et ne me remarqua pas. Je fus bientôt caché dans une armoire à porte-manteaux qui touchait à la porte, et fermée par un rideau seulement. Le bruit de la pesante démarche approchait de plus en plus. On entendait au dehors tousser, murmurer et traîner les pieds d'une façon étrange. Mon cœur palpitait de crainte et d'attente. — Derrière la porte un pas retentit : la sonnette est ébranlée violemment, la porte brusquement ouverte ! — Je m'enhardis non sans peine, et j'entrouve le rideau avec précaution. L'homme au sable est devant mon père, au milieu de la chambre, la clarté des flambeaux rayonne sur son visage ; — l'homme au sable, le terrible homme au sable, c'est.... le vieil avocat Coppelius, qui dîne quelquefois chez nous !

» Mais la figure la plus abominable n'aurait pu me causer une horreur plus profonde que ce même Coppelius. — Figure-toi un grand homme à larges épaules, avec une tête difforme de grosseur, un visage d'un jaune terreux, des sourcils gris très-épais sous lesquels brillent deux yeux de chat, verdâtres et perçants, avec un long nez recourbé sur la lèvre supérieure. Sa bouche de travers se contracte souvent d'un rire sardonique, alors apparaissent sur les pommettes de ses joues deux taches d'un rouge foncé, et un sifflement très-extraordinaire se fait passage à travers ses dents serrées. — Coppelius portait constamment un habit gris de cendre coupé à l'antique mode, la veste et la culotte pareilles, mais avec cela des bas noirs et des petites boucles à pierreries sur ses souliers. Sa petite perruque lui couvrait à peine le sommet de la tête, les rouleaux étaient loin d'atteindre à ses grandes oreilles rouges, et une large bourse cousue se détachait de sa nuque, laissant à découvert la boucle d'argent qui assujettissait sa cravate chiffonnée. — Toute sa personne, en un mot, était affreuse et repoussante. Mais ce qui nous déplaisait le plus en lui, à nous autres enfants, c'étaient ses gros poings osseux et velus, au point que nous ne voulions plus de ce qu'il avait touché de ses mains. Il s'en était aperçu, et ce fut alors une jouissance pour lui, quand notre bonne mère nous mettait à la dérobée sur notre assiette un morceau de gâteau ou quelque fruit confit, d'y porter la main sous quelque prétexte, de sorte que, les larmes aux yeux, nous rebutions de dégoût et d'horreur les friandises qui devaient nous combler d'aise. Il en faisait autant, lorsque notre père, aux jours de fête, nous avait versé un petit verre de vin sucré; il passait vite son poing par-dessus, ou même il portait parfois le verre à ses lèvres bleuâtres, et riait d'un air vraiment diabolique à voir notre répugnance muette et les sanglots étouffés qui manifestaient notre chagrin. En outre, il ne nous appelait jamais autrement que les petites bêtes; enfin, il nous était interdit de donner, en sa présence, le moindre signe de vie, et nous maudissions le vilain et méchant homme qui se complaisait avec calcul à empoisonner le moindre de nos plaisirs. Notre mère paraissait détester autant que nous le hideux Coppelius; car, dès qu'il se montrait, sa gaîté, ses manières franches et naïves faisaient place à une gravité triste et sombre. Pour notre père, il se conduisait à son égard comme si c'eût été un être supérieur, dont on dût supporter toutes les impolitesses, et qu'il fallût tâcher, à tout prix, de maintenir en bonne humeur. Aussi l'autre n'avait qu'à faire un léger signe, et ses plats de prédilection étaient aussitôt apprêtés, et les vins les plus précieux lui étaient servis.

» A la vue de ce Coppelius donc, il me vint l'affreuse et effrayante pensée que l'homme au sable n'était nul autre que lui; mais dans l'homme au sable je ne voyais plus cet épouvantail du conte de la nourrice arrachant aux enfants leurs yeux pour la becquée de son nid de hiboux dans la lune, — non, je voyais un méchant esprit de ténèbres qui, partout où il paraît, apporte le malheur, la ruine et le désespoir dans cette vie et pour l'éternité!

» J'étais complétement ensorcelé. — Dans le danger d'être découvert et, comme je le craignais, sévèrement puni, je me tins immobile, la tête en avant, regardant à travers le rideau. Mon père reçut Coppelius avec cérémonie. — « Allons, à l'œuvre! » s'écria celui-ci d'une voix rauque et ronflante en mettant son habit bas. Mon père, sans rien dire et d'un air soucieux, ôta sa robe de chambre, et tous deux s'affublèrent de longs et noirs sarreaux. Je remarquai d'où ils les avaient tirés. Mon père avait ouvert le battant d'une armoire pratiquée dans la muraille; mais je vis que ce que j'avais pris si long-temps pour un placard était, non pas une armoire, mais plutôt un enfoncement obscur dans lequel on avait pratiqué un petit fourneau.

» Coppelius s'approcha, et une flamme bleue s'éleva en pétillant au-dessus du foyer. Toutes sortes d'ustensiles étranges étaient épars çà et là. Ah, Dieu!.... lorsque mon vieux père se pencha sur ce fourneau, il avait une toute autre expression de figure. Il semblait qu'une douleur horrible et convulsive contractait ses traits doux et honnêtes en l'image repoussante et hideuse du diable; il ressemblait à Coppelius! Ce dernier brandissait des tenailles ardentes et retirait de l'épaisse vapeur des morceaux d'une matière brillante qu'il martelait ensuite assidûment. Je croyais à tout moment distinguer des visages humains, mais dépourvus d'yeux: à leur place d'affreuses cavités, noires, profondes. — « Des yeux ici, des yeux! » s'écria Coppelius d'une voix sourde et tonnante à la fois. — Saisi d'une indicible horreur, je jetai un cri perçant et je tombai de ma cachette sur le plancher. Soudain Coppelius me saisit: « Petite bête, petite bête! » s'écria-t-il en grinçant des dents; il me souleva et m'étendit sur le fourneau de telle façon que la flamme commençait à me brûler les cheveux. « A présent nous avons des yeux, — des yeux! — une belle paire d'yeux d'enfant! » Ainsi grommelait Coppelius, et il retirait avec ses mains du milieu des flammes des charbons ardents qu'il voulait me jeter sur les yeux. Mon père alors éleva ses mains suppliantes et s'écria : « Maître! maître! laisse les yeux de mon Nathanael, — laisse-les lui! » Coppelius se mit à rire d'une manière retentissante et s'écria : « Soit! que ce marmot garde ses yeux pour pleurer son pensum dans ce bas monde; mais au moins nous allons à cette heure bien observer le mécanisme des mains et des pieds. » A ces mots, il me saisit si rudement les membres que mes jointures en craquèrent, et qu'il me déboîta les pieds et les mains en les tournant tantôt d'un côté, tantôt d'un autre. « Ça n'est cependant pas aussi bien qu'avant. — Le vieux l'a compris! » disait Coppelius d'une voix sifflante. Mais tout devint autour de moi vague et obscur : une convulsion subite agitait mes nerfs et jusqu'à mes os; et puis, je ne sentis plus rien[1]. — Une haleine douce et chaude glissa sur mon visage : je sortis comme d'une léthargie; ma mère était penchée sur moi. « L'homme au sable est-il encore là? dis-je en bégayant. — Non, mon cher enfant! il est parti depuis long-temps, et il ne te fera aucun mal! » disait ma mère en embrassant et en caressant son bien-aimé rendu à la vie.

» Pourquoi te fatiguer, mon bon ami Lothaire! par un long récit de ces détails, quand il me reste encore tant de choses à te dire? Bref! — j'avais été découvert pendant que j'étais aux écoutes et maltraité par Coppelius. La terreur et l'angoisse m'avaient donné une fièvre ardente dont je fus malade durant plusieurs semaines. — « L'homme au sable est-il encore là ? » ce fut mon premier mot raisonnable et le signe de ma guérison et de mon salut. Je n'ai plus qu'à te raconter le plus affreux événement de mon jeune âge, et tu seras alors convaincu que ce n'est pas aveuglement de ma part, si tout aujourd'hui me semble décoloré ; mais qu'une fatalité mystérieuse a réellement étendu sur ma vie un voile de nuages sombres, auquel peut-être il ne me sera permis de me soustraire qu'en mourant !

» Coppelius ne se montra plus : on disait qu'il avait quitté la ville.

» Il pouvait s'être écoulé un an, lorsqu'un soir, suivant l'ancienne et immuable coutume, nous étions assis en cercle à la table ronde. Mon père était fort gai et nous faisait beaucoup de récits amusants des voyages qu'il avait entrepris dans sa jeunesse. Soudain, au coup de neuf heures, nous entendîmes la porte de la maison crier sur ses gonds, et des pas lents et pesants comme du fer retentir dans le vestibule, puis sur l'escalier. « C'est Coppelius ! dit ma mère en pâlissant. — Oui...., c'est Coppelius, » reprit mon père d'une voix sourde et cassée. Les larmes jaillirent des yeux de ma mère : « Mais, père, s'écria-t-elle, père ! faut-il donc qu'il en soit ainsi ? — C'est pour la dernière fois, répliqua-t-il, qu'il vient ici, je te le promets. Va, va-t-en avec les enfants ; allez ! — allez au lit. Bonne nuit ! »

» Il me semblait que j'avais la poitrine oppressée

sous des pierres froides et massives; — ma respiration était suspendue; — ma mère me saisit par le bras en me voyant demeurer immobile : « Viens, Nathanael, viens donc! » Je me laissai emmener, j'entrai dans la chambre. « Sois tranquille, sois tranquille, mets-toi au lit. — Dors! — dors! » me dit ma mère en s'éloignant. Mais, tourmenté d'une frayeur et d'une anxiété indéfinissables, je ne pus fermer l'œil. L'odieux, l'horrible Coppelius était devant moi avec des yeux étincelants et me souriait d'un air moqueur : je m'épuisais en vains efforts pour me délivrer de cette vision.... Il pouvait être à peu près minuit, lorsque se fit entendre un bruit terrible pareil à l'explosion d'une arme à feu. Toute la maison en retentit, quelqu'un passa bruyamment devant ma chambre, et puis la porte extérieure se ferma avec fracas. « C'est Coppelius! » m'écriai-je avec horreur, et je sautai hors de mon lit. J'entendis des cris déchirants de désespoir; je m'élançai dans la chambre de mon père, la porte était ouverte, une fumée étouffante me suffoqua en y entrant; la fille de service criait : « Ah, mon maître! mon maître!.... » Devant le foyer fumant, sur le plancher, mon père était étendu mort, la figure noire, brûlée, et les traits horriblement décomposés; à côté de lui, mes sœurs criaient et se lamentaient, ma mère était évanouie auprès d'elles. « Coppelius! Satan! scélérat! tu as tué mon père! » m'écriai-je et je perdis l'usage de mes sens. — Quand, le surlendemain, on mit mon père dans le cercueil, l'aspect de son visage était redevenu doux et bon, comme de son vivant.

Mon âme conçut la pensée consolante que, peut-être, son commerce avec le réprouvé Coppelius ne l'avait pas précipité dans la damnation éternelle.

» La détonation avait réveillé les voisins, l'événement devint public, et l'autorité informée voulut faire citer Coppelius comme responsable du fait ; mais il avait disparu de la ville sans laisser de traces.

» Quand tu sauras, mon bon ami Lothaire ! que ce marchand de baromètres était précisément l'infâme Coppelius, tu ne me reprocheras sans doute pas d'interpréter cette fâcheuse rencontre comme le présage de grands malheurs. Il était vêtu différemment, mais l'aspect de ce Coppelius et les moindres traits de son visage sont trop profondément gravés dans mon esprit pour qu'une méprise de ma part soit possible. En outre, Coppelius n'a pas même changé son nom; il se donne ici, à ce que j'ai appris, pour un mécanicien piémontais, et se fait appeler Giuseppe Coppola.

» Je suis déterminé à lui tenir tête, et à venger la mort de mon père, qu'il en résulte ce qu'il voudra.

» Ne dis rien à ma mère de l'apparition de l'affreux démon. — Salut à ma chère et charmante Clara ; je lui écrirai dans une disposition d'esprit plus calme. — Adieu. »

CLARA A NATHANAEL.

« Il est vrai que tu ne m'as pas écrit depuis bien long-temps; mais je crois néanmoins que tu me portes dans ton cœur et dans ta pensée; car je devais te préoccuper bien vivement, lorsqu'au moment d'expédier ta dernière lettre à mon frère Lothaire, tu y mis mon adresse au lieu de la sienne. J'ouvris la lettre avec joie, et je ne m'aperçus de l'erreur qu'à ces mots : « Ah ! mon bon ami Lothaire ! » — J'aurais dû alors ne pas continuer à lire et remettre la lettre à mon frère. Mais à toi qui m'as reproché maintes fois, dans nos taquineries d'enfants, d'avoir une âme tellement tranquille et un caractère de femme si posé, que, la maison menaçât-elle de crouler, je redresserais encore comme cette autre, avant de fuir, un faux pli dans les rideaux des croisées, j'ose à peine te certifier que le début de ta lettre m'avait profondément émue; je pouvais à peine respirer, j'avais des éblouissements. — Ah ! mon bien-aimé Nathanael ! que pouvait être ce qui influait sur ta vie d'une manière si terrible ? Ne plus te revoir, être séparée de toi ! cette idée me déchira le sein comme un coup de poignard. — Je continuai à lire. — Ta description de l'affreux Coppelius est effrayante. J'ignorais jusqu'à ce jour de quelle mort affreuse et violente était mort ton bon vieux père. Frère Lothaire, à qui je remis sa propriété, chercha à me rassurer, mais il n'y réussit guère. Le fatal marchand de baromètres, Giuseppe Coppola, me poursuivit tout un jour, et, j'en suis presque honteuse, mais il faut bien en convenir, mon sommeil même, toujours si franc et si paisible, fut troublé de milles rêves déraisonnables et de visions étranges. Bientôt pourtant, et dès le lendemain, je vis les choses sous un aspect plus naturel. Ne te fâche donc pas, mon bien-aimé, si tu apprenais par Lothaire, qu'en dépit de tes singuliers pressentiments sur la funeste influence de Coppelius, j'ai repris ma gaîté et ma sérénité d'esprit ordinaires.

» Je t'avouerai franchement qu'à mon avis tout le surnaturel et l'horrible dont tu fais mention, n'ont de fondement que dans ton imagination, et que la réalité des faits y a bien peu de part. Le vieux Coppelius devait être sans doute repoussant; mais on conçoit que son aversion pour les enfants vous inspira à votre âge, pour sa personne, un profond sentiment d'horreur. Alors le terrible homme au sable du conte de la nourrice se confondit dans ton esprit d'enfant avec le vieux Coppelius, et celui-ci resta à tes yeux, quoique tu ne crusses plus à l'homme au sable, un spectre diabolique pernicieux, surtout pour les enfants.

» Ses menées nocturnes et mystérieuses avec ton père n'avaient probablement d'autre but que des expériences alchimiques, auxquelles ils se livraient en commun. Ta mère ne pouvait en concevoir que du chagrin, puisque cela devait inévitablement absorber beaucoup d'argent sans profit, et qu'en outre, ainsi qu'il résulte toujours, dit-on, de ce genre de travaux, le cœur de ton père, adonné tout entier à ses idées spéculatives, y sacrifiait ses affections de famille. Il est presque certain que la mort de ton père est l'effet de sa propre imprudence, et que Coppelius n'en est pas responsable. Croirais-tu que j'ai interrogé hier l'apothicaire notre voisin, versé dans ces sortes de choses, pour savoir si les expériences chimiques pouvaient produire une explosion capable de donner ainsi la mort immédiatement ? « Oui, certainement, » m'a-t-il répondu, et il m'a décrit à sa manière, avec force détails et particularités, comment cela pouvait arriver, mêlant à ses explications tant de noms hétéroclites que pas un ne m'est resté dans la mémoire. — Tu prendras en pitié la pauvre Clara; je t'entends dire : « Cette âme de glace n'est accessible à aucune impression de l'élément mystérieux qui souvent entoure l'homme de ses rayons invisibles; elle ne voit du monde que la brillante superficie, et se réjouit comme l'enfant à l'aspect du fruit dont l'enveloppe dorée couvre et recèle un mortel poison. »

» Ah! mon bien-aimé Nathanael, crois-tu donc que le pressentiment d'une puissance inconnue, qui cherche à s'emparer de notre propre conscience à notre préjudice, ne puisse se révéler aussi aux âmes sereines, tranquilles et insouciantes? — Mais pardonne-moi si je m'avise, moi, simple fille, de vouloir me rendre compte de cette espèce de combat intérieur. — Je pourrais bien ne pas trouver toujours les mots convenables, et tu te moqueras, non pas d'une pensée peut-être absurde, mais de ma maladresse à l'exprimer.

» Existe-t-il une puissance occulte capable de prendre sur notre âme un ascendant tellement perfide et malfaisant, qu'il nous entraîne dans une voie périlleuse et de désastre, qui, sans cela, nous fût restée inconnue à jamais ?—Si cette puissance existe, il faut alors qu'elle s'assimile à nous-même, qu'elle devienne, pour ainsi dire, notre propre essence ; car ce n'est qu'ainsi que nous pouvons y ajouter foi, et la laisser maîtresse d'accomplir son œuvre mystérieuse. Mais si, doués d'un esprit assez fort et d'une conscience inflexible, nous apprécions constamment le maléfice d'une pareille influence, et si nous poursuivons d'un pas tranquille la route que nous ont tracée notre nature et nos inclinations ; alors cette puissance occulte succombe en de vains efforts pour nous susciter un ennemi sous l'apparence d'un fantôme à notre image. « Il est hors de doute, ajoute Lothaire, que cette puissance occulte matérielle, quand nous avons accepté son joug, fascine souvent notre imagination au sujet de certaines figures étrangères que nous rencontrons par hasard dans le monde extérieur, de telle sorte que, par une illusion magique, ces figures nous semblent animées d'un esprit, dont nous sommes nous-mêmes le véritable mobile. Ainsi notre propre image altérée, mais intimement unie au moi réel qu'elle tient sous sa dépendance, tantôt nous plonge au fond des enfers, tantôt nous ravit jusqu'aux cieux. » — Tu vois, mon bien-aimé Nathanael, que frère Lothaire et moi nous avons approfondi la théorie des puissances et des forces occultes, laquelle, depuis que j'en ai formulé, non sans peine, les points sommaires, me semble extrêmement ardue. Je ne comprends pas bien le dernier raisonnement de Lothaire, je ne fais que soupçonner ce qu'il pose en principe, et cependant il me semble vaguement que tout cela doit être absolument vrai.

» Je t'en supplie, chasse tout-à-fait de ta pensée le vilain avocat Coppelius et le marchand de baromètres Giuseppe Coppola. Sois persuadé que ces individualités étrangères n'ont aucune influence sur toi ; ce n'est que la croyance à leur fatalité qui peut, en effet, leur donner ce caractère à ton préjudice. Si chaque ligne de ta lettre ne portait l'empreinte de l'exaltation excessive de ton esprit, si ta situation ne m'affligeait pas jusqu'au fond de l'âme, en vérité, j'aurais beau jeu à plaisanter sur l'avocat au sable et sur le brocanteur en baromètres Coppelius. Tâche de te distraire; de la gaîté ! — Je me suis proposé de remplir l'office de ton génie protecteur, et si le vilain Coppola s'avisait de te tourmenter dans tes rêves, je compte le chasser sans répit par un grand éclat de rire; je n'ai pas la moindre frayeur de lui ni de ses poings velus, et l'avocat ne me gâterait pas plus une friandise, que l'homme au sable ne me fait craindre pour mes yeux.

» Pour toujours, mon bien-aimé Nathanael, etc. »

NATHANAEL A LOTHAIRE.

« Il m'est fort désagréable que Clara ait ouvert et lu ma dernière lettre, par suite d'une erreur dont ma distraction, il est vrai, est la seule cause. Elle m'a écrit une lettre sérieuse et philosophique dans laquelle elle établit longuement que Coppelius et Coppola n'existent point en réalité, et que ce sont des fantômes de mon imagination que je puis voir s'évanouir à mon gré par la simple réflexion. — On ne croirait pas, en effet, que l'esprit qui se reflète dans ces grands yeux de jeune fille, dont le sourire gracieux nous caresse comme l'image d'un rêve doux et charmant, on ne croirait pas, dis-je, que cet esprit puisse argumenter aussi judicieusement et aussi magistralement. Elle suit tes inspirations. Vous avez parlé de moi. Tu lui lis peut-être de gros traités de logique pour lui apprendre à bien peser et à débrouiller toutes choses? — Laissons cela! — Au reste, il est positif que le marchand de baromètres, Giuseppe Coppola, n'est nullement le vieux avocat Coppelius. Je suis les leçons du professeur de physique nouvellement arrivé ici, qui se nomme Spallanzani comme le célèbre physicien, et est aussi d'origine italienne. — Il connaît Coppola depuis plusieurs années déjà, et, d'ailleurs, on reconnait à la prononciation de celui-ci qu'il est vraiment Piémontais. Coppelius était Allemand, seulement je ne dis pas que ce fût un honnête Allemand. Je ne suis pas entièrement tranquillisé. Regardez-moi toujours, toi et Clara, comme un sombre rêveur; mais je ne puis me délivrer de l'impression qu'a produite sur moi la ressemblance maudite de Coppelius. Je suis content qu'il ait quitté la ville, comme Spallanzani me l'a appris. Ce professeur est un personnage singulier. C'est un petit homme tout rond, les os des joues et de la face très-prononcés, le nez fin, les lèvres déjetées et des petits yeux perçants. Mais tu peux en avoir une idée plus vraie que n'importe par quelle description, en regardant le *Cagliostro* de Chodowiecki dans je ne sais quel almanach de Berlin. C'est l'exact portrait de Spallanzani. — Dernièrement, je montais son escalier, je m'aperçois que le rideau d'une porte vitrée, soigneusement fermé d'ordinaire, laissait passer un petit jour sur le côté. Je ne sais comment j'eus la curiosité d'y appliquer l'œil. Une femme d'une taille élancée, et de la plus admirable conformation, vêtue magnifiquement, était assise dans cette chambre devant une petite table, sur laquelle elle appuyait ses deux bras, les mains croisées. Elle était placée vis-à-vis la porte, et je pus contempler l'angélique beauté de son visage. Mais elle, tournée vers moi, semblait ne pas me voir, ou plutôt ses yeux avaient je ne sais quel regard fixe, comme dénué, pour ainsi dire, d'aucune puissance de vision. Elle me faisait l'effet d'une personne qui dormirait les yeux ouverts. Je me sentis tout troublé, et je me glissai silencieusement dans la salle du cours, voisine de cet endroit. J'ai appris depuis que la *femme* en question était Olympie, la fille de Spallanzani, qu'il tient renfermée avec une rigueur brutale et extravagante, au point que personne absolument ne peut en approcher. — Après tout, il y a peut-être à cela quelque bon motif : peut-être est-elle imbécille, ou est-ce une autre raison.

» Mais à quoi bon t'écrire tant de bavardages? j'aurais pu te raconter tout cela plus en détail de vive voix. Apprends, en effet, que dans quinze jours je serai près de vous. J'ai besoin de revoir ma douce et chère figure d'ange, ma Clara! Alors se dissipera la fâcheuse disposition qui, je dois en convenir, voulait s'emparer de moi, après sa lettre étrange et si *positive*. — C'est ce qui m'empêche de lui écrire encore aujourd'hui.

» Mille saluts, etc., etc. »

On ne peut rien imaginer de plus extraordinaire et de plus surprenant que ce qui est arrivé à mon pauvre ami, le jeune étudiant Nathanael, et ce dont j'ai entrepris, bienveillant lecteur, de te faire le récit.

As-tu jamais ressenti, lecteur bénévole, une impression qui remplît entièrement ton sein, qui s'emparât de ton esprit et de ta pensée à l'exclusion de tout le reste? Alors tu palpitais et frémissais intérieurement, ton sang enflammé parcourait tes veines en bouillonnant et colorait plus ardemment tes joues; de tes yeux jaillissaient des regards étranges comme si tu voulais embrasser dans l'espace des figures invisibles à tout autre, et les paroles s'échappaient en soupirs inarticulés. — Aux questions de tes amis alarmés : Qu'éprouvez-vous donc, mon estimable ami ?—qu'avez-vous, mon cher ? Si tu voulais répondre, et définir ta sensation intime avec ses vives couleurs, ses ombres et ses clartés ; en t'efforçant de trouver des termes pour t'exprimer, il te semblait que, du premier mot, tu allais évoquer toute la magie splendide, horrifique, épouvantable ou joyeuse qui te possédait, de manière à saisir tout le monde comme par une secousse électrique : et cependant pas une parole, pas une des ressources du langage qui ne te parût décolorée, inerte et impuissante. Tu cherches, tu hésites, tu bégayes, tu balbuties....; et les propos de tes amis, dans leur sang-froid, tombent comme un souffle glacial sur la flamme qui te consume et finissent par l'éteindre tout-à-fait. — Mais si tu avais d'abord, à l'instar d'un peintre hardi, fixé en quelques traits grandioses l'ébauche de ton tableau imaginaire, alors il te devenait facile de le colorer graduellement des tons les plus vigoureux ; et tes amis, émus à l'aspect de tant de figures variées et vivantes, partageaient avec toi l'illusion et le charme de ce spectacle créé par ton imagination !

A dire vrai, et je dois te l'avouer, lecteur bénévole ! personne ne m'a questionné sur l'histoire du jeune Nathanael. Mais tu n'ignores pas que j'appartiens à l'espèce singulière des auteurs, qui ne se voient nantis du moindre document semblable à ce que je viens d'exposer, sans s'imaginer que tous ceux qui les approchent, que le monde entier même les sollicite en leur disant : « Qu'est-ce donc, mon cher? oh! racontez-nous cela. » — J'ai donc ressenti une violente démangeaison de t'entretenir de l'histoire extraordinaire de Nathanael. J'avais l'âme remplie de ce que sa vie présente d'étrange et de fatal. Mais c'est précisément à cause de cela, et, en outre, parce qu'il fallait te préparer, cher lecteur, à écouter du merveilleux, ce qui n'est pas peu de chose, que je me suis tourmenté l'esprit pour trouver à l'histoire de Nathanael un début remarquable, original, saisissant! — « Il y avait une fois.... : » Le plus beau commencement de tout récit, mais un peu fade. — « Dans la petite ville de province de S*** vivait.... : » Pas trop mal, au moins c'est mettre d'abord au fait du lieu de la scène. — Ou bien tout de suite, *medias in res* : « Allez-vous en au diable! s'écria l'étudiant Nathanael, la fureur et l'effroi peints dans ses regards farouches, quand le marchand de baromètres Giuseppe Coppola... » Ceci, je l'avais effectivement déjà écrit, lorsque je crus apercevoir dans les regards farouches de l'étudiant Nathanael quelque chose de burlesque, et l'histoire n'est pourtant nullement plaisante. Bref, il ne me venait à l'esprit aucune tournure de phrase qui me parût réfléchir le moins du monde, l'éclatant coloris du tableau que j'imaginais en moi-même. Je pris le parti de ne pas commencer du tout. — Accepte donc, lecteur bénévole, les trois lettres que mon ami Lothaire a eu la bonté de me communiquer pour l'esquisse dudit tableau, que je m'efforcerai, dans le cours du récit, d'animer de touches de plus en plus vigoureuses.

Peut-être réussirai-je, ainsi qu'un bon peintre de portraits, à vivifier si bien quelque figure, que tu la trouves ressemblante sans en connaître l'original, et que tu t'imagines même avoir vu souvent le modèle de tes propres yeux. Peut-être alors, cher lecteur, en viendras-tu à croire que la vie réelle est pleine de merveilleux et de fantastique, et que le poète n'en peut saisir les rapports secrets que comme les reflets obscurs d'une glace dépolie.

Pour compléter les premiers éclaircissements nécessaires à l'intelligence de cette histoire, il faut ajouter aux lettres précédentes que, peu de temps après la mort du père de Nathanael, Clara et Lothaire, enfants d'un parent éloigné, dont la mort également récente les avait laissés orphelins, furent recueillis par la mère de Nathanael dans sa propre maison. Clara et Nathanael éprouvèrent, l'un pour l'autre, un vif penchant auquel personne au monde n'avait rien à objecter. Ils étaient, en conséquence, *promis* ou fiancés, lorsque Nathanael s'absenta pour continuer ses études à G***, où il est en ce moment, et où il suit les cours du professeur de physique Spallanzani.

Je pourrais donc maintenant continuer tranquillement mon récit; mais voici l'image de Clara qui surgit devant moi d'une manière si frappante que je ne puis en détourner les yeux, ce qui ne manque pas d'arriver chaque fois qu'elle m'adresse un de ses sourires enchanteurs. — Clara ne pouvait certainement passer pour belle, tous les experts et connaisseurs en cette matière s'accordaient à le dire. Cependant les architectes vantaient les élégantes proportions de sa taille, les peintres ne savaient reprocher à ses épaules, à son cou et à sa poitrine qu'un excès de chasteté dans les formes; mais ils s'extasiaient d'une commune voix sur sa magnifique chevelure de Madeleine, et extravaguaient à qui mieux mieux sur le coloris de sa peau digne de Battoni [1]. L'un d'eux, entr'autres, un véritable enthousiaste, établit un jour une comparaison bizarre entre les yeux de Clara et un lac de Ruisdael, où se réfléchit le pur azur d'un ciel sans nuages, le bois et la plaine fleurie, tout l'aspect vivant et coloré d'un riant et frais paysage. Les poëtes et les compositeurs renchérissaient encore et disaient : « Quoi, lac ! — quoi, miroir ! pouvons-nous jeter un seul regard sur cette jeune fille, sans être frappés des accents célestes, des mélodies merveilleuses qui rayonnent dans ses yeux et qui nous pénètrent si profondément que tout notre être en est ému et inspiré? Si nous ne faisons rien de vraiment beau, c'est qu'en général nous ne valons pas grand'chose, et nous en lisons clairement aussi le pronostic dans ce fin sourire qui voltige sur les lèvres de Clara, quand nous avons l'impertinence de lui rabâcher de ces lieux communs qu'on a la prétention d'appeler de la musique ou de la poésie, bien que ce ne soit qu'un vain assemblage de sons vides et confus. »

C'était la vérité en effet. Clara avait l'imagination vive et féconde d'un enfant joyeux et naïf, une âme de femme sensible et tendre, et une raison pleine de lucidité et de pénétration. Les rêves-creux et les esprits romanesques avaient mauvais jeu auprès d'elle; car, sans beaucoup de paroles, ce qui eût été en désaccord avec la quiétude naturelle de Clara, son regard clair et son sourire plein d'une finesse ironique semblaient dire : Mes chers amis! comment pouvez-vous prétendre me faire considérer comme des figures réelles douées de la vie et du mouvement, vos fantômes passagers et vaporeux?... Cette manière de voir suscita à Clara plus d'une accusation de prosaïsme, de froideur et d'insensibilité, tandis que d'autres, envisageant la vie sous l'image d'une eau non moins limpide que profonde, admiraient ce sens judicieux allié à tant de naïveté, et ressentaient pour la jeune fille l'affection la plus vive. Mais personne ne l'aimait au même degré que Nathanael, adonné aux sciences et aux arts avec autant de succès que d'application et de zèle. — Clara avait voué un attachement absolu au bien-aimé de son cœur. Le moment de leur séparation avait seul amené quelques nuages sur leur vie commune. Avec quel ravissement elle vola dans ses bras quand, rendu à sa ville natale conformément aux termes de sa dernière lettre à Lothaire, il parut tout-à-coup dans la chambre de sa mère! La prévision de Nathanael se réalisa. Car, à l'instant où il revit Clara, il ne pensa plus ni à l'avocat Coppelius, ni au *positif* de la lettre tant reprochée à Clara; toute rancune s'était évanouie.

Il avait cependant raison Nathanael, quand il écrivait à son ami Lothaire que l'apparition et la figure antipathique du marchand de baromètres avaient jeté dans sa vie le trouble le plus funeste. Tous le sentirent, dès les premiers jours, au changement total survenu dans son caractère. Il tombait à chaque instant dans de sombres rêveries, et devint bientôt d'une singularité d'humeur complètement opposée à son naturel. Tout, et la vie elle-même, se transformait pour lui en rêves et en pressentiments ; il répétait sans cesse que l'homme, qui se croyait libre, n'était qu'un jouet soumis aux cruels caprices des puissances occultes, qu'on se révoltait en vain contre elles, qu'il fallait humblement subir les arrêts de la fatalité. Il allait jusqu'à soutenir que c'était une folie que de croire à la force de notre volonté spontanée pour cultiver avec fruit les sciences et les arts ; car, disait-il, l'inspiration sans laquelle on ne réussit à rien, n'a pas son origine en nous, mais est due à l'influence d'un principe étranger qui nous est supérieur.

Cette rêverie mystique déplaisait infiniment à la raisonnable Clara ; mais il lui semblait que ce serait une peine perdue que de s'engager en contradictions avec lui. Cependant lorsque Nathanael voulut prouver un jour que Coppelius était le mauvais génie qui s'était insinué en lui au moment où il écoutait derrière le rideau, et que ce démon malfaisant troublerait d'affreuse manière le bonheur de leurs amours, cette fois Clara devint très-sérieuse et dit : « Oui, Nathanael ! tu as raison : Coppelius est un principe nuisible et malfaisant, il peut comme un génie infernal qui disposerait visiblement de notre vie, causer d'horribles résultats, mais seulement dans le cas où tu renoncerais à le bannir de ton esprit et de ta pensée. Tant que tu y crois, il est et il agit ; ta croyance seule fait sa puissance ! »

Irrité que Clara persistât à n'attribuer l'existence de son démon qu'à une prévention d'esprit, Nathanael se disposait à développer toute la théorie mystérieuse des puissances malignes et diaboliques. Mais Clara l'interrompit avec un chagrin concentré, et sur un prétexte indifférent; ce qui porta au comble le dépit de Nathanael. Il pensa que des secrets de cette profondeur étaient impénétrables pour les âmes froides et insensibles, sans s'avouer positivement qu'il rangeait sa Clara au nombre de ces natures inférieures, et, en conséquence, il continua ses tentatives pour l'initier à ces révélations. Le matin de bonne heure, pendant que Clara surveillait les préparatifs du déjeuner, il était près d'elle et lui lisait toutes sortes de livres mystiques, si bien que Clara se prit à lui dire : « Mais, cher Nathanael, si je voulais maintenant t'accuser d'être le mauvais principe qui agit hostilement sur mon café? car si, comme tu l'exiges, je dois ne m'occuper de rien et te regarder en face, toute la durée de ta lecture, le café se répandra dans les cendres, et adieu votre déjeuner ! »

Nathanael ferma brusquement son livre, et courut plein d'humeur se renfermer dans sa chambre. Il avait possédé autrefois un talent particulier pour composer des narrations spirituelles et gracieuses qu'il mettait par écrit, et que Clara écoutait constamment avec le plus vif plaisir. Mais à cette heure ses essais dans ce genre étaient toujours sombres et inintelligibles, presqu'informes, et il sentait bien, lors même que Clara pour l'épargner s'abstenait de donner son avis, qu'elles étaient loin de l'intéresser. En effet, rien n'agissait plus mortellement sur Clara que l'ennui. Dans son regard et dans sa parole se lisait alors un assoupissement intellectuel invincible. Et les compositions de Nathanael étaient réellement fort ennuyeuses. Sa mauvaise humeur contre l'âme prosaïque et froide de Clara s'accrut de jour en jour; Clara de son côté ne pouvait surmonter la sienne contre le mysticisme obscur, sombre et fastidieux de Nathanael; leurs cœurs s'éloignaient ainsi l'un de l'autre insensiblement, et sans qu'ils y prissent garde.

Nathanael était obligé de s'avouer à lui-même que l'image de l'affreux Coppelius avait pâli dans son imagination, et souvent il avait de la peine à la revêtir de couleurs bien vives dans ses essais de poésie, où il faisait jouer à son fantôme le rôle d'un destin pernicieux. Cependant il lui vint à l'esprit de composer un poëme sur la sombre intervention que ses pressentiments attribuaient à Coppelius dans ses amours. Il se représenta, lui et Clara, unis d'une tendresse pure et constante. Mais par intervalles, une influence funeste apparaissait pour les priver de quelque bonheur prêt à s'offrir à eux. Enfin, au moment où ils marchent ensemble à l'autel, le terrible Coppelius se montre, et touche de sa main hideuse les yeux charmants de Clara; aussitôt ils sortent de leur orbite et, comme des charbons rouges et embrasés, tombent sur la poitrine de Nathanael : Coppelius alors le saisit et l'entraîne dans un cercle de feu qui tourbillonne, siffle, mugit et l'emporte avec la vitesse de l'ouragan ; c'est un fracas pareil à celui des vagues de l'Océan, soulevées par la tempête en fureur et entrechoquant leurs cimes écumeuses comme de noirs géants à la tête chenue. Mais au travers de ce désordre sauvage la voix de Clara se fait entendre : — « Me voici ! qui t'empêche donc de me voir ? Coppelius t'a abusé : ce n'étaient pas mes yeux qui brûlaient ainsi ton sein, mais des gouttes ardentes du sang de ton propre cœur ; j'ai mes yeux, regarde-moi donc ! — Nathanael se dit : Oui, c'est bien Clara et je veux être éternellement à elle. » — Alors, comme subitement arrêté par la force de sa pensée, le cercle enflammé se dissipe et tout le fracas se perd sourdement dans les noirs abîmes. Nathanael cherche à lire dans les yeux de Clara, mais c'est la mort qui est devant lui et qui le regarde, avec les yeux de Clara, d'un air de tendresse.

Nathanael s'occupa de cette composition avec beaucoup de calme et de réflexion. Il retouchait et corrigeait chaque passage, et, comme il s'était astreint à une mesure de strophes, il n'eut pas de repos jusqu'à ce que tout fût bien d'accord, châtié et ronflant. Pourtant, lorsqu'il eut achevé sa tâche et qu'il relut tout seul son poème à haute voix, il fut saisi d'épouvante et d'horreur, et il s'écria : « Qui prononce ces affreux accents ! » — Et puis, bientôt après, il envisagea encore son ouvrage comme un simple travail d'esprit où il avait réussi, et qu'il se persuada être de nature à embraser l'âme froide de

Clara. Mais il ne se rendit pas compte bien clairement des résultats de cette impression préméditée, ni de l'utilité de la tourmenter par ces images horribles, présageant la ruine et la destruction à son paisible amour.

Tous deux étaient assis dans le petit jardin de la mère de Nathanael. Clara était très-gaie, parce que depuis trois jours, consacrés par Nathanael à parfaire son œuvre, il ne l'avait pas poursuivie de ses rêves et de ses prévisions sinistres. Nathanael lui-même parlait avec vivacité et d'un air content de choses plaisantes, et Clara lui dit : « Ah ! c'est à présent que je te retrouve tout entier. vois-tu bien comme nous avons chassé loin de nous le vilain Coppelius ? » Ce ne fut qu'alors que Nathanael se souvint de son poème et de sa résolution de le lire à Clara. Il en rassembla aussitôt les feuillets et commença sa lecture. Clara prévoyant quelque chose d'ennuyeux comme à l'ordinaire, et, se résignant, se mit à tricoter tranquillement. Mais aux images de plus en plus sombres qui s'accumulaient devant elle, elle laissa tomber ses aiguilles et tint ses regards fixés sur les yeux de Nathanael. Celui-ci était dominé tout entier par sa poésie, le feu qui l'embrasait colorait ses joues d'une vive rougeur, les larmes coulaient de ses yeux. Enfin sa lecture achevée, profondément accablé et gémissant, il saisit la main de Clara, et avec l'impression d'un désespoir inconsolable : « Ah ! s'écria-t-il, Clara ! — Clara ! »

Clara le pressa tendrement contre son sein, et dit avec douceur, mais lentement et du ton le plus sérieux : « Nathanael ! — mon bien-aimé Nathanaël ! — ce poème insensé...., extravagant...., ridicule, jette-le au feu ! » A ces mots, Nathanael se leva furieux et s'écria en repoussant Clara : « Automate inanimé ! automate maudit ! » et il s'enfuit en courant. Clara blessée si profondément répandit des larmes brûlantes. « Hélas ! disait-elle, il ne m'a jamais aimée, car il ne me comprend pas. » Et elle continuait de sangloter amèrement.

Lothaire entra sous le berceau, il fallut que Clara lui racontât ce qui s'était passé. Il aimait sa sœur de toute son âme, et chaque mot de ses plaintes lui entrait dans le cœur comme un coup de poignard; il sentit alors se changer en une violente colère l'humeur que lui inspiraient depuis long-temps les rêveries de Nathanael. Il courut le trouver, et lui reprocha sa conduite à l'égard de sa sœur chérie, en termes courroucés, auxquels le bouillant Nathanael répondit sur le même ton. Traité de fat extravagant et maniaque, l'un rabaissa l'autre comme un pauvre homme du commun de la foule. Le duel était inévitable. Ils convinrent de se battre le matin suivant, derrière les murs du jardin, avec des espadons bien aiguisés suivant l'usage universitaire du pays. Ils rôdaient muets et agités dans la maison. Clara avait entendu leur violente querelle et avait vu sur la brune le maître d'armes apporter les rapières. Elle comprit ce qui allait arriver. Parvenus sur le lieu du combat, Lothaire et Nathanaël également sombres et silencieux avaient mis leurs habits bas, et, les yeux enflammés d'une ardeur sanguinaire, ils étaient près d'en venir aux mains, lorsque Clara se précipita entre eux deux : « Hommes féroces et détestables ! s'écria-t-elle en sanglottant, percez-moi le sein du moins avant ce combat, car y pourrais-je survivre quand l'amant aura tué le frère, ou le frère l'amant ! » — Lothaire laissa tomber son arme et tenait ses regards baissés vers la terre ; mais Nathanael sentit se réveiller dans son cœur, avec une émotion déchirante, tout son amour pour la charmante Clara, tel qu'aux plus beaux jours de son heureuse jeunesse. Le fer meurtrier s'échappa de sa main, il tomba aux pieds de Clara. « Pourras-tu me pardonner jamais, ma bien-aimée Clara !.... Peux-tu me pardonner Lothaire, mon frère bien-aimé ! » — Lothaire fut touché de la profonde douleur de son ami. Tous trois scellèrent leur réconciliation par des embrassements mêlés de larmes, et ils jurèrent de rester désormais unis d'une affection constante et inviolable.

Il semblait à Nathanael qu'il fût délivré d'un poids bien lourd qui l'avait écrasé jusqu'alors, il lui semblait que sa résistance à l'oppression de la puissance occulte qui l'obsédait avait sauvé tout son être d'une ruine imminente. Il passa encore trois jours pleins de bonheur auprès de ses amis, puis il retourna à G*** où il se proposait de rester encore une année, pour revenir ensuite se fixer à jamais dans sa ville natale.

On avait caché à la mère de Nathanael tout ce qui avait rapport à Coppelius ; car on savait qu'elle ne pouvait penser à lui sans horreur, parce qu'ainsi la mort de son mari.

Quelle fut la surprise de Nathanael, quand, de retour à G***, voulant rentrer dans sa demeure, il vit que la maison avait été totalement consumée par les flammes, et que des pans de mur noircis s'élevaient seuls au-dessus des décombres ! Cependant, et quoique l'incendie se fût développé de bas en haut, le feu ayant pris dans le laboratoire d'un apothicaire logé au rez-de-chaussée, les amis de Nathanael, pleins de zèle et d'audace, avaient réussi à pénétrer dans sa chambre située à l'étage supérieur, assez à temps pour sauver ses papiers, ses livres et ses instruments. Ils avaient réuni ces objets dans une autre chambre qu'ils louèrent au nom de Nathanael, et que celui-ci alla occuper.

Il se trouva logé, sans y attacher nulle importance, vis-à-vis du professeur Spallanzani, et s'aperçut, avec la même indifférence, que de sa fenêtre il dominait la chambre où Olympie était souvent assise seule, et placée de manière à ce qu'il pût exactement reconnaître sa personne, quoique les traits de son visage parussent indistincts et confus. Il finit pourtant par être frappé de voir Olympie rester fréquemment assise, durant des heures entières, sans la moindre occupation, devant la petite table et dans la même position où il l'avait déjà vue à travers la porte vitrée, et regardant positivement de son côté d'un œil fixe et stable ; il s'avoua également que jamais il n'avait vu taille de femme plus admirable; mais cependant, le cœur plein de l'image de Clara, il resta tout-à-fait insensible à l'aspect de la raide et immobile Olympie. Aussi ce n'était que par hasard qu'il jetait un regard passager, par-dessus son cahier de travail, vers la belle statue, et rien de plus.

Il écrivait précisément à Clara lorsqu'on frappa doucement à sa porte; elle s'ouvrit sur son invitation, et la figure repoussante de Coppola s'avança dans la chambre. Nathanael frémit involontairement; mais, se rappelant les renseignements de Spallanzani sur son compatriote Coppola, et, en outre, ses promesses solennelles à Clara relativement à l'homme au sable Coppelius, il eut honte de sa crainte puérile et superstitieuse; il rassembla ses esprits, et d'une voix aussi douce et aussi tranquille que possible : « Je n'achète point de baromètres, dit-il, mon cher! vous pouvez vous retirer. » Mais alors Coppola entra tout-à-fait dans la chambre, et, sa grande bouche contractée simulant un affreux sourire, ses petits yeux perçants étincelant sous ses longs cils gris, il dit d'une voix rauque : « Oh! non baromètres, non baromètres! — avoir aussi de beaux yeux, — *belli occhi!* » Saisi d'effroi, Nathanael s'écria : « Homme aliéné! comment peux-tu avoir des yeux? — des yeux, des yeux! » — Mais en moins d'un instant, Coppola s'était débarrassé de ses baromètres, il mit les mains dans les larges basques de son habit, et en tira des lunettes et des conserves qu'il posa sur la table. — « Eh bien donc! eh bien, des lounettes, — des lounettes pour mettre *sul naso,* voilà mes yeux à moi, — *belli occhi, Signor!* » Et il sortait lunettes sur lunettes, si bien que toute la table commença à rayonner et à scintiller d'une singulière façon. Nathanael voyait des milliers d'yeux croiser sur lui leurs regards et s'agiter convulsivement, mais sans pouvoir détourner sa vue de cet aspect; et Coppola déposait toujours plus de lunettes sur la table, et de nouveaux yeux étincelants lançaient des éclairs de plus en plus redoutables sur Nathanael, qui sentait leurs rayons d'un rouge de sang pénétrer ardemment dans sa poitrine. Excédé de cette terreur insensée, il s'écria : « Arrête! arrête, homme enragé! » — Il saisit en même temps par le bras Coppola, qui portait de nouveau la main à ses poches pour en sortir encore d'autres lunettes, quoique la table en fût déjà toute couverte. Coppola dégagea doucement son bras avec un rire sourd et déplaisant, et dit : « Ah! — rien pour vous? — *ma* ici souperbes verres! » — Il avait ramassé et empoché toutes ses lunettes, et il tira de la poche latérale de son habit force lorgnettes de toutes les dimensions.

Dès que les lunettes eurent disparu, Nathanael redevint tout-à-fait calme, et en pensant à Clara, il vit bien que cette illusion de sorcellerie n'avait de fondement que dans son esprit, et que Coppola ne pouvait être qu'un simple mécanicien, un honnête opticien, et nullement un odieux fantôme ni le ménechme de Coppelius. D'ailleurs tous les verres que Coppola venait d'étaler de nouveau sur la table n'offraient rien d'extraordinaire ni aucune fascination diabolique comparable à celle des lunettes. Aussi Nathanael résolut, par forme de réparation, d'acheter effectivement quelque chose à Coppola. Il prit une petite lorgnette de poche très-artistement travaillée, et alla pour l'essayer à la fenêtre. De sa vie, il n'avait encore rencontré un verre qui rapprochât et peignit aux yeux les objets avec autant de netteté, de précision et de justesse. Il regarda par hasard dans la chambre de Spallanzani : Olympie était assise comme à l'ordinaire devant la petite table, les bras appuyés dessus et les mains croisées. Nathanael vit alors pour la première fois l'admirable régularité des traits d'Olympie ; ses yeux seulement paraissaient étrangement fixes et inanimés. Mais à force de regarder attentivement à travers la lorgnette, il lui sembla voir comme d'humides rayons lunaires se réfléchir dans les yeux d'Olympie, et la puissance visuelle s'y introduire par degrés, et le feu de ses regards devenir de plus en plus ardent et vivace. Nathanael était retenu à la fenêtre comme ensorcelé, et ne pouvait se lasser de contempler la céleste beauté d'Olympie. Un bruit de pieds et de crachement le réveilla de sa profonde extase. Coppola était derrière lui : « *Tre zecchini:* — trois ducats ! » — fit-il. Nathanael avait complètement oublié l'opticien, il paya promptement le prix demandé. — « N'est-ce pas, *Signor?* souperbes verres, souperbes ! » répéta Coppola de sa voix rauque et désagréable et avec son sourire caustique. — « Oui, oui, oui ! répliqua avec humeur Nathanael, adieu, mon cher ! — adieu. »

Néanmoins Coppola ne quitta pas la chambre sans

jeter maint regard oblique sur Nathanael, et celui-ci l'entendit rire tout haut dans l'escalier. « Eh bien, quoi! pensa Nathanael, il rit de moi parce que je lui ai payé certainement sa petite lorgnette beaucoup trop cher.... » Comme il répétait ces mots à voix basse : « Beaucoup trop cher! » il crut, plein de frayeur, entendre résonner dans sa chambre un profond soupir de moribond; son émotion intérieure lui coupa la respiration. — C'était lui-même qui avait soupiré, il ne put en douter. « Clara a bien raison, dit-il, de me regarder comme un absurde visionnaire; — il est pourtant singulier..., oh! plus que singulier, d'éprouver encore à présent, à la sotte pensée que j'ai payé trop cher cette lorgnette à Coppola, une émotion si étrange, sans pouvoir en pénétrer la cause. » — Il s'assit enfin pour terminer sa lettre à Clara; mais un coup-d'œil du côté de sa fenêtre le convainquit qu'Olympie était encore là; aussitôt, poussé par une force irrésistible, il se leva, saisit la lorgnette de Coppola et demeura enchaîné à la même place, s'enivrant de la vue d'Olympie, jusqu'à ce que Sigismond, son camarade et son ami, vint le chercher pour se rendre au cours du professeur Spallanzani.

Le rideau de la chambre fatale était soigneusement tiré. Nathanael ne put entrevoir Olympie ni de cet endroit, ni même de sa fenêtre, deux jours durant, quoiqu'il s'absentât à peine et qu'il eût continuellement l'œil appliqué à la lorgnette de Coppola. Le troisième jour on mit des rideaux aux croisées. — Absolument désespéré, dévoré d'ardeur et de désirs, Nathanael s'enfuit hors de la porte de la ville. L'image d'Olympie flottait devant lui dans les airs, elle surgissait du buisson, elle frappait ses yeux dans le miroir du ruisseau et le poursuivait partout de regards étincelants. Le souvenir de Clara était complètement effacé dans son esprit. Il ne pensait à rien qu'à Olympie, il allait se plaignant à haute voix et d'un ton langoureux : « O toi ! ma sublime étoile d'amour ! ne m'as-tu donc apparu que pour t'éclipser aussitôt et me laisser perdu sans espérance dans d'épaisses ténèbres ! »

En rentrant chez lui, il aperçut un grand mouvement dans la maison de Spallanzani. Les portes étaient ouvertes, les fenêtres du premier étage démontées; on apportait toutes sortes de meubles ; des servantes affairées balayaient et époussetaient partout avec zèle; on entendait les coups de marteau des menuisiers et des tapissiers. Nathanael restait dans la rue saisi d'étonnement, quand Sigismond s'approcha de lui en riant et lui dit : « Eh bien, que dis-tu de notre Spallanzani ? » Nathanael répondit qu'il ne pouvait rien en dire, ne sachant absolument rien sur le compte du professeur, et qu'il voyait même avec la plus grande surprise l'agitation et le tapage qui se faisaient dans sa maison, si tranquille et si sombre d'habitude. Sigismond lui apprit alors que Spallanzani devait donner le lendemain une grande fête, bal, concert, et que la moitié de l'université y était invitée ; — qu'en outre, le professeur, d'après le bruit général, devait faire paraître pour la première fois sa fille Olympie, qu'il avait si long-temps et si soigneusement soustraite à tous les regards.

Nathanael trouva chez lui un billet d'invitation. Le cœur palpitant, il se rendit chez le professeur à l'heure indiquée, quand déjà les voitures arrivaient en foule, et pénétra dans les salons richement décorés et resplendissants de lumière. L'assemblée était nombreuse et brillante. Olympie se montra parée avec beaucoup d'éclat et de goût. On fut obligé de rendre hommage à la beauté de ses traits et à la noblesse de sa tournure; la cambrure un peu singulière de son dos et l'extrême finesse de sa taille paraissaient résulter d'un excès de pression. Dans sa démarche et dans sa pose il y avait une certaine raideur et quelque chose de mesuré qui pouvaient causer une impression désagréable, mais on l'attribua à la contrainte que lui imposait la société. Le concert commença. Olympie toucha du piano avec une habileté remarquable, et exécuta aussi un air de bravoure d'une voix claire et retentissante, ayant presque la sonorité d'une cloche de verre. Nathanael était dans le ravissement; placé au dernier rang des assistants, il ne pouvait pas bien distinguer les traits d'Olympie au milieu de l'éblouissante clarté des bougies. Sans qu'on s'en aperçut, il tira de sa poche la lorgnette de Coppola et la dirigea sur la belle Olympie.

Ah! — il aperçut alors avec quelle langueur elle le regardait, et comment son tendre regard, qui pénétrait et embrasait tout son être, exprimait à l'avance chaque nuance de son chant: ses roulades compliquées résonnaient à son oreille comme les cris de joie céleste de l'âme exaltée par l'amour; et, lorsqu'enfin retentit bruyamment dans le salon le *trillo* prolongé de la cadence finale, Nathanael s'imagina sentir l'étreinte subite de deux bras ardents, et ne se possédant plus, il cria malgré lui, dans un excès de douleur et d'enthousiasme : « Olympie! » — Tout le monde se retourna de son côté et plusieurs personnes se mirent à rire. Mais l'organiste de la cathédrale prit un air trois fois plus sombre, et dit seulement : « Eh bien, eh bien! »

Le concert était fini, le bal commença. Danser avec elle!.... avec elle! c'était à présent pour Nathanael le but de tous ses désirs, de toute son ambition.... Mais comment avoir tant d'audace que de l'inviter, elle, la reine de la fête? Cependant, lui-même ne sut pas comment cela arriva; la danse à peine commencée, il se trouva tout près d'Olympie, qui n'avait pas encore été engagée, et il avait déjà saisi sa main avant d'avoir pu balbutier quelques paroles. Plus froide que la glace était la main d'Olympie. Nathanael sentit un tressaillement mortel parcourir ses membres, et fixa ses yeux sur ceux d'Olympie, qui lui répondirent, radieux, pleins d'amour et de langueur; et en même temps il lui sembla que son pouls s'agitait sous cette peau froide, et que les artères se gonflaient d'un sang pétillant. D'amoureux transports enflammaient le cœur de Nathanael, il entoura la taille de la belle Olympie, et tous deux s'élancèrent à travers les couples de walseurs. — Il croyait avoir su danser autrefois avec une parfaite mesure, mais il s'aperçut bientôt, à l'assurance toute particulière et à la précision rhythmique avec laquelle dansait Olympie, combien le vrai sentiment de la mesure lui était étranger, et plus d'une fois il perdit contenance, dérouté par son partner. Il renonça pourtant à danser avec tout autre femme, et il aurait voulu tuer sur la place le premier qui s'approcha d'Olympie pour l'inviter; mais cela n'arriva que deux fois à son grand étonnement. Olympie demeura ensuite constamment assise, et lui ne manqua pas de l'inviter encore plusieurs fois.

Si Nathanael avait été capable de s'occuper d'autre chose que d'Olympie, il se serait trouvé inévitablement engagé dans toutes sortes de différents et de querelles fâcheuses; car, çà et là, s'échappaient mille rires moqueurs et comprimés qui s'adressaient visiblement à la belle Olympie, et les jeunes gens la poursuivaient de regards tout-à-fait étranges et dont on ne devinait pas la cause. Toutefois, Nathanael, échauffé par la danse et par de copieuses libations, avait déposé toute sa timidité habituelle. Il était assis à côté d'Olympie, sa main dans la sienne, et dans son exaltation, il parlait de son ardent amour en termes aussi incompréhensibles pour lui que pour Olympie. Elle pourtant le comprenait peut-être; car elle le considérait en face et soupirait sans cesse : « Ha ! — ha ! — ha ! » A quoi Nathanael répliquait plein d'ivresse : « O toi ! femme sublime et céleste ! — pur rayon de la félicité promise dans l'autre monde ! — ô toi ! âme profonde où se réfléchit tout mon être !.... » et ainsi de suite ; mais Olympie continuait toujours à soupirer : « Ha ! — ha !... »

Le professeur Spallanzani passa plusieurs fois devant nos bienheureux en leur adressant un sourire de satisfaction réellement extraordinaire. Soudain Nathanael, quoique transporté dans un monde absolument étranger, s'aperçut qu'une terrestre obscurité devenait imminente chez le professeur Spallanzani. Il regarda autour de lui et fut saisi de voir que les deux dernières bougies, qui éclairaient encore un peu le salon désert, allaient justement s'éteindre. La musique et la danse avaient cessé depuis long-temps. « Nous séparer! nous séparer!... » s'écria-t-il emporté par le désespoir; et il baisa la main d'Olympie, puis il se pencha vers sa bouche. Ses lèvres brûlantes rencontrèrent des lèvres glacées! — Le froid contact de la main d'Olympie l'avait pénétré d'une secrète horreur; la légende de la fiancée morte lui passa tout-à-coup devant l'esprit; mais Olympie l'avait tendrement pressé contre elle, et le feu du baiser sembla rallumer la vie sur ses lèvres. — Le professeur Spallanzani se promenait lentement dans le vaste salon, ses pas rendaient un son creux, et son visage, sur lequel se jouait l'ombre vacillante des flambeaux mourants, avait une apparence sinistre et fantastique. « M'aimes-tu? m'aimes-tu, Olympie? — rien que ce mot, — m'aimes-tu! » ainsi murmurait à demi-voix Nathanael; mais Olympie soupira seulement de nouveau en se levant: « Ha! — Ha!... — Oui! s'écria Nathanael, oh! ma chère et divine étoile d'amour! tu t'es levée sur mon ciel, et tu éclaireras ma vie, tu seras ma gloire et ma félicité suprême!...—Ha! — ha! » répliqua Olympie en coutinuant à marcher. Nathanael la suivit, ils arrivèrent devant le professeur. « Vous vous êtes entretenu avec ma fille d'une manière extraordinairement vive, dit celui-ci en souriant : eh bien, mon cher monsieur Nathanael, si vous trouvez du goût à converser avec cette jeune fille naïve, vos visites seront bienvenues. » — Nathanael partit ivre de joie et le cœur épanoui.

La fête de Spallanzani fut le sujet des entretiens des jours suivants. Quoique le professeur n'eût rien épargné pour faire preuve de magnificence, néanmoins les plaisants trouvèrent à raconter mainte bizarrerie et mainte maladresse qui avaient été commises. Mais on glosait surtout sur la muette et raide Olympie, qu'on taxait, malgré son extérieur séduisant, d'une stupidité absolue, et l'on expliquait par là pourquoi Spallanzani l'avait tenue si long-temps cachée. Ce ne fut pas sans une secrète fureur que Nathanael recueillit ces propos ; il se tut néanmoins, car, pensa-t-il, à quoi servirait de prouver à ces gens-là que c'est précisément leur propre stupidité qui les empêche de reconnaître l'âme profonde et sublime d'Olympie ? — Un jour Sigismond lui dit : « Frère[1], dis-moi, je te prie, comment toi, un garçon raisonnable, tu as pu t'amouracher de cette poupée de bois là-bas ? d'une figure de cire ! » Nathanael allait répliquer avec emportement, mais il se ravisa soudain et repartit : « Dis-moi, Sigismond, toi, qui savais autrefois si bien discerner et comprendre le beau, comment les attraits divins d'Olympie ont pu échapper à ta pénétration ? Du reste, j'en rends grâce au destin, car autrement tu aurais été mon rival, et, dans ce cas, il faudrait que l'un de nous deux mordit la poussière ! » Sigismond vit bien ce qu'il en était de son ami. Après un détour adroit, il ajouta, tout en déclarant qu'en amour il ne fallait jamais discuter sur l'objet : « Il est cependant remarquable que beaucoup d'entre nous portent un jugement à peu près semblable sur Olympie. Elle nous a paru (frère, ne prends pas cela en mauvaise part,) étrangement raide et inanimée. Sa taille est régulière, ainsi que ses traits, il est vrai. Bref, elle pourrait passer pour belle, mais son regard est par trop dénué de la lumière vitale, je dirais presque de la faculté visuelle. Son pas aussi est singulièrement mesuré, chaque mouvement semble répondre à l'impulsion d'un rouage monté. Son chant et son jeu musical ont la précision convenue, l'exactitude monotone et matérielle d'une machine organisée ; il en est de même de sa danse. Enfin cette Olympie nous a causé une impression fantasmatique, et personne de nous ne voudrait avoir rien de commun avec elle, car il y a en elle, sous l'apparence d'un être vivant, je ne sais quel phénomène surnaturel et bizarre. »

Nathanael réprima le sentiment d'amertume que ces paroles de Sigismond faisaient naître en lui, il maîtrisa son irritation et se contenta de dire très-sérieusement : « Il se peut bien qu'Olympie vous inspire de l'antipathie, à vous autres hommes froids et prosaïques. Ce n'est qu'à l'âme poétique que se révèle l'âme poétiquement organisée. — Ce n'est que pour moi qu'a lui ce regard d'amour dont les rayons ont embrasé mon cœur et mon esprit, et ce n'est aussi que dans l'amour d'Olympie que je revis tout entier. Il doit aussi vous déplaire qu'elle ne possède pas, comme tant d'autres esprits plats, le radotage banal de vos plates conversations. Elle dit peu de mots, il est vrai; mais ce peu de mots, tels que de vrais hiéroglyphes du langage intime de l'âme, déborde d'amour, et de l'intelligence suprême d'une vie spirituelle et contemplative des mystères de l'éternité. — Mais tout cela est hors de la portée de vos sens, et ce sont des paroles perdues.... — Dieu te garde! très-cher frère, dit Sigismond avec douceur et presqu'avec tristesse, mais j'ai peur que tu ne sois dans une mauvaise route. Tu peux toujours compter sur moi, dans le cas..... Non, je ne veux rien dire de plus. » — Nathanael, par une inspiration subite, crut découvrir pourtant dans les paroles du froid et prosaïque Sigismond de bonnes et amicales intentions, et il secoua bien cordialement la main que lui offrit son camarade.

Nathanael avait complètement oublié qu'il y eût au monde une Clara qu'il avait aimée autrefois; sa mère, Lothaire, tout avait disparu de son souvenir. Il ne vivait plus que pour Olympie: chaque jour il passait de longues heures auprès d'elle, déraisonnant sur son amour, sur le principe vivifiant de la sympathie, sur les affinités psychologiques électives, etc., toutes choses auxquelles Olympie prêtait la plus fervente attention. Nathanael extrayait du fin fond de tous ses tiroirs tout ce qu'il avait écrit ou composé autrefois, poëmes, fantaisies, nouvelles, rêveries, romans ; et chaque jour, il y ajoutait une multitude de sonnets, de stances, de ballades fantastiques qu'il lisait et relisait à Olympie durant des matinées entières, sans se lasser et sans discontinuer. Mais aussi c'est qu'il n'avait jamais eu un auditeur aussi excellent. — Olympie ne brodait ni ne tricotait, elle ne regardait pas à la fenêtre, elle ne donnait pas à manger à un petit oiseau, elle ne jouait pas avec un petit bichon, elle ne roulait pas dans ses doigts de petites bandes de papier, ni rien autre chose, elle n'avait jamais besoin de comprimer un bâillement par une petite toux forcée. — Bref, elle regardait son amant dans les yeux, durant des heures d'horloge, dans une attitude fixe et immuable, sans bouger, sans souffler, et son regard s'animait toujours de plus de vivacité et d'ardeur. Seulement, lorsqu'enfin Nathanael se levait et lui baisait la main ou même la bouche, elle disait : « Ha ! — ha ! » et puis après : « Bonne nuit, mon cher ! »

« Oh ! âme sublime et profonde ! s'écriait Nathanael seul dans sa chambre, ce n'est que par toi, par toi seule que j'ai été compris. » Il tressaillait d'un ravissement intérieur en songeant à l'accord merveilleux qui se manifestait de jour en jour davantage entre son cœur et celui d'Olympie ; car il lui semblait qu'Olympie eût exprimé sur ses œuvres, sur sa faculté poétique, ses pensées intimes, et cela par l'organe de sa propre parole à lui, Nathanael. Il ne pouvait guère, en effet, en être autrement ; car Olympie ne prononçait jamais un mot de plus que ce que nous avons rapporté. Alors même que Nathanael, dans certains moments lucides et de sang-froid, le matin par exemple à son premier réveil, se rappelait la passivité absolue et le prodigieux laconisme d'Olympie : « Qu'est-ce que des mots? disait-il, — des mots! un de ses coups-d'œil célestes en dit plus que toutes les langues d'ici-bas! d'ailleurs, un enfant des cieux peut-il se résigner au cercle étroit limité par notre impuissance terrestre et pitoyable! »

Le professeur Spallanzani semblait enchanté des relations de sa fille avec Nathanael; il comblait celui-ci des témoignages positifs de sa bienveillance, et lorsqu'enfin Nathanael se hasarda, non sans de grandes réticences, à faire allusion à un mariage avec Olympie, le professeur, souriant d'un air radieux, répliqua qu'il laisserait sa fille entièrement libre de son choix. — Encouragé par ses paroles, et le cœur bouillant de désir, Nathanael résolut de solliciter d'Olympie, dès le jour suivant, une déclaration franche et précise de ce que depuis longtemps lui avaient révélé ses délicieux regards de tendresse, à savoir qu'elle consentait à se donner à lui pour toujours. Il chercha la bague qu'il avait reçue de sa mère en la quittant, pour l'offrir à Olympie comme symbole de son dévouement, de son initiation à une vie nouvelle qu'elle devait charmer et embellir. Les lettres de Lothaire et de Clara lui tombèrent à cette occasion sous la main, il les jeta de côté avec indifférence; il trouva la bague, la mit dans sa poche et courut chez le professeur pour voir Olympie.

Il avait monté l'escalier et pénétrait dans le vestibule, quand il entendit un tapage effrayant qui semblait venir du cabinet de travail de Spallanzani. — Des battements de pieds, un cliquetis étrange, — un bruit de ressorts, — des coups redoublés contre la porte, entremêlés de jurements et de malédictions: « Lâche... lâche-la donc, — infâme! — Scélérat! — Sais-tu que j'y ai sacrifié mon sang et ma vie? — Ha! — Ha! — ha! ha! ha! — Ce n'est pas ainsi que nous avons parié. — C'est moi, moi! qui ai fait les yeux. — Moi les rouages! — Maudit imbécille avec tes rouages! stupide horloger! — Satan! chien damné! sors d'ici! — Arrête! — Fourbe! charlatan! — Vieil animal! lâcheras-tu? — Au diable! — Lâche donc! »

Dans ces deux voix, sifflant et mugissant ensemble, Nathanael reconnut celles de Spallanzani et de l'affreux Coppelius. Il se précipita dans la chambre, saisi d'une angoisse indéfinissable. Le professeur tenait par les épaules et l'italien Coppola par les jambes une figure de femme qu'ils se disputaient l'un à l'autre, l'arrachant et la tiraillant avec une fureur sans pareille. Nathanael fit un bond en arrière, frappé d'une horreur inexprimable.... Dans cette femme, il avait reconnu Olympie! Transporté d'une farouche colère, il allait défendre sa bien-aimée contre ces furieux; mais, au même instant, Coppola, donnant avec une force de géant une secousse terrible, fit lâcher prise au professeur, et lui appliqua avec la femme même un coup si violent sur la tête, que celui-ci chancela et tomba à la renverse par-dessus une table couverte de fioles, de cornues, de flacons et de tubes de verre. Toute la boutique se brisa en mille morceaux. Soudain Coppola chargea Olympie sur ses épaules, et, riant aux éclats d'une façon abominable, il se mit à courir et à descendre l'escalier de sorte que les pieds pendants de la misérable figure se choquaient et résonnaient comme des morceaux de bois contre les marches.

Nathanael était pétrifié. Il n'avait que trop clairement vu.—Le visage d'Olympie, pâle comme la mort, était en cire, et dépourvu d'yeux : de noires cavités en tenaient la place. Ce n'était qu'une poupée inanimée. — Spallanzani se roulait à terre, les morceaux de verre lui avaient coupé et lacéré la tête, les bras, la poitrine : son sang coulait à flots. Mais rassemblant toutes ses forces : « Après lui ! cria-t-il, à sa poursuite ! sans nul délai. — Coppelius ! Coppelius ! voleur infâme ! — Mon meilleur automate ! — le fruit de vingt années de travail, le prix de ma vie et de mon sang ! — Les rouages, le mouvement, la parole ! tout m'appartient. — Les yeux.... oui, je lui ai pris les yeux ! — Réprouvé ! Belzébuth ! — après lui ! cours.... rapporte-moi Olympie : tiens ! voilà les yeux ! »

Nathanael vit alors deux yeux sanglants gisants par terre et le regardant fixement : Spallanzani les saisit de sa main la moins endommagée, et les lui jeta de telle sorte qu'ils vinrent frapper sa poitrine. — Soudain la folie imprima sur Nathanael ses griffes ardentes et s'empara de tout son être en brisant les ressorts du jugement et de la pensée. « Hui !

20

hui ! hui ! — cercle de feu ! — cercle de feu, tourne, tourne ! — allons, gai ! — poupée de bois, hui ! belle petite poupée ! tourne, tourne donc ! » — En même temps il se jeta sur le professeur et lui serrait la gorge ; il l'aurait étranglé, mais le tapage avait attiré beaucoup de monde : on arriva près d'eux, on contint le furieux Nathanael, et l'on sauva ainsi le professeur, qui fut immédiatement pansé de ses blessures. — Sigismond, quelque vigoureux qu'il fût, ne put suffire à dompter ce furibond ; il ne cessait de crier d'une voix horrible : « Tourne, poupée de bois ! tourne ! » et il frappait autour de lui, les poings fermés. Enfin, grâce aux efforts réunis de plusieurs personnes, on se rendit maître de lui en le terrassant et en le garottant. Ses cris expirèrent peu à peu dans une sorte de rugissement bestial, et il fut transporté à l'hôpital des fous, agité de convulsions frénétiques épouvantables.

Avant de continuer à te raconter, lecteur bénévole, la suite des aventures du malheureux Nathanael, je puis t'assurer, dans le cas où tu t'intéresserais quelque peu à l'habile mécanicien et fabricateur d'automates, Spallanzani, qu'il fut bientôt complètement guéri de ses blessures. Il lui fallut cependant quitter l'université, parce que l'histoire de Nathanael avait fait beaucoup de sensation, et qu'on réprouva unanimement, comme une supercherie des plus inconvenantes, l'action d'avoir introduit dans des sociétés raisonnables (Olympie avait paru dans plusieurs cercles avec succès) une poupée de bois en guise d'une personne naturelle. Des légistes y virent même une fraude très-subtile, d'autant plus condamnable, disaient-ils, qu'elle avait été ourdie contre la masse du public, et si perfidement combinée que personne ne s'était douté du fait, à l'exception de quelques étudiants très-sensés. Il est vrai qu'à présent c'était à qui feindrait d'avoir eu vent de la chose, et chacun citait à l'appui de ses prétentions mainte et mainte circonstance qui lui avait paru suspecte. Mais encore n'avançaient-ils rien de bien concluant.

Ainsi, par exemple, quel soupçon avait-on pu concevoir de ce qu'Olympie, s'il fallait en croire certain habitué des salons, avait, contrairement à tous les usages, plus souvent éternué que bâillé ? Le premier phénomène, disait notre élégant, résultait du mouvement caché des rouages qui, en se remontant d'eux-mêmes, produisaient, en effet, aux mêmes intervalles, un craquement sensible, etc., etc.... Le professeur de poésie et d'éloquence prit une prise, referma sa tabatière, toussa avec affectation, et dit d'un air solennel : « Honorables messieurs et dames, ne voyez-vous pas où gît le lièvre ? le tout est une allégorie, une métaphore amplifiée. — Vous me comprenez ? *sapienti sat!....* » Mais un grand nombre d'honorables messieurs ne se tint nullement pour satisfait de l'explication ; l'histoire de l'automate avait fait une profonde impression sur eux, et il s'établit, en effet, une secrète et affreuse méfiance contre les figures humaines. Pour acquérir la conviction certaine de ne pas s'être épris d'une poupée de bois, plus d'un amant exigea de sa maîtresse qu'elle chantât et dansât un peu hors de mesure, qu'elle voulût bien tricoter ou broder, et même jouer avec le petit chien en écoutant la lecture, et ainsi du reste ; mais sur toutes choses qu'elle ne se contentât pas d'écouter, et qu'elle parlât aussi quelquefois de manière à faire entrevoir sous ses paroles une pensée et une sensation. Ce genre d'épreuves resserra un certain nombre de liens amoureux qui devinrent d'autant plus agréables, tandis que d'autres se dénouèrent peu à peu. « On ne peut vraiment pas en répondre ! » répétait-on de côté et d'autre. Dans les cercles, les thés, on bâilla d'une manière incroyable, et l'on s'abstint absolument d'éternuer, afin d'échapper à tout soupçon. — Spallanzani, ainsi qu'on l'a dit plus haut, fut obligé de partir pour se soustraire à une instruction criminelle au sujet de l'installation frauduleuse de l'automate dans la société des hommes.

Coppola avait également disparu.

Nathanael se réveilla comme d'un rêve lourd et terrible ; il ouvrit les yeux et sentit une impression de bonheur ineffable le pénétrer d'une douce et bienfaisante chaleur. Il était dans la maison paternelle, couché dans sa chambre ; il vit Clara penchée vers lui, et près de là sa mère et Lothaire.

« Enfin ! enfin, ô mon bien-aimé Nathanael ! te voilà donc guéri d'une grave maladie. — Maintenant tu m'es rendu ! » Ainsi parlait Clara dans l'effusion de son cœur, et elle pressa Nathanael dans ses bras.

Des larmes de joie et d'émotion s'échappèrent des yeux de Nathanael, limpides et brûlantes, puis après un profond soupir : « Ma Clara ! » dit-il. — Sigismond, qui avait fidèlement suivi son ami malade, entra. Nathanael lui tendit la main : « Mon bon frère ! tu ne m'as donc pas quitté. » — Toute trace d'égarement avait disparu, et Nathanael recouvra bientôt ses forces, grâce aux tendres soins de sa mère, de sa fiancée et de ses deux amis.

Sur ces entrefaites, le bonheur était entré dans la maison, car un vieil oncle avare, dont personne dans la famille n'attendait rien, avait en mourant laissé à la mère, en outre d'un capital fort honnête, une petite propriété située non loin de la ville dans une agréable position. C'est là que songeait à s'établir Nathanael avec sa mère et Lothaire, et sa Clara qu'il était bien résolu cette fois à épouser. Nathanael était devenu plus doux, plus affectueux que jamais, et il savait enfin apprécier l'âme si belle et si pure de l'angélique Clara. Personne ne lui adressa le moindre mot relatif au passé. Seulement lorsque Sigismond prit congé de lui, Nathanael lui dit : « Par le ciel ! frère, j'étais sur une mauvaise route ; mais un ange m'a ramené à temps dans une voie de lumière et de paix ! — Et c'est ma Clara !.... » Mais Sigismond ne le laissa pas continuer dans la crainte que des souvenirs amers et implacables ne se réveillassent en lui avec trop d'énergie.

Le jour était venu où les quatre amis devaient partir pour leur petite propriété. A l'heure de midi, ils parcouraient les rues de la ville après avoir fait plusieurs emplettes. La tour élevée de l'Hôtel-de-Ville projetait sur la place du marché son ombre gigantesque. « Ah ! dit Clara, montons donc encore une fois là-haut pour voir les montagnes lointaines ! » Aussitôt fait que dit : Nathanael et Clara montèrent ensemble, la mère rentra à la maison avec la servante, et Lothaire, ne se sentant pas disposé à monter tant de marches, voulut attendre en bas. Les deux amants étaient donc sur la plus haute galerie de la tour, se donnant le bras, et contemplant les forêts verdoyantes derrière lesquelles se dessinaient à l'horizon, comme une cité de géants, les cimes bleuâtres des montagnes.

« Regarde donc le singulier petit buisson gris là-bas; on dirait qu'il s'avance vers nous, » dit Clara. Nathanael chercha machinalement dans sa poche de côté; il trouva la lorgnette de Coppola. Il la dirigea sur la plaine..... Olympie était devant le verre ! — Un tremblement convulsif parcourut ses veines et son pouls sursaillit. Pâle comme la mort, il regarda Clara fixement..... Mais tout d'un coup ses yeux, roulants dans leurs orbitres, lancèrent des rayons de feu, il mugit affreusement tel qu'une bête féroce, puis il bondit en l'air à une hauteur extrême et cria avec un rire perçant et horrible : « Poupée de bois, tourne ! — Tourne, poupée de bois ! tourne ! » Alors il saisit Clara avec une violence formidable et voulut la précipiter en bas; mais Clara, dans son angoisse mortelle et désespérée, s'accrocha à la rampe avec force. Lothaire entendit le vacarme que faisait ce furieux, il distingua les cris de détresse de Clara, un affreux pressentiment s'empara de son esprit. Il vola en haut de la tour : la porte du second escalier était fermée ; Clara poussa un cri de désespoir plus déchirant..... Presque fou de fureur et d'effroi, il se rue contre la porte qui cède enfin. Les cris de Clara devenaient de plus en plus faibles : « Au secours !... à moi ! à moi !... » et la voix se perdit dans les airs. — « Elle est morte, ce forcené l'a tuée ! » s'écria Lothaire. La porte de la galerie était également fermée : la rage lui donne une force surhumaine, il fait sauter la porte de ses gonds... Dieu du ciel ! Clara, soulevée par le furieux Nathanael, était suspendue dans les airs en dehors de la balustrade, et n'étreignait plus que d'une seule de ses mains un barreau de fer. Prompt comme l'éclair, Lothaire saisit sa sœur, rentre son corps sur la plate-forme, et assène en même temps son poing fermé sur le visage du frénétique qui, lâchant sa proie de mort, recula en chancelant.

Lothaire descendit précipitamment, tenant dans ses bras sa sœur évanouie ; — elle était sauvée. — Cependant Nathanael se démenait tout autour de la galerie et faisait des bonds prodigieux en criant : « Cercle de feu, tourne ! — cercle de feu, tourne ! » — La foule accourut à ces cris sauvages ; au milieu d'elle surgissait comme un colosse l'avocat Coppelius, qui venait d'arriver dans la ville et s'était dirigé tout droit vers le marché. On voulait monter à la tour pour s'emparer du furieux. Coppelius se mit à rire en disant : « Ah ! ah ! attendez : celui-là descendra tout seul. » Et il regarda en haut comme tout le monde. On vit Nathanael subitement s'arrêter comme pétrifié, puis il se pencha un peu, aperçut Coppelius, et en criant d'une voix retentissante : « Ah ! — de beaux yeux, *belli occhi!* » il sauta par-dessus la rampe....

Lorsque Nathanael fut tombé sur le pavé, la tête fracassée, Coppelius avait disparu de la foule.

On prétend qu'on vit plusieurs années après, dans une contrée éloignée, Clara assise à la porte d'une jolie maison de campagne auprès d'un homme agréable, sa main dans la sienne, avec deux beaux enfants jouant devant elle. On pourrait en conclure que Clara trouva enfin le bonheur domestique et paisible qui convenait à son caractère gai et content de la vie, bonheur que n'aurait jamais pu lui procurer Nathanael avec son cœur ulcéré.

NOTES DU TRADUCTEUR.

[1] (Pag. 257.) Allusion à la scène première du cinquième acte des *Brigands* de Schiller. — Franz, poursuivi par le remords du forfait qu'il a commis contre son père, se réveille en sursaut après un horrible rêve, et rencontre Daniel, son vieux serviteur, qu'il épouvante par sa contenance et ses discours égarés. Puis il entreprend le récit de ce songe, et cherche lui-même à se soustraire à l'impression d'effroi qu'il lui cause : « Les rêves ne signifient rien, n'est-ce pas, Daniel ?... Je veux te raconter... mais, je t'en prie, moque-toi bien de moi ! — C'est un plaisant rêve !... — Eh bien pourquoi ne ris-tu pas ?

Daniel : Je frissonne des pieds à la tête. — Dieu ! ayez pitié de moi.

Franz : Allons donc, ne dis pas cela. Appelle-moi un fou, un radoteur, un extravagant ! Je t'en prie, mon bon Daniel, moque-toi de moi !

Daniel : Les rêves viennent de Dieu. Je prierai pour vous. — etc.

[2] (Pag. 265.) Il devient évident, par la suite du récit, que tous ces détails, toujours présents à l'esprit frappé de Nathanael comme autant de réalités, ne sont que les effets

très-naturels de son évanouissement et des illusions produites par le délire de la peur. C'est à l'aide d'une interprétation contraire que Walter-Scott appesantit sa critique sur ce passage, et qu'il prête gratuitement un rôle odieux au père de Nathanael, pour démontrer la frénésie prétendue de l'auteur. Le lecteur jugera si le paragraphe suivant et la lettre de Clara ne devaient pas rendre impossible une pareille méprise.

[3] (Pag. 280.) Pompée Battoni, peintre célèbre, né à Lucques en 1708, mort à Rome en 1787. Il excellait dans la carnation et la finesse des touches. Sa réputation en Allemagne est sans doute fondée sur son beau tableau de *la Madeleine*, que possède le musée de Dresde. Ses autres ouvrages les plus remarquables sont un *Homère*, une *Vierge*, qui fait partie du musée du Louvre, et *Vénus caressant l'Amour*, popularisée par le burin de Porporati.

4 (Pag. 299.) *Frère*, expression consacrée entre les étudiants des universités allemandes.

IGNACE DENNER

IGNACE DENNER.

A une époque fort éloignée de la nôtre, vivait, dans une forêt inculte et solitaire du domaine de Fulda, un brave garde-chasse du nom d'Andrès. Il avait été d'abord premier chasseur de la suite du comte Aloys de Vach ; il avait escorté son maître dans ses voyages à travers la belle Italie, et l'avait sauvé par son adresse et sa bravoure d'un imminent danger, lors d'une attaque de brigands sur une des routes périlleuses du royaume de Naples. Dans une auberge de cette ville où ils se logèrent, il y avait une pauvre fille, belle comme un ange, que l'hôte avait recueillie comme orpheline, et qu'il traitait avec beaucoup de dureté, l'employant aux fonctions les plus viles de la basse-cour et de la cuisine. Andrès s'appliqua à la consoler par d'encourageantes paroles, autant qu'il pouvait se faire comprendre d'elle, et la jeune fille conçut pour lui un tel attachement, que pour ne plus s'en séparer, elle voulut le suivre à son retour dans la froide Allemagne. Le comte de Vach, touché des prières d'Andrès et des larmes de Giorgina, permit qu'elle partageât avec son bien-aimé le siége extérieur de sa voiture et elle put achever de la sorte ce long et fatigant voyage.

Avant même de passer la frontière d'Italie, Andrès avait fait bénir son union avec Giorgina, et, quand ils furent enfin arrivés sur les terres du comte de Vach, celui-ci crut récompenser dignement son fidèle serviteur en le nommant garde de la réserve de ses chasses. Andrès partit donc avec sa Giorgina et un vieux valet pour cette forêt déserte et sauvage, qu'il devait garantir des braconniers et des voleurs de bois. — Mais au lieu du bien-être qu'il espérait, d'après les assurances du comte de Vach, il dut mener une vie laborieuse, pénible, tourmentée, et il tomba bientôt dans un gouffre de soucis et de misère. Le modique salaire en argent comptant qu'il recevait du comte de Vach lui suffisait à peine pour se vêtir lui et sa femme; les petites redevances qu'il percevait dans les ventes du bois étaient rares et éventuelles, et le jardin qu'il cultivait à son profit était souvent ravagé par les loups et les sangliers, quelque bonne garde qu'il fît avec son valet, de sorte qu'il voyait parfois détruit, en une seule nuit, l'espoir de sa dernière ressource.

En outre, sa vie était incessamment menacée par les voleurs de bois et les braconniers. En brave et honnête homme qui préfère la gêne à un repos coupablement acquis, il remplissait strictement et vaillamment les devoirs de sa charge, inaccessible à toute séduction. Aussi était-il exposé à de dangereuses embûches, et ses dogues fidèles le mettaient seuls à l'abri d'une attaque nocturne des brigands.

Giorgina, nullement faite à ce dur climat et à un genre de vie pareil, se flétrissait à vue-d'œil. La chaude couleur de son teint se changea en un jaune livide, ses yeux vifs et étincelants s'assombrirent, et la maigreur dégradait chaque jour davantage sa taille naturellement riche. Souvent elle s'éveillait en sursaut à la pâle clarté de la lune. Des coups de feu éclataient dans le lointain, répétés par les échos de la forêt : les dogues aboyaient, son mari se glissait avec précaution hors du lit, et sortait en murmurant avec le valet. Alors elle priait avec ferveur Dieu et ses saints de la tirer avec son mari de cette redoutable solitude et de ce continuel danger de mort. La naissance d'un fils vint attacher Giorgina au lit de douleur; elle s'affaiblit de plus en plus, et jugea elle-même que sa fin était prochaine.

Le malheureux Andrès rôdait à l'aventure gémissant en lui-même et se maudissant. Car, depuis la maladie de sa femme, tout bonheur l'avait abandonné; il voyait, comme des ombres fantastiques et railleuses, des pièces de gibier qui semblaient le regarder en tapinois à travers les buissons, et s'évanouir dans l'air dès qu'il déchargeait son fusil. Il ne pouvait plus atteindre aucune proie, et l'adresse consommée de son valet lui procurait seule le gibier qu'il était tenu de fournir au comte.

Un soir, assis près du lit de Giorgina, il contemplait d'un regard fixe sa femme si tendrement chérie et que son épuisement extrême laissait à peine respirer. Dans sa douleur sombre et muette, il avait saisi sa main et était sourd aux gémissements de l'enfant qui languissait exténué par la privation d'aliments. Le valet était parti dès le matin pour Fulda, afin de rapporter en échange de la dernière épargne, quelque soulagement à la pauvre malade. Il n'y avait à deux lieues à la ronde nulle consolation à attendre d'un être humain. L'ouragan seul, avec des sifflements aigus, grondait à travers les noirs sapins d'une voix menaçante, et les dogues poussaient des cris lamentables comme s'ils eussent déploré la profonde infortune de leur maître. — Andrès entendit tout-à-coup résonner comme des pas humains devant la maison. Il crut que c'était son valet qui était de retour, quoiqu'il ne dût pas l'attendre aussitôt; mais les chiens s'élancèrent dehors en aboyant violemment : ce devait être un étranger.

Andrès alla lui-même devant la porte. Un homme grand et sec vint alors à sa rencontre, enveloppé dans un manteau gris, et la figure enfoncée sous son bonnet de voyage.

« Eh ! dit l'étranger, comme je me suis pourtant égaré dans le bois ! voici l'orage qui descend des montagnes, et nous allons avoir un temps épouvantable. Me permettriez-vous, cher Monsieur, d'entrer dans votre demeure, afin de me délasser de la fatigue de la route, et de reprendre des forces pour le reste de mon voyage ? — Ah ! Monsieur, répliqua le triste Andrès, vous venez dans une maison d'affliction et de misère, et, hors le siége sur lequel vous pouvez vous reposer, je n'ai à vous offrir la moindre des choses pour vous restaurer. Ma pauvre femme manque de tout elle-même, et mon valet, que j'ai envoyé à Fulda, n'en rapportera que bien tard dans la soirée quelques provisions. » En parlant ainsi, ils étaient entrés dans la chambre. — L'étranger se débarrassa de son bonnet de voyage et de son manteau, sous lequel il portait un petit coffre et une valise. Il déposa aussi sur la table deux pistolets de poche et un poignard.

Andrès s'était approché du lit de Giorgina : elle était privée de connaissance. L'étranger s'approcha pareillement, il regarda long-temps la malade d'un œil pensif et pénétrant, puis il prit sa main et consulta attentivement son pouls. Lorsqu'Andrès s'écria désespéré : « Ah, mon Dieu ! elle va mourir ! — Point du tout, mon cher ami ! dit l'étranger, rassurez-vous. Il ne manque à votre femme qu'une nourriture saine et généreuse. Mais, en attendant, quelque tonique qui ait de l'action peut lui faire un grand bien. Je ne suis pas médecin à la vérité, je suis un marchand, cependant j'ai une certaine expérience de l'art médical, et je possède plusieurs remèdes fort anciens que je porte avec moi et dont je fais aussi commerce. » En même temps l'étranger ouvrit sa cassette, y prit une fiole contenant une liqueur d'un rouge foncé, et en versa quelques gouttes sur du sucre qu'il fit prendre à la malade ; puis il tira de sa valise un petit flacon d'excellent vin du Rhin en cristal taillé, et lui en versa deux cuillerées pleines. Quant à l'enfant, il conseilla de le mettre dans le lit, couché près de sa mère, et de les laisser reposer tous les deux.

Andrés s'imaginait voir un saint descendu du ciel exprès pour le consoler et le secourir. D'abord, le regard faux et perçant de l'étranger l'avait effarouché; mais l'intérêt bienveillant qu'il montrait pour Giorgina, le soulagement évident qu'il lui avait procuré, le prévenaient maintenant en sa faveur. Il raconta donc avec franchise comment la faveur même qu'avait prétendu lui faire le comte de Vach son maître, était la source de ses tourments et d'une pauvreté dont il ne pourrait sans doute de sa vie secouer le joug accablant. L'étranger, pour le ranimer, lui dit qu'un bonheur inattendu venait souvent combler de tous les biens de la vie l'homme le plus désespéré, et qu'il fallait même risquer quelque chose pour se rendre la fortune favorable. — « Ah! mon cher Monsieur, dit Andrés, j'ai confiance en Dieu et dans l'intercession des saints que nous prions chaque jour avec ferveur, ma chère femme et moi. Que faudrait-il que je fisse pour me procurer de l'argent et du bien? Si Dieu dans sa providence ne m'a pas destiné à en avoir, ce serait criminel d'y aspirer; mais s'il est écrit que je doive acquérir un jour des biens dans ce monde, comme je le désire à cause de ma pauvre femme, qui a quitté sa douce patrie pour me suivre dans cette âpre solitude, n'en deviendrai-je pas maître sans compromettre mon corps et ma vie pour des jouissances vaines et périssables. »

L'étranger sourit d'une façon toute particulière à ces paroles du pieux Andrès, et il allait répliquer quelque chose, quand Giorgina se réveilla avec un profond soupir du sommeil où elle était tombée. Elle se trouvait merveilleusement réconfortée, et son enfant, charmant à voir, souriait sur son sein. Andrès était hors de lui de plaisir, il pleurait, il priait, il éclatait en transports de joie. — Le valet, rentré sur ces entrefaites, prépara de son mieux, avec les vivres qu'il rapportait, le repas auquel l'étranger devait prendre part. Celui-ci fit cuire lui-même pour Giorgina un potage nutritif, qu'il composa de toutes sortes d'épices et d'ingrédients dont il était pourvu. La soirée était fort avancée. L'étranger dut, en conséquence, passer la nuit chez Andrès, et à sa prière, on lui prépara un lit de paille dans la chambre même où couchaient Andrès et Giorgina. Andrès, que son anxiété au sujet de sa femme empêchait de dormir, remarqua les signes fréquents d'attention donnés par l'étranger à chaque aspiration un peu pénible de Giorgina, et il le vit se lever d'heure en heure, et s'approcher doucement du lit, pour interroger son pouls et lui faire boire de la potion.

Lorsque le jour eut paru, Giorgina était visiblement mieux. Andrès remercia l'étranger du plus profond de son cœur en le nommant son ange tutélaire. Giorgina rendit aussi grâce à Dieu de ce qu'il avait sans doute exaucé ses instantes prières en lui envoyant un sauveur. Ces vifs témoignages de gratitude semblaient être importuns à l'étranger, il était évidemment embarrassé, et affectait de répéter qu'il aurait dû être un monstre pour ne pas assister la malade de ses connaissances et des médicaments qu'il avait avec lui. Il prétendait, au contraire, devoir plutôt à Andrès des remerciments pour l'avoir accueilli avec tant d'hospitalité, malgré la misère où il était réduit ; et, disant qu'il voulait acquitter la dette que lui imposait la reconnaissance, il tira d'une bourse bien garnie plusieurs pièces d'or qu'il offrit à Andrès.

« Ah! Monsieur, dit Andrès, comment et pourquoi accepterais-je de vous tant d'argent? — De vous ouvrir ma maison, alors que vous étiez perdu dans cette vaste et sauvage forêt, c'était là un devoir de chrétien, et quand cela vous paraîtrait digne d'une récompense quelconque, vous m'avez déjà rémunéré et au-delà, plus que je ne puis l'exprimer par des paroles, en sauvant ma chère femme d'une mort imminente par votre science bienfaisante. Ah! Monsieur, je n'oublierai jamais ce que je vous dois, et je ne demande au ciel que de pouvoir reconnaître cette noble action par le sacrifice de mon sang et de ma vie. » A ces mots de l'honnête Andrès, il jaillit des yeux de l'étranger comme un éclair rapide et brûlant. « Brave homme, dit-il, il faut absolument que vous acceptiez cet argent; vous le devez pour procurer à votre femme une meilleure nourriture et de bons soins, car elle en a maintenant plus besoin que jamais pour ne pas retomber dans son état de souffrance et pouvoir nourrir son enfant. — Hélas, Monsieur, répondit Andrès, pardonnez-moi! mais une voix intérieure me dit que je ne dois pas prendre cet argent qui ne m'est pas dû. Or cette voix intérieure, à laquelle je me suis toujours confié comme à une suggestion céleste de mon saint patron, m'a jusqu'à cette heure toujours guidé dans le droit chemin, et m'a préservé de tout danger, corps et âme. Voulez-vous pourtant faire acte de libéralité et m'honorer encore d'un bienfait, moi pauvre homme? — Laissez-moi un petit flacon de votre potion merveilleuse, pour que sa vertu remette ma femme en complète santé..... »

Mais Giorgina se mit sur son séant, et, jetant sur Andrès un regard triste et languissant, elle semblait le supplier de se départir en cette occasion de la rigueur de ses scrupules et d'accepter le don du généreux étranger. Celui-ci s'en aperçut. « Eh bien, dit-il, si vous ne voulez absolument pas accepter mon argent, j'en fais présent à votre femme bien-aimée, qui ne dédaignera pas ma bonne intention de vous soustraire aux souffrances de la misère. » Alors il puisa de nouveau dans la bourse, et s'approchant de Giorgina, il lui donna au moins le double de la somme qu'il avait d'abord offerte à Andrès. Giorgina regardait les belles pièces d'or étincelantes, l'œil pétillant de plaisir, et des larmes coulaient le long de ses joues, sans qu'elle pût proférer un mot de remerciment. L'étranger s'écarta promptement d'elle et dit à Andrès : « Voyez, mon cher Monsieur, si vous pouvez craindre d'accepter ce que je vous offre, quand ce n'est pour moi qu'une misère relativement à ma richesse. Car je veux bien vous confier que je ne suis pas ce que je parais être. D'après mes méchants habits, et parce que je voyage à pied comme un pauvre mercier ambulant, vous pensez naturellement que je suis pauvre et qu'un mince trafic dans les foires et les marchés m'aide seul à gagner péniblement ma vie; mais sachez que les heureux résultats d'un commerce des joyaux les plus précieux, auquel je suis adonné depuis beaucoup d'années, m'ont rendu excessivement riche, et qu'une habitude invétérée me fait seule persister dans cette manière de vivre si simple. Je possède, renfermés dans cette petite valise et dans cette cassette, des bijoux et des pierreries magnifiques, taillées pour la plupart fort anciennement, qui valent des milliers et encore des milliers. J'ai fait cette fois-ci d'excellentes affaires à Francfort, et ce que j'ai donné à votre chère femme n'est pas, même à beaucoup près, la centième partie de mon bénéfice. — En outre, je ne vous fais nullement un don gratuit, car j'ai toutes sortes de services en revanche à réclamer de vous. — Je voulais, comme à l'ordinaire, aller de Francfort à Cassel, et, depuis Schuechtern, j'ai perdu le bon chemin. Cependant la route à travers cette forêt, que les voyageurs redoutent communément, m'a paru précisément fort agréable pour un piéton; c'est pourquoi je veux à l'avenir la prendre toujours de préférence dans le même voyage, et m'arrêter chaque fois chez vous. Vous me verrez donc arriver ici deux fois par an; c'est-à-dire à Pâques, quand je vais de Francfort à Cassel, et vers la fin de l'automne, quand je reviens de Leipsick, de la foire de Saint-Michel, à Francfort, d'où je vais en Suisse et même en Italie; et, en ce cas, je vous demande de m'héberger, moyennant un bon salaire, un, deux et même trois jours. — C'est là le premier service que je sollicite.

» Ensuite, je vous prie de garder chez vous cette petite cassette qui contient des marchandises dont je n'aurai pas besoin à Cassel, et qui me gênerait dans mon voyage, jusqu'à mon retour à l'automne prochain. Je ne vous cacherai pas que ces objets sont d'une valeur considérable; mais je m'arrête à peine à vous recommander d'en avoir grand soin, car j'ai la conviction, tant vous manifestez d'honnêteté et de délicatesse, que vous veilleriez avec attention sur la moindre bagatelle que je laisserais à votre garde. A coup sûr vous en aurez d'autant plus pour des choses aussi précieuses que celles renfermées dans cette cassette. — Voilà donc le second service que je vous demande. — Quant au troisième que vous pouvez me rendre, ce sera pour vous le plus pénible, quoiqu'il soit pour moi le plus pressant. Il faut que vous quittiez votre bonne femme, seulement pour aujourd'hui, et que vous me guidiez hors de la forêt, jusqu'à la route de Hirschfeld, où je veux visiter des connaissances avant de poursuivre mon voyage vers Cassel. Car, outre que je ne connais pas bien le chemin dans la forêt, et que, par conséquent, je pourrais bien m'égarer une seconde fois sans la chance de trouver un asyle chez un brave homme comme vous, la contrée n'est pas très-sûre.

Vous, comme forestier du district, vous n'avez rien à craindre, mais un voyageur isolé, tel que moi, pourrait bien courir quelque risque. Le bruit courait à Francfort qu'une bande de voleurs, qui naguères infestait les environs de Schaffhouse, et qui avait des ramifications jusqu'à Strasbourg, s'était jetée récemment sur le territoire de Fulda, par convoitise d'un plus riche butin, à cause des marchands qui font la traversée de Leipsick à Francfort. Or il serait très-possible qu'ils me connussent déjà, depuis mon apparition à Francfort, pour un riche marchand de pierreries. Ainsi donc, si j'ai mérité quelque reconnaissance en secourant votre femme, vous pouvez m'en tenir compte largement en m'accompagnant hors de cette forêt, et me mettant dans ma bonne route. »

Andrès était disposé volontiers à satisfaire à toutes les demandes de l'étranger, et il s'apprêta aussitôt pour lui servir d'escorte ; il revêtit son uniforme de chasseur des gardes, prit son fusil à deux coups, ceignit son bon couteau de chasse, et ordonna à son valet de coupler deux dogues.

Cependant l'étranger avait ouvert sa cassette et en ayant sorti les plus magnifiques bijoux, des colliers, des agrafes, des boucles d'oreille, il les étendit sur le lit de Giorgina, qui ne pouvait cacher son ravissement ni sa surprise. Mais, lorsque l'étranger l'engagea à garnir son cou d'un des plus riches colliers, à essayer à ses jolis bras des bracelets superbes, en tenant devant elle un petit miroir de poche, où elle voyait se refléter si bien son image qu'elle tressaillait de joie et de plaisir comme un enfant ; alors Andrès dit à l'étranger : « Ah ! mon digne Monsieur, comment pouvez-vous tenter ainsi ma pauvre femme à se parer de choses semblables, elle qui n'en possèdera jamais, sans compter que cela ne lui sied pas du tout. — Ne le prenez pas en mauvaise part, Monsieur, mais le simple cordon rouge de corail, que ma Giorgina avait au cou lorsque je la vis pour la première fois à Naples, me plaît cent fois plus que ces joyaux étincelants dont l'éclat me semble vain et trompeur. — Vous êtes aussi par trop sévère, répliqua l'étranger en souriant d'un air ironique, de ne vouloir pas même laisser à votre femme malade l'innocente jouissance de se parer de mes bijoux dont la beauté n'est nullement trompeuse et qui sont de bien bon aloi. Ne savez-vous pas que ces objets-là font le plus grand plaisir aux femmes ? Et quant à votre opinion sur ce qu'un tel luxe ne convient pas à votre Giorgina, je suis forcé de soutenir le contraire ; votre femme est assez jolie pour porter une parure de ce genre, et d'ailleurs, qu'en savez-vous, si elle ne sera pas un jour assez riche pour en posséder et en faire valoir de semblables ? »

Andrès prit un ton fort grave et sérieux, et dit : « Je vous en supplie, Monsieur, ne tenez pas des discours si captieux et si ambigus ! voulez-vous donc rendre folle ma pauvre femme, et que la vaine envie d'un tel luxe et de ces mondaines somptuosités lui rende plus amère encore notre indigence, et lui ravisse tout repos et toute sérénité ? — Remballez vos beaux trésors, mon digne Monsieur! je vous les garderai fidèlement jusqu'à votre retour. — Mais dites-moi seulement, si dans cet intervalle, (que le ciel vous en garde!) il vous arrivait quelque malheur qui vous empêchât de revenir en ces lieux, où faudra-t-il alors que je remette la cassette? et combien de temps devrai-je attendre avant de déposer vos joyaux entre les mains de celui dont je vous prie de m'apprendre le nom en même temps que le vôtre? — Je m'appelle, répondit l'étranger, Ignace Denner, et suis, comme vous le savez déjà, marchand, négociant. Je n'ai ni femme, ni enfants, et les parents que j'ai résident dans le Valais. Mais, je ne puis guère avoir d'estime et d'affection pour eux qui ne se sont nullement occupés de moi tandis que j'étais pauvre et nécessiteux. — Si dans trois ans vous n'aviez pas de mes nouvelles, gardez sans scrupule cette cassette, et comme je prévois bien que vous et Giorgina vous hésiteriez à accepter de moi ce legs important, le cas échéant, je donne la cassette avec les bijoux à votre enfant, auquel je vous prie de faire prendre mon nom d'Ignace quand vous le ferez confirmer. »

Andrès ne savait absolument comment répondre à une générosité si rare et si magnifique. Il restait tout interdit et immobile, pendant que Giorgina accablait de ses remercîments l'étranger, lui assurant qu'elle prierait instamment Dieu et les saints de le protéger dans le cours de ses pénibles voyages, et de le ramener toujours à point dans leur maison. — L'étranger sourit de nouveau d'une singulière façon, puis il ajouta que les prières d'une jolie femme devant être, sans doute, plus efficaces que les siennes, il lui laisserait le soin d'intercéder le ciel en sa faveur, mais que pour lui il mettrait sa confiance dans la vigueur de son corps endurci à la fatigue, et dans la bonté de ses armes.

Cette déclaration de l'étranger déplut vivement à Andrès; pourtant il réprima ce qu'il était sur le point de répliquer, et il invita l'étranger à se mettre immédiatement en route, sans quoi il ne pourrait être de retour que bien avant dans la nuit, ce qui causerait à sa Giorgina de l'effroi et de l'inquiétude. — L'étranger dit encore à Giorgina en partant qu'il lui permettait expressément de se parer de ses bijoux, si cela lui faisait plaisir, ajoutant qu'elle était par trop dépourvue de toute récréation dans cette lugubre et sauvage forêt. Giorgina rougit de plaisir; car instinctivement elle ne pouvait abdiquer ce goût distinctif de sa nation pour le faste en général, et surtout celui des pierres précieuses.

Denner et Andrès avançaient d'un pas rapide à travers le bois sombre et désert. Les dogues s'en allaient flairant aux endroits les plus fourrés du taillis, et jappaient de temps à autre en regardant leur maître avec des yeux pleins d'une éloquence significative. « Cet endroit-ci n'est pas sûr, » dit Andrès, et ayant armé son fusil, il marcha avec circonspection en avant de son compagnon. Plus d'une fois il lui sembla entendre certain bruissement derrière les arbres, et il aperçut aussi à large distance de vagues figures qui disparaissaient soudain dans les massifs. Il voulait découpler ses dogues, mais Denner s'écria : « Gardez-vous-en bien, mon ami ! — car je puis vous assurer que nous n'avons pas la moindre chose à craindre. » A peine avait-il dit ces mots, qu'un grand gaillard tout noir, armé d'un fusil, avec de longues moustaches et les cheveux hérissés, sortit du taillis à quelques pas seulement devant eux. Andrès s'apprêtait à faire feu : « Ne tirez pas, ne tirez pas ! » s'écria Denner. — Le grand coquin noir répondit par un signe de tête amical, et se perdit dans le fourré.— Enfin ils se trouvèrent hors du bois sur la grande route. « Maintenant je vous remercie cordialement de votre bonne conduite, dit Denner ; retournez donc à votre demeure : si vous rencontriez encore quelques visages pareils à celui que nous avons vu, poursuivez tranquillement votre chemin sans vous en inquiéter. N'ayez pas l'air d'y faire attention, retenez vos dogues à la corde, et vous arriverez chez vous sans nul encombre. » — Andrès ne savait que penser de tout cela, et de cet étrange marchand, qui, comme un vrai conjurateur d'esprits, semblait maître de chasser et de bannir bien loin les malfaiteurs ; et il ne pouvait concevoir pourquoi il s'était fait accompagner à travers la forêt. Enfin, il se remit bravement en marche et, sans avoir fait aucune rencontre suspecte, il arriva sain et sauf à son logis, où sa Giorgina, qui avait quitté le lit, forte et alerte, le reçut à bras ouverts avec un plaisir extrême.

Le petit ménage d'Andrès prit un tout autre aspect, grâce à la générosité du marchand. En effet, à peine Giorgina fut-elle entièrement guérie qu'il alla avec elle à Fulda, où il acheta, outre les objets de première nécessité dont il était dépourvu, plusieurs accessoires qui donnèrent un certain air d'aisance à sa modeste demeure. D'ailleurs, les braconniers et les voleurs de bois semblaient avoir été bannis du district, depuis la visite de l'étranger, et Andrès pouvait en sécurité vaquer à ses fonctions. Enfin, il avait recouvré, comme chasseur, tout son bonheur passé, et il était rare qu'il tirât un coup de fusil sans profit.

L'étranger revint à la Saint-Michel et séjourna trois jours chez Andrès. Malgré le refus opiniâtre de ses hôtes, il se montra aussi libéral que la première fois, en leur assurant qu'il prétendait les mettre tout-à-fait à leur aise, afin de se rendre à lui-même plus commode et plus agréable son étape dans la forêt.

La charmante Giorgina put alors soigner davantage sa toilette. Elle confia à Andrès que l'étranger lui avait fait présent d'une aiguille d'or finement travaillée, telle qu'en portent, dans les nattes relevées de leurs cheveux, les jeunes filles et les femmes de plusieurs cantons d'Italie. Un sombre nuage passa sur les traits du bon Andrès; mais, prompte comme l'éclair, Giorgina s'était échappée en courant, et elle ne tarda pas à reparaître, vêtue et parée absolument de même qu'au jour où Andrès l'avait connue à Naples. La belle aiguille d'or brillait dans sa noire chevelure, tressée de la façon la plus pittoresque avec des fleurs de couleur éclatante; Andrès fut

manières spirituelles, donne déjà de grandes espérances, et il est dommage que vous ne soyez pas en état de lui donner une éducation convenable. J'aurais bien une proposition à vous faire, mais vous ne voudriez pas y consentir, bien que vous ne puissiez l'attribuer qu'à mon envie de vous rendre plus riches et plus heureux. — Vous savez que j'ai de la fortune et point d'enfants. Je ressens pour le vôtre une affection et une tendresse toutes particulières. Donnez-le moi : je le conduirai à Strasbourg, où il sera parfaitement élevé par une dame de mes amies, femme âgée et respectable; et ce sera pour notre commune satisfaction. Car vous serez ainsi délivrés d'une bien lourde charge. Mais il faut vous décider promptement, car je suis obligé de repartir ce soir même. Je porterai l'enfant sur mes bras jusqu'au prochain village, et là, je me procurerai une voiture. »

A ces mots de l'étranger, Giorgina saisit précipitamment son fils qu'il berçait sur ses genoux et le pressa ardemment contre son sein, tandis que ses yeux se remplissaient de larmes. « Voyez, mon cher Monsieur, dit Andrès, comment ma femme répond à votre proposition; et je pense comme elle à ce sujet. Votre intention peut être fort bonne; mais comment songez-vous à nous priver du bien le plus cher que nous ayons au monde? comment pouvez-vous appeler une charge pour nous ce qui ferait le charme de notre vie quand même nous serions encore victimes de l'affreuse misère, d'où votre bonté nous a tirés? Écoutez, mon cher Monsieur, vous avez dit vous-même que vous n'aviez ni femme, ni enfants. Vous ne pouvez donc la connaître, cette jouissance qui vient inonder, pour ainsi dire, comme une pure émanation des joies célestes, le cœur de l'homme et de la femme à la naissance d'un fils. C'est la volupté la plus suave, c'est la béatitude divine elle-même dont les parents sont remplis en contemplant leur enfant, qui, muet et engourdi sur le sein de sa mère, est pour eux un si éloquent interprète de leur amour, et de leur bonheur le plus précieux. — Non, mon digne Monsieur, quelque grands que soient les bienfaits dont vous nous avez comblés, ils ne sauraient jamais entrer en compensation avec notre amour pour notre fils; et le monde a-t-il aucun trésor équivalent à cette félicité! Ne nous accusez donc pas d'ingratitude, mon cher Monsieur, parce que nous désapprouvons votre projet. Si vous étiez père vous-même, nous n'aurions pas besoin de recourir à la moindre excuse. — Là... là! répliqua l'étranger, avec un coup-d'œil oblique et sombre, je croyais vous faire plaisir en contribuant à la fortune et au bonheur de votre fils; mais cela ne vous convient pas, eh bien, qu'il n'en soit plus question. »

Giorgina couvrait son enfant de baisers et de caresses comme s'il lui était rendu, préservé d'un grand danger. Pour l'étranger, il s'efforçait évidemment de paraître aussi gai et aussi dispos qu'auparavant, mais on ne voyait que trop clairement combien le refus de ses hôtes de lui abandonner l'enfant, l'avait affecté. Au lieu de repartir le soir même, comme il l'avait annoncé, il demeura trois jours encore, durant lesquels il s'abstint de rester en compagnie de Giorgina, ainsi qu'il en avait l'habitude, mais il accompagna Andrès à la chasse et profita de l'occasion pour s'enquérir de beaucoup de détails au sujet du comte Aloys de Vach.

Postérieurement, lors des nouvelles visites qu'il fit à son ami Andrès, Ignace Denner ne revint plus sur son projet d'emmener l'enfant avec lui. Il se montrait aussi bienveillant que par le passé, toujours avec la même bizarrerie, et continuait à faire de riches cadeaux à Giorgina, qu'il autorisa de nouveau, avec instances, à se parer, aussi souvent qu'elle en aurait la fantaisie, des joyaux de la cassette dont Andrès avait la garde ; et sa femme prenait en effet ce plaisir de temps à autre à la dérobée. Il arrivait souvent que Denner voulait comme autrefois jouer avec l'enfant, mais celui-ci, pleurant et se débattant, ne voulait plus même s'approcher de l'étranger, comme par instinct de l'idée hostile qu'avait conçue celui-ci de l'enlever à ses parents.

L'étranger avait continué de visiter Andrès pendant deux ans, et le temps et l'habitude ayant enfin effacé dans l'esprit d'Andrès sa crainte et sa méfiance à l'égard de Denner, il jouissait de sa nouvelle aisance sans inquiétude et paisiblement.

Dans l'automne de la troisième année, l'époque où Denner avait l'habitude de venir était déjà passée, lorsqu'au milieu d'une nuit orageuse, Andrès entendit frapper violemment à sa porte, et plusieurs voix rudes l'appeler en même temps par son nom. Tout effrayé, il sauta en bas de son lit; mais lorsqu'il eut demandé par la fenêtre qui le troublait ainsi à cette heure indue, et qu'il menaça de lâcher aussitôt ses dogues pour se débarrasser de pareils importuns, une voix s'éleva qui lui dit: « Vous pouvez ouvrir, Andrès: c'est un ami! » et Andrès reconnut la voix de Denner. Alors, une lumière à la main, il alla ouvrir la porte, et Denner seul s'avança sur le seuil. Andrès dit qu'il avait cru entendre son nom répété par plusieurs personnes; mais Denner répondit que le sifflement du vent avait, sans doute, produit cette illusion à son oreille. Arrivés tous deux dans la chambre, ce fut à sa grande surprise qu'Andrès s'aperçut du changement total que présentait le costume de Denner. En place d'un manteau et de son simple habit gris, il portait un pourpoint d'un rouge foncé et une large ceinture de cuir où brillaient un poignard et deux paires de pistolets; de plus, il était armé d'un sabre. Sa figure même avait un nouvel aspect: car d'épais sourcils se détachaient sur son front naturellement uni, et il avait de longues moustaches et une barbe noire.

« Andrès, dit Denner en dardant sur lui un regard étincelant, Andrès! quand je sauvai ta femme d'une mort certaine, il y a bientôt trois ans, alors tu demandas au ciel d'être un jour à même de payer ce bienfait par le sacrifice de ton sang et de ta vie. Ton vœu est exaucé, car le moment est venu où tu peux me donner cette preuve de ta reconnaissance et de ton dévouement. Habille-toi, prends ton fusil, et suis-moi. A quelques pas d'ici tu sauras le reste. »

Andrès ne savait que penser de cette demande imprévue. Cependant, n'ayant nullement oublié sa promesse, il assura à Denner qu'il était prêt à tout entreprendre pour lui, hors seulement ce qui serait contraire à la probité, à la vertu et à la religion. « Tu peux être bien tranquille là-dessus ! » s'écria Denner en riant et lui frappant sur l'épaule. Et comme Giorgina, qui s'était levée tremblante d'inquiétude et palpitante, retenait son mari en l'embrassant, Denner, la prenant par le bras et l'écartant doucement, lui dit : « Laissez partir votre mari avec moi, dans quelques heures il sera de retour près de vous sain et sauf, et vous rapportera peut-être quelque beau présent. Ai-je donc jamais eu de mauvais procédés envers vous ? ne vous ai-je pas toujours bien traités, même quand je voyais mes bonnes intentions méconnues ? En vérité, vous êtes des gens bien singuliers et bien méfiants. » — Andrès pourtant hésitait encore à s'habiller ; Denner alors se tourna vers lui avec des yeux courroucés et dit : « J'espère que tu tiendras ta parole ! car il s'agit maintenant d'exécuter l'engagement que tu as pris toi-même. » Là-dessus, Andrès fut promptement en état de sortir, et en quittant sa demeure avec Denner, il répéta encore une fois : « Il n'est rien que je ne fasse pour vous, mon cher Monsieur, mais pourvu qu'on n'exige rien de mal de ma part : car la moindre chose qui serait contraire à ma conscience, je m'y refuserais absolument. »

Denner ne répondit rien, mais il se mit à marcher

à pas précipités. Ils avaient pénétré dans la futaie assez avant. Arrivés à une clairière d'une certaine étendue, Denner siffla à trois reprises, et les échos des cavernes voisines répétèrent ce bruit sinistre. Soudain des torches flamboyantes apparurent de tous côtés, un sourd craquement de pas et d'armes retentit dans les broussailles, et il se forma bientôt à une certaine distance de Denner un cercle de figures noires, farouches, semblables à des spectres. L'un d'eux s'avança de quelques pas, et dit en désignant Andrés : « Voilà, sans doute, notre nouveau camarade : n'est-ce pas, capitaine ! — Oui, répondit Denner, je viens de le faire lever, il faut qu'il fasse son coup d'essai ; on peut se mettre en marche, allons ! »

Andrés, à ces mots, se réveilla comme d'un étourdissement confus. Une sueur froide inondait son front ; mais il reprit contenance et s'écria avec fureur : « Quoi ! misérable imposteur, tu te donnais pour un marchand, et tu fais cet horrible et criminel métier, et tu es un infâme brigand ? jamais je ne serai ton complice, et je ne prendrai part à tes crimes malgré l'artifice indigne et diabolique que tu as employé, en véritable Satan, pour me séduire. — Laisse-moi partir sur-le-champ, scélérat maudit ! et fuis avec ta bande de cette contrée : sinon, je découvrirai tes repaires à la justice et tu recevras le digne prix de tes forfaits ; car je n'en puis plus douter, je vois en toi l'affreux Ignace, le chef des brigands qui ont dévasté la frontière, et commis tant de pillages et de meurtres. Laisse-moi le champ libre, te dis-je : que je cesse à jamais de te voir ! » — Denner partit d'un grand éclat de rire. « Quoi ? lâche compagnon ! dit-il, tu oses me braver, tu prétends te soustraire à mes ordres, à ma puissance : n'es-tu pas depuis longtemps notre associé ? ne vis-tu pas de notre argent depuis près de trois ans ? ta femme ne se pare-t-elle pas du fruit de nos vols ? Maintenant tu es avec nous, et tu refuses de nous servir quand tu partages nos profits ?.... Si tu ne nous suis pas, si tu n'agis pas sur-le-champ comme un résolu compagnon, je te fais jeter enchaîné au fond de notre caverne, et mes hommes iront incendier ta maison et tuer ta femme et ton enfant. Mais j'espère qu'il n'en faudra pas venir à cette extrémité qui ne serait que la conséquence de ton obstination. — Eh bien, choisis ! il est temps : il faut que nous partions. »

Andrès vit clairement que la moindre hésitation de sa part pouvait coûter la vie à son enfant et à sa chère Giorgina. Tout en maudissant donc, et vouant, à part soi, aux flammes de l'enfer le traître et infâme Denner, il prit le parti de se soumettre en apparence à sa volonté, bien résolu à rester pur de meurtre ou de vol, et à profiter seulement de son admission dans les repaires des brigands pour faire opérer plus sûrement leur arrestation à la première occasion favorable. Après avoir pris tacitement cette détermination, il déclara donc, que, malgré son premier mouvement de répugnance, il se croyait engagé, par reconnaissance pour le sauveur de sa femme, à prêter à Denner son assistance, et qu'il consentait à marcher avec eux, priant toutefois qu'on lui épargnât, en qualité de novice, toute participation active autant que possible. Denner applaudit à sa résolution, en ajoutant qu'il était bien loin de vouloir l'incorporer formellement dans la bande; et qu'il devait, au contraire, conserver ses fonctions de garde de la réserve, dans leur propre intérêt et pour leur être à l'avenir plus utile encore que par le passé.

Il ne s'agissait de rien moins que d'investir et de piller l'habitation d'un riche fermier, assez éloignée du bourg et touchant à la lisière du bois. On savait que ce fermier, outre l'argent comptant et les objets précieux qu'il possédait, venait de toucher pour prix d'une vente de blé une somme fort considérable, et les brigands se promettaient de récolter un riche butin. Les torches furent éteintes, et la troupe se mit silencieusement en marche à travers d'étroits sentiers connus d'elle seule. Arrivés près du bâtiment, une partie d'entr'eux commença par le cerner, et d'autres enfoncèrent la porte de la cour, ou escaladèrent les murs; plusieurs furent placés en sentinelle à distance, et Andrès était du nombre. Il entendit bientôt les brigands briser les portes et faire irruption dans la maison; il distinguait leurs jurements, leurs cris et les lamentations des assaillis. Un coup de fusil se fit entendre : le fermier, homme de cœur, s'était mis peut-être sur la défensive; et puis il se fit un long silence, et l'on entendit ensuite le bris des serrures, et les caisses qu'on traînait hors de la cour. Mais l'un des gens de la ferme, qui s'était sans doute évadé grâce à l'obscurité, avait couru jusqu'au bourg; car tout-à-coup le tocsin retentit dans les ténèbres, et bientôt après des troupes de gens armés et munis de torches couvrirent le chemin aboutissant à la ferme.

Alors les coups de feu se succédèrent rapidement. Les brigands se rassemblèrent dans la cour et renversaient tout ce qui s'approchait du mur; ils avaient allumé leurs torches à vent. Andrès, placé sur une éminence, put voir toute l'action; il reconnut avec terreur, parmi les paysans, des chasseurs à la livrée de son maître le comte de Vach. — Que devait-il faire? les joindre était impossible. La fuite la plus prompte était son seul moyen de salut. Mais il restait là comme fasciné, fixant ses regards sur la cour du fermier où le combat devenait de plus en plus meurtrier; car les chasseurs du comte de Vach s'étaient introduits par une petite entrée de derrière et en étaient venus aux mains avec les brigands. Ceux-ci durent plier, ils firent retraite en combattant vers l'endroit où Andrès était posté. Celui-ci vit Denner chargeant incessamment son arme et ne tirant jamais un coup en vain. Un jeune homme richement vêtu semblait commander aux chasseurs de Vach qui l'entouraient; Denner le mit en joue; mais, avant d'avoir lâché la détente, il tomba frappé d'une balle, avec un cri étouffé. Les brigands se mirent à fuir. — Déjà les chasseurs se précipitaient vers lui, quand Andrès, comme entraîné par une puissance irrésistible, accourut, souleva Denner qu'il mit sur ses épaules, et, fort comme il était, prit la fuite avec son fardeau.

Il atteignit heureusement la forêt sans être poursuivi. L'on n'entendait plus que quelques détonations isolées, et bientôt tout rentra dans le silence ; preuve que ceux des brigands qui n'étaient pas restés blessés sur la place avaient réussi à se sauver dans le bois, et que les chasseurs ni les payans n'avaient jugé prudent de s'y lancer à leur poursuite.

« Pose-moi à terre, Andrès, dit Denner, je suis blessé au pied, et c'est une malédiction que je sois tombé ; car, malgré la vive souffrance qu'elle me cause, je ne crois pourtant pas ma blessure grave. » Andrès le mit à terre. Denner tira de sa poche une petite fiole, et, à la clarté qui en rayonna quand il l'eut ouverte, Andrès put examiner l'état de sa blessure. Denner avait raison, ce n'était qu'une forte éraflure au pied droit, d'où le sang coulait en abondance. Andrès fit un bandage de son mouchoir. Puis Denner donna un coup de sifflet, auquel on répondit dans le lointain ; alors il pria Andrès de l'aider doucement à gravir un étroit sentier qui devait les conduire en peu d'instants au rendez-vous convenu. En effet, ils ne tardèrent pas à voir briller, à travers les halliers, la lueur des torches à vent, et à se retrouver dans la clairière d'où l'on était parti, et où était déjà rassemblé le reste de la bande. — Tous furent transportés de joie en voyant Denner de retour parmi eux, et ils félicitèrent à l'envi Andrès, qui, profondément absorbé en lui-même, était incapable de proférer une parole.

Il se trouva que plus de la moitié des brigands était restée sur la place, morte ou grièvement blessée. Cependant quelques-uns de ceux qui avaient eu mission de veiller à l'enlèvement du butin étaient parvenus à emporter effectivement, durant le combat, plusieurs caisses contenant des effets précieux, ainsi qu'une somme d'argent considérable, de sorte que, malgré la funeste issue de l'expédition, le produit du vol fut encore très-important.

Enfin, après les communications essentielles, Denner, qu'on avait pansé convenablement pendant ce temps-là, et qui semblait à peine ressentir la moindre douleur, se tourna vers Andrès et lui dit : « J'ai sauvé ta femme de la mort ; toi, tu m'as sauvé cette nuit de la captivité et, par conséquent, aussi d'une mort certaine : nous sommes quittes ! — Tu peux retourner à ta demeure. Au premier jour, dès demain peut-être, nous aurons quitté la contrée. Tu peux donc être bien rassuré sur la chance d'une nouvelle réquisition de notre part semblable à celle d'aujourd'hui. Tu n'es qu'un sot avec ta manie de dévotion, et tu ne nous serais bon à rien. Pourtant il est juste que tu aies ta part de l'aubaine d'aujourd'hui, et qu'en outre, tu sois récompensé de m'avoir délivré. Prends donc cette bourse pleine d'or, et garde-moi un bon souvenir ; car l'année prochaine j'espère une fois encore m'arrêter chez toi. — Le Seigneur m'en garde, répondit Andrès avec vivacité, de recevoir un seul denier de vos infâmes rapines ! ce n'est que par les plus affreuses menaces que vous m'avez contraint à vous suivre, et je ne cesserai point de m'en repentir. — Peut-être est-ce un nouveau péché que j'ai commis en te dérobant, réprouvé bandit, à la punition qui t'est due ; mais que l'indulgence de Dieu me le pardonne! C'était pour moi comme si ma Giorgina, à qui tu as sauvé la vie, me priait pour la tienne, et je ne pus m'empêcher de te soustraire au danger, en risquant moi-même mes jours et mon honneur, et même en compromettant la condition et l'existence de ma femme et de mon fils. Car, dis, où en serais-je si j'étais tombé blessé entre leurs mains ? que seraient devenus ma pauvre femme et son enfant si l'on m'avait trouvé tué au milieu de ton infâme bande d'assassins ? — Mais sois bien certain que si tu ne quittes pas le pays, si j'ai vent qu'un meurtre ou qu'un seul vol s'y commette encore, sur-le-champ je vais à Fulda et je dénonce à l'autorité le secret de tes repaires. »

Les brigands se jetaient déjà sur Andrès pour le punir de son audace, mais Denner les contint en disant : « Laissez donc bavarder cet imbécille, que nous importe ! — Andrès ! poursuivit Denner, tu es en ma puissance ainsi que ta femme et ton enfant ; mais tu resteras pourtant avec eux sain et sauf si tu me promets de demeurer en repos chez toi, et de garder un silence absolu sur les événements de cette nuit. Je t'engage d'autant plus à suivre ce dernier conseil, que je tirerais de toi une vengeance terrible, et que, d'ailleurs, la justice n'oublierait pas de te demander compte de l'assistance que tu nous a prêtée, ni de la longue jouissance d'une partie de nos profits. En retour, je te promets encore une fois que je quitterai positivement ce pays, et qu'aucune expédition n'y aura lieu désormais, du moins de notre part.

Après qu'Andrès eut consenti forcément à ces conditions du chef de brigands, et qu'il eut promis solennellement de garder le secret, deux brigands le conduisirent par des sentiers sauvages jusqu'à l'une des routes principales de la forêt, et il faisait jour depuis long-temps, lorsqu'il rentra dans sa maison et pressa dans ses bras sa Giorgina, pâle comme la mort d'inquiétude et d'effroi.

Andrès lui apprit, sans entrer dans aucun détail, que Denner s'était seulement dévoilé à lui pour un indigne scélérat, qu'il avait, par conséquent, rompu toute relation avec lui, et que jamais il ne passerait plus le seuil de sa demeure. — « Mais la cassette aux joyaux ? » interrompit Giorgina. Ces mots tombèrent comme un poids énorme sur le cœur d'Andrès. Il avait oublié les bijoux laissés chez lui par Denner, et il ne pouvait s'expliquer comment celui-ci n'avait pas dit un seul mot à cet égard. Il se consulta sur ce qu'il devait faire de la cassette. Il eut bien l'idée de la porter à Fulda et de la remettre aux mains des magistrats. Mais par quel moyen expliquer la possession d'un pareil objet, sans risquer très-fort de violer la parole donnée à Denner ? — Bref, il résolut de garder fidèlement le trésor jusqu'à ce que le hasard lui offrît l'occasion de le restituer à Denner, ou, mieux encore, de le mettre à la disposition de la justice sans s'exposer à manquer à sa promesse.

L'attaque de la ferme avait causé une terreur extrême dans toute la contrée, car c'était l'entreprise la plus audacieuse que les brigands eussent tentée depuis long-temps, et une preuve certaine que leur bande, qui d'abord ne s'était signalée que par des filouteries et des vols commis sur des voyageurs isolés, devait s'être considérablement renforcée. Par hasard, le neveu du comte de Vach, escorté de plusieurs des gens de son oncle, avait passé la nuit dans le village voisin de la ferme. Il accourut au premier signal au secours des paysans qui marchaient contre les voleurs, et ce fut à son assistance que le fermier dut le salut de sa vie et la conservation d'une majeure partie de sa fortune. — Trois des brigands restés sur la place vivaient encore le lendemain de l'affaire, et l'on comptait sur leur guérison pour obtenir des aveux. Aussi les avait-on pansés avec soin et dûment enfermés dans la prison du bourg; mais le matin du troisième jour, on fut étrangement surpris de les trouver morts, percés chacun de nombreux coups de stilet, sans qu'on pût expliquer par aucune conjecture ce mystérieux dénouement. Tout espoir d'acquérir des éclaircissements sur la bande fut donc perdu pour la justice.

Andrès frémit intérieurement au récit de tous ces détails, et en apprenant que plusieurs paysans et des chasseurs du comte de Vach avaient été tués ou grièvement blessés. De fortes patrouilles de cavaliers venus de Fulda battaient incessamment la forêt et firent halte plusieurs fois chez lui. Andrès avait à craindre à chaque instant qu'on amenât Denner lui-même, ou du moins quelqu'un de ses compagnons, qui pouvait le reconnaître et le dénoncer comme complice de leur criminelle expédition. Pour la première fois de sa vie, il sentit les tourments et les angoisses d'une conscience alarmée, et cependant ce n'était que son amour pour sa femme et son enfant qui l'avait fait céder malgré lui aux indignes exigences de Denner.

Toutes les recherches furent infructueuses. Il fut impossible de découvrir la trace des brigands, et Andrès s'assura bientôt que Denner avait tenu parole et avait quitté le pays avec sa bande. Il enferma dans la cassette aux joyaux l'aiguille d'or, présent de Denner, et ce qui lui restait d'argent provenant de lui, car il ne voulait pas se charger de plus de péchés encore en consacrant à ses jouissances ce bien mal acquis. — Il arriva donc qu'il retomba en peu de temps dans son ancienne indigence ; mais son cœur recouvrait d'autant plus de sérénité, à mesure que les jours s'écoulaient sans que rien vînt troubler son humble vie. Au bout de deux ans, sa femme lui donna encore un garçon, mais sans être malade comme à ses premières couches, quoiqu'elle eût été bien contente de retrouver les aliments et le cordial soporifique qui lui avaient été alors si salutaires.

Un soir, à l'heure du crépuscule, Andrès était assis amicalement auprès de sa femme, qui tenait sur son sein le nouveau-né, tandis que le plus âgé se roulait en jouant avec un grand chien qui, en qualité de favori de son maître, avait le privilége de rester dans la chambre, lorsque le valet entra et dit que, depuis près d'une heure déjà, un homme qui lui paraissait suspect rôdait aux alentours de la maison. Andrès se disposait à sortir avec son fusil, quand il s'entendit appeler en dehors par son propre nom. Il ouvrit la croisée et reconnut au premier coup-d'œil l'odieux Ignace Denner, dans son ancien costume gris de petit marchand, et portant une valise sous le bras.

« Andrès! lui cria Denner, il faut que tu m'hébergès pour cette nuit, je repartirai demain. — Quoi, scélérat! impudent coquin! s'écria Andrès exaspéré, tu as l'audace de reparaître dans ces lieux? Ne t'ai-je pas tenu fidèlement parole, seulement à la condition expresse que tu abandonnerais ce pays pour toujours? Tu ne dois plus franchir le seuil de cette porte. — Éloigne-toi vite! ou je t'étends sur la place d'un coup de fusil, infâme brigand! — Mais attends! je vais te jeter ton or et tes bijoux avec lesquels tu as voulu éblouir ma femme; et puis tu te hâteras de fuir. Je te laisse trois jours de délai : mais si ensuite j'ai la moindre révélation de ta présence ou de celle de ta bande, je cours immédiatement à Fulda et je déclare tout ce que je sais à l'autorité. — Si tu songeais à réaliser tes menaces contre ma femme et moi, je me confie à la protection du ciel! et d'ailleurs, mon bon fusil saura t'adresser une balle mortelle! »

Andrès alla donc promptement chercher la cassette, mais lorsqu'il revint à la fenêtre, Denner avait disparu; et l'on eut beau fouiller et battre les environs de la maison à l'aide des dogues, il fut impossible de retrouver sa trace.

Alors Andrès vit bien qu'en butte à l'inimitié de

Denner, il était exposé à de grands dangers, et il se tenait toutes les nuits sur ses gardes. Cependant rien ne troublait la tranquillité du district, et Andrès resta convaincu que Denner avait reparu seul dans la forêt. Toutefois, pour sortir de cet état d'inquiétude et tranquilliser sa conscience bourrelée, il résolut de rompre enfin le silence, et d'aller à Fulda raconter aux magistrats l'histoire innocente de ses relations avec Denner, et leur livrer en même temps la cassette de joyaux. Andrès pensait bien qu'il encourrait, sans doute, une correction, néanmoins il se reposa sur l'aveu expiatoire d'une faute où l'avait entraîné par force, comme Satan lui-même, le réprouvé Ignace Denner, et aussi sur l'intercession de son maître le comte de Vach, qui ne pouvait lui refuser, comme serviteur fidèle, un témoignage favorable. — Il avait exploré le bois avec son valet à plusieurs reprises, sans jamais rien découvrir de suspect. Il n'y avait donc point de danger à présent pour sa femme, et il était décidé à partir pour Fulda, sans plus différer, afin d'exécuter son projet.

Mais le matin du jour où il était prêt à se mettre en route, il reçut un message du comte de Vach qui lui prescrivait de se rendre sur-le-champ à la résidence seigneuriale. Au lieu d'aller à Fulda, Andrès s'achemina donc avec le messager vers le château, non sans inquiétude sur ce qui pouvait motiver cet appel tout-à-fait inusité de la part du comte. A son arrivée au château, il fut aussitôt introduit dans la chambre de son maître. — « Réjouis-toi, Andrès, lui dit celui-ci à haute voix, un bonheur bien inattendu t'est survenu. Te souvient-il encore de notre vieil hôte grondeur de Naples, le père adoptif de ta Giorgina? — Il est mort : mais à sa dernière heure, il a ressenti un remords de conscience de ses mauvais traitements envers la pauvre orpheline, et en réparation il lui a fait un legs de deux mille ducats, lesquels, à cette heure, sont parvenus à Francfort en lettres de change, et que tu peux aller toucher chez mon banquier. Si tu veux partir tout de suite pour Francfort, je vais te faire délivrer immédiatement le certificat nécessaire pour qu'on te compte la somme sans difficulté. »

L'excès du plaisir privait Andrés de la parole, et le comte de Vach prenait part au ravissement de son bon serviteur. Andrès, quand il fut remis de son émotion, résolut de procurer à sa femme une joyeuse surprise; il accepta donc l'offre obligeante de son maître, et muni d'un titre légitime, il se mit en route pour Francfort. — Il fit dire à Giorgina que le comte l'avait chargé d'une importante commission, et que son absence, par conséquent, durerait quelques jours.

Lorsqu'il fut arrivé à Francfort, le banquier du comte, chez qui il se présenta, l'adressa à un autre négociant qui devait être chargé du paiement du legs. Andrés s'aboucha enfin avec lui, et toucha effectivement la somme en question. Toujours occupé de sa Giorgina et ne songeant qu'à rendre sa joie plus complète, il acheta pour elle une foule d'objets d'agrément, ainsi qu'une aiguille d'or exactement pareille à celle qu'elle avait reçue de Denner;

et puis, comme il ne pouvait pas voyager à pied avec la lourde valise, il se procura un cheval. Enfin, après six jours d'absence, il reprit gaîment le chemin de sa maison.

Il atteignit rapidement la forêt et l'endroit de sa demeure. Mais il trouva la maison fermée et barricadée. Il appela à haute voix le valet, sa Giorgina : personne ne répondait. Les chiens seuls hurlaient dans l'intérieur. Andrès eut le pressentiment d'un grand malheur; il frappa à la porte avec violence et cria de toutes ses forces : « Giorgina ! — Giorgina ! » Alors un léger bruit partit d'une lucarne, Giorgina regarda dehors et s'écria : « Ah, ciel ! Andrès, est-ce toi ? Dieu soit loué ! te voilà de retour. » Enfin, à l'entrée de la maison, qu'elle lui ouvrit, sa femme se précipita dans ses bras pâle comme la mort et en jetant des cris de désespoir. Lui, restait interdit, immobile; pourtant voyant sa femme prête à tomber par terre de défaillance, il la saisit et la porta dans la chambre.

Mais il se sentit glacé d'horreur en y entrant. Le plancher, les parois étaient couverts de taches de sang, et son plus jeune fils étendu sur son petit lit, la poitrine déchirée et ouverte ! — « Où est George, George ? » s'écria brusquement Andrès dans un désespoir farouche; mais au même instant il entendit l'enfant descendre l'escalier en trébuchant et répétant le nom de son père. Des verres brisés, des bouteilles, des assiettes étaient épars çà et là. La grande et lourde table, qui d'ordinaire était appuyée à la muraille, avait été traînée dans le milieu de la chambre, et dessus étaient posés un réchaud d'une forme singulière, diverses fioles et une bassine à moitié pleine de sang. — Andrès prit sur le berceau son pauvre petit enfant. Giorgina le comprit, elle apporta un drap dans lequel ils enveloppèrent le cadavre, et ils allèrent l'ensevelir dans leur jardin. Andrès façonna une petite croix en bois de chêne qu'il posa sur le monticule de terre. — Aucune plainte, aucun mot ne s'échappa des lèvres de ces infortunés parents. Ils avaient enfin achevé leur tâche, et la nuit vint les surprendre, dans ce profond et sombre silence, assis en dehors de leur maison, chacun fixant devant soi un morne regard.

Ce ne fut que le lendemain que Giorgina put raconter à Andrès la succession d'événements qui s'était passée durant son absence. Le quatrième jour, après son départ de la maison, son valet avait encore aperçu dans la matinée beaucoup de figures suspectes rôder dans le bois, et Giorgina était impatiente de voir son mari de retour. Au milieu de la nuit elle fut réveillée tout-à-coup par un tapage et des cris tumultueux qui retentirent dans le voisinage. Le valet accourut et lui annonça plein d'effroi, que la maison était toute entourée de brigands, et qu'il était superflu de songer à se défendre. Les dogues étaient en fureur, mais il sembla bientôt qu'on les avait apaisés, et l'on s'écria à haute voix : « Andrès ! — Andrès ! » — Le valet se fit du cœur, il ouvrit une croisée et répondit bien haut, que le forestier de la réserve, Andrès, était absent de chez lui. « Eh bien, cela ne fait rien, lui dit une voix d'en-bas, ouvre la porte, car il faut que nous entrions ici, Andrès va bientôt arriver. » Que restait-il à faire au valet, sinon d'obéir.

Alors la troupe se précipita comme un torrent dans la maison, et les brigands saluèrent Giorgina comme la femme d'un de leurs camarades, auquel leur capitaine devait la liberté et la vie. Ils prescrivirent à Giorgina de leur préparer un solide repas, disant qu'ils avaient accompli, la nuit précédente, une rude besogne, mais qu'elle avait eu le plus heureux succès. Giorgina, tremblante et consternée, fit un grand feu dans la cuisine et prépara le repas, pour lequel un des brigands, qui paraissait être le sommelier et le cuisinier de la bande, lui remit du gibier, du vin, et toutes sortes d'ingrédients. Il fallut que le valet disposât la table et préparât la vaisselle. — Il saisit un moment et se glissa chez sa maitresse dans la cuisine. « Ah! dit-il tout effrayé, savez-vous ce qu'ont fait les brigands cette nuit? Après leur longue absence, et grâce à mille préparatifs, ils ont attaqué, il y a quelques heures, le château de monseigneur le comte de Vach, et malgré une vigoureuse défense, ils ont tué un grand nombre de ses gens et le comte lui-même, et ont mis le feu au château. » Giorgina s'écriait à chaque parole : « Ah, mon mari! si mon mari avait été encore au château! — Ah, notre malheureux seigneur! » Cependant les brigands faisaient du bruit et chantaient dans la chambre, se versant force rasades en attendant le repas. — Bref, déjà le jour suivant commençait à poindre, lorsque parut l'odieux Denner; alors on ouvrit les caisses et les valises qui avaient été apportées à dos de chevaux. Giorgina entendit compter beaucoup d'argent et résonner les pièces d'argenterie; on paraissait en faire l'inventaire général. Enfin, il faisait grand jour quand les brigands s'en allèrent, et Denner seul resta.

Il prit une mine riante et affable, et dit à Giorgina : « Vous avez été bien effrayée, ma chère dame; car votre mari ne semble pas vous avoir confié qu'il est devenu depuis long-temps notre camarade. Au fait, je suis fâché qu'il ne se soit pas rendu ici; il faut qu'il ait pris un autre chemin, et qu'il ait perdu nos traces. Il était avec nous au château de ce scélérat, du comte de Vach, qui nous a poursuivi il y a deux ans avec tant de rigueur, et de qui nous nous sommes vengés la nuit dernière. Oui, il est tombé dans le combat de la main de votre mari. Tranquillisez-vous donc, chère dame, et dites à Andrès, que maintenant il ne me reverra pas de sitôt, parce que notre bande est licenciée pour quelque temps. Ce soir, je vous quitte. — Vous avez toujours de beaux enfants, ma chère dame! voilà encore un superbe garçon. » A ces mots, il prit le petit des bras de Giorgina et se mit à badiner avec lui d'une façon si amicale, que l'enfant riait et manifestait beaucoup de plaisir à jouer avec l'étranger, qui le rendit ensuite à sa mère. La nuit était venue, lorsque Denner dit encore à Giorgina : « Vous voyez bien que, quoique privé de femme et d'enfants, ce qui parfois me cause un vif chagrin, je n'en aime pas moins plaisanter et m'égayer avec les enfants. Laissez-moi donc jouer avec le vôtre pendant le peu d'instants que j'ai à passer encore chez vous. — N'est-ce pas? le petit a juste en ce moment neuf semaines accomplies? » Giorgina confirma le fait, et remit, non sans une secrète répugnance, son enfant à Denner, qui s'assit avec lui devant la porte de la maison, et pria Giorgina de lui apprêter, sans tarder, à souper; car il devait, disait-il, partir dans une heure.

A peine Giorgina fut-elle rendue dans sa cuisine, qu'elle vit Denner rentrer dans la chambre avec l'enfant sur son bras. Bientôt après, il se répandit dans la maison une vapeur d'une odeur singulière, qui semblait sortir de la chambre. Giorgina fut saisie d'une affreuse inquiétude; elle courut promptement à la chambre et trouva la porte verrouillée en dedans. Il lui semblait entendre l'enfant gémir d'une voix comprimée. « Mon enfant! sauve mon enfant des griffes du monstre! sauve-le! » s'écria-t-elle dans un horrible pressentiment, en courant au-devant du valet qui rentrait justement au logis. Celui-ci s'empara aussitôt d'une hache et fit sauter la porte. Une vapeur dense et nauséabonde en sortit à leur rencontre. D'un bond Giorgina fut dans la chambre; elle vit l'enfant nu, étendu au-dessus d'une bassine, où son sang coulait goutte à goutte. Elle vit encore le valet lever la hache pour frapper Denner, et celui-ci, évitant le coup, assaillir le valet et lutter avec lui. Et puis il lui sembla entendre plusieurs voix du côté des fenêtres; mais elle était tombée sans connaissance.

Ce fut dans l'obscurité de la nuit qu'elle revint à elle, mais toute étourdie et incapable de remuer ses membres raidis. Enfin le jour parut, et alors elle vit avec horreur la chambre inondée de sang, — des morceaux de l'habit de Denner épars dans tous les coins, une touffe des cheveux arrachés du valet, plus loin la hache ensanglantée, — et le corps de l'enfant, gisant sous la table avec la poitrine ouverte. Giorgina s'évanouit de nouveau, elle crut mourir; mais elle se réveilla de cette espèce de léthargie, lorsqu'il était déjà midi. — Elle se releva avec peine, elle appela George à haute voix, et ne recevant aucune réponse, elle crut que George aussi avait été tué. Le désespoir lui donna des forces, elle s'élança hors de la chambre, dans la cour, et cria de nouveau : « George! — George! » Une voix faible et lamentable lui répondit du haut de la mansarde: « Maman! ah, chère maman, tu es donc là? viens en haut près de moi! j'ai bien faim! » — Giorgina monta en courant et trouva le petit dans le grenier, où il s'était glissé, effrayé du tumulte qui se faisait dans la maison, et sans oser en sortir. Giorgina pressa avec transport son fils contre son sein. Puis elle ferma la maison de son mieux, et attendit dans le grenier, d'heure en heure, le retour d'Andrès qu'elle espérait à peine revoir. L'enfant avait vu d'en-haut plusieurs hommes entrer dans la maison, et en ressortir ensuite avec Denner, portant sur leurs bras un homme mort.

Et à la fin de son récit, Giorgina, qui avait remarqué l'argent et tout ce qu'Andrès apportait avec lui, s'écria avec douleur : « Ah ! il est donc vrai ? tu es aussi..... » Andrès ne la laissa pas achever ; mais il lui raconta en détail quel bonheur lui était arrivé, et son voyage à Francfort pour recueillir l'héritage.

Le neveu du comte de Vach était devenu propriétaire du domaine ; Andrès songeait à se présenter chez lui pour lui raconter fidèlement tout ce qui lui était arrivé, découvrir les repaires de Denner, et le prier aussi de l'affranchir d'un service trop pénible et trop périlleux. Mais il ne voulut pas laisser à la maison ni son fils, ni Giorgina. Il résolut donc de charger un petit chariot à ridelles de ses effets les plus portatifs et les meilleurs, d'y atteler le cheval qu'il avait amené, et d'abandonner ainsi pour toujours, avec sa femme et son enfant, un séjour qui ne pouvait réveiller en lui que les plus affreux souvenirs, et qui, en outre, ne pouvait jamais lui offrir ni repos, ni sûreté.

Le troisième jour, fixé pour son départ, était arrivé, et il était justement occupé à remplir une caisse, lorsqu'il entendit un grand bruit de chevaux qui approchaient de sa demeure. Andrès reconnut le forestier de Vach, qui demeurait près du château ; derrière lui venait un détachement de dragons de Fulda. « Bon, nous arrivons à point, car voilà précisément le coquin à l'ouvrage, pour mettre son vol en sûreté ! » s'écria le commissaire du tribunal qui suivait les soldats. Andrès fut pétrifié d'étonnement et de crainte. Giorgina était à moitié évanouie. On les saisit tous deux; on les garotta et on les attacha sur le chariot qu'Andrès avait préparé devant la maison. Giorgina se lamentait à haute voix à cause de son enfant, et priait, pour l'amour de Dieu, qu'on le laissât avec elle. « Oui, pour que tu puisses à ton aise lui apprendre à se damner comme toi! » dit le commissaire; et il arracha l'enfant avec violence des bras de Giorgina.

On allait se mettre en route, quand le vieux forestier, un homme rude, mais loyal, s'approcha encore une fois de la voiture et dit : « Andrès, Andrès! comment as-tu pu te laisser entraîner par Satan à commettre de telles scélératesses! Tu étais autrefois en toutes choses si pieux et si honnête! — Ah! mon brave Monsieur, s'écria Andrès dans le plus grand désespoir, aussi vrai qu'il y a un Dieu dans le ciel, aussi vrai que j'espère mourir moi-même en état de grâce, je suis innocent! — Vous me connaissez depuis ma plus tendre jeunesse; comment pourrais-je être devenu un aussi indigne scélérat, moi qui n'ai jamais failli à la probité! car je vois bien que vous me croyez un abominable brigand et un complice du crime infâme qui a été commis au château de notre cher et malheureux maître. Mais je suis innocent, j'en jure sur ma vie et le salut de mon âme. — Eh bien, dit le vieux forestier, si tu es innocent, cela s'éclaircira, quoiqu'il s'élève contre toi des charges bien graves. Quant à ton enfant et à ce qui t'appartient, je m'en chargerai fidèlement, de manière à ce que, si ton innocence et celle de ta femme est prouvée, tu puisses retrouver ton bien intact et ton fils alerte et bien portant. »

Le commissaire de justice opéra la saisie de l'argent. Pendant la route, Andrès demanda à Giorgina où elle avait déposé la cassette; elle lui apprit qu'elle l'avait livrée à Denner, ce dont elle était bien fâchée maintenant; car ils en auraient fait la remise à l'autorité. A Fulda, on sépara Andrès de sa femme et on le jeta dans un sombre et profond cachot. Quelques jours après, il subit un interrogatoire. On l'accusa de complicité dans l'attentat du pillage et des meurtres commis au château de Vach, et on l'exhorta à confesser la vérité, d'autant plus que les charges qui l'inculpaient étaient presque irrécusables.

Alors, Andrès fit une relation complète de tout ce qui lui était arrivé, depuis la première visite de l'infâme Denner dans sa maison, jusqu'au moment de son arrestation. Il s'accusa lui-même avec beaucoup de repentir de son unique faute, c'est-à-dire d'avoir consenti, pour sauver sa femme et son enfant, à assister à l'attaque de la ferme, et d'avoir soustrait Denner à la captivité; mais il protesta de sa parfaite innocence relativement au dernier attentat commis par la bande de Denner, puisqu'il était à Francfort, précisément à cette époque.

Soudain les portes de la salle du tribunal s'ouvrirent et Denner lui-même fut amené. En apercevant Andrès, il éclata de rire avec une expression diabolique, et dit : « Eh bien, camarade, tu t'es aussi laissé attraper ? Les prières de ta sainte femme n'ont donc pas pu te délivrer? » Les juges sommèrent Denner de répéter sa déclaration concernant Andrès, et il déposa que le garde de la réserve du comte de Vach, Andrès, en ce moment présent devant lui, était déjà depuis cinq ans son associé, et que la maison du garde avait été son meilleur et son plus sûr asile. Il ajouta qu'Andrès avait toujours reçu la part qui lui revenait dans les prises, quoiqu'il n'eût coopéré activement que deux fois à leurs expéditions; à savoir, celle du pillage de la ferme, où il l'avait sauvé, lui, Denner, du danger le plus imminent, et puis l'affaire du château du comte qui était tombé sous le coup favorisé d'Andrès.

Andrès fut transporté de fureur en entendant cet horrible mensonge. « Quoi? s'écria-t-il, infâme, maudit scélérat! tu oses m'accuser du meurtre de mon digne maître, dont tu es toi-même l'auteur? Oui, je le sais, toi seul es capable d'avoir commis ce forfait. Mais ta vengeance me poursuit, parce que j'ai renoncé à tout commerce avec toi, parce que je t'ai menacé, comme un infâme brigand et assassin, de tirer sur toi si tu tentais de passer le seuil de ma porte. Voilà pourquoi tu as attaqué ma maison avec ta bande, lorsque j'étais absent; voilà pourquoi tu as égorgé mon pauvre innocent enfant et mon brave domestique! Mais quand même je succomberais par l'effet de ta méchanceté, tu n'échapperas pas à la terrible punition de la justice divine. » Andrès alors répéta son premier dire avec les plus saintes protestations de sa véracité; mais Denner riait avec perfidie, adressant des reproches à Andrès de ce que la peur de la mort le stimulait à tromper lâchement le tribunal, et prétendant que c'était démentir étrangement la piété dont il faisait tant parade, que d'invoquer Dieu et les saints à l'appui de ses fausses dépositions

Les juges ne savaient, en effet, que penser, ni d'Andrès, dont les paroles semblaient confirmées par son air et son accent de sincérité, ni de la froide assurance de Denner. — On fit venir aussi Giorgina, qui se précipita dans les bras de son mari en pleurant, et avec les signes d'un désespoir inexprimable. Elle ne put fournir que des témoignages incomplets, et bien qu'elle accusât Denner comme l'horrible meurtrier de son enfant, Denner ne fit paraître aucun ressentiment; au contraire, il soutint, ainsi qu'il l'avait déjà déclaré, que Giorgina n'avait jamais rien su des démarches coupables de son mari, et qu'elle était absolument innocente.

Andrès fut reconduit dans sa prison. Quelques jours après, le geôlier, homme assez bon, lui apprit que sa femme avait été relâchée de sa captivité, Denner, aussi bien que tous les autres brigands, ayant constamment affirmé son innocence, et nul indice, d'ailleurs, ne s'élevant contre elle. Le jeune comte de Vach, noble et généreux seigneur, et qui semblait douter de la culpabilité d'Andrès lui-même, avait donc fourni caution, et le vieux forestier était venu chercher Giorgina dans une belle voiture. Giorgina avait en vain sollicité la permission de visiter son mari; le tribunal s'était montré inexorable à cet égard.

Cette nouvelle fut pour le pauvre Andrès une grande consolation ; car il était plus affecté de l'incarcération de sa femme que de sa propre disgrâce. — Néanmoins, il voyait son procès empirer de jour en jour. Il était prouvé, conformément à la déposition de Denner, que, depuis cinq ans, Andrès avait joui d'une certaine aisance, qui ne pouvait provenir que de sa participation aux vols de la troupe. En outre, Andrès avouait lui-même son absence de chez lui le jour de l'attentat commis au château de Vach, et sa déclaration, relativement à l'héritage et à son séjour à Francfort, ne présentait point de garantie; car il lui était impossible d'indiquer le nom du négociant dont il disait avoir reçu l'argent. Le banquier du comte de Vach et le maître de l'hôtel, à Francfort, où il était descendu, s'accordèrent par malheur pour dire qu'ils n'avaient aucun souvenir du garde-forestier qu'on leur signalait. Enfin, le justicier du comte de Vach, qui avait dressé le certificat nécessaire à Andrès, était mort, et aucun des serviteurs du seigneur de Vach ne savait rien de l'héritage, car le comte n'en avait point parlé, et Andrès avait gardé le même silence dans l'intention où il était de surprendre sa femme par cette bonne nouvelle, à son retour de Francfort. Ainsi tout ce qu'Andrès avançait pour prouver son séjour à Francfort au moment du vol, et la légitime possession de cet argent, semblait fort suspect. Denner, au contraire, s'en tenait toujours à sa première déposition, et tous les brigands, qui avaient été saisis, s'accordaient exactement avec lui.

Tout cela cependant n'aurait peut-être pas suffi à l'entière conviction des juges sur la culpabilité du malheureux Andrès, sans la déclaration de deux des chasseurs de Vach, qui disaient avoir vu, à la lueur des flammes, et reconnu bien positivement Andrès, lorsque le comte reçut le coup mortel de sa main. Dès lors Andrès passa aux yeux des magistrats pour un scélérat endurci et consommé, et le tribunal, se fondant sur la valeur de ces déclarations et l'ensemble des charges, le condamna à subir la question, comme moyen de fléchir son entêtement et d'obtenir de lui l'aveu de son crime.

Andrès languissait en prison depuis plus d'un an, le chagrin avait consumé ses forces, et son corps, autrefois vigoureux et robuste, était devenu faible et débile. Le terrible jour où la souffrance devait lui arracher l'aveu d'une action qu'il n'avait point commise arriva; on le conduisit dans la salle de torture, où étaient disposés les affreux instruments dus au génie inventif de la cruauté, et où les valets du bourreau faisaient les préparatifs de son martyre. Andrès fut sommé encore une fois d'avouer le crime dont le soupçon pesait si gravement sur lui, et dont le témoignage des deux chasseurs démontrait même la certitude. Il protesta de nouveau de son innocence, et redit toutes les circonstances de sa liaison avec Denner, dans les mêmes termes employés par lui dans son premier interrogatoire. Alors il fut livré aux exécuteurs qui le lièrent avec des cordes, et le torturèrent en disloquant ses membres, et en enfonçant des pointes aiguës dans ses chairs durcies par la tension. Andrès ne put supporter un tel supplice. En proie aux angoisses de la douleur et souhaitant la mort, il avoua tout ce que l'on voulut, et il fut transporté évanoui dans sa prison.

On lui rendit des forces avec du vin, comme c'était l'habitude en pareilles circonstances, et il tomba dans un engourdissement léthargique entre la veille et le sommeil. Alors, il lui sembla voir des pierres se détacher de la muraille, et tomber avec fracas sur le pavé de la prison. Une lueur d'un rouge de sang pénétra par l'ouverture, et, au milieu d'elle, parut une figure que, malgré sa ressemblance frappante avec Denner, Andrès ne pouvait prendre pour Denner lui-même. Ses yeux étincelaient avec plus d'ardeur, ses cheveux hérissés, plantés droits sur son front, étaient plus noirs, et ses sombres sourcils s'arquaient davantage sur le muscle aplati qui surmontait son nez, recourbé comme le bec du vautour. Son visage était ridé et contourné d'une manière horrible et bizarre, et il portait des vêtements étrangers et extraordinaires, comme Andrès n'en avait jamais vus à Denner. Un large manteau rouge de feu, garni de nombreuses tresses d'or, tombait de ses épaules en plis flottants; un large chapeau espagnol au bord retroussé avec une plume rouge flexible était posé de travers sur son front; une longue rapière pendait à son côté, et, sous le bras gauche, ce personnage portait une petite cassette.

Le spectre fantastique s'avança donc vers Andrès, et d'une voix sourde et creuse : « Eh bien, dit-il, camarade, comment t'a plu la torture? Tu ne dois tout cela qu'à ton opiniâtreté; si tu avais reconnu toi-même appartenir à la bande, tu serais déjà sauvé maintenant. Mais si tu promets de te livrer entièrement à moi et à ma direction, et si tu peux prendre sur toi de boire une goutte de cette liqueur, composée avec le sang du cœur de ton enfant, tu seras immédiatement délivré de toutes tes souffrances. Tu redeviendras tout d'un coup sain et robuste, et quant au point de ta délivrance ultérieure, je m'en charge. » — La terreur, l'anxiété et son affaiblissement ôtaient à Andrés la faculté de la parole. Il voyait dans la fiole que la figure lui présentait étinceler en petits jets de flamme le sang de son enfant. Il se mit à prier intérieurement avec ferveur Dieu et les saints de le délivrer des griffes de Satan acharné à le poursuivre, pour le frustrer du salut éternel dont il espérait jouir, dût-il mourir d'une mort infamante. — Alors la figure se mit à rire avec un éclat dont retentirent les murs du cachot, et tout s'évanouit dans une étouffante vapeur.

Andrés sortit enfin de cet état d'oppression, et parvint à se dresser sur son séant; mais quelle fut sa stupéfaction en voyant, à l'endroit où reposait sa tête, la paille qui lui servait de lit agitée, soulevée par degrés, et enfin rejetée de côté. Il s'aperçut qu'une pierre du pavé avait été détachée pardessous, et il entendit son nom répété plusieurs fois à voix basse. C'était la voix de Denner. Andrés répondit : « Que me veux-tu ? laisse-moi en repos, je n'ai rien à démêler avec toi ! — Andrés, dit Denner, j'ai pénétré à travers plusieurs voûtes pour te sauver; car, si l'on t'emmène au lieu du supplice, auquel j'ai échappé, tu es perdu. Ce n'est qu'à cause de ta femme, qui m'intéresse plus que tu ne peux le penser, que je viens à ton secours. Tu es un poltron et un lâche. A quoi t'ont servi tes misérables dénégations? Et moi, c'est parce que tu n'es pas revenu à temps du château de Vach à la maison, et pour être resté trop long-temps près de ta femme, que j'ai été arrêté. Mais, tiens! — prends cette lime et cette scie, débarrasse-toi de tes chaines pendant la nuit prochaine, et détache la serrure de la porte de ton cachot; tu te glisseras avec précaution dans le corridor; une porte extérieure, à main gauche, sera ouverte, et dehors tu trouveras l'un de nous qui te conduira plus loin. — Bonne chance! » Andrès prit la scie et la lime que Denner lui tendait, et remit ensuite la pierre à sa place. Il était résolu à faire ce que lui prescrivaient la droiture et la voix de sa conscience.

Lorsqu'il fit jour et que le geôlier entra, il dit qu'il désirait instamment être conduit devant un juge, à cause d'une importante révélation qu'il avait à faire. Sa demande fut exaucée dans la même matinée, et l'on croyait qu'Andrès ferait connaître de nouveaux crimes de la bande qui n'étaient que vaguement signalés. Mais Andrès remit aux juges les instruments qu'il avait reçus de Denner, et raconta l'étrange événement de la nuit. « Quoiqu'il soit bien certain et véritable que je souffre sans l'avoir mérité, ajouta-t-il, Dieu me préserve toutefois de la tentation de recouvrer ma liberté d'une manière illicite!

car je tomberais ainsi à la discrétion de l'infâme Denner, qui m'a précipité dans l'opprobre et exposé à la mort ; et, d'ailleurs, le méfait d'une semblable surprise me mériterait alors le châtiment que je souffrirai aujourd'hui innocemment. »

Telle fut l'allocution d'Andrès. Les juges paraissaient confondus et pénétrés de compassion pour le malheureux. Cependant les nombreuses preuves qui s'élevaient contre lui leur inspiraient trop la persuasion de sa culpabilité pour ne pas leur faire concevoir quelque doute sur ce nouveau témoignage. Toutefois, la sincérité d'Andrès, et surtout le résultat de ses indications sur la fuite projetée par Denner, qui fut la découverte et l'arrestation réelle de plusieurs membres de la bande dans la ville, et même aux alentours de la prison, ne furent pas sans avantages pour lui. On le transféra du cachot souterrain où il était enfermé, dans un local aéré, près du logement du geôlier. Là, il consacra son temps à s'occuper de sa chère femme et de son enfant, et à de pieuses méditations qui lui suggérèrent même, peu à peu, le courage et la résolution stoïque de déposer la vie comme un terrestre fardeau, fût-ce au milieu de nouveaux supplices. Le geôlier ne pouvait assez admirer la dévotion de ce prétendu criminel, et il était presque forcé de croire en lui-même à son innocence.

Enfin, après une année encore environ de délais, le procès compliqué et difficile contre Denner et ses complices fut achevé. Il résultait de l'instruction que la bande avait des affiliés jusque sur la frontière d'Italie, et qu'elle avait commis depuis long-temps des pillages et des meurtres de tout genre. Denner devait être pendu, puis son corps devait être brûlé. Le malheureux Andrès était aussi condamné à la potence; mais en considération de son repentir, et de l'aveu volontaire qui avait donné l'éveil sur le projet d'évasion de Denner, et mis à même d'appréhender ses complices, l'arrêt disposait que son cadavre resterait intact et serait enseveli sur la place de justice.

Le jour fixé pour l'exécution de Denner et d'Andrès était arrivé. Le matin même, Andrès, qui était à genoux et priait silencieusement, vit la porte de sa prison s'ouvrir et le jeune comte de Vach paraître devant lui. — « Andrès, dit le comte, tu vas mourir. Allège enfin ta conscience par un franc aveu! Dis-moi, as-tu tué ton seigneur? es-tu véritablement le meurtrier de mon oncle? » — Les larmes jaillirent alors des yeux d'Andrès, et il répéta encore tout ce qu'il avait déclaré devant le tribunal, avant que le supplice intolérable de la question lui eût arraché un mensonge. Il prit Dieu et les saints à témoins de la sincérité de sa déclaration, et de sa complète innocence au sujet de la mort de son maître cher et vénéré. — « Alors, il y a ici, poursuivit le comte de Vach, quelque mystère inexplicable! Moi-même, Andrès, j'étais convaincu de ton innocence, malgré ce qui semblait la démentir; car je savais que, depuis ta jeunesse, tu as été le plus fidèle serviteur de mon oncle, et que même, en Italie, tu l'as un jour sauvé des mains des brigands au péril de ta vie. Mais, hier encore, les deux vieux chasseurs de mon oncle, Franz et Nicolas, m'ont juré qu'ils étaient sûrs de t'avoir bien reconnu parmi les brigands, et de t'avoir vu, toi-même, tuer mon pauvre oncle. »

Andrès était agité des émotions les plus poignantes et les plus sinistres. Il s'imaginait que Satan en personne avait pris sa propre apparence pour le perdre ; car Denner lui-même ne lui avait-il pas parlé dans la prison de sa présence prétendue à l'attaque du château? Ainsi sa dénonciation contre lui devant le tribunal n'aurait été, d'après cela, que l'effet d'une conviction intime et véritable. — Andrès convint de tout cela franchement, et il ajouta qu'il se soumettait à la providence divine, qui lui infligeait la peine d'une mort ignominieuse comme à un malfaiteur; mais que, tôt ou tard, son innocence apparaîtrait au grand jour. Le comte de Vach semblait profondément ému; il put à peine apprendre encore à Andrès que, suivant son désir, on avait caché à sa malheureuse femme le jour de l'exécution, et qu'elle demeurait toujours avec son enfant près du vieux forestier.

La cloche de la maison de ville commença de tinter, à intervalles mesurés, par sourdes et lugubres volées. Andrès fut vêtu suivant l'usage, et le cortége se dirigea, au milieu d'une immense affluence de peuple, vers le lieu de l'exécution. Andrès priait à haute voix, et touchait par sa contenance pieuse tous les assistants. Denner montrait l'assurance d'un scélérat endurci et arrogant. Il regardait hardiment et d'un air enjoué autour de lui, et riait souvent au nez du pauvre Andrès avec une malicieuse satisfaction. Andrès devait être exécuté le premier; il monta avec fermeté à l'échelle, suivi du bourreau. Soudain, une femme jeta un cri perçant et tomba sans connaissance dans les bras d'un homme âgé. Andrès détourna la tête : c'était Giorgina. Il pria tout haut le Seigneur de lui accorder de la force et du courage. « Là haut! là haut nous nous reverrons, ma pauvre et malheureuse femme! je meurs innocent! » s'écria-t-il en élevant au ciel son regard noble et pieux.

Le magistrat invita le bourreau à se dépêcher, car un sourd murmure s'élevait parmi le peuple, et des pierres volaient déjà contre Denner, qui, placé aussi en haut de l'échelle, se moquait des spectateurs et de leur compassion pour le sensible Andrès. Le bourreau s'occupait de passer la corde au cou à Andrès, lorsqu'on entendit retentir au loin ces cris : « Arrêtez! arrêtez! — Au nom du Christ, arrêtez! — Cet homme est innocent! — vous exécutez un innocent. » — Arrêtez! — arrêtez! répétèrent mille voix ensemble, et la garde pouvait à peine retenir l'élan du peuple, qui voulait arracher lui-même Andrès des mains de l'exécuteur.

L'homme à cheval, qui avait crié le premier, arriva alors plus près d'Andrès, et celui-ci reconnut du premier coup-d'œil, dans cet étranger, le négociant qui lui avait payé à Francfort l'héritage de Giorgina. Il sentit sa poitrine se briser, pour ainsi dire, de joie et de bonheur, et il pouvait à peine se tenir debout quand on l'eut fait descendre de l'échelle. Le négociant déclara au juge qu'à l'époque même de l'attentat commis au château de Vach, Andrès était à Francfort, par conséquent à une distance de plusieurs lieues, ce qu'il prouverait devant la justice, par des témoins et d'autres preuves, de la manière la plus indubitable. Le magistrat s'écria : « L'exécution n'aura certainement pas lieu, puisque cet alibi, s'il est démontré, prouve l'innocence complète de l'accusé? Qu'on ramène donc Andrès dans la prison. »

Denner avait tout regardé fort tranquillement du haut de l'échelle; mais lorsque le juge eut prononcé ces paroles, ses yeux enflammés roulèrent alors dans leurs orbites; il grinça des dents, il éclata en hurlements sauvages, et sa voix retentissante jeta ces mots à travers les airs, comme les cris de détresse arrachés par le désespoir à un fou furieux : « Satan! Satan! tu m'as trompé. — Malheur à moi! malheur à moi! C'en est fait. — Tout, — tout est perdu! » On le descendit de l'échelle; alors il se roula à terre, et dit dans un râle confus : « J'avouerai tout, — j'avouerai tout! » Son exécution fut également différée, et il fut reconduit dans la prison, où les mesures étaient prises pour rendre son évasion impossible. Mais la rancune de ses gardiens était la meilleure sauve-garde contre les ruses de ses coassociés.

Peu d'instants après le retour d'Andrès chez le geôlier, Giorgina était dans ses bras. « Ah! Andrès, Andrès! s'écria-t-elle, je te retrouve, tu es encore à moi comme autrefois, maintenant que je suis certaine de ton innocence; car, moi aussi, j'ai douté un moment de ta franchise, de ta probité! » — Quoi qu'on eût caché à Giorgina le jour de l'exécution, en proie à une anxiété inexprimable, poussée par un singulier pressentiment, elle était accourue à Fulda, et venait d'arriver sur la place de justice, lorsque son mari montait à l'échelle fatale qui devait le conduire à la mort. Quant au négociant, pendant toute la longue durée du procès, il n'avait pas cessé de voyager en France et en Italie, et venait en dernier lieu de Vienne et de Prague. Le hasard, ou plutôt une providence particulière, le fit arriver dans la ville, précisément au moment de l'exécution, pour sauver le pauvre Andrès de la mort et de l'ignominie. Il avait entendu raconter à l'auberge toute l'histoire d'Andrès, et cette idée l'avait aussitôt frappé d'inquiétude, que cet Andrès pouvait bien être le même garde-forestier auquel, deux années auparavant, il avait remis les fonds d'un héritage échu à Naples au profit de sa femme. Il courut donc promptement à la place de justice, où, du plus loin qu'il vit Andrès, ses doutes se changèrent en conviction.

Grâces aux efforts assidus du brave négociant et du jeune comte de Vach, le séjour d'Andrès à Francfort fut prouvé jusqu'à la plus parfaite évidence, ce qui le disculpait de la moindre participation à l'attentat principal. Denner lui-même convint alors de la vérité des déclarations d'Andrès au sujet de leurs relations mutuelles, et disait seulement que c'était sans doute une illusion du diable, mais qu'il avait cru voir en effet Andrès combattre à ses côtés au château de Vach. — Quant à l'assistance forcée d'Andrès lors du pillage de la ferme, et à l'action punissable d'avoir soustrait Denner à la justice, l'arrêt des juges déclara ces torts dûment expiés par la longue et dure détention, l'application à la torture, et le risque de mort qu'avait subis l'infortuné; il fut donc, juridiquement et de droit, absous de toute nouvelle réparation, et il se rendit avec sa Giorgina au château de Vach, dont le noble et bienfaisant seigneur lui accorda un logement dans le commun, n'exigeant de lui que les petits services de chasse, occasionnés par son goût pour cet exercice. Les frais de justice furent également acquittés par le comte, de sorte qu'Andrès et Giorgina restèrent en possession pleine et paisible de leur bien.

Le procès contre l'infâme Ignace Denner prit alors une toute autre tournure. L'événement du jour de l'exécution semblait l'avoir entièrement changé. Son arrogance moqueuse et diabolique était évanouie, et, dans l'excès de sa rage concentrée, il émettait des aveux qui faisaient dresser les cheveux des juges. Enfin, Denner s'accusa lui-même, avec tous les signes d'un profond repentir, d'avoir entretenu, dès sa plus tendre jeunesse, un pacte avec Satan, et ce fut surtout sur ce nouveau crime que fut dirigée l'instruction ultérieure avec l'intervention des membres du clergé commis à cet effet.

Denner raconta tant de choses étranges sur les anciens événements de sa vie, qu'on aurait dû les regarder comme le produit d'un exaltation insensée, si tout n'avait été constaté par les informations qu'on fit prendre à Naples, où il prétendait avoir reçu naissance. Un extrait des procédures suivies par le tribunal ecclésiastique de Naples, donnait sur l'origine de Denner les particularités remarquables suivantes.

Depuis longues années vivait à Naples un vieux et singulier docteur, nommé Trabacchio, qu'on avait l'habitude de désigner vulgairement, à cause de ses cures mystérieuses et constamment favorables, le docteur aux miracles. Il semblait que l'âge n'eût aucune action sur lui; car il marchait d'un pas leste et juvénil, bien que plusieurs habitants pussent témoigner qu'il devait être âgé au moins de quatre-vingts ans. Son visage était ridé et contrefait d'une manière bizarre et horrible, et l'on pouvait à peine supporter son regard sans une secrète terreur, quoiqu'il procurât souvent à ses clients un si prompt soulagement, qu'il passait pour guérir parfois des maux graves et invétérés par la seule vertu de ses yeux perçants dirigés sur le malade. Il portait ordinairement, par-dessus son habillement noir, un large manteau rouge à franges et à galons d'or, sous les plis flottants duquel descendait une longue rapière. Il parcourait ainsi les rues de Naples, avec une caisse de ses médicaments préparés par lui-même, en se rendant chez ses malades, et chacun s'écartait sur son passage avec une sorte de crainte. Ce n'était même que dans les cas extrêmes qu'on osait recourir à lui; mais jamais il ne refusait de visiter un malade, n'eût-il même qu'un médiocre profit à espérer.

Le docteur avait eu plusieurs femmes successivement mortes en peu de temps ; elles étaient toutes admirablement belles, et c'était pour la plupart des filles de campagne. Il les tenait toujours enfermées, et ne leur permettait d'aller entendre la messe qu'accompagnées d'une vieille femme d'une laideur repoussante. Cette vieille était incorruptible ; et les jeunes débauchés, séduits à la vue des jolies femmes du docteur Trabacchio, avaient vu échouer près d'elle toutes leurs tentatives, quelque bien concertées qu'elles fussent. Quoique le docteur Trabacchio se fît bien payer par les gens riches, il n'y avait pourtant nulle proportion entre les profits de son état et les richesses immenses, en argent et en joyaux, dont sa maison était pleine, et qu'il ne cachait à personne. En outre, il se montrait parfois généreux jusqu'à la prodigalité ; et il avait pris l'habitude, chaque fois qu'une de ses femmes venait à mourir, de donner un grand repas, dont la dépense équivalait assurément au double de la recette la plus abondante que pouvait lui procurer, pendant une année entière, la pratique de son art.

Sa dernière femme lui avait donné un fils, qu'il tenait également en chartre privée, sans permettre à personne de l'approcher. Ce fut seulement au repas de cérémonie, qu'il donna après la mort de la mère de cet enfant, qu'on vit celui-ci, âgé de trois ans, assis à côté du docteur, et tous les convives furent émerveillés de sa beauté et de sa précoce intelligence. Car on l'aurait pris, d'après ses façons, pour un enfant de douze ans au moins, si son aspect physique n'eût témoigné de son jeune âge. A ce même repas, le docteur Trabacchio déclara aussi que son désir d'avoir un fils étant enfin exaucé, il ne se remarierait plus. Mais sa richesse démesurée, et plus encore ses façons d'agir mystérieuses, ses cures inouies qui tenaient du prodige, et des maladies, réputées incurables, cédant à quelques gouttes d'un élixir préparé et administré par lui, quelquefois même à un simple attouchement, à un seul regard de sa part, donnèrent lieu à toutes sortes de bruits étranges qui s'accréditèrent dans Naples. On traitait partout le docteur Trabacchio d'alchimiste, de conjurateur d'esprits, et enfin, on l'accusait d'avoir fait un pacte avec le diable lui-même.

Cette dernière croyance fut le résultat d'une aventure étrange, arrivée à quelques gentilshommes de la ville. Ils revenaient, à une heure avancée de la nuit, d'un joyeux repas, et les fumées du vin leur ayant fait perdre leur véritable route, ils arrivèrent dans un carrefour solitaire et de sinistre aspect. Ils entendirent tout-à-coup, près d'eux, un singulier bruissement, et distinguèrent, non sans effroi, un grand coq d'un rouge ardent, avec un bois de cerf fourchu sur la tête, avançant les ailes déployées, et fixant sur eux des yeux humains étincelants. Ils se réfugièrent à l'écart ; le coq passa, et derrière lui venait une grande figure enveloppée dans un manteau rouge, éclatant et galonné d'or. Quand il eut disparu, l'un des gentilshommes dit tout bas à ses compagnons : « C'était le docteur aux miracles, Trabacchio! » Cette vision fantastique avait dissipé leur ivresse. Ils s'encouragèrent mutuellement et suivirent le prétendu docteur et le coq, dont la trace lumineuse servit à les guider. Ils virent les deux figures se diriger, en effet, vers la maison du docteur, qui était située dans un endroit écarté et presque désert. Arrivé devant la maison, le coq s'éleva avec bruit dans l'air et frappa de ses ailes à la grande croisée sur le balcon, qui s'ouvrit aussitôt avec éclat. Une voix cassée de vieille s'écria en chevrotant : « Entrez! — entrez! venez vite. — Le lit est chaud, et la bien-aimée attend depuis long-temps! — depuis bien long-temps! » Alors le docteur parut monter par une échelle invisible, et entra, comme le coq, avec bruit, par la fenêtre, qui se referma avec un tel fracas que toute la rue déserte en retentit d'une extrémité à l'autre. Tout avait disparu dans la profonde obscurité de la nuit, et les gentilshommes restèrent muets et immobiles d'horreur et d'effroi.

Cette espèce de sortilége, et la persuasion des gentilshommes qui le dévulguèrent sur l'identité du personnage, compagnon du coq diabolique, avec le docteur Trabacchio, déjà si suspect, éveillèrent l'attention du tribunal ecclésiastique, qui fit dès lors surveiller avec un soin extrême, et dans le plus grand mystère, les démarches occultes de l'homme aux miracles. On découvrit, en effet, que souvent le docteur s'enfermait chez lui avec un coq rouge, et qu'ils paraissaient s'entretenir et disputer ensemble dans un étrange langage, et comme des savants qui débattraient quelque point douteux de leur doctrine.

Le tribunal ecclésiastique était sur le point de faire appréhender le docteur Trabacchio comme un infâme sorcier; mais la justice civile le prévint en ordonnant l'arrestation et l'emprisonnement du docteur, qui fut saisi par les sbires au moment où il revenait de visiter un malade. La vieille qui habitait chez lui était déjà sous bonne garde; mais quant à l'enfant, il fut impossible de le trouver. Toutes les portes de la maison furent scellées, et l'on posta des gardes à l'entour.

Voici quel motif avait provoqué ces mesures : Depuis un certain temps, il était mort, à Naples et dans ses environs, un grand nombre de personnes de distinction, et, au dire unanime des médecins, par suite d'empoisonnements. Cela avait donné lieu à beaucoup de recherches, mais qui furent infructueuses, jusqu'à ce qu'enfin un jeune homme de Naples, connu par ses dissipations et ses déréglements, et dont l'oncle était mort empoisonné, s'avoua l'auteur du crime, en ajoutant qu'il avait acheté le poison à la vieille gouvernante du docteur Trabacchio. On épia la vieille, et on la surprit au moment où elle allait emporter une petite cassette solidement fermée, dans laquelle on trouva plusieurs fioles, étiquetées du nom de divers médicaments, mais qui contenaient en réalité autant de poisons à l'état liquide.

La vieille ne voulait rien confesser; mais lorsqu'on l'eut menacée de la torture, elle avoua alors que, depuis plusieurs années, le docteur Trabacchio préparait ce poison, connu sous le nom d'*Acqua Tof-*

fana, dont l'action était si efficace, et que c'était au débit secret de ce poison, dont elle avait toujours été chargée, qu'il devait la plus grande partie de ses bénéfices. En outre, elle affirma, comme un fait positif, qu'il avait fait un pacte avec Satan, et que le diable venait le trouver sous diverses figures. — Chacune de ses femmes lui avait aussi donné un enfant, sans que personne, hors de la maison, eût pu le soupçonner. Car dès que l'enfant avait atteint neuf semaines, ou neuf mois, on le massacrait sans pitié, en lui ouvrant la poitrine pour en retirer le cœur, avec des préparatifs et des cérémonies particulières. Satan n'avait jamais manqué d'assister à cette opération, tantôt sous une forme, tantôt sous une autre, mais le plus souvent en chauve-souris avec un masque humain. C'était lui qui attisait, par le battement de ses ailes hideuses, le feu de charbon sur lequel Trabacchio, avec le sang du cœur de l'enfant, préparait les gouttes précieuses de cette panacée qui triomphait si miraculeusement des maux les plus incurables. Quant à ses femmes, Trabacchio les faisait périr bientôt après, par tel ou tel autre moyen occulte, et de sorte que les regards les plus perçants des médecins n'avaient jamais pu trouver sur elles le moindre indice de mort violente. La dernière femme de Trabacchio, mère de l'enfant qui vivait encore, était la seule qui n'eût pas été tuée de la sorte.

Le docteur convint de tout franchement, et semblait trouver du plaisir à déconcerter ses juges par les récits effrayants de tous ses forfaits, et surtout en entrant dans les circonstances les plus détaillées de son pacte horrible avec Satan. Les ecclésiastiques qui assistaient le tribunal se confondaient en efforts et en procédés pour amener le docteur à témoigner quelque repentir de ses péchés et à faire amende honorable; mais ce fut en vain : Trabacchio ne faisait que rire et se moquer d'eux insolemment. Tous deux, Trabacchio et la vieille, furent condamnés à être brûlés vifs.

Cependant on avait visité toute la maison du docteur, et l'on avait saisi toutes ses richesses, qui, sauf le prélèvement des frais du procès, devaient être partagées entre les hôpitaux. On ne trouva aucun livre suspect dans la bibliothèque de Trabacchio, et pas un seul des instruments qui auraient pu se rapporter aux opérations de sorcellerie que le docteur avaient pratiquées. Seulement un caveau, qui devait avoir été son laboratoire, à en juger par un grand nombre de tuyaux qui traversaient la muraille, était si bien fermé, que tous les moyens employés pour l'ouvrir, soit par adresse, soit par force, restèrent sans résultat. Enfin, lorsque des serruriers et des maçons, commis et surveillés par les juges, entreprirent d'y pénétrer en commençant à saper et à démolir, seul expédient qui pût désormais réussir, on entendit tout-à-coup, dans l'intérieur du caveau, un bruissement qui semblait monter et descendre, et les cris confus de voix effrayantes. Les ouvriers se sentirent frappés au visage comme par des ailes glacées, et un vent froid s'agitait dans le corridor, en tourbillons menaçants, avec un sifflement aigu; si bien que, saisis d'épouvante et de stupeur, tous prirent la fuite, et qu'enfin personne n'osait plus s'aventurer aux abords du caveau, dans la crainte de devenir fou d'angoisse et de terreur. Les ecclésiastiques, qui voulaient s'approcher de la porte, n'étaient pas plus ménagés, et l'on n'eut plus d'autre ressource que d'attendre l'arrivée d'un vieux dominicain de Palerme, à l'intervention et au pieux courage duquel on avait vu céder jusqu'alors tous les artifices du démon.

Lorsque ce moine fut enfin rendu à Naples, prêt à combattre les sortiléges sataniques du caveau de Trabacchio, il s'y rendit muni d'un crucifix et d'eau bénite, et accompagné de plusieurs ecclésiastiques et gens de justice, qui se tinrent toutefois à distance respectueuse de la fatale porte. Le vieux dominicain s'avança vers elle en priant; mais le tumulte et le tapage retentirent encore plus violemment, et les voix horribles des malins esprits résonnaient de rires éclatants et outrageux. Le saint homme ne se laissa pourtant pas intimider; il pria avec plus de ferveur en tenant le crucifix élevé d'une main, et de l'autre aspergeant la porte d'eau bénite. « Qu'on me donne un levier! » s'écria-t-il à haute voix; un ouvrier maçon le lui tendit en tremblant; mais à peine le moine l'eut-il approché du bas de la porte qu'elle s'ouvrit d'elle-même avec un bruit et une commotion extraordinaires. Des flammes bleues couvraient partout les parois du caveau, d'où sortaient des bouffées d'une chaleur étouffante et narcotique. Le dominicain essaya néanmoins de pénétrer dans l'intérieur; mais tout-à-coup le plancher du caveau s'écroula si bruyamment que la maison en trembla jusqu'aux fondements, et des torrents de flammes sortant du gouffre en pétillant gagnèrent et enveloppèrent tout le voisinage. Le dominicain fut obligé de fuir au plus vite, avec tous les assistants, pour ne pas être brûlé ou enseveli sous les décombres.

A peine furent-ils dans la rue, qu'on vit toute la maison du docteur Trabacchio en proie à l'incendie. Le peuple accourut en foule à ce spectacle, et chacun se réjouissait et s'extasiait à voir brûler la demeure de l'infâme sorcier, sans avoir la pensée d'y porter remède. Déjà la toiture était écroulée; on voyait jaillir de toutes parts les flammes de la charpente embrasée, et les fortes solives de l'étage supérieur seules résistaient encore à la violence du feu, quand le peuple jeta des cris de stupéfaction en apercevant le fils du docteur Trabacchio, alors âgé de douze ans, avec une petite cassette sous le bras, marcher le long d'une de ces poutres enflammées. Cette apparition ne dura qu'un moment; les flammes qui s'élevaient de plus en plus l'eurent bientôt dérobée aux regards.

Le docteur Trabacchio parut ressentir une joie extrême lorsqu'il apprit cet événement, et il marcha au supplice avec une impudente hardiesse. Lorsqu'on le liait au poteau, il partit d'un éclat de rire, et dit au bourreau, qui prenait un farouche plaisir à le garotter solidement : « Camarade! prends garde que ces cordes ne servent à te brûler toi-même. » Au moine, qui, pour la dernière fois, voulait encore s'approcher de lui, il cria d'une voix terrible : « Arrière ! — loin de moi ! crois-tu donc que je serai assez sot de subir une mort douloureuse pour votre bon plaisir ? — mon heure n'est pas encore venue. » — Le bois du bûcher commença alors à pétiller ; mais à peine la flamme eut-elle atteint le niveau du condammé, qu'elle s'abattit tout d'un coup comme celle d'un feu de paille, et qu'on entendit partir d'un monticule voisin un éclat de rire sardonique et prolongé. Tout le monde regarda de ce côté, et la foule fut frappée de stupeur en voyant le docteur Trabacchio, en personne, avec son habillement noir, son manteau galonné d'or, la rapière au côté, son chapeau espagnol retroussé, à plume rouge, sur l'oreille, et sa cassette sous le bras, tel enfin absolument qu'il avait l'habitude de parcourir les rues de Naples. Des cavaliers, des sbires, et cent autres personnes du peuple se précipitèrent vers l'éminence qu'il occupait ; mais Trabacchio avait disparu. — La vieille exhala son âme au milieu d'horribles tourments, et des plus affreuses imprécations contre le maître infâme de qui elle avait partagé les crimes sans nombre.

Or, Ignace Denner n'était autre que le propre fils du docteur, qui avait échappé à l'incendie, grâce aux secrets de magie qu'il tenait de son père, avec une petite caisse pleine des produits les plus précieux de son art cabalistique et infernal. Son père l'instruisait, depuis sa plus tendre jeuesse, dans les sciences occultes, et déjà son âme était voué et promise au diable, avant même qu'il eût atteint l'âge de discernement. Lorsqu'on jeta en prison le docteur Trabacchio, l'enfant resta enfermé dans ce caveau mystérieux, au milieu des esprits infernaux que son père y avait confinés par un charme de sorcellerie. Mais quand enfin ce charme dut céder aux exorcismes tout puissants du dominicain, alors l'enfant eut recours à des moyens mécaniques et secrets, qui mirent soudain tout en feu et propagèrent, en peu de minutes, les ravages de l'incendie. Pendant ce temps-là, l'enfant lui-même s'évada sain et sauf, et se réfugia dans un bois que son père lui avait indiqué. Le docteur Trabacchio ne s'y fit pas long-temps attendre, et ils prirent tous deux promptement la fuite, jusqu'à ce qu'ils arrivassent, à peu près à trois journées de marche de Naples, dans les ruines d'un ancien monument romain, où était cachée l'entrée d'une profonde et spacieuse caverne.

Là, le docteur Trabacchio fut accueilli, avec des transports de joie, par une bande de brigands, avec lesquels il était depuis long-temps en relation, leur ayant rendu souvent les services les plus essentiels par sa science mystérieuse. Ceux-ci voulaient en récompense lui décerner le titre solennel de *Roi* des brigands, avec un pouvoir absolu et illimité sur toutes les bandes répandues en Italie et dans l'Allemagne méridionale. Mais le docteur Trabacchio déclara ne pouvoir accepter cette dignité, à cause de la constellation particulière dont dépendait sa destinée, et qui lui imposait dorénavant la condition d'une vie errante et sans aucun lien obligatoire et déterminé. Il promit toutefois de continuer aux brigands, comme par le passé, l'assistance de son art et de sa science, et de paraître parmi eux de temps à autre. Alors ceux-ci résolurent d'élire pour Roi des brigands le jeune Trabacchio, ce qui fit un grand plaisir au docteur; de sorte que l'enfant resta, depuis ce jour, parmi les brigands, et quand il eut atteint l'âge de quinze ans, il commandait déjà leurs expéditions et agissait en tout comme leur chef suprême.

Toute sa vie fut, depuis lors, un tissu d'horribles forfaits et de sortiléges diaboliques, auxquels son père, qui visitait souvent la bande, et qui restait parfois des semaines entières seul avec son fils dans la caverne, l'initiait toujours davantage. Cependant les mesures énergiques du roi de Naples pour la répression du brigandage qui devenait de jour en jour plus menaçant et plus audacieux, mais plus encore les dissensions intestines survenues entre les brigands, abolirent de fait cette dangereuse association des bandes sous un seul chef; et le *Roi* Trabacchio lui-même, s'était rendu si odieux par l'excès de son orgueil et de sa cruauté, qu'il ne vit même plus dans les secrets de la cabale paternelle une sauve-garde assez sûre contre la haine vindicative et les poignards de ses subordonnés. Il s'enfuit en Suisse, prit le nom d'Ignace Denner, et, sous les dehors d'un marchand ambulant, parcourut les foires et les marchés, jusqu'à ce que des débris épars de l'ancienne grande bande, il s'en formât une plus petite, qui choisit de nouveau pour son chef l'ex-grand-maître du métier.

Celui-ci assura aux juges de Fulda que son père vivait encore, qu'il l'avait visité dans sa prison, et lui avait promis de le sauver de l'échafaud. Mais, comme il voyait bien, disait-il, par l'exemple éclatant du secours de la providence à l'égard d'Andrès, que la puissance maligne octroyée à son père devait avoir éprouvé une atteinte fâcheuse, il était décidé à abjurer, en pécheur repentant, tous ses rapports avec Satan, et à supporter avec résignation le châtiment d'une mort méritée.

Andrès, qui apprit tous ces détails de la bouche du comte de Vach, ne douta pas un instant que les brigands qui avaient une fois attaqué son maître aux environs de Naples n'appartinssent à la bande de Trabacchio. Il resta persuadé aussi que c'était le vieux docteur Trabacchio lui-même, qui lui était apparu dans la prison, pour le pousser, comme Satan lui-même, à une fatale démarche. Il mesura seulement alors toute la gravité des dangers qu'il avait courus depuis le jour où Trabacchio était entré dans sa maison. Pourtant, il ne pouvait encore se rendre compte bien clairement de la haine que le scélérat lui avait vouée ainsi qu'à sa femme, ni de l'avantage si important que pouvait lui procurer son séjour dans la maison de chasse.

Après tant d'orages terribles, Andrès se trouvait enfin dans une position tranquille et heureuse; mais ces orages s'étaient déchaînés contre lui avec trop de violence, pour qu'il n'en ressentit pas toute sa vie un ébranlement fatal. Outre sa santé, autrefois si florissante, ruinée par le chagrin, par sa longue captivé, et par les atroces douleurs de la torture, au point qu'il ne marchait plus qu'en chancelant, et pouvait à peine encore aller à la chasse, Andrès voyait aussi Giorgina, dont la nature méridionale était dévorée de consomption, se flétrir et dépérir de jour en jour. Tous les secours devinrent impuissants, et elle mourut peu de mois après la délivrance de son mari. Andrès fut au comble du désespoir, et ce ne fut que l'amour de son fils, merveilleusement beau et intelligent, et le vivant portrait de la mère, qui lui apporta quelque consolation. Pour lui, il se rattacha à la vie, et s'efforça de rétablir ses forces délabrées; et enfin, après deux ans environ de convalescence, il fut en état d'entreprendre, comme autrefois, mainte joyeuse chasse dans la forêt. — Le procès de Trabacchio était définitivement terminé, et il avait été, comme son père jadis à Naples, condamné au supplice du feu.

Un jour, Andrès revenait avec son fils de la forêt à la tombée de la nuit; il n'était pas éloigné du château, lorsqu'il entendit un gémissement plaintif, qui semblait partir du fond d'un fossé, dans un champ voisin. Il s'approcha et aperçut, étendu dans le fossé, un homme couvert de haillons sales et misérables, qui semblait près de rendre l'âme et en proie à une souffrance aiguë. Andrès posa à terre son fusil et sa gibecière, et retira avec peine le malheureux du fossé; mais, lorsqu'il l'eut envisagé de près, il reconnut en frissonnant Trabacchio lui-même. Il le lâcha soudain et recula saisi d'horreur; mais Trabacchio lui dit avec un sourd gémissement : « Andrès ! Andrès ! est-ce toi ? pour l'amour de Dieu, à qui j'ai recommandé mon âme, aie pitié de moi ! En me secourant, tu sauves une âme de la damnation éternelle ; car je sens que la mort approche et ma pénitence n'est pas encore accomplie. — Maudit hypocrite ! s'écria Andrès, meurtrier de mon enfant, de ma femme, quel démon t'a amené encore ici, pour que tu me persécutes de nouveau ? Je n'ai rien à faire pour toi. Meurs, scélérat ! et que ton corps pourrisse comme une charogne..... » Andrès allait le rejeter dans le fossé ; mais Trabacchio, dans l'excès de sa désolation, s'écria : « Andrès, ne sauveras-tu pas le père de ta femme, de ta Giorgina, qui intercède pour moi au pied du trône de l'Éternel ? » Andrès frémit, le nom de Giorgina le remplit d'une triste émotion. Il se sentit pénétré de pitié pour l'indigne auteur de sa ruine, l'assassin infâme ; il souleva Trabacchio, le chargea avec peine sur ses épaules, et le porta dans sa demeure, où il le restaura de son mieux, après l'avoir fait revenir de l'évanouissement où il était tombé.

Trabacchio, durant la nuit qui précédait le jour fixé pour son exécution, fut saisi d'une horrible angoisse à la pensée de mourir de la sorte ; car il était persuadé que rien ne pouvait plus le soustraire au martyre du bûcher ; alors, plein d'un désespoir insensé, il saisit les barreaux de fer de la fenêtre de son cachot, et les secoua avec une telle frénésie qu'ils se brisèrent sous ses mains. Une lueur d'espérance vint relever son courage. On l'avait enfermé dans une tourelle élevée sur le fossé d'enceinte de la ville; il mesura de l'œil cette profondeur, et se détermina sur-le-champ à s'y précipiter, pour se sauver ainsi, ou mourir. Il n'eut pas beaucoup de peine à se débarrasser de ses chaines, et s'élança en bas. Il perdit connaissance dans le périlleux trajet, et le soleil luisait déjà quand il revint à lui. Il vit alors qu'il était tombé sur de hautes herbes parmi des broussailles, mais incapable de se mouvoir tant il avait les membres meurtris et disloqués. De grosses mouches et d'autres insectes couvraient la moitié de son corps nu, et suçaient le sang de ses blessures sans qu'il fût en état de s'en défendre. Il passa ainsi plusieurs heures dans la situation la plus pénible. Enfin, il réussit à se traîner plus loin, et arriva par bonheur à un endroit où s'était formée une petite mare d'eau de pluie, dont il but avec avidité. Un peu ranimé, il parvint alors à gravir la berge, et à gagner la lisière du bois qui s'étendait entre Fulda et le château de Vach. C'est ainsi qu'il était arrivé jusqu'à l'endroit où Andrès le trouva luttant contre la mort. L'excès de ses derniers efforts l'avait exténué tout-à-fait, et, quelques minutes plus tard, Andrès l'aurait certainement trouvé mort. Ce fut sans réfléchir aux conséquences que devait provoquer l'évasion de Trabacchio, qu'Andrès le transporta chez lui. Il le mit dans une chambre écartée, et lui donna les soins nécessaires, mais en usant de tant de circonspection, que personne ne pût soupçonner la présence d'un étranger; car l'enfant même, habitué à obéir aveuglement à son père, garda strictement le secret.

Cependant Andrès voulut savoir de Trabacchio s'il était en effet le père de Giorgina. Trabacchio lui répondit qu'il l'était assurément. « Dans les environs de Naples, dit-il, j'avais enlevé une jeune fille charmante, qui m'en rendit père. Tu dois savoir à présent, Andrès, qu'un des secrets les plus merveilleux de mon père consistait dans la préparation d'un élixir précieux, dont le principal ingrédient est le sang du cœur d'enfants âgés de neuf semaines, de neuf mois, ou de neuf ans, et qui doivent être confiés volontairement au préparateur par leurs parents. Plus les enfants touchent de près à l'opérateur, plus efficace est le spécifique qui a la vertu de rajeunir à perpétuité, et même d'opérer la confection de l'or artificiel. Voilà pourquoi mon père tuait tous ses enfants. Et moi, j'étais bien-aise de pouvoir sacrifier de cette manière infâme, à de semblables spéculations, la petite fille que ma femme m'avait donnée. Je ne puis pas encore comprendre de quelle manière celle-ci eut le soupçon de ma mauvaise intention, mais avant que Giorgina n'eût atteint neuf semaines, elle avait disparu avec elle, et ce ne fut que plusieurs années après que je sus qu'elle était morte à Naples, et que sa fille était élevée chez un aubergiste avare et grondeur. J'appris aussi ton mariage avec elle et le lieu de ton séjour. Maintenant tu peux t'expliquer, Andrès, mon dévouement à ta femme, et la cause de tant d'infâmes et diaboliques menées contre tes enfants. — Mais c'est à toi, Andrès, à toi seul et à ta miraculeuse délivrance par la toute-puissance céleste, que je rends grâce de mon sincère repentir, de ma contrition profonde. Du reste, la cassette pleine de joyaux que j'ai donnée à ta femme est celle que je sauvai de l'incendie de la maison de mon père; et tu peux sans remords la garder pour ton fils.

« La cassette? interrompit Andrès, Giorgina ne vous l'a-t-elle pas rendue, ce jour d'affreuse mémoire, où vous commites ce meurtre abominable? — Oui, sans doute, répliqua Trabacchio, mais à l'insu de Giorgina je la remis en votre possession. Cherche avec soin dans le grand bahut noir qui était dans votre vestibule, tu y trouveras la cassette cachée. » Andrès fit la recherche dans le bahut, et retrouva effectivement la cassette absolument dans le même état où il l'avait reçue à garder la première fois de Trabacchio. — Cependant Andrès éprouvait intérieurement un vague déplaisir, et ne pouvait se défendre de penser qu'il lui eût mieux valu trouver Trabacchio mort dans le fossé. Il est vrai que le repentir et la conversion de Trabacchio semblaient sincères; confiné dans sa retraite, il passait tout son temps à lire des livres de dévotion, et sa seule distraction était de s'entretenir avec le petit George, qu'il paraissait affectionner par-dessus tout. Andrès résolut cependant d'être sur ses gardes, et profita de la première occasion pour dévoiler le secret au comte de Vach, qui fut surpris à l'excès des singuliers incidents qu'amène le hasard.

Plusieurs mois se passèrent ainsi, l'automne touchait à sa fin, et Andrès allait plus souvent que jamais à la chasse. Le petit restait ordinairement auprès de son grand-père et d'un vieux garde-chasse qui était initié au secret. Un soir, Andrès était de retour de la chasse, lorsque le vieux garde entra, et lui dit avec sa brève franchise : « Maître, vous avez un mauvais compagnon dans la maison. L'esprit malin, Dieu nous garde ! vient le visiter par la fenêtre, et disparait en fumée et en vapeur. » Andrès, à ces mots, se sentit comme frappé de la foudre. Il n'eut pas de peine à deviner ce qui se passait, quand le vieux chasseur ajouta que, depuis plusieurs jours, à l'entrée de la nuit, il avait entendu, dans la chambre de Trabacchio, des voix étranges qui semblaient disputer ensemble, et que ce soir-là même, pour la seconde fois, il avait cru voir, en ouvrant à l'improviste la porte de Trabacchio, une figure, affublée d'un manteau rouge chamarrée d'or, s'envoler brusquement par la fenêtre.

Andrès, plein de colère, monta chez Trabacchio, et se plaignit amèrement sur tout ce qu'il venait d'apprendre, en lui disant qu'il pouvait s'attendre à être enfermé dans la prison du château, à moins qu'il ne renonçât absolument à toutes ses manœuvres. Trabacchio, sans se déconcerter, répliqua d'une voix dolente : « Ah ! bon Andrès, il n'est que trop vrai que mon père, pour qui l'heure du repentir n'est pas encore venue, me tourmente et m'obsède d'une manière inouie. Il veut que je redevienne son associé, et que je renonce indignement au salut de mon âme ; mais j'ai résisté avec fermeté, et je ne pense pas qu'il persiste à me troubler davantage, car il a dû voir qu'il n'a plus aucun empire sur mon esprit. Sois donc tranquille, cher et bon Andrès, et laisse-moi finir mes jours chez toi comme un pieux chrétien réconcilié avec la justice divine! »

En effet, l'apparition diabolique semblait avoir été conjurée. Pourtant dans les yeux de Trabacchio étincelait parfois une ardeur secrète, il lui arrivait souvent de sourire de cet air singulier et sardonique qui le distinguait autrefois. Durant la prière du soir, qu'Andrès avait pris l'habitude de faire avec lui, son corps tremblait par moment d'une manière convulsive; et puis un courant d'air subit parcourait la chambre avec un sifflement étrange, et tournait rapidement les feuillets des livres de prière, ou bien arrachait à Andrès son chapelet des mains. « Impie Trabacchio! infâme démon! c'est toi qui fais ici ton train de réprouvé! Que veux-tu de moi? — Sors d'ici, car tu n'as nulle puissance sur mon âme! — Fuis! Satan! » — Ainsi s'écriait Andrès d'une voix irritée. Mais un éclat de rire moqueur retentit tout-à-coup dans la chambre, et il sembla qu'un battement d'ailes résonnait en dehors contre la croisée. Ce n'était pourtant, à en croire Trabacchio, que le bruit de la pluie tombant sur les vitres, et le sifflement du vent d'automne qui avait traversé la chambre, quand le tapage diabolique recommença de plus belle, au point que le petit George se mit à pleurer de peur.

« Non! s'écria Andrès, votre père maudit ne pourrait causer ici un pareil vacarme, si vous aviez renoncé à toute communauté avec lui. Il faut que vous sortiez de chez moi. Votre demeure vous est préparée depuis long-temps. Vous irez coucher dans la prison du château, et là, vous ferez votre métier de sorcier à votre aise. » Alors Trabacchio pleura beaucoup, il supplia Andrès, au nom de tous les saints, de le garder chez lui ; et le petit George, sans comprendre ce que tout cela signifiait, joignait ses prières aux siennes. « Eh bien, demeurez encore un jour ici, dit Andrès, nous verrons demain, à mon retour de la chasse, comment se passera l'heure de la prière. »

Le lendemain il fit une superbe journée d'automne, et Andrès se promit un riche butin. Il ne revint de l'affût qu'à la nuit close ; mais il se sentait ému d'un trouble profond et indéfinissable. La fatalité de sa destinée, le souvenir de Giorgina, l'image de son enfant assassiné frappèrent si vivement son esprit, que sa marche, ralentie par la méditation, le laissa beaucoup en arrière des autres chasseurs, et il finit par se trouver absolument seul, à demi-égaré dans un sentier de traverse de la forêt. Il songeait à regagner la route principale, quand une lumière éblouissante, qui flamboyait à travers l'épaisseur du taillis, vint frapper ses yeux. Il fut aussitôt saisi du vague et étrange pressentiment de quelque nouvelle atrocité. Il se fit jour à travers le fourré, il fut bientôt tout près du foyer. Là, il reconnut la personne du vieux Trabacchio avec son manteau brodé d'or, la rapière au côté, le chapeau retroussé avec une plume rouge sur la tête, et sa cassette aux médicaments sous le bras. Il contemplait avec des yeux étincelants le jeu des flammes qui serpentaient, sous une retorte en fer, comme des vipères rouges et bleues. Tout auprès, le fils d'Andrès, George, était étendu tout nu sur une espèce de gril, et le fils enragé du docteur satanique tenait déjà élevé le large couteau prêt à consommer le meurtre. — Andrès jeta malgré lui un cri d'horreur; mais, au moment où l'assassin détournait la tête, la balle, chassée du fusil d'Andrès, l'abattit le crâne fracassé, et le cadavre tomba sur le feu, qui s'éteignit à l'instant. La figure du docteur avait disparu comme par enchantement.

Andrès accourut, délia le pauvre George et l'emporta en courant à la maison. L'enfant était sain et sauf; l'angoisse de la peur lui avait ravi seulement l'usage de ses sens. — Néanmoins Andrès se sentit poussé à retourner dans le bois, pour s'assurer de la mort de Trabacchio et enterrer tout de suite le cadavre. Il réveilla donc le vieux garde qui dormait d'un sommeil lourd et profond, probablement l'effet de la perfidie de Trabacchio, et ils partirent tous deux avec une lanterne, une pioche et une bêche. Trabacchio gisait là tout sanglant; mais, lorsqu'Andrès s'approcha, il se souleva à demi avec effort, fixa sur lui un regard horrible, et lui dit dans un râle sourd : « Meurtrier ! meurtrier du père de ta femme ! les démons me vengeront de toi... — Descends aux enfers, scélérat, impie ! s'écria Andrès en surmontant l'impression de terreur qui l'agitait, descends aux enfers, toi qui as mérité mille fois cette mort que je t'ai donnée pour l'empêcher de commettre un meurtre infâme sur mon fils, sur l'enfant de ta fille ! — Tu n'as feint le repentir et la piété que pour te souiller d'une plus odieuse trahison ; mais va ! Satan réserve plus d'un tourment à ton âme, que tu lui as vendue ! » Trabacchio tomba agonisant ; il fit encore un geste de menace, et rendit le dernier soupir.

Les deux hommes creusèrent alors une fosse où ils jetèrent le corps de Trabacchio. « Que son sang ne retombe pas sur moi, dit Andrès, mais pouvais-je faire autrement ? j'étais destiné, sans doute, en sauvant mon George, à punir cent crimes abominables. Cependant je prierai pour son âme, et je placerai une petite croix sur sa tombe. » Mais, quand Andrès voulut mettre le lendemain son projet à exécution, il trouva la terre fouillée, et le cadavre avait disparu. On ignora toujours si cela avait été le fait de bêtes sauvages ou d'une autre intervention. — Andrès alla avec son fils et le vieux garde chez le comte de Vach, et lui fit un fidèle récit de l'événement. Le comte de Vach approuva Andrès d'avoir tué, pour sauver son fils, un brigand et un assassin ; et il fit écrire tous les détails de cette histoire, pour être conservés dans les archives du château.

Cet épouvantable dénouement avait causé à Andrès une commotion profonde, et il n'était pas surprenant qu'il passât les nuits dans l'insomnie et dans une agitation extrême. Mais, lorsqu'il s'assoupissait par moments sans veiller ni dormir, il entendait un craquement singulier résonner dans la chambre, et il croyait voir passer, puis disparaître, une lueur rougeâtre. Ayant concentré son attention pour écouter et mieux voir, il distingua enfin ces paroles murmurées sourdement : « Elle est à toi à présent, — tu as le trésor, — tu as le trésor, — tu peux commander à l'esprit; — elle t'appartient! » Andrès éprouva en même temps comme une révélation mystérieuse d'une puissance et d'un bonheur particuliers; mais lorsque l'aurore vint dissiper les ténèbres, il redevint maître de lui, et, selon son ancienne habitude, il pria, avec ferveur et conviction, le Seigneur d'éclairer son âme. Après avoir prié, Andrès se dit : « Je sais ce qu'il me reste à faire, dans l'intérêt de mon salut, pour chasser le tentateur et bannir l'esprit de péché de ma maison! » Alors, il chercha la cassette de Trabacchio, et alla la jeter sans l'ouvrir dans un ravin profond. Depuis, Andrès jouit d'une vieillesse tranquille et sereine, qu'aucune puissance maligne ne put troubler.

LE VIEUX COMÉDIEN.

Il était question de théâtre, Lothaire nous raconta l'anecdote suivante [1] :

Je me souviens, dit-il, d'un homme fort singulier que je rencontrai dans une ville d'Allemagne, au milieu d'une troupe de comédiens, et qui m'offrit le vivant portrait de l'excellent pédant de Gœthe dans *Wilhem Meister*.

Malgré la monotonie insupportable de son débit dans les méchants bouts de rôles qu'il remplissait, on s'accordait à dire qu'il avait été dans son jeune temps acteur de mérite, et qu'il représentait à merveille, par exemple, ces aubergistes rusés et fripons qui figuraient alors dans presque toutes les comédies, et dont l'hôte du *Monde renversé* de Tieck déplore déjà la disparition complète de la scène, en félicitant les Conseillers de l'extension exclusive de leur prérogative dramatique.

Notre homme paraissait avoir définitivement réglé

ses comptes vis-à-vis du sort, qui évidemment s'était acharné à le maltraiter ; il semblait ne plus attacher aucun prix aux choses d'ici-bas, et moins encore à sa propre personne. Rien n'était plus capable de l'émouvoir à travers l'épaisse atmosphère d'abjection dont sa conscience s'était cuirassée et où il se complaisait.

Cependant de ses yeux creux et étincelants jaillissait une lueur spirituelle, et le reflet d'une âme noble ; et souvent sur son visage se peignait l'expression subite d'une ironie amère. Dans ces instants, il était difficile d'attribuer à autre chose qu'à une dérision perfide les manières, empreintes d'une soumission outrée, qu'il avait adoptées envers tout le monde, mais particulièrement envers son directeur, homme plein d'amour-propre et de fatuité.

Chaque dimanche, il avait l'habitude de venir s'asseoir à la table d'hôte de la première auberge de la ville, choisissant toujours la place la plus humble ; il était vêtu ce jour-là d'un habit propre et bien brossé, mais dont la couleur équivoque et la coupe encore plus étrange signalaient l'acteur d'une époque bien reculée. Il mangeait alors d'un bon appétit, quoiqu'il fût très-sobre, surtout sous le rapport du vin, et qu'il ne vidât presque jamais à moitié seulement la bouteille placée devant lui. S'abstenant de prononcer une seule parole, il s'inclinait humblement, chaque fois qu'il buvait, vers l'aubergiste, qui l'admettait ainsi gratis le dimanche à sa table, à cause des leçons d'écriture et de calcul qu'il donnait à ses enfants.

Il arriva qu'un dimanche je trouvai toutes les places de la table d'hôte occupées, hors une seule qui restait vacante auprès du vieux comédien. Je m'y assis avec empressement, dans l'espoir de réussir à mettre en relief les facultés d'esprit supérieures dont je le supposais doué. Il était très-difficile, pour ne pas dire impossible, d'entamer cet homme qui s'échappait soudain quand on croyait le tenir, et se retranchait dans des protestations de déférence exagérées. A la fin, et quand je l'eus forcé, avec beaucoup de peine, à accepter quelques verres d'un vin généreux, il me parut s'animer un peu, et il parla avec une émotion visible du bon vieux temps du théâtre, temps, hélas! disparu sans aucune chance de retour.

On quitta la table, et quelques amis m'abordèrent: le bonhomme voulait se retirer. Je le retins avec obstination, malgré ses humbles doléances sur ce qu'un pauvre acteur décrépit, tel que lui, n'était pas une société pour des gentilshommes aussi honorables, que les convenances lui faisaient un devoir de se retirer, que sa place n'était pas en semblable compagnie, qu'il ne pouvait guère y être toléré que pour la courte durée du repas, etc., etc. Enfin, ce fut, non pas au pouvoir de mon éloquence, mais plutôt à la séduction irrésistible de l'offre d'une tasse de café et d'une pipe de tabac superfin dont j'étais muni, que je dois attribuer sa condescendance à mes sollicitations.

Il nous parla avec autant d'esprit que de vivacité du vieux temps du théâtre. Il avait vu Eckhof, et joué avec Schröder. Bref, nous acquîmes la conviction que cette morosité glaciale, chez lui, n'avait d'autre cause que la disparition d'une époque qui lui avait fermé le monde, où il vivait, se mouvait et respirait librement, et hors duquel il ne pouvait plus trouver ni sympathie, ni point d'appui. Et combien il nous surprit, quand à la fin, devenu joyeux et plein d'abandon, il prononça, avec une expression énergique et pénétrante, les paroles du spectre dans *Hamlet*, d'après Schröder (car il n'avait nullement connaissance de la traduction moderne de Schlegel)! Mais il provoqua tout-à-fait des transports d'admiration en nous récitant plusieurs passages du rôle de Oldenholm, car il ne voulait pas non plus admettre le nom de Polonius. Tout cela pourtant est peu de chose auprès d'une scène, à mon avis sans pareille, et qui ne s'effacera jamais de ma mémoire. Ce que je viens de raconter, un peu longuement peut-être, n'en est que le prélude.

Mon homme était obligé d'accepter une foule de rôles secondaires, et de remplir, dans les ridicules pièces à tiroir, le misérable emploi du compère destiné à servir de plastron à l'acteur aux travestissements. C'est ainsi qu'il devait jouer, quelques jours après notre entrevue, un rôle de directeur de théâtre dans *Les Rôles à l'essai*, que son véritable directeur lui-même, qui s'imaginait y devoir faire sensation, s'était arrangés à sa manière. Le jour venu, soit que notre entretien et la soirée dont j'ai rendu compte eussent réveillé son ancienne verve et son ardeur éteinte, soit que dans la matinée peut-être, comme on voulut le prétendre après, le vin eût retrempé les facultés de son âme, il parut, dès son entrée en scène, un tout autre homme qu'on ne le connaissait. Ses yeux étincelaient, et la voix creuse et cassée du vieillard hypocondre, décrépit, avait fait place à une basse accentuée et retentissante, pareille à l'organe de certains individus d'un âge mûr, et qui distingue, par exemple, ces oncles riches qui au théâtre exercent la justice poétique en dispensant à la vertu des récompenses et un châtiment à la folie. Le début de la pièce toutefois ne laissa soupçonner rien d'extraordinaire. Mais quelle fut l'extrême surprise du public quand, après une ou deux scènes de travestissement du directeur-acteur, notre homme inconcevable s'adressa tout-à-coup au parterre lui-même, avec un sourire sardonique, et lui tint à-peu-prés ce langage.

« Est-ce que les très-honorables spectateurs n'auraient pas, comme moi, reconnu du premier coup-d'œil M. le directeur ?.... (Il prononça le nom du directeur.) Est-il possible de vouloir baser la force de l'illusion sur la coupe d'un habit, tantôt large, tantôt étroit, ou sur l'aspect d'une perruque plus ou moins fournie, et d'espérer par-là faire valoir un chétif talent, dépourvu d'ailleurs de toute capacité, et semblable à un pauvre enfant qui languit privé du sein nourricier ? Le jeune homme qui veut se faire passer à mes yeux, avec tant de maladresse, pour un artiste protée, pour un génie caméléonien, aurait au moins dû éviter de gesticuler incessamment d'une manière si exagérée, de se laisser retomber sur lui-même, à la fin de chaque période, comme une lame de couteau qui rentre dans le manche, et ne pas naziller de la sorte en prononçant le plus petit *r*. Peut-être alors que les très-honorables spectateurs n'eussent pas, ainsi que moi, reconnu notre petit directeur de prime-abord, comme cela est arrivé, et ce qui fait grande pitié. — Mais, puisque la pièce doit durer encore une demi-heure, je veux avoir l'air jusqu'à la fin de ne m'apercevoir de rien, quelque ennuyeuse et déplaisante que soit ma tâche... chut! »

Et à chaque nouvelle sortie du directeur, le vieux comédien contrefaisant son jeu avec ironie et de la façon la plus comique, on peut s'imaginer quels rires bruyants s'élevaient de tous les coins de la salle. — Notez bien, ce qui redoublait encore l'hilarité générale, que le directeur, occupé sans relâche de ses travestissements successifs, ne se douta pas un moment, jusqu'à la fin de la pièce, de la mystification dont il était l'objet. Peut-être bien le vieux railleur avait-il fait entrer dans son complot le tailleur du théâtre; mais très-positivement un désordre malencontreux s'était mis ce soir-là dans la garde-robe du pauvre directeur. Il en résultait de bien plus longs intervalles de temps entre ses apparitions, et le vieux, sur qui retombait la charge d'occuper la scène, avait le champ libre pour accumuler les sarcasmes les plus amers contre son supérieur, et pour le contrefaire, jusqu'aux plus petits détails, avec une vérité grotesque qui provoquait dans le public une gaîté délirante.

Ce qui n'était pas le moins récréatif, c'était d'entendre notre homme annoncer à l'avance aux spectateurs sous quel masque le directeur allait reparaître, en parodiant sa voix empruntée, ses poses et ses gestes. Alors celui-ci était accueilli à son entrée en scène par des éclats de rire universels, qu'il ne manquait pas d'attribuer, avec une visible satisfaction, à la réussite et à l'effet de son déguisement, tandis que c'était une manière d'applaudir à la ressemblance frappante du portrait dont le vieux venait de tracer l'ébauche.

A la fin pourtant son stratagème dut être divulgué, et l'on peut se figurer l'exaspération du directeur qui s'élança comme un sanglier furieux sur le pauvre comédien, fort embarrassé de se soustraire à ses mauvais traitements, et auquel il fut interdit absolument de remettre les pieds au théâtre. Mais, en revanche, le public l'avait tellement pris de ce jour en affection, et embrassa si vivement sa cause, que le directeur, d'ailleurs confondu de ridicule, n'eut d'autre ressource que de fermer son théâtre et d'aller chercher fortune ailleurs.

Plusieurs bourgeois respectables, et à leur tête l'aubergiste dont j'ai parlé, se cotisèrent, et procurèrent au vieux comédien de quoi vivre convenablement, si bien qu'il put renoncer tout-à-fait à une profession qu'il tenait pour dégradée, et séjourner dans la ville même, tranquille et sans souci.

Mais l'âme d'un acteur est pleine de bizarreries et de contrastes inexplicables! A peine un an fut-il écoulé, que le vieillard disparut subitement, sans que personne pût savoir où il avait porté ses pas. —

Depuis, on prétendit l'avoir vu à la suite d'une misérable troupe de comédiens ambulants, et réduit à cette même condition infime et précaire, à laquelle il venait à peine d'échapper.

NOTE DU TRADUCTEUR.

¹ (Pag. 399.) Outre les contes principaux qui forment le fond de l'ouvrage des *Frères Sérapion*, Hoffmann, pour animer le dialogue qui leur sert de cadre, fait raconter à ses interlocuteurs de petites nouvelles ou anecdotes dont nous avons déjà donné un modèle dans *Barbara Rolloffin*. *Le vieux Comédien* est une des plus piquantes, et nous en avons recueilli deux autres à la suite dont les personnages paraissent avoir été connus de l'auteur. Hoffmann, du reste, met souvent à contribution dans ses écrits des traits de sa propre vie, ou des caractères d'individus qui lui ont été familiers, sauf le coloris éclatant et toujours un peu fantastique dont il revêt et enrichit ses emprunts au monde réel.

DEUX ORIGINAUX.

Vous savez, *dit Théodore*, que je séjournai quelque temps à G...., pour terminer mes études, auprès de mon vieux oncle. Il avait un ami qui, malgré la disproportion de son âge avec le mien, me prit en affection singulière, à cause, j'imagine, de l'extrême gaité d'humeur qui me distinguait alors, au point de dégénérer parfois en folie. Cet homme était, du reste, un des plus extraordinaires que j'aie jamais rencontrés. Grondeur, chagrin, minutieux dans toutes les affaires de la vie, et fort enclin à l'avarice, il était pourtant sensible, autant qu'homme au monde, à toute espèce de drôleries et de jovialité. Pour me servir d'une expression française, personne n'était plus amusable ni moins amusant à la fois. En outre, et malgré la maturité de son âge, il était rempli de prétentions, qu'il manifestait surtout dans sa mise des plus recherchées, et toujours réglée d'après la dernière mode, ce qui le rendait passablement ridicule ; mais il l'était encore bien davantage par son avidité insatiable de plaisir, par son ardeur inouie à poursuivre et à épuiser toute espèce de jouissance.

Il me revient à la mémoire deux traits caractéristiques de cette fatuité sénile et de ce besoin exagéré d'émotions, vraiment trop comiques pour que je ne vous en fasse pas part.

Imaginez-vous que mon homme ayant été invité, par une société dont plusieurs dames faisaient partie, à faire une promenade à pied pour visiter, dans les montagnes des environs, une chute d'eau remarquable, se para d'un habit de soie tout neuf, orné de superbes boutons d'acier poli, avec des bas de soie blancs, des souliers à boucles d'acier, et aux mains des bagues de prix. Or, il arriva qu'au beau milieu d'une sombre forêt de sapins, les promeneurs furent surpris par un violent orage. La pluie tombait par nappes, les ruisseaux débordés inondaient les chemins, et vous devez penser dans quel état mon pauvre ami fut réduit en peu d'instants. — Cependant, la nuit même le tonnerre tomba sur le clocher de l'église Saint-Dominique à G.... et l'incendia. Mon ami était transporté d'aise au magnifique spectacle de l'immense colonne de feu qui s'élevait jusqu'au ciel et projetait une lumière fantastisque sur tous les objets d'alentour. Mais il réfléchit bientôt que ce tableau, vu du haut d'une colline qui dominait la ville, devait produire un effet beaucoup plus pittoresque. Aussitôt, il s'habilla de pied en cap, avec son cérémonial accoutumé, se munit d'un cornet de macarons et d'un flacon de vin fin, prit à la main un bouquet odorant, une chaise pliante et portative sous son bras, et se dirigèa gaîment vers la hauteur en question. Là, il s'assit, et contempla tout à son aise avec ravissement les progrès de l'incendie, tantôt flairant le parfum de son bouquet, tantôt croquant un macaron ou buvant un petit verre de vin. — Ce personnage bizarre.....

Il me rappelle, *interrompit Vincent*, un drôle de corps que j'ai rencontré pendant mon voyage dans le sud de l'Allemagne. J'étais allé me promener aux environs de B..... dans un petit bois, où je rencontrai plusieurs paysans occupés à abattre un taillis fort touffu, et à scier les branches de quelques arbres d'un côté seulement. Je demandai machinalement à ces gens s'il s'agissait de percer une nouvelle route; mais ils me dirent en riant que je pouvais marcher droit devant moi, et que je trouverais à l'issue du bois, sur une hauteur, quelqu'un à qui je pourrais mieux m'informer.

En effet, je ne tardai pas à joindre un petit homme d'un certain âge, très-pâle, habillé d'une redingote et d'un bonnet de voyage, avec une ceinture fort serrée, et qui regardait fixement, par une longue-vue, vers l'endroit où j'avais vu travailler les paysans. Dès qu'il s'aperçut de mon approche, il ferma son instrument, et me dit avec vivacité : « Vous venez du bois, Monsieur, où en est la besogne je vous prie? » Je lui dis ce que j'avais vu. « C'est très-bien, répondit-il, c'est très-bien! Je suis ici depuis trois heures du matin (or, il pouvait être six heures du soir), et je commençais à craindre que ces ânes, que je paie assez cher, ne me laissassent dans l'embarras ; mais à présent, j'espère que la perspective sera visible encore au moment favorable. » Il rouvrit sa longue-vue et regarda encore vers la forêt. Au bout de quelques minutes, un gros massif de branches étant tombé à la fois, on eut tout-à-coup devant soi, comme par enchantement, l'aspect des montagnes lointaines et des ruines d'un chtâeau fort, qui formaient, en effet, aux rayons du soleil couchant, un spectacle magique et enchanteur.

L'homme à la longue-vue n'exprima son ravissement que par des paroles entrecoupées ; mais après avoir joui du coup-d'œil pendant un bon quart d'heure il serra sa lunette d'approche, et s'enfuit à toutes jambes, comme s'il eût été poursuivi par une bête féroce, sans me saluer, et même sans faire aucune attention à ma présence.

J'appris plus tard que cet homme n'était autre que le baron de R***, original des plus marquants, qui, de même que le fameux baron Grotthus, poursuivait, depuis plusieurs années sans interruption, un voyage entrepris pédestrement, allant partout avec rage, à la chasse, pour ainsi dire, des belles perspectives. Quand, pour se procurer la jouissance d'un point de vue, il jugeait nécessaire de faire abattre des arbres ou de trouer une partie de bois, il s'arrangeait avec le propriétaire et soldait des ouvriers sans regarder à la dépense. Il voulut même un jour, à toute force, faire brûler une métairie entière qui selon lui masquait la perspective, ou gâtait l'ensemble du tableau; mais il échoua dans son dessein. Du reste, une fois son but atteint, il consacre une demi-heure au plus à contempler le point de vue, et reprend sa course incessante dans une autre direction, et sans jamais revenir au même endroit.

FIN DU TOME PREMIER.

TABLE DES CONTES

DU TOME PREMIER.

FIN DE LA TABLE.

ŒUVRES COMPLÈTES

DE

E. T. A. HOFFMANN

PARIS. IMPRIMÉ PAR BÉTHUNE ET PLON.

II

CONTES FANTASTIQUES

DE

E. T. A. HOFFMANN

Traduction Nouvelle

Précédée d'une Notice sur la Vie et les Ouvrages de l'Auteur

PAR HENRY EGMONT

ORNÉE DE VIGNETTES

D'APRÈS LES DESSINS DE CAMILLE ROGIER

2

TOME DEUXIÈME.

PARIS

PERROTIN, LIBRAIRE-ÉDITEUR

RUE DES FILLES-SAINT-THOMAS, 1

PLACE DE LA BOURSE

1840

BONHEUR AU JEU.

Pyrmont fut plus fréquenté que jamais dans l'été de l'année 18. . . L'affluence d'étrangers riches et de distinction augmentait de jour en jour, et stimulait le génie entreprenant des spéculateurs de toute espèce. Aussi les banquiers du Pharaon eurent grand soin de multiplier les piles de ducats plus que de coutume, et d'entasser devant eux assez d'or pour que l'appât fût relatif au gibier plus noble qu'en chasseurs adroits et consommés, ils comptaient attirer dans leurs filets.

Qui ne sait pas que dans ces réunions des bains, où chacun, distrait de ses habitudes, se livre avec préméditation à une oisiveté indépendante, et n'a souci que des plaisirs qui délassent l'esprit, le charme attrayant du jeu devient irrésistible. On voit alors des gens, qui hors de là ne touchent jamais une carte, assis autour du tapis vert comme les joueurs les plus zélés ; et d'ailleurs le bon ton exige, du moins dans la classe la plus distinguée, qu'on se montre chaque soir dans les salons de jeu, et qu'on y perde quelque argent.

Un jeune baron allemand, — nous l'appellerons Siegfried, — semblait seul ne tenir aucun compte de ce charme irrésistible, ni de cette régle du bon ton. Lorsque tout le monde se pressait au rendez-vous du jeu, et qu'on lui enlevait ainsi toute ressource, tout espoir d'un entretien agréable, ce qui lui plaisait par-dessus tout, il préférait encore suivre le jeu de ses propres fantaisies dans des promenades salutaires, ou s'occuper dans sa chambre, soit d'une lecture, soit de quelque travail littéraire, car il s'adonnait à la poésie.

Siegfried était jeune, indépendant, riche ; il avait une tournure noble et des manières élégantes, de sorte que la considération et les amis ne pouvaient lui manquer, et qu'il était prédestiné à réussir auprès des femmes. Mais, en outre, dans toutes ses actions et ses entreprises, une étoile de bonheur singulier semblait le favoriser. On citait mille aventures, mille intrigues d'amour scabreuses, et qui dans l'ordre naturel des choses auraient été funestes à tout autre, dénouées à son avantage avec une facilité et une réussite inouies. Les vieillards qui connaissaient le baron avaient coutume de mentionner surtout une histoire de montre, qui remontait aux premières années de sa jeunesse.

Voici le fait : Siegfried étant encore mineur s'était trouvé un jour en voyage dans une pénurie d'argent si extrême qu'il fut obligé, pour continuer sa route, de se défaire de sa montre en or et richement garnie de diamants. Il s'attendait à vendre ce bijou précieux à vil prix, lorsqu'il arriva, dans le même hôtel où il était logé, un jeune seigneur précisément en quête d'une montre pareille, et qui acheta la sienne à un taux supérieur à sa valeur réelle. Un an s'était écoulé, et Siegfried était devenu son maître, quand il lut un jour dans une gazette l'annonce d'une montre mise en loterie; il prit un billet pour une bagatelle, et gagna la montre en or garnie de brillants qu'il avait vendue. Peu de temps après, il la troqua contre une bague de prix. Depuis il s'engagea temporairement au service du prince G***, et celui-ci lui fit remettre, lors de son départ, comme un gage de sa bienveillance, la même montre d'or garnie de diamants avec une chaine magnifique.

A propos de cette histoire on en vint à parler de la répugnance obstinée du jeune baron pour le jeu, quoique son bonheur constant eût dû lui inspirer plus qu'à personne la disposition contraire; et bientôt l'on tomba d'accord que Siegfried, malgré la foule de ses qualités brillantes, était intéressé et beaucoup trop méticuleux et trop près regardant pour s'exposer à la perte même la plus modique. On ne remarqua pas que la conduite du baron démentait formellement tout soupçon d'avarice; et comme presque toujours le plus grand nombre est enchanté de pouvoir se venger de la réputation d'un homme remarquable, grâce au correctif d'un *mais* insidieux, comme ce *mais* se trouve toujours quelque part, dût-il n'avoir de fondement que dans l'imagination des détracteurs, on adopta généralement comme très-satisfaisante cette explication de l'antipathie de Siegfried contre le jeu.

Siegfried apprit bientôt de quelle médisance il était l'objet, et comme avec son caractère libéral et magnanime, il ne haïssait et ne méprisait rien tant que la ladrerie, il résolut de confondre les calomniateurs et, quelle que fût son aversion pour le jeu, de se racheter de cet injurieux soupçon en perdant deux cents louis, et même davantage. — Il se rendit donc au Pharaon avec le parti pris de perdre la somme importante dont il s'était nanti; mais le bonheur, qui le suivait dans toutes ses entreprises, lui fut aussi fidèle dans l'épreuve du jeu. Chaque carte choisie par lui était favorisée. Les calculs cabalistiques des vieux joueurs consommés échouaient devant la fortune du baron. Soit qu'il gardât la même carte, soit qu'il en changeât, n'importe! la chance était toujours pour lui. Siegfried donnait le rare spectacle d'un joueur hors de lui de dépit, parce que les cartes lui sont favorables, et, quelque simple que fût la raison de cette conduite, les assistants se regardaient pourtant avec un air pensif, et l'on donnait assez clairement à entendre qu'entraîné par son penchant à la singularité, le baron pouvait bien, au bout du compte, être atteint d'un grain de folie: car n'était-il pas nécessairement aliéné le joueur que désolait son propre bonheur?

La circonstance même du gain d'une somme considérable obligea le baron à continuer de jouer pour accomplir son projet de perdre, une chance défavorable devant bientôt, suivant toute probabilité, compenser et dépasser sa veine de gain. Mais cette supposition naturelle ne fut nullement réalisée : le bonheur imperturbable de Siegfried resta constamment le même ; et la passion du jeu, que les simples combinaisons du Pharaon aiguillonnent à l'excès, pénétra de plus en plus dans son âme, sans qu'il s'en aperçût.

Il ne s'irritait plus contre son bonheur, le jeu enchainait toutes ses facultés et il y passait des nuits entières ; bref, il fut obligé de reconnaître la réalité de cette séduction que ses amis lui avaient dépeinte mainte fois, et à laquelle il avait toujours refusé de croire ; car enfin ce n'était pas le gain qui le captivait, c'était uniquement la fascination du jeu.

Une nuit, comme le banquier venait de finir une taille, Siegfried leva les yeux et aperçut un homme âgé placé vis-à-vis de lui, et qui le regardait fixement d'un air triste et sérieux ; et chaque fois que le baron détournait la vue de dessus les cartes, son regard rencontrait l'œil sombre de l'étranger, ce qui finit par lui causer une sensation pénible et importune. L'étranger ne quitta le salon que lorsque le jeu fut terminé. Le lendemain, il était encore assis en face du baron, et ne cessait pas de le regarder d'un œil sombre et presque sinistre ; mais lorsque la nuit suivante Siegfried le vit encore au même poste, et tenant attaché sur lui son regard scrutateur qui brillait d'un feu diabolique, il ne put se contenir plus long-temps : « Monsieur, dit-il tout haut, je me vois obligé de vous prier de choisir une autre place, vous gênez mon jeu. »

L'étranger s'inclina avec un sourire chagrin, et quitta, sans mot dire, la table et le salon de jeu.

Néanmoins, la nuit suivante, l'étranger avait repris sa place vis-à-vis du baron, qu'il pénétrait de son regard inflexible et perçant.

Cette fois le baron exaspéré éclata plus violemment : « Monsieur ! si cela vous amuse de me regarder, vous voudrez bien choisir un autre temps et un autre lieu, mais dans ce moment, je vous prie..... »

Un geste désignant la porte tint lieu de la parole offensante que le baron s'abstint de prononcer.

Et comme dans la nuit précédente, l'étranger, s'inclinant avec le même sourire douloureux, sortit du salon.

L'excitation du jeu, celle du vin qu'il avait bu, et le souvenir de la scène avec l'étranger empêchèrent Siegfried de dormir. Le jour commençait à poindre, quand il vit, pour ainsi dire, apparaitre devant lui le fantôme de cet étranger. Il lisait sur ce visage expressif, aux traits accentués, et abîmé par le chagrin, il retrouvait le regard sombre de ces yeux profondément creusés et cernés, et il ne pouvait s'empêcher de remarquer quelle noble contenance, en dépit d'une mise pauvre, trahissait l'homme d'un rang distingué. — Et puis cette résignation douloureuse de l'étranger à ses dures paroles, et sa disparition passive du salon malgré la violence qu'il semblait faire à un sentiment plein d'amertume ! — « Non, s'écria Siegfried, j'ai des torts envers lui.... des torts graves ! Est-il donc dans mes manières de m'emporter comme un grossier personnage, et d'offenser quelqu'un par une impolitesse non moins commune que gratuite? » — Le baron en vint à se persuader que cet homme, en l'envisageant ainsi, n'avait cédé qu'à la sensation horriblement pénible du contraste choquant qu'il supposait l'avoir frappé, au moment où il luttait peut-être contre les angoisses du besoin, tandis qu'il voyait le baron, livré à un jeu insolent, entasser tant d'or devant lui. Il résolut de chercher à son lever l'étranger et de lui faire réparation.

Le hasard fit précisément que la première personne que Siegfried rencontra sur la promenade fut l'étranger.

Le baron l'aborda, s'excusa énergiquement de sa conduite de la nuit passée, et conclut par demander formellement pardon à l'étranger. Celui-ci dit qu'il ne reconnaissait au baron aucun tort, qu'il fallait pardonner beaucoup de choses au joueur dans la chaleur du jeu; mais que du reste, il avait lui-même provoqué l'apostrophe en question par son opiniâtreté à garder une place où il devait gêner le baron.

Le baron alla plus loin, il dit qu'il y avait souvent dans la vie des embarras momentanés qui portaient le coup le plus sensible à l'homme bien élevé; bref, il donna à entendre à l'étranger qu'il mettrait volontiers à sa disposition la somme qu'il avait gagnée, et plus s'il le fallait pour lui rendre service.

« Monsieur, répliqua l'étranger, vous me croyez dans le besoin : je n'y suis pas précisément; car, bien que je sois plutôt pauvre que riche, j'ai pourtant de quoi suffire à ma simple manière de vivre. En outre, vous concevrez vous-même que, dès que vous croyez m'avoir offensé, m'offrir une somme d'argent, comme une espèce de réparation, est un arrangement auquel, en homme d'honneur, il me serait impossible de souscrire quand même je ne serais pas gentilhomme.

» Je crois vous comprendre, répondit le baron troublé, et je suis prêt à vous donner la satisfaction que vous exigez.

» O ciel, reprit l'étranger, les chances d'un combat entre nous deux seraient trop inégales. Car je suis persuadé que vous voyez comme moi dans le duel autre chose qu'un enfantillage dérisoire, et que vous ne regardez pas comme suffisantes, pour laver une tache faite à notre honneur, quelques gouttes de sang qui s'échappent une fois par hasard d'une écorchure au doigt. Mais il y a telles circonstances qui peuvent rendre impossible l'existence simultanée de deux hommes sur la terre, et l'un vécût-il sur le Caucase, l'autre aux bords du Tibre, la séparation est illusoire tant que la conscience de l'un nourrit la pensée de l'existence de son ennemi. Alors le duel est une nécessité pour décider lequel des deux doit céder la place à l'autre en ce monde. Entre nous, je vous le répète, les risques ne seraient pas égaux, ma vie n'étant nullement à priser aussi haut que la vôtre. Si je vous tue, je détruis tout un monde des plus belles espérances; si c'est moi qui reste sur la place, vous aurez mis fin à une vie des plus misérables, en proie aux souvenirs les plus amers et les plus déchirants ! — Enfin, le point essentiel est que je ne me tiens nullement pour offensé. Vous me priâtes de sortir.... et je sortis. »

Le son de voix de l'étranger en prononçant ces derniers mots trahit une secrète mortification, ce qui donna lieu au baron de s'excuser de nouveau, d'autant, disait-il, que, sans qu'il sût pourquoi, le regard de l'étranger l'avait ému, pénétré jusqu'au fond de l'âme, au point qu'il n'avait plus eu la force de le supporter.

« Fasse le ciel, dit l'étranger, que mon regard, s'il vous a réellement causé cette émotion intime, vous ait fait pressentir le danger imminent que vous courez. De gaité de cœur, et dans l'imprévoyance de la jeunesse, vous marchez sur le bord d'un abime : un seul coup fatal et vous y êtes précipité sans ressource. En un mot, vous êtes sur le point de devenir un joueur passionné et de vous ruiner. »

Le baron assura à l'étranger qu'il se trompait positivement. Il raconta avec détail comment il avait été amené à jouer, et prétendit que le véritable instinct du jeu lui était tout-à-fait étranger ; que tout ce qu'il souhaitait enfin, c'était de perdre deux cents louis d'or, et qu'il cesserait de paraître au jeu dès qu'il aurait vu son but rempli ; mais que jusqu'à ce moment, au contraire, le bonheur le plus décidé avait suivi toutes ses tentatives.

« Ah ! s'écria l'étranger, c'est précisément ce bonheur qui est la séduction la plus perfide et la plus funeste de la puissance diabolique ! Oui, ce bonheur qui préside à votre jeu, baron ! les circonstances qui vous ont déterminé à jouer, vos procédés même et votre conduite au jeu, qui ne révèle que trop clairement quel intérêt de plus en plus vif il vous inspire, tout, tout me rappelle d'une manière frappante la destinée affreuse d'un infortuné qui, semblable à vous sous plus d'un rapport, débuta précisément de la même façon. Voilà pourquoi je ne pouvais détourner mes yeux à votre aspect, et je pus à peine m'empêcher de dire de vive voix ce que mon regard vous devait donner à deviner : — Oh ! ne vois-tu pas les démons étendre leurs griffes pour t'entraîner dans l'enfer ! — Voilà ce que j'aurais voulu vous faire entendre. — Mon désir était de lier connaissance avec vous et en cela du moins j'ai réussi. — Écoutez l'histoire de ce malheureux dont je parlais : peut-être alors serez-vous convaincu que ce n'est pas une chimère de mon imagination que le danger dont je vous vois menacé et dont je vous préviens. »

Tous deux, le baron et l'étranger, s'assirent sur un banc écarté, et celui-ci commença son récit en ces termes:

Les mêmes qualités brillantes qui vous distinguent, monsieur le baron, acquirent au chevalier de Ménars l'estime et l'admiration des hommes, et le rendirent le favori des femmes. Seulement, à l'égard de la richesse, la fortune l'avait moins bien partagé que vous. Il était presque dans la gêne, et ce n'était que par un genre de vie des plus strictement réglés qu'il trouvait le moyen de paraître dans le monde avec la dignité convenable à son rang et à l'honneur de la famille illustre dont il descendait. Outre que le jeu lui était interdit, par cela seul que la moindre perte lui aurait été sensible et aurait causé du dérangement dans sa manière de vivre, il n'avait d'ailleurs aucun penchant pour cette passion, et en s'abstenant de jouer il ne s'imposait, par conséquent, pas de sacrifice. Du reste, le succès le plus extraordinaire répondait à toutes ses entreprises, et le bonheur du chevalier de Ménars finit par passer en proverbe.

Une nuit, contre son habitude, il s'était laissé persuader de visiter une maison de jeu. Les amis qu'il accompagnait ne tardèrent pas à engager pour eux la partie. Sans suivre leur exemple, le chevalier, absorbé par des pensées toutes différentes, se promenait dans la salle de long en large, et s'arrêtait parfois devant la table du jeu où des piles d'or s'amoncelaient, de minute en minute, sous les mains du banquier.

Un vieux colonel vint à remarquer tout-à-coup le chevalier, et il s'écria à haute voix : « Par tous les diables! voici le chevalier de Ménars ici avec son bonheur, et si nous ne parvenons à rien gagner c'est qu'il ne s'est encore déclaré ni pour la banque, ni pour les ponteurs; mais cela ne doit pas durer plus long-temps, parbleu! et je veux que M. le chevalier ponte pour moi immédiatement. »

Le chevalier eut beau prétexter sa maladresse et son défaut absolu d'expérience, le colonel tint bon, et le chevalier se vit contraint de s'asseoir à la table du jeu.

Il arriva au chevalier exactement la même chose qu'à vous, monsieur le baron; chaque carte lui était favorable, de sorte qu'il eut bientôt gagné une somme considérable pour le colonel, qui ne pouvait assez se féliciter de l'excellente idée d'avoir mis à contribution le bonheur à toute épreuve du chevalier de Ménars.

Ce bonheur, qui causait à tout le monde une surprise extrême, ne fit pas la moindre impression sur le chevalier lui-même, et il ne s'expliqua pas comment son antipathie pour le jeu ne fit que s'accroitre encore davantage, si bien que le lendemain matin, sous l'influence de la fatigue de corps et d'esprit causée par la veille et l'échauffement de la nuit, il prit très-sérieusement la résolution de ne plus mettre le pied sous aucun prétexte dans une maison de jeu.

Il s'affermit encore dans cette résolution par suite de la conduite du vieux colonel, qui ne pouvait toucher une carte sans un malheur inconcevable, et qui, par une extravagance singulière, mettait maintenant son malheur sur le dos du chevalier. Il vint le prier souvent avec instance de venir jouer pour lui, ou, tout au moins, de se tenir à ses côtés pendant qu'il jouerait, pour chasser, par sa présence, le mauvais démon qui lui mettait dans la main des cartes frappées de malédiction. — On sait à quelles superstitions absurdes l'esprit des joueurs est accessible. — Bref, ce ne fut que par un refus solennel, et même en déclarant qu'il se battrait plutôt avec le colonel que de consentir à jouer pour lui, que le chevalier parvint à se débarrasser de ses importunités, le colonel n'étant pas précisément jaloux des affaires de duel. Le chevalier maudit de grand cœur l'acte de condescendance qui lui avait attiré les persécutions de ce vieux fou.

Du reste, il était immanquable que l'histoire du bonheur miraculeux du chevalier au jeu ne courût de bouche en bouche, progressivement accrue d'une foule de circonstances énigmatiques et merveilleuses, qui peignaient le chevalier comme un homme en relation avec les puissances surnaturelles. — Mais aussi en voyant le chevalier, malgré son étoile, s'abstenir de toucher une carte, on conçut l'idée la plus haute de la fermeté de son caractère, et l'estime dont il jouissait ne fit qu'augmenter.

Il pouvait s'être écoulé une année, lorsque le chevalier, par le retard imprévu du versement de la modique somme qui subvenait à son entretien, fut mis dans l'embarras le plus pénible et le plus pressant. Il fut obligé de s'en ouvrir à son plus fidèle ami, qui lui avança sans délai l'argent dont il avait besoin, mais en l'appelant en même temps le plus grand original qui eût jamais existé.

« Il est des signes du destin, dit-il, qui nous révèlent la voie où nous devons chercher et trouver notre salut. C'est la faute de notre indolence si nous négligeons ces avertissements et si nous n'en profitons pas. Or, la puissance suprême, qui règle notre vie, s'est exprimée à ton égard en termes assez clairs. N'a-t-elle pas murmuré à ton oreille : Si tu veux acquérir de la richesse, va et joue : autrement tu resteras pauvre, nécessiteux et dans une perpétuelle dépendance. »

Alors seulement le chevalier vit se représenter vivement dans son esprit l'idée du bonheur prodigieux qui l'avait favorisé à la banque du Pharaon, et dans ses rêves, et même éveillé, il voyait des cartes passer devant ses yeux, il entendait ces paroles monotones du banquier : « Gagne ! — Perd ! » — Et le son des pièces d'or tintait sans cesse à son oreille.

« Il est vrai! se disait-il à lui-même, une seule nuit comme celle-là m'arrache à la misère, à l'embarras pénible de devenir à charge à mes amis..... Oui, c'est un devoir pour moi de suivre le présage du destin. »

Son ami, qui l'avait engagé à jouer, l'accompagna dans la maison de jeu, et lui prêta vingt louis d'or pour qu'il pût tenter la fortune sans d'inquiètes restrictions.

Si le chevalier avait eu la main heureuse en pontant pour le vieux colonel, cette fois sa veine fut doublement prospère. Les cartes sur lesquelles il faisait son jeu, sa main les tirait sans choix, aveuglément, ou plutôt dirigée par une puissance suprême et invisible d'accord avec le hasard, que dis-je ? la même que nous appelons hasard dans un langage confus. Quand le jeu cessa, le chevalier avait gagné mille louis d'or.

Il se réveilla le lendemain dans une espèce d'étourdissement. La somme gagnée était entassée près de lui sur une table. A la première vue, il crut rêver, se frotta les yeux, puis il étendit le bras et attira la table plus près ; mais lorsqu'il eut rappelé ses souvenirs, lorsqu'il palpa les pièces d'or, lorsqu'il les compta et recompta avec complaisance, alors, pour la première fois, tout son être se sentit pénétré, comme au souffle d'un génie fatal, du poison de l'envie des richesses. Ce jour porta un coup mortel à la pureté de sentiments qu'il avait si long-temps gardée intacte.

Il eut peine à attendre le soir pour se trouver de nouveau à la table de jeu. Son bonheur ne se démentit pas, et en peu de semaines, durant lesquelles il avait joué presque chaque nuit, il gagna une somme considérable.

Il y a deux espèces de joueurs. Pour quelques-uns, le jeu lui-même, en tant que jeu et sans égard au gain, est la source d'une jouissance secrète et inexprimable. Dans l'enchainement et le contraste des chances s'offrent les plus bizarres accidents du hasard ; c'est là que se manifeste le plus clairement l'influence d'une puissance supérieure, et c'est ce qui provoque notre esprit à prendre son essor pour essayer de pénétrer dans la sphère mystérieuse, dans les arcanes de la fatalité suprême, et d'y voir s'éclaircir l'obscur problème de ses œuvres. — J'ai connu un homme qui passait des jours, des nuits entières à faire la banque seul dans sa chambre, en pontant contre lui-même : celui-là, à mon avis, était un véritable joueur. D'autres ont seulement le gain en perspective et considèrent le jeu comme un moyen de s'enrichir promptement. C'est dans cette classe que se rangea le chevalier, et il confirma ainsi cette vérité que la passion abstraite et véritable du jeu est un sentiment inné et dépendant d'une organisation individuelle.

Par suite de ses idées de fortune, le chevalier trouva bientôt son jeu trop restreint dans les limites imposées au ponte. Avec la somme importante qu'il avait gagnée, il établit une banque, laquelle devint en peu de temps, grâce à l'avantage persévérant qui ne cessa de le favoriser, la plus riche de tout Paris. Ainsi qu'il arrive toujours, la richesse et le singulier bonheur du nouveau banquier attirèrent chez lui le plus grand nombre de joueurs.

La vie déréglée et licencieuse du joueur corrompit bientôt toutes les qualités de l'esprit et du corps qui avaient autrefois concilié au chevalier autant d'estime que d'affection. Ce n'était plus l'ami fidèle, le compagnon franc et joyeux, le galant et chevaleresque adorateur des dames. L'amour de l'art et de la science était mort dans son esprit, et son goût pour l'étude complètement éteint. Son visage pâle comme la mort, ses yeux caves et étincelants d'un feu sombre portaient l'empreinte de la passion désastreuse qui le tenait asservi; et ce n'était point la passion du jeu, mais une cupidité effrénée allumée dans son cœur par Satan lui-même! — En un mot, c'était le banquier le plus accompli qui fût jamais.

Une nuit, sans avoir précisément éprouvé une perte grave, le chevalier avait vu pâlir légérement son étoile de bonheur. Sur ces entrefaites, un petit homme, vieux, sec, pauvrement vêtu, d'un aspect déplaisant, s'était approché de la table de jeu, et d'une main tremblante avait tiré une carte sur laquelle il mit une pièce d'or. Plusieurs des assistants parurent extrêmement surpris du fait, mais aucun ne dissimula son profond mépris pour le vieillard, qui ne témoigna son mécontentement par la moindre parole, ni par le moindre froncement de sourcils.

Il perdit. — Il renouvela sa mise et perdit encore; mais plus il perdait, plus les autres joueurs se réjouissaient, et quand le vieillard, qui martingalait toujours, finit par mettre un enjeu de cinq cents louis qu'il perdit du coup, l'un des témoins s'écria en riant tout haut : « Bonne chance, signor Vertua! hardi! ne perdez pas courage : forcez toujours votre jeu; j'imagine que vous finirez par faire sauter la banque avec un gain énorme! »

Le vieillard lança à ce railleur un regard de basilic, puis il disparut en courant; mais ce fut pour revenir au bout d'une demi-heure, les poches pleines d'or. Et pourtant il se vit obligé d'assister à la dernière taille sans ponter, ayant perdu rapidement la somme entière qu'il avait apportée.

Le chevalier, qui, malgré l'égarement de sa conduite, tenait cependant à faire observer certaines bienséances dans ses salons, était irrité d'avoir vu traiter le vieillard avec tant de dédain et de mépris. En conséquence, à la fin de la séance et quand le vieillard fut parti, il retint, pour s'en expliquer sérieusement, le joueur qui l'avait interpellé et quelques autres qui s'étaient fait distinguer par leurs procédés méprisants à l'égard du vieillard.

« Oh! s'écria l'un d'eux, vous ne connaissez pas le vieux Francesco Vertua, chevalier, autrement, loin de vous plaindre de nous et de notre conduite, vous la trouveriez fort sensée. Apprenez que ce Vertua, Napolitain de naissance, et depuis quinze ans à Paris, est le plus abject, le plus sordide avare et le plus détestable usurier de la terre. Tout sentiment d'humanité lui est étranger; il verrait son propre frère se tordre à ses pieds dans les convulsions de l'agonie, et un seul écu suffirait pour le sauver, qu'on ferait de vains efforts pour l'obtenir de lui. Il vit sous le poids fatal des imprécations et de la malédiction de mille individus, de familles tout entières plongées dans la misère et le désespoir par ses spéculations sataniques. Il est haï profondément de quiconque le connait, et c'est un vœu unanime qu'une main vengeresse le punisse de tant de méfaits, et mette un terme à cette vie souillée d'opprobres.— Il n'a jamais joué, du moins, depuis qu'il est à Paris, et vous ne devez plus vous étonner de notre saisissement en le voyant paraître à la table de jeu. Il est aussi bien naturel que nous nous soyons réjouis de sa perte, car n'aurait-il pas été odieux de voir un pareil scélérat favorisé par la fortune. Il n'est que trop positif, chevalier, que la richesse de votre banque a ébloui le vieux fou; il méditait de vous plumer et il en a été la dupe. Cependant il n'en est pas moins incompréhensible que Vertua, un avare fieffé de cette nature, ait pu se résoudre à exposer tant d'argent. Et, à coup sûr, il ne reviendra plus. Nous en voilà débarrassés ! »

Cette supposition ne fut pourtant pas réalisée, car, dès la nuit suivante, Vertua était déjà de retour à la banque du chevalier, où il joua et perdit dans une proportion plus forte que la veille. Néanmoins il restait calme et souriait seulement parfois avec une ironie amère, comme s'il eût prévu avec certitude un prochain revirement de fortune. Mais la perte du vieillard s'accrut et grossit comme une avalanche avec une rapidité progressive dans chacune des nuits suivantes, après lesquelles on calcula qu'il avait payé au banquier environ trente mille louis d'or. A quelque temps de là, il parut un soir dans le salon de jeu quand déjà la séance était fort avancée. Pâle comme la mort et les yeux hagards, il se plaça à quelque distance de la table, le regard fixé sur les cartes qu'amenait le chevalier. Enfin, comme celui-ci, après avoir refait et donné à couper, allait commencer une nouvelle taille, le vieillard s'écria d'une voixsi aiguë : « Arrêtez ! » que tout le monde tressaillit et regarda en arrière. Le vieillard alors se fit jour jusqu'auprès du chevalier et d'une voix sourde il lui dit à l'oreille : « Chevalier ! ma maison de la rue Saint-Honoré avec tout l'ameublement, ma vaisselle d'or et d'argent et tous mes bijoux, est estimée quatre-vingt mille francs : voulez-vous tenir la mise ? — Soit ! » répliqua le chevalier froidement sans détourner la tête, et il commença à tailler.

« La dame! » dit le vieillard, et à la première main la dame perdit! — Le vieillard chancela et alla s'appuyer contre la muraille, immobile, glacé comme une statue. Personne ne s'inquiéta de lui davantage.

La séance terminée, les joueurs se retirèrent et le chevalier avec ses croupiers encaissait le gain de la soirée. Alors le vieux Vertua sortit de son coin, s'approcha du chevalier d'un pas mal affermi, pâle comme un spectre, et d'une voix creuse et étouffée: « Encore un mot, dit-il, chevalier! un seul mot!

» Eh bien, qu'y a-t-il? » répondit le chevalier en retirant la clef de sa cassette et toisant avec mépris le vieillard de la tête aux pieds.

Le vieillard continua: « J'ai perdu à votre banque toute ma fortune, chevalier! rien, rien ne me reste: je ne sais pas où demain je reposerai ma tête, avec quoi j'apaiserai ma faim. Chevalier, c'est à vous que j'ai recours: prêtez-moi la dixième partie de la somme que vous m'avez gagnée, afin que je puisse recommencer les affaires, et que j'échappe à une honteuse misère.

» A quoi pensez-vous, signor Vertua? répliqua le chevalier, ne savez-vous pas qu'un banquier ne doit jamais prêter de l'argent de son gain! cela serait contraire à la vieille règle dont je ne me départs jamais.

» Vous avez raison, chevalier, reprit Vertua, ma demande était exagérée, déraisonnable! prêtez-moi la vingtième...., non, la centième partie! — Je vous répète, dit le chevalier avec humeur, que je ne prête absolument rien sur mon gain.

» C'est vrai, dit Vertua, dont le visage pâlissait de plus en plus, dont le regard devenait de plus en plus morne, vous ne pouvez rien me prêter. — Non, je ne l'aurais pas fait non plus autrefois. — Mais donnez, accordez au mendiant une aumône...., prenez sur la richesse que la fortune aveugle vous a dispensée aujourd'hui, cent louis....

» Oh! en vérité, repartit le chevalier, avec colère, vous vous entendez à tourmenter les gens, signor Vertua! je vous dis que vous n'obtiendrez de moi ni cent, ni cinquante, ni vingt-cinq louis, — pas un seul! il faudrait que je fusse fou pour vous accorder le moindre secours, afin que vous puissiez recommencer votre infâme métier, n'est-ce pas? Le sort vous a abattu dans la poussière tel qu'un ver venimeux, et ce serait un crime que de vous relever. Allez, et restez ruiné comme vous le méritez. »

Le visage caché dans ses deux mains, le vieux Vertua tomba à terre. Le chevalier commanda à son domestique d'emporter la cassette dans sa voiture, puis il s'écria à haute voix : « Quand me remettrez-vous votre maison et vos effets, signor Vertua! »

Alors Vertua se releva et d'un ton assuré : « Tout de suite, dit-il, à l'instant, chevalier, venez avec moi.

» C'est bien, reprit le chevalier, nous pouvons aller ensemble dans ma voiture jusqu'à votre maison, qu'il faudra quitter irrévocablement demain matin. »

Pendant toute la route ni le chevalier, ni Vertua ne prononcèrent une seule parole. — Arrivés à la maison de la rue Saint-Honoré, Vertua tira la sonnette. Une vieille femme ouvrit aussitôt et s'écria, à la vue de Vertua : « O bon Jésus! vous voilà enfin, signor Vertua! Angela est pour vous dans une inquiétude mortelle!....

» Silence! répliqua Vertua, fasse le ciel qu'Angela n'ait pas entendu la malheureuse sonnette! il faut qu'elle ignore que je suis rentré. »

En parlant ainsi, il prit des mains de la vieille consternée le flambeau à branches qu'elle portait, et éclaira le chevalier en marchant devant lui jusqu'à l'appartement du premier.

Là, Vertua s'adressant au chevalier lui dit : « Je suis résigné à tout, chevalier; je ne vous inspire que haine et mépris : ma ruine cause votre plaisir et celui d'autrui, mais vous ne me connaissez pas. — Apprenez donc que je fus autrefois un joueur comme vous, que le bonheur capricieux me fut tout aussi favorable qu'à vous, que j'ai parcouru la moitié de l'Europe, m'arrêtant partout où je trouvais l'appât d'un jeu riche et l'espoir d'un gain considérable, que l'or enfin s'amoncelait partout à ma banque comme il afflue à la vôtre. J'avais une femme aussi vertueuse que belle, et je la négligeais, et elle était malheureuse au milieu des satisfactions du luxe. — Il arriva un soir à Gênes, où je tenais une banque, qu'un jeune Romain perdit contre moi la totalité de son riche patrimoine. Il me pria, de même que je le fais aujourd'hui, de lui prêter au moins de quoi subvenir à son retour dans sa patrie. Je le lui refusai avec un sourire ironique, et lui, dans l'égarement de son désespoir furieux, me porta dans la poitrine un coup violent de son stylet. Ce fut avec peine que les médecins parvinrent à me sauver, et mon état de souffrance fut long et pénible. Ma femme me prodigua des soins assidus, me consolant, soutenant mon courage prêt à succomber à l'excès de mes douleurs; et je me sentis pénétré d'un sentiment inconnu que chaque jour de ma convalescence rendit plus puissant en moi. Le joueur finit par devenir étranger à toute émotion naturelle, et j'ignorais encore ce que c'était que l'amour, et le tendre attachement d'une femme dévouée. Au souvenir de mes torts et de mon ingratitude envers la mienne, à la pensée de la vie criminelle à laquelle je l'avais sacrifiée, mon cœur était rongé de remords. Je voyais m'apparaître, comme autant de fantômes vengeurs, tous ceux dont j'avais tué le bonheur et ruiné l'existence avec une indifférence atroce, et j'entendais leurs voix rauques et sépulcrales me reprocher les calamités et les crimes sans nombre dont j'avais semé le germe! Ma femme seule parvenait alors à calmer mon affreux désespoir et à bannir l'horreur dont j'étais saisi! — Je fis vœu de ne plus toucher une carte de ma vie!—Je me dérobai, je m'arrachai aux liens qui me tenaient engagé, je résistai aux prières, aux séductions de mes associés qui voulaient me retenir, séduits par mon étoile. Après ma parfaite guérison, j'achetai près de Rome une petite maison de campagne où je me retirai avec ma femme. Hélas ! je n'ai joui que pendant un an d'une tranquillité, d'une béatitude telles que je n'en concevais même pas l'idée ? Ma femme me donna une fille et mourut peu de semaines après. Je fus au désespoir. J'accusais le ciel, je me maudissais moi-même, je maudissais ma vie infâme, dont la puissance éternelle tirait vengeance en me ravissant ma femme, à qui je devais mon salut, le seul être en qui je trouvasse consolation et espérance ! Pareil au criminel qui craint l'horreur de la solitude, je me sentis poussé à quitter ma maison de campagne pour venir à Paris. Angela grandissait et embellissait, vivant portrait de sa mère, et je l'aimais à l'adoration. Pour elle je pris à cœur de me maintenir à la tête d'une riche fortune, et même d'en acquérir une plus considérable. Il est vrai, je prêtai de l'argent à haut intérêt, mais c'est une infâme calomnie que de m'accuser d'usure frauduleuse. Et qui sont mes accusateurs ? de jeunes fous qui me fatiguent de leurs instances, jusqu'à ce que je leur prête un argent qu'ils dissipent comme une chose sans valeur, et puis qui s'emportent et se récrient quand je poursuis rigoureusement la rentrée de mes avances. Mais cet argent ne m'appartient pas, il est à ma fille, et je me regarde seulement comme le gérant de son bien. Il n'y a pas long-temps que j'ai sauvé un jeune homme de la ruine et de l'infamie par le secours d'une somme considérable. Je ne regardai pas un seul instant la restitution comme probable, car je savais qu'il était fort pauvre avant qu'il n'eût fait un riche héritage. Alors je réclamai la restitution de mes avances. Croiriez-vous, chevalier, que le coupable étourdi, qui me devait son existence, osa nier la dette, et me traita de misérable avare lorsqu'il fut réduit après sentence à s'acquitter envers moi ? — Je pourrais vous raconter encore plusieurs traits semblables qui m'ont rendu l'âme dure et insensible pour la prodigalité et la bassesse. Bien plus ! je pourrais vous dire que plus d'une fois j'ai séché des larmes amères, et que mainte prière, pour moi et pour mon Angela, est montée au ciel ; mais cela passerait à vos yeux pour une vanterie sans fondement, et d'ailleurs vous n'en feriez aucun cas, car vous êtes un joueur. — Je crus avoir apaisé enfin la puissance éternelle : vaine illusion ! puisqu'il fut permis à Satan de m'éblouir d'une manière plus funeste que jamais. — J'entendis parler de votre bonheur, chevalier ; chaque jour j'apprenais que tel ou tel ponte à votre banque avait perdu jusqu'à son dernier écu : il me vint alors à l'esprit que mon bonheur au jeu si persévérant était réservé à balancer le vôtre et qu'il dépendait de moi de mettre un terme à vos bénéfices. Dès-lors cette pensée, qui ne pouvait provenir que d'une folie singulière, ne me laissa plus ni repos, ni trêve. C'est ainsi que je fus provoqué à jouer contre vous, c'est ainsi que je fus aveuglé par cette horrible fascination jusqu'à ce que ma fortune, ou plutôt la fortune de mon Angela, eût passé entre vos mains ! — A présent tout est fini ! — Ne permettrez-

voix douce et touchante, organe des purs sentiments du cœur le plus noble et le plus tendre.

Bien loin de là, le chevalier sentit sa conscience en proie à tous les tourments et aux angoisses de l'enfer. Comme revenu d'un songe, il crut voir dans la jeune fille l'ange de la vengeance divine dissipant d'une main radieuse les voiles épais qui le fascinaient au gré d'une puissance fatale, et sa criminelle conduite lui apparut dans une nudité repoussante et exécrable. — Pourtant du fond de ce sombre abime, dont les terreurs glaçaient l'âme du chevalier, surgissait un rayon pur et brillant, semblable à un reflet de la splendeur éternelle, au présage visible d'une béatitude infinie. Mais l'éclat de cette vision ajoutait encore à l'horreur de son supplice intérieur.

Le chevalier n'avait pas encore connu l'amour. Au moment où il vit Angela, il éprouva en même temps l'émotion profonde d'une passion irrésistible, et l'inexprimable douleur du plus morne découragement. Car pouvait-il rester une ombre d'espoir à l'homme qui s'était révélé sous l'image du chevalier devant ce pur enfant du ciel, la gracieuse Angela !

Le chevalier voulut parler, il ne le put pas, comme si une crampe soudaine eût enchainé sa langue. Enfin il rassembla ses esprits et bégaya d'une voix tremblante : « Signor Vertua...., écoutez-moi ! — je ne vous ai rien gagné...., rien du tout...., voici ma cassette ; — elle est à vous : — Non, il faut..... que je vous rende davantage..... encore ; — je suis votre débiteur. Prenez, — prenez.....

» O ma fille ! » s'écria Vertua.

Mais Angela se releva, avança vers le chevalier, lui lança un regard plein de fierté, et lui dit d'un ton calme et sévère : « Chevalier ! apprenez qu'il y a quelque chose au-dessus de l'or et de la fortune, d'intimes sentiments qui vous sont inconnus, mais qui soulagent notre âme de leur consolation suprême, et nous font repousser votre offre, votre faveur avec mépris ! — Gardez ces trésors, gages de la malédiction fatale qui pèse sur vous, sur le joueur réprouvé et sans cœur.

» Oui, s'écria le chevalier hors de lui avec des yeux hagards et un accent terrible, oui, réprouvé !... maudit ! je veux l'être et précipité dans le plus profond des enfers, si jamais cette main touche le bord d'une carte ! — Et si après cela vous me repoussez d'auprès de vous, Angela ! ce sera vous qui aurez causé ma perte inévitable. Oh ! si vous saviez...., si vous pouviez comprendre..... Non, vous devez me traiter de fou. — Mais vous le verrez...., et vous me croirez quand je serai étendu à vos pieds, le cerveau fracassé. — Angela ! — il y va pour moi de la vie ou de la mort !.... Adieu !.... »

Et le chevalier se précipita hors de la chambre dans le plus affreux désespoir. Vertua avait lu dans son âme, il devinait le changement qui s'était opéré en lui, et cherchait à faire comprendre à Angela que certaines circonstanees pouvaient lui imposer l'obligation d'accepter l'offre généreuse du chevalier. — Angela repoussa cette proposition avec horreur ; elle ne concevait pas que le chevalier pût jamais arriver à obtenir autre chose que son mépris. Le destin, qui souvent prépare ses voies au fond des cœurs à leur insu, amena un résultat contraire à toutes les prévisions.

Il semblait au chevalier qu'il sortît d'un rêve effrayant; il se voyait au bord de l'abîme infernal, et c'était en vain qu'il étendait les bras vers la figure céleste et rayonnante qui lui était apparue, non pour le sauver..... Non, — pour lui rappeler l'arrêt de sa damnation!

A l'étonnement de tout Paris, la banque du chevalier de Ménars disparut tout-à-coup. On ne le vit plus lui-même, et de là les bruits les plus étranges et les plus dénués de fondement coururent sur son compte. Le chevalier fuyait toute société, son amour le remplissait d'un chagrin sombre et profond. C'est dans cet état qu'en se promenant dans les allées solitaires du parc de Malmaison, il se trouva soudain en face de Vertua et de sa fille.

Angela, à qui l'idée de voir le chevalier n'aurait inspiré que de l'horreur et du mépris, se sentit singulièrement émue à son aspect, tandis que celui-ci interdit, pâle comme un mort et dans une attitude de crainte respectueuse, osait à peine lever les yeux sur elle. Angela n'ignorait pas que, depuis la nuit fatale, le chevalier avait absolument renoncé au jeu, qu'il avait complètement changé de manière de vivre. Elle, elle seule avait opéré tout cela, elle avait sauvé le chevalier de sa perte : quelle chose pouvait flatter davantage sa vanité de femme?...

Après que Vertua eut échangé avec le chevalier

les civilités ordinaires, Angela demanda donc avec l'accent d'un intérêt doux et bienveillant : « Qu'avez-vous, chevalier? vous paraissez inquiet, souffrant ; en vérité, vous devriez voir un médecin. »

Comme on peut bien le penser, les paroles d'Angela versèrent dans l'âme du chevalier un baume consolateur. Sa physionomie changea subitement : il releva la tête, et de ses lèvres s'épancha de nouveau avec une effusion touchante ce langage entraînant et passionné qui jadis lui subjuguait tous les cœurs. Vertua le fit souvenir de prendre possession de la maison qui lui était échue en gain. « Oui, signor Vertua, s'écria le chevalier comme inspiré, oui, sans doute, j'irai demain chez vous. Mais souffrez que nous nous mettions bien d'accord sur les conditions, quand cela devrait exiger plusieurs mois.

» Soit, répliqua Vertua en souriant, j'ai idée que cela peut nous faire penser avec le temps à bien des choses qui sont peut-être aujourd'hui loin de nos esprits. » — Comment le chevalier n'eût-il pas retrouvé avec un nouvel espoir toute l'amabilité qui le caractérisait autrefois, avant qu'il ne devint la proie de sa passion ruineuse et désordonnée. Ses visites chez le vieux signor Vertua devinrent de plus en plus fréquentes. Angela paraissait chaque jour mieux disposée pour celui dont elle savait être l'ange tutélaire; peu à peu elle vint à se persuader qu'elle l'aimait décidément, et s'engagea enfin à lui accorder sa main, au grand plaisir du vieux Vertua, qui, de ce jour seulement, regarda comme terminée l'affaire de sa fortune perdue contre le chevalier.

Un jour, Angela, l'heureuse fiancée du chevalier de Ménars, était assise à la fenêtre plongée dans mille pensées d'amour, de plaisir et de joie, si naturels dans sa situation. Un régiment de chasseurs, partant pour la campagne d'Espagne, vint à passer devant elle au son joyeux des clairons. Angela considérait avec un sentiment de pitié ces hommes destinés à être victimes de cette guerre funeste, lorsqu'un tout jeune homme détournant vivement la bride de son cheval, jeta un regard sur Angela, qui retomba aussitôt sur sa chaise sans connaissance.

Hélas! le chasseur qui marchait ainsi à une mort probable n'était autre que le jeune Duvernet, le fils d'un voisin, le compagnon assidu de son enfance, qui venait la voir presque chaque jour, et n'avait cessé de paraître dans la maison que depuis l'introduction du chevalier.

Dans le coup-d'œil chargé de reproches du jeune homme on lisait son arrêt de mort. Angela reconnut alors pour la première fois non-seulement à quel excès il l'avait aimée, mais qu'elle même, et à son insu, l'aimait aussi d'une façon inexprimable, et n'avait été qu'éblouie, fascinée par la séduction de plus en plus contagieuse attachée à la personne du chevalier. Elle comprit seulement alors les soupirs inquiets du jeune homme, ses attentions silencieuses et sans prétention; ce ne fut qu'alors qu'elle comprit l'entraînement de son propre cœur, et les secrètes palpitations qui soulevaient son sein quand

Duvernet arrivait, quand elle entendait sa voix. — « Il est trop tard! il est perdu pour moi : » ainsi murmurait le cœur d'Angela. — Elle eut pourtant le courage de lutter contre le sentiment pénible qui la désespérait, et l'énergie de sa volonté l'en rendit victorieuse.

Cependant il n'échappa point à la pénétration du chevalier qu'il était survenu quelque incident fâcheux; mais il avait assez de délicatesse pour ne pas chercher à découvrir un secret qu'Angela croyait devoir lui cacher, et il se contenta, pour se soustraire à toute influence dangereuse, de presser la célébration de son mariage qu'il régla avec un tact infini, et les égards les plus scrupuleux pour la position et la mélancolie de sa jeune épouse, et Angela apprécia d'autant mieux la parfaite amabilité du chevalier.

Celui-ci ne cessa point de se conduire envers Angela avec cette sincérité d'estime et cette prévenance pour le moindre de ses désirs, qu'inspire l'amour le plus pur, de sorte que le souvenir de Duvernet s'effaça entièrement de son esprit. Le premier nuage qui vint troubler la sérénité et le calme dont ils jouissaient tous deux, ce fut la maladie et la mort du vieux Vertua.

Depuis la nuit où il avait perdu toute sa fortune à la banque du chevalier, Vertua n'avait plus touché une carte; mais dans les derniers moments de sa vie, le jeu semblait absorber exclusivement toutes ses facultés. Pendant que le prêtre, qui était venu pour lui donner à son heure suprême les consolations de l'église, l'entretenait de choses spirituelles, le vieillard couché et les yeux fermés murmurait entre ses dents : « Perd ! — gagne ! » Et de ses mains tremblantes des convulsions de l'agonie il faisait les mouvements de tailler, de couper, de tirer les cartes. Ce fut en vain qu'Angela et le chevalier, penchés sur lui, l'appelaient des noms les plus tendres, il semblait ne plus les voir, ne plus les entendre. Avec le profond soupir : Gagne ! il exhala son dernier souffle.

Au milieu de son extrême douleur, Angela ne put se défendre d'un frisson de terreur à la pensée de cette mort sinistre. L'image de la nuit affreuse, où elle vit pour la première fois le chevalier sous l'aspect d'un joueur endurci et frénétique, lui revint à la mémoire, et lui inspira l'effroyable idée que le chevalier peut-être un jour quitterait brusquement le masque de l'ange, pour reprendre sa première vie et se railler d'elle sous ses traits originels de démon.

L'affreux pressentiment d'Angela ne devait que trop tôt se réaliser.

Quelque terreur qu'eût fait naître dans l'esprit du chevalier le genre de mort du vieux Francesco Vertua, qui, dédaignant les secours de l'église en ce moment solennel, nourrissait encore la pensée opiniâtre de ses anciens égarements, l'effet de ce spectacle fut pourtant de réveiller en lui des pensées de jeu trop actives, et sans qu'il pût lui-même se rendre compte de ses sensations, chaque nuit il se voyait en rêve assis à la banque, et récoltant de nouvelles richesses.

Autant le souvenir de la première apparition du chevalier, en frappant l'esprit d'Angela, l'empêchait de conserver ses manières pleines d'amour et de confiance qui lui étaient familières pour son mari, autant celui-ci conçut de méfiance dans son âme pour sa femme, dont il attribuait la préoccupation à ce secret qu'elle lui avait dérobé et qui l'avait une fois remplie de trouble. Cette méfiance amena des scènes de mécontentement et des témoignages d'humeur qui offensèrent Angela. Par un singulier effet des retours de l'âme, elle sentit se ranimer en elle, avec l'image du malheureux Duvernet, le sentiment pénible de cet amour détruit pour toujours, auquel elle avait dû de si douces émotions. Enfin la mésintelligence des deux époux ne fit que s'accroître et en vint à ce point, que le chevalier, las de la simplicité régulière de sa vie et la trouvant insipide, éprouva un désir ardent de reparaître dans le monde.

La mauvaise étoile du chevalier reprit son influence. Ce qu'avaient commencé son ennui et son déplaisir intérieurs fut achevé par un homme pervers, qui avait été autrefois croupier à la banque du chevalier, et celui-ci, cédant à ses perfides insinuations, finit par trouver sa conduite puérile et ridicule, et par s'étonner d'avoir pu sacrifier à l'amour d'une femme les plaisirs d'une existence seule digne d'envie.

Peu de temps après, la banque du chevalier de Ménars réinstallée, brillait d'un plus riche éclat que jamais. Son bonheur ne s'était pas démenti ; les victimes se succédaient rapidement et l'or pleuvait sur le tapis et s'amoncelait sous les rateaux. Mais brisé, mais anéanti, le bonheur d'Angela avait eu le destin d'un court et beau rêve. Le chevalier ne la traitait plus qu'avec indifférence, presqu'avec mépris! Des semaines, des mois entiers s'écoulaient sans qu'elle le vit; un vieux maitre d'hôtel prenait soin des affaires de la maison, et les domestiques étaient incessamment remplacés suivant le caprice du chevalier; de sorte qu'Angela, ainsi qu'une étrangère dans sa propre maison, ne trouvait nulle part la moindre consolation. Souvent lorsqu'elle entendait dans ses nuits d'insomnie la voiture du chevalier s'arrêter devant la maison, le chevalier faire déposer la lourde cassette avec des paroles brèves et rudes, et puis la porte de sa chambre écartée se refermer avec fracas, alors un torrent de larmes amères coulait de ses yeux; cent fois dans les angoisses de son désespoir le nom de Duvernet s'échappait de ses lèvres, et elle suppliait la providence de mettre fin à sa misérable existence empoisonnée par le chagrin!

Il arriva qu'un jeune homme de bonne maison, aprés avoir perdu toute sa fortune à la banque du chevalier, se tua d'un coup de pistolet dans la salle même du jeu, de sorte que sa cervelle et son sang rejaillirent sur les joueurs, qui reculèrent saisis d'horreur. Le chevalier seul garda son sang-froid, et, voyant tout le monde prêt à s'éloigner, demanda s'il était d'usage de quitter le jeu avant l'heure prescrite, à cause d'un fou qui ne savait pas garder les convenances.

L'événement fit une grande sensation. La conduite

sans exemple du chevalier indigna les joueurs les plus endurcis, ce fut une réprobation universelle, et la police supprima la banque du chevalier. On l'accusa, en outre, de supercheries frauduleuses ; son bonheur singulier ne donnait que trop de poids à cette accusation. Il ne put se disculper, et l'amende énorme qui lui fut infligée lui ravit une grande partie de sa richesse. Il se vit insulté, honni : — alors il revint dans les bras de sa femme, qui, malgré ses mauvais traitements, l'accueillit volontiers dans son repentir; car le souvenir de son père, qui avait aussi abjuré les déréglements du jeu, lui laissait entrevoir une lueur d'espérance, et l'âge mûr du chevalier était un motif de plus de croire sa conversion réelle et durable.

Le chevalier quitta Paris avec sa femme, et se rendit à Gênes, lieu de naissance d'Angela.

Là le chevalier vécut dans les premiers temps assez retiré ; mais il ne put jamais voir renaître ces douces relations de ménage que son mauvais démon avait détruites. Le calme fut de courte durée. Il sentit se réveiller son esprit d'inquiétude, et le besoin de chercher au-dehors des distractions étrangères. Sa mauvaise réputation l'avait suivi de Paris à Gênes, et malgré la tentation irrésistible qu'il éprouvait d'ouvrir une banque, il lui était absolument interdit d'en faire l'essai.

A cette époque, la plus riche banque de Gênes était tenue par un colonel français que des blessures graves avaient forcément dispensé du service. Le chevalier se présenta à cette banque pénétré d'un profond sentiment d'envie et de haine, mais dans l'idée que son bonheur habituel le mettrait bientôt à même de ruiner cet heureux rival. A l'aspect du chevalier, le colonel, avec un accès de gaité qui contrastait avec ses habitudes sérieuses, dit que, de ce moment seul, le jeu recevait pour lui un véritable attrait, dès qu'il s'agissait de lutter contre le bonheur du chevalier de Ménars.

Les cartes furent, en effet, favorables au chevalier comme autrefois pendant les premières tailles. Mais aveuglé par l'excès de son bonheur, et s'étant écrié: « L'argent de la banque! » il perdit d'un coup une somme considérable.

Le colonel, ordinairement impassible dans la bonne comme dans la mauvaise fortune, ramassa l'argent du chevalier avec d'évidents témoignages d'une joie excessive.

Depuis ce moment, l'étoile du chevalier fut éclipsée sans retour. Chaque nuit il jouait, et perdait chaque nuit, jusqu'à ce qu'il ne lui restât plus que deux mille ducats en lettres de change. — Il avait couru toute la journée pour réaliser ce papier et ne rentra que fort tard. La nuit venue, il se disposait à partir nanti de sa dernière ressource, lorsqu'Angela, qui soupçonnait la vérité, se trouva sur son passage, se jeta à ses pieds, et, les yeux baignés de pleurs, le supplia, au nom de la Vierge et de tous les saints, de renoncer à sa funeste résolution, et de ne pas la précipiter dans la misère.

Le chevalier la releva, la pressa sur son sein avec un attendrissement douloureux, et lui dit d'une voix étouffée : « Angela, ma chère Angela ! c'est impossible autrement ; il faut que j'obéisse au destin plus fort que moi. Mais demain, — demain tous tes tourments seront finis ; car, par la suprême puissance qui nous gouverne, oui, je le jure, je joue ce soir pour la dernière fois ! — Calme-toi, ma douce amie ; dors, rêve de jours paisibles, rêve d'une heureuse vie dont tu jouiras bientôt.... cela me portera bonheur !.... »

En disant ces mots le chevalier embrassa sa femme et s'éloigna avec précipitation.

Deux tailles, et le chevalier avait tout perdu, — tout.

Il resta immobile près du colonel, et tenant fixé sur la table de jeu un regard morne et stupide.

« Vous ne pontez plus, chevalier ? » dit le colonel en mêlant les cartes, pour une nouvelle taille. — « J'ai tout perdu, » répliqua le chevalier avec une tranquillité forcée.

« Quoi ! n'avez-vous donc plus rien du tout ? » demanda le colonel à la taille suivante.

« Je suis un mendiant, » murmura le chevalier d'une voix tremblante de fureur et de désespoir, et les yeux toujours baissés sur la table sans qu'il remarquât que les joueurs gagnaient de plus en plus l'avantage sur le banquier.

Le colonel continua à jouer tranquillement.

« Mais vous avez une jolie femme, » dit à voix basse le colonel sans regarder le chevalier, et mêlant les cartes pour une autre taille.

« Que voulez-vous dire par-là ? » s'écria le chevalier avec colère. — Le colonel tailla sans répondre au chevalier.

« Dix mille ducats, ou..... Angela, » dit le colonel à moitié tourné pendant qu'il donnait à couper.

« Vous êtes fou ! » s'écria le chevalier, qui cependant ayant recouvré son sang-froid, commençait à s'apercevoir que le colonel perdait continuellement.

« Vingt mille ducats contre Angela, » dit tout bas le colonel au chevalier en cessant pour un instant de battre les cartes.

Le chevalier garda le silence, le colonel reprit son jeu, et presque toutes les cartes lui furent contraires. — « Ça va ! » dit le chevalier à l'oreille du colonel comme il commençait la nouvelle taille, et il poussa la dame sur la table du jeu.

Au premier coup, la dame avait perdu.

Le chevalier se retira en arrière en grinçant les dents et alla s'appuyer contre la fenêtre, le désespoir et la mort peints sur ses traits décomposés.

Le jeu avait cessé. Le colonel s'approcha du chevalier et dit d'un air railleur : « Eh bien, qu'avez-vous donc ?

» Ah ! s'écria le chevalier hors de lui, vous m'avez réduit à la mendicité : mais il faut que vous soyez fou pour supposer que vous avez pu gagner ma femme.—Sommes-nous aux colonies ? ma femme est-elle une esclave livrée au vain arbitre d'un maître qui dans un égarement infâme ait le pouvoir de la vendre et de la jouer ? — Mais, en effet, vous auriez dû payer vingt mille ducats si la dame avait gagné; jai consenti au marché : ainsi j'ai perdu le droit de faire la moindre opposition si ma femme veut me quitter pour vous suivre. Venez donc, et ayez le désespoir de vous voir repoussé avec horreur par elle, qui serait réduite auprès de vous au rôle d'une maitresse éhontée !

» Désespérez vous-même, chevalier, répliqua le colonel d'un ton sardonique, si Angela vous renie, vous, l'homme vicieux et perdu, vous, qui n'avez fait que son malheur. — Désespérez vous-même, quand vous la verrez se précipiter dans mes bras joyeuse et ravie, quand vous apprendrez la consécration de notre union, et le bonheur qui doit couronner nos plus chers désirs! — Vous me traitez de fou ! hoho ! chevalier, je ne voulais gagner que le droit de vous imposer mes prétentions. Le consentement de votre femme m'appartient. Oui, chevalier, j'en étais sûr d'avance : sachez que votre femme m'aime depuis long-temps, m'aime avec passion. Apprenez que je suis ce Duvernet, le fils du voisin, élevé avec Angela, uni à elle par un ardent amour, et séparé d'avec elle par vos séductions sataniques. — Ce ne fut, hélas, qu'à mon départ pour l'armée qu'Angela reconnut la sympathie qui nous liait ; j'ai tout appris, il était trop tard !.... Une inspiration de l'enfer me dit que je parviendrais à vous ruiner au jeu : voilà pourquoi je m'y suis adonné. Je vous ai suivi jusqu'à Gênes et j'ai réussi ! Maintenant allons trouver votre femme ! »

Le chevalier était anéanti. Mille poignards lui déchiraient le cœur. Ce secret fatal lui était enfin ré-

Mlle DE SCUDÉRY.

CHRONIQUE DU RÈGNE DE LOUIS XIV.

I.

C'était dans la rue Saint-Honoré qu'était située la petite maison habitée par Madeleine de Scudéry, mise en réputation par ses vers gracieux, et la faveur de Louis XIV et de la Maintenon.

A l'heure de minuit, — ce pouvait être dans l'automne de l'an 1680, — on frappa tout-à-coup à la porte de cette maison et si rudement que tout l'édifice en retentit. Baptiste, qui, dans le petit ménage de la demoiselle, remplissait le triple office de cuisinier, de valet de chambre et de portier, était allé à la campagne pour assister à la noce de sa sœur, avec la permission de sa maîtresse ; il ne restait plus dans la maison que la femme de chambre, nommée

La Martinière, qui n'était pas encore couchée. Au bruit de ces coups répétés, elle se souvint que l'absence de Baptiste la laissait avec sa maîtresse privée de tout secours, et mille images de vol, de meurtre, la pensée de tous les attentats qui se commettaient alors dans Paris, vinrent assaillir son esprit. Elle se persuada que c'était une troupe de malfaiteurs, informés de la solitude du logis, qui frappaient à la porte, prêts à exécuter, si on la leur ouvrait, quelque mauvais dessein sur sa maîtresse, et, toute tremblante de peur, elle restait immobile dans sa chambre, en maudissant Baptiste et la noce de sa sœur.

Cependant on continuait à frapper avec violence, et elle crut entendre une voix crier en même temps : « Mais ouvrez donc, au nom de Jésus ! mais ouvrez donc ! » — Enfin, au comble de l'effroi, La Martinière saisit un flambeau allumé et se précipita dans le vestibule. Alors elle entendit bien distinctement répéter ces mots : « Au nom de Jésus, ouvrez ! ouvrez donc ! — Au fait, se dit La Martinière, ce n'est pas ainsi que s'exprime un voleur. Qui sait ? c'est peut-être un homme poursuivi qui vient demander un refuge à ma maîtresse, dont le caractère généreux est si notoire. Mais soyons prudente ! » Elle ouvrit une fenêtre, et, en cherchant à grossir sa petite voix de l'accent le plus mâle possible, elle demanda qui faisait à la porte un pareil vacarme, à cette heure indue. A la lueur d'un rayon de la lune qui perçait en ce moment à travers les nuages sombres, elle distingua une longue figure enveloppée d'un manteau gris-clair, avec un large chapeau rabattu sur son front. Alors elle cria assez fort pour que l'individu de la rue pût l'entendre : « Baptiste ! Pierre ! Claude ! sus ! levez-vous, et voyez un peu quel vaurien travaille ici à démolir la maison ! »

Mais une voix douce et presque plaintive lui répondit d'en bas : « La Martinière ! eh, je sais que c'est vous, chère dame, malgré vos efforts pour contrefaire votre voix, je sais aussi que Baptiste est absent et que vous êtes seule dans la maison avec votre maîtresse ; ouvrez-moi hardiment, ne craignez rien : il faut absolument que je parle à votre demoiselle à l'instant même.

» Y pensez-vous ? répliqua La Martinière, vous voulez parler à mademoiselle au milieu de la nuit ? Ne devinez-vous pas qu'elle dort depuis long-temps, et que, pour rien au monde, je ne voudrais la réveiller de son premier sommeil, ce sommeil si salutaire dont elle a tant besoin à son âge. — Je sais, dit l'étranger, que votre maîtresse vient de mettre de côté le manuscrit de son roman de Clélie, dont elle s'occupe assidûment, et qu'elle écrit encore à présent des vers qu'elle compte lire demain à la marquise de Maintenon. Je vous en conjure, dame Martinière, par pitié, ouvrez-moi la porte. Apprenez qu'il s'agit de sauver un malheureux de sa ruine, apprenez que l'honneur, la liberté, même la vie d'un homme dépendent de cette minute, et de l'entretien que je dois avoir avec votre demoiselle. Songez que votre maîtresse vous en voudrait éternellement en apprenant que vous auriez chassé durement du seuil de sa demeure un infortuné venu pour implorer son assistance. — Mais, dit La Martinière, pourquoi venez-vous réclamer l'assistance de ma maitresse à cette heure indue? Revenez demain dans un moment plus convenable. »

L'étranger répliqua vivement : « Le destin s'inquiète-t-il du moment et de l'heure quand il frappe ses coups désastreux, prompt et mortel comme la foudre? le secours se peut-il différer, quand il ne reste qu'un seul instant propice au salut? De grâce, ouvrez-moi donc : ne craignez rien d'un malheureux dépourvu de tout, abandonné de chacun, poursuivi, persécuté par une destinée affreuse, et qui vient recourir à votre maîtresse pour qu'elle le sauve du plus pressant danger! »

La Martinière entendit l'étranger soupirer et gémir en disant ces mots; d'ailleurs il avait le son de la voix d'un jeune homme, douce et pénétrant jusqu'au fond du cœur. Elle se sentit vivement émue, et, sans réfléchir davantage, elle alla chercher les clés.

A peine la porte fut-elle ouverte, que l'individu au manteau se précipita dans la maison impétueusement, et dit à La Martinière d'une voix farouche, en passant devant elle : « Conduisez-moi près de votre maitresse! » La Martinière effrayée souleva son flambeau dont la lumière éclaira un visage de jeune homme d'une pâleur mortelle et horriblement décomposé. Mais elle fut sur le point de défaillir de peur, quand l'individu ayant ouvert son manteau, elle vit la poignée d'un stylet luire à sa ceinture; il lui lança en même temps un regard éclatant, et s'écria plus violemment encore : « Conduisez-moi près de votre maîtresse, vous dis-je ! »

La Martinière vit alors sa maîtresse exposée à un danger imminent. Son vif attachement pour mademoiselle de Scudéry, qu'elle honorait à l'égal d'une bonne et tendre mère, se réveilla énergiquement dans son cœur, et lui inspira un courage dont elle-même ne s'était jamais crue capable. Elle ferma aussitôt la porte de sa chambre qu'elle avait laissée ouverte, se plaça devant, et dit d'une voix haute et ferme : « Voilà une folle manière d'agir au-dedans de la maison qui s'accorde mal avec vos discours plaintifs de tout-à-l'heure, et je vois maintenant combien je me suis laissée émouvoir mal à propos. Vous ne devez pas parler à mademoiselle, et vous ne lui parlerez pas à cette heure. Si vous n'avez point de mauvais dessein, le jour ne peut vous inspirer aucune appréhension : revenez donc demain, et vous présenterez votre requête. — Maintenant, sortez de la maison ! »

Le jeune homme poussa un profond soupir, et, regardant fixement La Martinière d'un œil hagard, porta la main à son stylet. La Martinière recommanda tout bas son âme à Dieu, mais elle demeura ferme, le regard levé hardiment sur l'individu, et se maintint de plus près contre la porte de sa chambre, qu'il fallait traverser pour arriver à celle de sa maîtresse. « Laissez-moi passer, vous dis-je ! répéta l'homme en s'avançant. — Faites ce qu'il vous plaira, répliqua La Martinière, je ne bougerai pas d'ici. Consommez sur moi votre attentat criminel : une mort ignominieuse vous attend à votre tour, vous finirez en place de Grève comme tous vos infâmes compagnons.

» Ah! s'écria l'étranger, vous avez raison, dame Martinière! ainsi armé, j'ai l'air d'un lâche voleur et d'un assassin, mais ceux dont vous parlez ne sont pas près de l'échafaud, ils n'en sont pas là!.... » — Et en même temps il tira son stylet en lançant des regards enflammés sur la pauvre femme à demi-morte de frayeur. « Jésus! » s'écria-t-elle, s'attendant à recevoir le coup fatal..... Mais au même moment un cliquetis d'armes et des pas de chevaux retentirent dans la rue. « La maréchaussée, — la maréchaussée! au secours, au secours! cria La Martinière. — Terrible femme, veux-tu donc me perdre! — Tout est fini à présent, c'en est fait! — Tiens, prends! donne ceci à ta maitresse, cette nuit même, demain si tu veux..... » En murmurant ces mots à voix basse, le mystérieux personnage avait mis entre les mains de La Martinière, après lui avoir arraché son flambeau qu'il éteignit, une petite cassette. « Par ton salut éternel, remets cette cassette à ta maitresse, » s'écria-t-il de nouveau, et il se précipita hors de la maison.

La Martinière était tombée à terre; elle se releva avec peine et rentra à tâtons dans sa chambre, où, toute épuisée et incapable d'articuler un son, elle se jeta dans un fauteuil. Bientôt elle distingua le bruit des clés qu'elle avait laissées à la serrure de la porte d'entrée : l'on ferma cette porte, et elle entendit quelqu'un s'approcher à pas légers et incertains; mais, enchaînée à sa place comme par enchantement, et sans la force de se mouvoir, elle était résignée à un horrible dénoûment. Quelle fut sa surprise lorsque la porte s'ouvrit, et qu'à la lueur de sa lampe de nuit, elle reconnut tout d'abord l'honnête Baptiste, pâle, l'air effaré, et comme un mort.

« Au nom de tous les saints! dit-il, dame Martinière, qu'est-il donc arrivé? Ah! quel tourment! quelle inquiétude! je ne sais à quel propos, mais cela m'a chassé loin de la noce, hier au soir, malgré moi. — Et me voilà dans notre rue. Dame Martinière, pensais-je, a le sommeil léger, elle m'entendra bien si je frappe à la porte de la maison doucement et avec précaution, et viendra m'ouvrir : quand tout-à-coup une forte escouade vient à ma rencontre : des cavaliers, des fantassins armés jusqu'aux dents; on m'arrête et l'on ne veut pas me laisser poursuivre mon chemin. Heureusement M. Desgrais, le lieutenant de maréchaussée, qui me connaît bien, faisait partie de la troupe, et pendant qu'ils me promènent une lanterne sous le nez : Eh! Baptiste! dit-il, d'où viens-tu donc ainsi au milieu de la nuit? Va, rentre tranquillement à la maison et garde-la bien. Il ne fait pas bon ici, et nous pensons cette nuit même faire une importante capture. — Vous ne sauriez croire, dame Martinière, combien je me sentis le cœur oppressé à ces paroles. Enfin, comme j'arrivais à notre porte, un homme enveloppé s'élance dehors, un stylet étincelant à la main, et me culbute au passage. — La maison ouverte, les clés à la serrure...., dites, qu'est-ce que tout cela signifie? »

La Martinière, revenue de son extrême frayeur, raconta tout ce qui était arrivé. Ils allèrent tous deux, Baptiste et elle, dans le vestibule, où ils trouvèrent à terre le flambeau que l'étranger avait jeté en s'enfuyant. « Il n'est que trop certain, dit Baptiste, que notre demoiselle devait être volée et peut-être égorgée..... Cet homme qui savait, dites-vous, qu'elle était seule ici avec vous, et même qu'elle veillait encore occupée à écrire : à coup sûr c'est un de ces filous et coquins maudits qui s'introduisent jusque dans l'intérieur des maisons pour épier adroitement tout ce qui peut servir à l'exécution de leurs funestes projets. Et la petite cassette, dame Martinière? nous irons, je pense, la jeter dans la Seine à l'endroit le plus profond. Qui nous répond que quelque traître infernal n'en veut pas à la vie de notre bonne maîtresse, et qu'en ouvrant la cassette elle ne tomberait pas morte, comme il arriva au vieux marquis de Tournay en décachetant une lettre qu'il avait reçue d'une main inconnue? »

Après de longues réflexions, les deux fidèles serviteurs résolurent enfin de tout raconter à la demoiselle le lendemain matin, et de remettre entre ses mains la mystérieuse cassette, qu'on pourrait ouvrir soigneusement après tout, en prenant les précautions convenables. Enfin, en pesant toutes les circonstances de l'apparition du suspect étranger, ils s'accordèrent à penser qu'il pouvait s'agir aussi d'un secret particulier sur lequel ils devaient s'abstenir de former des suppositions arbitraires, en laissant le soin de l'éclaircir à leur maîtresse.

II.

Les craintes de Baptiste étaient justement motivées. Paris, à cette époque, était le théâtre des plus odieuses atrocités, commises à l'aide d'un maléfice insigne et diabolique.

Glaser, un apothicaire allemand, le meilleur chimiste de son temps, s'occupait, ainsi que l'ont fait les gens de sa profession, d'expériences alchimiques. Son but était de découvrir la pierre philosophale. Un Italien, nommé Exili, le secondait dans ses opérations. Mais l'art de faire de l'or ne servait à celui-ci que de prétexte. Ce qu'il s'appliquait à connaitre, c'était la mixtion, la cuisson et la sublimation des corps vénéneux dont Glaser travaillait à tirer un profit réel, et il parvint enfin à composer ce poison subtil, qui, tuant immédiatement ou lentement, sans goût et sans odeur, ne laisse absolument aucune trace dans le corps, et trompe si bien l'art et la science des médecins, qu'aucun symptôme ne leur révélant le fait de l'empoisonnement, ils sont forcés d'attribuer la mort à une cause naturelle.

Cependant Exili, malgré ses précautions, fut suspecté d'avoir vendu des poisons, et on le conduisit à la Bastille. — Bientôt après, fut enfermé dans la même chambre le capitaine Godin de Sainte-Croix. Ce dernier avait long-temps entretenu avec la marquise de Brinvilliers des relations qui déversaient la honte sur toute la famille, au point que son père, Dreux d'Aubray, lieutenant civil de Paris, voyant le marquis rester indifférent aux excès scandaleux de sa femme, mit lui-même un terme à ce commerce, au moyen d'une lettre de cachet obtenue contre le capitaine.

Ce Sainte-Croix était un homme violent, sans caractère, livré aux pratiques d'une feinte dévotion, et adonné à tous les vices dès sa jeunesse. Envieux et vindicatif jusqu'à la rage, rien ne pouvait mieux lui agréer que la rencontre d'Exili, dont l'infernal secret lui offrait la possibilité d'anéantir tous ses ennemis. Il se fit donc l'élève zélé de l'Italien, dont bientôt il devint l'égal, et, à sa sortie de la Bastille, il était en état de poursuivre tout seul ces pernicieuses recherches.

La Brinvilliers était une femme corrompue, dégénérée, Sainte-Croix la rendit un monstre. Il la provoqua successivement à empoisonner d'abord son propre père, vieillard qu'elle entourait de soins assidus avec une hypocrisie infâme, puis ses deux frères, et enfin sa sœur ; son père par vengeance, les autres par convoitise d'un riche héritage. L'histoire de plusieurs empoisonneurs fournit la preuve épouvantable que cette nature de crimes devient souvent une passion irrésistible. Sans aucun but, uniquement pour satisfaire leur envie, comme un chimiste tente des expériences pour son plaisir, on a vu certains empoisonneurs tuer des personnes dont la vie ou la mort leur était complètement indifférente. La mort subite de plusieurs pauvres à l'Hôtel-Dieu fit soupçonner plus tard l'empoisonnement des pains que la Brinvilliers avait coutume d'y faire distribuer chaque semaine, pour s'attirer la réputation d'un modèle de piété et de bienfaisance. Au moins, est-il constaté qu'elle fit plus d'une fois servir à ses hôtes des pâtés de pigeons empoisonnés. Le chevalier du Guet et plusieurs autres personnes moururent victimes de ces repas exécrables.

Sainte-Croix, son complice La Chaussée et la Brinvilliers, surent long-temps couvrir d'un voile impénétrable leurs horribles forfaits; mais quels êtres réprouvés ne voient à la fin échouer leurs artifices, quand la puissance divine a résolu la punition terrestre des coupables? — Les poisons fabriqués par Sainte-Croix étaient si subtils, que si la poudre qui leur servait de base (les Parisiens la désignaient sous le nom de *poudre de succession*) eût été laissée à découvert pendant l'opération, une seule aspiration suffisait pour donner immédiatement la mort. Sainte-Croix portait à cause de cela un masque de verre très-mince durant ses manipulations. Un jour, tandis qu'il était occupé à recueillir dans une fiole la poudre vénéneuse qu'il venait de fabriquer, ce masque tomba, et la poussière volatile qu'il respira le fit tomber mort sur la place.

Comme il était décédé sans héritiers, les gens de justice se présentèrent pour poser les scellés sur la succession. Ce fut alors qu'on découvrit une cassette renfermant tout l'appareil diabolique exploité par Sainte-Croix, pour satisfaire ses homicides caprices. Mais on trouva aussi les lettres de la Brinvilliers qui décélaient clairement tous ses crimes.

Elle se réfugia à Liége, dans un cloitre. Alors Desgrais, un officier de maréchaussée, fut expédié à sa poursuite. Sous un déguisement ecclésiastique, il pénétra dans le couvent où elle s'était retirée; là, il parvint à nouer une intrigue galante avec cette femme abominable, et à obtenir d'elle une entrevue secrète dans un jardin écarté, hors de la ville.

Mais à peine y fut-elle arrivée, qu'elle se vit entourée par les agents de Desgrais. L'amoureux abbé se transforma tout d'un coup en brigadier de maréchaussée; il la contraignit à monter dans une voiture amenée exprès dans cet endroit, et, sous l'escorte de ses hommes, il se rendit en droite ligne à Paris. La Chaussée avait déjà subi la peine capitale peu de temps auparavant. La Brinvilliers fut condamnée au même supplice; après l'exécution son corps fut brûlé, et les cendres jetées au vent.

Les Parisiens respirèrent quand ils virent anéanti le monstre qui disposait impunément contre amis et ennemis de cette arme mystérieuse de la mort; mais bientôt après le bruit se répandit que l'art terrible de l'infâme Sainte-Croix s'était transmis à d'autres mains. Comme un fantôme malfaisant et invisible, le meurtre pénétrait même au sein de ces unions intimes, privilége de la parenté, de l'amitié, de l'amour, et il frappait ses malheureuses victimes d'une main aussi agile que sûre. Tel qui jouissait la veille de la santé la plus florissante, le lendemain se traînait à peine consumé d'un mal étrange, et toutes les ressources de la médecine ne pouvaient le préserver de la mort.

Être riche, pourvu d'un bon emploi, marié trop vieux peut-être à une jeune et jolie femme, c'étaient autant de motifs pour redouter une mort prochaine. La méfiance la plus cruelle venait corrompre les relations les plus sacrées. L'époux tremblait devant l'épouse, le père devant le fils, la sœur devant le frère. Dans les repas offerts par un ami à ses amis, les mets, le vin restaient intacts, et là où régnait autrefois une douce et franche gaîté, des yeux hagards épiaient avec anxiété le meurtrier anonyme. On vit des pères de famille, dans l'excès de leurs angoisses, se procurer dans des lieux éloignés des vivres qu'ils préparaient eux-mêmes dans quelque ignoble réduit, redoutant dans leur propre ménage une trahison diabolique. Encore arrivait-il que les précautions les plus minutieuses et les plus multipliées ne servissent à rien.

Le roi, afin de réprimer ces attentats qui devenaient plus communs de jour en jour, institua une chambre spéciale de justice exclusivement chargée de la poursuite et de la punition de ces crimes secrets. On l'appela la *Chambre ardente*, et elle tenait ses séances non loin de la Bastille, sous la présidence de La Reynie. Pendant long-temps celui-ci, malgré son zèle, vit ses recherches infructueuses. Il était réservé à l'adroit Desgrais de découvrir le principal foyer du crime.

Dans le faubourg Saint-Germain demeurait une vieille femme, nommé La Voisin, qui s'occupait de divination et de chiromancie, et qui était parvenue, avec l'assistance de ses deux associés, nommés Lesage et La Vigoureux, à inspirer la surprise et la terreur même à des gens qui ne passaient guère pour faibles ni crédules. Mais elle ne se bornait pas là : La Voisin était élève d'Exili, et elle préparait ainsi que lui ce poison énergique qui faisait périr sans laisser aucune trace ; elle aidait de la sorte des fils dénaturés à hériter plutôt, et des femmes perverties à se procurer un second mari plus jeune que le leur.

Desgrais parvint à la démasquer ; elle avoua tout, et, condamnée à mort par la chambre ardente, elle fut brûlée vive en place de Grève [1]. On trouva chez elle une liste de toutes les personnes qui avaient eu recours à elle, et il en résulta, non-seulement un grand nombre d'exécutions consécutives, mais de graves soupçons même contre des personnages de la plus haute distinction. Ainsi l'on supposa que l'intervention de La Voisin avait aidé le cardinal de Bonzy à faire périr, en très-peu de temps, toutes les personnes auxquelles il était tenu de payer pension, en sa qualité d'archevêque de Narbonne [2]. Ainsi la duchesse de Bouillon et la comtesse de Soissons, dont les noms figuraient sur la liste fatale, furent accusées de connivence avec cette odieuse créature.

Et Henri-François de Montmorency, comte de Bouteville, duc de Luxembourg, pair et maréchal du royaume, ne fut pas lui-même à couvert des soupçons. Une instruction fut dirigée contre lui par la terrible chambre ardente. Il se constitua spontanément prisonnier à la Bastille, où la haine de Louvois et de La Reynie lui fit assigner un cachot large de six pieds, et plusieurs mois se passèrent avant qu'il fût clairement démontré que son crime prétendu était un acte fort excusable : il s'était fait tirer une fois son horoscope par Lesage [1].

Il est positif qu'un zèle aveugle entraina le président La Reynie à des cruautés et à des actes arbitraires. La chambre ardente devint tout-à-fait un tribunal d'inquisition. Le soupçon le plus insignifiant motivait un emprisonnement rigoureux, et souvent on laissait au hasard le soin de démontrer l'innocence du prévenu sur le fait d'un crime entrainant la peine de mort. En outre, La Reynie était si laid de sa personne et si astucieux dans ses manières, qu'il suscita bientôt la haine des personnes mêmes que sa mission lui faisait un devoir de venger ou de protéger. La duchesse de Bouillon, à qui il demandait à l'audience si elle avait vu le diable, répondit : « Il me semble que je le vois en ce moment ! »

Pendant que le sang des coupables et des suspects coulait à flots sur la place de Grève, et que les empoisonnements mystérieux devenaient de plus en plus rares, une autre calamité se manifesta, qui répandit dans Paris une nouvelle consternation. Une bande de filous semblait s'être organisée pour accaparer tous les bijoux précieux. Une riche parure à peine acquise ne tardait pas à disparaître d'une manière inconcevable, quelque soin qu'on mît à la garder; mais ce qui était encore pire, c'est que tout individu qui osait porter le soir des bijoux avec lui, était volé et souvent même tué en pleine rue, ou dans les sombres allées des maisons.

Ceux qui n'y avaient pas laissé la vie racontaient qu'un coup de poing asséné sur la tête les avait renversés avec la violence de la foudre, et que, revenus de leur étourdissement, ils s'étaient trouvés volés et transportés dans un tout autre endroit que celui où ils avaient été surpris. Quant aux victimes des assassinats qui gisaient presque chaque matin dans la rue ou dans les maisons, tous étaient reconnaissables à la même blessure, un coup de poignard au cœur, dont l'effet mortel, au jugement des médecins, était si assuré et si immédiat que l'homme frappé devait tomber sans proférer un seul cri.

Or, quel seigneur de la cour galante de Louis XIV n'était pas engagé dans une intrigue d'amour, et n'avait pas l'occasion de se rendre de nuit chez sa maîtresse, en portant quelquefois avec lui un riche présent? Les voleurs, comme s'ils eussent agi de concert avec l'esprit malin, savaient toujours exactement quand pareille chose devait arriver. Alors le malheureux n'atteignait pas la maison où il espérait savourer les joies de l'amour, ou bien il tombait au seuil même de la porte, à quelques pas de la chambre de sa bien-aimée, qui trouvait la première à son réveil le cadavre ensanglanté.

En vain D'Argenson, le lieutenant de police, ordonna sur les moindres indices nombre d'arrestations parmi le peuple, en vain La Reynie faisait rage et s'escrimait pour arracher des aveux, en vain l'on renforça les gardes du guet et l'on doubla les patrouilles, la trace des malfaiteurs était introuvable. Il n'y avait guère d'autre ressource que de s'armer jusqu'aux dents pour sortir le soir, en se faisant précéder d'une lanterne, et l'on vit plus d'une fois encore le domestique assailli à coups de pierres et en même temps son maître tué et dévalisé.

Une chose digne de remarque était qu'aucune des enquêtes, faites partout où le commerce des bijoux pouvait avoir lieu, ne signala un seul des objets volés, ni le moindre renseignement qui pût mettre sur la voie des criminels.

Desgrais écumait de fureur de ce que les coquins sussent déjouer ses propres stratagèmes. Rien ne troublait jamais le quartier de la ville où il se trouvait, tandis que les voleurs et les meurtriers poursuivaient leur riche proie dans ceux où personne n'aurait pu supposer une chance de danger. — Le rusé Desgrais imagina alors de s'adjoindre plusieurs menechmes qui lui ressemblassent si bien et au même degré de tournure, de démarche, de voix et d'aspect, que les archers eux-mêmes ne pussent savoir où serait le véritable Desgrais. Cependant il allait, au risque de sa vie, explorer les repaires les plus secrets, et suivait de loin des personnes qui, d'accord avec lui, sortaient de nuit avec de riches parures ; mais celles-là n'étaient jamais attaquées : les brigands étaient donc aussi informés de cette mesure. Desgrais se désespérait.

Un matin, il arrive chez le président La Reynie, pâle, défait, égaré. — « Qu'avez-vous ? quelle nouvelle ? avez-vous trouvé la trace ? » s'écria le président dès qu'il le vit. — « Ah !.... monseigneur !.... répond Desgrais d'une voix sourde et entrecoupée, hier, — au milieu de la nuit, — à quelques pas du Louvre, le marquis de La Fare a été attaqué sous mes yeux.

» Ciel et terre ! s'écrie La Reynie avec transport, nous les tenons !.... — Oh ! d'abord, reprend Desgrais avec un amer sourire, écoutez comment cela s'est passé : — J'étais donc près du Louvre, à guetter, la rage dans le cœur, ces diables d'enfer qui se moquent de moi. Bientôt quelqu'un passe tout près de moi, d'un pas incertain, et regardant à chaque instant derrière lui, mais sans me voir ; à la clarté de la lune je reconnais le marquis de La Fare. Je songeai à attendre son retour, car je savais où il se rendait ; mais à peine a-t-il fait dix ou douze pas plus loin, qu'une figure se dresse à ses côtés comme sortant de la terre, le renverse sur le pavé et se jette sur lui. Dans le premier mouvement de ma surprise, en me voyant près de saisir enfin le meurtrier, je me mets à crier sans réflexion, et je m'élance précipitamment de ma cachette pour atteindre le scélérat. Mais voilà que je m'embarrasse dans mon manteau et je tombe. Je vois mon homme qui s'enfuit comme porté sur l'aile du vent, je me relève, je cours après lui, — tout en courant je sonne de ma trompe : les sifflets de mes gens me répondent au loin. L'action s'anime, de tous côtés résonne le trot des chevaux, le cliquetis des armes. — Par ici ! par ici ! — Desgrais ! Desgrais ! m'écriai-je à en faire retentir le quartier. — Éclairé par la lune, je vois toujours devant moi l'individu qui tourne à droite, puis à gauche dans le but de me dérouter ; nous arrivons à la rue Saint-Nicaise : là, ses forces semblent s'épuiser, les miennes redoublent, il a tout au plus encore quinze pas d'avance.....

» Vous l'atteignez, le saisissez, les gardes arrivent !... » s'écrie La Reynie, le regard étincelant, et en empoignant Desgrais par le bras, comme s'il eût été l'assassin lui-même. — « Quinze pas...., poursuivit Desgrais d'une voix creuse et la respiration oppressée, à quinze pas !.... sous mes yeux, le coquin fait un saut de côté dans l'ombre, — et disparaît à travers la muraille.

» Disparaît !.... à travers la muraille ? — Êtes-vous fou ? » s'écrie La Reynie en reculant de deux pas et en frappant des mains :

« Fou ! reprend Desgrais en se frottant le front, comme quelqu'un tourmenté d'une pensée funeste, oui, traitez-moi de fou, monseigneur, de sot visionnaire, mais ce n'est pas autrement que je vous le raconte. — Je demeure stupéfait devant la muraille, pendant que plusieurs gardes arrivent hors d'haleine, et avec eux le marquis de La Fare, l'épée à la main. Je fais allumer les torches, nous sondons la muraille sur tous les points : nul indice de porte, ni de fenêtre, ni d'une ouverture quelconque. C'est un solide mur en pierre, fermant une cour adossée à une maison habitée par des gens à l'abri du moindre soupçon. Ce matin encore, j'ai fait une inspection complète et inutile des localités. C'est le diable en personne qui nous mystifie ! »

L'aventure de Desgrais fut bientôt connue de tout Paris. Les têtes étaient encore pleines des sorcelleries, des conjurations, des pactes diaboliques attribués à La Voisin et à ses complices, le prêtre Lesage et La Vigoureux. Et, comme il est essentiellement dans notre nature de sacrifier toujours la raison à un penchant inné pour le merveilleux et le surnaturel, bientôt chacun se persuada réellement que le diable, comme Desgrais l'avait dit dans l'excès de sa mauvaise humeur, protégeait en effet les assassins au prix de la cession de leur âme.

On imagine bien que l'histoire de Desgrais fut amplifiée et embellie de mille circonstances extravagantes. On imprima et l'on vendit à chaque coin de rue le récit de l'événement, précédé d'une vignette sur bois qui représentait une horrible figure du diable s'abimant sous terre devant Desgrais épouvanté. Ce fut assez pour intimider les gens du peuple, et même pour paralyser complètement le courage des archers qui ne parcouraient plus les rues nuitamment qu'en tremblant, pourvus d'amulettes et trempés d'eau bénite.

Le ministre D'Argenson voyait avorter les rigueurs de la chambre ardente, et il sollicita du roi la création d'un autre tribunal investi de pouvoirs plus étendus, pour rechercher et punir les auteurs de ces nouveaux crimes. Mais le roi, convaincu qu'il n'avait attribué déjà qu'une juridiction trop absolue à la chambre ardente, et sous la triste impression des exécutions horribles provoquées sans relâche par le sanguinaire La Reynie, rejeta positivement la proposition.

Alors on eut recours à un autre moyen pour influencer la détermination du roi en cette occasion. On lui fit remettre dans les appartements de madame de Maintenon, où il avait l'habitude de passer l'après-dînée et même de travailler avec ses ministres assez avant dans la nuit, une épître en vers, au nom des Amants confédérés. Ceux-ci se plaignaient d'être réduits à risquer leur vie autant de fois que la galanterie leur inspirait de porter un riche cadeau à leurs maîtresses. Ils exposaient que, s'il y avait honneur et plaisir à répandre son sang pour sa belle dans un loyal cartel, c'était bien différent d'avoir affaire à des assassins, de la trahison desquels on ne pouvait se préserver; que Louis, la brillante étoile polaire de la galanterie et de l'amour, daignât projeter un rayon de sa splendeur sur ces épaisses ténèbres, et en déceler ainsi le funeste mystère; enfin que le héros divin, qui avait écrasé tous ses ennemis, tirât encore une fois son glaive étincelant et victorieux, et qu'à l'exemple d'Hercule domptant le serpent de Lernes, et de Thésée triomphant du Minotaure, il terrasserait bientôt le monstre effroyable suscité pour détruire les joies de l'amour, pour changer sa douceur en transes horribles, son ivresse en deuil inconsolable.

Malgré le côté sérieux du sujet, cette œuvre poétique n'était pas dépourvue d'images plaisantes et spirituelles, surtout dans la description des embarras et de l'anxiété des amoureux cheminant à la dérobée pour rendre visite à leurs maitresses, et dans la peinture des tourments de la peur venant étouffer dans son germe la satisfaction des galants, et les douces espérances d'un rendez-vous. Si nous ajoutons que ce qui terminait le tout, par forme de conclusion, était un panégyrique ampoulé de Louis XIV, on concevra qu'il dut lire ces vers avec une certaine complaisance. Quand il eut fini, sans quitter le papier des yeux, et se retournant vivement vers madame de Maintenon, il relut encore une fois les vers à haute voix, et lui demanda ensuite, en souriant gracieusement, ce qu'elle pensait de la supplique des Amants confédérés.

La Maintenon, fidèle à son caractère de gravité empreint de dévotion, répondit que des actes illicites, tels que des intrigues secrètes, ne méritaient pas précisément une protection particulière, mais que, d'un autre côté, la répression d'indignes scélératesses rendait bien légitimes de sévères mesures. Le roi, mécontent de cette solution ambiguë, plia le papier et s'apprêtait à rejoindre le secrétaire d'état qui travaillait dans une chambre voisine, quand ses yeux rencontrèrent mademoiselle de Scudéry assise sur un tabouret non loin de madame de Maintenon.

Alors il s'approcha d'elle, et le sourire, qui, peu de minutes auparavant, se jouait sur ses lèvres, rendit à ses traits une expression gracieuse ; il déplia de nouveau le placet, et, se penchant vers la demoiselle, lui dit d'une voix douce : « La marquise ne veut pas entendre parler des galanteries de nos jeunes seigneurs, et s'esquive d'une manière tant soit peu suspecte. Mais vous, mademoiselle, que pensez-vous de cette requête poétique ? » Mademoiselle de Scudéry se leva respectueusement de son siége, une rougeur passagère vint colorer, comme la pourpre du couchant, les joues pâles de la digne vieille dame, et, les yeux baissés, elle dit en s'inclinant à demi :

« Un amant qui craint les voleurs
N'est point digne d'amour. »

Le roi, charmé de l'esprit chevaleresque de cette brève sentence qui réfutait toute la pétition et ses prétentieuses tirades, s'écria les yeux étincelants : « Par saint Denis ! vous avez raison, mademoiselle ! Point de mesure aveugle qui puisse exposer l'innocent à être confondu avec le coupable, dans le but de protéger la lâcheté : — que D'Argenson et La Reynie fassent leur devoir ! »

III.

Ce fut en dépeignant avec les couleurs les plus vives la perversité du siècle, que La Martinière, quand le jour eut paru, raconta à sa maîtresse les événements de la nuit précédente. Elle lui remit ensuite en tremblant la cassette mystérieuse; mais elle et Baptiste qui se tenait dans un coin, pâle et terrifié, presqu'incapable de s'exprimer, et maniant en tout sens son bonnet de nuit, supplièrent la demoiselle, avec de dolentes instances et au nom de tous les saints, de n'ouvrir ladite cassette qu'avec une extrême précaution.

Mademoiselle de Scudéry, pesant la boite dans ses mains et cherchant à apprécier la nature de son contenu, dit en souriant : « Vous rêvez tous deux de fantômes! — Ces odieux meurtriers, qui, comme vous le dites, espionnent dans l'intérieur des maisons, savent aussi bien que vous et moi que je ne suis pas riche, et que je ne possède pas de trésors qui vaillent la peine d'un assassinat. En vouloir à ma vie? Et à qui peut importer la mort d'une personne de soixante-treize ans qui ne s'est jamais mise à mal qu'avec les méchants et les ennemis de la paix publique, dans des romans de pure invention, qui compose des vers médiocres à l'abri de l'envie de personne, qui ne laissera rien après elle que la défroque de la vieille demoiselle ayant paru quelquefois à la cour, et deux douzaines de livres bien reliés, dorés sur tranche?...

» Va! bonne Martinière, tu peux me faire une description aussi épouvantable qu'il te plaira de l'apparition de cet étranger: je ne peux cependant pas croire qu'il eût aucune mauvaise intention; — donc!..... »

La Martinière recula de trois pas, et Baptiste tomba presque à genoux avec une sourde exclamation, au moment où la demoiselle, ayant appuyé le doigt sur un bouton saillant en acier, le couvercle de la boîte s'ouvrit soudain avec grand bruit.

Quel fut l'étonnement de mademoiselle de Scudéry, en voyant briller dans la cassette une paire de bracelets en or enrichis de pierreries, et un collier pareil; elle souleva cette parure, et pendant qu'elle vantait le merveilleux travail du collier, La Martinière examinait avec de grands yeux les magnifiques bracelets, et s'écriait à plusieurs reprises, que la fière Montespan elle-même ne possédait pas certainement une parure semblable.

« Mais qu'est-ce que cela? dit la demoiselle, que signifie?.... » En ce moment elle venait d'apercevoir au fond de la cassette un papier plié; elle le prit, espérant naturellement y trouver l'éclaircissement du mystérieux envoi, mais à peine l'eut-elle lu rapidement que ses mains tremblantes le laissèrent échapper. Elle jeta un regard éloquent vers le ciel, et tomba à demi évanouie dans un fauteuil.

La Martinière, Baptiste accoururent saisis d'effroi. — « Oh! s'écria-t-elle d'une voix presque étouffée par ses sanglots, oh! quelle confusion! quelle humiliation indigne! Cela devait-il m'arriver à mon âge? Ai-je donc commis quelque imprudente folie avec l'irréflexion aveugle de la jeunesse? — Oh, mon Dieu! voir quelques mots, prononcés par forme de plaisanterie, interprétés d'une manière aussi affreuse! — Sur cela seul, une malignité infâme peut-elle me souiller du crime d'un pacte infernal, moi, qui depuis l'enfance ai gardé à la vertu et à la piété une fidélité inviolable? »

La demoiselle, tenant son mouchoir sur ses yeux, pleurait et gémissait avec force, et Baptiste et La Martinière, tout troublés et interdits, ne savaient comment assister leur bonne maîtresse dans son désespoir.

La Martinière avait ramassé le billet fatal. On y lisait :

« Un amant qui craint les voleurs
» N'est point digne d'amour.

» Très-honorable dame! votre esprit ingénieux
» nous a sauvés d'une funeste persécution, nous qui
» exerçons le droit du plus fort contre la faiblesse et

» la lâcheté, et qui nous approprions des trésors
» destinés à d'indignes prodigalités.—Daignez accep-
» ter cette parure, en témoignage de notre reconnais-
» sance. C'est la plus précieuse qui nous soit tom-
» bée entre les mains depuis long-temps, quelque
» digne que vous soyez d'en porter une beaucoup
» plus belle encore, respectable dame. — Nous vous
» supplions de nous garder votre bienveillance et
» votre gracieux souvenir.

» Les Invisibles. »

« Se peut-il qu'on ose, s'écria mademoiselle de Scudéry après s'être un peu remise, pousser à ce point l'ironie infâme, l'impudence éhontée! » — Le soleil, brillant à travers les rideaux de soie cramoisie des croisées, jetait un reflet rougeâtre sur les diamans déposés sur la table à côté de la cassette ouverte. A cette vue, mademoiselle de Scudéry se cacha le visage avec horreur, et commanda à La Martinière d'enlever sur-le-champ cette odieuse parure, tachée encore du sang de son possesseur égorgé. La Martinière, après avoir vivement renfermé dans la boite collier et bracelets, dit que le plus sage parti à prendre était de déposer les bijoux entre les mains du lieutenant de police en l'informant de tout ce qui s'était passé relativement à l'étrange apparition de l'inconnu et à la réception de la cassette.

Mademoiselle de Scudéry se leva et se promena lentement en silence dans la chambre, paraissant occupée à réfléchir sur ce qu'il y avait à faire. Ensuite elle ordonna à Baptiste d'aller quérir une chaise à porteurs, et à La Martinière de l'aider à sa toilette, attendu qu'elle voulait se rendre immédiatement chez la marquise de Maintenon.

A l'heure où elle savait que la marquise serait seule dans ses appartements, elle se fit conduire chez elle, emportant la cassette et les bijoux.

L'étonnement de la marquise fut grand lorsque mademoiselle de Scudéry, qui était la dignité même et dont, malgré son âge avancé, la grâce et l'amabilité étaient sans égales, entra chez elle pâle, les traits renversés, et d'un pas chancelant. « Au nom de tous les saints ! que vous est-il arrivé ? » dit-elle à la pauvre dame affligée, qui, toute décontenancée et à peine en état de se soutenir, cherchait seulement à atteindre un fauteuil où la marquise s'empressa de la faire asseoir. Enfin ayant recouvré son sang-froid, mademoiselle de Scudéry raconta quelle amère et sensible humiliation lui avait attirée le mot irréfléchi qu'elle avait prononcé en plaisantant au sujet de la requête des Amants confédérés. La marquise, après avoir écouté ce récit de point en point, jugea que mademoiselle de Scudéry prenait beaucoup trop à cœur ce singulier événement, que l'infâme raillerie de pareils misérables ne pouvait en rien atteindre un noble et pieux caractère, et elle demanda enfin à voir la parure.

Mademoiselle de Scudéry lui présenta la boîte ouverte, et la marquise, à la vue de ces bijoux magnifiques, ne put se défendre d'un transport d'admiration. Elle prit dans ses mains le collier et les bracelets, et s'approcha d'une fenêtre, où, tantôt elle faisait jouer les pierreries au soleil, tantôt examinait l'élégante monture d'aussi près que possible pour saisir la délicatesse du travail et l'art infini avec lequel les chainons d'or étaient enlacés et combinés entre eux.

Tout-à-coup, la marquise se retourna brusquement vers mademoiselle de Scudéry et s'écria : « Savez-vous bien, mademoiselle ! que ces bracelets, que ce collier ne peuvent avoir été fabriqués par aucun autre que par Réné Cardillac ? » —

Réné Cardillac était à cette époque le meilleur orfèvre de Paris, l'un des hommes les plus habiles et en même temps des plus extraordinaires de son temps. — Plutôt petit que grand, mais avec de larges épaules et d'une complexion forte et musculeuse, Cardillac, fort près de la cinquantaine, avait encore la vigueur et l'agilité d'un jeune homme. Cette énergie vitale, qu'on pouvait trouver presque phénoménale, se manifestait chez lui par une chevelure rousse, épaisse et crépue, par un teint coloré et des traits accentués. Néanmoins, si Cardillac n'eût pas été connu dans tout Paris pour l'homme d'honneur le plus loyal, le plus désintéressé, plein de franchise et de conscience, toujours prêt à rendre service, le regard tout particulier, que lançaient ses petits yeux verts profondément enfoncés et étincelants, aurait pu le faire soupçonner d'une méchanceté et d'une perfidie secrètes.

Comme nous venons de le dire, Cardillac était un

homme supérieur dans son art, non-seulement à ses confréres de Paris, mais peut-être même à tous ses contemporains. Profondément versé dans la connaissance des pierres précieuses, il savait les employer et les monter si ingénieusement, qu'une parure, qui avait passé d'abord pour médiocrement belle, paraissait, en sortant de ses mains, merveilleuse de charme et d'éclat. Il accueillait toutes les commandes avec un avide empressement, et réclamait un prix si bas qu'il ne semblait jamais en rapport avec la perfection du travail. Dès-lors sa tâche ne lui laissait plus aucun repos. On l'entendait jour et nuit marteler, ciseler; et souvent, tout d'un coup, quand l'ouvrage était presque achevé, si la forme ne lui plaisait pas, s'il doutait de la parfaite élégance de quelque ornement, du moindre accessoire, c'en était assez pour lui faire remettre sur-le-champ la pièce entière dans le creuset, et recommencer tout le travail.

Aussi chacun de ses ouvrages devenait un chef-d'œuvre exquis et incomparable, qui causait l'étonnement de la personne qui l'avait commandé. Mais alors c'étaient d'incroyables difficultés pour entrer en possession de l'objet terminé. Celui à qui il appartenait se voyait renvoyé, sous mille prétextes différents, de semaine en semaine, de mois en mois. En vain offrait-on quelquefois à Cardillac le double du prix convenu, il refusait d'accepter un seul louis en sus du premier marché; et s'il était forcé de céder à la fin aux pressantes sollicitations de l'acheteur et de livrer la parure, il ne pouvait alors dissimuler l'expression de son profond chagrin, ni même l'agitation d'une fureur secrète. — Dans le cas où il s'agissait d'une pièce vraiment rare, de joyaux d'importance, et d'un prix considérable, soit par la valeur des pierreries, soit par la recherche du travail d'orfévrerie, on le voyait courir çà et là comme un insensé, frappant d'imprécations tout ce qu'il rencontrait, son art, ses ouvrages, et se maudissant lui-même.

Mais quelqu'un venait-il à s'écrier en courant après lui : « Réné Cardillac ! ne voudriez-vous pas faire un joli collier pour ma femme ? — une paire de bracelets pour ma fille ? etc. » Aussitôt il s'arrêtait tout court, regardait son interlocuteur avec ses petits yeux scintillants comme des éclairs, et lui demandait en se frottant les mains : « Voyons, qu'avez-vous ? » Alors celui-ci joyeux tire de sa poche une petite boite en disant : « Voilà mes matériaux : ce n'est pas grand'chose, de la marchandise un peu commune, cependant entre vos mains..... » Cardillac, sans le laisser achever, saisit vivement la boîte, en tire les pierreries qui sont en effet peu remarquables, les expose aux rayons de la lumière, et s'écrie avec enthousiasme : « Hoho ! — de la marchandise commune ? — nullement ! — de jolies pierres, — des pierres magnifiques ! Laissez-moi faire seulement, et, si vous ne tenez pas à une poignée de louis, je veux y adjoindre deux ou trois petites pierres qui éblouiront vos yeux de l'éclat du soleil même ! — Je laisse tout à vos soins, maître Réné, et je paierai ce que vous demanderez. » A ces mots, sans faire la moindre distinction entre le riche bourgeois et le noble seigneur de la cour, Cardillac saute au cou de l'étranger avec transport, le presse et l'embrasse, en lui assurant que le voilà redevenu tout-à-fait heureux, et que dans huit jours l'ouvrage sera terminé.

Soudain il regagne son logis à toutes jambes, s'enferme dans son atelier, se met à l'ouvrage, et au bout de la semaine il a produit un nouveau chef-d'œuvre. Mais quand celui pour qui il a travaillé vient gaîment lui apporter le prix fixé par ses modestes prétentions, et veut emporter la parure terminée, Cardillac devient subitement chagrin, arrogant, colère. — « Mais, maître Cardillac, songez que je me marie demain. — Que m'importe votre mariage? revenez dans quinze jours. — Voici votre argent, la parure est achevée : il faut me la donner. — Et je vous dis, moi, que j'ai encore maint changement à y faire, et que je ne la livrerai pas aujourd'hui. — Et moi, je vous dis que, si vous ne consentez volontiers à me laisser emporter mes bijoux, que je suis prêt d'ailleurs à vous payer le double de nos conventions, vous allez me voir revenir ici assisté des complaisants estafiers de d'Argenson. — Eh bien, donc! que Satan vous torture au moyen de cent tenailles brûlantes, et qu'il allourdisse ce collier de trois quintaux pour étrangler votre fiancée!... » En parlant ainsi, Cardillac lui fourre brutalement les bijoux dans la poche de la veste, et le pousse hors de sa chambre, si violemment qu'il le fait trébucher et rouler tout le long de l'escalier; puis il rit d'une façon diabolique en voyant par la fenêtre le futur sortir de chez lui tout éclopé, et portant son mouchoir sur son nez meurtri.

Ce qui n'était pas moins inexplicable, c'était de voir souvent Cardillac, après avoir entrepris un travail avec enthousiasme, supplier tout-à-coup celui qui le lui avait commandé, avec les protestations les plus touchantes, avec tous les signes d'une émotion profonde, au milieu des larmes et des sanglots, et au nom de la Vierge et des saints, de ne plus lui réclamer l'ouvrage entrepris. En outre, plusieurs personnes, des plus considérées à la cour et parmi le peuple, avaient en vain offert des sommes considérables à Cardillac pour avoir le moindre bijou fabriqué de ses mains. Il s'était jeté aux genoux du roi en implorant, comme une grâce, d'être exempté de travailler pour lui. Il avait résisté aussi à toutes les instances de madame de Maintenon, et ce fut avec la plus extrême répugnance, avec une expression d'horreur qu'il refusa de faire une petite bague, ornée d'emblêmes des arts, qu'elle voulait donner en présent à Racine.

« Je parie, dit madame de Maintenon préoccupée de ces circonstances, que si j'envoie chercher Cardillac afin de savoir au moins pour qui il a fait cette parure, il ne voudra point venir, dans l'appréhension que je ne veuille le faire travailler pour moi, ce qu'il a refusé de faire jusqu'ici opiniâtrément. Cependant il parait depuis quelque temps se relâcher de ses étranges scrupules, car j'ai entendu dire qu'il acceptait plus de commandes aujourd'hui que jamais et qu'il ne différait plus de livrer ses ouvrages à ses clients, quoique ce soit toujours avec les signes d'un profond chagrin, et même sans vouloir les regarder en face. »

Mademoiselle de Scudéry, non moins intéressée à voir les bijoux restitués, si cela était encore possible, à leur légitime propriétaire, dit qu'on pourrait prévenir tout de suite l'artiste original qu'on ne voulait réclamer de lui aucun travail, mais seulement avoir son avis sur des joyaux de prix. La marquise adopta cette idée; elle envoya mander Cardillac. — Mais lui, comme s'il avait été rencontré en route, parut dans l'appartement au bout de quelques minutes.

Il sembla étonné à l'aspect de mademoiselle de Scudéry, et, comme quelqu'un à qui un saisissement subit, imprévu, fait oublier ce qu'exigent les convenances et sa situation, il commença par adresser respectueusement une salutation profonde à l'honorable et digne demoiselle, puis il se retourna vers la marquise. Celle-ci lui demanda avec vivacité, en indiquant la parure qui brillait sur la table, couverte d'un tapis vert-foncé, s'il reconnaissait là son ouvrage. Cardillac y jeta à peine les yeux, et, en considérant la marquise en face, il s'empressa de remettre les bracelets et le collier dans la cassette, qu'il repoussa vivement ensuite de la main. Il dit alors, pendant qu'un sourire amer crispait ses traits colorés : « En effet, madame la marquise, il ne faut guère connaître les ouvrages de Réné Cardillac, pour croire, un seul instant, qu'un autre joaillier au monde ait pu composer une parure semblable. Oui, c'est le travail de mes mains assurément. — Eh bien, reprit la marquise, dites-nous pour qui vous avez fait cette parure. — Pour moi seul, » répondit Cardillac. — Madame de Maintenon et mademoiselle de Scudéry le regardaient frappées d'étonnement, la première pleine de méfiance, la demoiselle dans une attente inquiète de savoir où aboutirait ce problème.

« Oui, poursuivit Cardillac, cela peut vous paraître extraordinaire, madame la marquise, mais il en est ainsi. C'est uniquement pour faire ce chef-d'œuvre que j'avais réservé mes plus belles pierres, et que j'ai pris plaisir à travailler avec plus de zèle et d'assiduité que jamais. Il y a quelque temps, cette parure disparut de mon atelier d'une manière inconcevable:

« Ah ! que le ciel soit loué ! » s'écria mademoiselle de Scudéry dont les yeux brillaient de contentement, et, se levant de son fauteuil avec la prestesse et la légèreté d'une jeune fille, elle s'approcha de Cardillac, et lui dit, les deux mains posées sur ses épaules : « Reprenez donc, maître Réné, un bien que vous ont dérobé d'infâmes coquins. » Alors elle raconta avec détails comment cette parure était parvenue entre ses mains. Cardillac l'écoutait attentivement et les yeux baissés. Seulement de temps en temps, d'une voix imperceptible, il faisait : « Hum ! — ah ! — hoho ! » — Et puis il croisait les mains derrière son dos, ou bien se caressait doucement la joue et le menton.

Mademoiselle de Scudéry se taisait, et Cardillac, comme assiégé de pensées intimes et douloureuses, paraissait dans l'embarras de prendre une résolution. Il soupirait, passait la main sur son front, et se voilait les yeux, peut-être pour dérober des larmes prêtes à couler. Enfin, il saisit la cassette, puis s'agenouilla devant mademoiselle de Scudéry, et lui dit lentement : « C'est à vous, noble et digne demoiselle, que le sort a destiné cette parure. Oui, je me souviens maintenant que, pendant mon travail, j'étais occupé de vous, je la faisais à votre intention. Daignez donc, je vous prie, accepter de moi ces bijoux, le moins imparfait de tous mes ouvrages, et vous en parer quelquefois.

» Eh mais, à quoi pensez-vous, maître Réné, cela serait-il séant à mon âge de porter d'aussi élégants joyaux ? et en l'honneur de quel saint me feriez-vous, s'il vous plait, un aussi riche cadeau ? Allez, allez, maître Réné, si j'avais de la fortune et la beauté de la marquise de Fontanges, je vous certifie que cette parure ne sortirait pas de mes mains ; mais à quoi bon ces magnifiques ornements pour des bras fanés, et l'éclat de ces pierreries pour un cou voilé ? » — Cardillac venait de se relever, et, présentant toujours la cassette à mademoiselle de Scudéry, il dit avec le regard farouche d'un homme hors de lui-même : « Mademoiselle ! faites-moi la grâce d'accepter cette parure, vous ne sauriez croire quelle vénération profonde je ressens du fond du cœur pour votre vertu, pour votre haut mérite. Accueillez donc ce modeste présent, et puisse-t-il vous prouver la sincérité de mes respectueux sentiments. »

Comme mademoiselle de Scudéry hésitait cependant encore, madame de Maintenon prit la cassette des mains de Cardillac en disant : « Au nom du ciel ! mademoiselle, pourquoi toujours mettre votre grand âge en avant ? Qu'avons-nous, vous et moi, à nous inquiéter des années et de leur nombre ? — Et n'agissez-vous pas en ce moment comme une jeune fille timide à qui l'on offre un excellent fruit, et qui le saisirait avec tant d'empressement, si cela pouvait se faire sans main à avancer et sans doigts à ouvrir ? — Et comment refusez-vous, au brave maître Réné, d'accepter, en don volontaire, ce que mille autres ne peuvent obtenir, malgré tout l'or, toutes les peines et les supplications du monde. »

Madame de Maintenon avait contraint, en parlant, mademoiselle de Scudéry à prendre la cassette. Alors Cardillac se jeta à ses genoux de nouveau, pour baiser sa robe, ses mains, — avec des pleurs, des gémissements, des sanglots ; — puis il se releva, et sortit en courant comme un insensé, heurtant les siéges et les tables, au point que les verres et les porcelaines en résonnèrent.

Mademoiselle de Scudéry s'écria saisie d'effroi : « Au nom de tous les saints, que prend-il à cet homme ! » Mais la marquise, animée d'une gaîté singulière, partit d'un éclat de rire, et avec un ton d'espiéglerie fort rare dans sa bouche : « Voilà ce que c'est, dit-elle, mademoiselle : maître Réné est amoureux fou de vous, et, suivant l'usage convenable et la véritable règle de la parfaite galanterie, il commence à livrer l'assaut à votre cœur par de riches présents. » Madame de Maintenon poussa même la plaisanterie jusqu'à engager mademoiselle de Scudéry à n'être pas trop cruelle envers cet amant désespéré. Et celle-ci, se livrant à son humeur naturelle, repartit à ce propos par mille folies, disant que, s'il en était ainsi, elle se verrait bien obligée de céder, et réduite à donner au monde l'exemple inoui d'une fille de soixante-treize ans, d'une noblesse sans tache, devenant l'épouse d'un joaillier. Madame de Maintenon s'offrit à tresser sa couronne de fiancée et à la mettre au fait des devoirs d'une bonne ménagère, dont assurément ne devait pas savoir grand'chose une péronnelle de son âge.

Mais, lorsque mademoiselle de Scudéry se leva enfin pour quitter la marquise, ce joyeux badinage ne put l'empêcher de redevenir très-sérieuse en prenant l'écrin dans ses mains. « Quoi qu'il en soit, dit-elle, madame la marquise, je ne pourrai jamais me résoudre à faire usage de ces bijoux. De quelque manière que cela soit arrivé, ils ont été entre les mains de ces infâmes bandits, les auteurs de tant de vols et de meurtres qu'on attribuerait volontiers au diable lui-même, et qui sont peut-être le résultat d'un pacte horrible avec lui. Ces superbes joyaux me font horreur, car il me semble les voir tachés de sang. — D'ailleurs, je dois l'avouer, la conduite même de Cardillac me cause une impression étrange et sinistre. Je ne puis réprimer un sombre pressentiment qui me dit qu'au fond de tout cela réside quelque affreux mystère..... Et cependant j'ai beau repasser dans mon esprit toutes les circonstances de cette affaire, rien ne peut me faire soupçonner en quoi ce mystère consiste, ni surtout comment maître Réné, si brave et si probe, le modèle enfin d'un bon et honnête bourgeois, pourrait se trouver mêler à quelque chose de mal et d'illicite. — Mais, ce qui est certain, c'est que jamais je ne consentirai à me parer de ces joyaux. »

La marquise dit d'abord que c'était pousser trop loin les scrupules ; mais lorsque mademoiselle de Scudéry l'eut priée de lui dire en conscience ce qu'elle ferait à sa place, elle répondit d'un ton aussi sérieux que décidé : « Ah ! plutôt jeter ces bijoux dans la Seine que de les porter jamais ! »

Mademoiselle de Scudéry composa sur l'entrevue de maître Réné des vers fort gracieux, qu'elle lut le lendemain soir devant le roi chez madame de Maintenon. On peut croire que, surmontant ses funestes pressentiments, elle avait su s'égayer sur le compte de maître Réné, en peignant de vives couleurs la bizarre alliance qui eût dû unir le bon orfèvre à une èpouse septuagénaire de la plus antique noblesse. Bref, le roi en rit de tout son cœur et jura que Boileau Despréaux avait trouvé son maître en mademoiselle de Scudéry, ce qui fit passer ses vers pour les plus spirituels qu'on eût jamais faits.

Plusieurs mois s'étaient écoulés, lorsque mademoiselle de Scudéry vint à passer un jour par hasard sur le Pont-Neuf dans le carrosse à glaces de la duchesse de Montausier. Ces élégants carrosses à glaces étaient encore d'invention si récente que le peuple ne manquait pas de s'attrouper par curiosité sur leur passage. Dans cette circonstance, la foule oisive du Pont-Neuf entoura ainsi l'équipage de madame de Montausier, et ce fut au point d'en suspendre presque la marche. Tout-à-coup mademoiselle de Scudéry entendit des jurements et des imprécations et aperçut un homme se frayant un passage à travers les groupes les plus compacts à force de bourrades et de coups de poing. Quand il fut plus près de la voiture, elle distingua un jeune homme au visage pâle et chagrin, dont le regard perçant était dirigé sur elle, et qui ne cessa point de la regarder tout en s'escrimant vigoureusement de ses coudes et de ses mains pour s'approcher davantage, jusqu'à ce qu'il eût atteint la portière du carrosse. Il l'ouvrit alors avec impétuosité, jeta un billet sur les genoux de la demoiselle, et s'éloigna aussitôt, comme il était venu, distribuant et recevant bon nombre de coups de poing.

Au moment où cet homme s'était présenté à la portière de la voiture, La Martinière, placée à côté de mademoiselle de Scudéry, était tombée évanouie sur les coussins, en poussant un cri d'effroi. Ce fut en vain que mademoiselle de Scudéry appela le cocher et le secoua par le cordon; celui-ci, comme animé par un malin esprit, fouettait de plus belle, et les chevaux, couvrant leurs mors d'écume, ruant et se cabrant, arrivèrent enfin au grand trot au bout du pont. Mademoiselle de Scudéry avait répandu son flacon d'eau de senteur sur sa camériste, qui ouvrit enfin les yeux, et revint à elle. Mais frémissante et une frayeur mortelle peinte sur ses traits renversés, elle put à peine dire à sa maîtresse, en se pressant convulsivement contre elle : « O Sainte-Vierge! que voulait cet homme affreux ? Ah!.... c'était lui, c'est lui qui vint apporter la cassette dans cette nuit terrible!.... » Mademoiselle de Scudéry rassura la pauvre fille en lui représentant qu'il n'était rien arrivé de fâcheux, et qu'il fallait avant tout savoir le contenu du billet. Elle le déplia, et voici ce qu'elle lut :

« Une fatalité, que vous auriez pu détourner, me
» précipite dans l'abîme! — Je vous supplie, comme
» un enfant pénétré d'amour filial supplie sa mère pour
» ne point la quitter, de renvoyer chez maître René

» Cardillac le collier et les bracelets que vous avez
» reçus de moi, — sous un prétexte quelconque,
» pour y faire changer quelque chose, pour un or-
» nement à ajouter. Votre salut, vos jours en dé-
» pendent. Si vous ne le faites pas d'ici à demain, je
» m'introduis chez vous et je me poignarde sous vos
» yeux ! »

« Maintenant, dit mademoiselle de Scudéry après avoir lu, je suis bien sûre que cet individu mystérieux, quand même il ferait partie de cette bande infâme de voleurs et d'assassins, n'a pourtant nul mauvais dessein contre moi. Et s'il avait réussi à m'entretenir la nuit où il vint, qui sait quelles secrètes circonstances, quelle étrange révélation eussent pu m'éclairer sur des conjonctures dont je cherche en vain à présent à découvrir le moindre motif. Qu'il en soit ce qu'il pourra, je ferai certainement ce que l'on réclame de moi dans cette lettre, ne serait-ce que pour me débarrasser de cette funeste parure, que je considère comme un talisman diabolique digne de Satan. Après cela, Cardillac, suivant ses procédés habituels, ne la laissera pas facilement revenir en d'autres mains que les siennes. »

Le lendemain matin, mademoiselle de Scudéry se préparait à porter la parure chez le joaillier. Mais tous les beaux esprits de Paris semblèrent ce jour-là s'être donné le mot pour venir assaillir la demoiselle de leurs vers, de leurs comédies et de leurs anecdotes.

A peine Chapelle avait-il fini de réciter une scène tragique, qu'il prétendait d'un air malin devoir lui assurer la prééminence sur Racine, que celui-ci entra précisément, et l'éclipsa tout-à-fait par le pathétique d'une de ses tirades royales, et puis après ce fut Boileau qui fit jaillir, sur le sombre voile de Melpomène, les traits flamboyants de sa verve poétique, pour échapper aux éternelles dissertations du médecin-architecte Perrault, au sujet de la colonnade du Louvre.

Bref, la journée était fort avancée, et mademoiselle de Scudéry devait encore se rendre chez la duchesse de Montausier. Elle remit donc au lendemain la visite à maitre Réné Cardillac.

Mademoiselle de Scudéry se sentait tourmentée d'une inquiétude particulière. Elle avait constamment devant les yeux l'image de ce jeune homme, et il s'élevait du fond de son âme comme une confuse réminiscence d'avoir déjà vu sa figure et ses traits. Des rêves pénibles vinrent troubler et interrompre son sommeil. Il lui semblait qu'elle devait se reprocher sa négligence, pour n'avoir pas tendu une main secourable au malheureux qui l'implorait sur le bord de l'abîme, comme s'il eût dépendu d'elle de prévenir quelque événement funeste, quelque crime affreux ! — A peine le jour eut-il paru qu'elle se fit habiller et se fit conduire en voiture, munie de l'écrin, chez Cardillac.

Une multitude de peuple se pressait dans la rue Saint-Nicaise, où le joaillier demeurait ; elle affluait devant la porte de sa maison, avec des cris, des imprécations et des efforts pour y pénétrer, qu'avait peine à réprimer la maréchaussée postée à cet endroit. Au milieu du tumulte et de mille cris sauvages, des voix exaspérées s'écriaient : « Il faut assommer le maudit assassin, il faut le mettre en pièces ! » — Enfin Desgrais arrive avec une escorte nombreuse, qui forme la haie, à travers l'épaisseur de la foule. Alors la porte de la maison est ouverte, et l'on en tire un homme chargé de chaines que les soldats emportent, suivi des malédictions et des cris furieux du peuple.

Mademoiselle de Scudéry, à ce spectacle, se sent à demi morte d'épouvante et saisie d'un horrible pressentiment. Au même moment, un cri perçant de désespoir frappe son oreille. « Avancez ! avancez plus près ! » crie-t-elle au cocher. Celui-ci, par une volte habile et rapide, écarte la foule devant lui, et s'arrête à la porte de la demeure de Cardillac. Là, mademoiselle de Scudéry aperçoit Desgrais, et voit à ses pieds, embrassant ses genoux, une jeune fille, belle comme le jour, à demi vêtue, les cheveux épars, le visage contracté par la douleur et plein d'une angoisse mortelle; elle l'entend s'écrier avec l'accent déchirant du dernier désespoir : « Mais il est innocent ! — il est innocent ! » — Desgrais et ses gens veulent la relever, elle résiste à leurs efforts : enfin un grand gaillard brutal saisit de ses larges mains la pauvre enfant, et l'arrache violemment des genoux de Desgrais; mais il trébuche maladroitement et laisse tomber, sur les marches de pierre, la jeune fille, qui reste étendue muette et inanimée.

Mademoiselle de Scudéry ne peut se contenir plus long-temps, elle ouvre la portière, et s'écrie en descendant : « Au nom du ciel, qu'est-il arrivé ? que se passe-t-il ici ? » Chacun se range respectueusement devant la digne dame qui, voyant quelques femmes charitables occupées de frotter avec de l'eau le front de la jeune fille, qu'elles ont relevée et assise sur les marches, s'approche de Desgrais et répète vivement sa question.

« Il est arrivé quelque chose d'affreux, dit Desgrais, Réné Cardillac a été trouvé ce matin tué d'un coup de poignard. L'assassin est Olivier Brusson, son apprenti ; on vient à l'instant même de le conduire en prison. — Et cette jeune fille ? » s'écrie mademoiselle de Scudéry. — « C'est Madelon, dit Desgrais, la fille de Cardillac. Le scélérat était son amant. Maintenant elle pleure et crie à tue-tête qu'Olivier est innocent, parfaitement innocent. Il est clair qu'elle sait quelque chose de l'affaire, et il faut que je la fasse aussi conduire à la Conciergerie. »

Desgrais, en disant cela, jeta sur la jeune fille un regard de malicieuse satisfaction qui fit trembler mademoiselle de Scudéry. La jeune fille commençait à recouvrer la respiration, mais incapable d'articuler un son, privée de mouvement, elle restait gisante, les yeux fermés, et l'on ne savait comment s'y prendre pour la secourir. Profondément émue et les larmes aux yeux, mademoiselle de Scudéry contemplait cet ange d'innocence : Desgrais et ses gens lui firent horreur. — Un bruit sourd se fit entendre dans l'escalier. On emportait le cadavre de Cardillac. Prenant une prompte résolution, mademoiselle de Scudéry s'écria à haute voix : « J'emmène la jeune fille avec moi, vous songerez au reste, Desgrais ! » Un sourd murmure d'approbation accueillit ces paroles. Les femmes soulevèrent Madelon dans leurs bras, cent mains se dressèrent pour les aider, chacun se pressait à l'entour, et la jeune fille, ainsi soutenue en l'air, fut déposée dans le carrosse, pendant que les bénédictions pleuvaient sur l'honorable dame qui dérobait l'innocence au tribunal de sang.

Les soins de Fagon [1], le médecin le plus habile de Paris, parvinrent à rappeler Madelon à la vie, au bout d'une syncope qui dura plusieurs heures. Mademoiselle de Scudéry acheva la guérison commencée par le docteur, en faisant luire dans l'âme de la jeune fille quelques rayons de douce espérance; et des torrents de larmes vinrent enfin soulager son cœur oppressé. Pourtant ce ne fut qu'à différentes reprises qu'elle put raconter tout ce qui s'était passé; car chaque fois sa voix était étouffée par les sanglots que lui arrachait l'excès de sa douleur.

« Elle avait été réveillée à minuit par de légers coups frappés à la porte de sa chambre, et elle avait reconnu la voix d'Olivier, qui la suppliait de se lever promptement, parce que son père était à l'agonie. Elle s'était levée saisie d'effroi et avait ouvert sa porte. Olivier, pâle et défait, baigné de sueur, une lumière à la main, s'était dirigé vers l'atelier en chancelant, et elle l'avait suivi. Là, son père était étendu, les yeux fixes, et luttant contre le râle de la mort. Elle s'était jetée sur lui en sanglotant, et c'était alors seulement qu'elle avait remarqué sa chemise ensanglantée. Olivier l'avait doucement écartée, et puis il avait entrepris de laver et de panser avec du vulnéraire la blessure que le vieillard avait reçue au sein gauche. Celui-ci, pendant cette opération, avait recouvré ses sens, et, le râle ayant cessé, après avoir jeté sur elle et sur Olivier ensuite un regard plein de tendresse, il avait pris sa main, l'avait mise dans celle d'Olivier, et les avait serrées ensemble avec force. Olivier et elle étaient tombés à genoux près de la couche de son père; il avait essayé de se redresser avec un gémissement douloureux, mais il était retombé aussitôt pour exhaler un long et dernier soupir.

» Alors tous les deux s'étaient abandonnés aux pleurs et à la désolation. Olivier lui avait raconté que son maître avait été tué en sa présence dans une course nocturne où il lui avait ordonné de le suivre, et comment lui, dans l'espoir qu'il n'était pas blessé mortellement, avait transporté avec une peine extrême ce lourd fardeau jusqu'au logis. Dès le point du jour, les voisins qui avaient été frappés pendant la nuit de ce bruit et de leurs sanglots, avaient pénétré chez Cardillac et les avaient trouvés encore agenouillés et se lamentant auprès du cadavre de son père. Alors on s'était mis en émoi; la maréchaussée était arrivée, et Olivier avait été traîné en prison comme étant l'assassin de son maître. »

Là dessus, Madelon dépeignait de la manière la plus touchante la vertu, la piété, la fidélité exemplaire de son bien-aimé Olivier. Elle ne se lassait pas de répéter combien il honorait son patron à l'égal d'un véritable père; combien celui-ci le chérissait à son tour du fond du cœur, et comment il l'avait choisi pour gendre, malgré sa pauvreté, mais seulement à cause de son habileté égale à son dévouemcnt et à la noblesse de son caractère. — Madelon donnait tous ces détails avec une franche effusion, et elle finit par dire que son Olivier, eût-il en sa présence enfoncé le poignard dans le cœur de son père, elle s'imaginerait encore être la dupe d'une illusion satanique, plutôt que de croire jamais Olivier capable d'un crime aussi noir, aussi abominable.

Mademoiselle de Scudéry, profondément touchée des souffrances inexprimables de Madelon, et toute portée à croire à l'innocence du pauvre Olivier, prit des informations, et trouva confirmé tout ce que Madelon racontait des relations privées de l'apprenti avec son maitre. Les gens de la maison, les voisins, vantaient unanimement Olivier comme donnant l'exemple d'une conduite morale, probe et laborieuse; personne ne trouvait un reproche à lui adresser, et cependant sur le fait de ce meurtre épouvantable, chacun levait les épaules en disant, qu'il y avait là dedans quelque chose d'incompréhensible.

Olivier, amené devant la chambre ardente, nia, comme l'apprit mademoiselle de Scudéry, avec autant de fermeté que de candeur le crime dont on l'accusait, et soutint que son maitre avait été atta-

V.

La Reynie accueillit mademoiselle de Scudéry avec ces égards respectueux auxquels la digne dame, distinguée par le Roi lui-même, pouvait justement prétendre. Il écouta tranquillement tout ce qu'elle lui communiqua sur les circonstances du crime, sur la position d'Olivier, sur son caractère. Mais cependant, en échange de ses protestations, mêlées de larmes abondantes, de ses exhortations sur le devoir d'un juge, obligé, comme le protecteur et non l'ennemi de l'accusé, de prendre à cœur tout ce qui pouvait militer en sa faveur, un sourire imperceptible et presque ironique était le seul signe évident que ces discours ne résonnaient pas devant des oreilles absolument sourdes. Lorsqu'enfin la demoiselle se tut, épuisée et essuyant ses yeux baignés de larmes, La Reynie s'exprima ainsi : « Il est tout-à-fait digne de votre excellent cœur, mademoiselle, d'avoir, attendrie par les pleurs d'une jeune fille amoureuse, ajouté foi à tout ce qu'elle vous a dit, et de n'être pas même susceptible de concevoir l'idée d'une atrocité horrible; mais il en est autrement du juge, accoutumé à arracher à une impudente hypocrisie son masque emprunté. Sans doute je ne suis pas tenu de dérouler à chacun de ceux qui m'interrogent la marche d'un procès criminel! Je fais mon devoir, mademoiselle! peu importe le jugement du monde. Il faut que les malfaiteurs tremblent devant la chambre ardente, qui n'applique d'autre châtiment que le fer et le feu. Mais je tiens à ne pas passer à vos yeux, honorable demoiselle, pour un monstre de rigueur et de cruauté. Permettez-moi donc de vous démontrer clairement et brièvement la culpabilité du jeune scélérat, qui, grâce au ciel! n'a pu se soustraire à la vengeance publique. Alors votre esprit clairvoyant dédaignera de lui-même cette inspiration de bonté qui vous fait honneur, mais qui ne me siérait point assurément. — Écoutez! . . . . .

» On trouve un matin Réné Cardillac tué d'un coup de poignard. Personne n'est auprès de lui, hors son apprenti Olivier Brusson et sa fille. En outre, dans la chambre d'Olivier on trouve un poignard récemment teint de sang et qui s'adapte exactement dans la blessure. Olivier dit : Cardillac a été tué dans la nuit, devant mes yeux. — Voulait-on le voler? — Je n'en sais rien! — Tu l'accompagnais, et tu n'as pas su empêcher le meurtrier de frapper? tu n'as pas pu l'arrêter? crier au secours? — Maître Réné me précédait, et je le suivais à quinze ou vingt pas de distance. — Pourquoi de si loin, au nom du ciel? — C'était la volonté de mon maître. — Mais qu'avait à faire au bout du compte maître Cardillac si tard dans les rues? — Je ne saurais le dire. — Lui qui habituellement ne sortait jamais de chez lui après neuf heures du soir? — Ici Olivier demeure court; il est interdit, il soupire, il verse des larmes; il proteste par tout ce qu'il y a de sacré que Cardillac était bien réellement sorti cette nuit-là, et qu'il avait reçu dehors le coup mortel. Or, maintenant, daignez me prêter attention, mademoiselle. Il est démontré, jusqu'à la plus parfaite évidence, que Cardillac n'est pas sorti de chez lui durant la nuit; donc l'assertion d'Olivier, qui prétend l'avoir accompagné en course, est un impudent mensonge. La porte de la maison est garnie d'une lourde serrure, qui fait un bruit criard lorsqu'on l'ouvre ou qu'on la ferme; de plus, le battant ne tourne sur ses gonds qu'avec un craquement désagréable; de sorte que, ainsi qu'on s'en est assuré par plusieurs épreuves, le retentissement parvient même à l'étage le plus élevé de la maison. En outre, au rez-de-chaussée, par conséquent tout à côté de la porte de la maison, demeure le vieux maître Claude Patru [6] avec sa servante, une femme âgée de près de quatre-vingts ans, mais encore allante et alerte. Ces deux personnes ont entendu Cardillac descendre l'escalier ce soir-là même, suivant son habitude, à neuf heures précises, fermer et cadenasser la porte avec beaucoup de fracas, puis remonter, lire à haute voix la prière du soir, et enfin se retirer dans sa chambre à coucher, comme on pouvait le reconnaître au bruit qu'il fit en fermant sa porte.

» Maître Claude souffre des insomnies, comme cela

arrive souvent aux vieilles gens. Cette nuit-là, il ne put réussir à fermer l'œil. Alors la servante traversa le vestibule de la maison pour se procurer du feu dans la cuisine, et, à neuf heures et demie à peu près, elle s'assit à la table avec maître Claude et se mit à lire une vieille chronique, tandis que le vieillard, livré au cours de ses idées, tantôt demeurait assis dans le fauteuil, tantôt se levait, et pour gagner du sommeil et de la fatigue, marchait de long en large d'un pas lent et mesuré.

» Tout resta silencieux et tranquille jusqu'à minuit. A cette heure, ils entendirent au-dessus de leurs têtes des pas lourds, une chute pesante, comme celle d'un poids considérable tombant par terre, et aussitôt après de sourds gémissements. Ils furent saisis tous deux d'une frayeur et d'un tremblement extrêmes. L'horreur du crime affreux qui se commettait leur frappa l'imagination. — Le jour vint révéler ce qui s'était passé dans le silence des ténèbres.

— » Mais, s'écria mademoiselle de Scudéry, au nom de tous les saints, quel motif pouvez-vous trouver à ce forfait digne de l'enfer, après toutes les particularités que je vous ai fait connaître.

— » Hem ! repartit La Reynie, Cardillac n'était pas pauvre; il possédait des pierreries magnifiques.

— » Oui, répliqua-t-elle, mais sa fille ne devait-elle pas hériter de tout cela? Vous oubliez qu'Olivier allait devenir le gendre de Cardillac?

— » Peut-être s'était-il obligé à partager, ou bien il ne commettait le crime que pour le compte d'autrui, dit La Reynie.

— » Partager ! tuer pour le compte d'autrui ! s'écria mademoiselle de Scudéry dans le plus grand étonnement.

— » Apprenez, mademoiselle, poursuivit le président, qu'Olivier n'aurait tant tardé à porter sa tête sur la place de Grève, si son crime ne devait pas se renouer à cette série d'attentats mystérieux qui ont jeté récemment dans Paris tant d'épouvante. Olivier appartient évidemment à cette bande infâme, qui, se riant des efforts, de la surveillance et des recherches de la justice, savait faire ses coups impunément et comme en sécurité. Mais par lui tout s'éclaircira. — Tout doit s'éclaircir. La blessure de Cardillac est absolument semblable à celles qu'ont reçues toutes les victimes de ces meurtres et de ces vols, tant dans les rues que dans l'intérieur des maisons. Mais, du reste, une raison encore plus péremptoire, c'est que depuis qu'Olivier Brusson est arrêté, il n'est plus question ni de vols ni d'assassinats, et les rues sont aussi sûres pendant la nuit que dans le jour : preuve suffisante qu'Olivier était sans doute le chef de cette bande d'assassins. Il a refusé jusqu'ici de faire aucun aveu ; mais il y a des moyens pour le faire parler malgré ses résolutions.

— » Et Madelon, dit mademoiselle de Scudéry, l'innocente et naïve colombe ?

— » Eh ! qui me répond, dit La Reynie, avec un rire sardonique, qu'elle n'a pas trempé dans le crime ? Quel intérêt lui inspire son père ? Ce n'est qu'en honneur de l'assassin que coulent ses larmes.

— » Que dites-vous ! s'écria mademoiselle de Scudéry. Est-ce donc possible? son père! cette jeune fille!

— » Oh! poursuivit La Reynie, pensez seulement à la Brinvilliers! Vous me pardonnerez enfin si je me vois peut-être bientôt contraint de réclamer votre protégée, pour la faire conduire à la Conciergerie. »

Mademoiselle de Scudéry frissonna à cette affreuse supposition. Il lui semblait qu'il ne pouvait exister rien de vertueux ni d'honorable aux yeux de cet homme terrible, épiant les plus secrets mouvements du cœur, interprétant les pensées les plus intimes pour y trouver des intentions criminelles et sanguinaires. Elle se leva. — « Soyez humain! » Ce fut tout ce qu'elle put dire, oppressée et respirant à peine.

Déjà arrivée sur le perron de l'escalier, jusqu'où l'avait accompagnée le président avec une politesse cérémonieuse, il lui vint, sans qu'elle sut comment, une étrange pensée. « Me serait-il permis de voir le malheureux Olivier Brusson? » demanda-t-elle au président, en se retournant brusquement. Celui-ci la regarda d'un air pensif, et ce sourire désagréable qui lui était propre vint contracter son visage. «Vous voulez sans doute, dit-il, respectable demoiselle, apprécier par vous-même le degré d'innocence d'Olivier, vous confiant davantage à votre prévention, à votre jugement intérieur, qu'aux faits accomplis devant nos yeux. — Eh bien, si vous ne craignez pas de pénétrer dans la sombre demeure du crime, si vous ne répugnez pas à voir le tableau de la dépravation humaine sous toutes ses faces, dans deux heures les portes de la Conciergerie seront ouvertes pour vous. On mettra en votre présence cet Olivier dont le sort excite si puissamment votre intérêt, »

En effet, mademoiselle de Scudéry ne pouvait se persuader que ce jeune homme fut coupable. Tout s'élevait contre lui, et nul juge au monde n'aurait agi autrement que La Reynie sur des témoignages aussi décisifs. Mais la vive et émouvante peinture que Madelon lui avait tracée de leur constante félicité domestique, faisait taire tous les soupçons dans l'esprit de la demoiselle, et elle préférait croire à un mystère inexplicable, que d'adopter un sentiment contre lequel se révoltaient toutes les facultés de son ame.

Elle songea donc à se faire raconter de nouveau par Olivier toutes les circonstances de la nuit fatale, et à approfondir autant que possible un secret qui n'était peut-être resté impénétrable aux juges qu'à cause du peu d'importance attachée par eux à son éclaircissement complet.

Dès qu'elle fut arrivée à la Conciergerie, on conduisit mademoiselle de Scudéry dans une grande chambre très-vivement éclairée. Peu de temps après, elle entendit un bruit de chaines. Olivier Brusson fut introduit. Mais au moment même où il parut sur le seuil de la porte, mademoiselle de Scudéry tomba évanouie. Lorsqu'elle revint à elle, Olivier avait disparu. Elle demanda vivement qu'on la reconduisît à sa voiture, disant qu'elle voulait sortir, sortir sur-le-champ du séjour qu'habitait la plus noire scélératesse. Hélas! — Du premier coup-d'œil, elle avait reconnu dans Olivier Brusson le jeune homme qui, sur le Pont-Neuf, lui avait jeté un billet dans sa voiture, le même qui avait apporté chez elle le coffret aux bijoux.

VI.

Il n'y avait plus à en douter, et la terrible supposition de la Reynie était justifiée. Olivier Brusson appartenait à l'horrible bande des assassins, et il était certainement aussi le meurtrier de son maître! — Et Madelon? Après une déception aussi cruelle, comme jamais ne lui en avaient suscité les pressentiments de sa conscience, devant cette preuve accablante de l'action d'une puissance infernale, à laquelle elle avait toujours refusé de croire, mademoiselle de Scudéry vint à douter de toute vérité. Elle donna accès au soupçon affreux de la complicité de Madelon dans cet abominable forfait. — Et comme il est dans la nature de l'esprit humain, dès qu'une image se présente à lui, en cherchant et en combinant des couleurs pour la peindre, d'en exagérer de plus en plus l'expression, ainsi, mademoiselle de Scudéry découvrit peu à peu, en repassant toutes les circonstances du crime, et en scrutant la conduite de Madelon dans ses plus petits détails, une foule de motifs à l'appui de ses préventions. Ainsi, plus d'un trait qu'elle avait regardé jusqu'alors comme une preuve d'innocence et de pureté, lui apparut comme un indice certain d'une odieuse dépravation et d'une hypocrisie étudiée. Ce désespoir déchirant, ces torrents de larmes amères, pouvaient bien être le résultat de la crainte mortelle, non pas de voir périr son bien-aimé, mais de tomber ellemême sous la main du bourreau. Il était urgent de se débarasser de ce serpent qu'elle avait réchauffé dans son sein : et telle fut la dernière impression sous laquelle mademoiselle de Scudéry arriva chez elle.

Dès qu'elle fut entrée dans sa chambre, Madelon vint se jeter à ses pieds, l'implorant de ses regards célestes : un ange devant Dieu ne les a pas plus sincères; les mains croisées sur son sein palpitant, gémissant à haute voix, elle sollicitait une parole de consolation.... Mademoiselle de Scudéry, s'imposant une pénible contrainte, dit d'un ton de voix qu'elle s'efforça de rendre calme et sévère : « Vas! — vas! — Cesse de regretter un assassin, qu'attend le juste châtiment de ses crimes. — Et que la sainte Vierge te garde d'avoir aussi à répondre toi-même d'un lâche attentat!

« Ah! tout est fini!.... » — Madelon, en proférant cette exclamation perçante, tomba par terre évanouie. Mademoiselle de Scudéry laissa la jeune fille livrée aux soins de la Martinière, et se retira dans une autre chambre.

Le cœur ulcéré, prenant toute l'humanité en haine, mademoiselle de Scudéry se sentait dégoûtée de vivre dans un monde rempli de corruption infâme. Elle accusait le destin d'amère ironie, de l'avoir fait vivre tant d'années consacrées à affermir sa foi dans la vertu et dans la morale, pour venir déchirer si tard et d'un seul coup l'image consolante qu'elle s'en était formée. — Elle entendit Madelon dire en soupirant et en pleurant à la Martinière, qui la faisait retirer : « Hélas!... elle aussi — elle aussi s'est laissé abuser par ces hommes cruels. Malheureuse que je suis!.... Olivier, pauvre infortuné! » — Ces mots déchirèrent le cœur de mademoiselle de Scudéry, et du fond de sa pensée elle sentit s'élever de nouveau le soupçon de quelque mystère, et un reste de foi dans l'innocence d'Olivier.

Oppressée par tant d'émotions contradictoires, elle finit par s'écrier hors d'elle-même : « Quel esprit infernal m'a donc mêlée à cette histoire épouvantable et qui me coûtera la vie! » — En ce moment, Baptiste, pâle et effrayé, entra pour annoncer que Desgrais était en bas. Depuis l'abominable procès de la Voisin, l'apparition de Desgrais dans une maison était le présage certain de quelque accusation criminelle; c'est ce qui motivait l'effroi de Baptiste. Sa maîtresse lui demanda, avec un doux sourire : « Qu'est-ce donc, Baptiste? — Eh bien! le nom de Scudéry se trouve sur la note de La Voisin, n'est-ce pas? — Ah? mademoiselle, au nom du ciel, répliqua Baptiste, tremblant de tous ses membres, comment pouvez-vous seulement prononcer des mots pareils? Mais Desgrais, l'épouvantable Desgrais, a un air si mystérieux, si pressant! il semble incapable de souffrir le moindre délai pour vous entretenir! — Eh bien, Baptiste, dit mademoiselle de Scudéry, faites-le entrer tout de suite; cet homme qui vous semble terrible ne peut me causer à moi aucune inquiétude. »

« Le président La Reynie, mademoiselle, dit Desgrais lorsqu'il fut introduit, m'envoie vous adresser une prière, à laquelle pourtant il n'espérerait guère vous voir souscrire, s'il ne connaissait pas votre vertu, votre courage, si de vous seule ne dépendait pas le dernier moyen d'éclaircir un criminel mystère, et si vous n'aviez point déjà pris part à cette affaire terrible qui tient la chambre ardente et nous tous en si grand émoi. — Olivier Brusson, depuis qu'il vous a vue, est devenu presque aliéné. Quelque décidé qu'il parût naguère à confesser ses crimes, il jure maintenant de plus belle, au nom du Christ et de tous les saints, qu'il est tout-à-fait innocent du meurtre de Cardillac, malgré sa résignation à subir la mort qu'il a, dit-il, méritée. Remarquez, mademoiselle, que cette dernière phrase indique clairement qu'il a commis d'autres scélératesses. Mais tout a été mis vainement en usage pour lui arracher un seul mot de plus; la menace même de la torture n'a servi à rien. Il nous supplie, il nous conjure de lui procurer une entrevue avec vous : à vous seule il veut tout avouer. Daignez, par grâce, mademoiselle, consentir à recevoir les aveux de Brusson.

« Comment! s'écria mademoiselle de Scudéry, avec indignation, dois-je servir d'agent au tribunal de sang, dois-je abuser de la confiance de ce malheureux pour l'envoyer à l'échafaud! — Non, Desgrais! Brusson fut-il même un infâme assassin, jamais je ne pourrais le tromper aussi indignement. Je ne veux rien savoir de ses secrets, dont je garderais le dépôt dans mon sein comme une sainte confession. — Peut-être, reprit Desgrais, avec un sourire astucieux, peut-être, mademoiselle, changerez-vous de sentiment quand vous aurez entendu Brusson. N'avez-vous pas prié vous-même le président d'être humain ? Il se montre tel aujourd'hui en condescendant au désir insensé de Brusson, et en épuisant ainsi tous les moyens avant d'ordonner la torture, pour laquelle Brusson est mûr depuis long-temps. »

Mademoiselle de Scudéry fut saisie de frayeur malgré elle. « Voyez-vous, ma digne dame, poursuivit Desgrais, on ne prétend nullement vous faire aborder de nouveau ces sombres demeures qui vous ont rempli l'âme d'horreur et d'effroi. Dans l'ombre et le silence de la nuit, sans le moindre appareil, on amène Olivier Brusson dans votre maison, comme s'il était libre, même sans être épié, et seulement sous bonne garde; il pourra alors vous avouer tout sans contrainte. Certes, vous n'avez rien à craindre pour vous-même de la part de ce misérable : de cela je réponds sur ma vie. Il parle de vous avec un respect passionné; il jure qu'il ne doit sa perte qu'à la sombre fatalité qui l'a empêché de vous voir plutôt. — Enfin, vous resterez maîtresse de ne dire que ce qu'il vous plaira des secrets d'Olivier Brusson. Qui pourrait vous imposer une autre obligation? »

Mademoiselle de Scudéry, les yeux baissés, se mit à réfléchir profondément; elle se sentait comme entraînée à obéir à une puissance suprême qui l'avait prédestinée à éclaircir quelque affreux mystère, et ne la laissait plus maitresse de sortir du labyrinthe de circonstances étranges où elle était involontairement engagée. Prenant une soudaine résolution, elle dit avec dignité : « Dieu me donnera de la force et du courage : amenez Brusson, je lui parlerai. »

Comme la première fois, lorsque Brusson avait apporté l'écrin, on frappa à minuit à la porte de la maison de mademoiselle de Scudéry. Baptiste, prévenu de la visite nocturne, alla ouvrir. Mademoiselle de Scudéry fut saisie d'un frisson glacial, lorsqu'elle comprit, à un sourd murmure, au léger retentissement des pas, que les gens qui avaient amené Brusson se partageaient leurs postes à toutes les issues de la maison.

Enfin la porte de la chambre s'ouvrit doucement. Desgrais entra, et derrière lui Olivier Brusson, sans liens, vêtu décemment. « Voilà Brusson, mon honorable demoiselle ! » dit Desgrais, en s'inclinant respectueusement, et il quitta la chambre.

Brusson tomba à genoux devant mademoiselle de Scudéry, il éleva ses deux mains jointes en signe de supplication, et de ses yeux s'échappa un torrent de larmes.

Pâle et incapable de proférer un mot, mademoiselle de Scudéry l'envisagea. En dépit du chagrin et de la douleur aiguë qui avaient flétri ses traits, on y lisait l'expression du plus loyal caractère. Plus mademoiselle de Scudéry considérait ce visage de jeune homme, plus elle sentait se réveiller le souvenir de quelque personne chérie, mais qu'elle ne pouvait préciser. Toute sa frayeur s'évanouit, elle oublia que l'homme agenouillé devant elle était l'assassin de Cardillac, et de ce ton calme, bienveillant et plein de grâce, qui lui était propre : « Eh bien, Brusson, lui dit-elle, qu'avez-vous à me dire ? » Celui-ci, toujours à genoux, poussa un triste et profond soupir ; puis il répondit avec sentiment : « Oh ! digne et respectable demoiselle, ne vous reste-t-il donc plus aucune trace de mon souvenir ? » Mademoiselle de Scudéry le contemplant avec une nouvelle attention, répliqua qu'elle avait en effet trouvé dans ses traits certaine ressemblance avec une personne qu'elle avait aimée, et qu'il devait rendre grâce à cette ressemblance, qui seule la disposait à surmonter la profonde horreur que lui inspirait son crime, et à l'écouter tranquillement.

Gravement blessé par ces paroles, Brusson se leva précipitamment, et, reculant d'un pas, le regard sombre et baissé, il dit d'une voix sourde : « Avez-vous donc tout-à-fait oublié Anne Guiot ? — Son fils, Olivier, — cet enfant que vous avez si souvent balancé sur vos genoux : cet enfant est devant vos yeux. — Oh ! au nom de tous les saints ! » s'écria mademoiselle de Scudéry, et, se voilant le visage de ses deux mains, elle se laissa tomber sur les coussins de son fauteuil.

La demoiselle avait bien sujet d'éprouver une aussi grande émotion. Anne Guiot, la fille d'un pauvre bourgeois, avait été élevée depuis son enfance chez mademoiselle de Scudéry, qui lui avait prodigué les soins et la tendresse d'une mère. Lorsqu'elle eut grandi, il se rencontra un jeune homme honnête et bien fait, nommé Claude Brusson, qui demanda la jeune fille en mariage. Comme c'était un horloger fort habile, qui devait largement trouver à gagner sa vie à Paris, et Anne l'aimant aussi de tout son cœur, mademoiselle de Scudéry n'hésita pas un instant à consentir au mariage de sa fille adoptive. Les jeunes gens s'établirent, vécurent dans la paix d'un heureux ménage, et, ce qui vint resserrer encore leur mutuel amour, Anne mit au monde un superbe garçon, vivant portrait de sa charmante mère.

Mademoiselle de Scudéry idolâtrait le petit Olivier, qu'elle enlevait à sa mère des heures, des jours entiers pour le caresser et le choyer. Il arriva ainsi que l'enfant s'habitua tout-à-fait à elle, et restait aussi volontiers près d'elle que de sa mère. Trois années s'étaient écoulées, lorsque les confrères de Brusson s'étant ligués contre lui par envie, il se vit bientôt privé de travail, et réduit peu-à-peu à une telle gêne, qu'il pouvait à peine se procurer sa nourriture de chaque jour. Tourmenté, en outre, du vif désir de revoir Genève, sa douce patrie, il se décida enfin à aller s'y établir avec sa petite famille, et partit malgré les instances de mademoiselle de Scudéry qui lui promettait tous les secours possibles. Anne écrivit encore deux ou trois fois à sa mère d'adoption, puis elle garda le silence, et la demoiselle l'excusa, en pensant que son heureuse condition dans le pays de son époux avait effacé dans son esprit tous les souvenirs de sa vie passée. —

Il y avait alors précisément vingt-trois ans que Brusson avait quitté Paris avec sa femme et son enfant, pour se rendre à Genève.

« Oh ! c'est affreux ! s'écria mademoiselle de Scudéry après s'être un peu remise, tu es Olivier ? — le fils de ma chère Anne ! — Et maintenant !.... » Olivier reprit avec calme : « Assurément, ma digne demoiselle, vous n'auriez jamais pu prévoir que cet enfant que vous gâtiez comme la plus tendre des mères, auquel, en le balançant sur vos genoux, vous aviez sans cesse quelque friandise à mettre à la bouche, auquel vous prodiguiez les noms les plus doux, serait un jour, étant devenu homme, amené devant vous, comme accusé d'un crime atroce ! — Je ne suis pas exempt de reproches, la chambre ardente peut avec raison me traiter en criminel ; mais, aussi vrai que j'espère mourir en état de grâce, même sous la main du bourreau, je suis pur de sang versé et n'ai commis aucun meurtre : je ne suis ni coupable ni responsable de la mort du malheureux Cardillac ! — »

Olivier, à ces mots, fut saisi d'un tremblement convulsif, et chancela sur ses jambes. Mademoiselle de Scudéry lui indiqua silencieusement une petite chaise placée à côté de lui. Il s'assit lentement, et commença son récit.

VIII.

J'ai eu assez de temps, dit-il, pour me préparer à cet entretien avec vous, que je considère comme la dernière faveur de la Providence divine, et pour recouvrer le calme et le sang-froid nécessaires au récit de l'histoire inouie de mon funeste sort. Accordez-moi assez de compassion pour m'écouter tranquillement, quelle que soit la surprise, l'horreur que vous éprouverez à la révélation d'un secret qu'assurément vous êtes bien loin de soupçonner.—Si mon pauvre père n'avait du moins jamais quitté Paris !.... — Autant que mes souvenirs peuvent me reporter en arrière, à l'époque de mon séjour à Genève, je me rappelle, hélas ! mes parents au désespoir, me baignant de leurs larmes, et provoquant souvent les miennes par l'amertume de leurs plaintes, dont je ne devinais pas le motif. Plus tard, j'acquis le sentiment précis de leur déplorable infortune, je fis une dure épreuve de la misère profonde où ils vivaient. Bref, mon père se trouva déçu dans toutes ses espérances. Abattu, épuisé par l'excès du cha-

8.

grin, il mourut au moment où il venait de réussir à me faire entrer comme apprenti chez un orfèvre. Ma mère parlait beaucoup de vous, elle voulait vous exposer sa situation, ses malheurs; mais elle se laissait dominer ensuite par le découragement qu'engendre la misère. Cela, et peut-être aussi cette fausse honte qui aigrit souvent les esprits mortellement blessés, l'empêcha d'exécuter son projet. Peu de mois après la mort de mon père, ma mère le suivit dans le tombeau.

« Ma chère Anne! ma pauvre Anne! » s'écria mademoiselle de Scudéry douloureusement émue. — Olivier reprit d'une voix forte, en jetant vers le ciel un regard sombre et farouche: — « Grâce et merci à la Providence éternelle, de ce qu'elle n'est plus, pour voir son fils bien-aimé tomber honteusement flétri sous la main du bourreau! »

Une agitation inquiète se manifesta au-dehors, on allait et venait de tous côtés. « Hoho! dit Olivier avec un sourire amer, Desgrais donne l'éveil à ses gens, comme si je pouvais songer ici à m'échapper. — Mais continuons: — J'étais traité durement chez mon maître, quoique je n'eusse guère tardé à mieux faire que les autres compagnons, et que bientôt enfin je fusse devenu beaucoup plus habile que le patron lui-même. Un jour, un étranger arriva dans l'atelier pour faire emplette de quelques bijoux. Lorsqu'il vit un joli collier que j'avais fabriqué, il me frappa sur l'épaule d'un air amical, et il dit en contemplant la parure: « Hého! mon jeune ami, mais voilà un travail superbe; et je ne sais pas, en vérité, quel autre pourrait vous surpasser, à l'exception de Réné Cardillac, le premier joaillier, sans contredit, qui existe aujourd'hui. Vous devriez aller chez lui, il vous recevra volontiers dans son atelier, car vous seul pouvez dignement l'aider dans son ingénieux travail, et c'est de lui seul, en revanche, que vous pouvez encore apprendre. » Les paroles de l'étranger m'avaient frappé d'une impression profonde. Je n'avais plus de repos à Genève, un désir violent m'entrainait loin de ce séjour. Enfin, je parvins à rompre mon engagement, et j'arrivai à Paris.

Réné Cardillac me reçut avec froideur et rudesse. Mais je ne lui laissai aucun repos, jusqu'à ce qu'il consentit à me confier de l'ouvrage, quelque peu important qu'il pût être. J'obtins enfin de façonner pour lui une petite bague. Lorsque je lui présentai le bijou, il fixa sur moi ses regards étincelants, comme s'il eût voulu lire et pénétrer dans le plus profond de mon être. Il me dit ensuite : « Tu es un habile et brave compagnon, tu peux entrer chez moi, et je t'admets dans mon atelier. Je te paierai bien. Tu seras content de moi. » Cardillac tint parole.—J'étais déjà chez lui depuis plusieurs semaines sans avoir vu Madelon, qui, si je ne me trompe, était alors à la campagne chez une tante de Cardillac. Enfin, elle arriva. — Oh ! puissance éternelle des cieux ! qu'éprouvai-je à la vue de cette apparition angélique ! — Un homme a-t-il jamais aimé autant que moi ? Et maintenant !.... O Madelon ! —

Olivier, accablé de douleur, ne put continuer; il

cacha son visage dans ses mains, et sanglotta amèrement. Enfin, surmontant l'accès de désespoir qui s'était emparé de lui, il poursuivit :

Madelon me regardait d'un œil amical ; elle venait de plus en plus souvent dans l'atelier. Dans quelle ivresse me plongea la découverte de son amour! Malgré la surveillance sévère de son père, maintes fois de tendres serrements de mains furent les gages de notre sympathie, et Cardillac semblait n'en avoir rien deviné. Je songeai à me concilier de plus en plus son amitié, et à acquérir la maîtrise pour pouvoir demander la main de Madelon. — Un matin, comme je faisais mes préparatifs de travail, Cardillac vint à moi, le courroux et le mépris peints dans ses sombres regards. « Je n'ai plus besoin de tes services, me dit-il brusquement, sors de la maison à l'instant même, et ne reparais plus jamais devant moi. Pourquoi je ne puis plus te souffrir ici, je n'ai pas besoin de te le dire. Le doux fruit que tu convoites pend à une branche trop élevée pour toi, pauvre hère! » Je voulais parler, mais il me saisit d'une main vigoureuse, et me jeta à la porte avec une telle violence que je tombai et me blessai gravement au bras et à la tête. Outré de colère, accablé d'une douleur inouie, je quittai la maison, et je rencontrai enfin, à l'extrémité du faubourg Saint-Martin, une généreuse connaissance qui m'accueillit dans son grenier.

Je ne prenais ni repos ni trêve. Pendant la nuit je rôdais autour de la maison de Cardillac, imaginant que Madelon entendrait mes soupirs, mes plaintes, et parviendrait peut-être à me parler de sa fenêtre sans qu'on s'en aperçût ; et mille projets insensés, à l'exécution desquels j'espérais pouvoir la faire consentir, se succédaient et se croisaient dans mon esprit. — La maison de Cardillac, dans la rue Saint-Nicaise, touche à une haute muraille où sont des niches garnies de vieilles figures de pierre à moitié mutilées. Une nuit, j'étais tout près d'une de ces statues, regardant les fenêtres de la maison qui donnent sur la cour close par cette muraille. Tout-à-coup j'aperçois de la lumière dans l'atelier de Cardillac. Il est minuit : d'ordinaire Cardillac ne veillait jamais à cette heure ; il avait l'habitude d'aller se coucher à neuf heures sonnant. Mon cœur bat d'un inquiet pressentiment, je rêve qu'un événement inattendu me pourra frayer peut-être une entrée dans la maison. Mais la lumière disparait subitement. Je me presse involontairement contre la statue dans la niche, quand je me sens repoussé à mon tour comme si la statue fut devenue vivante. Je recule aussitôt glacé d'épouvante ; alors, aux pâles clartés de la nuit, j'aperçois la pierre qui tourne lentement, et de derrière elle sort une figure sombre, qui descend la rue d'un pas rapide. Je m'élance sur la statue, je la trouve comme auparavant adhérente à la muraille. Sans réflexion, et comme entrainé par une secrète puissance, je me glisse sur les traces de l'inconnu. Parvenu près d'une image de Notre-Dame, il regarde derrière lui, la lumière de la lampe, allumée devant la sainte, éclaire en plein son visage : c'est Cardillac * ! Une angoisse inexprimable, une horreur sinistre s'emparent de moi. Comme fasciné par une influence magique, je ne puis m'empêcher de suivre à quelque distance ce spectre somnambule; car c'est à cette nature de maladie que j'attribuais l'excursion de maître Réné, bien que ce ne fût pas le temps de la pleine lune, qui influe bien plus activement sur les personnes atteintes de ce singulier mal.

Enfin Cardillac fait un détour, et je le perds de vue dans l'épaisseur des ténèbres. Mais, à une petite toux qui m'était bien connue, je découvre qu'il s'est arrêté sous une porte cochère. « Que signifie cela, que va-t-il faire? » — Telles sont les questions que je m'adresse, au comble de l'étonnement, et en marchant serré tout contre les maisons. Bientôt un homme arrive en chantant et en fredonnant, avec un magnifique plumet à son chapeau, et des éperons retentissants. — Comme un tigre qui fond sur sa proie, Cardillac s'élance de sa cachette sur cet homme, qui tombe à l'instant même à terre en râlant. Je me précipite avec un cri d'horreur, Cardillac est penché sur l'homme terrassé. « Maître Cardillac! que faites-vous! m'écriai-je à haute voix. — Malédiction! » dit Cardillac en rugissant, et, prenant sa course avec la vitesse de l'éclair, il passe à mes côtés, et disparaît.

Tout-à-fait hors de moi, pouvant à peine me soutenir, je m'approche de l'homme renversé, je m'agenouille près de lui, pensant qu'il est peut-être encore temps de le secourir; mais il n'y a plus en lui le moindre signe de vie. Dans mon anxiété mortelle, je m'aperçois à peine qu'une escouade de maréchaussée m'a entouré. « Encore une victime de ces enragés ! — Héhé ! jeune homme ! que fais-tu là ? — es-tu un de leur bande ? Allons, marche ! » C'est ainsi qu'ils m'apostrophèrent en me saisissant. Je puis à peine balbutier que j'étais absolument incapable de commettre une action aussi horrible, et qu'ils me laissent aller en paix. L'un d'eux alors m'éclaire le visage, et s'écrie en riant : « C'est Ollivier Brusson, le compagnon orfèvre, qui travaille chez le brave et honnête maître Réné Cardillac ! — Ah, vraiment oui ! — c'est bien lui qui irait assassiner le monde dans la rue ! — il a bien l'air de cela : c'est bien l'habitude des assassins de rester à se lamenter près du cadavre, et de se laisser ainsi appréhender.—Comment cela s'est-il passé, jeune homme ? — Raconte hardiment ! —

A quelques pas devant moi, leur dis-je, un homme s'est précipité sur celui-ci, l'a renversé, et s'est enfui comme le vent, lorsque je me suis mis à crier, et moi j'ai voulu voir si l'homme frappé pouvait encore être secouru. — Non, mon fils, s'écrie l'un de ceux qui avaient relevé le cadavre, c'en est fait, c'est en plein cœur, comme à l'ordinaire, qu'a pénétré la lame du poignard. — Diable, dit un autre, nous sommes encore arrivés trop tard comme avant-hier. » A ces mots, ils s'éloignèrent en emportant le cadavre.

Je ne saurais dire ce que j'éprouvai ; je consultai mes sens pour m'assurer qu'un mauvais rêve ne m'abusait pas ; il me semblait que j'allais me réveiller et prendre en pitié cette folle illusion. — Cardillac ! — le père de ma Madelon, un infâme assassin ! — J'étais tombé défaillant sur les degrés de pierre d'une maison. Le jour commençait à poindre ; quelques moments après, un chapeau d'officier, richement garni de plumes, frappa mes yeux sur le pavé. L'évidence du crime sanglant de Cardillac, commis à la place même où j'étais assis, était palpable. Je m'éloignai en courant et pénétré d'horreur.

J'étais livré à la consternation dans ma mansarde, et presque privé de connaissance, quand la porte s'ouvre, et laisse paraître Réné Cardillac. « Au nom du Christ ? que voulez-vous ? » lui criai-je. Lui, sans s'émouvoir le moins du monde, vient à moi et me sourit avec un air d'aisance et d'affabilité, qui augmente mon sentiment d'aversion intérieure.... Il approche un vieil escabeau à demi-rompu, et s'asseoit auprès de moi, car je n'eus pas la force de me lever du grabat sur lequel je m'étais couché. « Eh bien, Olivier, commença-t-il par me dire, comment ça va-t-il ; mon pauvre garçon ? J'ai agi, en effet, avec une précipitation un peu brutale, lorsque je t'ai renvoyé de chez moi..... Tu me manques, je te regrette chaque jour : je suis en ce moment occupé d'un ouvrage que je ne saurais achever sans ton aide. Qu'en dis-tu ? si tu venais de nouveau travailler à l'atelier ? — Tu ne réponds rien ? — Oui, je sais, je t'ai offensé. Je n'ai pas dissimulé la vive colère que m'ont causée d'abord tes amourettes avec ma Madelon. Mais depuis j'ai bien réfléchi, et j'ai pensé qu'avec ton habileté, ton zèle, ta probité, tu serais vraiment le meilleur gendre que je pusse choisir. Viens donc avec moi, et ne songe désormais qu'aux moyens de mériter la main de Madelon. »

Les paroles de Cardillac me déchiraient l'âme, je frémissais de sa perversité, j'étais incapable d'articuler un mot. « Tu hésites, poursuivit-il d'un ton violent, pendant qu'il me perçait de ses regards flamboyants. Peut-être tu n'es pas disposé à me suivre aujourd'hui, parce que tu as d'autres projets! — Tu veux peut-être aller trouver Desgrais, ou bien te faire conduire devant D'Argenson ou La Reynie. Prends garde à toi, mon garçon! tâche que les griffes que tu veux mettre en jeu contre les autres ne te saisissent toi-même et ne te déchirent! » Alors, l'indignation profonde, dont j'étais agité, éclata. « Que ceux qui ont la conscience chargée d'un crime affreux, m'écriai-je, que ceux-là, dis-je, appréhendent les noms que vous venez de prononcer; pour moi je n'ai rien à démêler avec eux.

» Au fait, Olivier, reprit Cardillac, cela te fait honneur, de travailler chez moi, chez moi, l'orfévre le plus célèbre de l'époque, chez moi, qui jouis partout d'une si haute réputation d'honnêteté, de probité, que toute calomnie, mise en avant pour me ravir cette estime, retomberait lourdement sur la tête du calomniateur!.... — Quant à Madelon, il faut que je t'avoue que c'est à elle seule que tu dois ma condescendance; car elle t'aime avec une ardeur dont je n'aurais jamais cru la faible enfant susceptible. Dès que tu fus parti, elle se jeta à mes pieds, embrassa mes genoux, et me déclara, en versant un torrent de larmes, qu'elle ne pouvait vivre sans toi. Je crus qu'elle se mettait cela dans la tête, comme font toutes les jeunes filles amoureuses, qui parlent tout de suite de mourir pour le premier blanc-bec venu qui leur a fait les yeux doux. Mais ma Madelon devint effectivement malade et languissante, et, à mes remontrances pour la dissuader de cette folie, elle ne répondit que par ton nom mille fois répété. Que pouvais-je faire enfin pour ne pas l'abandonner à son désespoir? Hier, au soir, je lui dis que je consentais à tout, et que j'irais te chercher aujourd'hui. Et voilà que dans une nuit elle s'est épanouie comme une rose florissante, et elle t'attend transportée de joie et impatiente d'amour. »

Que la Providence céleste me le pardonne! mais je ne sais moi-même comment cela se fit, je me trouvai tout-à-coup dans la maison de Cardillac, je vis Madelon s'écriant dans l'ivresse du bonheur: « Olivier! — mon Olivier, — mon bien-aimé! — mon époux! » s'élançer vers moi pour m'entourer de ses bras caressants et me presser sur son cœur; et moi, au comble de la félicité, je jurai, au nom de la Sainte-Vierge et de tous les saints, de ne plus la quitter jamais, au grand jamais!

Olivier fut obligé de s'arrêter, trop ému au souvenir de ce moment décisif. Mademoiselle de Scudéry, saisie d'horreur pour les crimes d'un homme en qui elle avait cru voir la loyauté, la vertu personnifiées, s'écria: « C'est affreux! — Quoi, Réné Cardillac faisait partie de la bande d'assassins qui a si long-temps rendu notre bonne ville plus périlleuse qu'une caverne de brigands? »

Une bande, dites-vous, mademoiselle? reprit Olivier, jamais il n'a existé une semblable bande. C'était Cardillac lui seul, dont la criminelle activité poursuivait et frappait tant de victimes dans tout Paris; et voilà justement ce qui prêtait tant de facilité à ses meurtres, en rendant presque impossible la découverte de leur auteur. — Mais, laissez-moi poursuivre, la suite vous dévoilera le mystérieux caractère du plus scélérat et en même temps du plus malheureux des hommes.

La position dans laquelle je me trouvais alors chez Cardillac, chacun peut facilement se la figurer. Le pas était fait, je ne pouvais plus reculer. Par fois, je m'imaginais être ainsi devenu moi-même le complice des meurtres de Cardillac. L'amour de Madelon me faisait seul oublier mon anxiété et mes tourments secrets, et ce n'est qu'auprès d'elle que je parvenais à réprimer la manifestation de mon chagrin dévorant. Quand je travaillais avec son père dans l'atelier, je n'osais point le regarder en face, je pouvais à peine proférer une parole, tant j'étais pénétré d'horreur de me voir si proche de cet homme indéfinissable, qui exerçait toutes les vertus d'un père tendre et bon, tandis que le voile de la nuit cachait ses atroces forfaits.

Madelon, cet enfant aussi pieux, aussi pur que les anges, l'aimait avec un dévouement idolâtre. Mon cœur saignait en pensant que, si le ciel venait un jour à venger les crimes du père, sa fille, victime de la déception la plus infernale, succomberait, sans doute, à l'excès de son désespoir. Ce motif seul, même quand j'aurais eu à souffrir une mort ignominieuse, m'imposait un silence absolu. Malgré ce que m'avaient appris les discours des gardes de la maréchaussée, tout encore dans les forfaits de Cardillac, leur motif, le moyen de leur exécution restaient une énigme pour moi : je ne tardai pas à en avoir l'explication.

Cardillac, qui, pendant son travail, était ordinairement de l'humeur la plus joyeuse, et dont les plaisanteries alors excitaient mon horreur, parut un jour dans l'atelier avec un air très-sérieux et préoccupé. Tout d'un coup il jeta de côté la parure dont il s'occupait, et si brusquement que les pierres et les perles, détachées par le choc, roulèrent à terre; puis il se leva avec la même vivacité, et me dit : « Olivier! — cela ne peut rester ainsi entre nous deux; cette position m'est insupportable. — Le secret que la ruse consommée de Desgrais et de ses gens n'est pas parvenue à découvrir, le hasard t'en a rendu maître. Tu m'as vu, toute dénégation devant toi m'est interdite, livré à l'œuvre nocturne que mon mauvais génie me pousse à accomplir. Ce fut pareillement ta mauvaise étoile qui te fit me suivre, en t'enveloppant de ténèbres impénétrables, en donnant à ton pas la légèreté de démarche du plus petit animal, de manière à ce que je ne m'en sois aperçu, moi qui vois distinctement, comme le tigre, dans l'obscurité la plus profonde, moi dont l'oreille exercée surprend d'une rue à l'autre le plus petit bruissement, le bourdonnement d'une mouche qui vole. C'est la mauvaise étoile qui t'a conduit à devenir mon complice. Oui, dans cet état de choses, tu ne peux plus maintenant avoir la tentation de me trahir. Ainsi donc tu peux tout savoir.

» Jamais je ne serai ton complice, hypocrite, scélérat! » voulais-je m'écrier, mais la secrète horreur, qui m'avait saisi aux paroles de Cardillac, me comprima la gorge, et je ne pus faire entendre qu'un son inintelligible. Cardillac se rassit dans sa chaise de travail. Il essuya la sueur de son front; il paraissait lutter contre un affreux souvenir, et s'efforçait de réprimer sa pénible émotion. Enfin il ouvrit la bouche, et parla en ces termes :

« Des hommes éclairés, des savants, racontent beaucoup de choses des singulières impressions dont les femmes enceintes sont susceptibles, et de l'influence surprenante qu'exerce sur l'enfant ce genre d'impressions involontaires et énergiques. — On m'a raconté sur ma mère une aventure singulière. Dans le premier mois où elle était grosse de moi, elle alla voir, avec plusieurs autres femmes, une brillante fête de cour qui se donnait à Trianon. Là, ses regards tombèrent sur un jeune seigneur, vêtu à l'espagnole, qui portait à son cou une chaîne de pierreries étincelantes et qui captivèrent soudain toute son attention. La possession de ce collier éblouissant lui parut en ce moment le bien suprême, et tout son être devint animé d'un sentiment indicible de convoitise. Or, ce même gentilhomme, plusieurs années auparavant, avait tendu des piéges à la vertu de ma mère, qui n'était pas encore mariée, et qui l'avait repoussé avec horreur. Elle le reconnut: mais alors, sous le feu des diamants scintillants de sa parure, il lui apparut comme un être d'une nature idéale, comme le type de la beauté absolue. Le cavalier remarqua les regards ardents et passionnés de ma mère. Il dut penser qu'il serait enfin plus heureux qu'autrefois; il parvint à s'approcher d'elle, et même à l'attirer loin de ses amies, dans un lieu de rendez-vous écarté. Là, tandis qu'il la pressait avec transport dans ses bras, ma mère se hâta de saisir le merveilleux collier; mais, au même moment, le gentilhomme tomba violemment à terre, en entraînant ma mère avec lui. Soit par l'effet d'un coup de sang, soit par un autre accident inattendu, bref, il était mort. — Ma mère fit de vains efforts pour s'arracher des bras du cadavre raidis et crispés par cette subite agonie, et, dans ses mouvements convulsifs, elle roulait par terre avec le mort, dont les yeux torves fixaient encore sur elle, sans la voir, des regards éteints. A la fin, ses cris prolongés de détresse frappèrent l'oreille de ceux qui passaient dans le voisinage, on accourut près d'elle, et elle fut délivrée de cette horrible étreinte d'amour.

» L'excès de la frayeur causa à ma mère une grave maladie, et l'on tenait pour assurées sa perte et la mienne. Cependant elle guérit, et son accouchement fut plus heureux qu'on n'eût jamais pu le supposer; mais la terreur de cette scène lugubre avait réagi sur moi. Ma mauvaise étoile s'était levée, et avait fait jaillir l'étincelle qui devait allumer dans mon l'une des plus bizarres et des plus affreuses passions.

» Dès ma plus tendre enfance, les diamants, les bijoux en or, me causaient un ravissement sans égal. Cela fut d'abord regardé comme un goût naturel à tous les enfants. Mais il en était autrement; car, ayant atteint l'âge de raison, je ne pouvais m'empêcher de dérober l'or et les joyaux, partout où j'en rencontrais l'occasion. Je distinguais instinctivement, aussi bien que les connaisseurs les plus experts, la bijouterie fine de la fausse, et la première seule excitait ma tentation : l'or factice, comme l'or monnayé, je le dédaignais ou n'y prenais pas garde. Cette criminelle habitude dut céder pourtant aux rigoureuses punitions que m'infligea mon père. Mais pour satisfaire du moins mon envie de manier sans cesse de l'or et des pierres précieuses, je me consacrai à la profession d'orfèvre. Je travaillai assidûment, et je ne tardai pas à acquérir un talent supérieur et hors de ligne. Alors le temps vint réveiller, pour mon malheur, ce penchant inné, qui était resté si long-temps comprimé, et qui me domina de nouveau avec tant d'énergie et de violence, que tout autre sentiment fut effacé et absorbé par lui.

» A peine avais-je terminé et livré un bijou, que je tombais dans un état de désolation, d'angoisse, qui tuait en moi le sommeil, la santé, jusqu'au courage de supporter la vie! — La personne pour qui j'avais travaillé m'apparaissait nuit et jour, sous la forme d'un spectre paré de mes joyaux, et une voix chuchotait à mon oreille : « Mais c'est à toi, — mais c'est à toi. — Prends donc! — A quoi bon des diamants pour un mort! » — Bientôt je m'exerçai à des tours d'escroquerie. J'avais accès dans les maisons des grands, je profitai habilement de la moindre occasion; aucune serrure ne résistait à mon adresse, et les parures que j'avais façonnées retombaient promptement dans mes mains. — Et cependant cela même devint insuffisant pour calmer l'agitation qui me dévorait. La voix sinistre vint m'étourdir de nouveau, et je l'entendais murmurer avec ironie : « Hoho! ce sont les morts qui se parent de tes ouvrages! » — Je ne sais plus moi-même comment j'en vins à ressentir une haine inexprimable pour tous ceux qui m'avaient commandé quelque parure, et je sentis même s'allumer contre eux, au fond de mon être, une soif avide de sang, qui me fait secrètement frémir d'horreur.

» A cette époque, j'achetai cette maison; j'avais conclu le marché avec le propriétaire, nous étions assis là dans cette chambre, tous deux satisfaits de l'arrangement de cette affaire, et nous vidions un flacon de vin. La nuit était venue, je voulais me retirer, mon vendeur me dit alors : « Écoutez, maître Réné, avant que vous partiez, je dois vous faire connaître un secret de cette maison. » Là-dessus, il ouvrit cette armoire pratiquée dans le mur, il déplaça la cloison de derrière, me fit entrer dans une petite chambre, se baissa et souleva une trappe. Nous descendîmes un escalier étroit et raide, qui nous conduisit à un petit guichet qu'il ouvrit, et nous entrâmes dans la cour. Alors le vieux monsieur, mon vendeur, se dirigea vers la muraille, poussa un bouton de fer à peine saillant, et aussitôt une partie du mur tourna et laissa voir une ouverture par laquelle un homme pouvait commodément passer et arriver dans la rue. Tu verras, Olivier, cet ouvrage remarquable, que des moines rusés du couvent, qui occupait autrefois cette localité, ont probablement fait faire, afin de pouvoir sortir et rentrer secrètement. C'est une porte de bois, recouverte extérieurement d'une couche de chaux et de mortier, et à laquelle est adaptée en dehors une statue également en bois, mais qui a toute l'apparence de la pierre; et tout l'appareil se meut sur des gonds invisibles.

» De sombres pensées vinrent m'assiéger l'esprit à la vue de cet adroit mécanisme; il me semblait avoir été disposé là, à l'avance, comme pour favoriser les actions coupables dont je n'avais encore moi-même qu'un pressentiment confus. — Précisément à cette époque, je venais de livrer à un seigneur de la cour une riche parure, que je savais être destinée à une danseuse de l'Opéra. Le démon n'omit pas cette occasion de m'envenimer l'esprit. — Le spectre s'attacha à tous mes pas. — Sa voix sinistre tintait à mon oreille!.... J'emménageai dans la maison. Baigné d'une sueur froide comme du sang figé, dans mon insomnie fiévreuse, je me roulais haletant sur ma couche! — Tout-à-coup, je vois en idée cet homme se glisser chez la danseuse avec ma parure. Transporté de fureur, je me lève, — je jette mon manteau sur moi, je descends l'escalier dérobé, je sors par la porte secrète dans la rue Saint-Nicaise. — Il vient, je m'élance sur lui, il crie, mais, le saisissant fortement par derrière, je lui plonge le poignard dans le cœur..., et la parure est à moi ! — Cela fait, j'éprouvai une tranquillité, un contentement intérieur, dont je n'avais pas encore eu l'idée. Le spectre avait disparu, la voix satanique se taisait. Je compris alors ce qu'exigeait de moi ma mauvaise étoile, je sentis qu'il fallait lui céder ou mourir !

» Tu conçois à présent, Olivier, toute ma conduite. — Ne crois pas que, parce que je suis réduit à faire ce dont je ne puis pas m'abstenir, j'aie abjuré tout-à-fait ce sentiment de compassion et de pitié inhérent à la nature de l'homme. Non, tu sais avec quelle peine je consens à livrer mes ouvrages, tu sais que je refuse absolument de travailler pour certaines personnes qu'il me serait odieux de voir dévouées à la mort, et que souvent même je me contente de terrasser, d'un solide coup de poing, le possesseur de mes bijoux pour m'en rendre maître, bien que je sache qu'il faudra le lendemain du sang pour chasser l'obsession de mon fantôme. »

Après avoir ainsi parlé, Cardillac me conduisit dans le caveau secret, et me laissa voir la collection de ses magnifiques joyaux. Le roi n'en possède pas une plus nombreuse ni plus riche. Près de chaque parure était un petit billet, indiquant exactement pour qui elle avait été faite, et quand elle avait été reprise, soit par larcin, soit à l'aide d'une attaque nocturne, soit après un meurtre. — « Le jour de tes noces, me dit Cardillac d'une voix sourde et solennelle, tu me prêteras, Olivier, un serment sacré, la main posée sur la croix du Christ ; tu jureras de détruire, aussitôt après ma mort, toutes ces richesses par des procédés que je te ferai connaître plus tard ; je ne veux pas qu'un être humain quelconque, et bien moins encore Madelon et toi, possède jamais ce fruit du sang versé ! »

Ainsi enlacé dans ce labyrinthe du crime, palpitant à la fois d'horreur et d'amour, de volupté et d'épouvante, j'étais à comparer à un damné qu'un ange ravissant provoque d'un doux sourire à monter à lui, tandis que Satan le retient serré sous ses griffes brûlantes, et que pour l'infortuné ce sourire d'amour du bon ange, où se réfléchit toute la béatitude des cieux, devient le plus atroce des tourments! — Je pensai à la fuite, à un suicide...., mais Madelon ! — Blâmez-moi..., blâmez-moi, ma digne demoiselle, d'avoir manqué de la force nécessaire pour surmonter une passion qui m'enchaînait au crime; mais n'en suis-je pas assez puni par la mort ignominieuse qui m'attend !

Un jour, Cardillac rentra au logis plein d'une gaîté extraordinaire; il accablait Madelon de caresses, il me prodiguait les regards les plus bienveillants, il but à table un flacon de vin vieux, ce qu'il n'avait l'habitude de faire qu'aux jours de grande fête, il chantait, il était radieux. Madelon nous avait quittés, et moi j'allais rentrer à l'atelier. « Reste assis, mon garçon, s'écria Cardillac; plus de travail pour aujourd'hui, buvons un coup à la santé de la plus digne, de la plus excellente dame de Paris. » Je choquai mon verre contre le sien rempli jusqu'au bord, et, quand il l'eut vidé, il reprit : « Dis-moi, Olivier, comment trouves-tu ces vers :

« Un amant qui craint les voleurs
N'est point digne d'amour. »

Alors il me raconta ce qui s'était passé dans les appartements de madame de Maintenon, entre vous et le roi ; puis il ajouta qu'il vous honorait depuis long-temps au-delà de toute expression, qu'en présence d'une vertu si parfaite, sa mauvaise étoile pâlissait impuissante, et que vous pourriez certainement vous parer du plus bel ouvrage de ses mains, sans jamais éveiller son fatal génie, ni lui susciter aucune pensée de meurtre. « Écoute, Olivier, me dit-il, ce que j'ai résolu. Il y a long-temps que je devais faire un collier et des bracelets pour la princesse Henriette d'Angleterre [7], et même en fournir les pierreries. J'ai réussi dans mon travail mieux que jamais, mais je me sentais le cœur déchiré à la pensée de me séparer de cette parure, devenue mon trésor de prédilection. Tu connais la fin malheureuse de la princesse, victime d'une lâche perfidie. J'ai donc gardé la parure ; eh bien, maintenant, je veux l'envoyer, comme un témoignage de mon respect, de ma reconnaissance, à mademoiselle de Scudéry, au nom de la bande persécutée. — En même temps que mademoiselle de Scudéry recevra cet hommage solennel dû à son mérite, ce sera une juste et mordante dérision contre Desgrais et ses acolytes. — Ce sera toi qui porteras ces bijoux à la demoiselle. »

Cardillac n'eut pas plutôt prononcé votre nom, mademoiselle, qu'il me sembla que des voiles épais s'écartaient devant mes yeux, et les purs et touchants souvenirs de mon heureuse enfance m'apparurent sous une image pleine de charme et d'éclat. Je sentis mon âme pénétrée d'une délicieuse émotion, et d'une espérance consolatrice qui dissipa tous mes sombres pressentiments. Cardillac s'aperçut probablement de l'impression produite sur moi par ses paroles, et l'interprêta à sa manière. « Mon projet semble te plaire, » me dit-il ; puis il ajouta : « Je dois avouer qu'une voix étrange et intime, bien différente de celle qui réclame de moi, comme une bête de proie affamée, des sacrifices sanguinaires, m'a suggéré cette idée. — Oui, parfois, un sentiment indéfinissable s'empare de mon âme ; — une secrète appréhension, la crainte de quelque événement sinistre, présage menaçant d'une destinée lointaine et redoutable, me cause un trouble funeste. J'imagine alors en tremblant que peut-être le mal dont ma mauvaise étoile m'a obligé d'être l'instrument, mon âme immortelle, qui n'y a aucune part, en sera pourtant rendue responsable ! Sous cette impression, j'avais résolu de faire une riche couronne de diamants pour la sainte Vierge de l'église Saint-Eustache. Mais ces accès de terreur inconcevable m'obsédaient avec une nouvelle violence chaque fois que j'essayais de m'occuper de cet ouvrage, et je fus contraint d'y renoncer tout-à-fait. A présent il me semble qu'en adressant à mademoiselle de Scudéry les plus beaux joyaux que j'aie fabriqués, je dépose aux pieds de la vertu personnifiée une humble et pieuse offrande, qui doit solliciter pour moi une intercession efficace. —

Cardillac, mademoiselle, instruit fort exactement de toute votre manière de vivre, m'apprit de quelle manière et à quelle heure je devais vous remettre la parure, qu'il renferma dans un coffret élégant. — Pour moi, j'étais rempli d'un ravissement inexprimable; car le ciel lui-même, par l'entremise du criminel Cardillac, m'indiquait le moyen d'échapper à l'affreuse situation où je languissais, comme un réprouvé dans l'enfer. Telle fut du moins ma pensée; c'était dans une intention tout-à-fait opposée aux desseins de Cardillac que j'ai voulu pénétrer jusqu'à vous. C'est comme fils d'Anne Brusson, comme votre pupille chéri, que j'avais résolu de venir me jeter à vos pieds et de vous avouer tout. Compatissant au désespoir inexprimable qui devait accabler l'innocente, la pauvre Madelon le jour d'une catastrophe, vous auriez gardé le secret; mais votre esprit élevé et clairvoyant aurait certainement trouvé des moyens sûrs de réprimer, sans rien compromettre, la scélérate perversité de Cardillac. Ne me demandez pas en quoi ces moyens pouvaient consister, je n'en sais rien : mais la conviction que vous nous sauveriez, Madelon et moi, reposait dans mon âme, aussi fermement que la foi en la sainte Vierge et sa protection consolatrice.

Vous savez, mademoiselle, que mon projet avorta

la nuit où je vins ici. Je n'avais pas perdu l'espoir d'être plus heureux une autre fois. Mais il arriva que Cardillac changea subitement de disposition d'esprit. Toute sa gaîté s'évanouit; il rôdait partout d'un air sombre, avec des yeux hagards, murmurant des mots inintelligibles, et agitant les mains devant lui, comme pour chasser un fantôme ennemi qui paraissait tourmenter son esprit de mauvaises pensées. Un jour, après avoir passé la matinée dans cet état d'irritation violente, il s'assit enfin devant son établi, puis il quitta sa place avec humeur, se mit à regarder par la fenêtre, et chuchota d'un air sérieux et lugubre : « Oh! j'aimerais mieux cependant que madame Henriette eût possédé ma parure! »

Ces paroles me glacèrent d'effroi. Je compris que son esprit égaré était de nouveau en proie aux instigations de son spectre homicide, que la voix infernale résonnait encore à son oreille. Je vis vos jours menacés par l'horrible démon du meurtre. — Si Cardillac pouvait seulement rentrer en possession de ses bijoux, vous étiez sauvée. Chaque moment augmentait le péril. Ce fut alors que je vous rencontrai sur le Pont-Neuf, je me fis jour jusqu'à votre voiture, je vous jetai ce billet, par lequel je vous conjurais de faire remettre immédiatement la parure que vous aviez reçue entre les mains de Cardillac.

Vous ne vîntes pas. Mon inquiétude se changea en désespoir, quand, le lendemain, j'entendis Cardillac parler incessamment de la précieuse parure, dont l'image l'avait préoccupé toute la nuit. Je ne

criait Madelon transportée, et Olivier oublia son sort, le présent, l'avenir : il était heureux, il était libre ! Ils se plaignaient mutuellement tous deux de la manière la plus touchante, sur ce qu'ils avaient souffert l'un pour l'autre ; puis ils s'embrassaient encore de nouveau, et pleuraient de la joie de s'être retrouvés.

Si mademoiselle de Scudéry n'avait pas été déjà convaincue de l'innocence d'Olivier, elle n'aurait pu se dispenser d'y croire alors, en contemplant ces deux êtres oubliant ainsi leur misère et leurs souffrances inouïes, et le monde entier, dans l'ivresse commune de leur parfait amour. « Non, s'écria-t-elle, un cœur pur est seul capable d'une insouciance aussi heureuse ! »

Les clairs rayons du matin pénétraient à travers les fenêtres. Desgrais frappa doucement à la porte de la chambre, et rappela qu'il était temps d'emmener Olivier Brusson, ce qui n'aurait pu s'exécuter plus tard sans éclat. Les deux amants durent se séparer.

VIII.

Une réalité terrible venait, hélas ! vérifier les sombres pressentiments qui agitaient l'esprit de mademoiselle de Scudéry depuis la première visite d'Olivier Brusson dans sa maison : elle voyait le fils de sa chère Anne, malgré son innocence, compromis de telle sorte, que l'idée de le sauver d'une mort ignominieuse semblait à peine admissible. La noble demoiselle admirait l'héroïque résolution du jeune homme, qui préférait mourir chargé d'une horrible accusation, plutôt que de trahir un secret dont la révélation eût donné à sa chère Madelon le coup de la mort ; mais, dans l'ordre entier des choses possibles, elle ne pouvait trouver un seul moyen d'arracher cet infortuné aux rigueurs de la chambre ardente. Et cependant elle était bien résolue, au fond de son âme, à ne reculer devant aucun sacrifice, pour empêcher l'injustice criante qu'on était sur le point de commettre. — Elle combina, jusqu'à s'en fatiguer l'esprit, mille plans et mille projets qui tenaient tant soit peu du romanesque, et qu'elle rejetait tour-à-tour presqu'aussitôt après les avoir conçus ; elle voyait s'évanouir de plus en plus toute lueur d'espérance, et s'abandonnait au désespoir. Mais la confiance pieuse, filiale, absolue qui inspirait Madelon, et la sérénité avec laquelle elle parlait de son bien-aimé, qu'elle s'attendait à voir bientôt, disculpé de tout reproche, revenir dans ses bras à titre d'époux, touchèrent si vivement le cœur de la digne demoiselle, qu'elle s'exalta peu à peu au même degré que la jeune fille, et se remit à l'œuvre avec un nouveau courage.

Pour faire une première démarche, mademoiselle de Scudéry écrivit au président La Reynie une longue lettre, où elle lui disait qu'Olivier Brusson lui avait démontré, de la manière la plus digne de foi, son entière innocence, touchant le meurtre de Cardillac, et que la résolution héroïque d'emporter dans le tombeau un secret, dont la découverte causerait la perte de l'innocence et de la vertu mêmes, le retenait seule de déclarer la vérité à ses juges, quoique ses aveux dussent le justifier, non-seulement du soupçon d'avoir tué Cardillac, mais encore de l'imputation d'avoir fait partie de la bande infâme des assassins.

Tout ce que peuvent un zèle ardent et une éloquence passionnée, mademoiselle de Scudéry l'avait mis en œuvre pour attendrir l'inexorable La Reynie. Quelques heures après, le président répondit qu'il se réjouissait sincèrement de ce qu'Olivier Brusson se fût complètement justifié auprès de sa haute et digne protectrice ; mais, quant à la résolution héroïque d'Olivier de vouloir emporter dans le tombeau un secret relatif au crime, qu'il était désolé que la chambre ardente ne pût apprécier un semblable héroïsme, que, bien plus, il était de son devoir de chercher à le faire fléchir par les moyens les plus extrêmes, et qu'il espérait être, au bout de trois jours, en possession de cet étrange secret, qui divulguerait, sans doute, de surprenantes merveilles.

Mademoiselle de Scudéry ne savait que trop bien ce que le terrible La Reynie voulait dire par ces moyens extrêmes qui devaient briser l'héroïsme de Brusson. Il était maintenant bien positif que le malheureux devait subir le supplice de la question. Dans son anxiété mortelle, mademoiselle de Scudéry vint à penser que, pour obtenir un sursis, les conseils d'un jurisconsulte pouvaient être d'une grande utilité. Pierre-Arnaud d'Andilly était à cette époque le plus célèbre avocat de Paris. Sa vaste érudition, sa profonde sagacité égalaient sa vertu et sa loyauté. Ce fut chez lui que se rendit mademoiselle de Scudéry, elle lui dit tout ce qu'il était possible de révéler sans violer le secret d'Olivier. Elle s'attendait à voir d'Andilly embrasser avec chaleur les intérêts de son malheureux protégé, mais elle fut déçue dans cette attente de la manière la plus amère. D'Andilly l'avait écoutée avec calme, et il répondit ensuite en souriant par ce vers de Boileau :

Le vrai peut quelquefois n'être pas vraisemblable.

Il démontra à mademoiselle de Scudéry que les

plus graves motifs de suspicion plaidaient contre Brusson, que le procédé de La Reynie ne pouvait nullement lui mériter le reproche de cruauté et de précipitation, qu'il était, au contraire, tout-à-fait légal, et que le président ne pouvait agir autrement, sans violer les devoirs de sa charge. Lui, d'Andilly, lui-même ne croyait pas que la défense la plus habile pût soustraire l'accusé à la torture. « Brusson, disait-il, pouvait seul le tenter par un aveu complet et sincère, ou du moins par le récit exact des circonstances du meurtre de Cardillac, sur lesquelles on établirait alors peut-être de nouvelles informations.

« Eh bien! j'irai me jeter aux pieds du roi, et implorer sa clémence! dit mademoiselle de Scudéry hors d'elle-même et d'une voix à moitié étouffée par les larmes. — Gardez-vous-en bien, au nom du ciel, mademoiselle! s'écria d'Andilly. Réservez jusqu'à la fin ce dernier moyen de salut, qui, ayant une fois avorté, vous sera ravi pour toujours. Le roi ne graciera jamais un criminel de cette sorte, d'amers et unanimes reproches s'élèveraient contre un pareil acte. Peut-être Brusson parviendra-t-il, en dévoilant tout le mystère ou autrement, à dissiper les soupçons qui pèsent sur lui. Alors il sera temps d'intercéder auprès du roi, qui ne prendra conseil que de sa conviction intime, sans s'informer quelles preuves juridiques sont acquises ou font défaut au procès.

Mademoiselle de Scudéry dut se ranger à l'avis du sage et expérimenté d'Andilly. Toutefois, plongée dans une affliction profonde, priant avec ferveur la Vierge et les saints de lui inspirer ce qu'elle pouvait faire pour sauver l'infortuné Brusson, elle était assise dans sa chambre à une heure avancée de la soirée, lorsque La Martinière entra en annonçant le comte de Miossens, colonel de la garde du Roi, qui désirait avec instance parler à mademoiselle.

« Pardon, mademoiselle, dit le comte en saluant avec une contenance militaire, si je viens vous importuner si tard, à une heure aussi indue. Nous autres soldats nous n'en faisons pas d'autres, et je crois, au reste, avoir à vous offrir une excuse légitime en deux mots. — C'est Olivier Brusson qui m'amène chez vous. »

Mademoiselle de Scudéry, impatiente de ce qu'elle allait apprendre, s'écria : « Olivier Brusson! cet infortuné. — Oh! que savez-vous sur lui? — J'étais bien sûr, poursuivit monsieur de Miossens en souriant, que le nom de votre protégé suffirait pour me faire obtenir de votre part, mademoiselle, une attention bienveillante. Tout le monde est persuadé de la culpabilité de Brusson. Je n'ignore pas que vous avez une autre opinion, fondée uniquement à la vérité, dit-on, sur les protestations de l'accusé lui-même. Quant à moi, c'est différent. Personne, autre que moi, ne peut être aussi positivement convaincu que Brusson est innocent de la mort de Cardillac.

» Parlez, parlez! » s'écria mademoiselle de Scudéry dont les yeux étincelaient de plaisir. — « C'est moi, dit le comte avec un accent marqué, moi-même, qui ai tué le vieil orfèvre dans la rue Saint-Honoré, à peu de distance de votre maison.

» Vous ! au nom de tous les saints ! vous ! s'écria mademoiselle de Scudéry. — Et je vous jure, mademoiselle, poursuivit-il, que je suis fier de mon action. Apprenez que c'était Cardillac, le plus infâme et le plus hypocrite des scélérats, qui seul était l'auteur de ces vols nocturnes et de ces lâches assassinats, et qui, pendant si long-temps, eut l'adresse de se soustraire à toutes les recherches. Je ne sais moi-même comment il se fit qu'un vague soupçon s'éleva en moi contre le vieux coquin, un jour qu'il m'apporta, avec une visible expression de mécontentement, une parure que je lui avais commandée, et quand je sus qu'il s'était enquis avec soin de la destination de cette parure, et qu'il avait adroitement interrogé mon valet de chambre sur l'heure où j'avais coutume de me rendre chez une certaine dame. — Depuis long-temps j'avais été frappé de la circonstance que les malheureuses victimes de cet affreux brigandage portaient toutes une blessure mortelle identique. J'avais la certitude que l'assassin, bien exercé à frapper le coup qui devait tuer instantanément, y mettait toute sa confiance ; mais que s'il échouait dans sa tentative, il ne s'agissait plus que d'un combat à armes égales. J'eus alors recours à une mesure de précaution, tellement simple, que je ne conçois pas comment d'autres ne s'en sont pas déjà servis avant moi pour échapper aux atteintes de ce meurtrier. Je me munis, sous la veste, d'une légère cuirasse. Cardillac m'attaqua par derrière; il me saisit avec une vigueur de géant, mais le poignard, dirigé sur mon sein d'une main sûre, glissa sur le fer. Aussitôt je me débarrassai de lui, et lui plongeai dans la poitrine le poignard dont j'étais armé.

» Et vous avez gardé le silence, demanda mademoiselle de Scudéry, vous n'avez pas déclaré à la justice ce qui vous était arrivé? — Permettez-moi, mademoiselle, répliqua monsieur de Miossens, de vous faire observer qu'une semblable déclaration aurait eu pour résultat, sinon précisément de me perdre, du moins de m'envelopper dans le plus horrible des procès. La Reynie, qui flaire partout des crimes, m'aurait-il cru de prime-abord, si j'avais dénoncé comme mon meurtrier l'honnête Cardillac, le parfait modèle de tout honneur et de toute vertu? Et qui sait si le glaive de la justice ne se fût pas retourné contre moi-même?

» Cela n'était pas possible, s'écria mademoiselle de Scudéry, votre condition, votre rang..... — Oh! repartit le colonel, songez un peu au maréchal de Luxembourg, que l'idée de se faire tirer son horoscope par Lesage, fit soupçonner du crime d'empoisonnement et conduisit à la Bastille. Non, par saint Denis! je ne mettrai pas une heure de liberté, pas le bout de mon oreille, à la merci du furibond La Reynie, qui nous poserait volontiers à tous, s'il le pouvait, le couteau sur la gorge!

» Mais vous conduirez ainsi l'innocent Brusson à l'échafaud? dit mademoiselle de Scudéry en l'interrompant. — Innocent! mademoiselle, répliqua le comte, appelez-vous innocent le satellite, le complice de l'infâme Cardillac? celui qui a pris part à tous ses forfaits, qui a cent fois mérité la mort? Non, non, il est justement puni, et si je vous ai découvert, mon honorable demoiselle, la vérité sur cette criminelle intrigue, c'est que je suppose que, sans me compromettre auprès de la chambre ardente, vous saurez néanmoins peut-être profiter de cette révélation d'une certaine manière dans l'intérêt de votre protégé. »

Mademoiselle de Scudéry, transportée de joie de voir l'innocence de Brusson confirmée par un témoignage aussi positif, ne se fit pas le moindre scrupule de tout découvrir au comte de Miossens, instruit déjà de la culpabilité de Cardillac, et elle le décida à venir avec elle visiter d'Andilly, pour le mettre aussi, sous le sceau du secret, dans la confidence, et réclamer ses conseils sur ce qu'il y avait à faire.

D'Andilly, après que mademoiselle de Scudéry lui eut tout raconté dans le plus grand détail, se fit répéter encore une fois les circonstances les plus minutieuses; il interrogea surtout le comte de Miossens, pour savoir s'il était bien convaincu de l'identité de Cardillac, et s'il pourrait reconnaître Olivier Brusson pour l'homme qui avait emporté le cadavre. « Outre que j'ai parfaitement reconnu l'orfèvre à la vive clarté de la lune, répliqua M. de Miossens, j'ai pu voir aussi chez le président La Reynie lui-même, le poignard sous lequel est tombé Cardillac. Ce poignard est le mien, et il se distingue par le beau travail du manche. Quant au jeune homme, j'ai vu à la distance d'un pas tous les traits de sa figure, car son chapeau était tombé par terre, et je le reconnaîtrais indubitablement. »

D'Andilly resta quelques moments silencieux, les regards baissés; il dit ensuite : « Il ne faut plus songer maintenant à sauver Brusson des mains de la justice par les voies ordinaires : la résolution qu'il a prise de ne pas faire connaître Cardillac pour le vrai coupable, à cause de Madelon, est d'ailleurs excusable; car, quand même il parviendrait à établir cette vérité en livrant le secret du passage dérobé, en décelant le trésor amassé au prix du sang, sa complicité présumée le rendrait encore solidaire d'une condamnation capitale. La question restera la même, quand le comte de Miossens aura fait une déposition véridique, touchant sa rencontre avec l'orfèvre; tout ce que nous devons chercher à obtenir, c'est un délai quelconque. Que M. le comte se rende à la Conciergerie, qu'il se fasse représenter Olivier Brusson, et constate son identité avec l'homme qu'il a vu relever Cardillac; qu'il se présente alors au président La Reynie, et lui dise : « Tel jour, dans la rue Saint-Honoré, j'ai vu assassiner un homme, et j'étais à deux pas de distance, quand un autre homme s'élançant s'est baissé vers le cadavre, et, y trouvant encore des traces de vie, l'a chargé sur ses épaules et l'a emporté. Cet homme, je l'ai reconnu dans Olivier Brusson. — Cette déclaration donne lieu à un nouvel interrogatoire de Brusson, et nécessite sa confrontation avec M. de Miossens. Bref, on fait une nouvelle enquête, et la torture est différée. C'est alors qu'il sera opportun de s'adresser au Roi en personne. C'est à vous, mademoiselle, qu'est confié le soin d'accomplir cette démarche de la manière la plus adroite. Suivant moi, le meilleur parti serait de découvrir au Roi tout le mystère. Le témoignage du comte de Miossens aura déjà donné du poids aux déclarations de Brusson. Les secrètes perquisitions, qu'on pourra faire dans la maison de Cardillac, les auront corroborées peut-être encore. Tout cela est insuffisant pour motiver un arrêt, mais le Roi ne se décidera que d'après son sentiment intime, et pourra exercer son droit de grâce là où le juge devrait punir. »

Le comte de Miossens suivit exactement les conseils de d'Andilly, et les choses prirent, en effet, la tournure prévue par celui-ci.

Il s'agissait à présent d'aborder le Roi, et c'était là le point le plus difficile ; car le Roi était pénétré d'une telle horreur contre Brusson, qu'il regardait comme l'unique criminel et le lâche assassin qui, pendant si long-temps, avait plongé tout Paris dans la désolation et la terreur, que la moindre allusion au funeste procès le mettait dans la plus violente colère. Madame de Maintenon, fidèle au principe qu'elle avait adopté de ne jamais entretenir le Roi de choses désagréables, refusait absolument son entremise dans cette affaire, et le sort de Brusson se trouvait ainsi remis tout entier entre les mains de mademoiselle de Scudéry.

Après avoir long-temps réfléchi, elle prit une soudaine résolution, qu'elle exécuta avec la même célérité. Elle s'habilla d'une robe noire en étoffe de soie, elle se para des bijoux précieux de Cardillac, attacha par-dessus un long voile noir, et parut ainsi dans les appartements de madame de Maintenon, à l'heure même où le Roi s'y trouvait. La noble figure de l'honorable demoiselle, dans ce costume d'apparat, avait une majesté qui devait inspirer un profond respect, même à ce monde d'oisifs impertinents, qui promènent ordinairement dans les antichambres leur ennui et leur fatuité. Chacun se rangea humblement sur son passage, et, lorsqu'elle entra, le Roi lui-même se leva tout émerveillé, et vint à sa rencontre. Alors il vit rayonner les pierreries superbes du collier et des bracelets, et il s'écria : « Mon Dieu ! n'est-ce point la parure de Cardillac! » Puis, se tournant vers madame de Maintenon, il ajouta avec un sourire plein de grâce : « Voyez, madame la marquise, notre belle dame porte le deuil de son malheureux époux ! — Ah ! Sire, répliqua mademoiselle de Scudéry, feignant de continuer la plaisanterie, serait-il donc convenable qu'une veuve accablée d'affliction se montrât parée aussi magnifiquement ? Non, certes, j'ai complètement abjuré cette union bizarre, et je ne penserais même plus à cet homme, sans le souvenir, qui vient m'assaillir quelquefois, de l'horrible spectacle dont je fus témoin, lorsque je vis passer près de moi son cadavre ensanglanté.

» Comment ! demanda le Roi, vous l'avez vu le pauvre diable ? » Alors, mademoiselle de Scudéry raconta brièvement, et sans faire d'abord aucune mention d'Olivier, comment le hasard l'avait amenée devant la maison de Cardillac, juste au moment où le meurtre venait d'être découvert. Elle dépeignit la violente douleur de Madelon, la profonde impression que la céleste enfant avait produite sur elle, enfin, la manière dont elle l'avait délivrée des mains de Desgrais, aux acclamations de la multitude. Et puis, vinrent les entrevues avec La Reynie, avec Desgrais, avec Brusson lui-même, et l'intérêt de son récit gagnait de plus en plus ses auditeurs. Le Roi, entraîné par la vive et brûlante émotion que mademoiselle de Scudéry communiquait à ses paroles, oubliant qu'il fût question de l'odieux procès de cet indigne Brusson, écoutait sans pouvoir prononcer une parole, et laissait seulement, de temps en temps, échapper une exclamation qui trahissait son agitation intérieure.

Avant qu'il pût s'en douter, interdit de tout ce qu'il venait d'apprendre, et maître à peine encore de rétablir l'ordre dans ses idées, mademoiselle de Scudéry était tombée à ses pieds, et implorait la grâce d'Olivier Brusson.

« Que faites-vous, mademoiselle ! dit enfin le Roi en lui saisissant les deux mains et la forçant à se rasseoir, — ma surprise est inouie. — Mais c'est une histoire épouvantable ! — Qui me garantit pourtant la véracité de Brusson dans ce romanesque récit ? » Mademoiselle de Scudéry répondit aussitôt : « Les déclarations du comte de Miossens, — les perquisitions à faire dans la maison de Cardillac, — le cri d'une conviction intime, — hélas ! le cœur vertueux et pur de Madelon qui avait apprécié une égale vertu dans le malheureux Brusson ! »

Le Roi allait répliquer quelque chose, quand un léger bruit à la porte de l'appartement lui fit tourner la tête. Louvois, qui travaillait en ce moment même dans une pièce voisine, avait jeté dans la chambre un regard inquiet. Le Roi quitta sa place, et sortit pour rejoindre son ministre. Mademoiselle de Scudéry ainsi que madame de Maintenon regardèrent cette interruption comme fatale ; car le Roi pouvait bien se mettre en garde désormais contre la séduction qui avait si bien réussi une première fois. Cependant il reparut au bout de quelques minutes, fit avec vivacité deux ou trois tours dans la chambre, les mains derrière le dos ; puis il s'approcha de mademoiselle de Scudéry, et, sans la regarder, dit à demi-voix : « Je voudrais bien voir votre Madelon ! — O mon gracieux souverain ! reprit aussitôt mademoiselle de Scudéry, de quel insigne bonheur vous honorez la pauvre et malheureuse enfant. — Ah ! Sire, il suffit d'un signe de votre part pour voir ici même la jeune fille à vos pieds. » Alors elle se dirigea, en piétinant aussi vite que le lui permettait sa lourde parure, vers la porte, et cria au-dehors que le Roi voulait voir Madelon Cardillac ; puis elle rentra en pleurant et en sanglottant de joie et de ravissement.

Mademoiselle de Scudéry dans la prévision d'une telle faveur, avait amené avec elle Madelon, qui attendait chez une femme de chambre de la marquise, tenant à la main une brève supplique exprès rédigée par d'Andilly. Quelques moments après elle était agenouillée aux pieds du Roi sans pouvoir proférer un mot. Le trouble, le saisissement, un respect mêlé de crainte, son amour et sa douleur faisaient circuler, d'un mouvement de plus en plus rapide, le sang bouillonnant dans les veines de la pauvre enfant. Ses joues étaient ardentes d'une rougeur pourprée, et de ses yeux charmants des larmes, plus limpides que des perles, suspendues à leurs cils soyeux, tombaient de temps en temps sur le pur albâtre de son sein.

Le Roi parut vivement frappé de la beauté merveilleuse de cette angélique enfant. Il releva doucement la jeune fille, puis il fit un mouvement comme pour baiser sa main qu'il avait saisie ; mais, la laissant retomber, il arrêta seulement sur elle un regard humide de larmes, qui témoignait de l'émotion intérieure la plus profonde. Madame de Maintenon chuchota à l'oreille de mademoiselle de Scudéry : « Mais elle ressemble, trait pour trait, à mademoiselle De la Vallière, cette petite. — Le roi est enivré des plus doux souvenirs. Votre cause est gagnée. »

Quoique madame de Maintenon eût prononcé ces mots d'une voix très-basse, le Roi parut pourtant les avoir entendus. Une soudaine rougeur colora son visage, son regard effleura, pour ainsi dire, madame de Maintenon ; il lut la supplique que Madelon lui avait remise, puis il dit avec douceur et bienveillance : « Je crois bien volontiers que tu es convaincue de l'innocence de ton bien-aimé, ma chère enfant ! Mais nous verrons ce que décidera la chambre ardente ! » — Là-dessus, d'un mouvement débonnaire de la main, il congédia la petite, qui sortit noyée dans les larmes.

Mademoiselle de Scudéry s'était aperçue avec effroi que le souvenir de mademoiselle De la Vallière, quelqu'attendrissement qu'il eût paru produire d'abord sur l'esprit du Roi, avait assombri son humeur dès qu'il avait entendu ce nom prononcé par madame de Maintenon. Il put ressentir quelque dépit de se voir rappeler d'une manière peu délicate, qu'il était sur le point de sacrifier les droits de la justice à la beauté ; ou bien vit-il le charme de son illusion rompu, comme un heureux rêveur, réveillé par un choc trop rude, devant lequel s'évanouit brusquement l'image enchanteresse qu'il se croyait près d'embrasser. Peut-être, au lieu de sa chère La Vallière présente à sa vue, Louis n'eut-il plus la faculté de penser qu'à sœur Louise de la miséricorde (le nom de couvent de mademoiselle de La Vallière chez les carmélites), et à cette pénitence ascétique qui l'importunait. — Il ne restait plus d'autre parti à prendre que d'attendre avec patience la décision du Roi.

Cependant la déposition du comte de Miossens devant la chambre ardente s'était répandue dans le public, et, suivant l'habitude du vulgaire qui se laisse facilement entraîner d'un excès à un autre, ce même homme, qu'on maudissait naguère comme le plus infâme assassin, et qu'on menaçait de mettre en pièces avant même qu'il eût paru devant ses juges, excitait alors une compassion générale, comme la victime innocente d'un tribunal barbare. Alors seulement les voisins de Brusson songèrent à rappeler sa conduite exemplaire et son amour passionné pour Madelon, et la fidélité, le dévouement absolu dont il avait toujours fait preuve envers le vieux joaillier. — Le peuple s'attroupait souvent en masse et avec des démonstrations menaçantes devant l'hôtel de La Reynie en criant : « Qu'on relâche Olivier Brusson ! qu'on nous le rende, il est innocent. » Et même des pierres furent lancées dans les fenêtres, ce qui obligea La Reynie à réclamer la protection de la maréchaussée contre la populace irritée.

Plusieurs jours se passèrent sans que mademoiselle de Scudéry apprit la moindre chose sur le procès d'Olivier Brusson. Elle se rendit toute désolée chez madame de Maintenon, qui l'assura que le Roi gardait, à cet égard, un silence absolu, et qu'elle ne jugeait nullement prudent de lui rappeler cette affaire. Comme elle la questionna ensuite, avec un sourire étrange, sur ce que devenait la petite La Vallière, mademoiselle de Scudéry put se convaincre qu'au fond de son cœur cette femme orgueilleuse nourrissait un secret dépit de cette ressemblance qu'elle avait signalée elle-même, et qui pouvait faire retomber le sensible monarque sous l'empire d'une séduction, dont elle était incapable de comprendre la magique influence. Il n'y avait donc plus rien à espérer par la médiation de la marquise.

Enfin, avec l'aide de d'Andilly, mademoiselle de Scudéry parvint à savoir que le Roi avait eu un long entretien secret avec le comte de Miossens. Elle apprit, en outre, que Bontems, le valet de chambre de confiance du Roi et son homme d'affaires, était allé à la Conciergerie et avait visité Brusson ; enfin que le même Bontems s'était rendu de nuit, avec plusieurs personnes, dans la maison de Cardillac, et y était resté long-temps. Claude Patru, le locataire du logement inférieur, assura que toute la nuit on avait été en mouvement au-dessus de sa tête, et qu'indubitablement Olivier était présent, car il avait bien reconnu sa voix. Il était donc certain que le

Roi faisait faire lui-même une enquête sur le véritable état des choses, et cependant il était inconcevable que l'arrêt fût si long-temps différé. Sans doute que La Reynie faisait tous ses efforts pour retenir la victime qui allait être arrachée de ses mains. Cette appréhension venait tuer dans leur germe les plus douces espérances.

Il s'était écoulé près d'un mois, lorsque madame de Maintenon fit dire à mademoiselle de Scudéry que le Roi désirait la voir le même soir, dans les appartements de la marquise.

A cette nouvelle, le cœur de mademoiselle de Scudéry battit avec violence, car elle comprit que le sort de Brusson allait être décidé. Elle en fit part à la pauvre Madelon, qui pria avec ferveur la Vierge et tous les saints de vouloir bien inspirer au Roi la persuasion de l'innocence de Brusson.

Cependant on eût pu croire que le Roi avait tout-à-fait oublié l'affaire, car il adressait comme à l'ordinaire d'aimables propos à madame de Maintenon et à mademoiselle de Scudéry, et ne paraissait pas, le moins du monde, préoccupé du pauvre Brusson. Enfin parut Bontemps, qui s'approcha du Roi, et lui dit quelques mots à voix si basse, que les deux dames ne purent rien entendre. Mademoiselle de Scudéry frémit intérieurement. Mais le Roi se leva, et, s'avançant vers elle, lui dit avec un regard rayonnant : « Je vous félicite, mademoiselle! — votre protégé, Olivier Brusson, est libre ! » — Mademoiselle de Scudéry, que les larmes qu'elle ne put contenir rendaient incapable de proférer un mot, voulait se jeter aux pieds du Roi. Celui-ci s'y opposa en s'écriant : « Allez, allez, mademoiselle, vous devriez être avocat au parlement, et y défendre mes causes; car, par saint Denis! personne sur la terre ne saurait résister à votre éloquence. — Toutefois, ajouta-t-il d'un air plus sérieux, la protection de la vertu elle-même ne met pas toujours à l'abri d'une injuste accusation devant la chambre ardente, ni devant aucun tribunal du monde! »

Mademoiselle de Scudéry retrouva alors des mots pour exprimer avec effusion sa vive reconnaissance. Le Roi l'interrompit en lui disant que chez elle l'attendaient elle-même des remercîments bien plus grands que ceux qu'elle croyait lui devoir, puisque déjà, sans doute, l'heureux Olivier était dans les bras de sa chère Madelon. « Bontems vous remettra mille louis, dit le Roi en finissant, donnez-les, en mon nom, à la petite pour dot. Qu'elle épouse son Brusson, qui ne mérite nullement un tel bonheur; mais qu'aussitôt après, ils s'éloignent de Paris tous les deux. Je le veux ainsi. »

La Martinière et Baptiste derrière elle coururent avec empressement au-devant de mademoiselle de Scudéry, tous deux dans la jubilation, dans l'ivresse de la joie, et s'écriant à l'envi : « Il est ici, il est libre! — O les chers enfants! » Le couple heureux se précipita aux genoux de mademoiselle de Scudéry. « Oh! j'en avais l'intime confiance que vous, vous seule, vous sauveriez mon Olivier, mon époux! disait Madelon; et Olivier s'écriait : Ah! ma mère, mon espoir en vous était inébranlable. » Et tous deux couvraient les mains de la digne demoiselle d'ardents baisers et de larmes brûlantes. Puis ils se jetèrent de nouveau dans les bras l'un de l'autre, en jurant que la félicité suprême de ce seul moment effaçait toutes les souffrances inouies du passé, et en faisant le serment de rester unis jusqu'à la mort.

Peu de jours après, ils reçurent la bénédiction nuptiale. — Quand même ce n'eût pas été la volonté du Roi, Brusson n'aurait pas pu demeurer à Paris, où tout lui rappelait le souvenir épouvantable des crimes de Cardillac, et où d'ailleurs une circonstance imprévue pouvait rendre public le terrible secret, qui était maintenant dans les mains d'un plus grand nombre de personnes, et dont la révélation lui aurait ravi pour toujours la paix de son existence. Accompagné des bénédictions de mademoiselle de Scudéry, il partit, immédiatement après son mariage, pour Genève avec sa jeune femme. Mis dans l'aisance par la dot de Madelon, et grâce à son habileté dans son art et à ses qualités d'honnête homme, il jouit enfin d'une condition heureuse et exempte de soucis; et pour lui se réalisa le bonheur dont la vaine espérance avait déçu son malheureux père jusqu'au terme de sa vie.

Une année s'était écoulée depuis le départ de Brusson, lorsqu'on fit publier en France un avis, signé par Harlay de Champvallon, archevêque de Paris, et par Pierre-Arnaud d'Andilly, avocat au parlement, annonçant qu'un pécheur repentant avait légué à l'église, sous le sceau de la confession, un riche trésor de bijoux et de diamants volés; et que ceux à qui, par hasard, aurait été volée quelque parure, surtout à l'aide d'une attaque meurtrière sur la voie publique, jusqu'à la fin de l'année 1680, devaient se présenter chez d'Andilly, qui leur remettrait celles dont ils fourniraient une description exacte, en supposant qu'aucun doute ne s'élevât contre la légitimité de leurs réclamations.

Beaucoup de personnes, qui étaient inscrites sur les notes de Cardillac comme n'ayant pas été tuées, mais seulement étourdies par un coup violent, se rendirent peu-à-peu chez l'avocat au parlement, qui leur remit, à leur grande surprise, les bijoux dont elles avaient été dépouillées. Le reste échut en partage au trésor de l'église Saint-Eustache *.

NOTES DU TRADUCTEUR.

[1] (Pag. 58.) Catherine Deshayes, veuve Monvoisin, fut d'abord accoucheuse, puis devineresse, et cette dernière profession devint pour elle si lucrative, qu'elle finit par avoir un hôtel, un équipage, un suisse et des laquais. Ce luxe insolent la conduisit à sa perte, en éveillant les soupçons sur la nature de ses opérations secrètes. — La Voisin s'était trouvée en relation avec le bon La Fontaine. — Du reste, elle ne se démentit pas jusqu'à sa dernière heure, et afficha impudemment la frénésie de ses mœurs déréglées et l'audace de son caractère perverti, même après l'arrêt de sa condamnation; elle voulut consacrer ses derniers moments à une nouvelle orgie, et marcha au supplice à demi-fascinée par l'ivresse.

[2] (Pag. 58.) Pierre Bonzi, cardinal du titre de Saint-Onufre, fut grand aumônier de la Reine, ambassadeur à Venise, en Pologne, en Espagne, et mourut en 1703. La suspicion dont il fut l'objet ne paraît pas avoir eu de fondement bien grave, ou du moins avoir exercé une influence fâcheuse sur son avenir, car, en 1688, il fut créé commandeur de l'ordre du Saint-Esprit, lors de la promotion solennelle qui eut lieu, le 31 décembre, dans la chapelle de Versailles.

[3] (Pag. 59.) Étienne Guibourg Cœuvrit, dit *Lesage*, avait reçu les ordres, mais nous ne croyons pas qu'il occupât à cette époque aucune fonction sacerdotale. — Quant au duc de Luxembourg, il était encore moins répréhensible que ne le suppose la version qu'on vient de lire. Voici la réalité des faits : Un nommé Bonnart, clerc de son procureur, et lié avec Lesage, s'était adressé à cet intrigant pour découvrir des papiers nécessaires au maréchal dans un certain procès. Lesage exigea d'abord pour prix de ses services deux mille écus ; puis il obtint du prince une procuration signée de sa main, et dont on abusa pour formuler une espèce de pacte infernal. Louvois poussa l'astuce de la haine jusqu'à faire offrir au maréchal les moyens d'une évasion secrète, et celui-ci ayant rejeté bien loin cette ouverture insidieuse, on le laissa languir dans un cachot où le noble guerrier vit sa santé se ruiner, tandis qu'il réclamait en vain la juridiction légale du parlement. Quand enfin il eut recouvré la liberté, le Roi, en témoignage de son estime, lui confia le service de capitaine de ses gardes du corps ; mais sa juste inimitié contre Louvois, ministre de la guerre, le fit rester dix ans inactif, sans qu'il se plaignit pourtant d'une disgrâce si peu motivée. La guerre contre les alliés commandés par le prince d'Orange, l'ayant enfin rendu nécessaire, Louis XIV lui donna le commandement de son armée de Flandres, qu'il n'accepta qu'à condition de correspondre directement avec le Roi. Bientôt les victoires éclatantes de Fleurus, de Stinkerque et de Nerwinde furent le prix de cette réparation tardive, et la seule vengeance qu'il exerça contre ses calomniateurs.

[4] (Pag. 91.) Le texte allemand porte le nom inconnu de *Séron*, probablement par suite d'une erreur typographique commise dans les premières éditions.

* (Pag. 99.) Le célèbre avocat Patru, dont le prénom est *Olivier*, naquit en 1604 et mourut le 16 janvier 1681. Il est très-probable que c'est lui qu'Hoffmann a eu l'intention de mettre en scène. La condition médiocre qu'il lui attribue est tout-à-fait d'accord avec l'histoire; car, malgré sa réputation extraordinaire comme grammairien, malgré le retentissement de ses plaidoyers, cités comme des modèles de style et de composition, il mourut dans un dénûment presque complet. Reçu à l'académie en 1640, il adressa à ses nouveaux collègues un discours de remercîment qui produisit un si grand effet, qu'on décida sur-le-champ que tous les récipiendaires à venir devraient se conformer à la même étiquette cérémonieuse, je dirais presque à cette mystification dont le puriste Patru avait donné l'exemple.

* (Pag. 119.) C'est dans les guerres du protestantisme que le fanatisme religieux avait établi, en France, l'usage des madones et des saints exposés sur la voie publique à la vénération des passants. — Des traces de ce culte extérieur subsistaient encore, par tradition, dans Paris, à l'époque de cette histoire.

* (Pag. 134.) Anne-Henriette, duchesse d'Orléans, fille de Charles Ier, roi d'Angleterre, et de Marie-Henriette de France. Il est inutile de rappeler la célébrité qu'elle dut à ses infortunes précoces, à sa haute fortune politique, au mariage contracté avec le frère de Louis XIV, à l'envi du grand roi lui-même, enfin à plusieurs intrigues enveloppées encore aujourd'hui de mystère et d'hypothèses, et à sa mort subite (en 1670), au sujet de laquelle planent toujours des soupçons, que ne devait ni éclaircir, ni dissiper l'éloquente oraison funèbre consacrée par Bossuet à sa mémoire.

¹ (Pag. 140.) Hoffmann, au sujet de l'étrange manie de Cardillac, et des meurtres nombreux qu'elle lui fit commettre presqu'impunément, rapporte l'anecdote suivante :

« Je me souviens, dit-il, d'avoir lu quelque part l'histoire d'un vieux cordonnier de Venise, que toute la ville regardait comme le plus honnête et le plus laborieux des hommes, et qui n'était qu'un voleur et un assassin infâme. De même que Cardillac, il sortait pendant la nuit de sa demeure, et pénétrait secrètement dans les plus riches palais. Son coup de poignard, dirigé par une main infaillible, même dans l'épaisseur des ténèbres, frappait au cœur ceux qu'il voulait dépouiller, et ils tombaient immédiatement sans pouvoir proférer un soupir. Tous les efforts d'une police aussi active et aussi rusée que possible pour découvrir le meurtrier qui jetait dans Venise une terreur générale, furent sans résultat, jusqu'à ce qu'une circonstance fortuite vint attirer l'attention sur cet homme, et donna l'éveil aux soupçons. Le cordonnier tomba malade, et l'on remarqua avec surprise, pendant qu'il était obligé de garder le lit, l'interruption des assassinats, qui recommencèrent aussitôt après son rétablissement. On le mit en prison sous un vain prétexte, et ce qu'on avait supposé arriva. Aussi long-temps que le cordonnier fut incarcéré, la sûreté des palais ne fut plus compromise ; mais à peine fut-il relâché, car il n'existait contre lui aucune preuve criminelle, que de nouvelles victimes furent sacrifiées à son infâme rapacité. Enfin la torture lui arracha l'aveu de ses forfaits, et il fut mis à mort. Il est à remarquer qu'il n'avait jusque-là tiré aucun profit de ses vols, et tout fut retrouvé enfoui sous le plancher de sa chambre. Le drôle déclara naïvement qu'il avait fait à saint Roch, le patron de son métier, le vœu de se borner à une certaine somme ronde, et de s'abstenir ensuite de tout vol, ajoutant qu'il était vraiment dommage qu'on l'eût découvert avant qu'il n'eût amassé la somme en question. »

¹ (Pag. 162.) *Mademoiselle de Scudéry* est un chef-d'œuvre de narration. Les détails de mœurs et le développement des caractères ajoutent à l'intérêt dramatique et concourent à la perfection du tableau. C'est dans un passage des *Chroniques de Nuremberg*, écrites en allemand par Wagenseil, qu'Hoffmann a puisé l'idée de cette nouvelle, et il fait remarquer justement que ce n'est pas là qu'on se serait attendu à trouver cette anecdote française; mais l'auteur de ces *chroniques* avait vu mademoiselle de Scudéry elle-même dans un voyage à Paris, et avait recueilli de sa bouche le fond de l'aventure de Cardillac. C'est bien réellement que mademoiselle de Scudéry prononça devant le Roi les paroles citées : « Un amant qui craint les voleurs, etc...., » et l'envoi du présent, au nom des brigands anonymes, est aussi un fait historique.

Madeleine de Scudéry était née au Hâvre, en 1607, et mourut à l'âge de quatre-vingt-quatorze ans. Elle écrivit beaucoup, et ce fut moins par prétention littéraire que par le besoin de se créer une existence honorable. Toutefois sa réputation de son vivant fut prodigieuse, et si nous devons aujourd'hui la regarder comme usurpée au détriment du naturel et du bon goût, il n'en est pas de même de celle qu'ont attachée à sa mémoire ses vertus privées et la noblesse de son caractère.

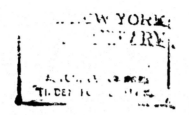

LA VAMPIRE.

Le comte Hypolite était revenu exprès d'un voyage lointain pour prendre possession du riche héritage de son père, qui venait de mourir. Le château patrimonial était situé dans la contrée la plus riante, et les revenus des terres adjacentes pouvaient amplement fournir aux embellissements les plus dispendieux.

Or, le comte résolut de réaliser et de faire revivre à ses yeux tout ce qui avait, en ce genre, frappé le plus vivement son attention dans ses voyages, principalement en Angleterre, c'est-à-dire tout ce qui pouvait se faire de plus somptueux, de plus attrayant et de meilleur goût. Il convoqua donc autour de lui des artistes spéciaux et tous les ouvriers nécessaires, et l'on s'occupa aussitôt de la reconstruction du château et des plans d'un parc immense, conçu dans le style le plus grandiose, dans lequel devaient être enclavés l'église même du village, le cimetière et le presbytère, comme autant de fabriques élevées à dessein au milieu de cette forêt artificielle.

Tous les travaux furent dirigés par le comte lui-même initié aux connaissances nécessaires et qui se consacra exclusivement, et de corps et d'âme, à sa vaste entreprise, si bien qu'une année entière s'écoula sans qu'il eût songé une seule fois à paraître dans la capitale, suivant le conseil de son vieil oncle, pour y éblouir par un train splendide les nobles demoiselles à marier, afin que la plus belle, la plus sage et la plus aimable lui échût en partage pour épouse.

Il se trouvait précisément un matin assis devant sa table de travail, occupé d'esquisser le dessin d'un nouveau corps de bâtiment, lorsqu'une vieille baronne, parente éloignée de son père, se fit annoncer.

Hypolite se souvint aussitôt, en entendant prononcer le nom de la baronne, que son père ne parlait jamais de cette vieille femme qu'avec la plus profonde indignation, même avec horreur, et qu'il avait recommandé à plusieurs personnes qui voulaient se lier avec elle de se tenir sur leurs gardes, sans jamais s'être expliqué du reste sur les dangers de cette liaison, répondant à ceux qui insistaient à ce sujet : qu'il y avait certaines choses sur lesquelles il valait mieux se taire que trop parler. Mais il était notoire que mille bruits fâcheux circulaient dans la capitale sur une affaire criminelle de la nature la plus étrange où la baronne avait été impliquée, et qui avait amené sa séparation d'avec son mari, et sa relégation dans une résidence étrangère. On ajoutait même qu'elle ne devait qu'à la clémence du prince d'avoir échappé à des poursuites judiciaires.

Hypolite se sentit très-péniblement affecté de la rencontre d'une personne pour qui son père avait eu tant d'aversion, et, bien qu'il ignorât encore les motifs de cette répugnance, cependant les devoirs de l'hospitalité, impérieux surtout à la campagne, le contraignirent à faire bon accueil à cette visite importune.

Quoique la baronne ne fût certainement pas laide, jamais aucune personne n'avait produit sur le comte une impression aussi désagréable que celle qu'il ressentit à sa première vue. Elle fixa d'abord en entrant un regard étincelant sur lui, puis elle baissa les yeux et s'excusa de sa visite dans des termes presque humiliants pour elle-même. — Elle se confondit en lamentations sur l'inimitié que lui avait témoignée toute sa vie le père du comte, imbu contre elle des préventions les plus extraordinaires, accréditées par la haine de ses ennemis, et se plaignit de ce que, malgré la profonde misère qui l'avait accablée et forcée à rougir de son rang, il ne lui avait jamais fait parvenir le moindre secours. Elle ajouta qu'à la fin, et par une circonstance tout à fait imprévue, une petite somme d'argent qui lui était échue lui ayant permis de quitter la capitale pour se retirer en province dans une ville éloignée, elle n'avait pu résister au vif désir de visiter sur sa route le fils d'un homme qu'elle avait toujours honoré, nonobstant sa haine aussi injuste que déclarée.

C'était avec l'accent touchant de la franchise que la baronne s'exprimait ainsi, et le comte se sentit doublement ému quand, ayant détourné ses regards de l'aspect déplaisant de la vieille, il s'extásia à la vue de l'être gracieux, ravissant et enchanteur qui accompagnait la baronne. Celle-ci se tut, et le comte, absorbé dans sa contemplation, n'y prit pas garde et gardait le silence. Alors la baronne le pria de vouloir bien l'excuser si, dans le trouble de sa première visite, elle ne lui avait pas d'abord et avant tout présenté sa fille Aurélia.

Ce fut alors seulement que le comte recouvra la parole; il protesta en rougissant jusqu'au blanc des yeux, et avec l'embarras d'un jeune homme épris d'amour, contre les scrupules de la baronne, qui lui permettrait sans doute de réparer les torts paternels qu'il ne fallait assurément attribuer qu'à un fâcheux mal-entendu, et il la pria, en attendant, de vouloir bien agréer l'offre d'un appartement dans son château. — Au milieu de ses assurances de bonne volonté, il saisit la main de la baronne; soudain un frisson glacial intercepta sa parole, sa respiration, et pénétra jusqu'au fond de son âme. Il sentit sa main étreinte par une pression convulsive dans les doigts crispés de la vieille, dont la longue figure décharnée avec ses yeux caves et ternes lui parut, sous ses laids vêtements bigarrés, semblable à un cadavre habillé et paré.

« Oh! mon Dieu! quel déplorable accident! et justement dans un moment pareil! » Ainsi s'écria Aurélia en gémissant. D'une voix émue et pénétrante elle expliqua au comte que sa mère avait quelquefois et à l'improviste de ces crises nerveuses, mais que cela se passait ordinairement très-vite et sans nécessiter l'emploi d'aucun remède. Le comte ne se débarrassa qu'avec peine de la main de la baronne, mais une douce et vive sensation de plaisir vint ranimer ses sens quand il prit celle d'Aurélia qu'il pressa tendrement contre ses lèvres.

Presque parvenu à la maturité de la vie, le comte éprouvait pour la première fois l'ardeur d'une passion violente, et il lui était d'autant plus impossible de dissimuler la nature de ses impressions. D'ailleurs, l'amabilité enfantine avec laquelle Aurélia reçut ses prévenances, l'enivrait déjà de l'espoir le plus flatteur.

Au bout de quelques minutes la baronne avait repris connaissance, et, comme s'il ne se fût rien passé, elle assura au comte qu'elle était fort honorée de l'offre qu'il lui faisait de séjourner quelque temps au château, et que cela effaçait d'un seul coup tous les procédés injustes de son père à son égard. — L'intérieur du comte se trouva ainsi subitement modifié, et l'on eut lieu de penser qu'une faveur particulière du sort avait conduit près de lui la seule personne du monde faite pour assurer son bonheur et sa félicité, à titre d'épouse chérie et dévouée.

La conduite de la baronne ne se démentit pas. Elle parlait peu, se montrait fort sérieuse et même concentrée à l'excès; mais elle manifestait dans l'occasion des sentiments doux et un cœur ouvert aux plaisirs purs et simples. Le comte s'était accoutumé à ce visage pâle et ridé, à l'apparence cadavéreuse de ce vieux corps semblable à un fantôme. Il attribuait tout à l'état maladif de la baronne, et à son penchant vers les idées mélancoliques et sombres; car ses domestiques lui avaient appris qu'elle faisait dans le parc des promenades nocturnes, dont le cimetière était le but.

Il eut honte de s'être laissé subjuguer trop aisément par les préventions de son père, et ce fut absolument en vain que son vieil oncle lui adressa de pressantes exhortations pour l'engager à surmonter la passion qui s'était emparée de lui, et à rompre des relations qui devaient inévitablement, tôt ou tard, l'entrainer à sa perte. Intimement persuadé de l'amour sincère d'Aurélia, il demanda sa main en mariage, et l'on peut imaginer avec quelle joie la baronne, qui se voyait par là tirée de l'indigence la plus profonde pour jouir d'une brillante fortune, consentit à cette proposition.

Bientôt disparut du visage d'Aurélia, avec sa pâleur habituelle, l'empreinte particulière du chagrin profond et invincible qu'elle semblait nourrir; on vit tout le bonheur de l'amour éclater dans ses yeux et s'épanouir sur ses joues comme la fraicheur de la rose.

Un accident affreux, qui arriva le matin même du jour fixé pour la noce, vint traverser tout à coup les vœux du comte. On avait trouvé la baronne gisant inanimée la face contre terre, dans le parc, près du cimetière, d'où on l'avait transportée au château, au moment même où le comte, à peine levé et dans l'ardente ivresse dé son bonheur, jetait un regard radieux par la fenêtre de sa chambre.

Il crut d'abord que la baronne n'avait qu'une attaque de son mal ordinaire; mais tous les moyens employés pour la rappeler à la vie restèrent sans succès; elle était morte! — Surprise par ce coup imprévu, et secrètement désespérée, Aurélia s'abandonna moins à l'explosion d'une douleur violente qu'à une consternation muette et sans larmes. Le comte, inquiet des suites de cet événement, n'osa toutefois rappeler à sa bien-aimée qu'en tremblant, et avec précaution, que sa position d'orpheline, d'enfant délaissée, lui faisait un devoir d'abjurer certaines bienséances, pour n'en pas violer une plus rigoureuse, c'est-à-dire qu'il fallait, malgré la mort de sa mère, rapprocher, autant que possible, le moment de leur union. Mais alors Aurélia se jeta dans les bras du comte, et pendant qu'un torrent de larmes ruisselait de ses yeux, elle s'écria d'une voix émue : « Oui, oui, au nom de tous les saints! au nom de ma félicité, oui! »

Le comte attribua ce mouvement d'effusion, si vivement exprimé par Aurélia, à la pensée amère de l'abandon et de l'isolement où elle se trouvait; car les convenances lui interdisaient de demeurer plus long-temps au château. Du reste, il eut soin qu'une matrone âgée et respectable lui servît de dame de compagnie pendant quelques semaines, à l'expiration desquelles le jour des noces fut arrêté de nouveau, et cette fois aucun obstacle fâcheux ne s'opposa à la cérémonie, qui couronna le bonheur d'Hypolite et d'Aurélia.

Néanmoins l'état singulier d'Aurélia n'avait point changé; elle paraissait incessamment tourmentée, non pas du regret de la perte de sa mère, mais d'une anxiété intérieure mortelle et indéfinissable. Un jour, au milieu d'un entretien amoureux des plus doux, elle s'était levée brusquement saisie d'une terreur soudaine, plus pâle qu'une ombre, et, serrant le comte dans ses bras, comme pour conjurer, en s'attachant à lui, le funeste anathème d'une puissance ennemie et invisible, s'était écriée en versant un torrent de larmes : « Non, jamais ! jamais !.... » — Cependant, depuis son mariage, cette irritation extrême s'était beaucoup affaiblie, et le calme paraissait rentré dans l'âme d'Aurélia.

Le comte avait dû nécessairement supposer qu'un secret fatal affectait aussi gravement l'esprit d'Aurélia; mais il avait vu, et avec raison, de l'indélicatesse à la questionner sur ce sujet, tant qu'avait duré son état de souffrance et qu'elle-même gardait le silence. — Devenu l'époux d'Aurélia, il hasarda enfin, avec beaucoup de ménagements, certaines allusions touchant les motifs probables de cette singulière perturbation morale. Alors Aurélia dit hautement qu'elle regardait comme une faveur du ciel cette occasion d'ouvrir son cœur tout entier à un époux chéri. Et quelle fut la surprise du comte en apprenant qu'Aurélia ne devait cette sombre inquiétude, et l'altération de ses facultés, qu'à l'influence et aux menées coupables de sa mère ?

« Y a-t-il au monde, s'écria Aurélia, quelque chose de plus épouvantable que d'être réduit à haïr, à abhorrer sa propre mère ! » — Ainsi ni le père ni le vieux oncle d'Hypolite n'avaient nullement cédé à d'injustes préventions, et la baronne avait abusé le comte avec une hypocrisie méditée. Il était donc obligé de regarder comme un bienfait du sort que cette méchante femme fût morte le jour fixé pour son mariage, et il ne dissimula pas cette pensée. Mais Aurélia lui révéla que justement après cet événement, elle avait été frappée par un affreux pressentiment de l'idée accablante et sinistre que la défunte surgirait un jour de sa tombe pour l'arracher aux bras de son amant et l'entraîner dans l'abîme.

Voici ce qu'Aurélia raconta à son mari, d'après les souvenirs confus de son enfance. — Un jour, au moment même de son réveil, un grand tumulte s'éleva dans la maison, elle entendit ouvrir et refermer violemment les portes, et des voix étrangères crier avec confusion. Le calme enfin commençait à se rétablir, quand sa bonne vint la prendre dans ses bras et la porta dans une grande chambre, où beaucoup de monde était rassemblé autour d'une longue table, sur laquelle elle vit couché un homme qui jouait habituellement avec elle, de qui elle recevait maintes friandises, et qu'elle appelait du nom de papa. Elle étendit ses petites mains vers lui et voulut l'embrasser ; mais elle trouva ses lèvres, naguère si douces, sèches et glacées, et Aurélia, sans savoir pourquoi, éclata en amers sanglots. Sa bonne la transporta dans une maison inconnue, où elle resta long-temps, jusqu'à l'arrivée d'une dame qui l'emmena en carrosse avec elle : c'était sa mère, qui, peu de temps après, se rendit dans la capitale, accompagnée d'Aurélia.

Aurélia avait environ seize ans, lorsqu'un jour un homme vint voir la baronne, qui l'accueillit avec joie et familièrement, comme un ancien ami. Ses visites devinrent de plus en plus fréquentes, et bientôt un changement des plus sensibles s'opéra dans le train de vie de la baronne. Au lieu de l'humble mansarde qui lui servait d'asile, au lieu de ses vêtements misérables et d'une nourriture malsaine, elle alla occuper un joli logement dans le plus beau quartier de la ville, elle acheta des habits magnifiques, eut une table supérieurement servie, qu'elle partageait avec l'étranger devenu son commensal de tous les jours, et prit part enfin à tous les plaisirs publics dont jouissait la capitale.

Toutefois cette amélioration de fortune de sa mère, ce bien-être, qu'elle devait visiblement à l'étranger, n'apportèrent à Aurélia aucun avantage; elle restait aussi chétivement vêtue qu'auparavant, et tristement reléguée dans sa chambre, quand la baronne courait avec son cavalier où le plaisir l'appelait.

L'étranger, quoiqu'il touchât presque à la quarantaine, avait conservé une certaine fraicheur de jeunesse; il était grand, bien pris dans sa taille, et sa figure pouvait passer pour une belle tête d'homme. Malgré tout cela, il déplaisait à Aurélia, à cause de ses manières toujours triviales, communes et basses, en dépit de ses efforts pour se donner l'air distingué.

Peu-à-peu, il vint à poursuivre Aurélia de regards qui inspiraient à celle-ci un effroi instinctif, et même une horreur dont elle ne pouvait se rendre compte. Jamais, jusqu'alors, la baronne n'avait daigné adresser à Aurélia un seul mot concernant l'étranger, quand elle lui fit spontanément connaître son nom, en ajoutant que le baron était un de ses parents éloignés et puissamment riche. Elle vanta, à plusieurs reprises, sa figure et ses avantages devant Aurélia, et finissait toujours par lui demander ce qu'elle en pensait et s'il lui plaisait. Aurélia ne cachait nullement l'aversion profonde qu'elle éprouvait pour l'étranger : sa mère alors lui lançait un regard fait pour lui causer une impression de terreur, et, d'un air de mépris, l'appelait une petite sotte!

Mais la baronne ne tarda pas à se montrer plus aimable qu'elle n'avait jamais été; elle donna à Aurélia de jolies robes, de riches parures, et la fit participer à tous ses divertissements. L'étranger de son côté s'appliquait de plus en plus à captiver ses bonnes grâces, et ne parvint pourtant qu'à se rendre plus désagréable à ses yeux. Mais Aurélia devait subir une épreuve bien plus révoltante pour sa pudeur et ses sentiments délicats. Un hasard funeste l'obligea d'être le secret témoin des rapports criminels de sa mère avec l'odieux étranger, et quelques jours après, celui-ci, dans un accès de délire à moitié causé par l'ivresse, osa la serrer elle-même dans ses bras d'une manière qui ne pouvait laisser aucun doute sur ses intentions abominables. Le désespoir lui donna dans cette circonstance une force surhumaine ; elle repoussa l'agresseur si violemment qu'il tomba à la renverse, et elle se sauva dans sa chambre où elle s'enferma.

Alors la baronne lui déclara tout froidement et très-positivement que, l'étranger pourvoyant à leur entretien, elle n'avait nullement envie de retomber dans sa première misère ; que toute minauderie et tout scrupule étaient aussi inutiles que déplacés, et qu'enfin Aurélia devait s'abandonner absolument à la volonté de cet homme, qui menaçait autrement de les délaisser. Et, loin d'être touchée des larmes amères de sa fille, au lieu d'avoir égard à ses supplications lamentables, la mère dénaturée se mit à lui dépeindre, en riant effrontément tout haut, les enivrants plaisirs auxquels elle allait être initiée, et avec une telle licence d'expressions, avec une dérision si affreuse de tout sentiment honnête, qu'Aurélia fut saisie malgré elle d'une indicible frayeur.

Se voyant perdue et sans autre chance de salut qu'une fuite immédiate, elle était parvenue à se procurer la clé de la porte extérieure de la maison. Elle fit le soir un paquet d'un petit nombre d'effets les plus indispensables, et, minuit déjà sonné, croyant sa mère parfaitement endormie, elle traversait sans bruit le vestibule faiblement éclairé, et était sur le point de sortir, quand la porte s'ouvrit avec fracas, et elle entendit monter l'escalier d'un pas lourd et bruyant. La baronne, vêtue d'un jupon sale et déchiré, s'élança dans l'antichambre et se précipita aux genoux d'Aurélia.

Sa poitrine et ses bras étaient nus, ses cheveux gris flottaient en désordre autour de sa tête ; sur ses pas entra l'étranger armé d'un énorme bâton, et qui, la saisissant avec rage par les cheveux, se mit à la traîner sur le parquet et à la maltraiter cruellement, en s'écriant d'une voix perçante : « Attends ! attends, infâme sorcière ! monstre infernal ! je vais te servir un digne repas de noces. » La baronne terrifiée jeta un cri déchirant, et Aurélia, à peine maîtresse de ses sens, s'élança vers une croisée ouverte en criant au secours !

Justement une patrouille armée passait dans la rue, et elle força aussitôt l'entrée de la maison. « Saisissez-le, cria la baronne aux soldats dans des convulsions de rage et de douleur, tenez-le ferme ! Regardez à son dos : c'est..... » La baronne n'eut pas plutôt prononcé le nom, que le sergent de police, qui commandait la patrouille, dit avec un transport de joie : « Hoho ! nous te tenons donc à la fin ? Urian ! » En même temps les autres maintenaient vigoureusement l'étranger, et, en dépit de sa résistance énergique, ils l'emmenèrent avec eux.

Malgré tout ce qui venait de se passer, la baronne avait parfaitement deviné le projet d'Aurélia. Cependant elle se borna à la prendre par le bras d'une manière assez rude, et à la faire rentrer dans sa chambre, où elle l'enferma sans lui adresser la moindre parole. Le lendemain, la baronne sortit de grand matin et ne rentra que fort tard dans la soirée, de sorte qu'Aurélia, emprisonnée dans sa chambre sans que personne pût la voir ou l'entendre, fut obligée de passer toute la journée privée de nourriture.

Durant plusieurs jours ce fut à-peu-près le même manége de la part de la baronne. Souvent elle regardait sa fille d'un œil étincelant de colère, puis elle paraissait en proie à une lutte intérieure et dans l'indécision de ce qu'elle devait faire. Enfin, un soir, elle reçut une lettre qui parut lui causer une certaine joie. Après l'avoir lue, elle dit à Aurélia : « Impertinente créature ! c'est toi qui es cause de tout cela : mais enfin à présent le mal est réparé, et je souhaite même que tu échappes à la malédiction terrible prononcée, pour ta punition, par le génie du mal. » Aurélia, séparée de l'homme affreux qu'elle redoutait, ne songeait plus à s'enfuir, et sa mère lui rendit quelque liberté.

Quelque temps s'était écoulé, lorsqu'un jour, Aurélia, se trouvant seule et assise dans sa chambre, entendit un grand tumulte s'élever dans la rue. La femme de chambre accourut et lui apprit qu'on allait voir passer le fils du bourreau de ***, qui avait été marqué pour crime de vol et d'assassinat, et qui s'était sauvé de la maison de correction où il était détenu. Aurélia se leva en chancelant, frappée d'un étrange pressentiment, et s'approcha de la fenêtre : elle ne s'était pas trompée, elle reconnut l'étranger qu'on ramenait à la prison étroitement garrotté dans une charrette et sous bonne escorte. Mais elle tomba en arrière sur un fauteuil, et presque inanimée, quand cet homme odieux jeta en passant, sur elle, un regard des plus farouches, et de son poing fermé parut lui adresser un geste menaçant.

La baronne continuait à faire des absences assez longues, et laissait toujours seule à la maison Aurélia, qui menait ainsi une vie triste et pénible, en proie à mille inquiétudes et dans l'appréhension de quelque événement funeste, impossible à prévenir.

La femme de chambre, qui d'ailleurs n'était entrée dans la maison que depuis la nuit fatale, et qui ne parlait sans doute que sur ouï-dire, avait confirmé à Aurélia l'intimité des relations de sa mère avec l'étranger, ajoutant que, dans toute la ville, on plaignait vivement la baronne d'avoir été abusée d'une manière aussi indigne et par un scélérat si infâme. Aurélia ne savait que trop bien que les choses s'étaient passées tout différemment. Elle ne pouvait admettre d'ailleurs que les gardes de police au moins, qui avaient opéré l'arrestation, ne sussent pas à quoi s'en tenir sur les rapports qu'avait eus le fils du bourreau avec la baronne, quand celle-ci l'avait désigné par son véritable nom, et leur avait révélé la secrète marque d'infamie qui devait constater son identité.

Il n'était donc pas extraordinaire que la femme de chambre fit allusion quelquefois, d'une manière détournée, aux propos équivoques qui circulaient à ce sujet. On prétendait même que la cour de justice criminelle s'était livrée à une enquête sévère, et que la baronne s'était vue menacée de l'emprisonnement, par suite des étranges révélations de ce misérable fils du bourreau. — Et la pauvre Aurélia n'avait-elle pas une nouvelle preuve des sentiments corrompus de sa mère, qui persistait à séjourner dans la capitale après cet horrible éclat.

A la fin pourtant, la baronne, forcée de se soustraire aux soupçons les plus graves et les plus honteux, se décida à fuir dans un pays éloigné. C'est dans ce voyage qu'elle arriva au château du comte, et nous avons raconté plus haut ce qui s'y passa. Aurélia devait se trouver au comble du bonheur d'être enfin délivrée de tant de craintes et de soucis; mais quelle fut, hélas! son extrême épouvante, quand, ayant avec épanchement parlé à sa mère de son amour, de son espoir dans son avenir doux et prospère, elle entendit celle-ci s'écrier d'une voix courroucée, et les yeux enflammés de rage : « Tu es née pour mon malheur, créature abjecte et maudite! mais vas! au sein même de ta félicité chimérique, la vengeance des enfers saura t'atteindre, si une mort imprévue me ravit à la terre! Dans ces crises horribles, qui me sont restées comme le fruit de ta naissance, Satan lui-même..... »

Ici Aurélia s'arrêta, et, se jetant au cou d'Hypolite, elle le conjura de vouloir bien la dispenser de répéter tout ce qu'avait inspiré à la baronne une frénésie enragée; car elle avait l'âme brisée au souvenir de l'horrible malédiction proférée par sa mère dans l'égarement de son sauvage délire, et dont l'atrocité surpassait toutes les prévisions imaginables. — Le comte s'efforça, autant qu'il put, de consoler son épouse, quoiqu'il se sentît pénétré lui-même d'un mortel frisson de terreur. Redevenu plus calme, il fut obligé de s'avouer encore que, bien que la baronne fût morte, la profonde abjection de sa vie jetait sur sa propre destinée un sombre et lugubre reflet. Déjà la réalité de cette influence sinistre lui semblait évidente et palpable.

Peu de temps après, un grave changement se manifesta dans l'état d'Aurélia. Ses yeux éteints, sa pâleur livide semblaient des symptômes d'une maladie particulière, tandis que l'agitation et le trouble mêlé de stupeur de son esprit laissaient pressentir qu'un nouveau secret était la cause de son anxiété et de ses souffrances. Elle fuyait même la présence de son mari, tantôt s'enfermant dans sa chambre des heures entières, tantôt cherchant la solitude dans les endroits du parc les plus écartés. A son retour, la rougeur de ses yeux témoignait des pleurs répandus, et, dans l'altération de tous ses traits, on devinait qu'elle avait eu à lutter contre d'affreuses angoisses.

Le comte chercha vainement à découvrir le véritable motif de ce funeste dérangement. A la fin il tomba dans un morne découragement, et les conjectures d'un médecin célèbre qu'il avait mandé, ne parvinrent pas à le consoler. Celui-ci attribuait au changement de position de la comtesse, c'est-à-dire à son mariage, cette surexcitation de sensibilité et les visions menaçantes dont elle était poursuivie, affirmant qu'on pouvait en augurer que bientôt un doux fruit naîtrait de l'union fortunée des deux époux.

Un jour même, étant à table avec le comte et la comtesse, le docteur hasarda plusieurs allusions à l'état de grossesse supposé d'Aurélia. Celle-ci ne paraissait nullement s'occuper des discours du médecin; mais elle manifesta tout d'un coup l'attention la plus vive, lorsqu'il se mit à parler des envies extraordinaires que les femmes éprouvent souvent dans cet état, et auxquelles il est impossible qu'elles résistent sans préjudice pour leur enfant, et même quand elles savent que leur santé en sera compromise. La comtesse accabla le docteur de ses questions, et celui-ci ne se lassa pas de raconter alors, et d'après l'expérience d'une longue pratique, les faits de ce genre les plus singuliers et les plus comiques.

« Cependant, disait-il, on a des exemples d'envies bien autrement inconcevables, et qui ont fait commettre à certaines femmes les actions les plus atroces. C'est ainsi que la femme d'un forgeron fut attaquée d'un désir si violent de manger de la chair de son mari, qu'elle en perdit le repos, jusqu'à ce qu'un jour à la fin, celui-ci étant rentré ivre à la maison, elle se jeta sur lui à l'improviste, armé d'un grand couteau, et le déchira avec ses dents si cruellement, qu'il survécut à peine quelques heures. » — Le docteur parlait encore quand on vit la comtesse tomber évanouie dans son fauteuil, et avec des convulsions telles qu'on pouvait craindre pour sa vie.

Le médecin dut reconnaître combien il avait agi imprudemment en racontant cette histoire épouvantable devant une femme dont les nerfs étaient aussi délicats.

Toutefois cette crise paraissait avoir produit un effet salutaire sur la santé d'Aurélia, et elle avait recouvré en partie sa tranquillité. Mais bientôt, hélas ! les bizarreries multipliées de sa conduite, son excessive pâleur toujours croissante, et le feu sombre de ses regards vinrent rejeter dans l'esprit du comte les soupçons les plus alarmants. La circonstance la plus inexplicable de l'état de la comtesse était l'abstinence complète qu'on lui voyait garder; bien plus, elle montrait pour toute espèce de nourriture, et pour la viande surtout, une répugnance invincible, au point qu'elle était souvent réduite à se lever de table avec les signes les plus énergiques de dégoût et d'horreur. — Les soins du médecin furent sans aucun résultat; car les supplications les plus tendres et les plus pressantes d'Hypolite avaient été vaines pour décider la comtesse à prendre une seule goutte des remèdes ordonnés.

Cependant plusieurs semaines, des mois s'étaient écoulés depuis que la comtesse s'obstinait à ne point manger, et il restait incompréhensible qu'elle pût continuer à vivre ainsi. Le docteur pensa qu'il y avait là-dessous quelque chose de mystérieux et de surnaturel, et il prit un prétexte pour quitter le château. Mais le comte n'eut pas de peine à comprendre que ce départ subit n'avait point d'autre motif que l'état presque phénoménal de sa femme qui déroutaft toute l'habileté de la science, et que le docteur s'éloignait pour ne pas rester davantage spectateur inutile d'une maladie énigmatique et indéfinissable, qu'il n'avait même pas la faculté de combattre.

On peut imaginer de quels embarras et de quels soucis le comte devait être accablé. Mais tout cela n'était pas encore assez. Un matin, un vieux et fidèle serviteur d'Hypolite saisit un moment favorable pour l'entretenir en particulier, et il lui apprit que la comtesse, chaque nuit, sortait du château pour n'y rentrer qu'à la pointe du jour. Le comte resta confondu à cette nouvelle. Il se souvint aussitôt que, depuis un certain temps, en effet, à l'heure de minuit, il était surpris par un sommeil accablant, ce qu'il attribuá alors à quelque narcotique que lui faisait prendre Aurélia pour pouvoir quitter, sans être aperçue, la chambre à coucher qu'elle partageait avec le comte, contrairement à l'usage reçu parmi les personnes d'un certain rang.

Les plus noirs pressentiments vinrent assiéger Hypolite. Il pensa au caractère diabolique de la mère d'Aurélia qui commençait peut-être à se révéler maintenant dans la fille; il pensa à de coupables intrigues, à un commerce adultère, enfin au maudit fils du bourreau. Bref, la nuit prochaine devait lui dévoiler le fatal mystère qui pouvait seul occasioner l'étrange dérangement de la comtesse.

Celle-ci avait l'habitude de préparer elle-même, tous les soirs, le thé pour son mari, et se retirait ensuite. Ce jour-là le comte s'abstint d'en boire pendant la lecture qu'il avait coutume de faire dans son lit, et, quand minuit vint, il n'éprouva point, comme à l'ordinaire, l'espèce de léthargie qui le surprenait à cette heure; cependant il feignit de s'assoupir, et parut bientôt après comme profondément endormi. Alors la comtesse se glissa doucement hors de son lit, elle s'approcha de celui du comte, et, après avoir passé une lumière devant son visage, elle sortit de la chambre avec précaution.

Le cœur d'Hypolite battait violemment; il se leva, jeta un manteau sur ses épaules, et s'élança sur la trace de sa femme, qui déjà l'avait devancé de beaucoup. Mais la lune brillait dans son plein, et il put aisément distinguer de loin Aurélia, enveloppée d'un négligé de nuit blanc. Elle traversa le parc, se dirigeant vers le cimetière, et près du mur qui lui servait d'enceinte elle disparut. Le comte arrive au même endroit, et devant lui, à quelques pas de distance, il voit aux rayons de la lune un cercle effroyable de fantômes ou de vieilles femmes à demi-nues, échevelées et accroupies par terre, autour du cadavre d'un homme dont elles se disputent les lambeaux de chair qu'elles dévorent avec une avidité de vautours. — Aurélia est au milieu d'elles!...

Le comte s'enfuit en courant au hasard, saisi d'une horreur inouie, stupéfait, glacé par un frisson mortel, et se croyant poursuivi par les furies de l'enfer. A la pointe du jour, et baigné de sueur, il se retrouva à l'entrée du château. Involontairement, et maître à peine de ses idées, il monte rapidement l'escalier et se précipite, en traversant les appartements, vers la chambre à coucher. Il y trouva la comtesse, paraissant plongée dans un sommeil doux et paisible. Alors il essaya de se persuader à lui-même qu'il avait été le jouet d'un rêve abominable, et quand il reconnut, à son manteau mouillé par la rosée du matin, la réalité de son excursion nocturne, il voulut encore supposer qu'une illusion de ses sens, une vision fantastique l'avait abusé et lui avait causé cet effroi mortel. Il quitta la chambre sans attendre le réveil de la comtesse, s'habilla et monta à cheval. Cette promenade équestre par une belle matinée, à travers des bosquets odoriférants animés du chant joyeux des oiseaux, rafraichirent ses sens et dissipèrent l'impression funeste des images de la nuit.

Reposé et consolé, il rentra au château à l'heure du déjeuner. Mais lorsqu'il fut à table avec la comtesse, et qu'on eut servi de la viande devant eux, Aurélia s'étant levée pour sortir avec tous les signes d'une aversion insurmontable, le comte vit alors se représenter à son esprit, avec toutes les couleurs de la vérité, le spectacle affreux de la nuit. Dans le transport de sa fureur, il se leva et cria d'une voix terrible : « Maudite engeance d'enfer ! je comprends ton aversion pour la nourriture des hommes : c'est du sein des tombeaux, femme exécrable, que tu tires les repas qui font tes délices ! »

Mais à peine le comte eut-il prononcé énergiquement ces paroles, qu'Aurélia, poussant un hurlement effroyable, se précipita sur lui, et, avec la rage d'une hyène, le mordit dans la poitrine. Le comte terrassa la furieuse, qui expira sur-le-champ au milieu d'horribles convulsions..... Et lui tomba dans le délire.

II

LE MAJORAT.

I.

Non loin des bords de la mer Baltique est situé le vieux château seigneurial des barons de R*** qu'on appelle R....sitten. La contrée qui l'entoure est déserte et sauvage. A peine voit-on verdir par-ci par-là quelques brins d'herbe au milieu de cette plage couverte de sable amoncelé; à la place d'un jardin d'agrément, tel qu'il s'en trouve de contigu partout ailleurs à une habitation de ce genre, un mur nu, élevé du côté des terres, sert d'appui à un méchant bois de pins attristé d'un deuil éternel. Jamais sa sombre verdure ne revêtit la robe émaillée du printemps; et ses échos, au lieu de résonner des joyeux concerts des petits oiseaux célébrant leurs plaisirs au lever de l'aurore, ne sont frappés que du croassement sinistre des corbeaux, et des cris de la mouette précurseurs de l'orage.

A la distance d'un quart d'heure de marche, la nature offre un aspect complétement différent. On se trouve subitement transporté, comme par un coup de baguette magique, au milieu de prés verdoyants, de bosquets fleuris et d'un ravissant paysage. On découvre alors un village riche et spacieux et l'habitation confortable de l'intendant-économe. A l'extrémité d'un petit bois d'aunes, on distingue les fondations d'un vaste château, qu'un des anciens seigneurs avait entrepris de construire; mais ses successeurs, séjournant en Courlande dans un autre domaine, avaient laissé l'édifice inachevé, et le baron Roderich de R***, quoiqu'il fût venu habiter de nouveau le château patrimonial, ne s'était pas davantage occupé de cette réédification, parce que l'isolement du vieux manoir était bien plus conforme à son caractère sombre et mélancolique. Il fit réparer, au contraire, l'ancien bâtiment tout délabré, pour s'y confiner en compagnie d'un vieux maître d'hôtel morose et d'un très-petit nombre de domestiques. Rarement il se montrait au village; mais en revanche, il parcourait fréquemment, tantôt à pied, tantôt à cheval, le rivage voisin, et plus d'une personne prétendait l'avoir souvent aperçu de loin couvert de l'écume des flots ou paraissant écouter le bruissement sourd et le sifflement des vagues brisées par les récifs, comme s'il eût conversé lui-même avec le suprême génie de la mer.

Sur l'ancienne tour de garde, il avait fait établir

un cabinet d'observations astronomiques garni de télescopes et de tous les appareils nécessaires. De là, pendant le jour, il prenait plaisir à suivre la marche des navires, qui souvent passaient à l'horizon en déployant, comme des oiseaux de mer, leurs ailes blanchâtres, et il consacrait les nuits les mieux étoilées à des travaux astrologiques, dans lesquels l'assistait le vieux majordome. Tant qu'il vécut, du reste, il passa généralement pour être adonné aux sciences occultes et à la prétendue magie noire, et le bruit courait qu'il avait été expulsé de Courlande par suite d'une opération cabalistique avortée, mais qui avait lésé de la manière la plus grave des membres d'une famille princière.

En effet, la moindre allusion, relative à son séjour dans cette province, lui causait une sorte de terreur. Mais lui attribuait exclusivement ses anciens malheurs et toute la fatalité de sa destinée à l'abandon du château de ses pères, dont il faisait un crime à ses prédécesseurs. Or, pour rattacher au moins désormais le chef de la famille à cette propriété provenant de leur souche, il la constitua en majorat, avec l'agrément du prince, qui confirma l'acte d'autant plus volontiers que cela inféodait à la province une famille illustrée par ses vertus chevaleresques, et dont plusieurs branches déjà se propageaient à l'étranger.

Toutefois ni le seigneur Hubert, fils de ce Roderich, ni le possesseur actuel du majorat, nommé aussi Roderich comme son grand-père, ne résidèrent à son exemple dans le château de R....sitten, et tous deux vécurent en Courlande. Il y avait lieu de croire que la morne solitude de ce séjour leur répugnait, à eux plus gais et plus enclins à jouir de la vie que leur aïeul atrabilaire.

Le baron Roderich s'était chargé du logement et de l'entretien au château de deux sœurs de son père, deux vieilles demoiselles si médiocrement pourvues qu'elles vivaient presque dans l'indigence. Elles occupaient, avec une vieille domestique attachée à leur service, une des petites ailes du château. Le cuisinier avait au rez-de-chaussée un grand logement voisin de la cuisine, et, en outre, l'étage supérieur était encore habité par un vieux chasseur podagre et décrépit, qui faisait en même temps l'office de concierge. Le reste des gens de service demeurait au village avec l'intendant.

Seulement, vers la fin de l'automne, à l'approche des premiers frimats, à l'époque de la chasse aux loups et aux sangliers, le château voyait tout-à-coup s'animer son intérieur, et sa solitude se peupler. Alors, le baron Roderich venait de la Courlande avec sa femme, ses parents, ses amis, accompagné d'une suite nombreuse et d'un grand train de chasse. La noblesse des environs, et même les amateurs de chasse de la ville voisine se rendaient aussi à R....-sitten. A peine le bâtiment principal et ses dépendances pouvaient-ils contenir la foule des hôtes; tous les poêles, toutes les cheminées étincelaient de feux bien alimentés, le tourne-broche gémissait du matin au soir, les escaliers retentissaient sans cesse des pas des allants et venants, tant maîtres que valets, tous empressés et joyeux; là résonnaient le bruit des coupes entrechoquées et les gais refrains des chasseurs, là une musique animée présidait aux plaisirs de la danse: partout enfin éclataient les rires et la joie, et le château ressemblait ainsi, durant un mois ou six semaines, plutôt à une vaste auberge de grande route bien achalandée qu'à la demeure attitrée d'un noble seigneur.

Le baron Roderich profitait de ce séjour passager pour consacrer le plus de temps qu'il pouvait aux affaires sérieuses, en se dérobant au tumulte de sa société, et pour s'acquitter des devoirs imposés au titulaire du majorat. Non-seulement il se faisait rendre un compte exact des revenus, mais il discutait aussi chaque proposition tendant à l'amélioration des choses, et accueillait, de la part de ses vassaux, les moindres réclamations, s'efforçant de faire droit à chacun, et de tout accommoder le mieux possible suivant la raison et l'équité. Il était loyalement secondé dans cette tâche délicate par le vieux avocat V***, qui tenait sa charge, de père en fils, comme justicier des domaines de cette province, et qui d'ordinaire partait huit jours avant le temps fixé pour l'arrivée du baron sur les terres du majorat.

L'année 179.. avait ramené l'époque du voyage pour R....sitten. Tout vaillant qu'il fût encore, le vieillard septuagénaire pensa qu'une main auxiliaire ne lui serait pas superflue. Un jour, comme en plaisantant, il me dit: « Cousin! (j'étais son petit neveu, mais il m'appelait ainsi à cause de la conformité de nos prénoms,) cousin, il me semble que je ne ferais pas mal d'exposer un peu tes oreilles au vent glacé de la mer, et que tu devrais m'accompagner à R.,..sitten. Outre que tu peux m'être d'un grand secours pour expédier des affaires quelquefois difficultueuses, cela te donnerait l'occasion de faire l'épreuve de la vie sauvage d'un chasseur ; et nous verrions si, après avoir rédigé correctement un protocole juridique, tu ferais bonne contenance devant une bête fauve à l'œil étincelant, telle qu'un loup velu et formidable ou bien un sanglier vorace, et si tu saurais bien les mettre à bas d'un bon coup de fusil. »

Je n'avais pas besoin d'avoir entendu tant de merveilleux récits des joyeuses parties de chasse de R....sitten, ni même d'affectionner de toute mon âme mon bon et vieux grand-oncle, pour être enchanté de sa proposition de m'emmener avec lui. Déjà passablement exercé dans le genre d'affaires dont il s'occupait, je lui promis de lui épargner, avec un zèle soutenu, toutes les peines à sa charge, et le lendemain, assis dans sa voiture, enveloppés de fourrures bien chaudes, nous avancions rapidement vers R....sitten, au milieu d'une neige battante, prélude d'un rigoureux hiver.

Pendant la route, le vieillard me raconta beaucoup de choses singulières sur le baron Roderich, le créateur du majorat, qui l'avait choisi, malgré sa jeunesse, pour justicier et l'avait nommé son exécuteur testamentaire. Il me parla du caractère sauvage et des goûts austères du vieux seigneur, lesquels paraissaient s'être transmis à ses héritiers ; car cette ressemblance devenait d'année en année plus frappante dans le propriétaire actuel du majorat, qu'il me disait avoir connu pour un jeune homme fort doux et même délicat. Du reste, il me recommanda de me comporter hard'iment et sans façon, si je voulais avoir quelque valeur aux yeux du baron. Et puis il finit par me décrire le logement qu'il s'était choisi, une fois pour toutes, au château, parce qu'il était chaud, commode, et assez écarté pour pouvoir s'isoler au besoin de la foule bruyante des hôtes inspirés par le plaisir. Ce logement était situé tout près de la grande salle d'audience, dans une aile en retour, vis-à-vis celle où demeuraient les vieilles demoiselles, et se composait de deux petites pièces garnies d'épaisses tapisseries, qu'il trouvait chaque année disposées d'avance pour le recevoir.

Enfin, après un voyage rapide mais fatigant, nous arrivâmes au milieu de la nuit à R....sitten. Nous traversâmes d'abord le village, c'était un jour de dimanche, et l'auberge retentissait du bruit de la musique et de joyeux ébats. La maison de l'intendant était éclairée de haut en bas, et l'on y entendait aussi chanter et danser. Ce constraste nous fit paraître encore plus effroyable le chemin désert et sombre qui nous restait à parcourir. Le vent de la mer s'engouffrait avec des sifflements aigus dans la forêt de pins, et ceux-ci, comme réveillés d'un sommeil magique et profond, y répondaient par de lamentables murmures. Un vaste fond de neige faisait ressortir la noirceur et la nudité des murs du vieux manoir, et nous nous arrêtâmes devant sa grande porte close.

Mais en vain retentirent nos cris, nos heurts et les coups de fouet du postillon : il ne parut pas une seule lumière à travers les fenêtres, et l'on eut dit que tout était mort dans le château. Mon grand-oncle criait d'une voix tonnante : « François ! François ! où êtes-vous ? — Par le diable, levez-vous donc ! nous gelons ici à la porte : la neige nous fouette dans le visage jusqu'au sang. — Remuez-vous donc ! au diable !.... » Un chien de basse-cour commença alors à aboyer piteusement, et nous vîmes une lumière vacillante apparaître au rez-de-chaussée. Les clefs furent mises en jeu, et bientôt la grande porte massive s'ouvrit devant nous. « Eh ! monsieur le justicier, soyez le bien-venu ! surtout par l'affreux temps qu'il fait : soyez le bien-venu ! » Ainsi s'écria le vieux François en élevant en l'air sa lanterne, de sorte que la lumière éclairait en plein son visage ridé, auquel un rire forcé ajoutait une expression de laideur risible. La voiture entra dans la cour, nous en descendîmes, et c'est alors seulement que je pus distinguer complètement les traits du vieux domestique, étrangement affublé d'une livrée antique beaucoup trop large et galonnée en tout sens de cordonnets entrelacés. Quelques boucles de cheveux éparses garnissaient le haut de son front large et blanc. Le hâle avait bruni le bas du visage du vieux chasseur, et, malgré l'extrême tension des muscles qui donnait presque à sa figure l'apparence grotesque d'un masque, cependant la bonhomie un peu niaise qui résidait dans son regard et le tour de la bouche compensait tout cela.

« Eh bien ! mon vieux François, lui dit mon grand-oncle, tandis qu'il secouait dans l'antichambre la neige appliquée sur ses fourrures, les lits sont-ils préparés là-haut ? y a-t-on fait grand feu hier et aujourd'hui ? — Non, répondit François fort tranquillement, non, mon très-cher monsieur le justicier, rien de cela n'est fait. — Mon Dieu ! reprit mon grand-oncle, j'ai pourtant écrit assez à temps, et j'arrive comme toujours à l'époque fixée. Puis-je rester à présent dans des chambres froides comme la glace ? C'est une sottise ! — Oui, mon très-cher monsieur le justicier, repartit François, en ôtant très-attentivement avec les mouchettes un lumignon qui gâtait la chandelle et l'écrasant avec le pied, tout cela, voyez-vous, le feu allumé surtout, n'aurait pas servi à grand'chose, car le vent et la neige font trop bien rage à travers les carreaux cassés pour....

» Comment ! interrompit mon grand-oncle, en rejetant de côté les pans de sa pelisse, et posant les deux poings contre ses hanches, les vitres sont cassées, et vous, le gardien du château, vous n'avez rien fait réparer ? — Oui, mon digne monsieur le justicier, continua le vieux tranquillement et posément, on ne peut pas songer à cela, à cause d'un amas de pierres et de décombres qui embarrasse la chambre. — Mais, mille tonnerres du ciel ! s'écria mon grand-oncle ébahi, comment donc ma chambre est-elle pleine de pierres et de décombres ?....

s'écria brusquement mon grand-oncle, en se débarrassant de sa pelisse et s'approchant de la cheminée. — Oh ! cela m'est venu comme ça !.... » répondit François, et il alla ouvrir une chambre voisine où tout avait été préparé en secret pour notre réception.

Bientôt une table fut complètement dressée devant la cheminée, et le vieux nous servit plusieurs mets très-bien apprêtés, qui furent suivis, à notre vive satisfaction, d'un grand bol de punch préparé suivant la véritable recette des pays du Nord. Mon grand-oncle, fatigué du voyage, n'eut pas plutôt fini de souper qu'il gagna son lit. Pour moi, la nouveauté de ma position, la singularité du lieu, et l'effet du punch avaient excité trop fortement mes esprits pour me permettre de songer au sommeil. François desservit la table, couvrit à demi le feu de la cheminée, et prit congé de moi avec de gracieuses salutations.

Alors je me trouvai seul assis dans cette vaste Salle des Chevaliers. La neige avait cessé de tomber, et l'orage était calmé. Le ciel était pur et la pleine lune, rayonnant à travers les larges arceaux, jetait une lueur magique dans tous les coins obscurs où se perdaient les pâles reflets du feu et de mes bougies. Tels qu'il s'en trouve encore aujourd'hui dans quelques vieux châteaux, les murs et le plafond de cette salle étaient bizarrement décorés à la manière gothique, les murs de lambris massifs et le plafond de ciselures dorées ou peintes, servant à encadrer des tableaux fantastiques. Sur ces tableaux, représentant pour la plupart les scènes tumultueuses et sanglantes des chasses aux loups et aux ours, on voyait saillir des têtes d'hommes et d'animaux sculptées et adaptées aux corps peints, ce qui produisait, surtout aux lueurs tremblantes du feu et de la lune, une illusion étrange et effrayante.

Entre ces tableaux étaient intercalés des portraits de grandeur naturelle de cavaliers équipés pour la chasse, et qui représentaient, sans doute, des ancêtres de la famille grands amateurs de ce plaisir. Tout au reste, peintures et lambris, portait dans sa couleur rembrunie l'empreinte de la vétusté, ce qui faisait ressortir d'autant plus la place blanche et nue sur le mur où s'ouvraient les deux portes de communication avec les chambres voisines. Je ne tardai pas à reconnaître qu'il devait y avoir eu autrefois à cette place une porte, murée plus tard, et que ce pan de mur neuf ne choquait autant les yeux que par l'absence des ornements qui surchargeaient les autres parties ; car on n'y avait même pas appliqué une couche de peinture.

Qui n'a pas éprouvé l'impression profonde que peut causer l'aspect d'un lieu extraordinaire et romantique ? L'imagination même la plus lourde et la plus paresseuse s'exalte au milieu d'une vallée ceinte de montagnes pittoresques, ou dans le sombre intérieur d'une église, et ressent l'émotion de certains pressentiments inconnus. Ajoutez à cela que j'avais vingt ans, et que j'avais bu plusieurs verres d'un punch très-fort : on concevra facilement que je fusse dominé dans ma Salle des Chevaliers par une préoccupation d'esprit, telle que je n'en avais jamais ressenti. Que l'on s'imagine le calme profond de la nuit, au sein duquel le sourd bruissement des flots et le murmure plaintif de la bise ressemblaient aux accords étranges d'un orgue gigantesque touché par des esprits aériens; qu'on se figure encore les nuages se poursuivant d'une course rapide et qui parfois, recevant de la lune une transparence lumineuse, semblaient regarder, comme des géants ailés, à travers les arceaux des fenêtres : ne devais-je pas être pénétré d'un léger frisson, comme si un monde invisible et fantastique m'eût été révélé et manifesté.

Toutefois ce sentiment ressemblait plutôt à l'émotion qu'inspire une histoire de revenants vivement colorée, et qu'on trouve du charme à entendre raconter. Avec cela il me vint à l'idée que je ne saurais lire dans une meilleure disposition d'esprit le livre que je portais dans ma poche, à l'exemple de tous les jeunes gens d'alors tant soit peu enclins aux idées romanesques : c'était le *Visionnaire* de Schiller.

Je me mis donc à lire, et plus je lisais, plus je sentais s'échauffer mon imagination. J'arrivai à ce récit, que distingue une puissance si magique d'entraînement, de la noce célébrée chez le comte de V***. Justement à l'endroit où l'auteur fait paraître la figure ensanglantée de Jéronimo, la porte de l'antichambre s'ouvre avec fracas !.... Saisi d'effroi, je bondis sur mon siége, et le livre tombe de mes mains. — Mais tout rentre dans le silence au moment même et j'ai honte de ma peur enfantine ! Il se peut que la porte ait été ouverte par un courant d'air ou autrement. — Mon esprit trop exalté transforme les accidents les plus naturels en apparitions merveilleuses. — Ce n'est rien.

Rassuré de la sorte, je ramasse mon livre et je me rejette dans le fauteuil. Alors j'entends des pas légers et mesurés traverser lentement le salon, on gémit, on soupire par intervalles, et ces soupirs plaintifs accusent une douleur inconsolable et le plus profond désespoir. — Ah ! c'est quelque animal souffreteux enfermé à l'étage de dessous. On connait ces illusions acoustiques de la nuit qui rapprochent les sons produits à certaines distances. Comment se laisser intimider pàr si peu de chose ? — C'est ainsi que je me raisonnais moi-même ; mais voici que l'on gratte à l'endroit nouvellement muré, et des gémissements plus profonds et plus lamentables semblent être arrachés aux angoisses d'une horrible agonie.

« Oui, sans doute, me dis-je, c'est un pauvre animal enfermé là. Je n'ai qu'à frapper violemment du pied sur le plancher, et tout redeviendra tranquille, ou bien la bête avertie poussera d'autres cris auxquels je devrai facilement la reconnaitre. » Telle était ma volonté intime : mais déjà le sang était arrêté dans mes veines ; les membres raidis et le front baigné d'une sueur froide, je reste cloué sur le fauteuil, incapable de me lever, et encore moins d'appeler. A la fin le grattement effroyable cesse, et le bruit de pas dans la salle se fait entendre de nouveau. — La vie et le mouvement se réveillent soudainement en moi, je me lève et j'avance vivement de quelques pas. Mais là, je sens un courant d'air plus froid que la glace traverser la salle : au même instant, la lune projette un clair rayon sur un grand portrait d'homme d'une physionomie austère et presque terrible, et, comme un conseil donné par des voix faibles mais amicales, j'entends distinctement, au milieu du mugissement des vagues courroucées et malgré les sifflements aigus de l'aquilon, prononcer ces paroles : « Pas plus loin : — arrête-toi ! Sinon tu tombes sous l'empire des affreux mystères du monde invisible ! » Alors la porte est refermée avec autant de violence qu'auparavant, et je distingue parfaitement le bruit des pas dans l'antichambre; on descend l'escalier, la grande porte du château s'ouvre avec fracas et puis se referme. En même temps il me semble qu'on fait sortir un cheval de l'écurie et qu'on l'y ramène au bout de quelques moments. — Et puis tout rentre dans le silence.....

En cet instant, j'entendis mon grand-oncle soupirer et gémir avec anxiété dans la chambre voisine; je retrouvai toute ma connaissance, je saisis le flambeau et j'entrai. Le vieillard paraissait se débattre contre l'oppression d'un songe pénible. « Réveillez-vous, réveillez-vous ! » m'écriai-je à haute voix en le prenant doucement par la main et en approchant de son visage la bougie allumée. Le vieillard se souleva avec un cri étouffé, et, me regardant fixement d'un air satisfait, il me dit : « Tu as bien fait, cousin, de m'avoir réveillé. Ah ! je faisais un mauvais rêve ! et c'est uniquement à cause de ce logement et de cette salle ; je n'ai pu m'empêcher de me souvenir du passé, et de bien des choses dont ces lieux ont été témoins. Mais à présent il faut bravement se rendormir. »

En disant cela, le vieillard s'enveloppa de sa couverture et parut s'assoupir immédiatement. Mais, lorsque j'eus éteint les lumières et que je me fus aussi mis au lit, j'entendis mon grand-oncle murmurer tout bas des prières.

II.

Le lendemain matin, le travail commença. L'intendant vint présenter ses comptes, plusieurs personnes se présentèrent pour faire juger leurs débats ou régler d'autres affaires. A midi, mon grand-oncle se rendit avec moi dans l'aile qu'habitaient les deux baronnes, pour leur faire une visite de cérémonie en règle. François nous annonça, et l'on nous fit attendre quelques moments. Enfin, une petite duègne de soixante ans au moins, toute voûtée et vêtue de soie des pieds à la tête, qui s'intitulait la camériste intime de leurs grâces, nous introduisit dans le sanctuaire. Les deux vieilles dames, habillées d'après les modes du temps le plus reculé et bizarrement attifées, nous reçurent avec un cérémonial risible; j'eus l'air surtout d'exciter chez elles une vive surprise, lorsque mon grand-oncle, avec son humeur joviale, me présenta comme un jeune jurisconsulte destiné à l'assister dans son ministère. On lisait sur leurs mines que, d'après ma jeunesse, elles jugeaient les intérêts des vassaux de R....sitten étrangement compromis.

Tous les détails de cette visite, en général, avaient quelque chose de ridicule. Moi, j'étais encore sous l'émotion des terreurs de la nuit passée, et je me sentais comme maitrisé par une puissance inconnue, ou plutôt je croyais déjà toucher aux limites d'un cercle fatal qu'il ne fallait plus qu'un pas pour franchir, et je me voyais près d'être perdu sans ressource, si toutes les forces de ma volonté ne s'armaient pour me préserver de l'horreur mystérieuse dont une folie incurable est souvent le seul remède. Ainsi les vieilles baronnes elles-mêmes, avec leurs longues figures grimaçantes, avec leur étrange accoutrement, leurs falbalas et leurs nœuds de fleurs disparates, me parurent plus effrayantes encore et plus fantastiques que ridicules. Leurs vieux visages jaunes et ridés, leurs yeux clignotants, leurs nez pointus et le méchant français qu'elles débitaient en nasillant me semblaient autant d'indices de leur connivence diabolique avec l'horrible revenant du château, et peu s'en fallait que je ne les crusse elles-mêmes coupables d'actions détestables et sacriléges.

Mon grand-oncle, très-gai par caractère, engagea les deux baronnes dans un bavardage plaisant et sur un ton d'ironie si fantasque, que je n'aurais certainement pas su, dans toute autre circonstance, réprimer de fous accès de rire. Mais, comme je l'ai déjà dit, les deux vieilles avec leur caquet m'apparaissaient comme des êtres ensorcelés, et mon grand-oncle, qui avait pensé me procurer un plaisir extraordinaire, me regarda à différentes reprises d'un air de stupéfaction.

Dès que nous nous trouvâmes seuls dans notre chambre après le dîner, il éclata : « Mais, cousin, dit-il, qu'as-tu donc, pour l'amour de Dieu ? Tu ne ris pas, tu ne parles pas, tu ne manges pas et tu ne bois pas ? Es-tu malade, ou y a-t-il une autre cause à tout cela ? » Je n'hésitai nullement alors à lui raconter en détail toutes les choses affreuses et singulières dont j'avais été témoin durant la nuit dernière. Je ne lui cachai rien, je le prévins surtout que j'avais bu beaucoup de punch et que j'avais lu le *Visionnaire* de Schiller. « Je dois en convenir, ajoutai-je, car cela seul explique comment mon cerveau trop exalté a pu être abusé par de pareilles visions, dont certes mon imagination a fait tous les frais. »

Je croyais que le grand-oncle se ferait un malin plaisir de m'adresser force quolibets et de se moquer hautement de ma superstition ; mais, bien loin de là, il devint très-sérieux à mes paroles, regarda fixement le plancher, puis releva brusquement la tête, et me dit avec un regard pénétrant de ses yeux vifs : « Je ne connais pas ton livre, cousin, mais ce n'est pas à son essence, ni à celle du punch qu'il te faut attribuer cette scène de revenants. Sache que, de mon côté, je voyais en rêve tout ce que tu viens de me raconter. J'étais assis comme toi (du moins cela me semblait ainsi) dans un fauteuil près de la cheminée. Mais ce qui ne s'est révélé à toi que par la perception de certains bruits, je l'ai vu et saisi clairement par une espèce d'intuition. Oui, j'ai vu l'horrible sorcier entrer dans la salle, se traîner péniblement jusqu'à la porte murée, et gratter à cette place avec une énergie de désespéré, telle que le sang ruisselait de dessous ses ongles lacérés. Et quand ensuite il descendit, lorsqu'il fit sortir le cheval de l'écurie et l'y fit rentrer immédiatement, as-tu entendu le chant du coq au village voisin? C'est alors que tu m'as éveillé, et j'ai promptement surmonté cette impression d'horreur suscitée par des esprits infernaux, dont l'influence sinistre ne cherche qu'à étouffer et à détruire toutes les joies de la vie. »

Le vieillard se tut, et je m'abstins de le questionner, réfléchissant que lui-même, s'il le trouvait convenable, me donnerait spontanément plus d'éclaircissements. Après un court moment de silence, pendant lequel il avait paru complètement absorbé, mon grand-oncle reprit : « Cousin, as-tu assez de courage, à présent que tu sais ce qui en est, pour affronter encore une fois la visite du revenant, de compagnie avec moi? »

Je n'avais certes rien à répondre, sinon que je me sentais toute la résolution nécessaire. « Eh bien donc! continua-t-il, nous allons veiller ensemble la nuit prochaine. — Une voix intérieure me dit que le sorcier maudit, s'il ose braver ma supériorité morale, sera obligé de céder à mon courage; car je le puise dans la ferme confiance que j'entreprends une œuvre pieuse et méritoire en exposant ma vie, s'il le faut, pour chasser le mauvais génie, qui seul a banni les enfants du manoir héréditaire de leurs ancêtres; ce n'est donc point une démarche téméraire. Mais si pourtant la volonté du ciel permettait que l'esprit du mal s'attaquât à ma personne, ce sera à toi, cousin, de proclamer que j'aurai succombé dans le plus saint et le plus loyal combat contre le démon infernal qui trouble ce séjour. — Toi, tu resteras à l'écart; il ne t'arrivera aucun mal.»

Le soir était arrivé à la suite d'affaires et d'occupations variées. François avait, comme la veille, desservi le souper et nous avait apporté du punch; la pleine lune brillait au sein de nuages argentés, les vagues de la mer mugissaient, et le vent de la nuit tempêtait contre les vitraux qui rendaient des sons aigus et prolongés.

Nous nous livrâmes par une commune inspiration à des propos insignifiants. Mon grand-oncle avait posé sur la table sa montre à répétition. Elle sonna minuit. Alors la porte s'ouvrit avec un fracas épouvantable, et des pas sourds et lents glissent dans la salle avec les mêmes gémissements et les mêmes soupirs que le soir précédent. Mon grand-oncle était devenu tout pâle; mais ses yeux étincelaient d'un feu inaccoutumé; il se leva et, le bras gauche appuyé sur la hanche, le droit étendu en avant, il ressemblait avec sa haute stature, au milieu du salon, à un héros imposant des ordres.

Cependant les soupirs plaintifs devenaient de plus en plus accentués et perceptibles, et l'on se mit à gratter contre le mur plus effroyablement encore que la veille. Mon grand-oncle alors avança tout droit vers la porte murée en faisant résonner le plancher sous ses pas. Près de l'endroit où le grattement se faisait entendre de plus en plus fort, il s'arrêta, et d'une voix ferme et solennelle, il dit : « Daniel ! Daniel! que fais-tu ici à cette heure? » Un cri lamentable retentit soudain, et l'on entendit un bruit sourd comme si un pesant fardeau fût tombé à terre. « Cherche grâce et miséricorde devant le trône du très-haut, voilà ta mission ; mais sors de ces lieux, et renonce à une vie qui t'est fermée pour jamais! »

Mon grand-oncle prononça ces mots d'une voix encore plus grave et plus élevée. Il sembla au même moment qu'un gémissement insensible traversait les airs pour se perdre dans le fracas de la tempête qui mugissait au-dehors; alors mon grand-oncle revint vers la porte et la ferma si violemment que l'antichambre vide en résonna long-temps. — J'observai dans tous ses mouvements, dans son langage, quelque chose de surnaturel qui me faisait frissonner malgré moi. Il vint se rasseoir dans le fauteuil, le regard glorifié, et, les mains jointes, se mit à prier mentalement.

Au bout de quelques minutes, il me dit de cette voix douce et allant au cœur dont il possédait si bien le secret : « Eh bien! cousin? » — Pénétré tout à la fois d'horreur, de crainte et d'un saint respect mêlé d'amour, je tombai à ses pieds et baignai de larmes brûlantes la main qu'il me tendit. Le vieillard m'ouvrit ses bras, et pendant qu'il me pressait tendrement contre son cœur, il me dit avec effusion: « A présent nous allons dormir bien paisiblement, cher cousin ! » Il en fut effectivement ainsi ; rien d'extraordinaire ne signala les nuits suivantes, et je redevins franchement joyeux au détriment du rôle que j'avais prêté aux vieilles baronnes. Car malgré leur apparence de fantômes et leurs manières insolites, elles ne pouvaient plus passer que pour des revenants risibles que mon grand-oncle avait le secret de faire mouvoir et parler de la façon la plus comique.

Enfin, quelques jours après, le baron arriva avec sa femme et de nombreux équipages de chasse. Les hôtes invités affluèrent au château, qui tout d'un coup offrit le spectacle animé du tumulte joyeux que j'ai décrit plus haut. Lorsque le baron, aussitôt après son arrivée, entra dans notre appartement, il parut désagréablement surpris de ce changement de local. Je le vis jeter un sombre regard sur la porte condamnée, et, se détournant avec vivacité, passer la main sur son front comme s'il eût voulu chasser un pénible souvenir. Mon grand oncle parla du délabrement de la salle d'audience et des pièces contiguës. Le baron blâma François de ne nous avoir pas choisi un logement plus convenable et engagea gracieusement mon grand-oncle à réclamer immédiatement tout ce qui pouvait manquer à sa commodité dans celui-ci.

En général, les procédés du baron envers le vieillard n'étaient pas seulement empreints d'une sincère cordialité, mais il s'y mêlait un certain respect filial qui pouvait faire supposer entre eux deux des rapports de déférence mutuelle. Cela seul compensait à mes yeux jusqu'à un certain point les manières rudes et impérieuses du baron qui se manifestaient chaque jour davantage. Il fit à peine attention à moi, et me traita comme un commis vulgaire. Il chercha de prime abord à signaler des erreurs sur le premier acte que je rédigeai; le sang bouillonnait dans mes veines, et j'étais sur le point de lui répondre quelque mot aigre quand mon grand-oncle intervenant déclara que je travaillais toujours d'après ses idées, dont il était prêt à soutenir la précellence, seulement, dit-il, en fait de matières judiciaires.

Quand j'étais seul avec mon grand-oncle, je me plaignais amèrement du baron qui me devenait de jour en jour plus antipathique. « Crois-moi, répondit mon grand-oncle, le baron, malgré ses manières rébarbatives, est un des meilleurs hommes du monde; du reste il n'a contracté ces façons d'agir que depuis qu'il est titulaire du majorat, et c'était dans sa jeunesse un modèle de douceur et de modestie. D'ailleurs il n'est pas si méchant que tu te plais à le dire, et je voudrais bien connaître la cause secrète de ta répugnance. »

Mon grand-oncle, en prononçant ces derniers mots, me regarda avec un sourire plein d'ironie, et je sentis le sang me monter au visage. Ne fallait-il pas enfin me rendre à l'évidence? Ne me voyais-je pas obligé de m'avouer à moi-même que cette haine étrange n'avait d'autre mobile que l'amour, ou plutôt l'adoration pour un être qui me paraissait le plus admirable et le plus ravissant de tous ceux qui jamais avaient pu séjourner sur la terre.

Cet être n'était personne autre que la baronne elle-même. Dès le moment de son arrivée, et quand je la vis traverser les appartements vêtue d'une robe garnie de zibeline russe serrant sa taille svelte et élancée, la tête couverte d'un voile richement brodé, son aspect avait produit sur moi un charme puissant et irrésistible. Il y avait ensuite quelque chose d'étrange et de merveilleux dans le contraste des deux vieilles tantes affublées de robes à fontanges plus bizarres encore que celles que je leur connaissais, trépignant à ses côtés, et nasillant de fades compliments en mauvais français, tandis que la baronne promenant autour d'elle des regards pleins d'une douceur inexprimable, adressait à l'un et à l'autre une légère et bienveillante salutation, accompagnée de quelques mots en pur dialecte courlandais qui caressaient mollement l'oreille. Involontairement, je comparais en moi-même cette image délicieuse aux sorcières malfaisantes, et mon imagination se plaisait à voir dans la baronne un ange radieux de lumière, devant lequel devaient s'incliner et se confondre les indignes esprits des ténèbres.

Le vivant portrait de cette femme séduisante et enchanteresse est toujours présent à mes yeux et à ma pensée. Elle pouvait compter alors dix-neuf ans tout au plus. On n'admirait pas moins l'élégance de sa taille que la délicatesse de ses traits. Toute sa figure portait l'expression d'une bonté parfaite et angélique, mais il y avait surtout dans ses yeux un charme inexprimable. Un humide et clair rayon s'en échappait comme le symptôme de quelque ardeur socrête, d'une mélancolie vague et profonde, tandis que l'expression gracieuse de son sourire céleste faisait rêver à d'ineffables délices. Souvent elle paraissait tout entière perdue dans ses réflexions, et sur son charmant visage passaient des ombres chagrines; moi, dans ce moment-là j'imaginais que de tristes pressentiments venaient frapper son esprit et lui révéler un funeste avenir, et sans pouvoir me rendre compte de mes bizarres suppositions, je combinais ces présages de malheurs avec l'idée des revenants du château.

Le lendemain de l'arrivée du baron, toute la société se réunit à déjeuner. Mon grand-oncle me présenta à la baronne; mais, comme cela arrive fréquemment dans la disposition d'esprit où je me trouvais, je me comportai de la manière la plus ridicule en m'embrouillant pour répondre aux plus simples questions. Ainsi l'aimable dame m'ayant demandé si je me plaisais au château, je m'enfilai dans les discours les plus extravagants et les plus sots, au point que les vieilles tantes, attribuant mon extrême embarras tout simplement au profond respect que devait m'inspirer la noble et grande dame, se crurent obligées de s'intéresser complaisamment à moi et me recommandèrent à la baronne dans leur détestable français, comme un jeune homme plein de dispositions et d'intelligence, d'ailleurs *très-joli garçon*.

Cela me causa un vif dépit, et, redevenu tout-à-coup parfaitement maître de moi-même, je lançai à l'improviste un bon mot en meilleur français que celui à l'usage des deux vieilles qui me regardèrent ébahies avec de grands yeux, en bourrant de tabac leurs nez longs et pointus par forme de contenance. Mais au regard sévère de la baronne, qui s'éloigna pour parler à une autre personne, je compris que ce bon mot frisait une impertinence. Ma colère s'en augmenta, et je souhaitai de bon cœur que les deux vieilles fussent englouties au fond des enfers.

Les sarcasmes de mon grand-oncle m'avaient déjà depuis long-temps guéri des folles illusions de l'amour platonique et des langueurs sentimentales d'une passion enfantine; mais je sentais bien que la baronne m'avait causé une impression plus vive et plus profonde qu'aucune autre femme : je ne voyais, je n'entendais qu'elle. Mon âme était pleine d'une émotion inconnue. Cependant j'étais bien intimement convaincu que ce serait une folie, une absurdité que de laisser se produire le moindre témoignage de mon amour, et je ne voyais pas moins d'impossibilité à l'aimer et à l'adorer en silence comme un écolier honteux; car cette idée seule me faisait rougir. Je ne voulais pas, et l'aurais-je pu? renoncer à la vue de l'imposante châtelaine, sans lui laisser pressentir les sentiments de mon âme, sans m'être enivré du doux poison de ses regards et de ses paroles; après quoi, je me serais éloigné sans doute pour toujours emportant dans mon cœur son image sacrée!

Cette passion romanesque et délirante s'empara tellement de moi que, dans mes nuits sans sommeil, j'avais l'enfantillage de me haranguer moi-même d'une manière pathétique, évoquant devant moi l'objet de ma flamme, et m'écriant avec des gémissements lamentables: « Séraphine! ah! Séraphine! »

Ce fut au point que mon grand-oncle, réveillé par mes exclamations, me cria : « cousin, cousin ! Je crois en vérité que tu déraisonnes tout haut ! Le jour, mon cher, tant qu'il te plaira ; mais au moins la nuit laisse moi dormir ! »

Je tremblais que mon grand-oncle, qui s'était déjà peut-être aperçu de l'impression qu'avait produite sur moi la baronne, ne m'eût entendu prononcer son nom, et n'en fit le sujet de ses amères railleries. Mais il se borna le lendemain, à notre entrée dans la salle d'audience, à dire à haute voix : « Que Dieu inspire à chacun assez de bon sens pour veiller sur soi. C'est un grand tort de se rendre ridicule de propos délibéré. » En même temps, il prit sa place à la grande table, et me dit : « Cher cousin, écris bien lisiblement pour que je puisse lire sans difficulté. »

III.

Le baron manifestait en toute chose la considération et même la déférence respectueuse qu'il portait à mon grand-oncle. C'est ainsi qu'il l'obligeait à table à s'asseoir à côté de la baronne, honneur qui faisait envie à bien des personnes. Quant à moi, le hasard me plaçait tantôt ici, tantôt là, et le plus souvent en compagnie de quelques officiers de la ville voisine, qui m'obligeaient à leur tenir tête pour bavarder de tous les bruits publics, et surtout pour boire vaillamment. Je me trouvai de la sorte pendant plusieurs jours à une grande distance de la baronne; mais une circonstance fortuite me rapprocha d'elle un soir. Au moment où l'on passait dans la salle à manger, je me trouvai avec la dame de compagnie de la baronne, qui, sans être de la première jeunesse, ne manquait ni d'agréments ni d'esprit, engagé dans une conversation à laquelle elle paraissait s'intéresser. Je ne pouvais, sans manquer aux convenances, me dispenser de lui offrir mon bras, et quelle fut ma joie lorsqu'elle prit place justement à côté de la baronne qui lui fit une inclination amicale; je m'assis auprès d'elle.

Dès-lors on peut concevoir que toutes mes paroles s'adressaient bien davantage encore à la baronne elle-même qu'à ma voisine. Sans doute que l'inspiration de ce moment communiquait un certain élan à mes discours; car la demoiselle se montrait de plus en plus attentive, et insensiblement elle tomba tout-à-fait sous le charme des images variées et merveilleuses dont je colorais mes récits. Ainsi que je l'ai déjà dit, elle n'était pas dépourvue d'esprit, et bientôt notre entretien, devenu complètement indépendant du verbiage confus des autres convives, s'anima de sa propre impulsion, et prit la tournure que je désirais. Je m'aperçus fort bien de l'attention que nous prêtait la baronne sur les regards significatifs de la demoiselle. Cela me frappa surtout lorsqu'ayant amené la conversation sur la musique, je m'exprimai avec enthousiasme sur cet art délicieux et divin, et quand je fis connaître à la fin, que malgré ma condition dans la carrière aride et fastidieuse de la jurisprudence, je touchais cependant du piano avec assez de facilité, que je chantais aussi, et que même j'avais déjà composé quelques ariettes.

On venait de rentrer dans le salon pour prendre le café et les liqueurs, et je me trouvai à l'improviste et tout surpris devant la baronne qui avait abordé sa demoiselle de compagnie. Elle m'adressa aussitôt la parole, et me réitéra d'un ton affable et presque familier la question qu'elle m'avait déjà faite une fois, comment je me trouvais de mon séjour au château. Je répondis que, durant les premiers jours, ses environs déserts et sauvages, et même l'antiquité du manoir m'avaient causé une impression étrange; mais que j'avais éprouvé déjà de bien douces compensations, et que je désirais seulement me voir dispensé de prendre part à ces chasses fougueuses auxquelles je n'étais pas accoutumé.

La baronne me dit en souriant : « Je conçois aisément que ce tumulte sauvage au milieu de nos forêts de sapins ne soit pas fait pour vous plaire. Vous êtes musicien et, si je sais deviner, également poète, n'est-ce pas? J'aime ces deux arts avec passion!... — Moi-même je pince un peu de la harpe, mais c'est un plaisir dont il faut que je me prive à R.... sitten; car mon mari ne veut pas que j'apporte ici un pareil instrument, dont les sons caressants s'allieraient mal aux halloh farouches et au bruit retentissant des cors qui sont ici ma seule récréation. »

J'assurai que je ferais mon possible pour lui en procurer une autre; car il devait indubitablement, selon moi, se trouver dans le château un instrument quelconque, ne fût-ce qu'un vieux clavecin. Là-dessus, mademoiselle Adélaïde (c'était le nom de la dame de compagnie) éclata de rire, et me demanda si j'ignorais que de mémoire d'homme on n'avait entendu résonner dans ce château d'autres instruments que les trompettes aiguës mariant leurs fanfares aux refrains lamentables des cors de chasse, et parfois aussi les violons criards, les basses discordantes et les hautbois larmoyants de pauvres musiciens ambulants.

Toutefois la baronne avait un désir ardent d'entendre de la musique, et elle et Adélaïde se creusaient l'esprit pour aviser aux moyens de se procurer un piano passable. Dans cet instant, le vieux François traversa le salon. « Bon, s'écria mademoiselle Adélaïde, voici l'homme prodigieux qui a de bons conseils pour toutes les circonstances, l'homme qui sait tout avoir, même l'inoui et l'impossible ! »

Alors elle le fit approcher, et lui fit comprendre de quoi il s'agissait. La baronne écoutait les mains jointes, la tête penchée en avant avec un doux sourire et cherchant à lire dans les yeux du vieux domestique. Elle était ravissante à voir ainsi, telle qu'un enfant naïf et gracieux, jaloux d'avoir immédiatement entre ses mains le joujou qu'il désire ardemment.

François, après avoir énuméré avec ses formes prolixes mainte et mainte raison tendant à démontrer l'impossibilité absolue de se procurer ainsi à l'improviste un objet de cette nature, finit par dire en se caressant la barbe d'un air de satisfaction : « Mais madame l'épouse de monsieur l'intendant, qui demeure là-bas au village, touche miraculeusement bien du clavecin ou du manichordion, comme ils disent maintenant avec leur nom étranger, et elle chante avec cela si gentiment et si pathétiquement qu'elle donne envie de sauter malgré soi, et tantôt de pleurer comme si l'on s'était frotté les yeux avec une pelure d'oignon.

» Elle possède un piano ! s'écria mademoiselle Adélaïde en l'interrompant. — Et certainement, reprit le vieux, on l'a fait venir directement de Dresde ; un......

» Oh ! c'est délicieux ! dit à son tour la baronne. — Un superbe instrument, reprit François, mais un tant soit peu faible : car l'organiste ayant essayé l'autre jour de jouer dessus l'air du cantique : *Dans toutes mes actions, mon Dieu!* il a brisé toute la machine ; de sorte que.....

» Oh ! mon Dieu ! s'écrièrent à la fois la baronne et mademoiselle Adélaïde. — De sorte, continua le vieux, qu'il a fallu le faire transporter à grands frais jusqu'à R..... pour le faire réparer.

» Mais est-il de retour enfin ? demanda mademoiselle Adélaïde avec impatience. — Sans contredit, ma gracieuse demoiselle, et madame l'intendante-économe sera très-honorée..... »

En ce moment passa le baron, qui se retourna d'un air de surprise vers notre groupe, et dit doucement en adressant à la baronne un sourire railleur : « Eh bien, François est donc toujours l'homme des bons conseils ? » La baronne baissa les yeux en rougissant, tandis que le vieux serviteur restait immobile la tête droite, les bras pendants et serrés contre le corps, dans une attitude militaire. Les vieilles tantes s'approchaient ballottées dans leurs robes bouffantes, et s'emparèrent de la baronne. Mademoiselle Adélaïde les suivit. . . . . .

J'étais resté à la même place comme enchanté, dans l'extase de me voir ainsi mis en relation directe avec la souveraine absolue de mon âme. Mais j'étais animé d'un sombre ressentiment contre le baron, en qui je ne voyais plus qu'un despote brutal d'après la contenance servile et craintive à laquelle, malgré ses cheveux blancs, s'était abaissé devant lui le vieux domestique. « As-tu donc cessé de voir et d'entendre ? » me dit à la fin mon grand-oncle en me frappant sur l'épaule, et nous rentrâmes tous les deux dans notre appartement. Alors il me dit : « Cousin, ne sois pas si assidu près de la baronne. A quoi bon ? laisse cela aux jeunes fats dont la galanterie est le métier, il n'en manque pas pour lui faire la cour. » — J'expliquai comment les choses s'étaient passées, et je priai mon grand-oncle de me dire si je méritais le plus petit reproche. « Hum !... hum ! » fit-il, ce fut sa seule réponse ; puis, ayant mis sa robe de chambre et allumé sa pipe, il se jeta dans un fauteuil, et causa de la chasse de la veille, en me raillant sur ma maladresse.

Le château était rentré dans le silence. Les dames et les cavaliers s'occupaient, chacun dans sa chambre, de préparer leur toilette de soirée ; car les musiciens de passage dont nous avait parlé mademoiselle Adélaïde, avec leurs violons enroués, leurs basses discordantes et leurs hautbois larmoyants, étaient arrivés, et il ne s'agissait de rien moins pour la nuit que d'un bal dans toutes les formes. Mon grand-oncle, préférant à ce tumulte fou un sommeil tranquille, ne se dérangea pas. Moi, au contraire, je venais de m'habiller au grand complet, lorsqu'on frappa tout doucement à notre porte ; et François m'annonça à demi-voix, avec un sourire de triomphe, que le piano de madame l'intendante venait justement d'arriver sur un traîneau, et avait été déposé chez madame la baronne. Il ajouta que mademoiselle Adélaïde me faisait prier de me rendre promptement dans leur appartement. — On peut s'imaginer quel saisissement de joie j'éprouvai quand j'entrai, le cœur palpitant, dans la chambre où elle était, elle !....

Mademoiselle Adélaïde accourut joyeuse au-devant de moi. La baronne, déjà entièrement habillée pour le bal, était assise toute pensive devant la caisse mystérieuse où dormaient les accords que j'étais appelé à réveiller ; elle se leva dans tout l'éclat de sa parure et de sa beauté majestueuse, et je ne pus que la regarder fixement, incapable de proférer un seul mot. « Eh bien, Théodore, me dit-elle, en m'appelant par mon seul prénom, suivant un usage plein de charme des pays du Nord, qui se retrouve dans les régions extrêmes du midi de l'Europe, l'instrument est arrivé, fasse le ciel qu'il ne soit pas tout-à-fait indigne de votre talent ! »

A peine eus-je ouvert le couvercle que plusieurs cordes rompues rejaillirent vers moi, et, dès que j'eus touché le clavier, une affreuse cacophonie nous déchira les oreilles, car aucune des cordes qui restaient intactes ne se trouvait au diapazon. « Il est présumable que l'organiste a encore une fois passé par-là avec ses petites mains mignonnes ! » s'écria en riant mademoiselle Adélaïde. Mais la baronne disait de très-mauvaise humeur : « C'est pourtant une véritable fatalité ! — Ah ! faut-il donc que je ne doive jamais goûter ici un seul plaisir ! »

Je visitai la case de l'instrument, et je trouvai heureusement quelques rouleaux de cordes, mais point de clé. — Nouvelle désolation ! — Je déclarai que toute clé, dont le panneton pourrait s'adapter aux chevilles, conviendrait à merveille. Alors la baronne et mademoiselle Adélaïde de courir toutes les deux, çà et là, avec un joyeux empressement, et en moins d'une minute tout un magasin de clés, grandes et petites, était étalé devant moi sur la table du piano. Alors j'en entrepris l'épreuve successive. Mademoiselle Adélaïde et la baronne elle-même tâchaient de m'aider, et interrogeaient tantôt une cheville, tantôt une autre ; enfin une clé s'adapte, non sans difficulté. « Elle y va ! elle y va ! » s'écrient-elles à la fois transportées de plaisir. — Mais la corde, tendue jusqu'à rendre exactement et clairement le ton de la note, siffle, se rompt, et les deux dames reculent effrayées.

La baronne se mit à débrouiller de ses petites mains délicates les fils d'acier, et à mesure que je demandais un numéro, elle déroulait soigneusement la corde. Tout-à-coup une d'elles s'échappe, et la baronne fait entendre une exclamation d'impatience. Mademoiselle Adélaïde riait aux éclats ; je vais ramasser au bout de la chambre la pelote rebelle, et nous cherchons à mieux l'assujettir. Mais à notre extrême dépit, à peine mise en place elle se casse ! — Enfin, nous mettons la main sur de bons rouleaux, les cordes se maintiennent ajustées, et aux sons discords de l'instrument succèdent peu-à-peu d'harmonieux accords.

« Ah! nous y voici! il est juste! » s'écrie la baronne en m'adressant un sourire délicieux. — Comme cette peine prise en commun fit promptement disparaître entre nous toute contrainte et tout le fade cérémonial des convenances tyranniques! Comme une douce familiarité nous rapprocha aussitôt et anéantit en moi, de son souffle électrique, cette oppression décourageante qui me serrait le cœur et glaçait mes sens. Je me sentais tout-à-fait exempt de ce pathos prétentieux qui accompagne d'ordinaire une passion du genre de la mienne. — Le piano se trouva donc à la fin passablement accordé, et, suivant mon intention de jouer quelques fantaisies en rapport avec mes sentiments intimes, je préludai par ces *canzonette* qui nous viennent du Midi, si pleines de charme et de tendresse, comme: *Sentimi idol mio....*, ou *almen se non poss'io...*, et, pendant que je chantais, que je répétais *Morir mi sento*, et mille *addio*, et mille *oh dio*, je voyais s'animer et rayonner de plus en plus les regards de Séraphine.

Elle se tenait devant l'instrument à côté de moi, je sentais son haleine effleurer ma joue. Comme elle appuyait son bras sur le dossier de ma chaise un ruban blanc à demi-détaché de son élégante robe de bal tomba sur mon épaule, et au souffle de mes accents et des doux soupirs de Séraphine, il voltigeait entre nous tel qu'un messager d'amour fidèle..... Je m'étonne encore d'avoir pu conserver ma raison!

Je cherchais à me rappeler un autre air, et je parcourais le clavier d'une main distraite, quand mademoiselle Adélaïde, qui était restée assise dans un coin de la chambre, s'approcha de nous, se mit à genoux devant la baronne, et, lui saisissant les mains qu'elle pressa contre son sein, lui dit d'une voix suppliante : « Oh! chère baronne, ma petite Séraphine! il faut aussi que vous chantiez. » La baronne répondit : « Mais à quoi penses-tu, Adélaïde? comment veux-tu que je fasse entendre devant notre virtuose ma misérable voix! » C'était une chose délicieuse que de la voir, pareille à un enfant modestement honteux, les yeux baissés et toute rouge, combattue par la crainte et le désir.....

On peut s'imaginer avec quelle ardeur je la suppliai à mon tour, et lorsqu'elle fit mention de certaines petites chansons courlandaises, je redoublai si vivement mes sollicitations qu'elle avança enfin la main gauche sur les touches et en tira quelques sons comme pour préluder. — Je voulus lui faire place devant l'instrument, mais elle s'en défendit, assurant qu'elle était incapable de former un seul accord, ce qui devait justement rendre pâle et sans effet son chant privé d'accompagnement.

Alors elle commença, d'une voix profondément touchante et partant du cœur, un air dont la mélodie simple portait tout-à-fait le caractère de ces airs nationaux, empreints d'un charme si pénétrant, qu'ils nous révèlent, par le vif éclat dont ils rayonnent, la nature vraiment poétique de l'homme. Je ne sais quelle séduction mystérieuse gît dans les paroles indifférentes du texte qui nous offre, en quelque sorte, une traduction hiéroglyphique du sentiment de l'infini qui repose au fond de notre âme. Qui n'a pas rêvé en entendant cette chansonnette espagnole dont les paroles n'ont guère plus de valeur que : « Avec ma bien-aimée je voguais sur la mer; le temps devint orageux, et ma bien-aimée chancelait sur la barque, saisie d'effroi. Non !... je ne voguerai plus avec ma bien-aimée sur la mer. » — C'est ainsi que l'ariette de la baronne ne disait autre chose que : « L'autre jour je dansais avec mon bon ami à la noce. Il tomba de mes cheveux une fleur qu'il ramassa, et il me la rendit en disant : Quand irons-nous de nouveau à la noce, ô ma bien-aimée ! »

Lorsque j'accompagnai le second couplet d'arpèges rapides, lorsque plein d'un enthousiasme passionné je surprenais la mélodie des airs suivants au premier mouvement des lèvres de la baronne, elle et mademoiselle Adélaïde me tinrent pour le plus habile des virtuoses, et je fus accablé de pompeux éloges.

La clarté des bougies de la salle de bal, située dans l'aile latérale, se réfléchit jusque dans la chambre de la baronne, et les sons bruyants des trompes et des cors de chasse annoncèrent qu'il était temps de se joindre à la société. « Hélas ! il faut donc que je parte ! s'écria la baronne en se levant avec vivacité, — vous m'avez fait passer une heure délicieuse : jamais jusqu'ici je n'ai joui de plus doux moments à R....sitten. » En disant ces mots, la baronne me tendit la main; l'ayant saisie dans une ivresse ineffable pour la porter à mes lèvres, je sentis sous mes doigts tous ses nerfs tressaillir.....

IV.

En présence du monde la baronne ne m'adressait que de temps en temps quelques paroles bienveillantes; mais il ne se passait presque pas de soirée sans qu'un messager de mademoiselle Adélaïde ne vint en secret me mander auprès de sa maîtresse. Nous en vînmes bientôt à entremêler à la musique des conversations variées; et quand la baronne et moi nous commencions à nous perdre dans des abstractions sentimentales, dans des songes romanesques, mademoiselle Adélaïde nous interrompait tout-à-coup par des plaisanteries triviales et burlesques, quoique son âge dût faire paraître étrange dans sa bouche cet excès de jovialité et d'enfantillage.

Toutefois, à maint et maint témoignage, je dus reconnaître, en effet, qu'ainsi que son regard me l'avait fait pressentir à la première vue, Séraphine nourrissait au fond de l'âme un germe de deuil et de fatalité. Alors je crus plus que jamais à l'influence des sombres revenants du château. J'avais l'esprit arme sûre en cas de besoin, pourvu qu'on sache conserver son sang-froid. »

La partie du bois, où devaient se trouver les loups, fut cernée par les chasseurs. Il faisait un froid glacial; le vent hurlait à travers les pins et me chassait dans le visage d'épais flocons de neige, si bien qu'à l'approche du crépuscule je pouvais à peine distinguer les objets à six pas de distance. Tout engourdi, je quittai la place qui m'avait été assignée, et je cherchai un abri plus avant sous les arbres. Là, j'appuyai contre un pin mon arquebuse, et, sans plus m'occuper de la chasse, je m'abandonnai à mes rêveries, qui me transportaient dans la chambre de Séraphine.

Bientôt plusieurs coups de fusil retentirent dans le lointain; au même moment, j'entends un bruit dans le fourré qui réveille mon attention, et, à dix pas de moi, j'aperçois un loup énorme prêt à s'élancer. Je vise aussitôt et je tire, mais je le manque! L'animal bondit vers moi avec des yeux pleins de rage..... J'étais perdu si je n'avais conservé assez de présence d'esprit pour m'armer du couteau de chasse, que j'enfonçai profondément dans son gosier, de sorte que le sang rejaillit sur mon bras et sur mes mains.

Un des gardes-chasse du baron, qui était posté à l'affût près de moi, accourut en jetant de hauts cris, et, sur son signal répété, tout le monde se rassembla autour de nous. Le baron s'élança vers moi : « Au nom du ciel! s'écria-t-il, vous saignez! — vous saignez, vous êtes blessé? » J'assurai le contraire.

Alors le baron accabla de reproches le garde-chasse, mon voisin, pour n'avoir pas tiré sur la bête immédiatement après mon coup manqué. Celui-ci protesta de l'impossibilité d'agir ainsi, attendu que l'extrême rapprochement du loup m'exposait moi-même à être atteint; mais le baron soutenait toujours qu'il aurait dû veiller sur moi, vu ma qualité de chasseur novice. — Cependant on avait ramassé la bête. C'était une des plus grandes qui eût été abattue depuis long-temps. On admira généralement mon courage et ma résolution, quoique ma conduite me parût fort naturelle, et que je n'eusse, en effet, nullement songé au danger de mort que je courais.

Le baron surtout me témoigna le plus vif intérêt, il ne se lassait pas de me demander si je ne craignais rien des suites de l'émotion, quoique je n'eusse reçu aucune atteinte. En retournant au château, il me prit familièrement sous son bras et donna mon arquebuse à porter à un garde. Il ne tarissait pas sur mon héroïsme, si bien que je finis par y croire moi-même, et, mettant de côté toute timidité, je me vis décidément caractérisé vis-à-vis du baron comme un homme de cœur et doué d'une rare énergie. — L'écolier avait passé son examen à son honneur: il n'était plus écolier, et il avait abjuré toute crainte humiliante. Bref, j'imaginais avoir dûment acquis le droit de briguer les faveurs de Séraphine!.... De quels sots écarts l'imagination d'un jeune homme n'est-elle pas capable!

Au château, près de la cheminée et d'un bol de punch fumant, je continuai d'être le héros du jour.

Le baron était le seul qui, outre moi, eût abattu un loup, et les autres chasseurs étaient contraints, tout en attribuant leur mauvais succès à l'obscurité et à la neige, de se rejeter sur les récits effrayants de leurs dangers et de leurs triomphes passés.

Je croyais sincèrement avoir droit aux éloges et à l'admiration de mon grand-oncle, et c'est en vue de les obtenir que je lui racontai mon aventure assez prolixement, sans oublier surtout de lui peindre avec des couleurs énergiques l'aspect féroce et sanguinaire du loup furieux. Mais le vieillard me rit au nez, et se contenta de dire : « Dieu est puissant dans les faibles ! »

Fatigué de boire et de jaser, je quittai le salon, et j'approchais de la Salle des Chevaliers, lorsque j'aperçus, marchant devant moi dans le corridor, une figure blanche qui portait un flambeau. J'avance, et je reconnais mademoiselle Adélaïde. — « Faut-il donc courir la nuit comme un spectre, comme une somnambule, pour vous rencontrer, mon brave chasseur de loups. » Elle me dit cela d'une voix très-basse, et me prit en même temps les mains. Les mots de spectre, de somnambule, prononcés ainsi dans ce lieu, me tombèrent lourdement sur le cœur ; ils me rappelèrent les apparitions terribles de ces deux nuits fatales, et mes impressions matérielles étaient complices de ce souvenir ; car justement le vent de la mer gémissait sur des tons d'orgue sourds et confus, et sifflait avec fureur contre les vitraux, à travers lesquels la lune projetait une lueur blafarde sur le pan de mur mystérieux où l'horrible grattement s'était fait entendre. Je crus même en ce moment y distinguer des taches de sang !

Mademoiselle Adélaïde, qui n'avait pas quitté ma main, s'aperçut naturellement du frisson glacial qui m'avait saisi. « Qu'avez-vous donc ? qu'avez-vous donc ? me dit-elle tout bas, vous êtes plus froid que le marbre. Oh ! moi, je veux vous rappeler à la vie. Savez-vous bien que la baronne meurt d'impatience de vous voir ? Elle se tourmente déraisonnablement, et ne croira pas, à moins de votre présence, que l'odieux loup ne vous a pas mis en pièces. Eh ! mon cher ami, quel sort avez-vous jeté à la pauvre Séraphine ? jamais je ne l'ai vue ainsi ! — Hoho ! comme à présent le pouls recommence à battre : comme notre sang refroidi s'est vite enflammé de nouveau ! — Allons, venez-vous ? Bien doucement ! — Nous allons rejoindre la chère baronne ! »

Je me laissai entraîner sans répondre, car la manière dont Adélaïde parlait de la baronne me semblait indigne, et l'idée d'une connivence entre elle et moi me répugnait à l'excès. J'entrai derrière Adélaïde. Séraphine avança promptement de trois ou quatre pas en jetant une exclamation à demi-comprimée, et elle s'arrêta subitement au milieu de la chambre comme frappée d'une arrière-pensée. J'osai m'emparer de sa main et la porter à mes lèvres ; elle la laissa reposer dans la mienne, et dit : « Mais, mon Dieu, est-ce donc votre vocation d'aller chercher querelle aux loups ? Ne savez-vous pas bien que les temps fabuleux d'Orphée et d'Amphion sont passés sans retour, et que les bêtes sauvages ont perdu toute espèce de respect pour les meilleurs musiciens? » Ce compliment flatteur, par lequel la baronne coupait court à toute fausse interprétation du vif intérêt qu'elle prenait à l'événement, me remit aussitôt sur un ton de juste bienséance.

Je ne sais comment il se fit qu'au lieu de prendre place au piano suivant mon habitude, je me trouvai assis sur le canapé à côté de la baronne, qui m'interrogea immédiatement sur le danger que j'avais couru. Il résultait de sa question que la conversation, pour cette fois, l'emporterait sur la musique. Je racontai donc mon aventure, sans omettre combien le baron m'avait témoigné d'empressement, et même je ne cherchai pas à dissimuler que je ne m'y serais pas attendu de sa part. Alors, d'une voix douce et presque plaintive, Séraphine me dit :

« Oh ! le baron doit vous paraître, en effet, bien altier et bien rude; mais, croyez-moi, ce n'est que dans ce séjour sombre et sauvage, ce n'est que durant ces chasses dans les forêts froides et désertes qu'il change ainsi de nature, ou du moins de manières apparentes. Cette humeur violente et chagrine provient surtout de son idée fixe qu'il doit arriver ici quelque événement sinistre. C'est pour cela que cet accident, qui n'aura, Dieu merci, aucune suite fâcheuse, l'a si fortement frappé. Il tremble de voir ici exposé au plus petit danger le dernier de ses serviteurs, à plus forte raison, un ami cher et nouvellement acquis. Tenez, je suis certaine que Gottlieb, qu'il regarde comme coupable de n'avoir pas prévenu le danger que vous couriez, subira, sinon la peine de la prison, du moins la punition honteuse, infligée aux gardes-chasse, de suivre la chasse avec un bâton à la main au lieu de fusil. Or, comment ne verrai-je pas moi-même avec une appréhension pénible ces chasses toujours périlleuses, et auxquelles le baron, malgré ses prévisions funestes, se livre pourtant avec tant d'ardeur, comme pour braver le mauvais génie qui jette sur son existence un souffle empoisonné. — On raconte bien des choses extraordinaires sur l'aïeul fondateur du majorat, et je n'ignore pas que ce château recèle un terrible secret de famille, qui, tel qu'un revenant diabolique, poursuit le propriétaire, et ne lui permet de séjourner ici que par courts intervalles, au milieu du fracas tumultueux qui y règne. Mais moi! combien ne dois-je pas être ici triste et solitaire, et comment pourrais-je me soustraire à la sombre et mystérieuse influence qui pèse sur ces murs. C'est à vous, cher Théodore, c'est à votre art que je dois les premiers moments de plaisir que j'aie goûtés ici : comment puis-je vous en remercier assez gracieusement? »

Je baisai la main que me tendait Séraphine, et je lui dis que moi aussi, le premier jour, ou plutôt la première nuit après mon arrivée, j'avais éprouvé la même terreur mystérieuse, ou plutôt une horreur profonde dans cet étrange séjour; et tandis que j'attribuais vaguement ces inspirations de crainte à la construction bizarre du château, et surtout à la décoration gothique de la salle d'audience et aux sifflements orageux du vent, la baronne me regarda fixement. Il se peut que malgré moi l'ensemble de mes expressions laissât à entendre que j'avais vu plus de choses que je n'en voulais convenir; bref, comme je gardais le silence, Séraphine s'écria : « Non, non, il vous est arrivé quelque chose d'effrayant dans cette salle, où je ne suis jamais entrée sans frémir ! — Je vous en conjure : dites-moi tout ! »

Le visage de la baronne s'était couvert d'une pâleur mortelle, et je m'assurai qu'il valait mieux maintenant raconter fidèlement tout ce qui s'était passé que de laisser à son imagination frappée le souci d'inventer une scène de terreur encore plus menaçante que celle dont j'avais été témoin. Elle écouta mon récit avec une émotion et une anxiété de plus en plus vives. Quand j'arrivai au fatal grattement contre le mur, elle s'écria : « C'est horrible !... oui, oui, c'est dans ce mur que réside le terrible secret ! » Je continuai à lui raconter comment mon grand-oncle avait chassé le revenant avec un courage et une force d'âme supérieurs ; alors elle soupira profondément, comme si elle eût senti sa poitrine soulagée d'un lourd fardeau, et, se penchant en arrière, elle se couvrit un moment le visage de ses deux mains.

Je m'aperçus seulement alors que mademoiselle Adélaïde nous avait quittés. J'avais cessé de parler depuis long-temps, et Séraphine se taisait toujours. Je me levai doucement, et, m'approchant du piano, j'essayai d'en tirer, avec d'harmonieux accords, des inspirations consolatrices capables d'effacer de l'esprit de Séraphine les sombres images suscitées par mon récit. Bientôt j'entrepris de chanter, avec toute l'expression dont j'étais capable, une des *canzone* sacrées de l'abbé Steffani. A ces sons mélancoliques : *Occhi perchè piangète?...* Séraphine se réveilla de sa profonde rêverie, et m'écouta en me souriant doucement, tandis que des perles limpides brillaient dans ses yeux.....

Comment arriva-t-il que je m'agenouillai devant elle, qu'elle se pencha vers moi, que je la serrai contre mon sein, et que nos lèvres s'unirent dans un long et brûlant baiser? Comment se peut-il que je n'aie pas perdu connaissance, quand je la sentis m'attirer tendrement à elle, que je l'aie laissée sortir de mes bras, et que, me relevant avec vivacité, j'aie repris ma place au piano! — La baronne, sans me regarder, fit quelques pas vers la fenêtre, puis elle se retourna, et, se rapprochant de moi avec un air de fierté plein de grâce, mais qui ne lui était pas habituel, elle me dit, les yeux fixés sur les miens : « Votre oncle, le plus digne des hommes! c'est l'ange tutélaire de notre maison. Qu'il veuille bien me comprendre dans ses pieuses prières. »

Je ne pus proférer une parole : le subtil poison, que m'avait insinué ce baiser enivrant, fermentait dans mon sein et enflammait tout mon être! — Mademoiselle Adélaïde rentra. La rage du combat intérieur qui m'irritait se résolut en larmes brûlantes, qu'il me fut impossible de réprimer. Adélaïde m'examinait en riant et d'un air singulier. Je l'aurais volontiers poignardée! — La baronne me tendit la main et me dit avec une affabilité extrême : « Portez-vous bien, cher Théodore! portez-vous bien, et souvenez-vous que personne peut-être n'a mieux compris que moi votre musique. Ah! je l'entendrai long-temps résonner dans mon âme! »

Je m'efforçai d'articuler quelques mots insignifiants et sans suite, et je courus m'enfermer dans notre chambre.

V.

Déjà mon grand-oncle était endormi. Je m'arrêtai dans la salle d'audience, je tombai à genoux, je pleurai amèrement; je prononçais le nom chéri de Séraphine, et je m'abandonnais enfin aux transports d'une folie amoureuse aussi exaltée que possible, de telle sorte que mon grand-oncle s'éveilla. « Cousin, me cria-t-il, es-tu devenu fou? ou serais-tu, par hasard, aux prises de nouveau avec un loup enragé? Va te mettre au lit : fais-moi ce plaisir. » Cette apostrophe me décida à entrer dans la chambre pour me coucher, du reste avec la ferme résolution de ne rêver qu'à Séraphine.

Il pouvait être un peu plus de minuit, et je n'étais pas encore endormi, quand je crus entendre des voix éloignées, des allées et venues, des portes s'ouvrir et se fermer. J'écoutai plus attentivement et je distinguai des pas qui s'approchaient dans le corridor. La porte de la grande salle fut ouverte, et l'on frappa à celle de notre chambre.

« Qui va là? » demandai-je à haute voix. On répondit dans la salle : « Monsieur le justicier ! — monsieur le justicier, réveillez-vous, réveillez-vous ! » Je reconnus la voix de François : « Est-ce que le feu est au château ? » m'écriai-je. Alors mon grand-oncle se réveillant en sursaut : « Le feu ! demanda-t-il, où est-il, le feu ? qu'est-ce encore que cette manœuvre d'un démon enragé ? »

» Ah ! levez-vous, monsieur le justicer, dit François, monsieur le baron vous demande. — Et que peut donc vouloir monsieur le baron à cette heure ? répliqua mon grand oncle ; ne sait-il pas que la justice se couche en même-temps que le justicier, et dort, ma foi, aussi bien que lui ?

» Ah ! mon cher monsieur le justicier, s'écria de nouveau François d'une voix troublée, levez-vous en hâte : madame la baronne est malade à la mort...»

Je me levai en jetant un cri d'épouvante. « Ouvre la porte à François, » me dit mon grand-oncle. Hors de moi-même et me soutenant à peine, je ne pouvais mettre la main sur la serrure, et le vieillard fut obligé de venir m'aider. François entra, le visage pâle et défait, et il alluma la bougie. Nous avions à peine eu le temps de nous vêtir, quand nous entendîmes le baron dire, de la salle voisine : « Puis-je vous parler, mon cher V*** ? »

— « Pourquoi t'es-tu habillé, cousin ? me dit mon grand-oncle, se préparant à sortir. — Il faut que je descende, répondis-je d'une voix sourde et brisée par le désespoir ; je veux la voir ! et mourir !...

» Oui, oui, rien n'est plus juste, cousin, » me dit-il. En même temps, il me poussa vivement la porte sur le nez, et la ferma en dehors à double tour. Dans le premier mouvement de fureur, je voulais enfoncer la porte; mais, promptement ravisé sur les funestes conséquences d'un pareil éclat, je me déterminai à attendre le retour de mon oncle, bien résolu d'échapper alors, coûte que coûte, à sa surveillance.

J'entendis le baron parler violemment à mon grand-oncle et prononcer plusieurs fois mon nom, sans que j'en comprisse le motif. Chaque minute, chaque seconde ajoutait à mon anxiété. A la fin, je crus deviner qu'on apportait une nouvelle au baron, qui s'éloigna précipitamment. Mon grand-oncle rentra dans la chambre. « Elle est morte! m'écriai-je en m'élançant au-devant de lui. — Et toi tu es fou! répliqua-t-il tranquillement en me faisant asseoir de force sur une chaise. — Je veux descendre! dis-je de nouveau, je veux la voir, quand il devrait m'en coûter la vie! — C'est cela, cher cousin. » En disant ces mots, mon grand-oncle retira la clef de la porte et la mit dans sa poche.

Une rage furieuse s'empara de mes sens. Je saisis mon arquebuse chargée en m'écriant: « Ici, devant vos yeux, je me fais sauter la cervelle, si vous ne m'ouvrez pas cette porte à l'instant même! » Alors mon grand-oncle s'approcha tout près moi, et en fixant sur moi un regard pénétrant, il me dit: « Jeune homme! imagines-tu devoir m'effrayer avec cette misérable menace? penses-tu que ta vie ait la moindre valeur à mes yeux, du moment où tu serais capable de la sacrifier au caprice de ta folie, comme un joujou usé et dégradé? — Qu'as-tu à faire auprès de la femme du baron? qui te donne le droit de jouer ici le rôle d'un fat importun, comme si l'on se souciait de tes soins et de ta présence? Veux-tu donc aller singer le berger amoureux à l'heure solennelle du trépas? »

Je retombai consterné sur un fauteuil. Après un moment de silence, le vieillard reprit d'un ton plus doux : « Et pour que tu le saches, le prétendu danger de la baronne se réduit à rien du tout. Mademoiselle Adélaïde est tout de suite aux abois pour une bagatelle; qu'une goutte de pluie lui tombe sur le nez, et elle s'écrie aussitôt : Ah! quel affreux orage! — Par malheur nos cris au feu! ont réveillé les deux vieilles tantes, et elles se sont mises en marche pour aller secourir la baronne avec tout un arsenal d'élixirs de vie, de gouttes confortatives, et de je ne sais quelles drogues encore. Mais ce n'est rien qu'un fort évanouissement. »

Mon grand-oncle s'arrêta : il s'était peut-être aperçu de la violence que je me faisais. Il traversa plusieurs fois la chambre d'un bout à l'autre, puis vint se poser en face de moi, et me dit en riant de tout son cœur : « Cousin! cousin! quelle folie te mène, dis-moi? Non, il n'en faut pas douter, Satan s'escrime ici de plusieurs manières : tu t'es jeté de toi-même en écervelé sous ses griffes, et il en prend avec toi à son aise!... » Il continua à marcher en long et en large, et reprit ensuite : « C'en est fait de notre sommeil : je suis donc d'avis de fumer une pipe pour employer les deux heures de nuit qui nous restent. »

En même temps, mon grand-oncle prit sur l'armoire sa pipe de terre, qu'il se mit à bourrer avec lenteur et précaution; ensuite il remua une grande quantité de papier, d'où il retira une feuille qu'il tortilla avec grand soin, et dont il alluma son tabac. Tout en chassant avec force devant lui d'épaisses bouffées, il disait entre ses dents : « Eh bien, cousin! et ton histoire de la chasse au loup? » Je ne sais comment ce sang-froid affecté produisit sur moi une impression extraordinaire; je me figurais être absent de R....sitten, loin, bien loin de la baronne, et il me semblait ne pouvoir me rapprocher d'elle que par la force de la pensée. — La dernière question de mon grand-oncle me blessa. « Mais, lui dis-je, trouvez-vous donc cette aventure si risible pour en faire un perpétuel sujet de railleries?

» Point du tout, monsieur mon cousin, répondit-il; mais tu ne saurais croire quelle plaisante figure fait dans le monde un pauvre diable tel que toi, et quel rôle étrange il joue quand le ciel daigne permettre qu'une de ses actions sorte par basard de la ligne vulgaire. — J'avais pour ami à l'université un homme calme, réfléchi, du caractère le plus égal. Le hasard l'engagea, lui qui n'avait jamais donné prise à pareille chance, dans une affaire d'honneur, et mon ami, que la plupart de ses camarades supposaient faible et timide, se comporta, à l'admiration générale, avec autant de courage que de dignité. Mais à dater de ce moment, il devint tout autre. Le jeune homme studieux et posé se transforma en spadassin et en fanfaron insupportable, faisant le tapageur et se querellant pour des bagatelles; il ne trouvait plus de plaisir qu'à se battre : si bien qu'un beau jour le doyen d'une section de compatriotes, qu'il avait insulté lâchement, le tua en duel. — Je ne te raconte cela, cousin, que pour conter quelque chose; n'en pense que ce que tu voudras. Et maintenant, pour revenir à la baronne et à son indisposition... »

En ce moment, des pas légers se firent entendre dans la salle, et je crus distinguer un gémissement plaintif s'élever dans l'air. — Elle n'est plus ! — Cette idée vint me frapper comme un coup de foudre mortel ! Mon grand-oncle se leva vivement et cria à haute voix : « François !... François ! — Oui, mon cher monsieur le justicier, répondit-on en dehors. — François ! continua mon grand-oncle, arrange un peu le feu dans la cheminée, et vois, si cela se peut, à nous préparer quelques bonnes tasses de thé.... Il fait diablement froid, ajouta-t-il en se tournant vers moi, et nous ferons mieux, je pense, d'aller causer un peu là à côté, près de la cheminée. »

Mon grand-oncle ouvrit la porte, et je le suivis machinalement. « Comment ça va-t-il là-bas? demanda-t-il. — Bon, répondit François, il n'en faut pas parler : madame la baronne est tout-à-fait remise, et elle attribue cette petite défaillance à un mauvais rêve. » J'allais éclater en transports de joie et de ravissement, quand un regard sévère de mon grand-oncle me rappela à moi-même. « Bah ! dit-il, tout bien examiné, il vaut peut-être encore mieux nous recoucher pour une heure ou deux. Va, François, ne te dérange pas pour le thé. — Comme vous l'ordonnerez, monsieur le justicier, » répondit François. Et il nous quitta en nous souhaitant une bonne nuit, bien qu'on entendît déjà les coqs chanter.

« Ma foi! cousin, me dit mon grand-oncle en vidant la cendre de sa pipe dans la cheminée, sais-tu qu'il est pourtant bienheureux qu'il ne te soit arrivé aucun malheur avec les loups furieux et les arquebuses chargées! » Je le compris à merveille, et j'eus honte de m'être conduit de manière à me faire traiter comme un enfant mutin et mal appris.

VI.

« Cher cousin, me dit mon grand-oncle le lendemain matin, sois assez bon pour descendre t'informer des nouvelles de la baronne. Tu n'as qu'à t'adresser à mademoiselle Adélaïde : elle te pourvoira d'un bulletin complet ! » On devine si je me fis prier. Mais, à l'instant même où j'allais frapper tout doucement à la porte de l'antichambre de Séraphine, le baron sortit brusquement, et nous nous trouvâmes face à face. Il resta tout ébahi, et, me mesurant d'un regard sombre et perçant : « Que demandez-vous ici? » s'écria-t-il. Malgré l'excès de mon émotion, je me contraignis et répondis d'un ton ferme : « Je viens de la part de mon oncle m'informer de la santé de madame la baronne. — Oh! ce n'était rien! ses attaques de nerfs habituelles. Elle dort tranquillement, et paraitra à table, sans doute, fort bien portante. Dites cela! dites cela. »

Le baron prononça ces mots avec une certaine vivacité passionnée qui me fit supposer qu'il était plus inquiet qu'il ne voulait le paraître. Je fis un mouvement pour me retirer. Alors le baron saisit tout-à-coup mon bras et me dit avec des yeux étincelants : « J'ai à vous parler, jeune homme ! » — Ne devais-je pas voir en lui, dans ce moment, le mari gravement offensé, et ne devais-je pas appréhender une explication qui pouvait tourner peut-être à ma confusion ? J'étais sans armes ; mais je me souvins aussitôt de ce couteau de chasse remarquable dont mon grand-oncle m'avait fait présent, et que je portais dans ma poche. Alors je suivis le baron qui m'entraînait avec lui, bien décidé à n'épargner la vie de personne, si je me voyais exposé à la moindre humiliation.

Nous arrivâmes dans la chambre du baron, qui ferma la porte derrière lui ; puis il se mit à arpenter le plancher, les bras croisés, et s'arrêta enfin devant moi en répétant : « Jeune homme ! j'ai à vous parler. » Je me sentais animé d'un courage intrépide. et je répondis du ton le plus absolu : « J'espère que ce sera d'une manière qui ne m'obligera à demander aucune réparation ! »

Le baron me regarda tout étonné comme s'il ne m'avait pas compris. Ensuite il baissa les yeux, croisa les bras derrière le dos, et recommença à marcher de long en large d'un air sombre. Je le vis prendre un fusil et y enfoncer la baguette comme pour s'assurer qu'il était chargé. Le sang bouillonnait dans mes veines, je portai la main à mon couteau, et je m'approchai tout près du baron pour le mettre dans l'impossibilité de m'ajuster. — « Une jolie arme! » dit le baron; et il replaça le fusil dans un coin.

Je reculai de quelques pas, mais le baron se rapprocha d'autant, et, me frappant sur l'épaule avec une certaine réserve, il me dit: « Je dois vous paraître agité et bouleversé, Théodore! Je le suis en effet par suite des mille angoisses de cette nuit. L'attaque de nerfs de ma femme n'était absolument qu'un rien, et je le reconnais à présent; mais ici, dans ce château, qui recèle je ne sais quel esprit de ténèbres, je vois toujours les choses au pire; et d'ailleurs, c'est la première fois qu'elle s'est trouvée malade ici. — Et vous, vous seul en avez été la cause.

« Comment cela se pourrait-il, répondis-je tranquillement, car je ne le soupçonne nullement. — Oh! continua le baron, si cette maudite caisse à musique de madame l'intendante eût pu se briser sur la glace en mille morceaux!... Oh! si vous-même... Mais non, non! il en devait être ainsi, cela était dans l'ordre, et c'est moi seul qui suis coupable. C'était à moi, le premier jour où vous allâtes toucher du piano chez ma femme, à vous faire part de l'état des choses, à vous instruire de la disposition d'esprit de Séraphine. »

Je fis le mouvement de prendre la parole, le baron m'interrompit brusquement: « Laissez-moi parler, je veux vous épargner d'avance tout jugement hasardé. Vous me prenez pour un homme rude et peu soucieux des beaux-arts. Vous vous trompez singulièrement. Mais des raisons qui s'appuient sur une intime conviction, m'obligent de proscrire autant que possible en ces lieux cette musique qui impressionne les cœurs, le mien comme les autres. Apprenez que ma femme est affectée d'une névralgie qui doit à la longue lui interdire toutes les jouissances de la vie. Dans ce séjour mystérieux, elle est constamment sous l'influence de cette irritation fébrile qui ne se manifeste ailleurs qu'accidentellement, et qui souvent sert d'avant-coureur à de graves maladies. Vous me demanderez avec raison pourquoi je ne dispense pas cette femme si délicate de ces périlleux voyages et du spectacle tumultueux et désagréable de nos chasses aventureuses. Accusez-moi, si vous le voulez, de faiblesse : bref, il m'est absolument impossible de la laisser seule loin de moi; je serais tourmenté de mille angoisses et incapable d'entreprendre quelque chose de sérieux; car il est certain que les souvenirs de malheurs inouis et nombre d'images funestes viendraient m'assiéger jusqu'au milieu des bois et sur mon siége de justice. D'ailleurs j'ai dans l'idée que ce train de vie bruyant et sauvage doit produire sur cette organisation délicate l'effet d'un bain fortifiant et salutaire. — Sans doute ! le vent de la mer avec ses sifflements aigus à travers les pins, les sourds aboiements des dogues, et les fanfares sonores des âpres cors de chasse devraient triompher ici des molles et langoureuses mélodies du clavecin, dont aucun homme ne devrait savoir toucher; mais vous avez tenu opiniâtrément à martyriser ma femme, jusqu'au risque de la tuer !... »

Le baron avait élevé le ton en prononçant ces

mots, et ses regards étaient animés d'une colère farouche. Le sang me monta à la tête. Je voulais parler, mais il ne le permit pas. « Je ne sais ce que vous voulez dire, continua-t-il, mais ce que je sais, ce que je vous répète, c'est que vous étiez en chemin de faire mourir ma femme, et que je ne puis cependant vous l'imputer à crime, quoique je doive prendre des mesures pour y remédier, comme vous pouvez aisément le comprendre. Bref! votre musique et votre chant ont exalté outre-mesure l'imagination de ma femme, et lorsque sur cette mer sans fond des pressentiments et des visions chimériques elle flotte à l'aventure sans gouvernail et sans soutien, vous lui portez le dernier coup, par la relation d'une histoire de revenants qui vous est arrivée, dites-vous, là-haut, dans la salle d'audience. — Votre grand-oncle m'a tout raconté, mais, je vous prie, répétez-moi vous-même tout ce que vous avez vu ou cru voir, tout ce que vous avez entendu, tout ce qui vous a frappé enfin, et ce que vous avez supposé. »

Je rassemblai mes forces, et je racontai avec calme au baron de point en point ce qui s'était passé. Le baron laissait seulement échapper de temps à autre quelques interjections qui exprimaient sa surprise. A l'endroit de mon récit où je peignis mon grand-oncle luttant contre le revenant avec un pieux courage, et celui-ci obligé de céder à l'énergie de ses conjurations, le baron leva au ciel ses deux mains jointes et s'écria d'un air inspiré : « Oui! c'est vraiment le génie tutélaire de la famille! je veux que sa dépouille mortelle repose dans le caveau qui renferme les cendres de nos ancêtres. »

Je gardais le silence. — « Daniel! Daniel! que fais-tu ici à cette heure? » Ainsi murmurait à demi-voix le baron, en se promenant les bras croisés dans la chambre. — « N'avez-vous plus rien à me dire, monsieur le baron? » dis-je à haute voix en faisant mine de vouloir me retirer. Le baron tressaillit comme s'il se réveillait d'un songe; il vint me prendre amicalement par la main et me dit : « Oui! mon cher ami, il faut que vous guérissiez ma femme, que vous avez, sans le vouloir, si gravement compromise; vous seul le pouvez. »

Je sentis la rougeur me monter au visage; et si j'avais pu me voir dans une glace, j'aurais certainement eu devant moi la figure d'un garçon bien sot et bien hébété. Le baron paraissait prendre plaisir à mon embarras, et fixait sur moi en souriant ironiquement un regard sardonique. « Mais au nom du ciel, dis-je enfin en balbutiant, comment puis-je y parvenir? — Eh! mon Dieu! reprit le baron, vous n'avez pas affaire à une malade bien dangereuse. Écoutez : je réclame positivement le service de votre art lui-même. La baronne maintenant est tout-à-fait sous le prestige de votre magique talent, et songer à l'y soustraire violemment, serait une folie et une cruauté. Continuez vos séances de musique : vous serez toujours bien reçu à quelque heure de la soirée que vous vous présentiez chez ma femme; mais habituez-la peu à peu à une musique plus énergique. Mélangez avec habileté la gaîté au sérieux;...

et puis, surtout, répétez-lui le plus souvent possible le récit de votre apparition. La baronne s'y accoutumera, elle finira par oublier que le revenant hante ce château même, et cette histoire alors ne fera pas plus d'impression sur elle que tout autre conte de fées qui l'aurait divertie dans le premier roman venu. Vous entendez, mon cher ami! » En disant ces mots, le baron me congédia, et je m'éloignai.

J'étais confondu, je me voyais avec dépit jouant le rôle d'un enfant insensé et sans conséquence. Moi qui avais cru follement le cœur du baron en proie à la jalousie! et lui-même m'adresse à Séraphine, m'introduit près d'elle; il ne voit en moi qu'un moyen, qu'un instrument passif qu'il emploie ou rejette suivant son caprice! — Quelques minutes avant je redoutais le baron; une voix secrète, au fond de ma conscience, me disait que j'étais coupable : mais cette culpabilité me faisait envisager, sous un jour plus brillant encore, la félicité de mon sort. Maintenant tout était plongé dans de noires ténèbres, et je ne voyais plus en moi qu'un enfant étourdi qui, dans sa naive ignorance, avait pris pour un diadème d'or pur la couronne de papier dont il s'était décoré la tête.

J'allai trouver mon oncle, qui attendait mon retour. « Eh bien, cousin, me cria-t-il de loin, d'où viens-tu donc? qu'es-tu devenu? — J'ai eu un entretien avec monsieur le baron, répondis-je aussitôt, mais à voix basse et sans lever les yeux. — Oh! saperlote! répliqua-t-il d'un air stupéfait, j'avais prévu ce coup fâcheux : le baron t'aura appelé en duel, n'est-ce pas? » L'éclat de rire immodéré, dont le vieillard accompagna ces paroles, me prouva qu'il m'avait pénétré cette fois encore comme les autres. Je frémissais de rage, je m'abstins d'ajouter un seul mot, car je savais trop bien qu'il ne fallait que cela pour provoquer sur-le-champ l'explosion de mille railleries, que je voyais déjà voltiger sur les lèvres pincées de mon grand-oncle.

La baronne parut à l'heure du diner dans un élégant négligé d'une blancheur plus éblouissante que la neige récemment tombée. Elle avait un air fatigué et plein de langueur; mais lorsqu'elle leva ses yeux noirs, en faisant entendre sa voix harmonieuse et voilée, une rougeur fugitive passa comme un nuage sur son teint de lys, et le feu d'un désir secret vint illuminer son regard. Elle me parut plus belle que jamais!

Qui peut définir les extravagances d'un jeune homme dont le sang bouillonne de la tète au cœur! — L'amer courroux que le baron avait excité en moi, je le reportai sur Séraphine. Tout me paraissait concourir à une odieuse mystification, et j'avais à cœur de prouver que j'étais parfaitement de sang-froid et clairvoyant à l'excès. Pareil à un enfant boudeur, j'évitai les regards de la baronne, et je me dérobai aux poursuites de mademoiselle Adélaïde, de sorte, qu'à ma satisfaction, je trouvai à me placer tout au bout de la salle, entre deux officiers avec qui je me mis à boire vaillamment.

Au dessert nous trinquâmes coup sur coup, et je devins naturellement très-gai et très-bruyant. Un domestique vint me présenter une assiette garnie de quelques bonbons, en me disant : « De la part de mademoiselle Adélaïde. » Je la prends et je remarque aussitôt ces deux mots griffonnés au crayon sur une dragée : Et Séraphine ? — Un feu brûlant parcourut mes veines; je tournai les yeux vers Adélaïde, elle m'examinait avec une expression de finesse rusée : elle porta son verre à ses lèvres en m'adressant une légère inclination de tête. Je l'imitai, en murmurant tout bas, presque malgré moi, le nom de Séraphine, et je vidai mon verre d'un seul trait.

Mon regard errait autour de la table, je m'aperçus soudain qu'elle venait de boire au même moment que moi, et, comme elle déposait son verre, ses yeux rencontrèrent les miens. « Elle t'aime cependant ! malheureux !.... » Ces mots, je les entendis chuchoter à mon oreille par quelque démon habitué à jouir à la vue des tortures du cœur humain !

Un des convives se leva, et, suivant l'usage consacré dans les pays du Nord, proposa la santé de la maîtresse de la maison. Les verres furent choqués avec de joyeux transports. J'avais le cœur brisé de ravissement et de désespoir. Le feu de l'ivresse s'empara de ma raison, et je me voyais, en présence de tout le monde, m'élançant à ses pieds pour y exhaler mon dernier soupir !.... « Eh bien, qu'avez-vous donc, cher ami ? » Cette question de mon voisin me rappela à moi-même; mais Séraphine avait disparu.

La table desservie, je voulais m'éloigner, mais Adélaïde me retint forcément; elle m'entretint de bien des choses : je ne comprenais et n'entendais pas un seul mot. Enfin, elle me prit les deux mains dans les siennes et me parla en même temps distinctement à l'oreille. Je restai soudainement immobile, muet, et comme frappé d'une crise cataleptique. Je me souviens seulement que je finis par accepter, des mains d'Adélaïde, un verre de liqueur que je bus, et je me trouvai ensuite seul accoudé à une fenêtre. Enfin je m'élançai hors de la salle, je descendis rapidement l'escalier, et je courus vers la forêt.

La neige tombait par épais flocons, les pins gémissaient au souffle de l'orage. Je courais comme un insensé en décrivant de larges cercles, riant et criant d'une voix sauvage : « Voyez, voyez ! hourra ! comme le diable danse avec le sot garçon qui prétendait manger du fruit solennellement défendu ! » — Qui sait quelle eût été la suite de cet accès de délire, si je n'avais pas entendu crier mon nom à haute voix dans le bois. Le temps s'était un peu radouci, la lune projetait une lumière blanche à travers les nuages épars ; j'entendis aboyer les dogues, et j'entrevis une figure sombre qui s'approchait de moi. C'était le vieux garde-chasse.

« Eh là ! mon cher monsieur Théodore, me dit-il, comment vous êtes-vous ainsi perdu dans cette poussière de neige ? Monsieur le justicier vous attend avec une vive impatience. » Je suivis mon guide sans dire mot. Je trouvai mon grand-oncle occupé à travailler dans la salle d'audience. « Tu as très-bien fait, cousin, me dit-il, tu as fort bien fait de prendre un peu l'air pour te remettre convenablement. Ne bois donc pas tant de vin : tu es encore trop jeune pour cela, et ça ne vaut rien ! »

Je ne dis mot, et je m'assis à la table pour prendre la plume. « Mais, dis-moi donc, cher cousin, reprit mon grand-oncle, ce que voulait sérieusement de toi monsieur le baron. » Je lui avouai tout, et je finis par dire que certainement je ne me prêterais pas à cette cure douteuse, dont le baron m'avait imposé la mission. « Mission d'ailleurs impossible à remplir, cher cousin, interrompit mon grand-oncle, car nous partons demain de grand matin. »

Nous partîmes en effet, et je n'ai jamais revu Séraphine.

VIII.

A peine de retour à K...., mon grand-oncle se plaignit, plus que de coutume, du dérangement apporté à sa santé par la fatigue de ce voyage périodique. Ses attaques de goutte revinrent accompagnées d'un silence morose, auquel il ne faisait trève que pour se livrer à de violents accès de mauvaise humeur. Un jour, je fus appelé auprès de lui en toute hâte; il venait d'être frappé d'un coup d'apoplexie, et je le trouvai étendu raide sur son lit, tenant dans sa main une lettre chiffonnée qu'il serrait convulsivement. Je reconnus l'écriture de l'intendant de R....sitten; mais, absorbé par ma douleur, je n'osai m'emparer de cette lettre, et la mort du vieillard me paraissait imminente. Cependant, avant l'arrivée du médecin, le pouls avait recommencé à battre, et l'énergique constitution de mon oncle triompha de cette dangereuse attaque. Le jour même, le docteur le déclara hors de danger.

L'hiver fut plus opiniâtre que jamais, et suivi

d'un printemps froid et orageux, de sorte que la goutte entretenue par l'intempérie de la saison, plutôt que l'accident en question, retint pendant longtemps mon grand-oncle sur le lit de douleur. Il résolut en cette conjoncture de se débarrasser absolument des affaires, et il renonça à son emploi de justicier en faveur de personnes étrangères ; je perdais ainsi tout espoir de revoir jamais le château de R....sitten.

Le vieillard ne souffrait pas d'autres soins que les miens, et ce n'est qu'avec moi qu'il consentait à s'entretenir et à se dérider ; mais jamais dans ces heures de sérénité où il oubliait ses souffrances, quoiqu'il ne se fît pas faute de m'adresser mille railleries suivant sa coutume, quoiqu'il racontât même des histoires de chasse, à propos desquelles je m'attendais à chaque instant à le voir réitérer ses plaisanteries sur la fameuse aventure du loup que j'avais abattu, jamais il ne parla de notre séjour à R....sitten, et, comme on le concevra aisément, certaine timidité naturelle m'empêchait d'engager directement la conversation sur ce sujet. D'ailleurs mes tristes soucis et les soins assidus que je consacrais à mon grand-oncle m'avaient fait placer le portrait de Séraphine tout au fond de la scène de mon cœur.

En même temps que la maladie du vieillard allait en diminuant, je sentais se réveiller plus vivant le souvenir de cet instant de bonheur dans la chambre de la baronne, instant précieux qui m'apparaissait tel qu'une étoile radieuse éclipsée à jamais pour moi ! Une circonstance inattendue vint renouveler toutes mes douleurs passées, et me glacer d'un frisson mortel, ainsi que l'aurait fait quelque apparition du monde invisible. En ouvrant un jour un portefeuille dont je m'étais servi à R....sitten, il tomba du milieu des feuillets un ruban blanc, dont l'extrémité nouait une boucle de cheveux noirs que je reconnus à l'instant même pour ceux de Séraphine !

Mais en examinant le ruban de plus près, j'aperçois distinctement l'empreinte d'une goutte de sang ! — Peut-être que, dans ce moment d'aveugle délire auquel je m'étais livré le dernier jour, mademoiselle Adélaïde m'avait adroitement mis ce doux souvenir entre les mains : mais pourquoi cette tache de sang, à laquelle je devais attacher quelque pressentiment terrible ? pourquoi ce gage en quelque sorte trop pastoral, en souvenir affligeant d'une passion qui aurait pu avoir de si tragiques résultats !

C'était ce ruban blanc que j'avais senti voltiger comme avec enjouement sur mon épaule, la première fois que j'avais approché de Séraphine, et qui maintenant m'apparaissait, dans ma sombre tristesse, comme un présage de mort ! — Non, jeune homme ! oh ! garde-toi de jouer avec l'arme dont tu ne peux calculer le danger !

Enfin les orages du printemps avaient cédé à l'influence ardente de l'été, et le mois de juillet fut signalé par une chaleur non moins excessive que le froid qui l'avait précédé. Mon grand-oncle reprit ses forces à vue d'œil, et il alla s'installer, suivant son habitude, dans une maison avec jardin, qu'il possédait dans le faubourg.

Un soir, le temps était serein et la température tiède, nous étions assis tous les deux sous un berceau de jasmins parfumés; mon grand-oncle était plus gai que de coutume, et ce jour-là, sa propension naturelle à l'ironie et à la satire avait fait place à une humeur douce et pleine d'aménité. « Cousin, me dit-il, je ne sais comment cela se fait, mais aujourd'hui je me sens pénétré comme par une impression électrique, d'un bien-être tout particulier, et tel que je n'en ai ressenti depuis bien des années. Je crois que c'est le présage de ma fin prochaine. » Je tâchai de le dissuader de ce sombre pressentiment. « Laissons cela, cousin! me dit-il, restons encore ici, je veux profiter de ces instants pour m'acquitter, avant de mourir, d'une dette que j'ai contractée envers toi. — Dis-moi, te souviens-tu de l'automne dernier passé à R....sitten?... »

Cette question du vieillard me frappa comme un coup de foudre; mais avant que je pusse lui répondre, il reprit: « Le ciel a voulu que tu y fusses amené avec des circonstances particulières, et que, malgré toi, tu fusses initié aux plus intimes secrets de la famille. Le temps est venu de t'en apprendre davantage. Nous avons parlé bien souvent de ces choses que l'on pressent, pour ainsi dire, bien plutôt qu'on ne les conçoit. La nature, comme on le dit communément, n'offre-t-elle pas, dans le cycle varié des saisons, le tableau symbolique de la vie humaine? Mais moi j'interprète cet emblème d'une façon toute particulière. On voit se fondre les brouillards du printemps et se dissiper les vapeurs de l'été; ce n'est qu'à travers le pur éther de l'automne que se dessine nettement la perspective du paysage. Pour l'homme aussi, c'est à l'approche du sombre hiver des ans qu'une perception plus parfaite s'allie en lui à l'énergie de la volonté. Alors il nous est permis d'entrevoir en quelque sorte la terre promise où la mort doit nous faire aborder. — C'est ainsi qu'à présent s'éclaircit à mes yeux la destinée fatale de cette famille à laquelle m'attachent des liens plus forts que ceux même de la parenté. Tout cela se manifeste clairement à mon esprit, et la vérité se déroule devant moi complète et vivante; mais ce que je vois, aucune langue humaine, pas plus que la mienne, ne serait capable de l'exprimer par des paroles. Écoute donc, mon fils, comme une histoire remarquable ce que je puis te raconter, et reconnais combien les relations mystérieuses auxquelles tu t'étais imprudemment mêlé, quoique la Providence t'y conviât peut-être, auraient pu te devenir funestes ! Mais... cela est passé ! »

Le récit que le vieillard me fit ensuite touchant le majorat de la famille de R*** est fixé si profondément dans ma mémoire, que je puis le rapporter ici presque dans les mêmes termes. — Mon grand-oncle y parlait de lui-même à la troisième personne.

VIII.

Dans une nuit orageuse de l'automne de 1760, tous les habitants du château de R....sitten furent réveillés par un bruit terrible, comme si tout le vaste édifice se fût écroulé de fond en comble. En un clin d'œil, tout le monde fut sur pied et vingt flambeaux furent allumés. Une anxiété mortelle peinte sur sa figure pâle, l'intendant arriva muni de ses clefs. Mais quel fut l'étonnement profond de chacun, lorsqu'en parcourant les appartements et les corridors au milieu d'un silence lugubre, que le craquement des serrures, mises péniblement en jeu, et les pas retentissants des témoins rendaient plus effrayant encore, on ne découvrit nulle part la moindre trace de destruction.

Alors le vieil intendant, frappé d'un pressentiment, monta à la grande Salle des Chevaliers, près de laquelle avait l'habitude de reposer le baron Rodrigue de R***, après s'être livré à ses observations astronomiques. Entre la porte de sa chambre et celle d'un autre cabinet, il y en avait une troisième qui conduisait directement, par un passage très-étroit, au faîte de la tour consacrée à ces expériences. Mais à peine Daniel, c'était le nom de l'intendant, eut-il ouvert cette porte, que des fragments de brique furent lancés contre lui par l'impétuosité du vent avec un sifflement horrible. Daniel laissa échapper son flambeau, qui s'éteignit, et s'écria douloureusement : « Ah, grand Dieu ! le baron a péri là misérablement fracassé! »

Au même moment, des sanglots retentirent dans la petite chambre à coucher du baron, et Daniel, y entrant, trouva les autres domestiques pressés autour du corps mort de leur maître. Il était assis dans un grand fauteuil richement orné, vêtu d'un costume complet et des plus magnifiques; et son visage, nullement décomposé, portait l'empreinte d'une gravité calme, comme s'il eût cherché le repos après un travail important : mais c'était le repos de la mort!

Lorsqu'il fit jour, on reconnut que le dôme de la tour s'était écroulé à l'intérieur; de grosses pierres anguleuses avaient défoncé le plafond et le parquet du cabinet d'observations, et les poutres, entraînées avec elle et alourdies par l'effet de la chute, avaient renversé une partie du mur d'appui et traversé les salles inférieures; de sorte qu'on ne pouvait faire un pas hors de la porte de la grande salle, sans risquer de tomber dans un précipice d'environ quatre-vingts pieds de profondeur.

Le vieux baron avait prévu le jour et l'heure de sa mort, et il en avait fait part lui-même à son fils

Wolfgang, l'aîné de la famille, qui devenait par conséquent baron de R***, et titulaire du majorat. Ne mettant nullement en doute là prévision de son vieux père, il avait quitté Vienne, où il séjournait passagèrement, aussitôt qu'il avait reçu la lettre fatale, et s'était mis en route à la hâte pour R....sitten. L'intendant avait fait tapisser de noir la grand' salle, et avait fait placer le vieux baron, dans les mêmes habits où on l'avait trouvé le jour de sa mort, sur un lit de parade magnifique, entouré de cierges allumés dans de grands chandeliers en argent.

Wolfgang monta l'escalier en silence, entra dans la salle, et s'approcha tout près du cadavre de son père. Là, les bras croisés sur la poitrine, et fronçant le sourcil, il arrêta sur ce pâle visage un regard fixe et sombre. Pas une larme ne vint mouiller sa paupière. Immobile, il ressemblait à une statue. A la fin, il étendit son bras droit vers le corps d'un mouvement presque convulsif, et murmura d'une voix sourde : « Était-ce pour obéir aux astres que tu as fait le malheur d'un fils que tu aimais ? » Puis, rejetant ses mains en arrière, et reculant d'un pas, le baron, levant les yeux au ciel, dit tout bas, et presque en hésitant : « Pauvre vieillard déçu! le temps de la folie et des illusions niaises est passé maintenant! — Maintenant tu peux te convaincre que les humbles destinées d'ici-bas n'ont aucun rapport avec les constellations et les étoiles. Y a-t-il une puissance, une volonté qui soit supérieure au trépas? »

Le baron s'arrêta encore quelques minutes, puis

il s'écria violemment : « Non ! ce bonheur terrestre dont tu as voulu me priver, ton opiniâtreté ne m'en ravira pas une obole ! » Et en disant cela, il arracha de sa poche un papier plié, et, le tenant entre deux doigts, l'approcha d'un des cierges qui entouraient le corps. Le papier, saisi par la flamme, se consuma rapidement ; mais aux reflets tremblants projetés sur le visage du défunt, on eût cru voir ses muscles s'agiter, et il sembla que le vieux baron articulait des paroles muettes, au point que les domestiques, qui se tenaient debout à quelque distance, furent tous frappés d'épouvante et d'horreur. Le baron acheva tranquillement ce qu'il avait entrepris, ayant soin d'incinérer avec le pied jusqu'au plus petit morceau de papier enflammé qui tombait par terre. Ensuite il jeta un dernier regard sur son père, et sortit de la salle à pas précipités.

Le lendemain, Daniel lui apprit comment la tour avait été détruite ; et, après une relation verbeuse et détaillée de la nuit où était mort le vieux seigneur, il finit par exposer qu'il était urgent de faire réparer la tour, qui pouvait, en s'écroulant davantage, causer un dommage grave, sinon la ruine totale du château. Mais le baron, se tournant alors vers le vieux domestique, s'écria, les yeux enflammés de colère : « Faire réparer la tour?... Jamais ! — Ne comprends-tu pas, vieillard, ajouta-t-il plus modérément, que cette tour ne pouvait s'écrouler ainsi sans quelque secret motif? N'est-il pas probable que mon père avait résolu de détruire ce lieu témoin de ses opérations de sorcellerie, et qu'il avait su prendre certaines mesures pour que le dôme pût s'écrouler quand il le voudrait, de manière à démolir l'intérieur de la tour? Mais que m'importe quand même tout le château devrait s'écrouler? je n'y tiens pas. Pensez-vous donc que je veuille séjourner ici, dans un nid de hiboux pareil? Non, non! celui de nos aïeux qui a posé dans la riante vallée les fondations d'un nouveau château, m'a donné un digne exemple, et que je prétends suivre.

» Ainsi, dit Daniel à demi-voix, les vieux et fidèles serviteurs de ce manoir seront obligés de le quitter le bâton de voyage à la main? — Il va sans dire, répondit le baron, que je ne prendrai pas à mon service des vieillards inhabiles et impotents; mais je ne veux délaisser personne. Gagné sans fatigue, le pain que je vous assurerai vous fera bonne bouche.

» Moi? s'écria le vieillard douloureusement ému, moi, l'intendant de la maison, mis hors de service! » A ces mots, le baron, qui avait tourné le dos à Daniel, et qui était près de sortir de la salle, revint subitement sur ses pas, et, devenu pourpre de colère, menaçant le vieux domestique de son poing fermé, il cria d'une voix terrible: « Toi, vieux coquin hypocrite! qui t'adonnais là-haut, avec mon père, à ces odieux sortiléges, toi qui gardais comme un vampire l'entrée de son cœur, et qui as peut-être même abusé criminellement de la faiblesse de ce vieillard pour lui suggérer les fatales résolutions qui ont failli amener ma ruine!... je devrais te chasser ainsi qu'un chien galeux! »

Le vieux Daniel, saisi de frayeur à ce discours menaçant, s'était laissé tomber sur ses genoux aux pieds du baron, ce qui explique comment celui-ci, accompagnant ses derniers mots d'un violent mouvement du pied droit, frappa le vieillard dans la poitrine si rudement, qu'il tomba à la renverse en jetant un cri étouffé. Le baron n'y mit peut-être pas d'intention, car il arrive souvent que la colère imprime au corps une impulsion mécanique en faisant concorder les gestes avec la pensée. Quoi qu'il en soit, Daniel se releva avec peine, poussant un cri extraordinaire, semblable au gémissement d'une bête fauve blessée à mort. Il lança au baron un regard brûlant de rage et de désespoir, et laissa, sans y toucher, sur le parquet la bourse pleine que celui-ci lui jeta en s'en allant.

Cependant les plus proches parents de la famille et la noblesse voisine s'étaient rendus au château. Le vieux baron fut inhumé en grande pompe dans le caveau de la famille, construit dans la chapelle de R....sitten; et après le départ de tous ces hôtes étrangers, le nouveau propriétaire du majorat parut affranchi de son humeur sombre, et se livra à la joie de sa nouvelle fortune.

Il eut avec V***, le justicier du vieux baron, auquel il accorda de prime-abord toute sa confiance, de minutieux entretiens sur le compte des revenus du majorat, et il mit ensuite en délibération la quotité des sommes disponibles pour les réparations du château et la construction d'un nouveau. V*** regardait comme absolument impossible que le vieux baron eût dépensé la totalité des revenus annuels; et puisqu'on n'avait trouvé parmi ses papiers qu'une valeur presque insignifiante en billets de banque, dépassant à peine la somme de mille écus en numéraire, que renfermait la caisse en fer du baron, il était positif que l'argent devait avoir été caché quelque autre part, et Daniel seul pouvait sans doute faire connaître la vérité. Mais non moins obstiné ni moins entier de caractère que son défunt maître, peut-être attendait-il pour s'expliquer qu'on l'en sollicitât.

Le baron appréhendait vivement que Daniel, après le traitement insultant dont il avait à se plaindre, n'aimât mieux laisser le trésor secret à jamais enfoui, que de le remettre à sa disposition; non par cupidité, car à quoi pouvait servir la somme d'argent la plus importante à un vieillard dont la seule ambition était de finir ses jours dans le château de la famille, mais bien pour se venger de l'outrage qu'il avait reçu du baron. Celui raconta à V*** tous les détails de la scène avec Daniel, et dit, en finissant, qu'il avait lieu de croire, d'après maint renseignement, que Daniel seul avait suggéré au vieux baron son aversion inexplicable pour ses enfants, et la défense expresse qu'ils avaient reçue d'approcher du toit paternel. Le justicier refusa absolument d'admettre cette supposition; car aucun être humain, dit-il, n'avait jamais été dans le cas d'influencer le moins du monde les résolutions du défunt, et bien moins encore de lui en imposer aucune. Il prit sur lui, du reste, de faire parler le vieux serviteur, au sujet du trésor qu'on supposait caché quelque part.

Mais toute précaution pour arriver à ce but était superflue; car, à peine le justicier eut-il achevé ces mots : « Mais, Daniel, comment se fait-il que le vieux seigneur n'ait laissé qu'une si petite quantité d'argent comptant? » que Daniel répondit avec un sourire dédaigneux : « Voulez-vous parler des quelques misérables écus que vous avez trouvés dans la petite caisse, monsieur le justicier? — Le reste est dans le caveau attenant à la petite chambre à coucher du vieux et gracieux seigneur. Mais ce qui vaut encore mieux, ajouta-t-il, et en même temps son sourire se changea en un grincement horrible, et de ses yeux caves jaillit une lueur sanglante, ce qui vaut encore mieux, ce sont d'innombrables milliers de pièces d'or qui sont enfouies là-bas sous les décombres! »

Le justicier s'empressa de faire mander le baron, et l'on se rendit dans la chambre à coucher. Daniel dérangea, dans un coin, un panneau du lambris, derrière lequel apparut une serrure. Tandis que le baron l'examinait avec des regards avides, et qu'il s'évertuait à y faire l'essai d'un grand nombre de clefs, réunies dans un grand anneau qu'il avait tiré de sa poche avec peine, Daniel était debout, la tête haute, et le regard incliné, avec une expression ironique, sur le baron, qui s'était accroupi pour mieux examiner la serrure; les traits couverts d'une pâleur mortelle, il dit enfin d'une voix étouffée : « Si je suis un chien, monsieur et très-honorable baron! je suis doué aussi de la fidélité d'un chien. » Et en même temps, il tendit au baron une clef d'acier luisante, que celui-ci lui arracha des mains avec un avide empressement, et avec laquelle il ouvrit la porte sans plus de difficultés.

On pénétra dans un caveau bas et étroit où était une grande caisse en fer, dont le couvercle était ouvert. Sur l'amas de sacs pleins qu'elle contenait, l'on trouva un billet plié. Le vieux baron y avait tracé ces mots de sa main bien reconnaissable, et en caractères majuscules pareils à ceux dont nos ancêtres faisaient usage :

CENT CINQUANTE MILLE ÉCUS EN VIEUX FRÉDÉRICS D'OR, SOMME ÉCONOMISÉE SUR LES REVENUS DU MAJORAT DE R....SITTEN, ET DESTINÉE AUX CONSTRUCTIONS DU CHATEAU.

LE TITULAIRE DU MAJORAT QUI ME SUCCÉDERA DEVRA, EN OUTRE, AU MOYEN DE CET ARGENT, FAIRE BATIR SUR LE SOMMET DE LA COLLINE, A LA POINTE TOURNÉE VERS L'OUEST, ET POUR REMPLACER L'ANCIENNE TOUR DU CHATEAU, QU'IL TROUVERA DÉTRUITE, UN PHARE ÉLEVÉ, POUR SERVIR DE GUIDE AUX NAVIGATEURS, ET VEILLER A CE QU'IL SOIT ENTRETENU ALLUMÉ TOUTES LES NUITS.

R....SITTEN, DANS LA NUIT DE SAINT-MICHEL DE L'ANNÉE 1760.

RODRIGUE, BARON DE R***.

Ce ne fut qu'après avoir soulevé les sacs l'un après l'autre, et les avoir laissé retomber dans la caisse pour se réjouir au son des pièces d'or, que le baron, se retournant vers le vieil intendant, le remercia de sa fidélité à toute épreuve, en lui assurant que sa rigueur antérieure n'avait eu pour cause que de calomnieux rapports. Il ajouta que non-seulement il le gardait au château, mais qu'il lui conservait sa pleine activité de service à titre d'intendant, et avec des gages doublés. « Je te dois une réparation pleine et entière, dit enfin le baron, si tu veux de l'or, prends un de ces sacs. » Et, les yeux baissés, à demi-penché vers le vieillard, il lui indiquait de la main le coffre dont il se rapprocha de nouveau.

Une ardente rougeur colora subitement la figure de Daniel, qui se mit à gémir douloureusement, et, comme le baron l'avait dépeint au justicier, de la même manière qu'aurait pu le faire un animal blessé à mort. En ce moment, V*** frissonna au murmure confus de la voix de l'intendant, qui sembla balbutier entre ses dents : « Non pas de l'or, mais du sang ! »

Le baron, absorbé dans la contemplation du trésor, ne s'était aperçu de rien de tout cela. Daniel, dont tous les membres tremblaient, comme sous l'impression d'une fièvre nerveuse, s'approcha du baron la tête inclinée, et lui baisant la main dans une attitude humble et soumise, il dit d'un ton plaintif, tandis qu'il paraissait avec son mouchoir essuyer quelques larmes : « Ah ! mon cher et grâcieux maître ! que voulez-vous que je fasse de cet or, moi un pauvre vieillard sans famille ! mais le double de mes gages, je l'accepte avec joie et je veux remplir mes fonctions avec zèle et persévérance. »

Le baron, qui n'avait pas fait grande attention aux paroles de Daniel, referma la caisse, et le bruit du couvercle fit résonner toute la voûte. « C'est bien, c'est bien, mon vieux! » dit-il tout en fermant la serrure et retirant soigneusement la clef; puis il ajouta d'un air de distraction, et après être rentré dans la grand'salle : « Mais n'as-tu pas parlé encore d'une infinité de pièces d'or qui doivent exister là-bas dans les ruines de la tour. » Alors le vieillard s'approcha silencieusement de la porte du milieu et l'ouvrit avec effort; mais à peine le fut-elle, que l'ouragan chassa dans la salle une grande abondance de neige, et un corbeau épouvanté y entra en croassant, vint frapper de ses ailes noires les hautes fenêtres, puis ayant regagné la porte ouverte, disparut en volant dans le sombre abime.

Le baron s'avança sur le palier rompu, mais il tressaillit au premier regard qu'il jeta sur cette profondeur : « Horrible aspect.... bégaya-t-il, oh! le vertige! » Et il tomba à demi-évanoui dans les bras du justicier. Mais il se remit promptement; et jetant à Daniel un coup d'œil impératif : « Et là-bas?.... » lui dit-il. L'intendant avait déjà refermé la porte et cherchait, en la repoussant de toutes ses forces et en soufflant péniblement, à retirer l'énorme clef de la serrure rouillée. Y étant enfin parvenu, il se retourna vers le baron et lui dit, en balançant dans ses mains le paquet de clefs, et avec un étrange sourire : « Oui! là-bas sont entassés des milliers.... tous les beaux instruments de feu mon pauvre maître, des télescopes, des sphères, des quarts de cercle, des réflecteurs, tout cela gît fracassé sous les décombres, entre les pierres et les poutres! — Mais de l'argent? de l'argent comptant? interrompit le baron, tu as parlé d'un amas d'or, bonhomme! — Oh! j'entendais par là, répliqua Daniel, que tous ces riches objets avaient coûté des sommes considérables. » — On ne put obtenir du vieillard d'autre explication.

Le baron manifesta une grande joie de se voir ainsi tout d'un coup maître des ressources nécessaires à l'exécution de ses plans favoris, à savoir, l'édification d'un château neuf et splendide. L'avis du justicier était pourtant que les instructions laissées par le défunt ne pouvaient s'entendre que des réparations et de l'achèvement de l'ancien château, et que d'ailleurs aucun édifice moderne ne présenterait jamais l'aspect imposant, le caractère simple et noble de l'antique manoir patrimonial. Mais le baron persista dans sa résolution, et soutint qu'en cette conjoncture la volonté du mort ne pouvait faire une loi de mesures non prévues ni sanctionnées par l'acte d'institution du majorat. Il laissa entrevoir pourtant l'intention où il était d'embellir le séjour de R....sitten autant que le permettaient le climat, le sol et les alentours, d'après le projet qu'il avait d'y revenir sous peu de temps avec une compagne, une épouse bien-aimée, et digne sous tous les rapports des plus grands sacrifices.

La manière mystérieuse dont le baron s'était exprimé au sujet d'une union qu'on pouvait supposer déjà conclue secrètement, interdit au justicier toute question subséquente ; cependant la confidence du baron le tranquillisa en lui persuadant que l'ardeur excessive que témoignait le baron pour les richesses provenait moins d'un sentiment d'avarice que du désir de faire oublier sans doute à une personne tendrement chérie la patrie plus riante qu'elle était obligée d'abandonner pour lui. Toutefois il était bien naturel que le baron lui parût sinon décidément avare, du moins avide de biens au plus haut degré, puisque remuant l'or à pleines mains, et se délectant à faire sonner ces vieux frédérics d'or, il ne pouvait s'empêcher de dire avec des transports de mauvaise humeur : « Le vieux coquin nous a certainement dissimulé le plus riche trésor, mais au printemps prochain je ferai déblayer sous mes yeux les ruines de la tour. »

Des architectes arrivèrent et délibérèrent longuement avec le baron sur les projets de construction les plus convenables à adopter. Le baron rejeta vingt plans l'un après l'autre ; aucun ne lui paraissait assez riche ni assez grandiose. A la fin, il entreprit d'en dessiner un lui-même, et cette occupation, qui lui mettait constamment sous les yeux l'image séduisante et positive du plus brillant avenir, lui inspira une humeur joyeuse poussée par fois jusqu'à l'extravagance, mais qui se communiquait à tout le monde autour de lui. Sa libéralité et sa magnifique manière de recevoir le disculpaient du reste de tout soupçon d'avarice.

Daniel lui-même paraissait maintenant avoir oublié complètement l'outrage qu'il avait reçu, et malgré les regards de défiance dont le baron le poursuivait souvent à cause du trésor supposé des ruines, le vieil intendant se comportait envers lui avec une réserve affectée, mais respectueuse.

Mais ce qui étonnait étrangement tout le monde, c'était de voir Daniel rajeunir en quelque sorte de jour en jour. Il commençait probablement à se consoler de la perte de son vieux maître, qui l'avait d'abord si fort accablé. Peut-être aussi cela venait-il, de ce qu'il n'était plus obligé de passer des nuits froides et sans sommeil au sommet de la tour, de ce qu'il avait une bonne nourriture et de bon vin à sa discrétion ; bref, le vieillard usé semblait vouloir redevenir un homme robuste, d'apparence vigoureuse, au visage coloré, au ventre rebondi ; et le premier à rire de bon cœur, chaque fois qu'un plaisir ou un bon mot lui en fournissait l'occasion.

IX.

La vie joyeuse de R....sitten fut troublée par l'arrivée d'un personnage qu'on aurait dû croire fait pour y participer. C'était Hubert, frère cadet de Wolfgang, lequel s'écria à sa vue, en devenant pâle comme la mort : « Malheureux ! que viens-tu faire ici ? » — Hubert accourait se jeter dans les bras de son frère, mais celui-ci, le saisissant violemment, l'entraîna dans une chambre écartée, et s'y enferma avec lui. Ils y restèrent plusieurs heures ensemble ; enfin Hubert descendit seul, et, d'un air troublé, demanda ses chevaux. Le justicier s'étant avancé à sa rencontre, il voulait passer outre ; mais V***, pénétré de l'idée que ce rapprochement devait amener l'extinction de la haine mortelle qui divisait les deux frères, le sollicita à demeurer encore au château deux heures au moins ; et dans le même moment le baron intervint aussi, criant à haute voix : « Reste ici, Hubert ! tu réfléchiras ! »

Les regards d'Hubert devinrent moins sombres ; il reprit contenance, et tandis qu'il jetait en arrière à un domestique la riche pelisse dont il s'était promptement débarrassé, il prit V*** par la main et parcourut les appartements en s'entretenant avec lui. « Ainsi, lui dit-il avec un sourire ironique, le seigneur du majorat veut bien tolérer ici ma présence. » V*** exprima la pensée que cette funeste mésintelligence, nourrie par une longue séparation, touchait assurément à son terme. Hubert prit alors dans sa main la barre de fer qui était pendue près de la cheminée, puis il se mit à casser et à attiser un morceau de bois noueux et fumant dans l'âtre, et, tout en disposant le feu d'une meilleure manière, il dit à V*** : « Vous devez vous apercevoir, monsieur le justicier, que je suis doué au fond d'un bon caractère et au fait des petits soins du ménage. Mais Wolfgang est imbu des préventions les plus fantasques, et puis d'une avarice !... » V*** ne jugea pas à propos de s'immiscer plus avant dans les relations privées des deux frères, d'autant plus que tout en Wolfgang, sa physionomie, ses manières, le son de voix, témoignaient évidemment d'une âme en proie à la passion la plus exaltée.

Voulant consulter le baron sur une affaire relative à l'administration du majorat, V*** monta à son appartement tard dans la soirée. Il le trouva dans une grande agitation et parcourant la chambre à grands pas, les bras croisés derrière le dos. Il s'arrêta à la vue du justicier, s'empara de sa main, et, le regardant sombrement en face, lui dit d'une voix entrecoupée : « Mon frère vient d'arriver... Je sais ce que vous voulez dire, ajouta-t-il vivement, voyant que V*** s'apprêtait à prendre la parole; mais vous ne savez rien, vous ne savez pas que mon malheureux frère... oui, je ne veux l'appeler que malheureux, se place sans cesse sur mon passage pour empoisonner tous mes plaisirs, tel qu'un esprit malfaisant. Il n'a pas dépendu de lui que je ne fusse accablé d'une infortune sans égale : il a tout fait pour cela, mais la Providence ne l'a pas secondé. Depuis le jour où fut promulguée l'institution du majorat, il me poursuit d'une haine mortelle; il m'envie un bien qui, entre ses mains, se serait dissipé comme de la paille hachée. C'est le prodigue le plus insensé qui existe; ses dettes excèdent de beaucoup la moitié qui lui revient de la fortune franche en Courlande, et maintenant qu'il est poursuivi par d'implacables créanciers, il vient ici en toute hâte mendier des ressources!

» Et vous, son frère, vous refusez!... » C'est ainsi que V*** se préparait à l'interroger; mais le baron s'écria violemment en quittant ses mains et reculant de plusieurs pas : « Arrêtez! oui, je refuse! Je ne puis ni ne dois jamais faire abandon d'un seul écu des revenus du majorat. — Mais écoutez la proposition que j'ai faite en vain à cet insensé il y a quelques heures, et appréciez ensuite ma conduite envers lui. Les biens de la famille en Courlande sont, comme vous le savez, considérables : je consentais à renoncer à la moitié qui m'appartient, mais en faveur de sa famille. Hubert a épousé en Courlande une jeune demoiselle noble, mais sans fortune, dont il a eu des enfants qui partagent aujourd'hui sa misère. Les biens seraient administrés par procuration, et il lui serait assigné sur les revenus de quoi subvenir à son entretien; en outre ses créanciers seraient payés moyennant accommodement. Mais qu'est-ce pour lui qu'une vie tranquille et assurée? Quel intérêt lui inspirent une femme et des enfants? C'est de l'argent, de l'argent comptant, en masse, qu'il lui faut pour subvenir à ses dissipations et à sa déplorable inconduite!. — Quel démon a pu lui révéler le secret des cent cinquante mille écus, dont, le croiriez-vous? il exige la moitié, soutenant, par une ridicule prétention, que cet argent indépendant de la dotation doit être regardé comme fortune franche. Je n'y consentirai point, je ne le dois pas! Mais j'ai le pressentiment qu'il médite en secret contre moi quelque complot! »

V*** fit tous ses efforts pour combattre les soupçons du baron contre son frère, mais il réussit d'autant moins, que, n'étant point initié aux véritables motifs de leurs contestations, il fut réduit à recourir aux banales raisons d'une morale peu efficace en pareil cas. Le baron le chargea de négocier en son nom avec Hubert, qu'il regardait comme son ennemi acharné et irréconciliable.

V*** s'acquitta de cette mission avec toute la prudence dont il était capable, et il eut lieu de se réjouir de la réponse que lui fit Hubert. « Eh bien soit! dit celui-ci, j'accepte les offres du seigneur du majorat, mais à une condition : c'est qu'il m'avancera immédiatement, pour sauver mon honneur et ma dignité compromis par l'acharnement de mes créanciers, quatre mille frédérics d'or en espèces, et qu'il me permettra de venir au moins séjourner quelquefois passagérement dans ce beau domaine, auprès d'un frère bien-aimé !

— « Jamais ! jamais, je ne consentirai qu'Hubert passe seulement une minute dans ce séjour, lorsque ma femme y sera arrivée ! » Ainsi s'écria le baron, lorsque V*** lui rapporta les dernières propositions de son frère. « Allez, mon cher ami, ajouta-t-il, dites à cet enragé qu'il aura, non pas à titre d'avance, mais en pur don, deux mille frédérics d'or. Allez, je vous prie. »

V*** savait donc maintenant pertinemment que le baron était déjà marié à l'insu de son père, et que ce mariage était à coup sûr l'origine de la dissension existant entre les deux frères. Hubert écouta tranquillement et fièrement le justicier, et quand il eut fini de parler, il lui répondit d'une voix sourde et lente : « Je réfléchirai, mais en attendant je reste encore quelques jours ici. »

V*** s'efforça de lui prouver que le baron faisait en effet tout ce qui dépendait de lui pour le dédommager, en renonçant à la part franche de la succession, et que par conséquent ses plaintes n'étaient pas justement fondées; tout en convenant avec lui qu'un genre d'institution, qui favorisait si excessivement l'aîné de la famille au détriment des autres enfants, avait quelque chose de haïssable. Mais Hubert déboutonnant avec vivacité son gilet du haut en bas, comme pour donner de l'air à sa poitrine oppressée, froissant d'une main son jabot en désordre, et l'autre appuyée sur sa hanche, pirouetta sur un pied, et s'écria d'une voix aiguë : « Bah ! la chose haïssable est engendrée de la haine ! » Puis il reprit avec un grand éclat de rire : « Le seigneur du majorat admire sans doute sa rare munificence à l'égard du pauvre mendiant ! » V*** dut être bien convaincu qu'une réconciliation parfaite entre les deux frères était désormais impraticable.

Hubert s'installa donc, au grand déplaisir du baron, dans les chambres qu'on avait mises à sa disposition dans une des ailes du château, comme s'il eût dû y séjourner long-temps. On remarqua qu'il avait de longs et fréquents entretiens avec le vieil intendant, qui l'accompagnait même quelquefois à la chasse. Du reste, il vivait fort retiré, et évitait de se trouver seul avec son frère qui lui en savait beaucoup de gré. V*** sentait tout ce que cette position réciproque devait avoir de pénible. Il fut obligé de s'avouer à lui-même que les procédés étranges et la mystérieuse conduite d'Hubert en toutes choses conspiraient à pervertir et à annuler tout plaisir ; et maintenant il se rendait compte de l'effroi manifesté par le baron au premier aspect de son frère.

Un matin, V*** était assis seul dans la salle d'audience, occupé de son travail, lorsqu'il vit entrer Hubert, plus contenu et plus sérieux que de coutume, qui lui dit d'une voix presque langoureuse :

« Je veux bien encore accepter les dernières propositions de mon frère. Faites en sorte, je vous prie, que les deux mille frédérics d'or me soient comptés aujourd'hui même : je voudrais partir cette nuit, seul, à cheval. — Avec l'argent? lui demanda V***. — Vous avez raison, répartit Hubert, je vous comprends : un tel fardeau..... Eh bien, vous me remettrez la somme en lettres de change sur Isaac Lazarus à K... Cette nuit même je partirai pour cette ville. On me chasse d'ici; les sortiléges du vieux ont ensorcelé les hôtes de ce château!

» Parlez-vous de monsieur votre père? » demanda V*** d'un air sévère. Les lèvres d'Hubert se contractèrent, et il se tint fortement cramponné à un siége pour ne pas tomber à la renverse; mais se remettant tout à coup de son trouble, il dit : « Ainsi, ce sera le dernier jour, monsieur le justicier! » Et il sortit de la salle d'un pas mal affermi.

« Il a renoncé enfin à ses prétentions illusoires, et reconnait la nécessité de céder à ma ferme volonté. » Ainsi parlait le baron en écrivant les lettres de change tirées sur Isaac Lazarus à K... Il sentit sa poitrine soulagée d'un pesant fardeau par le départ de ce frère, qu'il regardait comme son ennemi juré, et depuis long-temps il n'avait été aussi gai qu'il se montra ce soir-là à souper. Hubert s'était fait excuser, et son absence inspira à tout le monde une satisfaction véritable.

V*** habitait une chambre un peu écartée dont les fenêtres donnaient sur la cour du château. Au milieu de la nuit, il se réveilla subitement, et il lui sembla qu'un gémissement lamentable et éloigné venait de frapper ses oreilles. Mais il eut beau prêter la plus grande attention, tout était calme et silencieux, et il fut obligé d'attribuer ce bruit étrange à l'illusion d'un rêve. Mais une impression extraordinaire de terreur et d'anxiété s'empara de son esprit au point qu'il ne put demeurer dans son lit. Il se leva et s'approcha de la fenêtre.

Quelques minutes s'étaient à peine écoulées qu'il vit tout à coup s'ouvrir la porte principale du château, et un homme tenant une bougie à la main en sortit et traversa la cour. V*** reconnut aussitôt le vieux Daniel qui alla ouvrir l'écurie, y entra, et amena dehors un cheval sellé et bridé. Puis il vit sortir de l'obscurité un autre homme bien enveloppé dans une pelisse et coiffé d'une casquette de renard. C'était Hubert, qui parla un moment à l'intendant avec feu, et se retira ensuite. Daniel reconduisit le cheval à l'écurie, qu'il ferma, puis il traversa de nouveau la cour et rentra au château par la grande porte, ainsi qu'il était venu.

Évidemment Hubert avait voulu partir, et il s'était ravisé au moment de monter à cheval. Mais il était aussi bien positif qu'Hubert avait avec le vieil intendant des intelligences suspectes. Et V*** songea à déjouer ses mauvaises intentions, dont il ne pouvait plus douter en se rappelant la contenance troublée qu'il lui avait vue la veille.

Le lendemain, à l'heure où le baron avait l'habitude de se lever, V*** entendit ouvrir et fermer les portes avec fracas, et un bruit confus de voix et de cris. Il sortit de sa chambre et rencontra vingt domestiques, qui, tous effarés et pâles comme la mort, passaient à ses côtés, montaient, descendaient les escaliers, allaient et venaient en tout sens. A la fin, on lui apprit que le baron avait disparu, et qu'on le cherchait vainement depuis plusieurs heures. Il s'était mis au lit en présence du garde-chasse qui le servait, mais il avait dû se relever et sortir en robe de chambre et en pantoufles, avec un flambeau, car ces objets ne se retrouvaient pas chez lui.

Tourmenté d'un affreux pressentiment, V*** courut à la Salle des Chevaliers; c'était le cabinet adjacent que Wolfgang avait choisi pour y coucher, à l'exemple de son père. La porte de la salle, communiquant avec la tour, était toute grande ouverte : glacé d'effroi, V*** s'écria hautement : « C'est au fond de cet abîme qu'il a trouvé une mort horrible! » — C'était la vérité. Il avait neigé pendant la nuit, de sorte qu'on n'apercevait distinctement d'en haut qu'un bras raidi qui s'élevait entre les pierres.

Les ouvriers ne parvinrent qu'au bout de plusieurs heures, et au péril de leur vie, en descendant sur des échelles jointes les unes aux autres, à hisser, à l'aide de cordes, le cadavre hors du précipice. Le baron tenait encore dans sa main le flambeau d'argent qu'il avait fortement serré dans les convulsions de l'agonie, et c'était le seul membre qui fût resté intact. Tout le reste du corps était horriblement mutilé par l'effet du choc contre les pierres pointues.

Hubert s'empressa d'accourir, portant sur ses traits tous les signes d'un profond désespoir. Lorsque le corps eut été enfin déposé sur une grande table, précisément à la même place où, peu de semaines avant, l'on avait exposé celui du vieux baron Rodrigue, Hubert, frappé de stupeur à ce terrible aspect, s'écria en se lamentant : « Oh! mon frère! mon pauvre frère!... non, je n'ai pas demandé cela aux funestes démons qui m'obsédaient! » — V*** tressaillit malgré lui en entendant ces paroles énigmatiques, et une secrète indignation le portait à s'élancer sur Hubert comme sur le meurtrier de son frère.

Hubert, tombé sans connaissance sur le parquet, fut porté au lit, et reprit promptement ses sens, grâce à l'emploi de quelques cordiaux. Alors pâle, les yeux éteints et le front chargé d'un sombre chagrin, il se rendit dans la chambre de V***, où, s'étant assis dans un fauteuil, parce qu'il n'aurait pu se tenir debout sans défaillir, il lui dit : « Je souhaitais la mort de mon frère, parce que mon père, au moyen d'une institution absurde, l'avait rendu maître exclusif de la meilleure part de son héritage. — Une horrible catastrophe a mis fin à ses jours. A présent me voici possesseur du majorat; mais mon cœur est brisé. Je ne puis plus être heureux et ne le serai jamais. Je vous confirme dans votre charge, et vous recevrez les pleins pouvoirs les plus absolus par rapport à la gestion du domaine, où il m'est impossible de demeurer désormais. » — Hubert quitta la chambre, et deux heures après il était déjà sur la route de K....

Selon les apparences, le malheureux Wolfgang s'était levé pendant la nuit pour se rendre peut-être dans l'autre cabinet attenant à la grand'salle, et où il y avait une bibliothèque. Sans doute, engourdi par le sommeil, il s'était trompé de porte, et était ainsi tombé dans le précipice. Mais cette explication était pourtant bien forcée ; car si le baron allait chercher un livre dans la bibliothèque pour lire, ne pouvant pas dormir, cela s'opposait précisément à ce qu'on pût le supposer assoupi ; et cependant comment admettre qu'autrement il aurait pu manquer la porte du cabinet et ouvrir l'autre à sa place? Celle-ci d'ailleurs n'était-elle pas solidement fermée et impossible à ouvrir, sinon avec beaucoup de peines?

V*** finissait de développer devant tous les domestiques réunis cette série d'invraisemblances, quand François, le garde de confiance du baron, se prit à dire : « Ah ! monsieur le justicier ! ce n'est pas ainsi que l'événement est arrivé. — Et comment donc a-t-il eu lieu, en ce cas? » dit V*** d'un ton imposant. Le brave et honnête François, qui aurait volontiers suivi son maître dans le tombeau, ne voulut pas en dire davantage devant les autres serviteurs, se réservant de confier au justicier seul ce qu'il prétendait savoir.

V*** apprit alors que le baron parlait souvent à François des immenses trésors qu'il croyait enfouis dans les décombres de la tour, et que maintes fois, poussé par un génie malfaisant, il allait ouvrir au milieu de la nuit la porte dont il avait exigé que Daniel lui remît la clef, pour s'enivrer, dans l'ardeur de sa convoitise, du spectacle imaginaire de ces richesses supposées. Dès-lors il était hors de doute que dans cette nuit fatale, après le départ de François, le baron était allé contempler les ruines, et que là, saisi d'un étourdissement subit, il était tombé dans le gouffre.

Daniel, sur qui la mort affreuse du baron avait paru faire aussi une forte impression, fit valoir la nécessité de murer au plutôt la porte périlleuse, et l'on s'empressa de mettre son conseil à exécution.

Le baron Hubert, devenu titulaire du majorat, retourna en Courlande sans reparaître à R....sitten. V*** reçut tous les pleins pouvoirs nécessaires pour l'administration souveraine du majorat. — La construction du nouveau château fut ajournée, et, par compensation, l'on fit aux anciens bâtiments toutes les réparations dont il était susceptible.

X.

Déjà plusieurs années s'étaient écoulées, lorsque Hubert revint pour la première fois, sur la fin de l'automne, à R....sitten. Aprés y avoir passé quelques jours, qu'il employa à conférer secrètement avec V***, il repartit pour la Courlande. A son passage à K.... il avait déposé son testament entre les mains des autorités du pays.

Durant son court séjour à R....sitten, le baron, en qui s'était opéré un changement absolu et complet, parla souvent de sa mort prochaine, comme en ayant un pressentiment qui n'était que trop fondé; car il mourut dès l'année suivante.

Son fils, appelé comme lui Hubert, arriva aussitôt de la Courlande pour entrer en possession du riche majorat, et sa mère et sa sœur le suivirent de prés. Ce jeune homme paraissait réunir en lui toutes les mauvaises qualités de ses aïeux. A peine arrivé à R....sitten, il se montra fier, emporté, insolent et avide. Il voulait de prime-abord faire opérer vingt changements notables, sous le prétexte de sa commodité et de ses convenances. Il chassa indignement le cuisinier du château, et tenta un jour de battre le cocher, mais en vain, car cet homme, d'une force athlétique, eut l'audace de se montrer récalcitrant. Bref, il commençait le mieux du monde à jouer le rôle d'un châtelain despote, lorsque V*** crut devoir s'y opposer avec une ferme volonté, et déclara très-positivement que pas une chaise ne devait bouger de place, que pas un chat ne devait sortir de la maison, s'il lui convenait d'y rester, avant l'ouverture du testament du défunt.

« Comment ! vous osez contre moi, le seigneur du majorat !... » V***, sans laisser achever au jeune baron, qui frémissait de rage, lui dit, en le mesurant d'un regard perçant : « Point de précipitation, monsieur le baron ! vous ne pouvez exercer la moindre autorité avant l'ouverture du testament. C'est moi qui suis actuellement seul maître ici, et je saurai, s'il le faut, repousser la force par la force. Souvenez-vous qu'en vertu de mes pleins pouvoirs, et comme exécuteur testamentaire du baron votre père, aussi bien que d'après les dispositions ordonnées par le tribunal, je suis autorisé à vous refuser le séjour de R....sitten : et je vous conseille, pour éviter un conflit désagréable, de vous rendre volontairement à K.... »

L'air sévère du justicier, le ton décidé dont il s'exprima, donnèrent à ses paroles le poids nécessaire ; et le jeune baron, qui songeait à se heurter contre cette puissante barrière avec une trop vive impétuosité, sentant la faiblesse de ses armes, jugea à propos de dissimuler la honte de sa retraite par un rire dédaigneux.

Au bout de trois mois, le jour était arrivé où, d'après la volonté du défunt, le testament devait être ouvert à K..., où il avait été déposé. Outre les magistrats, le baron et le justicier, il se trouvait aussi dans la salle d'audience un jeune homme d'un extérieur distingué, que V*** avait amené avec lui, et que l'on prit pour son secrétaire à la vue d'un acte dont son frac boutonné sur la poitrine laissait paraître une extrémité.

Le baron lui jeta un coup d'œil par-dessus l'épaule, comme c'était son habitude à peu près avec tout le monde, et il réclama la prompte conclusion de cette cérémonie ennuyeuse et superflue, avec le moins possible de paroles et de barbouillages. Car il ne concevait pas en vérité de quelle importance dans l'état de la succession, et encore moins à l'égard du majorat, pouvait être ce testament, et quelle obligation pouvait en résulter pour lui, quand tout dépendait uniquement de sa propre volonté.

On montra au baron le cachet et l'écriture de son père qu'il reconnut en y jetant de mauvaise humeur un regard fugitif. Et quand le greffier se mit en devoir de lire le testament à haute voix, Hubert, promenant du côté des fenêtres des regards indifférents, le bras droit nonchalamment appuyé sur le dossier de sa chaise, commença à tambouriner avec ses doigts sur le tapis vert de la table où siégeaient les juges.

Après un court préambule, le défunt baron Hubert

déclarait qu'il n'avait jamais possédé le majorat comme en étant le titulaire véritable, mais qu'il l'avait toujours géré au nom du fils unique de feu le baron Wolfgang de R***, qui s'appelait Rodrigue comme son grand-père; que c'était ce Rodrigue à qui, par la mort de Wolfgang et par droit de succession, était échu le majorat; enfin que l'on trouverait le compte exact et minutieux dressé par lui Hubert de toutes les recettes et dépenses, ainsi qu'un inventaire des biens de la succession, etc.

Wolfgang de R***, comme on l'apprit par le testament, s'était lié, durant son séjour à Genève, avec la noble demoiselle Julie de Saint-Val, et s'éprit pour elle d'une passion si violente, qu'il résolut d'unir son sort au sien. Elle était très-pauvre, et sa famille appartenait à une bonne noblesse, mais non pas à la plus brillante. Or, cela seul devait lui ravir l'espoir d'obtenir le consentement du vieux Rodrigue, dont tous les efforts tendaient à ajouter le plus possible à l'éclat de sa maison. Cependant Wolfgang se hasarda à confier à son père son inclination, et il lui écrivit de Paris. Mais les prévisions naturelles furent réalisées. Le vieux baron déclara positivement qu'il avait déjà lui-même choisi la compagne du seigneur futur du majorat, et que jamais il ne pouvait être question d'aucune autre. Wolfgang alors, au lieu de se rendre en Angleterre, comme il le laissait croire, retourna à Genève sous le nom supposé de Born, et épousa Julie, qui, au bout d'un an, lui donna un fils, que la mort de son père avait rendu propriétaire du majorat.

Pour se justifier d'avoir gardé le silence sur toute cette affaire et d'avoir agi lui-même en qualité de seigneur du majorat, Hubert faisait valoir certaines conventions prises entre Wolfgang et lui, mais qui pourtant n'étaient guère de nature à légitimer sa conduite, et qui paraissaient évidemment n'être alléguées que pour la forme.

Tandis que le greffier, de sa voix monotone et nazillarde, proclamait la fatale vérité, Hubert, comme frappé de la foudre, le contemplait d'un œil hébété; quand il eut fini, V*** se leva, prit par la main le jeune homme qu'il avait amené avec lui, et, saluant tous les assistants, il dit : « Messieurs, j'ai l'honneur de vous présenter le baron Rodrigue de R***, le seigneur du majorat de R....sitten. »

Hubert tourna les yeux vers le jeune homme qui venait, d'une manière si inattendue, lui ravir le riche domaine, et le priver encore de la moitié de la fortune franche en Courlande; l'œil étincelant, mais comprimant les transports de sa fureur, il étendit seulement le poing vers lui d'un geste menaçant, et se précipita hors de la salle sans proférer un seul mot.

Sur l'invitation des magistrats, le jeune Rodrigue tira de son habit les actes qui devaient constater l'identité de sa personne. C'était d'abord un extrait légalisé des registres de l'église où son père s'était marié, et qui attestait que tel jour le négociant Wolfgang Born, natif de K..., avait reçu la bénédiction nuptiale en présence des témoins désignés dans l'acte. Il produisit aussi son extrait de baptême (il avait été baptisé à Genève, comme fils dudit négociant Born et de son épouse légitime Julie de Saint-Val), ainsi que plusieurs lettres de son père à sa mère, morte déjà depuis long-temps; mais toutes ces lettres étaient simplement signées d'un W.

Le justicier examina ces papiers d'un air mécontent, et dit ensuite, en les repliant, avec résignation : « Eh bien, à la grâce de Dieu! »

Dès le lendemain, le baron Hubert de R.... présenta, par l'entremise d'un avocat qu'il avait choisi pour son conseil, une requête à la régence du district, où il ne réclamait rien moins que l'envoi immédiat en possession du majorat de R....sitten. Il était hors de doute, disait l'avocat, que ni par testament, ni par aucune espèce de contrat, le défunt baron Hubert de R*** n'avait pu disposer du majorat; dès-lors ce testament n'avait donc que la valeur d'une assertion par écrit et devant justice, tendant à établir que le baron Wolfgang avait laissé pour héritier du majorat un fils vivant encore; mais le prétendant à ce titre ne fournissait aucune preuve authentique qui dût consacrer sa légitimité, à l'exclusion de tout autre, tandis qu'au contraire ses droits prétendus, comme héritier des biens et de la baronnie de R***, droits contre lesquels on protestait d'ailleurs formellement, devaient être prouvés par voie judiciaire. Le baron Hubert de R*** devait donc être investi du majorat, qui lui était échu par droit de succession. Le cas de mort transférant immédiatement la propriété du père au fils, l'entrée en jouissance de l'héritage ne pouvait souffrir aucun délai. Et puisque d'ailleurs la renonciation à l'hérédité du majorat n'était pas facultative, on ne devait nullement, à l'appui de prétentions illiquides, préjudicier à la possession du seigneur actuel. Il importait peu de pénétrer les raisons qui avaient déterminé le défunt à présenter un autre seigneur du majorat au détriment de son fils; mais on faisait simplement observer que le défunt lui-même avait eu en Suisse une intrigue d'amour, d'où l'on pouvait supposer que ce prétendu fils de son frère Wolfgang était peut-être un enfant illégitime, né de son propre fait, et que, dans un mouvement de résipiscence, il avait songé à doter du riche majorat.

Autant il s'élevait de probabilités pour croire aux circonstances relatées dans le testament, autant les juges furent révoltés de cette dernière allusion de la part d'un fils qui n'avait pas honte d'imputer un crime à son père mort. Mais le fond de l'affaire n'en était pas plus éclairci, et ce ne fut que sur les sollicitations les plus pressantes, et d'après l'assurance formelle que la preuve suffisante de la légitimité du jeune Rodrigue de R*** serait faite sous un bref délai, et d'une manière incontestable, que le tribunal consentit à différer l'envoi en possession en faveur du baron Hubert, et ordonna la continuation de la gestion d'intérim jusqu'à la conclusion du procès.

XXI.

Le justicier ne voyait que trop combien il lui serait difficile de remplir l'engagement qu'il avait pris. Il avait parcouru tous les papiers du vieux baron, sans trouver une seule lettre, une seule note qui eût rapport aux relations de son fils Wolfgang avec mademoiselle de Saint-Val. Plongé dans ses réflexions, il était assis dans la chambre à coucher du baron Rodrigue à R....sitten, où il avait épuisé toutes les perquisitions, et s'occupait d'un mémoire destiné au notaire de Genève, qu'on lui avait vanté pour un homme actif et pénétrant, et de qui il attendait certains renseignements qui pouvaient éclaircir l'affaire du jeune baron.

Minuit était sonné, la pleine lune éclairait d'une vive lumière la grand'salle voisine, dont la porte était ouverte. Tout à coup V*** crut entendre quelqu'un monter l'escalier d'un pas lourd et mesuré, et un bruit de clefs choquées les unes contre les autres. Il redoubla d'attention, se leva et entra dans la salle. Alors il reconnut distinctement qu'on avançait dans l'antichambre, vers l'entrée de la salle; bientôt, en effet, la porte fut ouverte, et un homme en déshabillé de nuit, le visage pâle et décomposé, entra lentement, portant d'une main un flambeau allumé, et de l'autre un gros trousseau de clefs.

V*** reconnut aussitôt le vieil intendant, et il était sur le point de lui demander ce qu'il venait faire en ce lieu à une pareille heure; mais tout dans la démarche du vieillard et dans ses traits horriblement contractés, lui fit pressentir quelque chose de mystérieux et de surnaturel. Il ne tarda pas à reconnaître que Daniel était somnambule. Celui-ci, traversant la salle à pas comptés, alla droit vers la porte murée qui conduisait autrefois à la tour. Là il s'arrêta et fit entendre un gémissement sourd et lugubre dont retentit la salle entière, au point que V*** tressaillit d'une horreur secrète.

Alors Daniel posa sur le plancher son flambeau, suspendit les clefs à sa ceinture, et puis se mit à gratter contre le mur de ses deux mains si violemment, que le sang jaillissait de dessous les ongles. En même temps il poussait de profonds soupirs, comme un homme en proie au tourment inexprimable d'un mortel désespoir. Ensuite il prêta l'oreille contre le mur comme pour surprendre un bruit quelconque, et d'un signe de la main parut vouloir imposer silence à quelqu'un. Enfin il se baissa, reprit son flambeau, et regagna la porte à pas lents et comme à la dérobée.

V***, muni d'une lumière, le suivit avec précaution. Le vieillard ayant descendu l'escalier, alla ouvrir la porte principale du château, par laquelle V*** se glissa adroitement sur ses pas. Daniel se dirigea vers l'écurie où ayant placé son flambeau de manière à éclairer parfaitement tout le local sans le moindre risque de mettre le feu, ce qui surprit étrangement le justicier, il décrocha une selle, et harnacha avec le plus grand soin un cheval qu'il avait détaché du râtelier, sanglant avec précision la ventrière et bouclant au juste-point les étriers. Quand il eut dégagé quelques poils de la crinière pris sous le fronteau, il s'empara de la bride, et caressant le cou de l'animal en claquant de la langue pour l'exciter, il le conduisit dans la cour. Là il resta quelques minutes dans la position d'un serviteur recevant des ordres, et, par ses inclinations de tête, semblait promettre de s'y conformer. Ensuite il ramena le cheval à l'écurie, le débrida, et le rattacha à sa mangeoire; après quoi il reprit le flambeau, ferma l'écurie, rentra au château et retourna à la fin dans sa chambre, qu'il ferma en dedans au verrou.

Cette scène étrange avait produit l'impression la plus vive sur l'esprit du justicier, et le pressentiment d'un crime horrible lui apparaissait tel qu'un spectre infernal auquel il ne pouvait se dérober. Constamment préoccupé de la position critique de son jeune protégé, il s'imagina qu'il pourrait peut-être tirer parti en sa faveur de cet événement.

Le lendemain, sur le déclin du jour, Daniel vint dans sa chambre pour recevoir quelques instructions relatives à son service. Alors V*** le prenant par les deux bras, et l'ayant forcé familièrement à s'asseoir dans un fauteuil, lui dit : « Écoute, mon vieil ami Daniel ! il y a long-temps que je voulais te demander ce que tu penses de toute cette chicane embrouillée que le singulier testament du baron Hubert nous a mis sur les bras. — Crois-tu que ce jeune homme soit réellement le fils de Wolfgang et né en mariage légitime ? » Le vieillard, se renfonçant sur son siége et évitant les regards que le justicier fixait sur lui, s'écria avec humeur : « Bah ! cela peut être, comme cela peut n'être pas. Que m'importe à moi lequel des deux doit être le maître !

» Mais il me semble, reprit V***, se rapprochant encore davantage et mettant la main sur l'épaule de l'intendant, que tu avais toute la confiance du vieux baron : et il n'a pu assurément te faire mystère de ses rapports avec ses fils. Ne t'a-t-il rien dit de cette union contractée par Wolfgang au mépris de ses volontés ? — Je ne me rappelle pas tout cela ! répondit-il en bâillant avec effort et peu poliment.

» Tu as sommeil, mon vieux, dit le justicier : peut-être as-tu passé une nuit agitée ? — Ma foi, je n'en sais rien, répondit Daniel froidement. Mais il est temps que j'aille faire servir le souper. » En disant cela, il se leva pesamment de son siége, et, fléchissant son dos en arrière en y appuyant ses mains, il bâilla encore une fois, plus fortement que la première.

« Reste donc ici ! » dit V*** en le prenant par la main et voulant le forcer de se rasseoir ; mais le vieillard resta debout devant le bureau du justicier ; et, le corps penché vers lui, les deux mains appuyées sur la table, il lui demanda d'un ton d'impatience : « Eh bien qu'y a-t-il ! que m'importe ce testament, que m'importe ce procès au sujet du majorat ?

» Il suffit ! répliqua V***. Il ne sera plus question de cela. Parlons d'autre chose, mon bon Daniel ! tu n'es pas de bonne humeur, tu bâilles : tout cela indique un grand accablement, et à présent je suis bien tenté de croire que c'était bien réellement toi que j'ai vu cette nuit.

» Qu'avez-vous vu cette nuit ? » demanda l'intendant sans changer de posture. V*** continua : « Hier, à minuit, comme j'étais assis là-haut dans le cabinet du vieux baron, à côté de la grand'salle, tu es entré dans cette salle tout pâle, les membres raidis, et, t'étant approché de la porte murée, tu grattais contre elle avec tes mains, en gémissant comme sous le poids d'une profonde douleur. — Serais-tu somnambule, Daniel ? »

Le vieillard tomba en arrière sur une chaise que V*** s'était empressé d'avancer. Pas un son ne s'échappa de ses lèvres, et l'obscurité croissante du crépuscule empêchait de lire sur son visage. V*** s'aperçut seulement qu'il ne respirait qu'avec effort, et que ses dents claquaient malgré lui.

« Oui ! reprit le justicier après un court intervalle, c'est une chose singulière chez les somnambules, qu'ils n'ont point la conscience de leur état extraordinaire, et ne se souviennent le lendemain de rien de ce qu'ils font dans leurs excursions nocturnes. » — Daniel garda le silence. — « J'ai déjà vu, ajouta V***, un exemple semblable de ce qui m'est arrivé hier avec toi. J'avais un ami, habitué à faire comme toi, régulièrement à l'époque de la pleine lune, des promenades nocturnes. Quelquefois même il se mettait, ainsi endormi, à écrire des lettres. Mais ce qu'il y a de plus surprenant encore, c'est que lorsque j'entreprenais de lui parler doucement à l'oreille, je parvenais peu à peu à le faire jaser lui-même. Il répondait nettement à toutes mes questions, et même ce qu'il se serait bien gardé de dire étant éveillé, lui échappait alors involontairement, comme s'il eût été contraint de céder à l'influence supérieure qui le dominait. Je crois, par tous les diables, qu'il serait impossible qu'un somnambule gardât le secret d'un crime qu'il aurait commis n'importe à quelle époque, si on l'interrogeait dans un pareil moment. Heureux ceux qui ont leur conscience nette comme nous deux, bon Daniel! Nous pouvons être somnambules à notre aise, on n'obtiendra pas de nous la révélation d'aucun crime! Pour toi, l'ami Daniel, tu as assurément l'idée de monter à l'observatoire de la tour, lorsque tu grattes de cette affreuse manière à la porte murée; tu veux sans doute aller travailler là-haut comme le faisait le vieux baron Rodrigue? Eh bien! c'est ce que je ne tarderai pas à savoir.»

Daniel avait été saisi d'un tremblement qui ne fit qu'augmenter à mesure que le justicier parlait. A la fin, tous ses membres devinrent le jouet d'affreuses convulsions, et le verbiage le plus incohérent vint attester son complet délire. V*** sonna les domestiques, on apporta des lumières; mais la crise se prolongea, et l'intendant fut porté dans son lit, privé de connaissance, et obéissant comme un automate à toutes les impulsions étrangères.

Cet état horrible dura près d'une heure, et il tomba ensuite dans une défaillance extrême, comparable à l'inertie du sommeil. Lorsqu'il revint à lui, il demanda à boire, et, ce besoin satisfait, il renvoya le domestique qui voulait veiller auprès de lui, et ferma solidement la porte de sa chambre, suivant son habitude.

V*** avait en effet résolu de tenter sur Daniel l'épreuve dont il lui avait fait part. Cependant il était obligé de s'avouer à lui-même que l'intendant, instruit une fois, et peut-être par lui seulement, de son état de somnambulisme, ferait sans doute tous ses efforts pour se soustraire à une chance pareille, sans compter qu'un aveu même obtenu de la sorte n'était guère propre à fournir de graves arguments. Malgré cela, il se rendit avant minuit dans la grand' salle, espérant que Daniel, ainsi que le comporte cette maladie, serait entraîné malgré lui par la puissance magnétique.

Vers minuit, un grand bruit s'éleva dans la cour, et V*** entendit distinctement briser un carreau. Il descendit, et en traversant un corridor, il se sentit suffoqué par une fumée nauséabonde qui s'échappait, comme il s'en aperçut bientôt, de la chambre ouverte de l'intendant. On en sortait à l'instant même Daniel inanimé et raide comme un cadavre, pour le transporter dans une autre chambre.

Le justicier apprit, par le récit des domestiques, qu'à minuit un homme de peine, réveillé par un grondement sourd et singulier, supposant quelque accident arrivé chez le vieil intendant, se disposait à se lever pour courir à son secours, lorsque le concierge s'était mis à crier dans la cour d'une voix retentissante : « Au feu ! au feu ! tout est en flammes dans la chambre de monsieur l'intendant ! » A ses cris, plusieurs domestiques accoururent ; mais tous leurs efforts pour enfoncer la porte furent inutiles. Ils s'élancèrent alors dehors pour aviser à d'autres moyens ; mais déjà le brave concierge avait brisé la fenêtre de la chambre située au rez-de-chaussée, et avait arraché les rideaux enflammés, que quelques seaux d'eau suffirent à éteindre à l'instant même.

On trouva l'intendant gisant évanoui au milieu de la chambre. Il tenait encore avec force dans sa main le chandelier dont la bougie avait mis le feu aux rideaux et déterminé l'incendie. Des morceaux de linge enflammés lui avaient brûlé les sourcils et une grande partie des cheveux. Si le concierge ne s'était pas aperçu du feu, le vieillard aurait péri misérablement ; car les domestiques trouvèrent à leur grande surprise la porte de la chambre fermée intérieurement par deux énormes verrous, posés tout récemment, et que personne ne se rappelait avoir vus la veille.

V*** comprit que Daniel avait voulu s'enlever à lui-même la faculté de sortir de sa chambre ; mais que l'aveugle instinct du somnambule avait eu le dessus. Le vieillard tomba gravement malade : il ne parlait pas, prenait fort peu de nourriture, et, comme sous l'oppression d'une pensée funeste, ses yeux livides gardaient une fixité effrayante. V*** crut l'intendant condamné à ne pas se relever de son lit.

Tout ce qu'il était possible de faire pour son protégé, V*** l'avait fait. Il ne lui restait plus qu'à attendre patiemment le succès de ses démarches; et dans ce but il voulait retourner à K... Dans la soirée qui précédait le jour fixé pour son départ, V*** s'occupait d'emballer tous ses papiers, lorsqu'il lui tomba entre les mains un petit paquet cacheté que le baron Hubert lui avait remis, portant cette suscription : *A lire après l'ouverture de mon testament*, et que, par un oubli inconcevable, il avait négligé jusqu'à ce jour.

V*** se disposait à décacheter le paquet, lorsque la porte s'ouvrit et que Daniel parut marchant à pas lents et semblable à un fantôme. Il déposa sur le bureau un portefeuille noir qu'il tenait à la main; puis il tomba à genoux avec un sourd gémissement; et saisissant d'un mouvement convulsif les mains du justicier, il dit enfin d'une voix étouffée et sépulcrale : « Je ne voudrais pas mourir sur l'échafaud... il y a un juge au ciel ! » Puis il se releva péniblement, et, poussant des gémissements lamentables, quitta la chambre comme il était venu.

V*** s'occupa toute la nuit à lire ce que contenaient le portefeuille noir et le codicille du baron. Ces deux témoignages concordaient parfaitement et traçaient nettement la marche à suivre dans cette affaire. Aussitôt après son arrivée à K..., le justicier se rendit chez le baron Hubert, qui le reçut avec une altière froideur. Mais par suite de l'entretien important qu'ils eurent ensemble, lequel commença à midi et se prolongea sans interruption fort avant dans la nuit, le baron déclara le lendemain devant le tribunal que, conformément à la déclaration de son père, il reconnaissait son compétiteur Rodrigue, baron de R***, pour héritier direct et naturel du majorat, en qualité de fils légitime de Wolfgang de R***, son oncle, et de la demoiselle Julie de Saint-Val.

Au sortir de la salle d'audience, il monta dans une voiture de poste et s'éloigna rapidement, laissant à K.... sa mère et sa sœur, qui devaient peut-être ne jamais le revoir, d'après la lettre qu'il leur adressait, rédigée d'un bout à l'autre en phrases ambiguës et énigmatiques.

Un pareil dénouement surprit étrangement Rodrigue, et il pressa V*** de lui expliquer comment ce miracle s'était opéré, et quelle puissance mystérieuse y avait pris part. V*** différa pourtant de le satisfaire jusqu'à ce qu'il eût pris possession du majorat. Or, le tribunal, nonobstant la déclaration de Hubert, exigeait encore, pour ordonner l'entrée en jouissance, les preuves péremptoires de la légitimité du jeune baron.

V*** offrit en attendant à Rodrigue de venir habiter R....sitten, et il laissa à entendre que la mère et la sœur de Hubert, qui devaient se trouver, par suite du brusque départ de celui-ci, dans un certain embarras, préféreraient le séjour du vieux château à la vie agitée et dispendieuse de la ville. La joie et l'empressement avec lequel Rodrigue accueillit l'idée d'habiter, au moins pour quelque temps, sous le même toit avec la baronne et sa fille, témoignèrent de l'impression profonde que cette enfant aimable et gracieuse avait produite sur son cœur. En effet, le baron sut si bien mettre à profit le temps de son séjour à R....sitten, qu'en moins de quelques semaines il avait gagné l'amour sincère de Séraphine et l'assentiment de sa mère pour leur prochaine union.

Mais V*** trouvait un peu prématurés de tels arrangements, puisque la reconnaissance légale de Rodrigue comme titulaire du majorat restait encore incertaine, quand des lettres de la Courlande vinrent faire diversion à la vie d'idylle qu'on menait au château.

Hubert n'avait pas paru dans les domaines de cette contrée, mais il était parti directement pour Pétersbourg, où il avait pris du service comme militaire, et il se trouvait actuellement dans l'armée envoyée contre les Perses, avec lesquels la Russie était en guerre. Cette nouvelle nécessita le prompt départ de la baronne et de sa fille pour la Courlande, où un grand désordre s'était introduit dans les propriétés de la famille. Rodrigue, qui se regardait déjà comme le fils adoptif de la baronne, ne manqua pas d'accompagner sa bien-aimée, et V***, de son côté, retourna à K..., de sorte que le château redevint aussi désert que peu de temps auparavant. En outre, la maladie de l'intendant prenant tous les jours plus de gravité, il crut lui-même qu'il ne s'en relèverait jamais, et ses fonctions furent dévolues à un vieux garde-chasse nommé François, le fidèle serviteur du baron Wolfgang.

Enfin, après une longue attente, V*** reçut de Genève des nouvelles favorables. Le pasteur qui avait marié Rodrigue était mort depuis long-temps; mais il se trouvait sur le registre de l'église une note écrite de sa main constatant que celui qu'il avait uni en mariage, sous le nom de Born, à la demoiselle Julie de Saint-Val, avait complétement justifié près de lui de ses nom et qualité de baron de Wolfgang, fils ainé du baron Rodrigue de R***. En outre, on retrouva les traces des deux témoins du mariage, dont l'un était un négoçiant de Genève, et l'autre un vieux capitaine français qui s'était établi à Lyon; et leurs témoignages, confirmés par serment, venaient à l'appui de la note du pasteur inscrite sur le registre de l'église.

Muni de ces actes rédigés dans les formes voulues, V*** produisit alors les preuves complètes des droits acquis à son client, et rien ne s'opposa plus à l'investiture du majorat, qui fut fixée à l'automne suivant.

Hubert avait été tué à la première bataille à laquelle il assista, victime ainsi du même sort qu'avait subi son frère cadet, un an avant la mort de leur père; de sorte que les biens situés en Courlande tombaient en partage à la jeune baronne Séraphine, et constituèrent la jolie dot qui devait encore écheoir au bienheureux Rodrigue.

XIII.

Le mois de novembre était déjà commencé lorsque la baronne, Rodrigue et sa prétendue arrivèrent à R....sitten. La mise en possession eut lieu, et fut suivie du mariage des deux fiancés. Plusieurs semaines s'écoulèrent dans l'ivresse et les plaisirs, jusqu'à ce qu'enfin les hôtes étrangers au château partirent l'un après l'autre, à la grande satisfaction du justicier, qui ne voulait pas quitter R....sitten avant d'avoir initié le jeune propriétaire du majorat, d'une manière positive, à tous les détails de sa nouvelle possession.

L'oncle de Rodrigue avait tenu avec la plus grande exactitude les comptes des recettes et des dépenses; et Rodrigue n'ayant prélevé qu'une faible somme pour son entretien sur les revenus annuels; le surplus avait considérablement accru le capital en espèces trouvé à la mort du vieux baron. Hubert, d'ailleurs, avait employé seulement pendant les trois premières années les revenus du majorat à son avantage; mais il avait souscrit un acte par lequel il hypothéquait au remboursement d'une somme égale sa part des propriétés situées en Courlande.

V***, depuis le jour où Daniel lui était apparu comme somnambule, avait choisi pour logement l'ancienne chambre à coucher du vieux Rodrigue, afin de pouvoir mieux épier l'intendant, de qui il attendait quelque révélation involontaire. Il arriva ainsi que le baron et V*** se trouvaient ensemble dans la grand'salle voisine de cette pièce, occupés à conférer des affaires du majorat. Tous deux étaient assis près d'une grande table devant un feu pétillant; V***, la plume à la main, était en train de chiffrer et d'établir le montant des richesses du nouveau seigneur, tandis que celui-ci, accoudé sur la table, jetait un coup d'œil satisfait sur les registres et sur des pièces de comptabilité d'une haute importance.

Ni l'un ni l'autre n'entendait le mugissement sourd de la mer et le cri sauvage des mouettes qui, dans leur vol incertain, battaient les carreaux de leurs ailes; ni l'un ni l'autre n'avait fait attention à l'ouragan qui s'était élevé à minuit, et se déchaînait impétueusement dans tout le château, de manière à produire dans les étroits et longs corridors des sifflements aigus et lamentables.

A la fin, un coup de vent furieux ayant ébranlé pour ainsi dire le bâtiment tout entier, en même temps que la lueur blafarde de la lune pénétrait dans la salle obscure, V*** s'écria : « Un temps affreux ! — Oui, épouvantable ! » répondit nonchalamment le baron tout absorbé dans la contemplation de son immense fortune, en tournant avec un sourire de plaisir un feuillet du livre des recettes. Et il se disposait à se lever; mais il se sentit fléchir, lourdement oppressé par la peur, en voyant la porte de la salle s'ouvrir violemment, et une figure pâle et livide s'avancer comme un spectre devant eux.

C'était Daniel! Daniel si grièvement malade, si défaillant sur son lit de douleur, que V*** ainsi que tout le monde l'aurait cru incapable de bouger un seul membre, et qui pourtant, dans un nouvel accès de somnambulisme, commençait sa tournée nocturne. Sans pouvoir proférer un mot, le baron suivait d'un œil avide les pas du vieillard; mais lorsque celui-ci, avec un râle affreux, se mit à gratter contre le mur, le baron fut saisi d'une terreur profonde. Pâle comme la mort, ses cheveux se dressant sur sa tête, il s'avança à grands pas vers l'intendant avec un geste menaçant, et s'écria d'une voix si forte que toute la salle en trembla: « Daniel! Daniel! que fais-tu ici à cette heure. » — A ces mots, le vieillard fit entendre son cri lamentable, que Wolfgang avait comparé au hurlement d'une bête fauve à l'agonie, le jour où il lui offrit de l'or en récompense de sa fidélité, et il tomba à la renverse.

V*** appela les domestiques; on releva Daniel, et on s'efforça par tous les moyens possibles de le rappeler à la vie, mais ce fut en vain. Alors le baron s'écria tout hors de lui-même: « Grand Dieu! grand Dieu! n'ai-je pas entendu dire en effet que les somnambules, dès qu'on les appelle en prononçant leur nom, peuvent mourir sur la place même? — Hélas!

malheureux que je suis ! j'ai assassiné le pauvre vieillard. De ma vie je n'aurai plus une seule heure de repos.... »

Le justicier, lorsque les domestiques eurent emporté le corps mort et que la salle fut évacuée, s'approcha du baron, qui continuait à s'accuser lui-même, et, le conduisant par la main dans un profond silence jusqu'à la porte murée, il lui dit : « Baron Rodrigue ! celui qui vient de tomber ici mort à vos pieds était l'infâme meurtrier de votre père ! » — Le baron regardait V*** fixement comme frappé d'une vision infernale ; mais celui-ci continua : « Il est temps maintenant de vous dévoiler l'horrible secret qui pesait sur le criminel, et le livrait aux heures du sommeil en proie au génie des malédictions : c'est la Providence qui a permis que le fils vengeât ainsi le meurtre de son père : les mêmes paroles que votre voix a fait retentir aux oreilles du somnambule homicide, ce sont les dernières que votre malheureux père a prononcées. »

Tremblant et incapable de dire un seul mot, le baron prit place à côté du justicier, qui s'était assis devant la cheminée. V*** commença par le contenu du mémoire que lui avait remis Hubert pour être décacheté après l'ouverture du testament. Hubert confessait avec des expressions empreintes du plus sincère repentir, qu'une haine implacable avait pris racine dans son âme contre son frère aîné du jour où le vieux Rodrigue avait institué le majorat. Il se voyait sacrifié sans ressource, puisqu'alors même qu'il eût réussi à jeter méchamment la désunion entre le père et le fils, le premier n'était pas apte à faire déchoir l'aîné de la famille de ses droits d'aînesse, ce qu'il n'aurait d'ailleurs jamais fait, d'après ses principes, quel qu'eût été l'excès de son aversion et de son ressentiment.

Ce ne fut qu'à l'occasion de l'intrigue nouée par Wolfgang, à Genève, avec Julie de Saint-Val, que Hubert entrevit un dernier moyen de perdre son frère, et de cette époque dataient ses intelligences avec Daniel pour inspirer au vieux baron, par de perfides menées, des résolutions et des mesures extrêmes qui devaient porter Wolfgang au désespoir.

Il savait qu'une alliance avec l'une des plus anciennes familles du royaume pouvait seule, aux yeux du vieux Rodrigue, assurer à jamais l'éclat du nouveau majorat. Le vieillard avait lu cette union désirée dans le cours des astres, et toute rébellion criminelle contre les constellations ne pouvait que devenir fatale à son institution. D'après cela, la liaison de Wolfgang avec Julie paraissait au vieux baron un attentat criminel dirigé contre les décrets de la puissance souveraine qui l'avait assisté dans ses entreprises terrestres; et il devait regarder comme légitime chaque plan conçu pour perdre cette Julie, qui, tel qu'un esprit malfaisant, venait se jeter à l'encontre de ses plus chères illusions.

Hubert connaissait tout l'amour que son frère ressentait pour Julie, amour si passionné, si frénétique, que la perte de sa bien-aimée lui aurait porté le coup le plus funeste, et peut-être l'aurait conduit au tombeau. Et il se fit d'autant plus ardemment le complice des pernicieux desseins du vieillard, qu'il avait conçu lui-même pour mademoiselle de Saint-Val une passion criminelle, et qu'il espérait peut-être ravir son cœur à Wolfgang avec sa possession. Une secrète volonté du ciel fit échouer tous ces perfides complots contre la fermeté de Wolfgang, qui parvint à tromper la surveillance même de son frère; car Hubert resta dans l'ignorance du mariage secret et de la naissance du fils de Wolfgang.

Il arriva qu'avec le pressentiment de sa mort prochaine, Rodrigue conçut en même temps l'idée que ce mariage, qui excitait tant son courroux, s'était accompli en effet; et dans la lettre où il mandait à son fils de se rendre à tel jour fixé à R....sitten pour prendre possession du majorat, il le frappait de sa malédiction, dans le cas où il ne ferait pas rompre cette union. C'est cette lettre que Wolfgang brûla auprès du corps mort de son père.

Le vieux baron avait aussi écrit à Hubert que Wolfgang était l'époux de Julie, mais qu'il devait faire casser son mariage. Hubert prit cette nouvelle pour un rêve de l'imagination du vieillard. Mais quelle fut sa stupéfaction, lorsque Wolfgang, à R....-sitten, non-seulement confirma avec une entière franchise la prévision du vieux Rodrigue, mais ajouta encore que Julie lui avait donné un fils, et que bientôt il allait la combler de joie, elle qui l'avait toujours pris jusque-là pour le négociant Born, de M..., en lui découvrant son nom véritable et sa riche position. — Il voulait partir lui-même pour Genève, afin d'en ramener sa femme bien-aimée. Mais la mort le surprit avant qu'il pût exécuter cette résolution.

Hubert cacha avec soin tout ce qu'il savait relativement au mariage de son frère et au fils qui en était né; et ce fut ainsi qu'il resta maître du majorat au préjudice de ce dernier. Mais quelques années étaient à peine écoulées, qu'un remords violent s'empara de son âme. La fatalité lui faisait subir de cruelles représailles dans la haine réciproque qui, de jour en jour, s'envenimait davantage entre ses deux fils.

« Tu es un malheureux, un pauvre diable! disait un jour l'aîné, âgé de douze ans, à son jeune frère; mais moi je serai, à la mort de notre père, seigneur du majorat de R....sitten; et alors il te faudra venir bien humblement me baiser les mains si tu veux que je te donne de l'argent pour t'acheter un habit neuf. » Le cadet, exaspéré par cette insultante fierté, frappa son frère d'un couteau qu'il avait en ce moment à la main, et le blessa presque mortellement. Hubert, craignant dès-lors quelque catastrophe, envoya son plus jeune fils à Pétersbourg, d'où il partit plus tard sous les ordres de Suwarow, pour combattre les Français; et c'est dans cette guerre qu'il fut tué.

La crainte de la honte et du mépris qui seraient retombés sur lui empêchait Hubert d'avouer publiquement que sa possession du majorat était usurpée et frauduleuse. Mais il résolut de ne plus distraire à l'avenir un seul denier au détriment du légitime propriétaire. Il prit des renseignements à Genève, et sut que madame Born, inconsolable de l'étrange disparition de son mari, était morte, mais que le jeune Rodrigue avait été recueilli par un homme respectable qui veillait à son éducation.

Alors Hubert se fit passer, sous un nom supposé, pour un parent du négociant Born, qu'il annonça avoir péri sur mer, et il envoya des fonds suffisants pour fournir à l'entretien convenable du jeune baron. On sait déjà quel soin il apporta à recueillir l'excédant des revenus du majorat, et quelles dispositions furent consignées dans son testament. — Quant à la mort de son frère, Hubert s'en expliquait dans des termes si singuliers et si ambigus, qu'on pouvait en déduire la supposition de quelque mystérieuse intrigue, et l'idée que Hubert lui-même n'avait pas été complètement étranger à cette abominable action.

Les papiers du portefeuille noir dissipaient tous les doutes à cet égard. A la correspondance secrète d'Hubert et de Daniel était jointe une feuille écrite et signée par l'intendant lui-même. V*** y lut les aveux suivants en tressaillant d'émotion. C'était sur les provocations de Daniel qu'Hubert s'était rendu à R....sitten; c'était Daniel qui lui avait révélé le secret du trésor des cent cinquante mille écus. On sait de quelle manière Hubert fut reçu par son frère, et comment, désabusé de toutes ses espérances, il était prêt à s'éloigner, quand le justicier le retint.

Mais Daniel nourrissait au fond du cœur une soif ardente de vengeance contre le jeune seigneur qui avait parlé de le jeter à la porte tel qu'un chien galeux; il attisa et souffla de toutes ses forces les brandons d'animosité allumés dans l'âme d'Hubert par un aveugle dépit. Ce fut à la chasse, dans la forêt de pins, au milieu de l'orage et des vents déchaînés, qu'ils tombèrent d'accord sur la perdition de Wolfgang. « Il faut s'en défaire, murmurait Hubert en détournant la tête, et faisant mine de décharger son arquebuse. — Oui, il le faut ! répondit Daniel sourdement ; mais non pas ainsi, non pas ainsi ! » Alors il avança hardiment qu'il répondait de la mort du baron, et que pas un coq n'en divulguerait le secret.

Cependant Hubert était résolu à partir après avoir reçu l'argent ; car la pensée d'un pareil crime lui était à charge, et il voulait ne pas rester exposé à une affreuse tentation. La nuit fixée pour son départ, Daniel alla brider son cheval et le fit sortir dans la cour ; mais, lorsque le baron se disposait à y monter, il lui dit d'une voix accentuée : « Baron Hubert, je ne pense pas que tu veuilles quitter le majorat qui vient de t'échoir à l'instant même : car le ci-devant seigneur est mort à cette heure écrasé au fond des ruines de la tour ! »

Daniel avait observé que Wolfgang, tourmenté par la soif de l'or, se levait souvent pendant la nuit, et allait sur le seuil de l'ancien passage qui conduisait à la tour, contempler avec des regards avides ce gouffre qui, sur l'assurance de Daniel, devait contenir un amas de richesses. Guidé par cette découverte, Daniel, durant la nuit fatale, s'était posté tout près de la porte de la tour. Le baron l'aperçut et s'écria, en se retournant vers le farouche vieillard, dans les yeux duquel étincelait un désir sanglant de vengeance : « Daniel ! Daniel ! que fais-tu ici à cette heure ? » Mais Daniel, d'une voix féroce, lui dit : « Va le savoir là-bas, chien galeux ! » Et d'un violent coup de pied il précipita le malheureux Wolfgang dans l'abîme. —

Profondément ému de ces horribles révélations, le baron Rodrigue ne pouvait plus jouir d'aucun repos dans ce château où son père avait été lâchement assassiné. Il retourna dans ses domaines de Courlande, et venait seulement à R....sitten une fois par an, au retour de l'automne. François, le vieux garde-chasse, prétendait que Daniel, dont il avait soupçonné le crime, apparaissait encore très-souvent dans la grand'salle, surtout aux époques de la pleine lune, et ses récits s'accordaient absolument avec la vision dont le justicier fut le témoin et le vainqueur. — C'était aussi par suite de la découverte de ces circonstances, qui déshonoraient la mémoire de son père, que le jeune Hubert s'était exilé de sa patrie.

Tel fut le récit exact que me fit mon grand-oncle. Ensuite il prit ma main; et tandis que de grosses larmes tombaient de ses yeux, il me dit d'une voix attendrie : « Cousin ! — cousin ! — et elle aussi, cette femme charmante ! la destinée fatale qui plane sur le château seigneurial l'a frappée à son tour sans pitié !.... Deux jours après notre départ, le baron monta une partie de traîneau comme divertissement final. Lui-même conduisait celui de sa femme, mais à la descente dans la vallée, les chevaux s'emportèrent tout d'un coup et sans qu'il fût possible de les contenir, en poussant des hennissements sauvages et épouvantables. « Le vieux ! le vieux nous poursuit ! » s'écria la baronne d'une voix perçante. Mais au même moment une violente secousse la jeta à une grande distance, et on la releva sans vie..... Elle n'est plus ! — Le baron est à jamais inconsolable, et son repos est l'insensibilité de la mort ! — Nous ne retournerons plus jamais à R....sitten, cousin ! »

Mon grand-oncle se tut; et je le quittai le cœur déchiré. Le temps, qui guérit tout, pouvait seul affaiblir l'excès de ma douleur, à laquelle je crus d'abord devoir succomber.

Bien des années s'étaient écoulées. V*** reposait depuis long-temps dans la tombe. J'avais quitté ma patrie. L'orage de la guerre, dont le souffle destructeur était alors déchaîné sur toute l'Allemagne, m'avait chassé dans le Nord, et je revenais de Pétersbourg, en longeant les bords de la mer Baltique.

Je passais en voiture, par une sombre nuit d'été, non loin de la ville de K...., lorsque je remarquai devant moi, à une fort grande élévation, une lueur étoilée et brillante. A mesure que je m'approchais, je reconnus à la flamme rouge et vacillante que ce que j'avais pris pour une étoile ne pouvait être qu'un foyer très-ardent, mais sans concevoir pourtant comment il pouvait être ainsi suspendu dans l'air. « Postillon! criai-je, quel est ce feu-là devant nous? — Eh! me répondit-il, ce n'est pas un feu, c'est le phare de R....sitten. »

A peine eus-je entendu prononcer ce nom, qu'une illusion soudaine me représenta l'image vivante et fraiche de ces jours d'automne que j'avais passés au château. Je revis le baron, je revis Séraphine!... et aussi les deux vieilles tantes si bizarres; je me vis moi-même avec mon visage d'adolescent, joliment frisé et poudré, et vêtu d'un habit bleu tendre; oui, moi, l'amoureux qui contait aux vents d'une voix plaintive les tourments de son cœur épris. Sous l'impression pénible d'une mélancolie profonde, je crus voir surgir devant moi, pareilles à de vives étincelles, les railleries sardoniques de mon grand-oncle, et elles me paraissaient bien plus fines alors qu'autrefois.

Ému ainsi à la fois de tristesse et d'une joie vague, je descendis de grand matin de voiture au relai de la poste. Je reconnus la maison de l'intendant-économe et je demandai à le voir. « Avec votre permission, monsieur, me dit le commis de la poste en ôtant la pipe de sa bouche et portant la main à son bonnet, il n'y a plus ici ni intendant ni économe : c'est un domaine royal, et monsieur le receveur du bailliage n'a pas encore jugé à propos de sortir de son lit. »

En continuant de questionner, j'appris qu'il y avait seize ans que le baron Rodrigue de R***, dernier titulaire du majorat, était mort sans descendants, et que, d'après l'acte d'institution, le majorat était échu à l'Etat. Je montai jusqu'au château : il était en ruines. On avait employé une grande partie des pierres à la construction du phare. C'est ce que m'apprit un paysan qui sortait du bois de pins, et avec lequel je liai conversation. Il racontait volontiers mainte histoire de revenants qui avaient apparu au château, et il m'assura même que très-souvent encore, surtout au retour de la pleine lune, on entendait, la nuit, dans les décombres, d'effrayantes lamentations.

Infortuné Rodrigue! pauvre vieillard aveugle! quelle puissance maudite avais-tu donc invoquée, pour que l'arbre dont tu croyais avoir cimenté en terre les racines pour l'éternité, périt ainsi étouffé dans son premier germe!

LE MAGNÉTISEUR.

SCÈNES DE LA VIE PRIVÉE.

Songe, mensonge.

Les rêves sont de l'écume, dit le vieux baron en étendant la main vers le cordon de la sonnette pour que le vieux Gaspard vînt l'éclairer jusqu'à sa chambre à coucher; car il était tard, un vent piquant d'automne pénétrait dans le vaste salon d'été mal garanti, et Maria, étroitement enveloppée dans son châle, les yeux à demi-fermés, semblait ne pouvoir plus résister à l'envie de dormir.

« Et cependant, reprit-il avant d'avoir sonné, et le corps penché en avant hors du fauteuil, les deux mains appuyées sur ses genoux, et cependant je me souviens de bien des rêves extraordinaires que j'ai faits étant jeune! — Eh! mon excellent père, s'écria

Ottmar, quel rêve n'est donc pas extraordinaire? mais ceux-là seuls qui nous révèlent une circonstance frappante, les esprits précurseurs des grandes destinées, comme dit Schiller, qui nous transportent tout-à-coup d'un élan rapide dans les sombres et mystérieuses régions où nos yeux débiles n'osent jeter que de timides regards, ceux-là seuls nous causent une impression profonde dont personne ne peut se dissimuler la puissance. »

Le baron répliqua d'une voix sourde : « Tout rêve, vaine écume! — Je m'empare, répartit Ottmar, de ce dicton même des matérialistes qui trouvent tout naturels les plus merveilleux phénomènes, tandis que souvent la chose la plus naturelle leur paraît prodigieuse et inconcevable, et j'y vois un sens allégorique remarquable.

» Quel contre-sens vois-tu, s'il te plaît, à ce vieux et trivial adage? » demanda Maria en bâillant. Ottmar répondit en souriant, avec les paroles de Prospero [1] : « Relève les franges du voile de tes yeux et écoute-moi avec bonté!.... Sérieusement, chère Maria, si tu avais moins envie de dormir, tu aurais déjà pressenti de toi-même que cette comparaison des rêves avec l'écume, car c'est des rêves qu'il s'agit, c'est-à-dire d'un des phénomènes les plus profondément sublimes de la vie humaine, ne peut s'entendre que de l'écume la plus noble de toutes. Or, c'est évidemment celle de l'effervescent, pétillant et impétueux Champagne, que tu ne dédaignes pas de flûter quelquefois, malgré le fier mépris qu'en véritable demoiselle tu manifestes pour le jus de la treille en général. Vois ces milliers de petites bulles qui surgissent le long du verre comme autant de perles et qui s'agitent en mousse à la surface, ce sont les esprits volatils qui se dégagent impatiemment de leur prison matérielle. Ainsi vit et se meut, pareille à cette écume, notre essence spirituelle, qui, affranchie de ses liens terrestres et déployant gaîment ses ailes, s'élance avec bonheur au-devant des esprits supérieurs de même ordre, hôtes de l'empire céleste qui nous est à tous promis, et qui admet et comprend sans effort, dans leur signification la plus intime, les événements surnaturels ou mystiques. Il se peut donc aussi que les rêves soient le résultat de cette fermentation qui suscite nos esprits vitaux, devenus libres et flottants quand le sommeil vient enchaîner nos sens, en substituant à la vie expansive une vie d'intensité supérieure, qui non-seulement nous fait pressentir les mystérieux rapports du monde des esprits invisibles, mais laisse notre âme planer réellement au-delà des limites de l'espace et du temps.

» Il me semble entendre raisonner ton ami Alban, s'écria le vieux baron en s'efforçant de se soustraire aux souvenirs qui l'avaient rendu rêveur. Vous connaissez du reste mon incrédulité sur cette matière. Ainsi tout ce que tu viens de débiter est fort beau à entendre, et certaines âmes sentimentales ou jalouses de le paraître peuvent s'y complaire; mais rien que pour être systématique, tout cela est faux! D'après tes théories de relation avec le monde des purs esprits, et, que sais-je encore, ne serait-on pas porté à croire que les rêves doivent procurer à l'homme un état de béatitude infinie ? Mais tous mes rêves que j'appelle remarquables, parce que le hasard leur a attribué une certaine influence sur mon existence (j'appelle hasard une sorte de coïncidence absolue et spéciale pour chaque individu, de circonstances diverses, et équivalant à une péripétie complète), tous ces rêves, dis-je, étaient désagréables et même fort pénibles, au point de me rendre souvent malade, quoique je m'abstinsse de toute contention d'esprit à ce sujet, attendu qu'il n'était pas de mode alors de scruter et de vouloir approfondir tout ce dont la nature nous a sagement dérobé le secret.

» Vous savez, mon excellent père, répliqua Ottmar, comment mon ami Alban et moi nous pensons sur tout ce que vous appelez hasard, coïncidence de circonstances diverses, etc. Et quant à la mode des investigations indiscrètes, mon bon père voudra bien réfléchir que cette mode, ayant son fondement dans la nature même de l'homme, est des plus anciennes. Les adeptes de l'antique Saïs....

» Halte-là ! s'écria le baron, brisons, s'il vous plaît, une discussion que je suis d'autant moins propre à soutenir aujourd'hui que je ne me sens nullement disposé à tenir tête à ton bouillant enthousiasme pour le merveilleux. Je ne puis dissimuler qu'aujourd'hui même, le neuf septembre, je suis vivement préoccupé d'un souvenir de ma jeunesse dont il m'est impossible de m'affranchir ; et si je vous racontais cette aventure, elle prouverait à Ottmar comment un rêve, qui se liait d'une manière toute particulière à la réalité, me frappa de l'impression la plus funeste.

» Peut-être, mon excellent père, dit Ottmar, fournirez-vous ainsi à mon ami Alban et à moi un précieux argument de plus à l'appui de la théorie, aujourd'hui bien établie, de l'influence magnétique, laquelle résulte d'observations multipliées sur le sommeil et les rêves.

» Rien que le mot de magnétisme m'irrite à l'excès, s'écria le baron en fronçant le sourcil, mais chacun a ses idées : tant mieux pour vous si la nature souffre patiemment que vos mains audacieuses tiraillent le voile qui la couvre, et ne vous fait pas expier par votre ruine votre folle curiosité. — Ne discutons pas, mon excellent père, sur des opinions dépendantes de la conviction la plus intime, répliqua Ottmar; mais cette histoire de votre jeunesse ne peut-elle, s'il vous plait, se formuler en récit ? »

Le baron s'enfonça dans son fauteuil, et il parla ainsi, son regard expressif levé au ciel, comme c'était son habitude lorsqu'il était profondément ému :

« Vous savez que j'ai reçu mon éducation militaire au lycée noble de Berlin ». Parmi les maîtres qui y professaient, il se trouvait un homme que je ne saurais oublier de ma vie. A présent même, je ne puis penser à lui sans un frisson intérieur, je dirais presque sans effroi ; il me semble souvent qu'il va ouvrir la porte et paraître devant moi tel qu'un fantôme ! — Sa taille gigantesque ressortait encore davantage à cause de son extrême maigreur ; tout son corps paraissait n'être qu'un assemblage d'os et de nerfs. Il devait avoir été pourtant dans sa jeunesse un joli homme, car ses grands yeux noirs lançaient encore à son âge d'ardents rayons dont on avait peine à supporter l'éclat. Fort avancé dans la cinquantaine, il possédait encore l'adresse et la vigueur d'un jeune homme. Tous ses mouvements étaient vifs et résolus : dans l'escrime à l'épée et au sabre, il était supérieur aux plus habiles, et il maîtrisait le cheval le plus fougueux, jusqu'à le faire fléchir sous lui en gémissant. Il avait été autrefois major au service danois, et il s'était vu, disait-on, obligé de s'expatrier après avoir tué en duel son général. Plusieurs prétendaient que cela n'était pas arrivé en duel ; mais que, sur un mot offensant du général, le major lui avait passé son épée au travers du corps, sans lui laisser le temps de se mettre en garde. Bref, il s'était enfui du Danemarck, et exerçait au lycée équestre, avec le grade de major, les fonctions d'instructeur supérieur pour la fortification.

» Irascible au plus haut degré, il suffisait d'un mot, d'un coup d'œil pour le faire entrer en fureur. Il châtiait les élèves avec une rigueur systématique, et cependant tous lui étaient attachés d'une manière surprenante. Ainsi, une fois, le cruel traitement qu'il avait fait subir à l'un d'entre eux, en violation de tous les usages et réglements de la discipline, ayant éveillé l'attention des supérieurs, une enquête à ce sujet fut ordonnée. Mais l'élève puni n'accusa que lui-même, et plaida si chaleureusement la cause du major, qu'on dut le tenir pour exempt de tout méfait.

» Il y avait des jours où il ne se ressemblait pas à lui-même. L'accent ordinairement rude et courroucé de sa voix sourde devenait alors cadencé et inexprimablement sonore, et l'on était séduit par la fascination de son regard. Plein d'aménité et d'indulgence, il passait à chacun ses petits écarts, et lorsqu'il serrait la main à l'un de nous qui avait mieux réussi dans son travail, c'était comme s'il l'eût fait son serf par une puissance magique irrésistible; car, eût-il imposé en ce moment, comme preuve d'obéissance, la mort la plus douloureuse, qu'on l'aurait subie aussitôt et sans murmurer. Mais ces jours de calme étaient ordinairement suivis d'une tempête furieuse, qui forçait tout le monde à fuir ou à se cacher devant lui. Alors il endossait dès le matin son uniforme danois rouge et passait toute la journée, que ce fût l'été ou l'hiver, à courir à pas de géant dans le grand jardin dépendant du palais du lycée. On l'entendait parler seul en langue danoise avec une voix épouvantable et les gestes les plus frénétiques. Il tirait son épée, et, comme s'il eût eu affaire à un adversaire redoutable, il donnait et parait des bottes, jusqu'à ce qu'un coup de sa main renversât son antagoniste imaginaire; alors il paraissait broyer son cadavre sous les pieds avec des jurements et des blasphèmes épouvantables; et puis il se sauvait à travers les allées d'une course étonnamment rapide; il grimpait aux arbres les plus élevés, et se livrait aux bruyants éclats d'un rire ironique, de manière à nous glacer malgré nous de stupeur, quand nous l'entendions de l'intérieur du logis. Ces crises duraient ordinairement vingt-quatre heures, et l'on remarqua qu'il en était constamment atteint au retour de chaque équinoxe. Le jour d'après il ne paraissait même pas se douter de rien de ce qui s'était passé ; seulement il était plus intraitable, plus emporté, plus violent que jamais, jusqu'à ce qu'il revînt peu à peu à ses dispositions bienveillantes.

» Je ne sais d'où provenaient les bruits étranges et merveilleux répandus sur son compte parmi les domestiques du lycée, et même dans la ville parmi le peuple. Par exemple, on prétendait qu'il pouvait conjurer le feu, qu'il savait guérir les maladies par l'imposition des mains, et même par ses seuls regards; et je me souviens encore qu'il chassa un jour à coups de bâton des gens qui voulaient absolument qu'il exerçât en leur faveur ce rare talent. Un vieil invalide, affecté à mon service, affirmait ouvertement, comme une chose notoire, qu'il y avait bien des choses à dire sur la personne et la conduite surnaturelles de monsieur le major, et il racontait comment, bien des années auparavant, dans une tempête sur mer, le malin esprit lui était apparu, et lui avait promis non-seulement de le délivrer du péril, mais de le douer d'une force surhumaine et de maintes facultés miraculeuses, offre à laquelle avait souscrit le major en se dévouant à l'esprit de ténèbres. De là résultaient les rudes combats qu'il avait à soutenir contre le démon qu'on voyait apparaître dans le jardin, tantôt sous la forme d'nn chien noir, tantôt avec celle de quelque animal effrayant ; mais tôt ou tard le major devait succomber indubitablement par quelque affreuse catastrophe. — Tout improbables et ridicules que me parussent ces récits, je ne pouvais néanmoins me défendre d'une terreur secrète, et, malgré mon sincère attachement pour le major, qui me témoignait lui-même une affection toute spéciale, il se mêlait pourtant à mes sentiments pour cet homme extraordinaire je ne sais quoi d'indéfinissable et d'incessamment menaçant.

» Il me semblait en effet que j'étais obligé par une puissance supérieure à lui rester fidèlement dévoué, comme si l'instant où cesserait ma sujétion dût être aussi celui de ma perte. Bien que sa présence me causât toujours une sorte de satisfaction, j'éprouvais cependant, en même temps, une certaine inquiétude, une certaine contrainte insurmontable qui comprimait toutes mes facultés, et je frémissais malgré moi de cette étrange position. Si j'étais resté long-temps près de lui, s'il m'avait témoigné un redoublement d'amitié, et surtout quand, suivant son habitude, son regard fixement cloué sur moi, et serrant étroitement ma main dans la sienne, il m'avait entretenu de mainte histoire merveilleuse, cette influence énergique et singulière pouvait me réduire à l'épuisement le plus extrême. Je me sentais affaibli et abattu au point de défaillir.

» J'omets toutes les scènes bizarres qui eurent lieu entre mon maître amical et moi ; car il prenait même part à mes jeux d'enfant, et m'aidait avec zèle à construire les forteresses en miniature que je me plaisais à établir dans le jardin, d'après les règles les plus strictes du génie militaire. — Je viens au point important. — C'était, je me le rappelle positivement, dans la nuit du 8 au 9 septembre de l'année 17... Je rêvai donc, et mon illusion avait toute la force de la réalité, que le major ouvrait doucement ma porte, qu'il s'approchait de mon lit à pas lents, et qu'arrêtant sur moi ses yeux noirs avec une fixité effrayante, il me posait la main droite sur le front, de manière à me cacher les yeux, ce qui ne m'empêchait pourtant pas de le voir debout devant moi. Le saisissement et la peur m'arrachèrent un gémissement. Il dit alors d'une voix sourde : « Misérable enfant de la terre, reconnais ton seigneur et maître ! A quoi bon te raidir et te débattre sous un joug dont tu cherches en vain à t'affranchir ? Ainsi que ton Dieu, je lis dans la profondeur la plus intime de ton être, et tout ce que tu as jamais tenu secret, tout ce que tu voudrais cacher en toi-même, m'apparaît clairement et à découvert. Mais pour que tu n'oses pas, ver de terre infime, douter de ma puissance absolue sur toi, je veux pénétrer, d'une manière qui soit visible pour toi-même, jusque dans le sanctuaire de tes pensées. » — Soudain je vis étinceler dans sa main un instrument pointu, et il le plongea au centre de mon cerveau !... En poussant un horrible cri de terreur, je me réveillai, baigné d'une sueur d'angoisse, et prêt à m'évanouir.

» Enfin je me remis ; mais un air étouffant et lourd m'oppressait, et il me sembla entendre à une grande distance la voix du major qui m'appelait coup sur coup par mon prénom. J'attribuais cela à l'émotion que m'avait laissée cet épouvantable rêve. Je sautai de mon lit, et j'ouvris les fenêtres pour laisser entrer l'air extérieur dans cette chambre brûlante. Mais quelle fut ma frayeur, lorsque je vis, à la clarté de la lune, le major dans son uniforme de parade, tel absolument qu'il m'était apparu dans mon rêve, se diriger, par la grande avenue, vers la grille qui donnait issue dans la campagne. Il l'ouvrit, et en repoussa les battants, après être sorti, si violemment, que les gonds et les verroux craquèrent avec fracas, et que le bruit résonna long-temps dans le calme de la nuit. — Qu'est-ce à dire? que veut faire le major au milieu des champs à pareille heure? pensai-je en moi-même. Et une anxiété inexprimable s'empara de moi. Comme entraîné par une force irrésistible, je m'habillai à la hâte, j'allai réveiller notre inspecteur, un bon vieillard de soixante et dix ans, le seul homme que le major craignît et ménageât, même dans ses plus violents paroxismes, et je lui racontai mon rêve, ainsi que ce qui s'était passé ensuite. Le vieillard m'écouta avec une extrême attention et me dit : « Moi aussi, j'ai cru entendre fermer rudement la grille du jardin, mais j'ai cru que c'était une illusion, non sans penser toutefois qu'il pourrait bien être arrivé quelque chose d'extraordinaire au major, et qu'il serait à propos de visiter sa chambre. »

» La cloche de la maison eut bientôt réveillé maîtres et élèves, et nous nous dirigeâmes avec des flambeaux, formant une sorte de procession solennelle, par le long corridor, vers l'appartement du major. La porte était fermée, et les vaines tentatives qu'on fit pour l'ouvrir avec le passe-partout nous prouvèrent qu'on avait tiré les verrous à l'intérieur. La porte principale qui donnait dans le jardin, par laquelle le major aurait dû passer pour sortir, était également fermée et cadenassée comme la veille au soir. Enfin, quand nous vîmes que tous nos appels restaient sans réponse, nous brisâmes la porte de la chambre à coucher, et là, — l'œil hagard et menaçant, la bouche ouverte et sanguinolente, le major était étendu mort sur le carreau, dans son grand uniforme danois rouge, tenant son épée d'une main convulsivement crispée! — Tous nos efforts pour le rappeler à la vie furent infructueux. »

Le baron se tut. — Ottmar était sur le point de dire quelque chose; cependant il s'en abstint, et il paraissait, le front appuyé sur sa main, s'occuper de coordonner d'abord dans son esprit les réflexions qu'il voulait émettre. Ce fut Maria qui rompit le silence en s'écriant : « Ah! mon bon père!... quel épouvantable événement! je vois le terrible major avec son uniforme danois, le regard fixe et dirigé sur moi : c'en est fait de mon sommeil de cette nuit! »

Le peintre Franz Bickert, qui, depuis quinze ans, vivait dans la maison du baron en qualité d'ami intime de la famille, n'avait pris jusque-là aucune part à la conversation, ce qui lui arrivait assez souvent. Mais il s'était promené de long en large, les bras croisés derrière le dos, faisant toutes sortes de grimaces bouffonnes, et même essayant de temps en temps une cabriole grotesque. Il éclata tout d'un coup : « La baronne a parfaitement raison » ! dit-il. A quoi bon ces récits effrayants, à quoi bon ces histoires romanesques, précisément avant l'heure de se coucher ? Cela, du moins, est fort contraire à ma pauvre théorie du sommeil et des rêves, qui n'a, il est vrai, pour point d'appui que quelques millions d'expériences. — Si monsieur le baron n'a jamais eu que des rêves pénibles, c'est uniquement parce qu'il ignorait cette théorie, et que par conséquent il ne pouvait la pratiquer. Ottmar, qui argue d'influences magnétiques, d'action des planètes, et de je ne sais quoi encore, peut bien avoir raison jusqu'à un certain point ; mais ma théorie munit d'une cuirasse à l'épreuve de tous les rayons des astres nocturnes.

» En ce cas, je suis réellement bien curieux de connaître ton admirable théorie ! s'écria Ottmar. — Laisse parler notre ami Franz, dit le baron ; il saura bien nous convaincre à son gré de tout ce qu'il lui plaira. » — Le peintre s'assit vis-à-vis de Maria, et, après avoir pris une prise avec une contenance comique et un sourire doucereux et grimacier, il commença :

« Honorable assemblée ! *Les rêves sont de l'écume* : ceci est un vieux, très-honnête et très-expressif proverbe allemand. Mais Ottmar l'a si adroitement interprété, et tellement subtilisé, que, tandis qu'il parlait, je sentais réellement surgir dans mon cerveau les petites bulles dégagées de la matière et venant s'unir avec le principe spirituel supérieur. Toutefois, n'est-ce pas dans notre esprit que s'opère la fermentation d'où jaillissent ces parties plus subtiles, qui ne sont elles-mêmes qu'un produit du même principe? — Je demande enfin si notre esprit trouve en lui seul tous les éléments nécessaires à la production de ce phénomène, ou si, d'après une loi d'équilibre, quelque mobile hétérogène y concourt avec lui? Et je réponds à cela : que la nature, cette magnifique reine, n'est pas si complaisante à l'égard de notre esprit, que de le laisser manœuvrer dans le vaste champ de l'espace et du temps, avec une pleine indépendance, et dans l'illusion qu'il agit et se meut autrement que comme un subalterne employé à l'accomplissement des fins qu'elle se propose. Nous sommes si intimement liés sous les rapports incorporels ou physiques avec tous les objets extérieurs, avec la nature entière, que l'élimination absolue de notre principe intellectuel, quand elle serait admissible, impliquerait la destruction de notre existence. La vie que vous nommez *intensive* est une condition de notre vie expansive, et pour ainsi dire un reflet de celle-ci. Mais les images et les figures de cette vie réelle nous apparaissent alors, comme recueillies dans un miroir concave, avec d'autres proportions, et par conséquent sous des formes bizarres et inconnues, bien qu'elles ne soient que des caricatures d'originaux vraiment existants. Je soutiens hardiment que jamais un homme n'a imaginé ni rêvé aucune chose dont les éléments ne pussent être indiqués dans la nature, à laquelle il nous est absolument interdit de nous soustraire.

» Abstraction faite des impressions intérieures et inévitables qui émeuvent notre âme et la mettent dans un état de tension anormal, comme un effroi subit, une grande peine de cœur, etc., je prétends que notre esprit, sans la prétention de franchir les limites naturelles qui lui sont assignées, peut aisément extraire des scènes les plus agréables de la vie, cette essence volatile qui engendre, au dire d'Ottmar, les petites bulles dont se forme l'écume du rêve. Quant à moi, qui manifeste, surtout le soir, comme on voudra bien me l'accorder, une bonne humeur à toute épreuve, je prépare à la lettre mes rêves de la nuit, en me faisant passer par la tête mille folies, qu'ensuite mon imagination reproduit devant moi durant mon sommeil, avec les plus vives couleurs et de la manière la plus récréative; et je choisis dans mes idées favorites le sujet de mes représentations dramatiques.

» Qu'entends-tu par ces mots? demanda le baron.

» Nous devenons en rêvant, poursuivit Bickert, ainsi qu'un spirituel écrivain en a déjà fait la remarque, poëtes et auteurs dramatiques par excellence, en saisissant avec précision et dans leurs moindres détails des caractères d'individualités étrangères qui se formulent à notre esprit avec une parfaite vérité. Eh bien! c'est la base de mon système. Ainsi je pense parfois aux nombreuses aventures plaisantes de mes voyages, à maints originaux que j'ai rencontrés dans le monde, et la nuit d'après, mon imagination, en ressuscitant ces divers personnages avec tous leurs ridicules et leurs traits comiques, me donne le spectacle le plus divertissant du monde. Il me semble alors que je n'aie eu devant moi, durant la soirée, que le canevas, le croquis de la pièce, à laquelle le rêve, docile pour ainsi dire à la volonté du poète, vient communiquer la chaleur et la vie. Je vaux à moi seul la troupe entière de *Sacchi*, qui joue la farce de Gozzi peinte et nuancée d'après nature, en y mettant tant d'illusion, que le public représenté pareillement dans ma personne y croit ni plus ni moins qu'à la réalité [1].

» Comme je vous l'ai dit, je ne comprends pas dans ces rêves, pour ainsi dire volontairement amenés, ceux qui sont le résultat d'une disposition d'esprit exceptionnelle provenant des circonstances étrangères, ou la conséquence d'une impression physique externe. Ainsi tous ces rêves, dont presque chaque individu a quelquefois éprouvé le tourment, comme de tomber du faîte d'une tour, d'être décapité, etc., etc., sont ordinairement produits par quelque souffrance physique que l'esprit, plus indifférent pendant le sommeil à la vie animale et restreint à des fonctions rétroactives, explique à sa façon ou motive sur quelque incident fantastique des apparitions qui l'occupent. Je me rappelle un songe où j'assistais à une soirée de punch en joyeuse compagnie. Un fier-à-bras d'officier, que je connais parfaitement, poursuivait de ses sarcasmes un étudiant, qui finit par lui lancer son verre à la tête; il s'ensuivit une bagarre générale; et, tout en voulant rétablir la paix, je me sentis blessé à la main si grièvement, que la douleur cuisante du coup me réveilla : que vois-je? — ma main saignait véritablement, car je m'étais écorché à une grosse épingle fichée dans la couverture.

» Ah ! Franz s'écria le baron, cette fois ce n'était pas un rêve agréable que tu t'étais préparé !

» Hélas ! hélas ! dit Bickert d'une voix lamentable : est-on responsable des maux que le destin nous inflige souvent en punition de nos fautes ? Moi aussi j'ai eu certainement des rêves horribles, désolants, épouvantables qui me donnèrent le délire et des sueurs froides d'angoisse...

» Ah ! fais-nous-en part, s'écria Ottmar, dussent-ils réfuter et confondre ta théorie !

» Mais, au nom du ciel ! interrompit Maria d'un ton plaintif, vous ne voulez donc pas avoir pitié de moi ?

» Non, répliqua le peintre, à présent plus de pitié : — oui, moi aussi j'ai rêvé comme un autre les choses les plus terrifiantes ! — Ne suis-je pas allé en effet chez la princesse *Almaldasongi* qui m'avait invité à venir prendre le thé, avec le plus magnifique habit galonné par-dessus une veste richement brodée, et parlant l'italien le plus pur, — *lingua Toscanain bocca Romana* * ? — N'étais-je pas épris pour cette beauté ravissante d'un amour passionné tout-à-fait digne d'un artiste ; et ne lui disais-je pas les choses les plus touchantes, les plus poétiques, les plus sublimes ? lorsqu'en baissant les yeux par hasard je m'aperçus, à ma profonde consternation, que je m'étais bien habillé en tenue de cour avec la dernière recherche, mais que j'avais oublié la culotte ! »

Sans laisser à personne le temps de se formaliser de son incartade, Bickert continua avec feu : « Dieu ! que vous dévoilerai-je encore des calamités terribles qui ont empoisonné mes rêves ? Une fois, revenu à ma vingtième année, je me faisais une fête de danser au bal avec elle. J'avais mis ma bourse à sec pour donner à mon vieil habit un certain air de fraîcheur en le faisant retourner adroitement, et pour m'acheter une paire de bas de soie blancs. J'arrive enfin heureusement à la porte du salon étincelant de mille lumières et de superbes toilettes : je remets mon billet ; mais ne voilà-t-il pas qu'un chien damnable de portier ouvre devant moi l'étroit coulisseau d'un poêle, en me disant, d'un ton poli à mériter qu'on l'étranglât tout vif : « Que monsieur se donne la peine d'entrer, c'est par là qu'il faut passer pour arriver dans le salon. » Mais ce ne sont encore là que des misères auprès du rêve affreux qui m'a tourmenté et supplicié la nuit dernière : ha !... J'étais devenu une feuille de papier cavalier, ma silhouette figurait juste au milieu comme marque distinctive ; et quelqu'un... c'était, dans le fait, un enragé de poète bien connu de tout le monde, mais disons quelqu'un, ce quelqu'un était armé d'une plume de dindon démesurément longue, mal fendue et dentelée, avec laquelle, tandis qu'il composait des vers raboteux et barbaresques, il griffonnait sur moi, pauvre infortuné, et me lacérait dans tous les sens. Une autre fois, un démon d'anatomiste ne s'est-il pas amusé à me démonter comme une poupée articulée, et à torturer mes membres par toutes sortes d'essais diaboliques, en voulant voir, par exemple, quel effet produirait un de mes pieds adapté au milieu du dos, ou bien mon bras droit joint en prolongement à ma jambe gauche ?.... »

Le baron et Ottmar interrompirent Franz par un bruyant éclat de rire; la disposition à la mélancolie était dissipée, et le baron s'écria : « N'ai-je pas raison de dire que le vieux Franz est le véritable boute-en-train de notre petit cercle familier ? De quelle manière pathétique n'a-t-il pas entamé la discussion de notre thême pour conclure par une excellente plaisanterie humoristique, dont l'effet inattendu a été d'autant plus sublime. Il a réussi à faire disparaître notre sérieux solennel, et en un clin d'œil nous avons été ramenés, comme par une commotion subite, du monde imaginaire dans la vie positive, pleins de joie et de vivacité.

» Mais ne croyez pas, reprit le peintre, que j'aie débité là, comme un bouffon, des lazzis pour votre bon plaisir. Non! ces rêves abominables m'ont bien réellement tourmenté, et il se peut même que je les aie provoqués moi-même involontairement.

» L'ami Franz, dit Ottmar, a quelques preuves en faveur de sa théorie sur la cause des rêves ; cependant sa démonstration, relative à l'enchainement et aux conséquences de ses principes purement hypothétiques, n'est pas précisément merveilleuse. Du reste, il n'en est pas moins une manière plus noble de rêver ; et c'est de celle-là seule que l'homme profite dans ce sommeil vivifiant et bienheureux où son âme, rapprochée du principe absolu et essentiel, s'abreuve à cette source divine d'une force et d'une vertu magiques.

» Garde à nous ! dit le baron, Ottmar va remonter aussitôt sur son cheval de bataille pour faire une nouvelle excursion dans les régions inconnues, que nous autres mécréants, à ce qu'il prétend, ne pouvons entrevoir que de loin, comme Moïse la terre promise ; mais nous tâcherons de rendre ce brusque départ impraticable. Il fait une bien vilaine nuit d'automne : qu'en dites-vous ? Si nous restions encore à jaser une petite heure, si nous activions le feu mourant de la cheminée, et si Maria nous préparait à sa manière un excellent punch, ce serait une source où s'abreuverait du moins volontiers notre humeur vive et joyeuse. » Bickert leva les yeux au ciel d'un air extasié, poussa un profond soupir, et puis se pencha devant Maria avec une attitude humblement suppliante. Maria, qui était restée assise et silencieuse livrée à une secrète méditation, partit d'un franc éclat de rire, ce qu'il lui arrivait de faire très-rarement, en voyant la posture grotesque du vieux peintre, et elle s'empressa de se lever pour tout préparer soigneusement suivant le désir de son père.

Bickert trottait çà et là d'un air affairé ; il aidait Gaspard à apporter du bois, et, tandis qu'il soufflait le feu, agenouillé de profil devant la cheminée, il réclamait instamment d'Ottmar qu'il se montrât un peu son digne élève, en le dessinant dans cette position comme une parfaite étude, sans omettre de rendre exactement les beaux reflets dont la flamme éclairait en ce moment son visage. Le vieux baron s'égayait de plus en plus, et même, ce qui n'avait lieu que dans ses jours de plus grande satisfaction, il se fit apporter sa longue pipe turque garnie d'un bouquin d'ambre précieux. Enfin, quand la vapeur agréable et subtile du tabac turc commença à s'épandre dans le salon, et quand Maria fit égoutter dans le bol d'argent le jus de citron sur le sucre qu'elle avait elle-même cassé en morceaux, il sembla à tout le monde qu'un esprit familier et gracieux fût venu présider à ce bien être, tel que toute idée de passé et d'avenir dut s'effacer et s'anéantir devant la suprême jouissance du moment présent.

« N'est-ce pas une chose bien remarquable, s'écria le baron, que la préparation du punch réussisse toujours si parfaitement à Maria? Pour moi, je n'en pourrais vraiment plus goûter d'autre. C'est en vain d'ailleurs qu'elle transmet les instructions les plus minutieuses sur la proportion des parties intégrantes et sur tout le reste. Notre lunatique Katinka*, par exemple, avait fait un jour le punch devant moi, de point en point d'après la recette de Maria : eh bien, je n'ai pas pu avaler le premier verre. Il semble que Maria prononce, en outre, sur la liqueur, une formule magique qui lui transmet cette perfection merveilleuse. — En est-il autrement, s'écria Bickert, n'est-ce pas la magie de la grâce, le charme de l'élégance dont notre Maria sait animer tout ce qu'elle fait; il suffit de l'avoir vue préparer le punch pour le trouver parfait et délicieux.

» Très-galant! repartit Ottmar, mais avec ta permission, ma chère sœur, cela n'est pas rigoureusement vrai. Je tombe d'accord avec notre bon père que tout ce que tu prépares, tout ce qui a passé par tes mains fait naitre aussi en moi, en y touchant ou en le dégustant, une satisfaction particulière. Mais quant à l'enchantement qui en est la cause, je l'attribue à des rapports spirituels plus élevés, non pas seulement à ta grâce et à ta beauté, comme notre ami Bickert, qui rapporte naturellement tout à cela parce qu'il te fait la cour déjà depuis ta huitième année.

» Qu'allez-vous encore faire de moi ce soir ? s'écria Maria plaisamment ; à peine suis-je échappée aux apparitions et aux revenants nocturnes, que tu vois en moi-même quelque chose de mystérieux, et que je cours encore risque, quand même je ne songerais plus au terrible major, ni à aucun autre spectre de son espèce, de me prendre moi-même pour un fantôme, et d'avoir peur de ma propre image réfléchie dans une glace.

» Il serait vraiment fâcheux, dit le baron en riant, qu'une jeune fille de seize ans fût réduite à ne pouvoir plus se regarder au miroir, sans prendre sa propre image pour un fantôme ; mais d'où vient donc qu'aujourd'hui nous ne pouvons nous débarrasser du fantastique ?

» Et pourquoi vous-même, mon bon père, répondit Ottmar, me donnez-vous à chaque instant, involontairement, sujet d'émettre mon opinion sur toutes ces choses que vous répudiez de prime-abord comme un tas de sornettes inutiles et même dangereuses, et à cause desquelles, avouez-le, vous êtes un peu l'ennemi de mon cher Alban ? — La nature ne peut pas nous faire un crime de l'instinct de recherche, du désir de connaitre qu'elle-même a mis en nous; il semble bien plutôt qu'elle a disposé l'échelle par laquelle nous nous élevons vers les choses spirituelles d'autant plus facilement, que notre curiosité innée agit activement en nous.

» Et quand nous nous croyons arrivés à une grande hauteur, ajouta Bickert, zest! nous dégringolons honteusement, et nous reconnaissons, au vertige qui nous a saisis, que l'air subtil des régions supérieures ne convient pas du tout à nos lourdes têtes.

» Je ne sais, en vérité, Franz, répliqua Ottmar, ce que je dois penser de toi depuis quelque temps, je dirais presque depuis l'arrivée d'Alban dans la maison. Autrefois tu étais disposé de toute ton âme, de tout ton cœur, à la conception du merveilleux. Tu méditais sur les formes bizarres et les taches colorées des ailes des papillons, sur les fleurs, les pierres; tu....

» Halte! s'écria le baron, peu s'en faut que nous ne retombions sur le même chapitre que tout à l'heure. Tout ce que tu déterres avec ton mystique Alban, cher Ottmar, dans les coins les plus cachés, je pourrais dire tout ce que vous extrayez de votre capharnaüm fantastique pour élever un édifice ingénieux, mais dépourvu de toute base solide, tout cela, je le mets au rang des rêves qui ne sont et ne seront jamais pour moi, suivant ma maxime, que de l'écume; et il en est de même des résultats vaporeux du travail intérieur de l'esprit que du gaz dégagé par les liquides, qui n'a ni consistance, ni saveur, ni durée. On peut les comparer aux minces copeaux, résidus du travail du tourneur, auxquels le hasard donne quelquefois une forme déterminée, sans qu'on ait jamais songé à y voir la perfection d'une œuvre exécutée par l'artiste. Au reste, le système de Bickert me paraît si positif que je chercherai certainement à le pratiquer.

» Puisqu'il est dit que nous ne pouvons ce soir nous débarrasser des rêves, dit Ottmar, qu'il me soit permis de raconter un événement dont Alban m'a fait part dernièrement, et dont le récit ne troublera pas la joyeuse disposition d'esprit où nous sommes à présent. — Tu peux raconter, dit le baron, seulement à la condition que tu seras fidèle à cet engagement, et que Bickert, en outre, pourra librement émettre ses réflexions.

» Vous exprimez un vœu intime de mon âme, mon cher père, s'écria Maria; car les récits d'Alban causent en général sinon une profonde terreur, du moins une telle tension d'esprit, que, malgré l'espèce de contentement qu'ils procurent, on éprouve après les avoir entendus un singulier épuisement. — Ma chère Maria sera contente de moi, répliqua Ottmar; mais quant aux commentaires de Franz, je n'en veux pas, parce qu'il croira trouver dans cette histoire la confirmation de sa théorie des rêves. Et vous, mon bon père, vous vous convaincrez de la rigueur de vos préventions à l'égard de mon cher Alban et de la science que Dieu lui a donné le pouvoir d'exercer.

» Je noterai dans le punch, dit Bickert, toutes les remarques qui me viendront sur la langue; mais je veux rester libre de faire autant de singeries qu'il me plaira. Je ne fais aucune concession là-dessus.
— Accordé! » s'écria le baron. Et Ottmar, sans plus de préambule, commença en ces termes :

« Mon ami Alban connut à l'université de J... un jeune homme dont l'extérieur avantageux séduisait tout le monde au premier abord, et qui se voyait accueilli partout avec bienveillance et empressement. L'analogie de leurs études, consacrées à la médecine, et la circonstance de leur réunion chaque matin dans la salle des cours, où leur zèle assidu les amenait tous deux toujours les premiers, établirent bientôt entre eux des relations intimes, et peu à peu ils furent liés de l'amitié la plus étroite; car Théobald, ainsi s'appelait ce jeune homme, joignait au meilleur caractère l'âme la plus expansive. Mais chaque jour se développaient en lui davantage une susceptibilité excessive et une imagination rêveuse, voisine d'une molle langueur, lesquelles, dans ce siècle positif, qui, tel qu'un lourd géant bardé de fer, marche en avant sans se soucier de ce qu'il broye sur son passage, paraissaient si mesquines et si efféminées, que la plupart en faisaient un sujet de raillerie.

» Alban seul, indulgent pour l'âme tendre de son ami, ne dédaignait pas de le suivre dans ses petits jardins fantastiques tout fleuris, quoiqu'il s'appliquât sans cesse à le rappeler aux rudes tempêtes de la vie réelle, et à susciter ainsi les étincelles de force et de courage que couvait peut-être le fond de son âme. C'était un devoir qu'il était d'autant plus jaloux de remplir, que cette époque de la vie de Théobald lui paraissait la seule propice pour réveiller et vivifier en lui cette énergie indispensable à l'homme, quand il lui faut opposer une résistance stoïque aux coups inopinés du malheur, pareils à l'éclair qui jaillit tout à coup d'un ciel serein.

» Le genre de vie de Théobald était du reste entièrement conforme à son caractère simple et naïf, et restreint dans un cercle tout personnel. Il comptait, après avoir terminé ses études et acquis le grade de docteur, retourner dans sa ville natale, y épouser la fille de son tuteur, avec qui il avait été élevé, car il était orphelin, et, ayant devant lui la jouissance d'une fortune considérable, ne vivre que pour lui-même et pour son art, sans s'adonner à la pratique.

» Le magnétisme animal, nouvellement remis en discussion, captivait entièrement son esprit, et, après avoir étudié avec ardeur sous la direction d'Alban tout ce qui avait été écrit sur la matière, après avoir lui-même constaté de nombreuses expériences, il en vint bientôt à répudier toute espèce de médecine physique, comme contraire à la pure idée de l'influence immatérielle des forces actives de la nature; ce qui distingue le système du chevalier Barberin, analogue à celui de l'ancienne école spiritualiste[1]. »

A peine Ottmar eut-il prononcé le mot de magnétisme, que la figure de Bickert eut une contraction nerveuse d'abord imperceptible, ensuite plus marquée, et qui envahit enfin *crescendo* tous les muscles, de sorte que, une grimace des plus bouffonnes se dessinant en manière de *fortissimo* sur sa physionomie, le baron, placé en face de lui, était près de partir d'un éclat de rire, lorsque Bickert se leva, faisant mine de vouloir prendre la parole. Ottmar s'empressa de lui présenter un verre de punch, que le peintre avala avec une pantomime ironique, et Ottmar poursuivit ainsi son récit :

« Alban avait été d'abord adonné de corps et d'âme au Mesmérisme, et cela, pendant que la doctrine du magnétisme se propageait, sans aucun retentissement encore, de côté et d'autre. Il était même partisan des crises violentes que Théobald rejetait avec horreur. Par suite de discussions variées, résultat des opinions différentes des deux amis sur cette matière, Alban, qui ne pouvait nier l'évidence de plusieurs expériences faites par Théobald, et qui cédait involontairement aux séduisantes hypothèses de celui-ci sur l'influence purement psychique, se convertit peu à peu au magnétisme rationnel, et devint enfin un sectateur décidé de la nouvelle école, qui réunit les deux méthodes, à l'instar de celle de Puységur; mais Théobald, ordinairement si complaisant à se soumettre aux convictions étrangères, ne se départit pas le moins du monde de son système, et persista opiniâtrement à rejeter toute médecine physique comme superflue.

» Toute l'ambition de Théobald, — il voulait par conséquent y consacrer sa vie, — tendait à approfondir autant que possible les mystérieux phénomènes de l'influence psychique, et à devenir, par son application infatigable, et par une complète indépendance d'idées, un digne élève de la seule nature. Dans cette vue, la vie contemplative à laquelle il se dévouait, devait, comme une espèce de sacerdoce, le sanctifier par une série d'initiations de plus en plus élevées, jusqu'à ce qu'il lui fût permis de pénétrer dans le sanctuaire intime du grand temple d'Isis! — Alban, qui avait une confiance sans bornes dans les dispositions naturelles de son ami, l'encouragea dans son projet; et lorsqu'enfin Théobald, reçu docteur, prit congé de lui pour retourner dans sa ville natale, le dernier mot d'Alban fut qu'il eût à rester fidèle à ce qu'il avait entrepris.

» Peu de temps après, Alban reçut de Théobald une lettre dont le style désordonné témoignait du désespoir, du bouleversement intérieur qui s'étaient emparé de lui. Le bonheur de sa vie, écrivait-il, était à jamais détruit; il ne lui restait plus qu'à partir pour la guerre, puisque c'était là qu'était allée la jeune fiancée qu'il chérissait en délaissant sa paisible demeure; et la mort seule pouvait le délivrer des tourments affreux qu'il endurait. — Alban ne prit ni repos ni trêve; il partit sur le champ pour se rendre près de son ami, et, après bien des efforts perdus, il parvint enfin à rendre à son esprit un certain degré de tranquillité.

» La mère de la jeune fille aimée de Théobald apprit à Alban que, durant le séjour passager d'un corps de troupes étrangères, un officier italien avait été logé chez eux. Il devint, au premier aspect, éperdûment amoureux de sa fille, et lui fit la cour avec cet excès d'ardeur qui caractérise sa nation. Il était doué en outre de tous les agréments qui captivent le cœur des femmes, de sorte qu'il éveilla en peu de jours dans le cœur de la jeune fille une passion telle, que le pauvre Théobald fut complétement oublié, et qu'elle ne vivait et ne respirait plus que pour l'officier italien. Mais il fut obligé de suivre l'armée: dès-lors un trouble funeste s'empara de la pauvre jeune fille, qui, ayant sans cesse devant elle l'image de son bien-aimé, croyait le voir couvert de blessures dans d'horribles combats, renversé à terre et mourant son nom sur les lèvres, de telle sorte qu'un véritable dérangement de sa raison l'empêcha de reconnaitre le malheureux Théobald, qui arrivait tout joyeux de l'espoir d'embrasser enfin son épouse chérie.

» Dès qu'Alban fut parvenu à rappeler Théobald à la vie, il lui confia le moyen infaillible qu'il avait conçu pour lui rendre le cœur de sa bien-aimée, et Théobald trouva le conseil d'Alban tellement conforme à sa conviction intime, qu'il ne douta pas un seul instant de son heureux succès. Il suivit donc aveuglément tout ce que son ami lui prescrivit dans son intérêt....

» Je sais, Bickert, dit Ottmar en s'interrompant, ce que tu voudrais bien dire; je compatis à ta peine, et rien n'est plus amusant que le désespoir comique avec lequel tu saisis le verre de punch que t'offre Maria si gracieusement. Mais tais-toi, je t'en prie! ton sourire aigre-doux est la meilleure des réflexions, et vaut mieux que toutes les phrases que tu pourrais imaginer, qui ne feraient que gâter l'effet de mon récit. Ce que j'ai à vous dire, du reste, est si admirable et si touchant, que la contagion du plus puissant intérêt te gagnera toi-même malgré toi. Ainsi, fais attention; et vous, mon bon père, vous verrez que je tiens rigoureusement ma parole. »

Le baron ne répondit que par un : hum! hum! significatif. Maria regardait Ottmar en face les yeux grandement ouverts, et sa charmante petite tête appuyée sur sa main, de sorte que ses blonds cheveux ondoyaient sur son bras en boucles abondantes.

Ottmar reprit : « Si les journées de la jeune fille étaient agitées et orageuses, ses nuits étaient tout-à-fait terribles. Toutes les apparitions funestes dont elle était tourmentée, prenaient un caractère plus décidé, plus effrayant. Elle appelait d'une voix déchirante son bien-aimé, et elle semblait, au milieu de mille sanglots étouffés, exhaler elle-même son âme auprès de son cadavre sanglant.

» A l'heure de la nuit où ces crises terribles étaient les plus intenses, Théobald se fit conduire près du lit de la jeune fille par sa mère. Là il s'asseyait, et dirigeait sa pensée sur elle avec toute l'énergie de la volonté, en la regardant d'un œil fixe et infatigable. Quand elle eut subi plusieurs fois cette épreuve, l'impression de ses rêves parut devenir plus faible, car le ton de voix passionné avec lequel elle prononçait auparavant le nom de l'officier, n'avait plus cette expression qui pénétrait au fond du cœur, et de profonds soupirs venaient soulager fréquemment sa poitrine oppressée. Théobald ensuite posant sa main sur la sienne, l'appela doucement, tout doucement par son nom. L'effet ne se fit pas attendre : elle répéta encore le nom de l'officier, mais avec une hésitation marquée ; il semblait qu'elle cherchât à se rappeler chaque syllabe, chaque lettre, comme si une pensée étrangère fût venue traverser sa première illusion. Bientôt après elle ne dit plus rien : il semblait seulement, au mouvement de ses lèvres, qu'elle voulait parler, mais qu'elle en était empêchée par une certaine impression extérieure.

» Cela s'était déjà répété plusieurs nuits de suite. Alors Théobald commença, en tenant une de ses mains serrée dans la sienne, à parler à voix basse et par phrases interrompues. C'étaient des allusions au temps lointain de leur enfance. Tantôt il parcourait, en sautant, avec Augusta (ce n'est qu'à présent que le nom de la jeune fille me revient à la mémoire), le spacieux jardin de l'oncle, et cueillait pour elle les plus belles cerises, en montant au haut des arbres ; car il s'arrangeait toujours pour lui réserver les meilleures choses, à l'exclusion des autres enfants. Tantôt c'était l'oncle lui-même qu'il obsédait des plus pressantes prières, jusqu'à ce qu'il obtînt le grand et beau livre d'images, plein des costumes de tous les peuples. Alors les deux enfants, agenouillés ensemble sur un fauteuil, penchés sur la table, feuilletaient le volume. Il y avait à chaque page un homme et une femme représentés au milieu d'un site de leur patrie, et c'étaient toujours Théobald et Augusta. Ils désiraient être ainsi seuls dans les mêmes contrées étrangères, vêtus de ces costumes extraordinaires, et pouvoir jouer avec les belles fleurs et les belles plantes. — Quel fut l'étonnement de la mère d'Augusta, lorsqu'une nuit celle-ci se mit à parler en entrant tout-à-fait dans les idées de Théobald ; elle aussi était redevenue la jeune fille de sept ans, et ils continuaient alors tous deux, d'un commun accord, leurs jeux imaginaires.

» Bien plus, Augusta rappela d'elle-même les circonstances les plus caractéristiques de leurs années d'enfance. — Elle était naturellement très-violente, et se révoltait souvent avec emportement contre sa sœur aînée, qui, du reste, vraiment méchante par caractère, se plaisait à la tourmenter gratuitement, ce qui occasionait entre elles mainte scène tragi-comique.

» Ainsi une fois, les trois enfants étaient assis ensemble, durant une soirée d'hiver, et la sœur aînée, de plus mauvaise humeur que jamais, taquinait la petite Augusta avec tant d'obstination que celle-ci pleurait de colère et de chagrin. Théobald s'occupait, suivant son habitude, à dessiner toutes sortes de figures, qu'il savait ensuite expliquer assez sensément. Afin d'y mieux voir, il voulut moucher la chandelle, mais par mégarde il l'éteignit. Alors Augusta de profiter de la circonstance, et d'appliquer à sa sœur aînée, en revanche de ses injustes caprices, un solide soufflet. L'enfant court aussitôt, en pleurant et en criant, auprès de son père, l'oncle de Théobald, et dénonce celui-ci comme l'ayant frappée après avoir éteint la chandelle. L'oncle accourt et reproche à Théobald son odieuse méchanceté. Celui-ci, quoiqu'il connût bien la coupable, n'opposa aucune dénégation. Augusta se sentit secrètement déchirée de douleur, lorsqu'elle entendit accuser Théobald d'avoir éteint la chandelle exprès avant de frapper, pour pouvoir rejeter le délit sur son compte; mais plus elle se désolait, plus l'oncle s'efforçait de la rassurer, en lui disant que le vrai coupable était découvert, et toute la ruse du méchant Théobald déjouée.

» Enfin, lorsque l'oncle se mit en devoir de procéder au dur châtiment, son cœur se brisa, elle parla, elle avoua tout. Mais l'oncle ne prit cet aveu que pour l'effet de l'extrême attachement de la jeune fille pour son cousin, et toutefois la présomption de l'entêtement de Théobald, qui, plein d'un véritable héroïsme, se trouvait heureux en ce moment de souffrir pour Augusta, lui valut une cruelle et sanglante correction.

» Le désespoir d'Augusta fut sans bornes. Toute la violence de son caractère, toutes ses manières impérieuses avaient disparu. Le généreux Théobald devint pour elle un maître absolu, auquel elle se dévoua de son plein gré. Il pouvait disposer suivant son caprice de ses joujoux, de ses plus belles poupées; et tandis qu'autrefois il était obligé d'acheter le simple droit de rester auprès d'elle, en allant récolter des feuilles et des fleurs pour sa dînette, c'était elle maintenant qui se trouvait trop heureuse de le suivre à travers les broussailles, où il galopait sur son vaillant cheval de bois. Mais autant était devenu passionné l'attachement d'Augusta pour Théobald, autant il semblait que l'injuste traitement qu'il avait subi pour elle eût enflammé le cœur de celui-ci, et son affection pouvait presque se comparer à l'amour le plus ardent.

» L'oncle remarqua ce double changement; mais ce ne fut que plusieurs années après, lorsqu'il apprit, à sa grande surprise, la vérité de ce qui s'était passé, qu'il vit clairement à quel point les deux enfants avaient ressenti l'un pour l'autre un véritable et profond amour; et il approuva alors de grand cœur leur engagement mutuel de rester étroitement unis toute leur vie.

» Cet événement dramatique de leur enfance devait servir une seconde fois à réunir l'heureux couple. — Augusta commença la représentation de cette scène au moment où son père arrivait plein de colère; et Théobald, de son côté, ne manqua pas de jouer adroitement son rôle. Jusqu'alors Augusta se montrait dans le jour silencieuse et chagrine. Mais le matin qui suivit cette nuit-là, elle fit à sa mère la confidence inattendue que depuis quelque temps elle rêvait vivement de Théobald, et qu'elle s'étonnait qu'il ne revint pas, ou du moins n'écrivit pas. Son désir de le revoir s'accrut chaque jour davantage, et alors Théobald n'hésita pas plus longtemps à paraître devant Augusta, comme s'il fût arrivé immédiatement; car il avait évité soigneusement de se montrer depuis le jour où elle ne l'avait pas reconnu.

»Augusta l'accueillit avec les transports de l'amour le plus vif. Bientôt après elle avoua, en répandant un torrent de larmes, qu'elle lui avait été infidèle, et comment un étranger était parvenu, sans qu'elle sut comment, à le chasser de son souvenir, et à la faire pour ainsi dire renoncer à sa propre nature, sous l'influence irrésistible d'une puissance inconnue. Mais l'image consolante de Théobald qui était venue remplir ses rêves avait conjuré les esprits malfaisants de qui elle était captive. Maintenant elle était forcée de convenir qu'elle ne pouvait même plus se retracer en souvenir la physionomie de l'étranger; et Théobald seul, disait-elle, était vivant dans son cœur. — Alban et Théobald étaient fermement convaincus que la véritable folie qui avait troublé l'esprit d'Augusta était complétement dissipée, et rien ne s'opposait plus à l'union.... »

— Ottmar n'avait plus que deux mots à dire pour conclure sa narration, lorsque Maria, jetant un cri étouffé, tomba évanouie de son siége dans les bras de Bickert, qui s'était promptement élancé. Le baron se leva saisi d'effroi, Ottmar courut aider Bickert, et tous deux portèrent Maria sur le sopha. Elle était raide et pâle comme un cadavre: toute trace de vie avait disparu de son visage, convulsivement crispé. « Elle est morte! elle est morte! s'écria le baron. — Non, dit Ottmar, c'est impossible! il faut qu'elle vive: Alban viendra à notre secours.

»Alban! Alban peut-il donc ressusciter les morts?» s'écria Bickert. — A l'instant, la porte s'ouvrit et Alban entra. Avec sa démarche composée et solennelle, il s'approcha silencieusement de la jeune fille évanouie. Le baron le regardait en face d'un œil ardent de colère. Personne ne pouvait parler. Alban semblait ne voir que Maria : il fixa son regard sur elle : « Maria! qu'avez-vous? » dit-il d'un ton imposant. Une légère contraction agita ses nerfs. Alors il saisit sa main, et, sans cesser de la regarder, il dit : « Pourquoi cette épouvante, messieurs? Les battements du pouls sont faibles, mais réguliers. — Je trouve cette chambre pleine de vapeur : il faut ouvrir une fenêtre. Maria se remettra aussitôt de cette attaque de nerfs insignifiante et nullement dangereuse. » Bickert fit ce qu'il demandait, Maria alors ouvrit les yeux, et son regard tomba sur Alban. « Laisse-moi, homme effroyable! je veux mourir au moins sans tourments, » murmura-t-elle avec des sons confus. Et cachant, pour échapper au regard d'Alban, son visage dans les coussins du sopha, elle tomba dans un profond sommeil, comme le témoignaient ses lourdes aspirations.

Un sourire singulier, presque effrayant, passa sur les lèvres d'Alban. Le baron quitta impétueusement sa place; il paraissait prêt à se livrer à une sortie violente. Alban le regarda fixement, et d'un ton à moitié sérieux, où perçait évidemment une certaine ironie, il dit : « Soyez tranquille, monsieur le baron! la petite est un peu impatiente : mais quand elle se réveillera de ce sommeil bienfaisant, ce qui aura lieu sans faute demain matin à six heures, qu'on lui donne douze de ces gouttes, et il ne sera plus question de rien. » — Il présenta à Ottmar le petit flacon qu'il avait tiré de sa poche, et quitta la chambre à pas lents.

« Voilà bien le docteur aux miracles! » s'écria Bickert, lorsqu'on eut emporté Maria endormie dans sa chambre, et qu'Ottmar se fut retiré, — « le regard profond et extatique de l'illuminé, les manières emphatiques, la prédiction prophétique, le petit flacon d'élixir miraculeux. — Je regardais, pour voir s'il n'allait pas à mes yeux s'évaporer dans l'air, comme Swedenborg, ou du moins sortir, comme Beireis, avec son frac subitement changé de noir en rouge ».

» Bickert! » interrompit le baron, qui avait vu emporter Maria sans bouger de son fauteuil, muet et consterné, « Bickert! qu'est devenue notre joyeuse soirée? Mais j'avais pressenti intérieurement que quelque malheur viendrait me frapper aujourd'hui, j'avais deviné qu'un accident fatal ramènerait Alban parmi nous. Et précisément au moment où Ottmar le citait, il a paru, semblable au génie familier qui veille constamment. Dis-moi, Bickert! n'est-ce pas par cette porte qu'il est entré?

» Certainement, répliqua Bickert; et ce n'est qu'à présent que j'y prends garde. Comme un autre Cagliostro, il nous a fait là un petit tour de passe-passe, que notre inquiétude et notre anxiété nous ont empêché de remarquer. L'unique porte du vestibule, là-bas, je l'ai fermée en-dedans moi-même, et en voici la clef: — je peux m'être trompé, cependant, et l'avoir laissée ouverte. — » Bickert alla visiter la porte, et s'écria en riant à son retour: « Le Cagliostro est complet : la porte est exactement fermée, comme je le disais.

» Hum ! dit le baron, le docteur aux miracles commence à se transformer en un vulgaire escamoteur. — J'en suis fâché, répartit Bickert, Alban a la réputation d'un habile médecin, et, à vrai dire, lorsque notre Maria, autrefois si bien portante, tomba malade de ces scélérats de maux de nerfs, et que tous les moyens curatifs eurent échoué, Alban la guérit en peu de semaines par l'application du magnétisme. — Tu t'es décidé bien difficilement à le permettre, et seulement après les instances réitérées d'Ottmar, en voyant, hélas ! se flétrir de plus en plus cette fleur magnifique, qui levait auparavant vers le soleil une tête si libre et si joyeuse....

» Crois-tu que j'aie bien fait de céder aux prières d'Ottmar ? demanda le baron. — A cette époque, assurément, répondit Bickert ; mais le séjour prolongé d'Alban chez toi ne me flatte pas précisément ; et quant au magnétisme....

» Tu le rejettes absolument ? dit le baron ? — Point du tout, répliqua Bickert. Je n'aurais pas même besoin, pour y croire, de maints phénomènes produits par lui, et dont j'ai été témoin. Oui, je ne le sens que trop, en lui résident les secrets de l'enchainement et des merveilleuses corrélations de la vie organique. Mais toute notre science là-dessus reste une besogne à faire ; et l'homme dût-il acquérir un jour l'entière possession de cet intime secret de la nature, je verrais dans celle-ci une mère qui aurait perdu par mégarde un instrument tranchant qui lui servait à façonner mille objets charmants pour le plaisir et la récréation de ses enfants ; et dans nous-mêmes, les enfants qui, venant à trouver l'instrument dangereux, se blesseraient à coup sûr, en voulant indiscrètement imiter leur mère dans la confection des mêmes ouvrages.

» Tu viens d'exprimer avec une admirable justesse le fond de ma pensée, dit le baron ; mais quant à ce qui regarde particulièrement Alban, j'éprouve un embarras extrême pour m'expliquer et accorder entre eux tous les sentiments singuliers que me fait éprouver son voisinage. Parfois, je crois être parfaitement éclairé sur son compte : l'abus de sa science profonde l'a fait tomber dans de folles rêveries ; mais son zèle, ses succès lui concilient justement l'estime. — Mais ce n'est qu'en son absence qu'il m'apparaît ainsi ; s'approche-t-il de moi, cette image s'évanouit aussitôt, et je suis frappé de terreur en discernant dans ce caractère vingt traits difformes pris isolément, sans pouvoir cependant en former un tout analogue. Lorsque Ottmar, il y a plusieurs mois, l'amena ici comme son ami le plus intime, il me sembla que je l'avais déjà vu quelque part. Ses manières délicates, sa conduite réservée me complurent ; mais, en général, sa société n'avait pas de charme pour moi. Bientôt après, et cela m'a plus d'une fois frappé grièvement au cœur, Maria, immédiatement après l'apparition d'Alban auprès d'elle, Maria, comme tu le sais, fut atteinte de cette singulière maladie. Je dois l'avouer, Alban, dès que je me déterminai à le consulter, entreprit sa guérison avec un zèle incomparable; il y mit un dévouement, une constance, une abnégation qui devaient lui mériter, grâce à la réussite la plus complète, une affection et une reconnaissance sans bornes. J'aurais voulu le couvrir d'or!.... eh bien le moindre mot de remerciment me coûtait à lui adresser; sa méthode magnétique m'inspirait d'autant plus d'horreur, qu'elle était couronnée d'un plus grand succès; Alban me devint enfin lui-même plus odieux de jour en jour, et il me semblait que, dussé-je moi-même lui devoir mon salut dans un imminent danger, cela ne lui ferait rien gagner dans mon esprit prévenu. Et pourtant son air solennel, ses discours mystiques, même son charlatanisme, lorsqu'il magnétise, par exemple, les tilleuls, les ormes, et quels autres arbres encore? lorsque, les bras tendus vers le Nord, il prétend attirer en lui une force nouvelle émanée du principe universel, tout cela me remue d'une certaine manière, malgré le mépris que je ressens au fond du cœur pour de pareilles manœuvres. Mais, Bickert! écoute bien: la circonstance la plus étrange est que depuis qu'Alban est ici, je me vois plus souvent que jamais ramené à penser à mon major danois, dont je vous ai tout à l'heure raconté l'histoire. Ce soir même, ce soir, lorsqu'il me parla avec ce sourire sardonique et vraiment infernal, en fixant sur moi ses grands yeux noirs comme des charbons, le major en personne était devant moi; oui, c'est une ressemblance frappante!

» Eh parbleu! s'écria Bickert, voilà toute l'explication de tes étranges mouvements à son sujet. Ce n'est pas Alban, c'est le major danois qui t'inquiète et t'obsède. Le brave docteur porte la peine de son nez recourbé et de ses yeux noirs rayonnants. Tranquillise-toi tout-à-fait et chasse les sombres idées qui t'agitent. Alban peut être un visionnaire, mais assurément il veut le bien et il le pratique; passons-lui donc ses charlataneries, qu'il les garde comme un jouet innocent, et accordons-lui notre estime à titre de médecin habile et clairvoyant. »

Le baron se leva et dit en prenant les mains de Bickert : « Franz, ce que tu viens de dire est contraire à ta conviction intime : c'est un palliatif que tu emploies pour calmer mes craintes et mon inquiétude; mais.... je le sens amèrement au fond de mon âme, Alban est mon mauvais démon! — Franz! je t'en supplie! je réclame ton attention, ta prévoyance, tes conseils, ton appui, si quelque accident venait à ébranler, à compromettre mon vieil édifice de famille! — Tu me comprends : il suffit. »

Les deux amis s'embrassèrent, et minuit était sonné depuis long-temps lorsque chacun eut regagné sa chambre pensif et l'esprit inquiet. — A six heures précises, Maria se réveilla, comme Alban l'avait prédit. On lui donna douze gouttes du petit flacon, et deux heures après, elle parut, enjouée et florissante, dans le salon de réunion, où son père, Ottmar et Bickert l'accueillirent pleins de joie. Alban s'était enfermé dans sa chambre, et fit dire qu'une correspondance pressante l'y retiendrait toute la journée.

LETTRE

DE MARIA A ADELGONDE.

Te voilà donc délivrée des périls et des soucis de cette vilaine guerre, et tu as enfin trouvé un asile sûr. Non! je ne puis te dire, chère et tendre amie, ce que j'ai ressenti lorsqu'après un si long intervalle, j'ai revu tes charmants petits caractères. J'ai failli, dans l'excès de mon impatience, déchirer cette lettre si chère et trop solidement cachetée. D'abord, j'ai lu et relu, sans savoir pour cela davantage ce que tu me disais, jusqu'à ce qu'enfin devenue plus tranquille, j'ai appris avec ravissement que ton frère chéri, mon bien-aimé Hypolite, se porte bien, et que je le reverrai bientôt. Ainsi, aucune de mes lettres ne t'est parvenue? Ah! chère Adelgonde! ton amie a été bien malade, très-malade, mais à présent il n'en est plus question, quoique mon mal fût tellement incompréhensible, même pour moi, qu'à présent encore je frémis en y pensant; et cette émotion, disent mon frère et le médecin, est encore un symptôme de maladie qui doit être radicalement détruit.

N'exige pas que je te dise ce que j'ai eu par le fait ; je ne le sais pas moi-même. Nulle douleur, nulle souffrance qui puisse se désigner par un nom connu ; et cependant j'avais absolument perdu et ma gaîté et mon repos. — Je voyais tout sous un autre aspect. Des mots dits à haute voix, des pas légers me perçaient la tête comme des aiguillons. Parfois, autour de moi, mille objets inanimés prenaient une voix, un accent, et, dans des langues merveilleuses, m'agaçaient jusqu'à la plus extrême impatience. Les fantaisies les plus bizarres venaient m'arracher à la vie réelle. Croirais-tu bien, ma bonne Adelgonde, que les folles histoires de féerie de *L'oiseau vert*, du prince *Fakardin*, de la princesse de *Trébisonde*, et que sais-je encore, comme la tante Clara savait si bien nous les raconter, se revêtirent pour moi d'un caractère de réalité vraiment effrayant ; car c'était moi-même qui subissais les transformations dont le méchant magicien me rendait victime.

Oui, c'est bien ridicule à dire à quel point ces sottises agissaient sur moi, et d'une manière si pernicieuse, que je devins de jour en jour plus faible et plus languissante. Tantôt je m'affligeais mortellement pour un rien, une bagatelle ; tantôt je me réjouissais jusqu'à l'extravagance pour quelque pareille niaiserie. Et mes forces vitales se consumaient ainsi dans les violents accès d'une volonté inconnue qui absorbait tout mon être. Certains objets qui auparavant m'étaient tout-à-fait indifférents, non-seulement me frappaient avec vivacité, mais me faisaient éprouver même d'indicibles tourments. C'est ainsi que j'avais conçu une telle horreur des lys, que je m'évanouissais à l'aspect de leurs fleurs, fussent-elles à une distance considérable; car je voyais s'élancer de leurs blancs calices des petits basilics luisants, et qui dardaient leurs langues aiguës contre moi.

Mais comment, chère Adelgonde, te donner une idée même imparfaite de cet état singulier, auquel je ne pourrais pas donner le nom de maladie, s'il ne m'avait affaiblie progressivement au point que j'entrevoyais à la fin ma mort comme imminente. — Maintenant je veux te confier quelque chose de particulier : c'est ce qui a rapport à ma guérison. Je la dois à un excellent homme qu'Ottmar avait déjà introduit dans la maison, et qui, parmi tous les fameux et habiles médecins de la Résidence, est assurément le seul en possession du secret de guérir promptement et infailliblement une aussi étrange maladie que la mienne.

Mais ce qu'il y a de particulier, c'est que dans mes rêves et mes visions habituels je voyais constamment apparaître un bel homme, grave, qui, malgré sa jeunesse, m'inspirait une vénération profonde, et qui, sous divers costumes, mais toujours avec une robe traînante et une couronne de diamants sur la tête, jouait, dans le monde imaginaire de mes contes magiques, le rôle du roi romantique des esprits. Une liaison intime et tendre devait exister entre nous, car il me témoignait une affection extrême, en retour de laquelle j'aurais donné ma vie. Tantôt il me faisait l'effet du sage roi Salomon, et d'autres fois, par une aberration inconcevable, je pensais malgré moi au *Sarastro* de la *Flûte enchantée*, que j'ai vu représenter dans la capitale [10].

Hélas! chère Adelgonde, juge de mon effroi lorsqu'au premier abord je reconnus dans Alban le roi romantique de mes rêves. — Alban est en effet ce médecin extraordinaire que bien antérieurement Ottmar avait amené une fois de la Résidence comme son ami de cœur, et qui néanmoins, pendant ce court séjour, avait si peu provoqué mon attention que je ne pouvais même pas ensuite me rappeler ses traits. Mais lorsqu'il revint, appelé pour me donner ses soins, il me fut impossible de définir l'étrange sensation dont son aspect me pénétra. Alban ayant en général dans sa physionomie, dans toutes ses manières une certaine dignité, je dirais presque quelque chose d'impératif qui l'élève au-dessus de son entourage, il me sembla, dès qu'il eut fixé sur moi son regard sérieux et perçant, que je devais me soumettre sans restriction à tout ce qu'il prescrivait, comme s'il lui suffisait de vouloir bien positivement ma guérison pour l'opérer.

Ottmar disait qu'on allait me traiter par le magnétisme, et qu'au moyen de certains procédés Alban devait me mettre dans un état d'exaltation et de sommeil factice, grâce auquel je concevrais moi-même exactement le caractère de ma maladie, et je préciserais la manière de me rétablir. Tu ne saurais croire, chère Adelgonde, quel sentiment extrême d'inquiétude, de crainte, d'épouvante m'agitait à la pensée de cette existence sans conscience, et pourtant supérieure à la vie réelle. Cependant, je ne le sentais que trop clairement, j'aurais fait de vains efforts pour me soustraire à ce qu'Alban avait résolu.

Les moyens en question furent employés, et, en dépit de ma répugnance, de mes craintes, je n'en ai éprouvé que des effets salutaires. Mes couleurs, mon enjouement sont revenus, et au lieu de cette tension névralgique effrayante, pendant laquelle la chose la plus indifférente devenait souvent pour moi un supplice, je me trouve dans un état passablement tranquille. Ces folles visions de mes rêves ont disparu, et le sommeil me restaure; ou les images bizarres qui m'apparaissent en dormant me récréent au lieu de me tourmenter. Pense un peu, chère Adelgonde: je rêve souvent maintenant, par exemple, que je puis, les yeux fermés, comme si un sens nouveau m'était donné, reconnaître les couleurs, distinguer les métaux, lire, etc., dès qu'Alban me le demande; souvent même il m'ordonne d'examiner mon intérieur et de lui dire tout ce que j'y vois, ce que je fais aussitôt avec la plus grande précision.

Parfois je suis contrainte d'arrêter exclusivement ma pensée sur Alban lui-même. Je le vois devant moi et je tombe insensiblement dans un état de rêverie, où, perdant enfin la conscience de mon individualité, j'entre dans une sphère d'idées étrangères qui ont l'éclat et la pureté de l'or, et qui me pénètrent d'une animation singulière. Je reconnais que c'est Alban qui formule en moi ces divines pensées; car il occupe alors lui-même, comme une flamme sacrée et vivifiante, le foyer de mon être qu'il dirige; et s'il me quitte, spirituellement s'entend, l'éloignement physique est indifférent, aussitôt tout le prestige s'évanouit. Ce n'est que dans cet état de sympathie et de transsubstantiation pour ainsi dire que je jouis réellement de la vie; et s'il dépendait de lui de rompre cette union de nos principes intelligents, mon être succomberait sans doute à l'amertume de ce sombre abandon. Oui, tandis que j'écris ces lignes, je ne le sens que trop, c'est lui seul qui m'inspire au moins les termes propres à expliquer cette mystérieuse corrélation de lui à moi.

Je ne sais, ma bonne Adelgonde, si je ne te parais pas ridicule ou peut-être atteinte d'une manie fantastique, et surtout si tu me comprends. En ce moment même, il m'a semblé que tes lèvres avaient murmuré doucement et tristement le nom d'Hypolite. — Crois bien que jamais Hypolite n'a été aimé de moi plus vivement : je le nomme bien souvent dans mes prières à Dieu : que les saints anges le préservent au milieu des batailles sanglantes de toute atteinte meurtrière! — Mais depuis qu'Alban est mon seigneur et maître, il me semble que ce n'est que par lui que je peux aimer plus ardemment et plus profondément mon Hypolite. J'imagine avoir la puissance de m'élancer vers lui, tel que son génie protecteur, et de le couvrir de mes prières comme un séraphin de son aile, de manière à déjouer toutes les trahisons du démon du meurtre. Alban, l'homme excellent et sublime, me conduira dans ses bras comme une épouse sanctifiée par cette vie de spiritualisme; mais l'enfant inexpérimenté peut-il se hasarder sans son maître dans les orages du monde ?

Ce n'est que depuis peu de jours que j'ai reconnu tout-à-fait la véritable magnanimité d'Alban. — Mais croirais-tu, chère Adelgonde, que lorsque j'étais plus malade et dans mes excès d'irritation, il s'élevait souvent dans mon âme d'odieux soupçons contre mon seigneur et maître? Ainsi je croyais avoir trahi l'amour et la fidélité, quand je voyais s'élever devant moi, même au milieu de mes prières pour mon Hypolite, la figure d'Alban irritée et menaçante de ce que je voulusse sans lui me hasarder à franchir les limites qu'il m'avait prescrites, comme un enfant mutin et indocile aux conseils de son père, qui sort du jardin paisible pour aller courir dans la forêt, où de méchantes bêtes, avides de sang, guettent leur proie, cachées derrière les buissons verdoyants et fleuris! Ah! Adelgonde! que ces doutes cruels me rendirent malheureuse! — Moque-toi bien de moi, si je te dis que j'en vins jusqu'à penser qu'Alban me tendait un piége infernal, et songeait, sous les saintes apparences d'un sauveur miraculeux, à allumer dans mon cœur un amour terrestre..... Ah! Hypolite!....

Dernièrement, nous étions familièrement réunis le soir, mon père, mon frère, le vieux Bickert et moi; Alban, suivant son habitude, était encore engagé dans une longue promenade. Il était question des rêves, et mon père ainsi que Bickert nous avaient raconté toutes sortes d'histoires merveilleuses et récréatives. Alors Ottmar prit aussi la parole, et il raconta comment un ami d'Alban, d'après ses conseils et sous sa surveillance, était parvenu à gagner l'ardent amour d'une jeune fille, en se tenant près d'elle à son insu, durant son sommeil, et en maîtrisant en sa propre faveur, par des moyens magnétiques, la direction de ses pensées. En outre, il arriva que mon père ainsi que notre vieil ami Bickert se déclarèrent, comme ils ne l'avaient jamais fait en ma présence, les adversaires décidés du magnétisme, et en quelque sorte les accusateurs d'Alban.

Tous les doutes, tous les soupçons que j'avais conçus contre lui furent réveillés au fond de mon âme. Je supposai de nouveau qu'il se servait de manœuvres mystérieuses et diaboliques pour me faire son esclave, et qu'il m'ordonnerait alors d'oublier absolument Hypolite pour être lui seul l'objet de mes pensées et de mes sentiments. Une émotion inconnue jusqu'alors me pénétra d'une anxiété mortelle. Je voyais Alban dans sa chambre, entouré d'instruments bizarres, de vilaines plantes, de pierres, de métaux rayonnants et d'animaux hideux, décrivant des cercles dans l'air avec des mouvements convulsifs. Son visage, ordinairement si calme et si grave, affreusement contracté m'offrait l'aspect d'un larve hideux, et dans l'orbe de ses yeux agrandis et d'un rouge ardent serpentaient avec une vitesse incroyable d'immondes basilics lisses et étincelants, tels que ceux que j'avais cru voir autrefois s'élancer de la corolle des lys.

Tout-à-coup il me sembla qu'un torrent glacial

glissait le long de mon dos : je me réveillai de mon état d'évanouissement ; Alban était devant moi, mais, ô grand Dieu ! ce n'était pas lui, non ! c'était le larve épouvantable, création fantastique de mon imagination frappée ! — Combien ne fus-je pas honteuse de moi-même le lendemain matin ! Alban était instruit de mes doutes injurieux, et son affectueuse bienveillance l'a seule empêché de me le faire sentir ; mais il savait comment je m'étais représenté sa personne, puisqu'il lit au-dedans de mon être mes pensées les plus secrètes, que ma vénération et ma soumission pour lui ne me permettent pas d'ailleurs de vouloir lui cacher.

Du reste, il attache très-peu d'importance à cette crise nerveuse, et l'attribue uniquement à la vapeur du tabac turc que mon père avait fumé ce soir-là. Si tu avais pu voir de quelle prévenante sollicitude, de quels soins tout paternels m'entoura alors mon excellent maître. Ce n'est pas seulement le corps qu'il sait conserver en santé, non, c'est l'esprit surtout qu'il initie aux délices d'une vie supérieure ! —

Si ma bonne amie Adelgonde pouvait seulement être auprès de moi et jouir de la vie réellement bienheureuse que nous menons ici au sein d'une paix modeste ! Bickert est toujours le joyeux vieillard d'autrefois ; mon père et Ottmar seuls montrent parfois une disposition d'humeur singulière et un peu triste. L'uniformité de nos habitudes n'est pas faite pour plaire sans doute aux hommes lancés dans le tourbillon du monde et des affaires.

Alban nous entretient en langage pompeux des

traditions et des mythes sacrés de l'Inde et de l'antique Égypte. — Souvent la préoccupation de ces étranges mystères provoque en moi, surtout sous les grands hêtres du parc, un sommeil insurmontable et vivifiant, dont je me réveille animée d'un nouveau bien-être. Je me compare à peu près dans ces occasions à *Miranda*, dans la *Tempête* de Shakespeare, quand *Prospero* cherche en vain à la tenir éveillée pour écouter sa narration. Ce sont justement les paroles de *Prospero* qu'Ottmar m'adressait encore l'autre jour : « Cède à ta fatigue : tu ne peux pas faire autrement. »

Maintenant, ma chère Adelgonde, tu connais entièrement ma vie intérieure, je t'ai tout confié, et cela soulage mon cœur. Les lignes ci-jointes pour Hypolite.... etc.

FRAGMENT

D'UNE LETTRE D'ALBAN A THÉOBALD.

. . . . a été dépassé. — La piété est une habitude constante des actions pieuses; et toute action pieuse est une hypocrisie, bien qu'elle soit faite dans le but non pas tant d'abuser le prochain que de se délecter soi-même au reflet éblouissant de l'éclatante auréole d'or faux, à l'aide de laquelle on s'est improvisé Saint.

N'as-tu pas senti maintes fois, mon cher Bramine, s'élever dans ton propre sein des mouvements et des idées que tu ne pouvais concilier avec ce que tu tiens pour juste et sage, par suite de l'habitude, et sans oser sortir de l'ornière creusée par la morale surannée des nourrices? Or, tous ces doutes contre les principes dogmatiques de *ma mère l'oie*, tous ces bouillants penchants qui viennent se heurter contre la digue artificielle opposée à leur torrent par les systèmes des moralistes, l'irrésistible tentation de secouer joyeusement dans l'espace les ailes rapides dont on se sent pourvu, et de s'élancer vers les régions supérieures, ce sont là, nous dit-on, autant de piéges de Satan contre lesquels ont bien soin de nous prémunir les pédants ascétiques. Nous devons, à les entendre, fermer les yeux comme des enfants crédules, pour éviter d'être aveuglés par les rayons éblouissants de la splendeur du Christ saint, qu'ils nous montrent partout dans la nature, déterminant la borne infranchissable à notre essor.

Mais tout penchant qui propose un but supérieur à l'exercice de nos facultés mentales ne saurait être illicite; il doit au contraire, étant inséparable de la nature humaine d'où il dérive, tendre à l'accomplissement des fins de notre existence, lequel implique nécessairement le développement le plus étendu et le plus parfait possible de nos facultés physiques et intellectuelles.

Je sais, mon cher Bramine (je ne puis vraiment te qualifier autrement d'après ta manière d'envisager la vie), qu'en voilà bien assez pour te provoquer à la controverse, puisque ta conduite est basée sur l'opinion opposée à celle que je viens seulement d'indiquer. Sois persuadé toutefois que j'estime la vie contemplative et tes efforts pour pénétrer dans les mystères de la nature par une application d'esprit de plus en plus soutenue. Mais pourquoi, bornant timidement tes désirs à jouir, dans une extase inactive, de l'aspect merveilleux de cette clef de diamant étincelante, ne pas la saisir d'une main hardie et ferme, pour t'ouvrir le mystérieux domaine sur le seuil duquel tu resteras autrement livré à un scepticisme éternel? Tu es armé et équipé pour la lutte : pourquoi languir dans une lâche inertie?

Toute existence est le prix d'un combat et un combat elle-même. Dans une progression relative, la victoire appartient au plus fort, et le vassal subjugué sert à augmenter la puissance du vainqueur. — Tu sais, mon cher Théobald, comment j'ai toujours envisagé ce combat par rapport à l'action des intelligences, comme j'ai hardiment soutenu que la prépondérance de l'homme favorisé de la nature même dans l'ordre mystérieux des choses spirituelles, la domination qu'il y peut exercer, contribuent à accroître ses forces et doublent son élan pour fournir une carrière plus large encore. Or, nous disposons pour ainsi dire à notre gré, nous du moins en qui résident cette énergie, cette force transcendante, de l'âme, qui nous sert à soumettre, à asservir le principe dépendant. Pourquoi donc avoir appelé magnétisme cette influence souveraine, cette action d'absorber en nous-mêmes et de maîtriser par des moyens qui nous sont personnels le principe spirituel d'un être étranger : dénomination insuffisante, ou plutôt qui ne désigne nullement, par l'idée qu'elle rappelle d'un agent purement physique, ce que nous prétendons exprimer »?

Ce devait être un médecin précisément qui révélât au monde ce grand secret, recélé jusqu'ici dans l'ombre d'un temple invisible comme son trésor le plus précieux, et qui posât en principe que le seul but de notre science devait consister dans l'assujettissement moral d'une individualité étrangère. C'est là ce qui, aux yeux des profanes, reste enveloppé sous le voile mystérieux des apparences. Comme s'il n'était pas ridicule de croire que c'est pour guérir un mal de dents, ou une migraine, et que sais-je encore, que la nature nous a confié le talisman merveilleux, grâce auquel l'homme devient roi du monde des esprits.

Non! c'est la domination absolue sur le principe intelligent que ce talisman puissant nous assure en raison de notre habileté à le faire agir. Subjugué par sa vertu magique, l'intellect d'autrui ne doit plus exister qu'en nous et par nous, et c'est nous seuls qu'il doit alimenter et vivifier de sa substance. — Le centre commun, le *focus* de toute spiritualité, c'est Dieu [18]. Eh bien, au point où convergent le plus grand nombre de rayons en un seul faisceau flamboyant, là est plus restreinte la distance qui nous sépare du *focus*. — Ces rayons se distribuent inégalement : mais ils embrassent la vie organique de toute la nature; et c'est à cette émanation du principe spirituel qui se manifeste dans les animaux et les plantes mêmes que nous reconnaissons leur commune origine — La tendance vers cette domination spiritualiste est donc la tendance vers la divinité, et le sentiment de la puissance acquise élève en raison de sa force le degré du bonheur, puisque l'idée constitutive du bonheur est aussi dans le *focus*. Combien, du reste, tout le bavardage provoqué par cette puissance sublime dont sont doués les vrais adeptes me semble pauvre et pitoyable! Mais il est bien constant que la consécration intérieure, qui seule amène des résultats efficaces, dépend tout entière du point de vue excentrique dont je parle.

D'après tout cela, tu pourrais croire que je m'abstiens complètement dans l'application de tout intermédiaire physique; mais il n'en est pas ainsi. C'est ici que nous tâtonnons encore dans les ténèbres, tant que l'union mystérieuse de l'esprit avec le corps ne sera pas parfaitement éclaircie par nous. Toutefois, il semble que les moyens dont nous usons ne soient entre nos mains que les insignes de la souveraine puissance, auxquels se soumettent aveuglément des vassaux inconnus.

Je ne sais moi-même, mon cher Théobald, comment j'en suis venu à te dire tant de choses sur un sujet dont je ne parle pas volontiers; car je sens que toutes ces paroles doivent paraître dénuées de sens, si la conviction intérieure, produite par une organisation intellectuelle particulière, ne leur donne du poids et de la force. Je voulais répondre à ton reproche d'avoir cédé à l'entraînement d'un mouvement passionné, en violant ce que tu appelles les principes moraux qui te servent de guides, et je ne fais que de m'apercevoir que l'autrefois je t'ai fait part de mes relations dans la maison du baron d'une manière beaucoup trop décousue pour ne pas être mal compris. Or, j'ai pris du temps et de la peine pour me rappeler maintes circonstances de mon séjour ici; et si mon cher Bramine, dans un moment d'exaltation exceptionnelle, veut consentir à me suivre en quelque sorte sur mon terrain; je serai facilement absous à ses yeux.

Ottmar est un de ces hommes nombreux qui, non dépourvus de raison, et même doués d'une vivacité d'esprit enthousiaste, embrassent aisément ce qu'il y a de nouveau et de progressif dans le domaine de la science; mais là se bornent leurs prétentions, et ils n'acquièrent ainsi qu'une connaissance superficielle des choses, tout en se félicitant de la puissance de leurs facultés. Car leur esprit ne s'arrête qu'à la forme, sans même se douter des secrets de l'intérieur. Ils ont une intelligence incontestable, mais tout-à-fait dénuée de profondeur.

Ottmar, je te l'ai déjà dit, s'est amarré à moi; et, voyant en lui le type d'une classe de jeunes gens extrêmement nombreuse, surtout aujourd'hui, je trouvai plaisant de me divertir à ses dépens. Il a foulé le sol de ma chambre avec la même vénération que si c'eût été le sanctuaire intime et inabordable du temple de Saïs [11]; et en revanche de sa soumission passive et volontaire, digne d'un écolier régi par la férule, j'ai cru devoir le laisser disposer de quelques jouets innocents qu'il eût à montrer tout triomphant aux autres enfants, en faisant glorieusement parade devant eux de la faveur du maître.

Lorsque j'eus cédé à ses prières en l'accompagnant à la terre de son père, je trouvai dans le baron un vieillard capricieux, ayant pour acolyte un vieux peintre original et fantasque, qui s'avise parfois de faire le bouffon moraliste et sentimental.

Je ne sais plus ce que je t'ai dit d'abord sur l'impression que Maria produisait sur moi ; mais je sens en ce moment combien il me sera difficile de te définir ce que j'éprouve, de manière à ce que tu puisses parfaitement me comprendre. — Du reste, je m'en rapporte à la connaissance que tu dois avoir de mon caractère, qui imprime à toutes mes idées et à toutes mes actions une tendance spiritualiste à jamais incompréhensible pour le vulgaire. Tu seras donc bien persuadé que malgré sa taille élancée, telle qu'une plante magnifique qui, dans sa croissance luxuriante, se pare de feuilles et de fleurs aussi riches que délicates, malgré des yeux bleus dirigés vers le ciel comme aspirant à saisir ce que dérobe à nos regards ce voile des nuages lointains, bref, malgré toute son angélique beauté, une jeune fille ne saurait me jeter dans la doucereuse langueur où tombe un ridicule *amoroso*.

Ce fut uniquement la découverte instantanée d'une secrète relation spirituelle entre Maria et moi qui me pénétra d'une sensation vraiment extraordinaire. A la volupté la plus intime se joignit l'aiguillon irritant d'une rage secrète, née de la résistance que je rencontrai dans Maria. Une force étrangère et hostile retenait son esprit captif et contrariait mon influence. Par une puissante contention d'esprit, je parvins à connaître mon ennemi, et je m'appliquai alors, dans une lutte opiniâtre, à concentrer sur moi, comme dans un miroir ardent, tous les rayons qui s'élançaient de l'âme de Maria.

Le vieux peintre m'observait avec une attention toute particulière, et paraissait se douter de l'effet produit sur moi par la jeune fille. Ce fut peut-être mon regard qui me trahit; car l'esprit est tellement contraint par le corps, que le moindre de ses mouvements, en oscillant dans les nerfs, agit en dehors et modifie les traits du visage, du moins le regard de nos yeux. — Mais combien la manière triviale dont il prit la chose eut lieu de me divertir. Il parlait à tout propos devant moi du comte Hypolite, le futur époux de Maria; et plus il développait à plaisir le programme pompeux de toutes ses vertus, plus il me donnait à rire en dedans de moi-même des affections pitoyables que les hommes embrassent avec une passion si sotte et si puérile; plus je me réjouissais d'être initié à ces unions autrement profondes nouées par la seule nature, et de posséder assez de puissance pour les vivifier et les féconder.

Absorber l'esprit de Maria en moi-même, assimiler pour ainsi dire tellement tout son être au mien que la rupture de cet enlacement intime dût causer son propre anéantissement, telle était la pensée qui, en me procurant un bonheur suprême, ne tendait qu'à accomplir les volontés préexistantes de la nature.

Cette étroite conjonction spirituelle avec la femme, qui surpasse de toute la hauteur du ciel en sentiment de béatitude, toute jouissance animale, même la plus délectable et la plus vantée, convient à un prêtre d'Isis, et tu connais d'ailleurs mon système sur ce point : je ne peux t'en dire davantage. — La femme a reçu de la nature une organisation passive dans toutes ses tendances. C'est dans l'abandon volontaire de sa personnalité, dans sa facilité, son empressement pour ainsi dire à se laisser imposer par un être étranger différent de soi la vénération et le dévouement dus à un principe supérieur, que consiste la véritable ingénuité qui caractérise la femme, et dont la conquête et l'absorption en soi procurent une volupté sans égale. —

Depuis lors, malgré mon départ de la terre du baron, je restai spirituellement auprès de Maria; et quant aux moyens dont je me servis pour me rapprocher d'elle matériellement en secret, afin d'agir plus efficacement sur sa volonté, je les passerai sous silence : ce sont des détails qui paraîtraient mesquins, quoiqu'ils dussent atteindre le but proposé. Bientôt après, par suite de mes manœuvres, Maria tomba dans un état fantastique qu'Ottmar dut naturellement considérer comme une maladie de nerfs, et, ainsi que je l'avais prévu, je revins dans la maison à titre de médecin.

Maria reconnut en moi celui qui déjà lui était souvent apparu dans ses rêves comme son souverain dans tout l'éclat de la puissance; et ce qui n'avait été jusque-là pour elle qu'une illusion vague et confuse, vint frapper alors son esprit comme une réalité palpable. Il a suffi de mon regard, de ma ferme volonté pour la mettre dans l'état de somnambulisme, c'est-à-dire pour déterminer en elle la déchéance complète du *moi*, et transporter l'essence de sa vie dans la sphère supérieure du maître. Mon esprit l'accueillit donc et lui imprima l'élan nécessaire pour s'envoler de la prison matérielle qui la retenait captive. — Ce n'est plus que dans cette absolue dépendance de moi que Maria peut continuer à vivre : et elle est heureuse et tranquille. L'image d'Hypolite ne doit plus se présenter à elle que sous des contours indécis, qui bientôt s'évanouiront eux-mêmes en fumée....

Le baron et le vieux peintre me voient d'un œil méfiant; mais j'admire encore en cela le haut degré de la puissance dont m'a doué la nature, et qui leur impose la pénible obligation de reconnaître ma supériorité tout en me résistant. — Tu sais de quelle étrange manière j'ai fait la conquête d'un trésor de connaissances secrètes. Jamais tu n'as voulu lire ce livre, et tu aurais été surpris cependant d'y voir développées, bien mieux que dans aucun traité de physique, les rares propriétés de quelques forces de la nature et les magnifiques résultats de leur emploi. Je ne dédaigne pas de préparer avec soin certaines choses fort utiles comme accessoires. Et peut-on bien crier à la fraude, parce que le badaud vulgaire s'étonne et s'effraye de ce qu'il regarde à juste titre comme surnaturel ?... Car la connaissance des véritables causes détruit seulement la surprise et non le phénomène.

Hypolite est colonel en activité, par conséquent en campagne. Je ne désire pas sa mort : il peut revenir, et mon triomphe en sera plus magnifique; car la victoire est certaine. L'adversaire dût-il être plus redoutable que je ne l'imagine, tu peux croire avec confiance que le sentiment de ma force, etc., etc...

LE CHATEAU DÉSERT.

L'orage était passé, et, resplendissant de feux pourprés, le soleil couchant perçait les sombres nuages qui, chassés vers l'horizon, se dissipaient en blanches vapeurs. Le vent du soir agitait ses ailes, et les flots de parfums exhalés des arbres, des herbes et des fleurs s'épanchaient dans l'air tiède et pur. A l'issue de la forêt, je vis étendu devant moi, au sein des prés fleuris de la vallée, le village dont le postillon m'avait signalé l'approche; et le paysage était dominé par les tours gothiques du château, dont les croisées étincelaient aux rayons du soleil comme si des flammes allaient s'échapper de l'intérieur.

Un son de cloches et de chants d'église parvint à mes oreilles, et j'aperçus dans le lointain un cortége lugubre qui s'avançait sur la route du château au cimetière. Lorsque j'arrivai à cette place, les chants avaient cessé; suivant l'usage du pays, on avait découvert le cercueil déposé près de la fosse, et le pasteur prononçait un discours funèbre. Comme ils se préparaient à refermer la bière, je m'approchai et je regardai le mort: c'était un homme fort âgé, et, à son visage serein et nullement décomposé ; on aurait pu croire qu'il sommeillait paisiblement. « Voyez de quel doux repos jouit notre vieil ami Franz, s'écria avec une émotion profonde un vieux paysan, que Dieu m'accorde une fin aussi pieuse ! Oui, bienheureux ceux qui s'endorment ainsi dans le Seigneur. » — Ce dernier adieu me sembla valoir toute la cérémonie consacrée au défunt ; et je vis dans les simples paroles du paysan la plus sublime oraison funèbre. On descendit le cercueil, et lorsque les mottes de terre commencèrent à le recouvrir en rendant un son sourd, la plus amère tristesse s'empara de moi, comme si l'ami de mon cœur fût couché sous cette terre froide et insensible. . . . . .

Je me disposais à gravir la colline sur laquelle le château était situé, lorsque le pasteur vint se joindre à moi, et je m'enquis auprès de lui du mort qu'on venait d'ensevelir. C'était le vieux peintre Franz Bickert, qui, depuis trois ans, habitait le manoir désert dont il était devenu le châtelain. L'ecclésiastique s'était chargé des clefs du château jusqu'à l'arrivée du fondé de pouvoirs du possesseur actuel, et j'entrai, non sans une angoisse pénible, dans les vastes salles où avaient autrefois vécu des hôtes joyeux, et maintenant vides et silencieuses comme la mort.

Bickert, durant les trois dernières années qu'il passa dans le château comme un ermite, s'était occupé de son art avec une singulière activité. Sans la moindre assistance, pas même pour les préparatifs mécaniques nécessités par ses travaux, il entrepris de peindre dans le style gothique tout le premier étage, dont il habitait lui-même une chambre; et du premier regard on devinait d'étranges allégories dans l'assemblage fantastique qu'il avait fait des objets hétérogènes dont les ornements gothiques motivent l'emploi. Une laide figure de diable guettant une jeune fille endormie se trouvait surtout reproduite très-fréquemment.

Je courus dans la chambre de Bickert. Son fauteuil était encore à deux pas de la table sur laquelle on voyait un dessin commencé, comme si le peintre venait de quitter à l'instant son travail; sur le dossier du fauteuil pendait sa redingote grise, et un petit bonnet gris était à côté du dessin. Il me semblait que j'allais voir entrer le vieillard avec ce visage affable et bon, où les souffrances mêmes de la mort n'avaient point laissé de traces, et prêt à accueillir dans son atelier le visiteur étranger avec une cordiale franchise. . . . .

J'exprimai au pasteur mon désir de demeurer plusieurs jours, plusieurs semaines peut-être, dans le château. Il parut surpris, et me dit qu'il était bien fâché de ne pouvoir souscrire à mon envie, attendu qu'on devait apposer les scellés judiciaires, en attendant l'arrivée du fondé de pouvoirs, et qu'aucun étranger ne pourrait même entrer dans le château. « Et moi! si j'étais le fondé de pouvoirs lui-même, » lui dis-je en lui présentant une procuration fort explicite du propriétaire actuel, le baron de F***. Il ne fut pas médiocrement étonné, et il me combla de marques de politesse; et pensant qu'il ne conviendrait pas de demeurer dans le château désert, il m'offrit une chambre au presbytère.

Je refusai, je restai dans le château, et c'est là que les papiers laissés par Bickert me fournirent de quoi occuper mes loisirs de la manière la plus intéressante. Je ne tardai pas à découvrir deux feuilles détachées, où, dans des notes brèves et jetées au hasard, comme celles d'un agenda de poche, je trouvai la clef de la catastrophe qui anéantit une branche entière d'une famille importante. Tout s'expliquait par le rapprochement des détails contenus dans un manuscrit passablement fantasque, précédé des mots : *Songes, mensonges*, et dans deux fragments de lettres qu'un accident particulier dut faire tomber entre les mains du peintre. . . . .

EXTRAITS

DE L'ALBUM DE RICKERT.

« Ne me suis-je pas, en dépit de saint Antoine, chamaillé aussi avec trois mille diables ? Et je n'ai pas fait moins bonne contenance. —

» Il suffit de regarder audacieusement le vulgaire en face : aussitôt il s'évapore spontanément en poussière et fumée. —

» Si Alban pouvait lire dans mon âme, il y verrait une réparation d'honneur et mes excuses formelles pour lui avoir imputé la sorcellerie maudite que mon imagination trop exaltée avait seule empreinte de si sombres couleurs, afin de servir sans doute à mon instruction ou à ma mortification.

» Il est arrivé ! — frais, — vaillant, — brillant d'un ardeur juvéline, — la chevelure d'Apollon, le front superbe de Jupiter, l'œil de Mars, le port du messager des dieux, — oui, tout-à-fait le héros dont Hamlet trace le portrait ! Maria n'est plus sur la terre, elle plane dans un ciel de félicité : — Hypolite et Maria, — quel couple !

. . . .

» Mais je ne puis cependant me fier en lui. — Pourquoi s'enferme-t-il ainsi dans sa chambre ? — Pourquoi rôde-t-il la nuit sur la pointe des pieds comme le démon du meurtre aux aguets ? Je ne puis me fier en lui ! — Il me semble parfois que je devrais sans nul délai ni autre forme de procès lui passer au travers du corps la lame de ma canne à épée, sauf à lui dire ensuite poliment : Mille pardons ! —

» Je me méfie de lui.

. . . .

» Singulier événement ! — Comme j'accompagnais dans le corridor jusqu'à sa chambre mon vieil ami, après une causerie à cœur ouvert qui s'était prolongée entre nous un peu avant dans la nuit, une figure décharnée, dans une robe de chambre blanche et une lumière à la main, passa subitement devant nous à petits pas. — Le baron s'est écrié : « Le major ! — Franz ! — le major ! » — C'était incontestablement Alban, et sans doute la lumière projetée sur ses traits de bas en haut les faisait paraître ainsi contractés, vieux et laids. — Il venait du côté de l'appartement de Maria. — Le baron insista pour se rendre chez elle. Elle dormait paisiblement comme un ange pur des cieux.... C'est enfin demain le jour désiré depuis si long-temps. — Heureux Hypolite !

— Mais quelle terreur m'inspire cette apparition, malgré tous mes efforts pour me persuader que c'était Alban ? — Se pourrait-il que le démon funeste qui se révéla au baron dès sa plus tendre jeunesse, rappelé aujourd'hui à l'existence, vint, comme son génie fatal, le menacer d'une manière visible de quelque catastrophe ? Mais éloignons ces sombres pressentiments ! — Persuade-toi, Franz, que ce tissu de rêves effrayants n'est souvent dû qu'au trouble des fonctions de l'estomac. — Ne devrait-on pas avaler des *diavolini* pour se préserver du désagrément des mauvais rêves [14] ?

» Juste Dieu ! — Morte ! — Elle est morte ! — Je dois faire part à votre seigneurie, à cause des archives de la famille, de quelle manière est morte la charmante baronne Maria. — Je ne suis décidément pas fait pour traiter les affaires diplomatiques.... et si Dieu ne m'avait gratifié d'un peu de force dans le poignet pour manier le pinceau.... — Ce qu'il y a de certain, c'est qu'au moment où Hypolite ouvrait les bras pour l'y presser devant l'autel, elle tomba.... morte.... morte ! — Le reste je le recommande à la justice divine !

» Oui, c'était toi ! — Alban ! — pernicieux démon ! — tu l'as tuée avec tes manœuvres sataniques......

Quel dieu l'a révélé à Hypolite? — Tu t'es enfui, mais va, lâche! cache-toi, si tu peux, dans les entrailles de la terre : la vengeance du ciel t'y découvrira pour te pulvériser!

— » Non! je ne puis t'excuser, Ottmar! — Ce fut toi qui te laissas séduire par ce monstre : c'est à toi qu'Hypolite réclame la bien-aimée de son âme...

» Ils ont échangé aujourd'hui des paroles trop acerbes : le duel est inévitable.

. . . .

» Hypolite a succombé. — Tant mieux pour lui! il va la revoir. — Malheureux Ottmar! Malheureux père!

» *Exeunt omnes*[16]. — Paix et repos éternels aux trépassés! — Aujourd'hui, le neuf septembre, à l'heure de minuit, mon ami est mort dans mes bras... Et je me sens miraculeusement consolé; car je sais que j'irai bientôt le rejoindre. — La nouvelle de la sublime expiation d'Ottmar, qui a trouvé au fort de la mêlée la mort des héros, brise le dernier fil qui rattachait encore mon âme aux choses terrestres. — C'est ici, dans ce château, que je veux rester. Je vivrai dans la chambre où ils ont vécu, où ils m'ont aimé! — Souvent j'entendrai leurs voix amicales.... Mainte parole gracieuse de la bonne et douce Maria, mainte plaisanterie joyeuse de mon vieil et constant ami retentiront dans mon cœur comme un appel lointain de leurs esprits, et me donneront la force et le courage de supporter patiemment jusqu'au bout le fardeau de la vie! — Il n'y a plus de présent pour moi. Les jours heureux du passé seuls se rattachent à mon espoir d'une vie future, qui remplit souvent de ses brillantes images mes rêves fantastiques, dans lesquels je vois mes amis chéris m'appeler à eux en souriant. — Quand donc..., quand m'en irai-je auprès de vous? »

Et il s'en est allé.

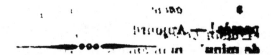

NOTES DU TRADUCTEUR.

[1] (Pag. 336.) *Prospero*, personnage de *La Tempête* de Shakespeare.

[2] (Pag. 339.) Cet établissement portait le nom d'Académie équestre ou des chevaliers; c'est aujourd'hui l'*École des cadets*.

[3] (Pag. 347.) L'usage en Allemagne est d'attribuer aux enfants le titre du chef de la famille.

[4] (Pag. 350.) Le comte Charles Gozzi, Vénitien, est justement célèbre par ses comédies fantastiques, auxquelles *Sacchi*, excellent arlequin, et chef d'une troupe de comédiens bouffes, ajoutait le plus piquant attrait, par les improvisations satiriques dont il brodait les canevas romanesques de l'auteur. Gozzi s'acharna à décrier le genre de drames mis à la mode par l'abbé Chiari, et bientôt jaloux des succès plus légitimes de Goldoni, il le prit aussi à partie, et parvint, à force d'esprit et de gaîté, à captiver la préférence du public. Gozzi est mort au commencement du XIXe siècle. Hoffmann professait pour lui une vive admiration.

* (Pag. 351.) C'est-à-dire : *le dialecte toscan dans une bouche romaine.* Florence a gardé, en Italie, le privilége de la pureté du langage, et Rome celui de la prononciation la plus correcte.

* (Pag. 355.) *Katinka*, nom de Catherine en langue russe.

* (Pag. 360.) On sait que Mesmer fut, pour ainsi dire, le créateur du magnétisme. Son système suppose un fluide universel en circulation constante dans tous les êtres organisés. Il crut y reconnaître des rapports sensibles avec le fluide magnétique proprement dit, et cette opinion servit de base à sa théorie des pôles et des divers courants que n'a pas justifiée l'expérience après lui. Ses expériences étaient, en outre, compliquées de formalités reconnues depuis superflues, et d'appareils mécaniques dont l'influence a été aussi contestée. Il croyait du reste que les cures qu'il opérait n'étaient dues qu'aux crises ou convulsions nerveuses déterminées chez les malades ; mais cette fausse interprétation des résultats de sa découverte ne devait pas subsister long-temps. Les observations de nouveaux magnétiseurs firent reconnaître qu'il suffisait du sommeil produit par les passes pour opérer dans l'organisme des modifications efficaces et salutaires. Le chevalier Barberin, ou Barbarin, quoique élève de Mesmer, alla plus loin. Il prétendit que toute l'action du magnétisme dépendait de la foi et de la volonté. Il poussa jusqu'à ses dernières conséquences cette théorie spiritualiste, et s'en servit pour expliquer tous les miracles mentionnés dans l'Évangile. « Veuillez le bien, allez, et guérissez ! » Telle était la devise qu'il avait adoptée en conséquence de ses principes, qui ne tendaient, selon lui, qu'à soulager le prochain par le

sentiment actif d'une charité exaltée. Ce fut surtout en Allemagne que ses idées trouvèrent des partisans. Mais elles furent beaucoup modifiées par les sectateurs du magnétisme en France, où le comte Maxime de Puységur, dont le frère observa le premier le phénomène du somnambulisme factice, fut le chef d'une nouvelle école, qui, tout en reconnaissant la puissance supérieure de l'esprit, admet les procédés pratiques qui formaient l'élément du *mesmérisme*.

Hoffmann, que devait séduire une science tellement imprégnée d'imagination, et qui touche aux limites du monde invisible, a gardé pourtant, à son égard, un scepticisme qu'il intéresse de constater. Le magnétisme sert de pivot et d'élément à cinq ou six de ses contes ; mais nulle part il ne manifeste aussi nettement que dans celui-ci les doutes que lui inspiraient les doctrines fondées sur d'aussi étranges phénomènes. L'histoire de Théobald semble être une application des arguments de leurs défenseurs, même en faveur de leur emploi dans l'ordre intellectuel et moral. Mais le héros principal est un type odieux dont on ne reprochera pas à l'auteur d'avoir atténué la perversité, pour dissimuler le danger des spéculations chimériques et immorales dont il abuse. — Malgré la couleur métaphysique de ce conte dont la lecture exige une attention scrupuleuse, et sa facture même un peu abstraite, comme le sujet, il y règne jusqu'à la dernière ligne un intérêt puissant, et l'on ne sait ce qu'il faut le plus admirer de la délicatesse et de la grâce dans les détails, surtout dans l'histoire de Théobald, ou de la profondeur des aperçus dans les lettres d'Alban et de Maria. Nous n'avons pas voulu d'ailleurs qu'on imputât à l'extrême difficulté de sa traduction, l'omission dont nous pouvions le laisser l'objet à l'exemple des premiers éditeurs d'Hoffmann.

² (Pag. 368.) Il est ici question d'un jouet d'enfant qui

diffère des chevaux de bois généralement connus en France, et qui sont, comme on sait, réduits à l'immobilité. Celui-ci consiste simplement en un long bâton terminé par une tête de cheval, avec une bride ; il y en a où sont adaptées des roulettes, et l'on comprend comment l'enfant est libre de galopper sur une pareille monture.

* (Pag. 371.) Emanuel Swedberg, anobli sous le nom *Swedenborg*, naquit à Stockolm en 1688. Après avoir consacré plus de la moitié de sa vie à l'étude et à la pratique des sciences naturelles et mathématiques, qui lui valurent autant de réputation que de richesses et d'honneurs, il se crut appelé par Dieu même à un apostolat spirituel, ayant pour but la fondation d'une nouvelle théosophie. Dans les nombreux ouvrages où il a développé ses singulières doctrines, il rend compte de ses visions, de ses entretiens avec Dieu et les anges. Il a prétendu expliquer toutes les merveilles du monde spirituel, la nature des intelligences, la vie future, l'organisation du ciel, de l'enfer, etc. — Son mysticisme trouva de nombreux partisans dans toute l'Europe, et de nos jours encore, il existe une secte régulière de Swedenborgistes, exerçant un culte toléré publiquement en Suède, en Angleterre et aux États-Unis. Cette doctrine compte surtout de nombreux adhérents dans la partie méridionale de l'Afrique, au centre de laquelle un point de leur croyance suppose l'existence matérielle d'une *Jérusalem nouvelle*, complètement organisée. — En 1787, il se forma à Stockolm une société exégétique, qui prétendit rattacher aux dogmes de Swedenborg la théorie du magnétisme animal. On trouve aussi dans ses ouvrages quelques idées relatives au système crânologique.

Godefroy Christophe Beireis, né à Mulhausen, mort, en 1809, à l'âge de quatre-vingts ans, était professeur de chimie et de médecine à l'université de Helmstædt. C'était un homme fort savant, et doué d'un excellent caractère. Il s'était formé plusieurs magnifiques collections d'objets d'art, de science et de curiosité, qui auraient suffi pour illustrer sa mémoire, à défaut de la célébrité qu'il acquit en Allemagne par la singularité de sa vie et le mystérieux qu'il cherchait à répandre sur toutes ses actions. Il assurait avoir trouvé le secret de faire de l'or, et racontait naïvement l'histoire de ses voyages à Paris, à Rome, etc., bien que, de notoriété publique, il n'eût jamais quitté les provinces germaniques. Il n'a laissé aucun ouvrage digne d'intérêt.

Quant au fameux Cagliostro, cité plus bas, né, dit-on, à Palerme, au milieu du XVIIIe siècle, les traditions les plus contradictoires circulent encore sur sa véritable origine, ses prétendus talents, et ses friponneries contestées ; il passa sa vie à courir l'Europe, jouant partout, avec un rare succès, le rôle d'un thaumaturge inspiré, d'un prophète et d'un opérateur infaillible. Impliqué dans le célèbre procès du collier, il fut mis à la Bastille, et exilé ensuite par l'arrêt qui le déchargeait de l'accusation de complicité. Trois ans plus tard, l'inquisition de Rome le fit arrêter comme propagateur sacrilège de la franc-maçonnerie, et sa condamnation à mort fut commuée en une réclusion perpétuelle. On croit qu'il mourut en 1795.

10 (Pag. 379.) Célèbre opéra de Mozart, imité, en France, sous le titre des *Mystères d'Isis*.

11 (Pag. 388.) *Magnétisme* est formé du grec μαγνης (*aimant*).

12 (Pag. 389.) Focus, *foyer*. Dans l'acception qu'il reçoit ici, ce terme est emprunté aux démonstrations de l'optique et de la physique.

[13] (Pag. 391.) Ancienne ville de la Basse-Égypte, célèbre par le culte qu'on y rendait à Minerve et les initiations mystiques dont il était l'objet.

[14] (Pag. 402.) *Diavolini*, petites dragées digestives en usage en Italie.

[15] (Pag. 403.) C'est-à-dire : Ils s'en vont tous.

LA VISION.

Vous savez, *dit Cyprien*, qu'il y a quelque temps, c'était même un peu avant la dernière campagne, j'ai séjourné dans la propriété du colonel de P***. Le colonel était un homme vif et jovial, et sa femme la douceur et la bonté même. Le fils se trouvait alors à l'armée, et il n'y avait au château, outre les deux époux, que leurs deux filles et une vieille française qui s'efforçait de représenter une espèce de gouvernante, quoique les demoiselles parussent avoir passé le temps des gouvernantes.

L'aînée des deux était un petit être éveillé, d'une vivacité excessive, non sans esprit, mais, de même qu'elle ne pouvait faire cinq pas sans y mêler au moins trois entrechats, sautant pareillement dans ses moindres discours et dans toutes ses actions incessamment d'une chose à une autre; je l'ai vue en moins de dix minutes broder, lire, dessiner, chanter, danser, — pleurer tout-à-coup sur son pauvre cousin mort à l'armée, et, les yeux encore pleins de larmes amères, partir d'un éclat de rire convulsif, en voyant la vieille française renverser par mégarde sa tabatière sur le petit chien, qui se mettait à éternuer bruyamment, tandis que la pauvre duègne répétait en se lamentant : « *Ah che fatalità!* — *Ah carino! poverino!....* » car elle avait l'habitude de ne parler qu'en italien au susdit roquet, attendu qu'il était natif de Padoue. Malgré cela, la jeune fille était la plus gentille blondine possible ; et, au milieu de tous ses étranges caprices pleine de grâce et d'amabilité, de sorte qu'elle exerçait partout, sans la moindre prétention, un charme irrésistible.

Sa sœur cadette, nommée Adelgonde, offrait auprès d'elle le plus singulier contraste. Je cherche en vain des mots pour vous définir l'impression toute particulière et surprenante que cette jeune fille produisit sur moi lorsque je la vis pour la première fois. Imaginez la plus noble tête, des traits d'une merveilleuse beauté : mais ses joues et ses lèvres couvertes d'une pâleur mortelle ; et quand elle s'avançait à pas mesurés, le regard fixe, quand un mot à peine distinct, entr'ouvrant ses lèvres de marbre, se perdait isolé dans le silence du grand salon, malgré soi l'on se sentait saisi d'un frisson glacial.

Je surmontai bientôt cette émotion de terreur, et je dus m'avouer, après avoir provoqué la jeune fille si profondément concentrée en elle-même à causer familièrement, que l'effet bizarre de cette apparition fantastique dépendait seulement de son intérieur, et que ses sentiments et son caractère n'y avaient aucune part. Dans le peu qu'elle disait se révélaient un jugement délicat, féminin, une raison éclairée, un cœur bienveillant. On aurait vainement cherché la trace de la moindre exaltation mentale, et cependant ce sourire douloureux, ce regard humide de larmes, faisaient supposer au moins une perturbation physique qui devait nécessairement, dans cette frêle organisation, avoir une influence nuisible sur le moral.

Ce qui me frappait singulièrement, c'était que tout le monde dans la famille, sans excepter la vieille française, paraissait inquiet dès qu'on nouait conversation avec la jeune fille, et que chacun cherchait à rompre l'entretien en s'y mêlant quelquefois d'une manière tout-à-fait ridicule. Mais ce qu'il y avait encore de plus extraordinaire, c'est que chaque soir, dès que huit heures avaient sonné, la dame française d'abord, puis la sœur, le père, la mère engageaient tour à tour la demoiselle à se retirer dans sa chambre, de même qu'on envoie les enfants se coucher de bonne heure pour qu'ils ne se fatiguent pas trop et puissent dormir tout leur comptant. La française accompagnait Adelgonde, et ni l'une ni l'autre n'assistaient au souper, qui était servi à neuf heures.

La femme du colonel ayant remarqué mon étonnement journalier, jeta une fois comme indifféremment dans la conversation, pour prévenir des questions futures, qu'Adelgonde était fort maladive, qu'elle était sujette, surtout le soir à neuf heures, à des accès de fièvre périodiques, et que le médecin avait prescrit de la laisser jouir à cette heure-là du calme le plus absolu. — Je pressentis qu'il devait y avoir à cette précaution une toute autre cause, sans pouvoir cependant fonder sur rien des soupçons précis. Ce n'est qu'aujourd'hui que j'ai appris les circonstances véritables du triste événement qui a porté le deuil et la désolation au sein du petit cercle de famille.

Adelgonde était autrefois la plus belle et la plus joyeuse enfant qu'on pût voir. On célébrait le quatorzième anniversaire de sa naissance, et un grand nombre de ses jeunes compagnes avaient été réunies à cette occasion. Assises toutes en cercle dans le joli quinconce du parc, riant et plaisantant à l'envi, elles ne s'inquiètent point de la nuit, qui devient de plus en plus sombre; car le vent tiède du soir souffle agréablement, et cette heure, au mois de juillet, est le signal de leurs plus vifs amusements. Elles commencent dans le magique crépuscule toutes sortes de danses bizarres, en cherchant à représenter les sylphes agiles et les esprits follets. —

« Écoutez, dit Adelgonde quand le bosquet fut devenu tout-à-fait obscur, écoutez, enfants! je vais vous apparaître maintenant, comme la Dame blanche, dont le vieux jardinier défunt nous faisait tant de beaux récits. Mais il faut que vous veniez avec moi jusqu'au bout du jardin, là-bas, où est cette vieille masure. » — En même temps elle s'enveloppe dans son châle blanc, et elle s'élance vivement et d'un pas léger dans l'allée couverte du quinconce, et ses petites amies de la suivre en courant, en riant et en folâtrant.

Mais à peine Adelgonde est-elle arrivée près de ce vieux caveau en ruines, que, paralysée de tous ses membres par une peur subite, elle reste immobile et glacée. Neuf heures sonnaient à l'horloge du château. « Ne voyez-vous pas? s'écria Adelgonde d'une voix sourde et creuse, ne voyez-vous pas? — cette figure, — tout près de moi... Jésus! elle étend la main vers moi. — Ne voyez-vous pas? » Aucune de ses compagnes ne voit la moindre chose; mais toutes saisies d'épouvante et d'angoisse se sauvent en courant, excepté une, la plus courageuse, qui s'élance vers Adelgonde et veut l'entraîner dans ses bras, quand au moment même Adelgonde tombe par terre comme morte.

Aux cris perçants de détresse de la jeune fille, tous les hôtes du château accourent, et l'on emporte Adelgonde. — Revenue enfin de son évanouissement, elle raconte avec un tremblement d'effroi qu'en arrivant à l'entrée du caveau elle avait aperçu devant elle un fantôme aérien confondu dans le brouillard, et qui avait étendu la main vers elle.

Quoi de plus naturel que d'attribuer le prestige de cette apparition aux illusions décevantes de la lumière du crépuscule? Du reste, Adelgonde, dès la nuit même, se remit si parfaitement de son accès de frayeur, qu'on ne craignit pour elle aucune suite fâcheuse, et qu'on pensa qu'il n'était déjà plus question de rien.

Mais il en arriva, hélas! bien autrement. A peine, dans la soirée du lendemain, neuf heures avaient-elles sonné, qu'Adelgonde se lève avec un geste de terreur du milieu de la société qui l'entoure, et s'écrie : « La voilà ! — la voilà ! — Ne voyez-vous pas? elle est tout près de moi ! » — Bref, depuis cette soirée fatale, Adelgonde affirma que le fantôme surgissait devant elle chaque soir, à neuf heures précises, et cette vision durait quelques secondes, sans que personne, excepté elle, aperçût la moindre chose, ni éprouvât aucune sensation intérieure qu'on pût attribuer à la présence d'un principe inconnu immatériel.

La pauvre Adelgonde fut alors tenue pour folle, et ses parents, par un travers singulier, eurent honte de cet état de leur fille. De là ces étranges façons à son égard dont j'ai parlé tout à l'heure. — Il ne manquait pas de médecins et de remèdes qui devaient guérir la jeune fille de cette monomanie, comme on se plaisait à nommer sa croyance à cette apparition prétendue. Mais tout fut vainement mis en œuvre, et elle supplia instamment et en pleurant qu'on la laissât enfin en repos, assurant que le fantôme, dans ses traits confus et indécis, n'avait rien du tout de redoutable, et que son aspect ne lui causait plus de frayeur, quoique à la suite de chaque apparition elle sentît pour ainsi dire son âme et sa faculté pensante se séparer d'elle, comme pour flotter dans l'espace affranchies de tout lien terrestre. Et cela lui causait beaucoup de faiblesse et de souffrance.

Le colonel n'obtint aucun résultat de l'appel qu'il fit d'un médecin célèbre, qui avait la réputation de guérir les maniaques par des moyens fort ingénieux. Lorsque le colonel lui eut fait part de la situation de la pauvre Adèlgonde, il partit d'un éclat de rire, en disant que rien n'était plus facile à faire disparaître que cette aberration d'esprit, qui n'avait, selon lui, d'autre motif que l'exaltation d'un cerveau frappé. Cette illusion de l'apparition du fantôme était, disait-il, si étroitement liée dans l'idée d'Adelgonde aux sons de l'horloge sonnant à neuf heures du soir, qu'elle était devenue incapable de séparer mentalement ces deux sensations, et qu'il ne s'agissait par conséquent que d'opérer cette rupture par un expédient matériel. Rien n'était plus aisé à pratiquer en trompant la demoiselle sur l'heure vraie, et en laissant passer neuf heures sans qu'elle le sût. Si l'apparition n'avait pas lieu, elle concevrait elle-même le fondement de son erreur, et un régime physique fortifiant achèverait son heureuse guérison.

Le funeste conseil fut exécuté. — Une nuit, on recula d'une heure toutes les pendules, toutes les horloges du château, et même celle du village dont le bourdonnement sourd pouvait s'entendre au loin, de telle sorte qu'Adelgonde devait, dès l'instant de son réveil, se tromper d'une heure dans l'appréciation du temps. Le soir arriva. La famille était rassemblée comme de coutume dans un petit salon privé, d'un aspect gai et gracieux. Aucun étranger n'était présent. La mère d'Adelgonde affectait de raconter toutes sortes d'histoires plaisantes, et le colonel, suivant son habitude, surtout lorsqu'il était d'humeur joyeuse, se mit à taquiner un peu la vieille française, secondé en cela par Augusta, l'aînée des deux demoiselles.

On riait, tout le monde semblait plus gai que jamais.... Alors huit heures sonnent à la pendule (il en était donc neuf), et aussitôt Adelgonde tombe à la renverse dans son fauteuil, pâle comme un cadavre. Son ouvrage échappe de ses mains; puis elle se lève, son visage contracté par l'angoisse de la terreur, elle fixe son regard dans l'espace vide de la chambre, et murmure d'une voix sourde et étouffée: « Quoi! une heure plus tôt! — Ha! le voyez-vous? — le voyez-vous? — Le voici, là, devant moi, — tout près de moi!.... »

Chacun s'est levé saisi de crainte, mais personne n'aperçoit la moindre chose, et le colonel s'écrie: « Adelgonde! remets-toi, ce n'est rien; c'est une chimère de ton cerveau, un jeu de ton imagination qui t'abuse. Nous ne voyons rien, rien du tout: et s'il y avait réellement une figure près de toi, ne devrions-nous pas l'apercevoir comme toi? — Rassure-toi! rassure-toi, Adelgonde!

» O mon Dieu, mon Dieu! soupire Adelgonde, veut-on donc me rendre folle? — Mais regardez donc: voilà qu'il étend vers moi son bras blanc de toute sa longueur..... Il me fait signe! » Et comme involontairement, le regard toujours fixé devant elle, Adelgonde promène la main derrière son dos sur la table, saisit une petite assiette posée là par hasard, la tend en avant dans l'air libre et la lâche. — L'assiette, comme portée par une main invisible, circule lentement autour du cercle des assistants, et vient se replacer doucement sur la table.

La femme du colonel et Augusta étaient tombées profondément évanouies, et une fièvre nerveuse aiguë se déclara à la suite. Le colonel appela à lui toute son énergie, mais on voyait bien à son air défait quelle impression profonde et pernicieuse lui avait causée ce phénomène inexplicable. . . . .

La vieille française était prosternée à genoux la figure contre terre, marmottant des prières. L'événement n'eut pour elle aucune suite fâcheuse, non plus qu'à l'égard d'Adelgonde. Mais la femme du colonel succomba au bout de peu de temps. Pour Augusta, elle résista à la maladie; mais sa mort était assurément plus désirable que son état actuel.

Elle, l'enjouement et la grâce de la jeunesse personnifiés, l'aimable enfant dont je vous ai d'abord tracé le portrait, elle est atteinte d'une folie plus horrible, plus épouvantable, du moins à mon avis, que toute autre résultant pareillement d'une certaine idée fixe. Elle s'imagine, en effet, qu'elle-même est ce fantôme invisible et incorporel qui poursuivait sa sœur. Elle fuit par conséquent tout le monde, ou du moins se garde bien, dès que quelqu'un est avec elle, de parler et de se mouvoir; à peine ose-t-elle respirer. Car elle croit fermement que si elle trahit sa présence d'une manière ou d'une autre, chacun doit mourir de frayeur. On lui met sa nourriture dans sa chambre; on ouvre les portes devant elle, et elle se glisse furtivement pour entrer et sortir avec mille précautions. Elle mange de même à la dérobée, et ainsi du reste. Peut-on concevoir une plus pénible situation?

Le colonel, accablé de chagrin et de désespoir, a suivi les drapeaux dans la récente campagne, et il est mort à la bataille victorieuse de W.... Une chose vraiment étrange et remarquable, c'est qu'Adelgonde depuis cette soirée fatale est délivrée de sa vision. Elle soigne assidûment sa sœur malade avec l'assistance de la vieille française. — Sylvestre m'a appris aujourd'hui que l'oncle des pauvres enfants est ici pour consulter notre excellent docteur N***, au sujet de la méthode curative qu'on pourrait, à tout hasard, tenter sur Augusta. — Fasse le ciel que cette guérison si invraisemblable puisse s'effectuer !

FIN DU TOME DEUXIÈME.

Lightning Source UK Ltd.
Milton Keynes UK
UKOW06f1136251117
313307UK00012B/831/P

9 780266 137931